D1396394

Dans la vie d'une autre

———————

La mémoire secrète

———————

Les souvenirs effacés

CASSIE MILES

Dans la vie d'une autre

Traduction française de
CAROLE PAUWELS

BLACK ROSE

HARLEQUIN

Collection : BLACK ROSE

Titre original :
MYSTERIOUS VOWS

Ce roman a déjà été publié en septembre 2011.

© 1995, Kay Bergstrom.
© 2011, 2016, HarperCollins France pour la traduction française.

Le visuel de couverture est reproduit avec l'autorisation de :
Femme : © ARCANGEL / RADOSTINA DICHEVA
Réalisation graphique couverture : L. SLAWIG (HarperCollins France)

Tous droits réservés.

HARPERCOLLINS FRANCE
83-85, boulevard Vincent-Auriol, 75646 PARIS CEDEX 13
Service Lectrices — Tél. : 01 45 82 47 47
www.harlequin.fr
ISBN 978-2-2803-6421-8 — ISSN 1950-2753

Prologue

Incapable de bouger. Le corps aussi mou que celui d'une poupée de chiffon…

Ce furent les premières sensations qui affleurèrent dans son esprit embrumé.

Sous sa joue, les dalles de céramique qui bordaient la piscine étaient glacées.

Ses paupières s'entrouvrirent légèrement.

Les hommes étaient toujours là.

Bien qu'elle ne puisse entendre ce qu'ils disaient, elle percevait leurs voix, murmures gutturaux dans le silence de la nuit estivale.

L'un d'eux s'approcha et se pencha sur elle.

La pointe de sa botte heurta ses côtes, et la douleur se propagea dans son corps en vagues brûlantes.

Ses doigts osseux s'enfoncèrent dans son épaule, et il la fit basculer sur le dos.

Révulsée par ce contact, elle voulut lui crier de la laisser tranquille, mais ne put émettre le moindre son.

La vision de plus en plus brouillée, elle vit sa propre main droite, alourdie par une bague en or qui ne lui était pas familière, se lever, chercher quelque chose à quoi se raccrocher.

Puis elle sentit qu'on la poussait.

Le contact avec l'eau froide fut brutal.

Aspirée vers le fond, alourdie par son jean et son T-shirt détrempés, elle perdit aussitôt le sens de l'orientation.

La piscine était sombre, si sombre… Et si glacée…

Horrifiée, luttant contre l'impression qu'un poids la tirait irrémédiablement vers le bas, elle essaya de battre des bras et des jambes.

Mais ses membres, aussi lourds que des sacs de sable, bougeaient-ils seulement ?

L'air lui manquait.

« Mon Dieu ! Je vais mourir », pensa-t-elle dans un accès de panique.

Un cri monta dans sa gorge, mais si elle ouvrait la bouche, l'eau s'engouffrerait jusqu'à ses poumons et elle se noierait.

Ses pieds touchèrent le fond cimenté de la piscine.

« Pousse, bon sang, pousse ! » s'ordonna-t-elle.

Pliant les genoux, elle frappa le sol de toutes ses forces.

Elle remontait, mais si lentement…

Ses bronches étaient en feu. Son cœur battait si vite qu'il lui semblait sur le point d'exploser.

Enfin, elle refit surface et aspira une grande goulée d'air.

Respirer. Elle ne devait se concentrer que sur cela.

L'eau glacée ondulait autour d'elle, ankylosant ses bras et ses jambes, et elle comprit que son seul espoir de survie était de se retourner sur le dos et de se laisser flotter.

Luttant contre la paralysie qui la guettait, elle rassembla ses dernières forces et parvint à changer de position, chaque respiration lui demandant un effort presque surhumain.

Le froid la pénétrait jusqu'aux os, et elle sentit la mort approcher. *La muerte.*

Il serait si facile de renoncer, d'accepter la mort.

Non ! Son corps lui semblait aussi lourd qu'une pierre, et pourtant elle flottait toujours. Malgré son extrême faiblesse, elle respirait encore.

Son heure n'était pas venue.

Il lui restait encore des choses importantes à faire.

S'accrochant à cet espoir, elle se mit à bouger bras et jambes, lentement, maladroitement, et la notion du temps s'effaça.

La nuit était parfaitement silencieuse.

Les hommes étaient partis.

Dans le faible halo d'un rayon de lune, elle distingua le bord de la piscine et l'échelle métallique à moins d'un mètre.

Elle s'intima l'ordre d'avancer, forçant ses membres alourdis par les vêtements mouillés à se mouvoir.

Bien que la distance lui parût infranchissable, sa main finit par entrer en contact avec l'échelle.

Ses doigts gourds n'arrivaient pas à s'enrouler autour du barreau, mais elle savait que si elle coulait de nouveau, elle n'aurait jamais la force de remonter.

Elle ne pouvait pas renoncer. Pas maintenant.

Chaque mouvement lui arrachant un sanglot, elle se hissa péniblement vers la terre ferme.

Elle avait réussi.

Elle était vivante. Elle respirait toujours.

Grelottant, un goût de sang dans la bouche, elle se tourna vers la surface miroitante qui aurait dû l'engloutir.

Et elle se vit.

Son corps était toujours dans l'eau.

Elle flottait sur le ventre, ses longs cheveux noirs ondulant autour de sa tête comme d'innombrables tentacules.

Comment était-ce possible?

Elle baissa les yeux vers ses jambes qui tremblaient dans son jean trempé. Ses doigts maladroits tirèrent sur son T-shirt dégoulinant qui lui collait à l'estomac puis remontèrent vers le foulard rouge noué autour de son cou.

Comment pouvait-elle être en même temps au milieu de l'eau et sur le bord de la piscine?

Etait-elle morte?

Son esprit vacilla, se vida de toute pensée, et les ténèbres s'abattirent sur elle.

1

Comme souvent en juin, le temps était idyllique sur la côte du Maine.

Cherchant à tromper son impatience, Jason Walker ferma les yeux. Le visage offert au soleil, il se laissa bercer par le clapotis des vagues contre la coque de son yacht, l'*Elena*, amarré dans la marina de Boothbay Harbor.

Il était midi, et il attendait depuis 7 heures ce matin.

Sa source n'avait pas repris contact depuis hier, et il en déduisait que le plan n'avait pas changé. Sa mission consistait à attendre, quitte à ronger son frein, l'arrivée de Maria Ramos Hernandez.

Sensible à la caresse brûlante du soleil à travers son pantalon de toile beige, il étendit ses longues jambes devant lui.

La douleur presque constante dans sa jambe gauche connaissait un moment de répit, mais il n'était pas encore prêt à accepter de bonne grâce les petits plaisirs de la vie. Il avait trop perdu.

En silence, il maudit le destin qui avait brisé son corps et l'avait réduit à cette situation.

Il n'était plus qu'un coursier, passant son temps à attendre les ordres, alors qu'il y avait tant à faire !

— Jason !

Avançant d'un pas déterminé le long du ponton de bois, sa sœur aînée, Alice, s'arrêta au pied de la passerelle et le toisa, les mains sur les hanches.

— Qu'est-ce que tu fais, assis là ?

— Je réfléchis.

— Dis plutôt que tu perds ton temps !

— Pas du tout. L'état contemplatif sied à un homme dans ma situation.

— Veuillez m'excuser, monsieur Socrate. Heureusement que tout le monde ne se tourne pas les pouces !

Alice était un véritable tourbillon, toujours occupée à quelque chose, donnant des ordres, organisant, nettoyant et planifiant. Jason avait appris depuis longtemps que la meilleure façon de gérer ce cyclone humain était de se mettre à l'abri et d'attendre que ça passe.

Avec un débit de mitraillette, elle lui rappela la liste de toutes les tâches de la plus haute importance dont il avait été chargé.

— Tu as fait tout ça ? demanda-t-elle d'un ton inquisiteur.

Jason hocha la tête.

— Oh ! fit-elle, l'air presque déçu. Dans ce cas, je vais te laisser à ta méditation.

Un pli soucieux apparut soudain sur son front.

— Elle n'est pas là ou je me trompe ?

— Non.

— Où est-elle ?

— Maria ne va pas tarder à arriver.

— Je n'arrive pas à croire que tu lui aies donné rendez-vous ici.

Moqueuse, elle imita la voix de baryton de Jason.

— Retrouve-moi à la marina de Boothbay, anneau quatre-vingt-six.

Il haussa les épaules.

— Pourquoi n'es-tu pas allé la chercher à l'aéroport ? Tu aurais quand même pu faire un effort, Jason. Après tout, elle vient d'Amérique centrale pour toi.

— C'est elle qui ne voulait pas, dit-il.

— Je me demande bien pourquoi. Pour prouver son indépendance ? Elle a peut-être besoin de te montrer qu'elle est capable de se débrouiller seule…

Alice eut une petite moue songeuse.

— C'est bien. C'est le genre de femme qu'il te faut.

— Sûrement.

La bonne humeur d'Alice s'évanouit soudain et elle soupira.

— Jason, tout ça m'inquiète quand même un peu. J'aurais préféré que tu sois amoureux de cette femme.

— Nous apprendrons à nous apprécier et à prendre soin l'un de l'autre. N'est-ce pas à ça que se résume le mariage ?

— De là à s'inscrire sur un site de rencontres !

Jason répéta une fois de plus l'histoire soigneusement élaborée pour servir de couverture.

— Je ne peux pas continuer à vivre seul sur l'île. Avec mes blessures, j'ai besoin de quelqu'un pour m'aider. Et comme je n'ai ni le temps ni le goût de courtiser une femme pendant des semaines, sans savoir où ça nous mènera, passer par un site de rencontres m'a semblé être la meilleure solution.

— Tu aurais pu engager une infirmière.

— Je n'ai pas besoin d'une infirmière.

— Une gouvernante, alors. Pourquoi te marier ?

Elle grimaça.

— Tu as tout pour toi, Jason. Trente-cinq ans, célibataire, plutôt fortuné. Et tu peux encore devenir médecin, tu sais. Il suffirait que tu termines ton internat…

— Alice, arrête !

— Je connais tellement de gentilles filles qui feraient des épouses formidables…

— Ne te fais pas de souci pour moi.

— Epouser une femme qu'on n'a jamais vue…, marmonna-t-elle. internet ou pas, c'est un concept totalement ridicule et démodé. Et où est-elle passée ? Tu aurais l'air malin, si elle ne venait pas. Je te rappelle que le mariage a lieu demain.

— Elle sera là.

Ça ne faisait pas le moindre doute. La vie de Maria dépendait de la réussite de leur plan.

Alice consulta sa montre.

— Je vais chez le traiteur. J'espère que tu as pris la bonne décision, Jason.

— Moi aussi.

L'après-midi s'étira, interminable.

Lentement, le soleil entamait sa chute vers l'horizon. Des vaguelettes frangées d'écume venaient mourir contre la coque, en un doux clapotis qui ressemblait à un soupir.

Luttant contre un début de somnolence, Jason inspira longuement l'air iodé. Contrairement à ce qu'il avait dit à sa sœur, il détestait l'inaction.

Avec ses jumelles, il observa le ballet des bateaux de pêche qui rentraient au port, survolés par des nuées de cormorans et de mouettes qui déchiraient le silence de leurs cris stridents. Puis il reporta son attention sur le parking de la marina, et l'accès au ponton.

Si quelque chose avait mal tourné, comment sa source le préviendrait-elle ?

Il n'avait jamais rencontré cette personne. Leurs contacts se résumaient à une voix au téléphone, et à un occasionnel courrier. La possibilité que Maria lui fasse faux bond n'avait jamais été évoquée.

Il sortit de sa poche une lettre d'une page, le seul message qu'il ait reçu directement de Maria. Bien que celle-ci soit une journaliste expérimentée, l'anglais n'était pas sa langue maternelle, et les phrases, tracées d'une petite écriture précise, étaient maladroites.

Cher monsieur Walker,
Mon immense gratitude vous appartient. Pour votre proposition et protection, je vous remercie abondamment. Je compte avec la réussite de notre projet. Rien n'est plus important.

Entre les lignes, il percevait son courage et sa force de caractère. Au nom du patriotisme et de la lutte contre l'injustice, Maria était prête à tout sacrifier. Mais l'aide qu'il se proposait de lui apporter serait-elle suffisante ?

Le ciel, enflammé par les derniers rayons du soleil couchant, se zébrait de longues traînées pourpres lorsque Jason repéra dans ses jumelles une femme immobile sur la jetée, le regard rivé sur la forêt de mâts qui oscillaient mollement.

Une famille portant des paniers de pique-nique se sépara pour la contourner ; elle ne leur prêta aucune attention.

S'agissait-il de Maria ?

Elle était seulement vêtue d'un jean et d'un T-shirt, et n'avait aucun bagage. Mais elle portait un foulard rouge autour du cou.

Il sentit son pouls s'emballer. Le foulard rouge était le premier signe de reconnaissance.

Elle trébucha en avançant sur les planches disjointes du ponton. Malgré la distance, Jason pouvait discerner un affaissement des épaules et une raideur dans la démarche. Cette pauvre fille était manifestement épuisée. Après un voyage de plus de deux mille kilomètres, cela n'avait rien d'étonnant.

S'il s'agissait bien de Maria…

Observant sa progression, il se prit à espérer qu'il s'agissait en effet de la femme qu'il attendait. Celle qu'il devait épouser. En dépit de sa fatigue, elle semblait raisonnablement séduisante. Même s'il ne s'agissait que d'une couverture, il aurait été embarrassé d'être associé à un laideron. Après tout, il allait devoir la présenter comme sa femme…

S'appuyant sur sa canne, il se leva et s'approcha de la passerelle.

Après une aussi longue attente, il avait envie de courir à sa rencontre — comme si sa jambe lui permettait de courir ! —, mais les instructions étaient claires : c'était à elle de venir vers lui.

Elle s'arrêta devant la plaque indiquant l'emplacement quatre-vingt-six, puis leva la tête vers lui. Ses yeux avaient une couleur étrange, un vert pailleté d'or qui ressortait de façon spectaculaire sur sa peau cuivrée.

Sans un mot, elle leva sa main droite, et il distingua à l'annulaire la chevalière en or qui constituait le deuxième signe de reconnaissance.

— Maria ? demanda-t-il.

Elle parut décontenancée, mais hocha la tête.

Il lui fit signe de monter, et lui prit la main pour l'aider à prendre pied sur le pont. Ce faisant, il vérifia que la bague était bien gravée d'une rose au cœur d'un buisson d'épines.

Ses doigts étaient glacés, agités de tremblements. Il lui demanda en espagnol si elle allait bien. Dans la même langue, elle lui répondit qu'elle avait besoin de dormir.

Il la guida vers la cabine où elle se recroquevilla sur la couchette, en le remerciant. Avant qu'il ait le temps de lui demander la raison de son retard, elle s'était endormie.

Au repos, ses traits étaient délicats et harmonieux. Ses longs cils noirs formaient des ombres sur ses pommettes ciselées. Des lèvres pleines et superbement dessinées s'échappait un souffle léger.

Tandis qu'elle dormait, il lança le moteur et fit route vers l'île. Le temps pressait, et les conditions météo ne se prêtaient pas à la navigation à voile.

L'épais brouillard dans lequel elle flottait se déchira, laissant filtrer la lumière, bien que ses yeux soient fermés.

Etait-ce cela, la mort ?

Elle était aspirée vers un lieu profond et obscur, et sa chute semblait sans fin. Elle devait rêver. Pourtant, ses sensations étaient extrêmement réelles.

On lui touchait l'épaule.

Ses paupières se soulevèrent brusquement. Un soleil éblouissant inondait son visage de lumière.

Elle inspira lentement une bouffée d'air et sentit une douleur fulgurante dans sa cage thoracique. Et sa tête... Elle avait l'impression qu'une vrille lui transperçait le crâne.

— Comment allez-vous, Maria ? demanda en espagnol une voix masculine.

Ses yeux rencontrèrent le regard d'un inconnu.

— Vous vous sentez bien ? reprit-il, toujours en espagnol.

— *La muerte*, murmura-t-elle.

La mort.

L'ange de la mort l'avait approchée de si près qu'elle sentait encore son étreinte glaciale.

— Où suis-je ?

— Sur l'île.

Quelle île ? Elle n'avait pas la moindre idée de l'endroit où elle se trouvait. Son esprit était vide. Quelque chose de terrible avait dû se produire. Quelque chose qui avait fait dérailler sa vie.

— Qui êtes-vous ?

— Votre futur mari. Vous êtes ma fiancée.

Son mari ?

Cet homme lui mentait.

Elle avait le vague souvenir d'autres hommes qui voulaient la tuer. Etait-il l'un d'eux ?

Elle se redressa sur le canapé où elle était étendue, et porta les mains à sa tête. Ses tempes battaient avec une régularité mécanique, tandis qu'un étau d'acier semblait lui broyer le cerveau.

— Ma tête…, gémit-elle.

— Vous ne vous rappelez pas ?

Son instinct lui conseilla d'entrer dans le jeu de l'inconnu, de lui donner les réponses qu'il attendait.

— Si, très bien.

Ses doigts coururent sur l'étoffe blanche de la robe qu'elle portait.

Une simple dentelle autour du cou, de petits plis sur le corsage, une longue jupe… Aucun doute, il s'agissait d'une robe de mariée.

— Maria, il faut y aller. J'ai hâte d'en finir.

Il parlait espagnol avec aisance, mais elle détecta un léger accent américain.

— Je ne veux pas être en retard pour la cérémonie, insista-t-il.

— Quelle cérémonie ?

Elle vit de l'impatience dans ses yeux gris.

— Le mariage.

Son cœur battait trop vite, elle se sentait oppressée… et sa tête allait exploser. Du bout des doigts, elle se massa les tempes.

— Vous ne vous sentez pas bien ? s'inquiéta-t-il.

Elle avait atrocement mal dans le cou et les épaules, mais elle s'efforça de le cacher.

— Je survivrai, dit-elle en esquissant un sourire.

— Je ne comprends pas pourquoi vous avez mal à la tête. Je vous ai examinée avec soin. Vous avez quelques ecchymoses, mais je n'ai pas trouvé trace d'une blessure à la tête. Etes-vous sujette aux migraines ?

— Non, mais j'ai besoin d'une aspirine.

Il retira d'une boîte posée sur la table de salon une plaquette de médicaments, perça deux opercules, et déposa dans sa main deux gélules bleues et blanches. Puis il lui tendit un verre d'eau.

Bien que la douleur soit insupportable, elle hésita.

Que lui donnait-il ? Une drogue qui achèverait de détruire son cerveau ?

— Qu'est-ce que c'est ? demanda-t-elle d'un ton suspicieux.

— Je vous l'ai déjà dit. Je vous en ai donné hier soir. Je les utilise pour ma douleur à la jambe, mais ça fonctionne aussi pour le mal de tête.

Si elle avait pris une de ces gélules la veille, elle aurait dû s'en souvenir. Or, sa mémoire semblait avoir été effacée.

— Prenez-les, dit-il d'un ton impatient. Ce n'est pas le moment d'avoir mal à la tête.

Elle ne connaissait pas cet homme, mais la douleur à l'arrière de ses yeux, semblable à une brûlure au fer rouge, était si intense, qu'elle était prête à prendre le risque d'avaler n'importe quoi. Elle serait incapable de réfléchir tant que durerait cette agonie.

D'un geste décidé, elle avala les gélules avec une grande gorgée d'eau.

— Ecoutez-moi attentivement, Maria. Personne ne doit se douter de rien. Vous comprenez ?

Elle s'étendit de nouveau sur le canapé, et se concentra sur sa respiration en attendant que la douleur s'apaise.

Pourquoi l'appelait-il Maria ?

Ce n'était pas son nom. Elle s'appelait…

Un sanglot involontaire monta à ses lèvres.

Son nom était…

Oh ! Seigneur ! Pourquoi ne se rappelait-elle pas cette information, à la fois simple et primordiale ?

« Calme-toi, s'encouragea-t-elle. Essaye de réfléchir. »

Elle entendit quelqu'un entrer dans la pièce ; une femme qui demanda, en anglais :

— Comment va-t-elle ?

— Ça va aller. Ne t'en fais pas, Alice.

— Je n'ai pas l'impression qu'elle soit dans son état normal. Hier, elle avait le regard vide, complètement perdu. Tu devrais annuler le mariage.

— Maria tiendra le coup. Elle est forte, elle vient d'un pays rude.

— Eh bien, je pense que ça va au-delà de l'angoisse commune à toutes les futures mariées.

— Laisse-moi en juger. Je sais ce que je fais.

La femme se pencha au-dessus d'elle.

— Maria ?

Elle ouvrit les yeux. Même si elle ne s'appelait pas ainsi, elle répondrait désormais à ce prénom.

— Maria, avez-vous besoin d'un médecin ?

— Je m'en occupe, intervint l'homme. S'il te plaît, Alice, laisse-nous.

Tandis que la nommée Alice s'éloignait, Maria eut envie de la rappeler, de lui dire que oui, elle avait besoin de voir un médecin et de parler à la police, aussi. Mais comment réagirait cet homme, cet inconnu ?

— Vous n'allez pas tarder à vous sentir mieux, dit-il. Fermez les yeux et laissez le médicament agir.

Graduellement, la douleur commença à se dissiper. Son esprit devint plus clair. Elle s'assit et tourna lentement la tête pour ne pas compromettre cette fragile amélioration.

L'homme était assis dans un fauteuil à bascule près du canapé. Malgré son air contrarié, il était très séduisant. Une certaine noblesse se dégageait de ses traits réguliers.

Elle sentit confusément qu'elle devait le connaître, mais sa mémoire refusait de fonctionner.

Si seulement elle savait son nom…

— Comment vais-je m'appeler, quand nous serons mari et femme ? demanda-t-elle.

— Madame Jason Walker.

— Et ce sera ici, ma maison ? Sur cette… île ?

Par les larges baies vitrées, elle apercevait des pins et des érables. Ces arbres n'évoquaient en rien une île tropicale dont la langue officielle pourrait être l'espagnol. Pourtant, l'Américain s'obstinait à lui parler en espagnol.

— Je vous en prie, Maria, essayez de vous concentrer.

— Sur quoi ?

Avant qu'il ait eu le temps de répondre, une mélodie jouée au piano s'éleva de l'autre côté de la porte fermée.

Reconnaissant la *Marche nuptiale*, Maria se demanda si elle rêvait.

— Finissons-en, dit-il en se levant.

Elle remarqua que son costume noir semblait trop large pour sa haute et mince silhouette.

Il saisit une canne d'ébène à pommeau d'argent, puis se

pencha vers une console et prit un bouquet de roses qu'il lui tendit négligemment avant de se diriger en boitant vers la porte.

Maria hésita à le suivre.

Elle était sur le point de se marier, mais... Cet homme l'aimait-il ? Et elle, était-elle amoureuse de lui ? Cela semblait impossible. L'amour était un sentiment qui ne pouvait s'évanouir, même si sa mémoire lui faisait défaut.

Si elle avait aimé cet homme, son âme ne l'aurait pas oublié.

— Jason Walker ? l'interpella-t-elle.

Il se retourna, la main sur la poignée de la porte.

— Nous ne pouvons pas faire ça.

— Il n'y a pas d'autre solution. Votre vie en dépend.

Un frisson la parcourut, et elle sut qu'il disait la vérité.

— Bien, dit-elle d'une voix déterminée. S'il le faut, je vais vous épouser. Accordez-moi encore quelques instants, le temps que mon mal de tête soit complètement dissipé.

Jason sortit du petit salon, ferma la porte derrière lui, et se força à sourire aux invités rassemblés dans la salle de réception.

Alice se précipita vers lui, son regard bleu porcelaine terni par l'inquiétude.

— Tout va bien ? murmura-t-elle.

— Oui. Maria a besoin de rester seule un petit moment.

— Et toi, Jason ? Comment vas-tu ?

— Ça ne pourrait aller mieux.

Poursuivi par Alice, il s'éclipsa vers le couloir et gagna son bureau.

— Je n'en ai pas pour longtemps, dit-il en entrant dans la pièce.

— Veux-tu que j'aille voir ce que fait Maria ?

— Est-ce bien nécessaire ?

Alice poussa soupir exaspéré.

— Ah ! la la ! Tu ne comprendras jamais rien aux femmes !

— Et je n'ai pas l'intention d'essayer, répliqua-t-il en lui fermant la porte au nez.

Maria Ramos Hernandez ne correspondait pas du tout à l'image qu'il s'était faite d'elle.

On lui avait dit qu'elle était forte et courageuse, capable de se montrer une combattante farouche lorsqu'elle était menacée. Cependant, personne n'avait mentionné son exceptionnelle beauté. Son épaisse et souple chevelure noire tombait sur ses épaules en une cascade de boucles ; ses yeux avaient l'éclat d'émeraudes sur le velours cuivré de sa peau. Et quand elle le regardait avec cet air innocent et fragile, il avait envie de dévorer de baisers ses lèvres charnues.

Elle avait refusé de parler de son voyage. Depuis le moment où il l'avait accueillie à bord de l'*Elena,* elle n'avait quasiment fait que dormir et s'était contentée d'un repas qui n'aurait pas satisfait l'appétit d'un colibri.

A l'évidence, Maria avait rencontré des obstacles en chemin. Elle était arrivée avec dix heures de retard, couverte d'ecchymoses. Le plus inquiétant était son apparente perte de mémoire. Sa mémoire à court terme avait disparu. Elle oubliait ce qu'il lui disait d'une minute à l'autre, et lui avait demandé son nom une bonne dizaine de fois. Même si ses blessures ne mettaient pas sa vie en péril, il s'inquiétait pour elle.

Conscient du danger qu'il y avait à changer les plans, il prit le téléphone posé sur le bureau et composa le numéro qu'il avait essayé à plusieurs reprises depuis l'arrivée de Maria.

Il laissa sonner longuement mais n'obtint toujours pas de réponse.

Il raccrocha en laissant échapper un juron.

Son contact n'aurait pas pu choisir un plus mauvais moment pour disparaître.

Acceptant au passage les félicitations des invités, il se dirigea en claudiquant vers le grand salon, et prit place face au révérend en remuant sur sa chaise à la recherche d'une position aussi confortable que possible. Les médecins lui avaient assuré qu'il retrouverait un jour l'usage normal de sa jambe mais, pour le moment, il pouvait difficilement se passer de sa canne. De plus, il y avait cette douleur constante qui lui minait le moral et le rendait acariâtre.

Il fit signe à Alice qui ouvrit la porte de communication avec le petit salon.

Toutes les têtes se tournèrent pour voir la future mariée.

Il y eut quelques hoquets de surprise quand les invités découvrirent, comme il l'avait fait lui-même, à quel point Maria était ravissante dans sa robe toute simple, les mains jointes autour de son bouquet de roses.

— Ravissante, murmura le révérend Blaylock.

— Oui, répondit Jason.

Maria se figea sur le seuil, les épaules droites et le menton levé d'un air de défi.

La pianiste s'interrompit, laissa les doigts en suspens au-dessus du clavier, puis reprit au commencement la *Marche nuptiale*.

Le remarquable regard émeraude de Maria balaya l'assistance avant de se poser sur Jason. Il devina les battements précipités de son cœur, affolé comme un oiseau captif, et comprit qu'elle était trop effrayée pour bouger.

Se relevant avec peine, il la rejoignit et lui offrit son bras.

Lentement, ils franchirent les vingt pas jusqu'au révérend qui semblait impatient de commencer la cérémonie.

— Mes biens chers frères, nous sommes rassemblés aujourd'hui...

Jason n'écouta que d'une oreille.

Ce n'était pas un vrai mariage, pas comme celui qui l'avait uni à Elena, l'unique amour de sa vie, que la mort lui avait arrachée quatre ans plus tôt.

Lorsque le révérend demanda si quelqu'un s'opposait à ce mariage, Jason se surprit à retenir son souffle. Il s'attendait presque à voir débarquer une bande de terroristes ou des agents de l'immigration.

C'était absurde. Il n'y aurait pas d'objections. Rien ne s'opposait à ce mariage, en dehors du fait qu'ils ne se connaissaient pas du tout.

Maria crispa les doigts sur la manche de Jason, s'accrochant à lui pour ne pas tomber, tandis qu'une vague nauséeuse montait en elle.

Son cerveau tournait à plein régime, sans qu'il en émerge la moindre pensée cohérente. Ses jambes tremblaient. Elle avait besoin de s'allonger, de mettre fin à cette horrible sensation d'être emportée par un tourbillon.

Jason posa la main sur la sienne et la pressa.

Il la regardait. L'expectative se lisait dans son regard gris, comme s'il attendait une réponse, mais elle ne savait pas quelle était la question.

Le révérend s'éclaircit la gorge.

— Maria Ramos Hernandez, acceptez-vous Jason Walker pour légitime époux…

Le reste de la phrase se perdit dans les brumes de son esprit.

Comment pouvait-elle accepter? Elle ne connaissait pas cet homme, elle ne savait pas où elle était!

— Dites oui, murmura Jason en espagnol.

Ses lèvres s'entrouvrirent, mais aucun son n'en sortit.

Elle ne pouvait pas mentir; elle ne pouvait pas s'engager avec un homme qu'elle n'aimait pas.

Jason se pencha à son oreille.

— Maria, c'est dangereux. Il faut le faire.

Elle jeta un coup d'œil vers les gens qui l'observaient.

Il y avait là une quinzaine de personnes qui affichaient un sourire poli mais froid. Aucun visage ne lui était familier.

— Moi, Maria…

Elle ne se rappelait plus son nom… Elle lança un regard éperdu à Jason, quémandant son aide.

— Maria Ramos Hernandez, murmura-t-il.

— Moi, Maria Ramos Hernandez, prends cet homme…, balbutia-t-elle en anglais.

Quel était son nom, déjà?

— Jason, dit-elle triomphalement. Jason Walker pour époux…

Elle s'embrouilla dans le reste de la phrase, et le révérend mit rapidement fin à la cérémonie.

— Vous pouvez embrasser la mariée, conclut-il.

2

— Vous pouvez embrasser la mariée, répéta le révérend Blaylock.

Jason avait pensé lui donner un court et respectueux baiser sur la joue, mais quand il posa les mains sur ses épaules délicates et vit son sourire tremblant, il ne put s'empêcher d'être troublé.

Elle était si belle, et cela faisait si longtemps qu'il n'avait pas tenu une femme dans ses bras !

Doucement, il resserra son étreinte et s'empara de ses lèvres. Le baiser fut bref et doux, mais si sensuel qu'une fièvre soudaine s'empara de son corps.

L'intensité de cette sensation inattendue le transporta, et il en oublia sa douleur, son amertume. Pour la première fois depuis des mois, il eut l'impression de redevenir véritablement un homme.

Puis ils se séparèrent et la magie du moment s'évanouit.

Ils se tournèrent pour faire face au petit groupe de parents et d'amis qui applaudissaient avec enthousiasme. A l'exception d'une personne, nota Jason. Le sénateur Edward Elliot tapa deux fois dans ses mains puis laissa ses bras retomber souplement le long de son corps. Le sourire de façade propre aux politiciens était absent de son visage exagérément hâlé.

Jason escorta Maria dans l'allée formée entre ses invités, et marqua une pause sous l'arcade qui ouvrait sur la vaste salle à manger, où les attendait un buffet.

— Félicitations ! s'exclamaient ses amis sur leur passage. Tous nos vœux de bonheur !

Il se força à leur rendre leurs sourires.

Avec sa jambe meurtrie et ses rêves en lambeaux, il n'avait rien du mari idéal. Maria méritait mieux. Dans sa sobre robe

blanche, elle était aussi adorable que la figurine décorant tradi-
tionnellement le gâteau de mariage.

Les invités se pressaient maintenant autour d'eux, et Jason
assura la traduction en espagnol, en prenant soin de tutoyer Maria,
au cas où un invité aurait compris cette langue.

— Maria, tu connais ma sœur…

— Oh! Maria, vous êtes ravissante! dit Alice, la larme à
l'œil. *Muy bonita.*

Elle tourna les yeux vers Jason, quêtant son approbation.

— *Bonita*, c'est bien le mot pour « jolie », n'est-ce pas?

— Excellent, sœurette. Te voilà parfaitement bilingue.

Alice haussa les épaules et, ayant épuisé tout son vocabulaire,
poursuivit en anglais.

— Voici ce que j'ai prévu. Un buffet léger, et bien sûr le
gâteau de mariage. C'est un assemblage de génoise à la ganache,
avec un glaçage au chocolat blanc. La tradition, chez nous, c'est
de conserver l'étage supérieur, de le congeler, et de le déguster
lors du premier anniversaire de mariage. Voulez-vous que je le
congèle pour vous?

Maria hocha la tête.

Le front plissé, Alice s'adressa à Jason.

— Tu crois qu'elle a compris?

— Tu serais surprise.

— Bref, continua Alice, je sais que vous êtes fatiguée, donc
je vais essayer de faire avancer les choses. Je pense que nous
pourrons renvoyer à peu près tout le monde sur le continent
par la navette de 17 heures. Ensuite, vous pourrez vous reposer.

— Se reposer? répéta le révérend qui venait de les rejoindre.
Ce n'est guère un programme pour une lune de miel!

— Vous avez des suggestions? demanda Jason.

Connaissant le caractère jovial du révérend Blaylock, il savait
qu'il pouvait se permettre cette plaisanterie.

— Vous savez ce qu'il convient de faire, répliqua Wally
Blaylock.

Jason grimaça un sourire. Le mariage avait peu de chances
d'être consommé… Ravalant sa déception, il continua à se
conduire comme on l'attendait d'un jeune marié. Cependant,

sous la façade sociale, un puissant désir faisait rage en lui. Leur baiser avait réveillé des émotions qu'il croyait à jamais éteintes.

Le révérend s'adressa ensuite à Maria dans un excellent espagnol.

— Pardonnez-moi cette question, Maria, mais êtes-vous catholique ? Venant d'un pays d'Amérique centrale, il me semble que ce doit être le cas.

— Le mariage est-il légal ? s'inquiéta Jason.

— Naturellement.

— Dans ce cas, c'est sans importance, n'est-ce pas ?

— Sans importance aucune.

Le révérend prit la main de Maria et le serra vigoureusement, offrant toutes les apparences d'une sincère amitié.

— Soyez la bienvenue parmi nous, mon enfant. J'espère vous voir prochainement au temple. Tous les deux.

— J'y serai. Avec mon mari, ajouta-t-elle après une légère hésitation.

Les invités défilèrent ensuite devant eux. Jason présenta une tante âgée et son compagnon, ainsi qu'un couple qu'il désigna comme des voisins.

— Ici ? demanda Maria. Nous avons des voisins sur l'île ?

— Non. Ma maison est la seule construite sur l'île. J'espère que tu t'y plairas.

— J'en suis sûre, répondit-elle poliment.

En la voyant saluer les invités, Jason eut la certitude que Maria avait une parfaite connaissance des subtilités mondaines. Bien qu'elle ne s'exprimât qu'en espagnol, elle parvint à charmer toute l'assemblée, hommes et femmes.

Encore une surprise, songea-t-il. D'après ses informations, elle avait grandi dans un petit village, au sein d'une communauté paysanne misérable. Et bien qu'étant parvenue à faire des études et à devenir journaliste, elle se moquait des convenances et ne se laissait impressionner par personne. Or, la femme qui se tenait à ses côtés dégageait une indéniable aura de sophistication.

— Tu t'en sors très bien, dit-il.

— Merci.

*
* *

Maria découvrit avec étonnement qu'elle avait envie de faire plaisir à son mari.

La force passionnée de son baiser, et la façon instinctive dont elle y avait répondu l'avaient incitée à croire que, peut-être, elle était réellement amoureuse de cet homme.

Etre dans ses bras lui avait paru naturel… et très agréable.

Peut-être avait-elle accepté ce mariage pour de bonnes raisons. Même si elle ne se rappelait pas leur relation, elle espérait de tout cœur qu'il y avait réellement de l'amour entre eux. En tout cas, elle comptait bien mettre toute son énergie à essayer de se souvenir.

Un autre invité venait de se poster devant eux.

— Maria, voici Edward Elliot, sénateur de l'Etat du Maine.

Edward lui serra fermement la main.

— Ravi de faire votre connaissance. Jason a beaucoup de chance d'avoir rencontré une telle beauté.

Jason lui traduisit, et elle murmura timidement :

— *Gracias.*

— Vous ne parlez pas anglais ? demanda le sénateur.

— Un peu.

Ce quinquagénaire bien habillé, qui semblait se prendre pour un grand séducteur, faisait preuve d'un intérêt un peu excessif à son goût, gardant sa main dans la sienne plus longtemps que nécessaire.

— Il me semble que vous connaissez mieux notre langue que vous le dites. Quand vous avez prononcé vos vœux d'engagement, vous n'aviez pas une trace d'accent.

Bien qu'elle ait parfaitement compris ce qu'il venait de dire, Maria se réfugia derrière une expression confuse.

— *No entiendo*, marmonna-t-elle. Désolée.

Il se pencha à son oreille et murmura :

— Vous êtes en danger. Laissez-moi vous…

Un homme s'interposa, jovial.

— Allez, pousse-toi de là, Eddy ! Laisse un peu la place aux autres.

Edward Elliot plongea la main dans la poche intérieure de sa veste, et ses manières se firent faussement enjouées.

— Si ce bon vieux Jason vous ennuie trop, voici où me joindre, Maria.

Il lui tendit une carte de visite professionnelle.

— Si vous avez besoin de quoi que ce soit…

— Que dites-vous ? demanda Jason, qu'un autre invité avait accaparé jusqu'alors.

— J'invite votre épouse en ville. Ou à visiter la capitale. Ce n'est pas bien loin, après tout, et elle a sûrement envie de faire un peu de tourisme. Le Maine est une si jolie région !

— Maria ne sait pas conduire.

Une objection monta à ses lèvres. Bien sûr qu'elle savait conduire ! Elle conduisait depuis l'âge de seize ans.

Un souvenir inattendu, rapide comme l'éclair, traversa sa mémoire.

Un break vert foncé garé dans une rue bordée d'arbres. Elle connaissait cet endroit, mais le nom lui échappait. Deux hommes étaient assis dans la voiture. Ils surveillaient une maison, attendaient quelqu'un…

Elle sentit son pouls s'accélérer, et la peur noya son esprit, ravivant son mal de tête.

— Si Maria veut aller quelque part, je l'y conduirai, dit Jason.

— Pas si elle veut devenir une vraie Américaine, répondit Elliot d'un ton goguenard.

Décidément, elle n'aimait pas du tout ses manières.

Les sourires factices et les mines charmeuses du politicien l'horripilaient d'autant plus qu'elle devinait en lui une certaine cruauté. Il était comme un vent mauvais semant le désastre sur son passage.

— La première chose qu'elle voudra conquérir, c'est son indépendance. N'est-ce pas, Maria ?

Elle se força à soutenir son regard, en se demandant ce qu'il sous-entendait en disant que Jason pourrait l'ennuyer.

Courait-elle un danger avec Jason ?

Lui ferait-il du mal ?

Malgré l'ambiance de fête, de sombres et discordantes menaces planaient autour d'elle, et elle ignorait à qui elle pouvait faire confiance.

Alice venait de réapparaître. Dans son mauvais espagnol, elle annonça qu'il était temps de couper le gâteau, tout en levant un couteau d'argent et en le désignant de l'index.

Un rayon de soleil fit scintiller la lame, et Maria sursauta.

Il y avait un couteau. L'un des hommes brandissait un couteau.

— Souriez !

L'ordre venait d'un homme de petite taille, à la silhouette mince et nerveuse évoquant celle d'un jockey. Un appareil photo professionnel pointé sur eux, il avait le doigt sur le déclencheur et s'apprêtait à prendre un cliché.

— Allez, mon petit vieux, rapprochez-vous de la mariée.

— Pas de photos ! dit Jason avec fermeté.

— Mais c'est pour *La Gazette* ! Et vous serez à la une. Ce n'est pas tous les jours que le célibataire le plus convoité du pays se fait passer la corde au cou. Allez, un petit sourire !

Vif comme l'éclair, Jason saisit l'appareil d'une main tandis que, de l'autre, il faisait passer la bandoulière par-dessus la tête du journaliste.

— Hé ! Rendez-moi ça !

— D'abord, j'aimerais vous présenter ma femme. Même les journalistes peuvent se montrer civilisés.

D'une chiquenaude, il poussa le petit homme vers elle.

— Maria, voici Chip Harrington. Il cumule les fonctions de journaliste, photographe et éditeur du journal local.

— Charmé, dit-il sans la regarder.

Après une poignée de main molle et fuyante, il se tourna vers Jason.

— C'est bon ? Je peux faire ma photo, maintenant ?

— Je regrette, mais Maria est fatiguée après ce long voyage. Elle n'a pas envie de poser maintenant.

— Mais…

— C'est comme ça.

Jason fit signe à Alice et lui confia l'appareil photo.

— Tu veilleras à ce que Chip le récupère en partant.

— J'accepte, mais à une condition. Si je ne peux pas prendre de photos, je veux une interview de Maria. En tête à tête.

— Mais elle ne parle qu'espagnol, observa Alice.

— Ce n'est pas grave. Les gens d'ici semblent oublier que je n'ai pas toujours vécu dans le Maine. J'ai longtemps été correspondant en Amérique latine.

— Je sais, dit Jason.

Sous une apparence frêle et volontiers naïve, Chip cachait une vive intelligence. Et, en dehors de l'hebdomadaire qu'il avait créé à Lewiston, il contribuait à de nombreuses publications nationales.

— Avec votre permission, Maria, dit Chip dans un espagnol impeccable. Cela ne prendra que cinq minutes.

Jason ne voyait pas cela d'un très bon œil ; il éprouvait un étrange sentiment de possessivité à l'égard de sa femme. Maria ne se sentait pas bien, et il ne voulait pas la laisser affronter seule quelqu'un d'aussi rusé que Chip.

— Je vous accompagne.

— Oh ! s'il vous plaît ! Laissez-la respirer. Maria, qu'en pensez-vous ?

— Je serais ravie de discuter avec vous, mais j'ai bien peur de ne pas avoir grand-chose à dire.

Un journaliste, songea-t-elle tandis qu'elle s'approchait de Chip, devait être en mesure de la renseigner sur son mari.

D'un geste de la main, elle lui désigna un fauteuil près de la cheminée, et ouvrit la conversation par une question.

— Cette île est magnifique, dit-elle. Jason y vit depuis longtemps ?

— Il y est né. La famille Walker descend d'une longue lignée d'officiers de marine. Mais parlez-moi plutôt de vous.

— Jason est également marin ? demanda-t-elle au lieu de répondre.

— Pas du tout. Il a fait des études de médecine. Mais vous devez le savoir.

— Oui, naturellement. Je suis tellement fatiguée que mes idées s'embrouillent.

— Je serai bref, promit Chip. Vous êtes donc originaire d'Amérique centrale. Quel pays ?

— Le Guermina.

Maria ignorait comment cette réponse lui était venue ; cela lui semblait tout simplement une évidence.

— Parlez-moi de votre pays.

Des images fusèrent, en une succession de flashes rapides.

— C'est magnifique. Très vert et luxuriant. Il y a des plantations de café, des volcans, beaucoup de pluie… Une très grande pauvreté, aussi. Des conflits permanents…

Bien qu'elle eût des connaissances sur le pays, le Guermina lui semblait exotique, comme un endroit qu'elle aurait visité, mais elle où elle n'aurait pas de racines. De la même façon, l'espagnol était une langue qu'elle parlait couramment, mais qui n'était probablement pas sa langue maternelle.

— Maria, dit-il, en la ramenant à la réalité. Connaissez-vous Juana Sabata ? C'est une…

— Une journaliste, comme vous.

— Une héroïne, souligna Chip. Beaucoup de personnes l'admirent.

Maria sentit ses bras se couvrir de chair de poule. L'interview informelle venait de prendre un tour dangereux.

— Quel rapport entre cette Juana Sabata et moi ?

Sous son regard scrutateur, elle eut l'impression d'être observée au microscope.

— C'est votre compatriote, non ?

Avec une nonchalance qu'elle était loin d'éprouver, Maria haussa les épaules.

— Ce n'est pas pour autant que je la connais personnellement.

— Bien sûr… Mais, dites-moi, qu'est-ce qui pousse une femme à devenir une épouse par correspondance ?

Maria écarquilla les yeux ; elle n'était pas certaine de savoir à quoi cette expression se référait.

— Allons, Maria, mettez-y un peu du vôtre. Quand Jason s'est inscrit sur un site de rencontres, qu'est-ce qui vous a incitée à répondre à son annonce ?

— Je ne sais pas…

Avait-elle réellement répondu à une annonce ?

— Pourquoi, d'après vous, vous a-t-il choisie parmi toutes les femmes qui lui ont répondu ?

— Je n'en ai pas la moindre idée.

Le journaliste fit la grimace.

— Expliquez-moi au moins comment ça s'est passé. Je suppose qu'il vous a envoyé de l'argent.

— Comment cela, de l'argent ?

— Eh bien, pour payer votre voyage jusqu'ici. Parlez-moi des arrangements pratiques. Comment une femme telle que vous arrive-t-elle aux Etats-Unis ? Y a-t-il eu un intermédiaire ?

Un goût amer envahit sa bouche.

Un intermédiaire ? A en croire Chip, Jason s'était acheté une épouse. L'idée l'écœurait, et la confusion lui embrouilla l'esprit. Une épouse par correspondance ?

Même si elle ne se rappelait rien, elle savait que c'était faux. Sa fierté et le respect qu'elle avait d'elle-même lui auraient interdit de se vendre ainsi, quelles qu'aient été les circonstances.

Pourquoi ne se souvenait-elle de rien ? Pourquoi Jason ne lui avait-il pas expliqué ?

Elle le chercha du regard à travers la pièce.

Il l'observait avec beaucoup d'attention, mais quoi de plus normal ? Si Chip disait vrai, elle était sa possession, quelque chose qu'il avait acheté.

Elle comprenait mieux maintenant pourquoi il l'avait embrassée avec une telle passion.

Quel genre d'homme pouvait faire une chose pareille ?

Quel genre de femme pouvait se résoudre à un arrangement aussi sordide ?

Et ce soir, quand les invités seraient partis, exigerait-il qu'elle se soumette au devoir conjugal ?

Le souvenir du baiser qui l'avait tant troublée la révulsa soudain.

— Maria ? dit Chip en lui touchant le bras.

Elle sursauta.

— Je ne me sens pas bien. Je dois aller m'étendre.

— Mais j'ai encore des questions !

— Pas maintenant.

Elle se leva calmement et s'éclipsa vers le petit salon où elle s'était réveillée avant la cérémonie.

Traversant la pièce, Maria ouvrit la porte-fenêtre donnant sur la terrasse, s'accouda à la rambarde, et observa les vagues qui venaient mourir sur le sable.

L'océan Atlantique la cernait. Dans quelques heures, elle serait seule sur l'île. Avec Jason.

— Maria ?

Alice la rejoignit sur la terrasse.

— Je vous cherchais… Ça ne va pas ?

Les larmes aux yeux, Maria secoua la tête.

— Vous avez le mal du pays, n'est-ce pas ?

Gentiment, elle lui posa la main sur le bras.

— J'aimerais tellement pouvoir vous aider.

Mais le ferait-elle ? Alice l'aiderait-elle à s'enfuir ?

Sans doute pas. Elle prendrait forcément le parti de son frère.

— Vous êtes très courageuse, poursuivit-elle. Je ne crois pas que j'aurais pu tout abandonner comme ça. Vous deviez être désespérée, pour vouloir quitter votre pays.

Désespérée ? Oui, elle l'était assurément.

— Mais, vous avez de la chance, continua Alice. Même si Jason est parfois un peu ours, il a bon cœur. Et je crois que vous lui apporterez beaucoup. La mort de sa première femme, Elena, l'a anéanti. Je ne pensais pas qu'il se remarierait un jour. Il s'est occupé d'elle jusqu'au bout, vous savez. Quand les médecins ont annoncé qu'elle n'en avait plus que pour quelques mois, il l'a ramenée ici, sur l'île, et l'a veillée en permanence.

Maria imagina l'horreur d'être piégée dans cet endroit, mourante et prisonnière sur une froide île du Maine.

— Elena ? murmura-t-elle.

— Elle vous ressemblait un peu. Elle avait de longs cheveux noirs, et elle était espagnole.

Alice plissa le front.

— Je suis sûre que vous ne comprenez pas un mot de ce que je dis. J'aimerais pouvoir vous rassurer, mais je suppose que c'est à Jason de le faire.

La porte du salon s'ouvrit brusquement, et Jason vint vers elles.

La tension autour de sa bouche indiquait que sa jambe devait le faire souffrir. Ce n'était pas un homme cruel, devina Maria, mais il y avait beaucoup de colère en lui.

N'était-il pas surprenant qu'elle soit capable de déchiffrer les émotions de cet inconnu plus facilement que ce qui se passait dans sa propre tête ?

— Laisse-nous, Alice.

— Bien, mais j'insiste pour que vous veniez couper le gâteau. Ensuite, Maria pourra se reposer autant qu'elle le souhaite.

Tandis que sa sœur s'en allait, Jason invita Maria à quitter la terrasse et referma soigneusement la porte-fenêtre.

— Vous devez faire attention, dit-il. Ces personnes semblent inoffensives, mais on ne sait jamais. Nous ne pouvons faire confiance à personne. Même pas au révérend.

— Comment ai-je pu accepter ça ? marmonna-t-elle sans même se rendre compte qu'elle venait d'abandonner l'espagnol pour l'anglais.

— De quoi parlez-vous ?

Il essaya de lui prendre la main, mais elle eut un mouvement de recul.

— Ne me touchez pas ! continua-t-elle, toujours en anglais.

— Je ne vous veux aucun mal.

Elle le défia du regard.

— Vous vous êtes peut-être acheté une épouse par correspondance, mais je ne serai jamais votre femme.

— Quoi ?

Il fit un pas vers elle et s'arrêta.

— Peu importe. Venez couper ce fichu gâteau, qu'on en finisse avec cette mascarade.

— Cette mascarade, c'est vous qui l'avez voulue, répliqua-t-elle.

— Pas du tout. Si j'avais eu le choix, je ne me serais pas mis dans ce pétrin. Je ne suis pas doué pour l'espionnage.

— L'espionnage ?

Elle repassa à l'espagnol. Cela commençait à devenir dangereux, et elle préférait se tenir sur ses gardes.

— Que voulez-vous dire ?

— Ne jouez pas les idiotes avec moi ! Vous avez convaincu Chip Harrington avec vos grands yeux innocents, mais ce n'est pas la peine de faire semblant quand nous sommes seuls.

— Vous allez m'obliger à rester ici ?

— Ce sont les instructions.

Il se dirigea vers la porte et posa la main sur la poignée.

— Allons-y, maintenant.

— Non. Je vais prendre la navette avec les invités. Ensuite, je rentrerai chez moi.

Sauf qu'elle ne connaissait pas son adresse…

— Je ne sais pas à quoi vous jouez, mais je vous conseille de cesser vos enfantillages et de faire ce que je dis.

Le ton de sa voix contenait une sourde menace qui fit comprendre à Maria qu'elle n'aurait pas le dessus dans cette dispute.

De toute façon, les invités étaient tous des amis de Jason et ils prendraient son parti. Ils penseraient qu'elle faisait une crise de nerfs. « Pauvre fille, elle a le mal du pays » diraient-ils, en échangeant des regards entendus.

— J'attends ! s'exclama-t-il.

Plus tard, se promit-elle.

A un moment ou à un autre, elle trouverait une façon de quitter cette île inhospitalière et de retrouver la liberté.

3

La chambre du second étage lui était familière ; elle y avait dormi la nuit précédente.

Debout au milieu de la pièce, elle essaya de se remémorer les détails de l'agencement. La penderie se trouvait sur la droite et elle était vide, puisqu'elle n'avait pas de vêtements à y mettre.

Elle s'avança, ouvrit la porte et redécouvrit un dressing pourvu d'une lucarne. Des étagères de bois, une dizaine de cintres, une odeur de cèdre... Cela correspondait à son souvenir.

Le soulagement l'envahit. Enfin elle se souvenait de quelque chose !

Il ne s'agissait que de détails sans importance, mais pour elle cela représentait un progrès considérable.

Il y avait une salle de bains attenante, avec du carrelage bleu assorti au papier à motifs floraux de la chambre.

Elle courut ouvrir la porte. Là aussi, elle avait raison. En continuant à exercer sa mémoire, elle finirait...

La porte de la chambre s'ouvrit tout à coup et elle fit volte-face.

— Vous n'avez pas d'accent ! dit Jason d'un ton accusateur. Vous parlez couramment l'anglais.

— Et alors ? Où est le problème ?

Elle avait toujours été studieuse, se rappela-t-elle. Elle aimait apprendre, passait son temps à lire, n'avait que de bonnes notes... Elle était intelligente, éduquée...

Cette pensée la ravit, mais cette sensation s'évanouit aussitôt. Si elle avait une vie aussi heureuse, pourquoi était-elle venue ici ?

— C'est dangereux ! Ce n'est pas parce que vous avez quitté le Guermina que vous êtes en sécurité. Même ici, il y a des gens qui veulent votre mort.

Pourquoi pensait-il qu'elle venait du Guermina ?

Elle était certaine de n'y avoir jamais vécu. Pourtant, il avait raison sur un point : elle était en danger.

— Dites-moi ce que vous savez à mon sujet. Cela m'aidera peut-être à remplir les blancs.

— Ce que je sais, je l'ai appris dans votre livre, *La Vérité*. J'en ai une copie ici. En espagnol. La traduction est en cours d'achèvement.

Elle avait écrit un livre ?

Des bribes de souvenirs remontèrent à la surface.

Le livre parlait de corruption, d'exploitation du peuple, de scandales politiques à différents niveaux…

Ce livre était la clé de tout.

— Donnez-moi cette copie, dit-elle.

— Ce ne serait pas prudent.

— Pourquoi ?

— Vous le savez bien. Le livre est en lieu sûr. L'endroit précis est indiqué dans une lettre qui sera ouverte s'il m'arrive quelque chose. Si nous sommes tous les deux assassinés, le livre survivra.

— Il me faut ce livre. Où est-il ?

— Comment avez-vous appris l'anglais ? demanda-t-il. Vous parlez comme une Américaine.

— Eh bien, j'ai dû l'apprendre avec des Américains. J'ai une bonne oreille pour les langues étrangères.

— Combien de langues parlez-vous ?

— Le français, je crois. Je ne sais pas si c'est vrai, mais j'ai le souvenir d'un séjour à Paris.

Elle se vit en train de rire à la terrasse d'un café, son téléphone portable collé à l'oreille. Heureuse et insouciante, elle rejetait ses cheveux en arrière puis savourait une gorgée d'espresso à l'arôme puissant.

Soudain, le décor changea, et elle fut rejointe par une femme dont les yeux sombres exprimaient une profonde souffrance.

Quelque chose n'allait pas… Ce souvenir la mettait mal à l'aise.

— Je suis fatiguée, murmura-t-elle.

Consciente qu'elle ne devait pas laisser le souvenir de cette femme revenir la hanter, elle s'allongea sur le lit. Elle devait lutter contre cette vision inopportune. Si tout lui revenait en détail, elle savait qu'elle replongerait dans la douleur et l'impuissance.

Mais elle entendait la voix de la femme résonner dans son esprit, répétant un nom : Jason Walker. Puis il y eut des instructions : Marina de Boothbay Harbor, l'*Elena*, anneau quatre-vingt-six.

Revenant au présent, elle tourna la tête pour observer Jason.

Cette femme aux yeux noirs essayait-elle de la mettre en garde contre lui ?

En bougeant, elle avait entendu un froissement sous sa tête. Glissant la main sous l'oreiller, elle toucha un morceau de papier roulé en boule. Un message ?

Ses doigts se refermèrent dessus.

— Quelque chose ne va pas ? demanda Jason en faisant un pas vers elle.

— Ne vous approchez pas de moi.

— Je ne vous ferai pas de mal. Je vous ai épousée, il me semble.

— Oui. Nous sommes mari et femme.

— Et ce soir, c'est notre nuit de noces, répliqua-t-il avec un sourire narquois. Je suppose que ça fait de moi le plus heureux des hommes.

— Est-ce que ma chambre ferme à clé ?

— Vous croyez que ça m'arrêterait ?

— Je crois que vous êtes un gentleman et que vous respecterez mon souhait de rester seule.

— Je suis même tellement galant que je vous apporterai un plateau-repas quand les invités seront partis.

— Je n'ai pas faim.

— Cela viendra.

Dès qu'il eut refermé la porte derrière lui, Maria s'empressa de déplier le papier qu'elle tenait et lut, écrit en espagnol :

Vous êtes en danger. Regardez d ans la table de chevet.

Elle ouvrit le tiroir du meuble en chêne clair. A l'intérieur se trouvaient un paquet de mouchoirs en papier, un sachet pour le linge parfumé à la lavande... et un pistolet.

*
* *

Enfermé dans son bureau, Jason essaya de nouveau de joindre son contact.

Quinze sonneries. Pas de réponse.

On lui avait dit que Maria resterait avec lui le temps de prendre son nom et d'acquérir la nationalité américaine. Il avait tous les documents et certificats nécessaires, ainsi que de faux papiers, au cas où ils en auraient eu besoin immédiatement.

Il ne restait plus qu'à y ajouter les photos. A sa connaissance, aucune photographie de cette femme n'avait circulé jusqu'à présent.

Avec un peu de chance, personne n'aurait le temps de découvrir que Maria Ramos Hernandez était le véritable nom de Juana Sabata.

En reposant le téléphone, il remarqua que le tiroir de droite de son bureau n'était pas complètement fermé.

Immédiatement alerté, il se demanda si l'un des invités s'était introduit dans son bureau durant la réception. Il ouvrit le tiroir et constata que tout semblait en ordre. Apparemment, personne n'avait touché à ses papiers.

Il le referma d'un geste sec.

Son instinct l'avertissait d'un danger. Bien sûr, il aurait pu lui-même laisser le tiroir entrouvert, tout comme Alice aurait pu le faire en cherchant quelque chose dans le bureau, mais il ne croyait pas en une explication aussi simple.

Glissant la main sous le tiroir central, il accéda au compartiment secret où il gardait une arme.

Le bois était lisse et froid sous ses doigts ; la cachette était vide.

Son Beretta avait disparu.

L'estomac noué par l'angoisse, il se dirigea vers le meuble fermé à clé placé à côté de la fenêtre dans lequel il conservait d'autres armes, pour la plupart des carabines. Il choisit un pistolet automatique plat, vérifia le chargeur, et le glissa dans la poche de sa veste.

En principe, personne ne serait assez stupide pour s'en prendre à Maria en présence d'autant de témoins, mais mieux valait se montrer prudent.

Après avoir verrouillé son bureau, il se hissa péniblement jusqu'au second étage.

Au bout du long corridor où s'alignaient les portraits de ses ancêtres, la porte de la chambre de Maria était ouverte.

Etait-il déjà trop tard ?

Les doigts crispés sur la crosse de son arme, il avança le plus silencieusement possible, appuyant sa canne sur le tapis qui courait au centre du couloir parqueté pour en étouffer le martèlement.

Il entendit un murmure de voix, puis un son cristallin, aussi délicat qu'un carillon éolien. Le rire de Maria. Il ne l'avait encore jamais entendue rire.

Lorsqu'il franchit le seuil, il découvrit une scène apparemment innocente.

Radieuse dans sa robe de mariée, Maria était assise dans un fauteuil placé près de la fenêtre. Face à elle, le révérend Blaylock était lancé dans un monologue animé en espagnol. Il fit signe à Jason de les rejoindre.

— J'expliquais à Maria les astuces à connaître pour faire ses achats au marché local. Les agrumes, par exemple, ne sont jamais parfaits, mais les baies sont merveilleuses. Et quand on a la chance de vivre dans une région de pêche comme le Maine, il ne faut surtout pas acheter de homards surgelés.

— Je suis surpris que vous parliez aussi bien l'espagnol, remarqua Jason. Je ne vous savais pas bilingue.

— Oh ! bilingue est un bien grand mot ! Il se trouve que j'ai passé plusieurs années en Amérique latine comme missionnaire. J'ai même vécu quelques mois au Guermina.

Il se pencha et tapota le genou de Maria.

— Votre pays natal est magnifique.

Jason ressentit un élan de jalousie irrationnel.

Wally Blaylock était un révérend protestant, pas un prêtre, et il avait donc le droit de se marier. Or, il était célibataire, et il flirtait avec Maria.

— J'espère que nous ne vous retenons pas, remarqua-t-il sèchement. Vous êtes peut-être attendu sur le continent ?

Comprenant qu'on lui demandait de prendre congé, Wally se leva.

— Je vous laisse. Plusieurs invités m'ont demandé s'ils pouvaient profiter de mon bateau plutôt que d'attendre la navette.

Il se pencha pour serrer la main de Maria.

— Ce fut un plaisir. J'espère vous revoir très bientôt.

Dès qu'ils furent seuls, Jason laissa libre cours à sa mauvaise humeur.

— Je croyais que vous étiez malade !

Le sourire de Maria s'évanouit.

— Je ne pouvais pas me montrer grossière avec le révérend. Il est très gentil.

— Vous n'en savez rien ! Vos ennemis sont partout. Vous comprenez ? Vous devez être prudente.

Elle ne répondit rien mais le toisa d'un air buté, le mettant au défi de lui donner des ordres. Il commençait à avoir l'habitude de ce genre de comportement. A quoi bon discuter avec elle ?

— Vous vouliez que la porte soit fermée ? Très bien. Je vous enferme.

— Quoi ? Vous ne pouvez pas faire ça ! Vous ne pouvez pas me garder prisonnière !

— C'est ce qu'on va voir.

Il quitta la pièce puis donna un tour de clé d'un geste décidé.

Voilà qui était fait !

Ainsi, elle devrait être en sécurité jusqu'à ce que tout le monde ait quitté l'île.

Maria écouta les pas de Jason s'éloigner dans le couloir, et se précipita sur la poignée de la porte.

Fermée !

Comment osait-il la confiner ainsi dans sa chambre ? Son comportement était ridicule et archaïque ! A croire qu'elle était une princesse médiévale dans son donjon !

Que lui réservait-il d'autre ? Une ceinture de chasteté ?

C'était plus qu'un affront à sa fierté. Ce qu'il lui faisait subir frisait la cruauté.

Par la fenêtre à guillotine entrouverte, elle pouvait entendre le brouhaha des conversations des invités qui se préparaient à partir. Si elle l'ouvrait complètement et se penchait à l'extérieur, en criant et en agitant la main, le révérend Blaylock viendrait voir ce qui se passait.

C'était un homme dévoué ; il l'aiderait.

Mais en était-elle absolument sûre ?

Elle était en danger. Le mystérieux message l'avait prévenue. Eddy Elliot l'avait lui aussi mise en garde, et Jason ne cessait de lui répéter qu'elle n'était en sécurité nulle part.

Comment être sûre que ce n'était pas justement Jason, le danger ? Dans le doute, le mieux serait de ne rien demander à personne, décida-t-elle.

Elle s'échapperait de cette maudite île par ses propres moyens. Une fois sur le continent, il lui serait facile de disparaître.

Et ensuite ? Où irait-elle ? Et comment ?

Pensive, elle se mit à faire les cent pas dans la chambre. Elle n'avait pas d'argent, pas de vêtements en dehors de sa robe de mariée.

Si elle prévenait la police, que se passerait-il ?

Elle n'avait pas de nom, à part celui de Maria Ramos Hernandez.

Faux, rectifia-t-elle. Elle était Mme Jason Walker et, d'après ce qu'elle avait pu constater, Jason était quelqu'un d'important dans cette partie du monde. La police l'appellerait pour qu'il vienne récupérer son hystérique de femme, qui prétendait ne pas savoir qui elle était, ni où elle se trouvait.

De retour à la fenêtre, elle regarda les invités suivre le chemin qui serpentait à travers le terrain en pente, jusqu'à l'escalier de bois menant à la plage. Les silhouettes qui se détachaient sur la lande désertique — femmes en robes fleuries que le vent agitait, hommes en costumes sombres — contrastaient avec la masse grise et menaçante de la mer.

Levant les yeux vers le ciel chargé de nuages gris, elle s'étonna de la rapidité avec laquelle le temps encore radieux un peu plus tôt avait changé, laissant place à une ambiance aussi morose que son humeur.

Pour quitter l'île, la seule solution qui s'offrait à elle était de voler le bateau de Jason, l'*Elena*. Il lui avait donné le nom de sa femme, qui avait vécu ses derniers jours sur cette île.

Un frisson la traversa. S'agissait-il de la chambre d'Elena ? Etait-elle morte dans ce lit ?

La confusion régnait dans son esprit, et son mal de tête revenait. Ce n'était pas une douleur insurmontable, mais une sensation de pulsations accordées au rythme de son cœur. De sombres menaces rôdaient autour d'elle, le danger la cernait.

La muerte. Les ténèbres envahissantes qu'elle avait réussi à fuir fondaient de nouveau sur elle.

— Non, murmura-t-elle.

Elle ne succomberait pas ! Elle ne renoncerait pas !

Pour commencer, elle devait sortir de cette chambre.

Compte tenu de la hauteur, sauter par la fenêtre était exclu. Par ailleurs, il n'y avait ni pergola par laquelle elle aurait pu descendre, ni branche d'arbre à sa portée. Elle ne pouvait de toute façon pas prendre le risque de se blesser.

Et quand bien même elle se serait risquée à jouer les acrobates, il n'y avait quasiment aucune végétation sur cette île rocheuse battue par les vents, et donc aucun endroit où se cacher, à part le petit bosquet de pins à une vingtaine de mètres de la maison.

Elle actionna de nouveau la poignée.

Serait-elle capable de forcer la serrure ? Rien dans le peu dont elle se souvenait de son passé ne lui permettait de penser qu'elle avait ce genre de compétences.

Il fallait réfléchir, faire appel à la logique. La salle de bains attenante à la chambre n'avait pas de porte donnant sur le couloir.

Et le dressing ? Elle ouvrit la porte et examina la lucarne, trop étroite pour lui livrer passage. Il n'y avait pas d'autre issue. Une vague de pessimisme la submergea.

La nuit n'allait pas tarder à tomber, et Jason la rejoindrait dans la chambre.

Il lui avait promis un plateau-repas…

Mais ensuite ?

Le souvenir de son baiser réveilla une nouvelle peur en elle. Il était grand et fort. Comment pourrait-elle lui résister ?

Une fois de plus, elle regarda autour d'elle puis leva machinalement les yeux. C'est alors qu'elle remarqua une trappe dans l'angle du plafond et la corde qui y était reliée.

Elle tira sur la corde, et une échelle descendit. Il devait y avoir un espace de rangement supplémentaire dans le grenier.

Et vraisemblablement un moyen de sortir…

Avant de grimper aux barreaux qui conduisaient peut-être vers sa liberté, elle courut vers la table de chevet et y prit le pistolet.

4

— Je veux voir Maria avant de partir, dit Alice.

— Elle dort, elle est épuisée.

Alice referma derrière elle la porte du bureau de Jason et se posta devant lui, l'air contrarié.

— Je vais te donner un conseil, mon cher frère.

Conscient qu'il ne servirait à rien de protester, Jason se cala contre le dossier de son fauteuil, et s'arma de patience. Quand Alice avait une opinion, elle devait l'exprimer quoi qu'il arrive.

— Je t'écoute.

— Ne sois pas trop protecteur à l'égard de Maria. Elle n'est pas invalide comme l'était Elena. Je sais que tu l'adorais, mais en t'occupant d'elle, tu as fini par t'habituer à vivre en reclus.

Jason détestait entendre ce genre de discours, mais c'était la vérité.

La longue et éprouvante fin d'Elena l'avait épuisé moralement et physiquement. Après sa disparition, il s'était jeté à corps perdu dans l'humanitaire, avant d'épouser la cause des rebelles du Guermina.

Là-bas, on disait de lui qu'il était courageux. En fait, il se moquait tout simplement de vivre ou de mourir. Sans Elena, il n'avait plus de goût à rien.

— Ne fais pas la même erreur avec Maria.

— Quelle erreur ? J'ai fait tout ce que je pouvais pour Elena.

— Je sais, Jason.

La voix d'Alice se radoucit.

— Et je suis sincèrement désolée qu'elle ne soit plus là.

— Quelle erreur ? répéta-t-il.

— Tu ne peux pas contrôler les êtres humains. Tu ne peux pas commander aux forces qui te sont supérieures.

— C'est-à-dire ?

— Laisse Maria prendre ses propres décisions. Durant la réception, tu ne l'as pas quittée pas d'une semelle. Tu la laissais à peine discuter avec les invités. Tout le monde se montrait pourtant très amical.

Il avait agi ainsi pour le bien de Maria. Son comportement était trop erratique pour qu'il lui fasse confiance, même dans un environnement aussi informel que celui-ci. Elle aurait pu par inadvertance faire la mauvaise remarque à la mauvaise personne, éveiller des soupçons.

Il inventa une excuse à l'intention d'Alice.

— Elle ne se sentait pas bien.

— Bon sang ! Elle a fait un voyage de deux mille kilomètres toute seule. C'est une femme adulte, responsable… Ne la traite pas comme une porcelaine fragile.

— Il y a des choses que tu ne peux pas comprendre.

— Très bien, Jason. C'est tout ce que j'avais à dire. Je vais voir si les employés du traiteur ont fini de ranger, et je profiterai de leur bateau pour rentrer.

— Au fait, je ne t'ai pas remerciée de t'être occupée de tout.

— J'adore les réceptions. Et les mariages. Vous faites un très beau couple, tu sais. Je ne suis pas sûre d'apprécier cette façon de faire des rencontres, mais j'aime bien Maria. Je crois qu'elle a suffisamment de caractère pour te tenir tête.

D'un pas alerte, Alice sortit du bureau, le laissant méditer son conseil.

Elle ignorait évidemment que sa relation avec Maria n'avait rien à voir avec un véritable mariage, mais son analyse n'était pas fausse.

Il n'avait pas consulté Maria ; il l'avait enfermée dans sa chambre sans la moindre explication. Il aurait dû lui parler du Beretta manquant, aborder de façon plus spécifique les dangers encourus, faire le point sur les invités.

Eddy Elliot était incontestablement dangereux. Même s'il n'était que sénateur, il avait de puissantes connexions à Washington, et une ambition dévorante. Il pouvait très bien être téléguidé par une

personne influente, qui aurait intérêt à ce que le livre de Maria
ne soit jamais publié.

Chip Harrington ?

A priori, il ne l'aurait pas classé dans la catégorie des ennemis,
mais ses liens avec l'Amérique latine l'inquiétaient.

Qui d'autre ? Le révérend ?

Jason se massa le front. Les arcanes de l'espionnage et de la
politique lui échappaient. Il préférait les confrontations directes.
Pas de subtilités, pas de tergiversations.

En parlant de confrontations… Il allait devoir discuter avec
Maria des arrangements concernant son séjour sur l'île, et ce
ne serait pas chose facile. Cette femme avait le don de le faire
sortir de ses gonds.

Ses paupières se fermèrent.

Fatigué. Il était fatigué. Même s'il faisait deux heures de
rééducation par jour, il n'était pas habitué à rester debout aussi
longtemps, et sa jambe le faisait affreusement souffrir. Deux
jours plus tôt, il s'était débarrassé de son attelle, et il commençait
à penser que c'était une erreur.

Contrairement, à ce qu'il aurait voulu croire, il n'était pas
complètement guéri.

Un fracas en provenance de la cuisine le fit sursauter. Tous
les sens en alerte, il tendit l'oreille.

Il y eut des gloussements de rire, et des réprimandes, et il en
déduisit qu'un plateau était tombé. Sa réaction lui rappela cependant
que ce n'était pas le moment de laisser Maria sans surveillance.

Les derniers invités et le personnel du traiteur s'en allaient.
Dans la confusion, quelqu'un pourrait aisément s'introduire
dans la maison.

Prenant lourdement appui sur les accoudoirs de son fauteuil,
il se leva et s'en alla vers la chambre de Maria, s'imposant une
nouvelle fois le calvaire des deux étages à monter, et le long
couloir à traverser.

Arrivé devant sa porte, il inséra la clé dans la serrure, et
annonça sa présence.

— Maria, c'est moi. Nous devons parler.

Le silence l'accueillit.

Il poussa le battant.

— Maria ? Vous dormez ?

Le lit n'était pas défait, et la porte de la salle de bains était ouverte.

Où était-elle passée ?

Il s'efforça d'endiguer la panique qui lui comprimait le thorax. Personne n'avait pu entrer ; il n'y avait aucun signe de lutte.

Il se dirigea vers le dressing. Etait-elle cachée à l'intérieur ? Y avait-il quelqu'un avec elle ?

Prêt à contrer un éventuel assaut, il ouvrit brusquement la porte.

Rien. Personne.

Où diable était-elle passée ?

Le ciel charriait d'énormes nuages noirs, et le vent soufflait en rafales de plus en plus violentes. Sa longue jupe entravant ses mouvements, Maria courait vers la plage, les doigts serrés sur la crosse du pistolet automatique.

Après son périple dans les combles de la maison, sa robe était couverte de poussière et de toiles d'araignées. L'échelle escamotable qu'elle avait découverte dans le plafond du dressing débouchait sur un premier grenier de petites dimensions.

Au moment où elle commençait à penser qu'il n'y avait pas d'issue, elle avait trouvé une ouverture basse, correspondant au passage sous une solive, et rampé dans un étroit boyau, avant de déboucher sur un grenier beaucoup plus vaste. Il lui avait ensuite suffi d'emprunter une cage d'escalier fermée par une porte non verrouillée pour se retrouver dans le couloir, du côté opposé à sa chambre.

S'évader lui avait semblé facile tant qu'elle était dans la maison, mais l'aspect fantomatique de l'île réveillait ses inquiétudes.

Elle s'arrêta sur un promontoire rocheux, consciente d'être visible dans sa robe blanche qui se détachait sur le crépuscule.

En contrebas, au bout d'un chemin tortueux semé d'affleurements rocheux, s'étalait un croissant de plage, où les vagues venaient se briser avec fracas.

Même si elle semblait parvenue au terme de son escapade, ce n'était que le début. Elle devait atteindre la plage et se cacher jusqu'à ce que la nuit soit complètement tombée.

Et puis…

Elle n'avait aucun plan pour la suite. Parviendrait-elle à voler le bateau de Jason ? Devrait-elle nager dans l'eau glacée jusqu'à ce qu'elle ait atteint ses limites, jusqu'à ce que la mort l'emporte ?

« Ne sois pas stupide ! », se morigéna-t-elle en entamant la longue et périlleuse descente vers la plage.

L'équipée dans laquelle elle s'était lancée s'avérait périlleuse. Les semelles de ses délicates ballerines blanches étaient glissantes, et elle devait avancer avec d'extrêmes précautions pour ne pas tomber.

Lorsqu'elle posa enfin le pied sur la plage, elle essaya de courir, mais l'épuisement ralentissait chacun de ses mouvements. Le vent s'engouffrait sous sa jupe, et elle imagina un moment qu'elle pourrait s'envoler, telle une feuille ballottée par la bourrasque.

Si seulement cela pouvait être vrai ! Hélas ! elle se sentait au contraire lourde, ancrée au sol.

Péniblement, elle traversa la plage et atteignit une zone rocheuse, où elle trouva refuge derrière un immense bloc granitique.

Le souffle court, les muscles douloureux, elle se glissa dans une anfractuosité et ferma les yeux.

Bien qu'elle n'ait aucun souvenir de son ancienne vie, elle était certaine de ne s'être jamais sentie aussi seule et terrifiée.

Un gémissement monta à ses lèvres, et elle serra les dents.

Pleurer ne lui servirait à rien. Aucun regret ne compenserait les erreurs qu'elle avait commises au cours des dernières heures. Elle était mariée à un homme qu'elle ne connaissait pas ; elle était en danger, mais elle ne savait pas pourquoi…

Elle devait absolument se ressaisir.

Pleurnicher n'avait jamais résolu les problèmes. Elle devait être forte et ne compter que sur elle-même. Quelque chose lui disait qu'elle en était capable.

Déterminé à la trouver, Jason claudiqua jusqu'au ponton. Il ne restait plus que quatre bateaux au mouillage. Celui du traiteur, que les employés finissaient de charger, l'*Elena*, son propre hors-bord, et une vedette qui ne lui était pas familière.

— Ohé ! Jason ! cria une voix dans son dos.

Pivotant sur ses talons, il vit Chip Harrington courir dans sa direction.

— Vous êtes encore là ? demanda-t-il froidement.

— J'attendais de vous voir seul.

Le journaliste ne prit pas de gants pour dire ce qu'il avait sur le cœur.

— Votre femme n'est pas ce qu'elle semble être.

Pressentant le danger, Jason mit la main dans sa poche et crispa instinctivement les doigts sur la crosse de son arme.

— Je suis trop fatigué pour jouer aux devinettes. Si vous avez quelque chose à dire, dites-le.

— Elle vient bien du Guermina, mais ce n'est pas une fille comme les autres, qui cherche à échapper à sa condition en épousant un américain fortuné. Elle a fait des études, elle est intelligente…

— Où voulez-vous en venir ?

— Eh bien, je ne crois pas qu'elle ait besoin d'un mari. Je me demande d'ailleurs ce qui l'a incitée à répondre à votre annonce.

— On dirait que vous êtes jaloux.

— Jaloux ? Ne dites pas n'importe quoi !

— Vous savez quoi ? Vous devriez faire comme moi. Cherchez-vous une femme.

— Vous devriez plutôt dire « achetez-vous une femme ». Mais je ne suis pas assez riche. Ou pas assez désespéré.

Jason fit un pas en avant avec une furieuse envie de lui envoyer son poing dans la figure.

— Vous avez autre chose à ajouter ?

— L'aimez-vous ? Vous souciez-vous un tant soit peu d'elle ?

— Je n'ai pas envie d'en débattre avec vous.

— Si je vous appelle demain, vous la laisserez me parler ?

— Si elle est réveillée, si elle se sent bien, si elle en a envie…

S'il parvenait à la retrouver.

— Parfait, dit Chip. A demain, alors.

Jason le regarda s'éloigner d'un pas pressé et monter à bord de son bateau.

A côté, la vedette du traiteur venait de partir. Debout à l'arrière, Alice agita longuement le bras tandis qu'ils faisaient route vers le continent. Chip ne tarda pas à larguer les amarres, et Jason attendit que les embarcations aient disparu à l'horizon, et que le bruit des moteurs ne soit plus perceptible.

Pour autant, rien ne prouvait qu'il était seul et en sécurité. Cette côte sauvage et abrupte fourmillait de petites criques où un canot à moteur pouvait accoster.

Prenant appui sur sa canne, il se déplaça le long de la falaise, scrutant la plage en contrebas.

Il était épuisé, mais n'avait pas le temps de s'apitoyer sur son sort. Il fallait que sa jambe tienne.

Dans son esprit, les mêmes questions tournaient en boucle.

Pourquoi Maria avait-elle fui la maison ? Comment avait-elle fait pour quitter une pièce fermée à clé ? Où était-elle passée ?

Près de la première crique en allant vers le nord, il repéra un éclair blanc entre les rochers. Il le scruta attentivement, jusqu'à ce qu'il soit sûr de ce qu'il voyait. Un pan de sa robe de mariée dépassait d'une crevasse.

Il mit les mains en porte-voix autour de sa bouche et s'époumona.

— Maria ! C'est Jason !

Sa seule réponse fut le sifflement du vent et le fracas des vagues.

— Maria ! Est-ce que ça va ?

N'obtenant pas de réponse, il observa le chemin tortueux et semé d'embûches menant à la plage. La descente représentait une réelle épreuve pour lui, mais il n'avait pas le choix.

Lorsqu'il atteignit le sol relativement plan de l'étroite bande de sable, Jason se tordit la cheville, et une vive douleur irradia dans sa jambe. Malgré la fraîcheur de la nuit tombante, son front se couvrit de sueur.

Soudain, Maria apparut devant lui. Le vent chargé d'embruns plaquait sa jupe contre ses jambes, dessinant les contours d'un corps ferme, et soulevait ses longs cheveux noirs.

— Ne vous approchez pas de moi ! s'exclama-t-elle.

— Bon sang, je ne vais pas vous faire de mal !

— Je vous préviens, Jason, pas un pas de plus.

Elle leva un pistolet de métal noir, et il reconnut son Beretta. Sans se laisser impressionner, il avança vers elle.

— Je ne plaisante pas ! cria-t-elle.

Il continua à progresser.

— Je ne suis pas votre ennemi.

— Vous m'avez achetée. Vous m'avez enfermée dans ma chambre comme… comme si j'étais votre chose ! Comment pourrais-je vous croire ?

Jason ne dit rien et franchit les quelques pas qui les séparaient.

Les lèvres de Maria tremblaient, sa poitrine se soulevait au rythme d'une respiration altérée par la peur, mais son regard était déterminé. Compte tenu de la distance, elle pourrait aisément le tuer, si tel était son souhait.

— Donnez-moi ce pistolet, dit-il. Nous avons froid tous les deux. Rentrons à la maison.

— Je le garde, répliqua-t-elle en raffermissant sa prise sur la crosse.

— Cessez vos enfantillages, et donnez-moi cette arme !

En fixant la main tendue, Maria ne put s'empêcher de penser qu'il voulait la capturer, la ramener de force dans son antre.

Elle ne pouvait pas lui faire confiance. Le message ne disait-il pas qu'elle courait un danger ?

— Allez, Maria. Je vous demande de coopérer.

— Non.

— Vous pensez sincèrement que je vous veux du mal ? Si vous croyez vraiment avoir besoin d'une arme pour vous protéger, alors servez-vous-en. Voici votre chance.

Il écarta les bras, comme pour s'offrir en sacrifice.

— Tuez-moi.

En proie à la plus totale confusion, Maria essaya de réfléchir.

Elle était évidemment incapable de le tuer. Jamais elle n'aurait tiré sur quelqu'un de sang-froid. D'un autre côté, elle ne pouvait pas non plus lui faire confiance.

La seule solution restait la fuite.

Jetant le Beretta dans sa direction, elle profita de l'instant où il se penchait pour le ramasser pour pivoter sur ses talons et se lancer dans une course éperdue.

— Maria !

Portée par le vent, la voix de Jason la poursuivait.

Elle devait aller plus vite.

Le ponton n'était probablement plus très loin. Si elle y arrivait la première, il lui restait une chance de s'enfuir avec le bateau.

— Maria !

Sa voix était beaucoup plus proche qu'elle ne l'aurait cru.

Malgré sa jambe blessée, Jason ne cédait pas un pouce de terrain. Jamais la liberté ne lui avait semblé à la fois si proche et si inaccessible.

Tout à coup, une détonation déchira le silence.

5

Maria poussa un cri. Le bras levé, elle désigna la falaise en surplomb.

— Là-haut !

Le Beretta en main, Jason pivota brusquement, infligeant une nouvelle douleur à sa jambe blessée.

A l'aveugle, il tira trois fois. Il n'avait rien vu, mais la déflagration était pour lui une preuve suffisante.

Le danger qu'il redoutait était une réalité, et une réalité bien présente.

Un bras passé autour de la taille de Maria, il l'attira vers les rochers, cherchant à se mettre à couvert.

— Qu'avez-vous vu ? demanda-t-il.

— Un homme.

— Il était seul ?

— Je n'en ai vu qu'un.

Incapable de lutter plus longtemps, elle ferma les yeux, cherchant la paix, le silence, cherchant la fin de cette confusion et de cette terreur.

Soudain, un souvenir lui revint.

Une silhouette de femme se dessina sur fond de ciel orageux. « Je suis Maria », dit-elle.

Elle s'avança dans la lumière accueillante d'un porche, laissant la nuit derrière elle. Sa taille était un peu supérieure à la moyenne. Elle n'était pas spécialement mince, mais son visage était étroit, avec des pommettes saillantes et un haut front. Ses longs cheveux noirs, lisses et brillants, lui tombaient presque jusqu'à la taille.

Elle dénoua le foulard rouge qu'elle portait au cou et le lui tendit.

— Mettez ça.

Elle fit ensuite glisser de son annulaire une bague en or ciselé.

— Et ça, aussi. Vous devez porter cette bague. Allez voir Jason Walker, il vous aidera. Il *nous* aidera.

Puis il y eut des bruits de pas, lourds et précipités. L'éclat d'un couteau.

Pas le temps de crier. Aucune possibilité de fuir.

Ses paupières se rouvrirent brusquement. Jason la secouait.

— Maria? Ça ne va pas? Vous êtes blessée?

Elle prit conscience de la pluie, du froid, de l'obscurité presque totale.

— Pardon? Blessée par quoi?

— Par une balle. On vient de nous tirer dessus.

Tout lui revenait. Elle était sur une plage, sur une île du Maine. Jason se penchait sur elle, la soutenait.

Elle plongea ses yeux dans les siens. Ils étaient gris comme le silex, et pénétraient jusqu'au plus profond de son âme.

Il avait une arme, mais elle n'avait pas peur. Elle était à présent capable de voir au-delà de sa colère et de sa douleur.

Jason ne lui voulait aucun mal. Il cherchait simplement à l'aider, comme l'avait dit l'inconnue. *Trouvez-le. Il vous aidera.*

— Je suis désolée, dit-elle.

— Est-ce que ça va?

— Je ne suis pas blessée. Je suis simplement fatiguée. Très fatiguée.

Elle essaya de se redresser, mais il fit pression sur son épaule.

— Ne bougez pas.

— Il est toujours là? L'homme sur la falaise?

— Je ne sais pas.

Prenant appui sur un genou, Jason regarda prudemment par-dessus le rocher derrière lequel ils étaient dissimulés. Il connaissait chaque centimètre carré de cette île où il avait vécu toute sa vie. Il ne vit rien.

Quoi qu'il en soit, il ne fallait pas en tirer de conclusions hâtives. Leurs chances d'échapper à un homme armé posté en haut de la falaise étaient minces, surtout s'il s'agissait d'un sniper équipé d'un fusil à lunette.

Cherchant un signe, il leva les yeux vers le ciel.

La pluie redoublait de violence. Il n'y aurait pas de coucher de soleil, ce soir, rien qu'une nappe brumeuse.

Il n'était pas superstitieux, mais il y avait dans le ciel comme un présage funeste.

Si sa jambe avait été en meilleur état, il aurait pu escalader la falaise. Malheureusement, c'était impossible.

Une autre option consistait à se mettre à découvert et à amener l'homme à se montrer. Mais qu'adviendrait-il de Maria s'il se faisait tuer ?

— Restez-là, murmura-t-il.

— Mais…

— Faites-ce que je dis. N'essayez pas de courir.

Il s'écarta d'elle, et se précipita vers les amas rocheux au pied de la falaise.

Un autre coup partit, et Jason s'accroupit derrière une pierre levée qui ressemblait étrangement à un monument funéraire. S'il devait lui arriver quelque chose, songea-t-il avec morosité, il voulait qu'on l'enterre là, sur la terre de ses ancêtres.

Le bruit continu de la pluie, du vent et des vagues qui roulaient leur masse menaçante presque au ras du rocher mettait ses nerfs à rude épreuve, et la douleur pulsait dans toute sa jambe avec de plus en plus d'intensité.

Ravalant un gémissement, il continua à se déplacer d'un rocher à l'autre, jusqu'à ce qu'il aperçoive un mouvement en surplomb.

Une main gantée de noir apparut, puis le visage d'un homme qui se pencha pour tenter de le repérer.

Jason tira à trois reprises.

Un coup seulement partit du haut de la falaise, puis l'homme vacilla vers l'arrière.

Avait-il été touché ?

A court de munitions, Jason prit le pistolet automatique dans sa poche.

Le visage réapparut. Jason fit feu, mais ce dernier tir était inutile. L'homme était en train de tomber.

Sans un cri, il vint s'écraser sur les rochers.

Prudemment, Jason s'avança vers la silhouette immobile, notant sa maigreur sous les vêtements noirs, et ses bottes de cow-boy à bout pointu.

— Il est mort ? demanda Maria en le rejoignant.

— Que faites-vous là ? Je vous avais dit…

— Vous ne m'avez pas répondu.

— Oui.

Il attendit sa réaction. Une crise d'hystérie était probable ou, au minimum, des sanglots. Pour autant qu'il sache, c'était ainsi que la plupart des femmes auraient réagi.

Au lieu de cela, elle redressa les épaules et soupira.

— Je suppose que c'était lui ou nous.

— Exactement. Mais nous ne sommes pas en sécurité pour autant. Venez. Il n'y a pas de temps à perdre.

L'odeur fraîche et un peu âcre de la pinède bordant la maison se mêlait à l'air marin. Pour l'atteindre, Jason savait qu'il leur faudrait parcourir encore quelques mètres à découvert.

Ensuite, ils seraient à l'abri.

Maria, qui marchait quelques pas devant lui, trébucha et tomba à genoux.

— Encore un petit effort, dit-il en l'aidant à se relever.

Jusqu'à présent, elle avait été fantastique, mais elle commençait à donner des signes de fatigue.

— Allez, Maria, vous pouvez le faire.

— Je ne suis pas Maria, murmura-t-elle.

— Quoi ?

— J'ai terriblement mal à la tête. Je suis fatiguée. J'ai besoin de dormir.

En voyant son regard vide, il réalisa soudain qu'elle n'avait pas cessé de parler anglais depuis le moment où elle l'avait menacé de son arme sur la plage. Cela n'avait aucun sens.

Dans un moment de stress, de colère, de grande frayeur, il était fréquent de revenir à sa langue maternelle. Or, Maria avait fait le contraire. Qui plus est, en s'exprimant sans le moindre accent.

— Qui êtes-vous ? demanda-t-il.

— Je ne sais pas.

— Vous n'êtes pas Maria Ramos ?

— Je n'en sais. Je ne me souviens pas.

Jason n'insista pas. Il y avait plus urgent à faire que de se concentrer sur son identité.

— Dépêchons-nous, dit-il. Nous y sommes presque.

Se frayant tant bien que mal un chemin à travers les pins, ils arrivèrent à bout de forces à la maison.

En la voyant s'effondrer sur le lit, Jason comprit que cette femme, quel que soit son nom, ne feignait pas son épuisement. Ses muscles n'avaient plus aucune tonicité, sa respiration était ralentie et sonore.

— Maria !

Elle grommela.

— Vous ne pouvez pas dormir dans ces vêtements mouillés.

— Laissez-moi tranquille, marmonna-t-elle.

— Je n'ai pas le temps pour ça, grinça Jason entre ses dents. Je ne suis pas une fichue baby-sitter !

Il fallait qu'il sécurise la maison, s'assure qu'ils seraient en sécurité pour la nuit, mais il ne pouvait pas la laisser s'endormir dans sa robe trempée. Vu son état de faiblesse, une pneumonie pouvait s'avérer fatale.

Il n'y avait qu'une solution. Si elle ne pouvait pas bouger, il allait devoir la déshabiller.

Avec une réticence surprenante, il considéra la silhouette féminine étendue sur le ventre, le visage écrasé dans l'oreiller.

Ce ne serait pas la première fois qu'il la verrait nue, pourtant. La nuit précédente, lorsqu'ils étaient arrivés à la maison, il l'avait examinée. Il était inquiet pour elle, et son attitude était restée strictement professionnelle.

Si sa beauté ne lui avait pas échappé, il l'avait constatée avec détachement. Il ne la connaissait pas, alors. Il ne l'avait pas embrassée, n'avait pas éprouvé la chaleur stimulante de son corps pressé contre le sien. Il n'avait pas tué un homme pour la protéger.

A présent, c'était différent. Sans même avoir tenu une conversation cohérente, ils avaient déjà partagé beaucoup de choses. Ils s'étaient mariés, elle s'était enfuie et il lui avait sauvé la vie. Drôle de façon de commencer une relation.

En dépit de sa propre douleur physique et de ses soupçons sur son identité, il ressentit une bouffée de désir tandis qu'il faisait descendre la longue fermeture à glissière de sa robe.

Son dos était soyeux et doré. Il détacha son soutien-gorge, révélant la marque de bronzage d'un Bikini. La nuit dernière, il n'avait pas remarqué ce détail.

Une preuve de plus qu'elle n'était pas Maria Ramos Hernandez, songea-t-il. La pugnace journaliste, auteur du pamphlet intitulé *La Vérité*, n'aurait pas perdu son temps à la plage.

Alors, qui était la femme étendue sur le lit devant lui ?

Elle était en possession de la bague et arborait le foulard rouge le jour de leur rencontre. Elle connaissait également l'emplacement de son bateau…

Cela faisait trop de coïncidences. Elle était forcément la femme qu'il attendait. Sans doute se faisait-il une fausse idée de la journaliste.

Glissant doucement les mains autour de sa taille, il la retourna sur le dos.

— Allez-vous en, protesta-t-elle.

— Croyez-moi, je ne demanderais pas mieux…

La sensation de son corps ferme sous l'étoffe mouillée torturait ses sens.

— Mais je dois vous déshabiller.

— Je le ferai moi-même.

Ses paupières étaient entrouvertes. Ses mains tentaient mollement de repousser les siennes. Ses mots, en anglais, étaient quasiment inintelligibles.

— Laissez-moi tranquille.

— Qui êtes-vous ?

Elle gémit et Jason se sentit aussitôt coupable de lui faire subir autant de pression. Il avait cependant des raisons de s'interroger, et n'avait pas à s'en excuser. Si elle était bien Maria, sa tentative de fuite était absurde. Si elle était quelqu'un d'autre, sa couverture ne tenait plus.

Il avait besoin de contacter sa source.

— Je vous laisse quelques minutes, annonça-t-il. Je veux que vous soyez déshabillée, sous les couvertures et endormie quand je reviendrai.

*
* *

En raison des conditions climatiques extrêmes auxquelles était parfois soumise l'île, toutes les fenêtres étaient équipées de double vitrage, et les gonds des portes étaient renforcés afin de pouvoir résister à la violence des vents.

Jason fit le tour de la maison et ferma tous les volets, comme s'il se préparait à affronter un cyclone, puis il essaya de joindre son contact.

Il fut surpris d'entendre la voix étrange mais familière, manifestement déformée grâce à un gadget rendant impossible de déterminer s'il s'agissait d'un homme ou d'une femme.

— Oui, dit la voix. Qui est-ce ?

— Jason. Où étiez-vous passé ?

— Je travaillais.

Il y eut une pause.

— Je suppose que Maria est arrivée.

— J'ai une femme qui prétend être Maria, mais je ne sais pas… Ça me semble bizarre. Un homme nous a menacés.

— Et ?

— Il est mort. Il va falloir prévenir la police.

— Pas tout de suite.

Ce n'était pas ainsi que Jason voyait les choses. La marée emporterait le corps qui finirait par échouer quelque part le long de la côte. Il fallait prévenir les autorités, fournir des explications…

— Quand ?

— Quand Maria sera en sécurité.

— Je vous dis que j'ai un doute sur son identité.

— C'est forcément elle.

— Et dans le cas contraire ?

Le contact ignora la question.

— Vous avez rendez-vous après-demain à New York, à midi. Son éditeur chez Elmont Publications veut une dernière vérification avant l'impression de *La Vérité*.

Le contact donna l'adresse d'une société d'édition située à Manhattan.

— Conduisez-la au rendez-vous, mais faites en sorte de ne pas être vu avec elle. Lorsqu'elle rencontrera l'éditeur, elle sera Juana Sabata. Pas Maria. Pas votre femme. Pour sa sécurité, sa couverture doit rester secrète.

— Et si ce n'est pas la vraie Juana ?

— C'est impossible.

— Mais…

La communication fut coupée, et Jason reposa violemment le téléphone sur son socle.

Il détestait qu'on lui dise ce qu'il devait faire. Une fois encore, il avait l'impression de jouer les coursiers.

Lorsqu'il avait travaillé avec les forces rebelles du Guermina, soignant les malades et les blessés, il s'était senti utile.

Ses actions avaient porté leurs fruits. Il avait apaisé les souffrances d'enfants effrayés et contraints de mûrir bien avant l'âge. Il s'était battu pour eux, et avait failli y laisser la vie. Et maintenant, il n'était plus qu'un homme à tout faire, chargé d'escorter une femme dont les écrits allaient faire basculer la politique internationale.

Pestant contre sa douleur à la jambe, cette infirmité dont il pensait qu'elle le diminuait en tant qu'homme, il se traîna jusqu'au deuxième étage, et ouvrit la porte de la chambre de Maria.

La robe de mariée gisait en tas informe sur le sol, et Maria était enfouie sous les couvertures.

Il se pencha sur elle et repoussa une mèche de cheveux derrière son oreille. Elle sursauta et ouvrit les paupières, plongeant son magnifique regard émeraude dans le sien.

— Qui êtes-vous ? demanda-t-il.

— Votre femme.

Elle eut un sourire si tendre qu'il faillit croire à la réalité de ce mariage. Puis elle ferma les yeux et s'endormit.

Surpris par les émotions qu'elle avait éveillées en lui, Jason s'éloigna du lit.

Il la désirait, mais il ne s'agissait pas seulement de satisfaire une urgence physique. Peu importait qui elle était, ce qu'elle avait fait ; il commençait à éprouver pour elle des sentiments, à s'attacher à elle. Il avait envie de la protéger, de la garder à ses côtés…

Il quitta la chambre le temps d'enfiler des vêtements chauds, puis il revint s'installer pour la nuit.

Ignorant si le tueur de la falaise avait un complice, il préférait ne pas laisser Maria seule, quitte à passer une nuit inconfortable dans le fauteuil placé près de la fenêtre.

Il posa ses deux pistolets sur une console et alluma la lampe, en songeant qu'il s'agissait là d'une bien curieuse nuit de noces.

Dans le silence feutré de la chambre, que baignait la douce lueur de la veilleuse, il observa la fine silhouette de Maria sous la couverture, détailla son profil délicat.

Elle était belle. Et elle était sa femme.

Ce qui faisait de lui l'homme le plus chanceux du monde. Ou le plus infortuné.

6

Lorsque Maria ouvrit les yeux, un soleil éblouissant inondait sa chambre de lumière, et une odeur de café fraîchement passé flottait dans l'air.

Sa chambre ! Elle rappelait où elle était.

Aveuglée, elle remonta le drap sur son visage, et attendit que se dissipent les dernières brumes du sommeil.

Les événements de la veille étaient parfaitement clairs. Elle avait été mariée par un révérend nommé Blaylock. Elle portait une jolie robe, elle avait découpé un gâteau, et elle avait lié son destin à un inconnu qui l'avait embrassée avec la passion d'un amant connu de toute éternité.

De tout ce qui s'était passé, elle se rappelait surtout ce baiser. Un frisson de complet ravissement courut sous sa peau tandis qu'elle s'adonnait à ce délicieux souvenir.

Il s'appelait Jason. Jason Walker. Et il lui avait sauvé la vie.

Elle rouvrit les yeux, tourna la tête, et le vit assis dans le fauteuil près de la fenêtre.

Il s'était rasé et avait pris une douche ; ses cheveux noirs encore humides en attestaient. Il portait un pantalon noir et un polo gris-bleu, dont il avait remonté les manches longues jusqu'aux coudes, révélant des avant-bras à la puissante musculature.

— Bonjour, dit-elle d'un ton qui se voulait détaché.

Il hocha la tête, et elle nota les cernes sous ses yeux, le pli maussade autour de ses lèvres. Il avait posé sa jambe blessée sur une chaise, en positions surélevée, et semblait souffrir plus qu'à l'accoutumée.

Elle ne savait pas comment se comporter avec lui. En principe, ils étaient mariés, mais elle ignorait tout de la nature de leur relation. Prisonnière et geôlier ? Coéquipiers ? Complices ?

Essayant d'ignorer qu'elle était nue sous les couvertures, elle cala le drap au-dessus de sa poitrine, et se pencha vers la table de chevet pour prendre la tasse de café posée sur un plateau d'argent. Il y avait également un sucrier et un petit pichet de lait.

— Je le prends noir et sans sucre, dit-elle, ravie de pouvoir se rappeler ce détail.

— Qui êtes-vous ?

Elle but une gorgée et fit un effort de réflexion.

Elle avait l'esprit beaucoup plus clair, aujourd'hui. La migraine avait disparu et, malgré quelques douleurs musculaires, elle se sentait parfaitement en forme.

— Dites-moi votre nom, insista Jason.

— Je ne m'en souviens pas.

Les yeux fixés sur le fond de sa tasse, comme si elle espérait y trouver une réponse, elle laissa passer un silence.

— Vous avez appelé la police ? A propos du mort.

— Non.

— Pourquoi ?

— Je dois d'abord m'assurer que vous ne risquez plus rien.

— Je vois.

En fait, elle ne voyait rien, ne comprenait rien.

Qu'avait-elle fait pour qu'on veuille la tuer ? Pourquoi Jason faisait-il tant d'efforts pour l'aider ? Bizarrement, il la traitait comme si elle était quelqu'un d'important.

— Pourquoi m'avez-vous enfermée dans ma chambre ?

— Pour vous protéger. J'avais découvert que mon Beretta n'était plus à sa place, et j'ignorais que vous l'aviez pris.

Elle ne l'avait pas pris, mais c'était une autre histoire, et elle ne voulait pas l'interrompre.

— Je pensais que vous couriez un danger, expliqua-t-il. Et une porte fermée constituait une sorte de protection. Comment êtes-vous sortie ?

— Par le grenier. Il y a une trappe dans le dressing.

— J'avais oublié. Voilà des années que je ne suis pas monté dans le grenier.

— Ça se voit. C'est plein à craquer.

Un silence gêné suivit, durant lequel ils s'évaluèrent du coin de l'œil.

— Je peux vous demander quelque chose, Jason?

— Allez-y.

— Vous n'avez pas l'air d'un homme qui cherche à faire des rencontres en ligne.

— Vraiment?

Il parut amusé.

— Et de quoi ont l'air les hommes qui le font?

— Je ne sais pas... J'imagine de vieux garçons mal dans leur peau. Ou des pervers.

Elle s'interrompit le temps de boire une gorgée de café.

— Qu'est-ce qui vous a incité à vous inscrire?

— Je ne peux pas vous le dire pour le moment, mais je le ferai. Nous devons être honnêtes l'un envers l'autre, vous ne pensez pas?

— Si, bien sûr.

— Comment saviez-vous où me trouver?

— J'avais des instructions.

Mais elle ne savait plus qui les lui avait données, ni comment elle était arrivée au bon endroit.

En levant sa tasse, elle remarqua la lourde bague à sa main droite.

Qui lui avait donné cette bague? Pas Jason. La sienne, une alliance, était un simple anneau d'or glissé à son annulaire gauche.

Maria, pensa-t-elle. Cette bague lui venait d'une femme nommée Maria.

— Comment êtes-vous venue ici? En bus? En taxi?

— Je ne sais pas.

— Faites un effort. Concentrez-vous.

— Ne me brusquez pas. Je fais ce que je peux. Tout est tellement confus!

Jason reposa sa jambe blessée par terre et se pencha en avant, les coudes en appui sur les cuisses.

— Je ne comprends pas la cause de votre amnésie. A l'examen, je n'ai trouvé aucune trace de blessure à la tête.

— Evidemment! Ils ont utilisé une seringue.

Une image de lutte lui revint.

Ils étaient deux. Il faisait noir.

Elle se débattait de toutes ses forces, mais l'un des hommes avait un couteau.

Il lui avait posé la lame sur la gorge en lui ordonnant de ne pas bouger sans quoi il la tuerait. Sa voix était éraillée, cruelle.

Elle n'avait pas supplié ou cherché à négocier. Non qu'elle soit particulièrement courageuse, mais la peur l'empêchait de réfléchir ou de s'exprimer.

Ils parlaient en espagnol. Elle se rappelait cela. Et aussi qu'elle avait promis de coopérer.

Celui qui avait un physique de lutteur avait maintenu son bras immobile. Son complice, petit et maigre, lui avait fait une injection. Elle avait vu l'aiguille approcher de sa peau, sentit la vive morsure de la pointe acérée…

Levant le bras, elle chercha une trace de piqûre, un hématome. Il n'y avait rien.

— Vous avez été droguée ?

— Je crois. Il y avait deux hommes. Je me rappelle bien leurs visages. L'un avait les traits épais, de gros sourcils. Il était grand et assez enveloppé. L'autre était d'une maigreur extrême et portait des bottes en lézard à bouts pointus.

— Celui-là ne vous posera plus de problèmes.

— Vous voulez dire… C'était lui, sur la falaise ?

— J'en ai bien l'impression.

— Mais pourquoi s'en prendre à moi ? Qu'ai-je pu faire pour mériter ça ?

— Vous n'en avez vraiment aucune idée ?

— Non.

Jason soupira.

— C'est difficile…

Jason scruta attentivement la jeune femme qui le dévisageait avec de grands yeux innocents.

Depuis le début de leur conversation, il guettait la moindre de ses réactions, cherchant la faille qui révèlerait son imposture. Or, elle n'exprimait rien d'autre que la confusion et la panique.

— Que m'est-il arrivé ? Pourquoi je ne me souviens de rien ?

Elle offrait l'image poignante du désespoir.

— Vous êtes médecin, vous devez savoir. Dites-moi si je retrouverai un jour la mémoire.

— Sans connaître la substance qu'on vous a injectée, c'est impossible.

— Pourquoi ? Pourquoi veut-on me tuer ?

Jason avait envie de lui faire confiance. Il était tenté de lui révéler tout ce qu'il savait, mais elle appartenait peut-être au camp ennemi, et il devait se montrer prudent.

Il traversa la pièce et s'assit sur le lit à côté d'elle.

— Vous vous sentez mieux, aujourd'hui, n'est-ce pas ? Plus forte.

— Je suppose.

— Les effets de la drogue sont sans doute en train de s'estomper.

— Alors, je vais retrouver la mémoire ?

— Pas forcément.

— Oh ! Mon Dieu !

Elle porta les mains à son visage, horrifiée.

— J'ai des lésions cérébrales, c'est ça ?

— Hier, votre mémoire à court terme était pratiquement inexistante. D'une minute à l'autre, vous ne vous rappeliez plus ce qui avait été dit. Généralement, dans des cas d'amnésie traumatique comme celle-ci, la mémoire à long terme est plus précise.

— Que voulez-vous dire ?

— Par exemple, votre connaissance des langues est parfaite. Espagnol, Anglais, Français.

— Et alors ?

— L'une d'elles seulement est votre langue maternelle. Vous avez appris les autres, et vous vous en souvenez parfaitement. D'autres souvenirs anciens devraient vous revenir, liés à votre enfance, par exemple. Ensuite, vous vous rappellerez graduellement votre passé récent. Mais le souvenir de votre agression peut très bien avoir disparu à jamais.

— Et mon nom ? Quand me souviendrai-je de mon nom ?

— Maria Ramos.

— Ce nom m'est familier, mais ce n'est pas le mien.

— Juana Sabata.

Le front plissé, les dents serrées, elle fit un intense effort de réflexion.

— *La Vérité*, c'est ainsi que s'appelle le livre écrit par Juana Sabata.

— Vous vous souvenez du livre ?

Des passages entiers de textes apparurent devant ses yeux. Il y avait des paragraphes dactylographiés, et des corrections au stylo.

D'une voix mécanique, elle se mit à réciter :

— « Dans ce monde de corruption sans foi ni loi, la vérité n'existe pas. Vous ne la trouverez que dans le murmure éploré d'un enfant en prière devant une tombe ouverte, car la vérité s'accompagne toujours de tragédie. Mon histoire est tragique. »

— C'est exact. Avez-vous écrit ces mots ?

— Je ne sais pas.

Elle ne se rappelait pas avoir tapé ce passage à l'ordinateur. Elle ne se voyait pas non plus tenir le stylo qui avait apporté les corrections.

Cependant, elle connaissait bien le texte.

Dans son esprit, elle voyait défiler des pages et des pages de récit. En espagnol et en anglais.

— Quel est votre sentiment à propos de cette histoire ? demanda Jason.

— Elle est très importante. C'est une contribution à une noble cause.

— Très bien, Maria. Je prends le risque de vous faire confiance. Mais si vous me trahissez…

Il laissa la menace en suspens, mais elle saisit le message.

— Je comprends.

— Je vais commencer par le commencement, dit-il en se passant la main dans les cheveux. Je ne me suis jamais inscrit sur un site de rencontres en ligne.

Elle écarquilla les yeux.

— Mais alors, comment suis-je venue ici ? Pourquoi sommes-nous mariés ?

— Pour servir de couverture à Juana Sabata, dont le véritable nom est Maria Ramos Hernandez. A cause des accusations portées dans son livre, elle devait quitter son pays, où elle était en danger de mort.

— Oui. Ça m'évoque quelque chose.

— Elle devait me rejoindre, le jour où vous êtes arrivée. Elle devait porter un foulard rouge, et une bague au dessin unique. Celle que vous portez. Pourtant, vous dites ne pas être Maria.

— J'en suis presque certaine.

— Mais vous la connaissez. Vous croyez à son travail.

— Oui.

— Dans ce cas, notre plan peut encore fonctionner. Demain, nous avons rendez-vous avec son éditeur à New York. Que vous soyez ou non Juana Sabata, je veux que vous le rencontriez, et que vous lui donniez toutes les confirmations dont il a besoin.

— Je le ferai.

— C'est dangereux. Juana a des ennemis puissants. Des gens qui ne veulent pas voir ce livre publié. Ils feront tout pour nous arrêter.

— Je comprends.

— Vous êtes sûre ? Ce n'est pas un jeu.

— J'ai déjà été attaquée. J'ai vu un homme mourir. Je sais ce qu'est le danger, Jason. Ça ne me plaît pas, mais il faut savoir prendre des risques quand c'est nécessaire. Quand partons-nous ?

— Le plus tôt sera le mieux. Je ne sais pas si le type d'hier était seul, et l'île est trop vaste pour vous protéger.

— Comment vais-je m'habiller ?

— J'ai fait nettoyer les vêtements que vous portiez quand vous êtes arrivée.

— Ils iront pour aujourd'hui, mais je vais avoir besoin d'autre chose. Surtout pour rencontrer un éditeur new-yorkais.

— Nous achèterons ce qu'il vous faut.

— Ce n'est peut-être pas la peine. J'ai remarqué que le grenier était plein de vêtements. Il y a sûrement quelque chose qui m'irait.

— Je ne veux pas que vous y touchiez. Ils appartenaient à Elena.

Sur ces mots, il se leva et quitta la chambre en prenant lourdement appui sur sa canne.

Elena était sa première femme, se souvint Maria. Alice lui avait expliqué les circonstances douloureuses de sa mort. Ce ne devait pas être facile pour Jason de vivre ici, hanté par les fantômes du passé.

Quelle ironie ! songea-t-elle en se dirigeant vers la salle de bains. Les souvenirs de Jason étaient trop présents, alors que les siens étaient quasiment inexistants.

Au sortir de la douche, Maria enfila un peignoir et entreprit de démêler ses longs cheveux trempés, en pensant aux nouveaux défis qui l'attendaient.

Elle ne ressentait plus aucune douleur physique, et se sentait optimiste. Malgré le danger, elle avait un but.

Dans la chambre, elle trouva son jean et son T-shirt pliés sur une chaise. Ils étaient propres mais délavés par le chlore de la piscine, et rêches.

En enfilant son jean, elle sentit quelque chose de pointu dans la poche avant.

Y glissant la main, elle en sortit une clé sur un anneau métallique. Il s'agissait apparemment d'une clé de voiture.

Elle serra les doigts autour et ferma les yeux avec l'espoir de faire jaillir une information de sa mémoire.

Au lieu de cela, une peur panique la saisit.

7

— J'avais une montre, dit Maria en faisant irruption dans le salon où Jason était assis dans un fauteuil capitonné, la jambe posée sur un repose-pied.

Elle s'arrêta pour détailler la vaste pièce meublée d'antiquités.

La veille, avec la foule des invités qui s'y pressait, elle n'avait pas pu en apprécier le décor évoquant un manoir anglais. D'ailleurs, la main refermée sur le pommeau d'argent de sa canne, Jason ressemblait tout à fait à l'idée qu'on se faisait d'un respectable lord.

— En arrivant ici, j'avais une montre, répéta-t-elle.

Il leva un sourcil.

— Vous croyez que je l'ai volée ?

— Bien sûr que non. Mais je voulais y jeter un œil. J'y trouverai peut-être un indice, quelque chose qui me rappellerait mon passé.

— Elle est dans mon bureau.

— Où se trouve-t-il ?

— Vous devriez le savoir. C'est la pièce où vous avez pris mon Beretta.

— Je n'ai rien pris.

— Emprunté ?

— Je n'ai pas non plus « emprunté » votre arme. Quand j'étais étendue sur le lit, j'ai senti quelque chose sous l'oreiller. C'était un mot disant que j'étais en danger, et que je devais regarder dans la table de chevet. Je l'ai fait et j'ai trouvé le pistolet.

— Et ça ne vous a pas semblé bizarre ?

— J'ai pensé que quelqu'un voulait m'aider.

— A quoi ?

— A me défendre, bien sûr.

— Et contre qui ?

— J'ai pensé qu'il pouvait s'agir de vous, mais ça n'a plus aucun sens, maintenant. Peut-être avons-nous un allié. Pensez-vous que quelqu'un essaie de nous aider ?

— C'est possible.

Il pensa à son mystérieux contact. Une voix désincarnée au téléphone. S'agissait-il d'un homme ou d'une femme ? Cette personne était-elle présente au mariage ?

Il se leva, précéda Maria jusqu'à son bureau, et ouvrit le tiroir central de sa table de travail.

Il tendit la montre à Maria, qui s'assit dans l'un des fauteuils de cuir fauve disposés face au bureau.

Tandis qu'elle détaillait la montre, il l'observa attentivement. Aujourd'hui, elle semblait reposée, et son regard brillait de curiosité.

— Vous avez gardé le message ?

— Je ne sais pas ce que j'en ai fait. Je l'ai sans doute glissé dans le corsage de ma robe.

— Durant le mariage, quelqu'un a-t-il attiré votre attention ?

— Eh bien, Eddy Elliot m'a laissé entendre que vous étiez quelqu'un de dangereux. Et Chip Harrington a parlé de Juana Sabata.

— En quels termes ?

— Flatteurs. Il admire son travail.

— Quelqu'un d'autre ?

— Le révérend. Il a été très gentil avec moi. Et son espagnol est excellent. Je ne sais plus si je vous ai dit que le mot était en espagnol.

— Cela réduit le nombre des suspects.

— Les seules personnes bilingues que j'ai rencontrées hier sont Chip et le révérend.

— L'un des deux a pu deviner votre lien avec Juana.

Posant la montre sur le bureau devant lui, elle annonça :

— C'est une Paktel.

— Désolé, mais ça ne me dit rien.

— C'est un joaillier de luxe.

— Et où se trouve la boutique ?

— Je ne sais pas exactement, mais ça ne doit pas être difficile à trouver. De toute façon, j'ai déjà ma petite idée. Sur l'étiquette de mon T-shirt, il est écrit « Caprices de Boston. »

La sonnette de la porte principale les interrompit.

— Vous attendez quelqu'un ? demanda Maria.

— Non. Restez près de moi, mais tenez-vous prête à courir.

Ils s'avancèrent prudemment vers la porte.

— Qui est là ? demanda Jason.

— Chip Harrington. Vous avez dit que je pourrais interviewer Maria aujourd'hui.

— J'ai dit que vous pouviez téléphoner.

Maria murmura à l'oreille de Jason :

— Laissez-moi lui parler. Je pourrai peut-être découvrir s'il est l'auteur du message.

— Soyez prudente. Il risque d'aller à la pêche aux informations. Ne lui dites rien.

— Ne vous en faites pas.

Elle tourna les verrous, ouvrit la porte, et accueillit Chip en espagnol.

— Entrez, je vous en prie. Je suis ravie de terminer notre interview.

Le journaliste les dévisagea tour à tour, l'air soupçonneux.

— Vous apprenez à mieux vous connaître ?

— Bien sûr, répondit Maria avec enthousiasme. C'est notre lune de miel.

Ils entendirent sonner le téléphone dans le bureau de Jason qui s'éclipsa.

— Si nous allions dans la cuisine ? proposa Maria.

Elle n'avait pas encore l'habitude de la vaste pièce pourvue d'équipements dernier cri, mais elle n'eut aucune peine à trouver dans le réfrigérateur les restes du buffet de la veille.

Tandis qu'elle disposait devant elle tous les éléments nécessaires à la confection d'un sandwich, elle se rendit compte à quel point elle était affamée.

Elle sortit aussi du réfrigérateur une bouteille de vin blanc entamée.

— Vous en voulez un verre ?

— Seulement si vous vous joignez à moi.

— Avec plaisir.

Après avoir ouvert plusieurs placards, elle trouva les verres à vin et les remplit généreusement.

En quelques minutes, les sandwichs furent prêts et posés sur des assiettes en porcelaine, et Maria désigna à son visiteur la table installée devant une baie vitrée en rotonde. Jouer les maîtresses de maison, surtout dans une propriété aussi exceptionnelle, n'était pas désagréable, réalisa-t-elle. Et si Jason était le lord des lieux, elle pourrait très vite se faire à l'idée d'en devenir la lady.

— Eh bien, monsieur Harrington, dit-elle tandis qu'ils s'asseyaient, parlez-moi de votre métier.

— Généralement, c'est moi qui pose les questions.

Elle haussa les épaules, avec une petite moue charmeuse.

— Mais je n'ai rien d'intéressant à dire.

— Vous pourriez me parler du Guermina. Votre pays m'intéresse énormément.

— L'avez-vous déjà visité ?

— A deux reprises. C'est très beau.

— Mais différent du Maine.

Tout en grignotant son sandwich, elle se livra à une description enthousiaste de la faune et de la flore, et ne tarda pas à remarquer que Chip donnait des signes d'impatience. S'il espérait lui soutirer des informations compromettantes, il en serait pour ses frais.

— J'ai l'intention de m'inscrire dans un club de jardinage, dit-elle. Ou j'en créerai un moi-même. J'ai une véritable passion pour les végétaux, surtout les hortensias, qui malheureusement ne sont pas adaptés au climat tropical.

Ouvrant son carnet de notes à la dernière page, Chip en sortit une photographie qu'il fit glisser vers elle.

— Connaissez-vous cette femme ?

Maria baissa les yeux vers le portrait en noir et blanc d'une femme aux cheveux noirs qui lui ressemblait un peu.

Elle secoua la tête.

— Non. Je ne sais pas qui elle est.

— Elle pourrait être votre sœur.

— Vous trouvez ? Je ne vois pas vraiment de ressemblance. Qui est-ce ?

— Juana Sabata. La journaliste.

Maria regarda plus attentivement le cliché. C'était la femme dont elle devait jouer le rôle, mais elle ne ressemblait pas à la Maria dont elle se souvenait.

— Je croyais qu'il n'y avait aucune photo d'elle. Où l'avez-vous trouvée ?

— J'ai mes sources.

— Pourquoi m'interrogez-vous sur cette femme ? Nous venons du même pays, mais je n'ai rien à voir avec elle.

— C'est un pays dangereux. Ne me dites pas que vous ne partagez pas ses peurs, que vous ne ressentez pas le danger.

Elle essaya de l'orienter vers le message et le Beretta.

— On dirait que vous avez peur qu'il m'arrive quelque chose. Vous me suggérez d'avoir une arme ?

— Vous devez tout faire pour vous protéger.

— Mais enfin, pourquoi ? Qui pourrait me vouloir du mal ?

— Juana Sabata a beaucoup d'ennemis. Dans son pays et ailleurs.

— Pourquoi me dites-vous cela ?

— Je ne peux pas en dire plus. Pas maintenant.

— Je vous en prie, Chip ! Dites-moi de quoi je dois avoir peur.

— Revenons plutôt à notre interview.

— Je n'ai rien de plus à dire.

L'arrivée soudaine de Jason mit définitivement fin à la conversation.

— Chip, ça ne vous ennuie pas de nous emmener sur le continent ?

— Pas de problème. Où allez-vous ?

— Acheter des vêtements. Maria n'a apporté que le strict minimum.

— Comment comptez-vous revenir ?

— Nous n'avons pas l'intention de rentrer tout de suite. Nous allons en profiter pour faire du tourisme. Je veux faire découvrir à Maria les charmes de la Nouvelle Angleterre.

— Où avez-vous l'intention d'aller ?

Le ton était un peu trop innocent pour leurrer Jason.

— Où le vent nous poussera. Ce sera notre voyage de noces.

— L'un comme l'autre, vous ne cessez de mentionner votre lune de miel. Je vois le tableau. Personnellement, cet étalage de bonheur conjugal m'écœure.

Chip vida son verre et se leva.

— Allons-y.

Sur le perron, Jason passa le bras autour de la taille de Maria, tandis qu'il inspectait les environs à la recherche de nouvelles menaces. Il garda l'autre main dans sa poche, crispée sur la crosse du Beretta.

Le chemin menant au ponton où Chip avait amarré son bateau était à découvert. S'il y avait un autre tireur, l'endroit était idéal pour ouvrir le feu.

C'était pour cette raison qu'il avait demandé à Chip s'ils pouvaient l'accompagner. Il était possible que le journaliste soit plus impliqué qu'il n'en avait l'air, et sa présence était une façon de se protéger.

Il n'avait pas pris sa canne, et l'expédition s'avéra plus difficile que prévu. Derrière ses lunettes de soleil, ses yeux étaient sans cesse en mouvement, guettant les irrégularités du terrain.

— Votre jambe fait des siennes ? demanda Chip.

— Elle est un peu raide, aujourd'hui.

— Vous ne m'avez jamais dit comment vous avez été blessé.

— Un accident de voiture.

Une fois de plus, il s'agissait d'une histoire inventée de toutes pièces.

— J'étais à Las Vegas, en visite chez un ami. Ce n'était pas moi qui conduisais.

La simple évocation de sa blessure lui rappela l'indescriptible douleur qu'il avait ressentie lorsque la balle d'un sniper avait atteint sa jambe, brisant ses os, sectionnant ses tendons…

— Regardez ! s'exclama Maria en désignant le ponton.

L'*Elena* avait été coulé. Seule la proue pointait encore hors des eaux grises. Quant au hors-bord, il avait disparu.

— Pourquoi n'avez-vous rien dit ? demanda-t-elle en se tournant vers Chip.

— Je pensais que vous le saviez.

— Je le savais, dit Jason en s'efforçant de contrôler sa rage.

Son magnifique voilier, la prunelle de ses yeux, avait été détruit. Avec lui, c'était tout un pan de sa vie qui se trouvait brutalement effacé.

— Je ne voulais pas le dire à Maria, ajouta-t-il.

— Que s'est-il passé ?

— La coque avait récemment subi des dommages et je devais la faire réparer. Je suppose que le bateau n'a pas supporté l'averse de cette nuit et la violence du vent.

— Il n'a pas plu tant que ça, remarqua Chip.

— Sur l'île, le temps est toujours plus mauvais que sur le continent.

— Et le hors-bord ?

— Un des employés du traiteur a raté l'embarquement. Je le lui ai prêté.

Un mensonge en entraînait un autre, et leur poids pesait sur l'esprit de Jason.

Il voulait se retirer de la partie ; il n'avait jamais demandé à être impliqué dans une affaire d'espionnage. Quand le contact avait assuré qu'il s'agissait simplement de fournir une couverture à une journaliste politique, il aurait dû se méfier.

Une simple mise en scène ? Cela n'existait pas. Tous les mensonges étaient complexes, et ils avaient toujours des conséquences.

En moins de vingt-quatre heures, il avait perdu l'*Elena* et tué un homme. Et ce n'était rien d'autre que la conséquence de ses mensonges.

Il fouilla du regard le bosquet de pins près de la maison, et scruta les affleurements rocheux bordant la plage. Si à cet instant il avait repéré le responsable du sabordage de son bateau, il aurait été capable de l'abattre de sang-froid. La découverte cet aspect de sa propre personnalité l'horrifia.

Quel genre d'homme était-il devenu ? Il était un médecin, un soignant. Pourtant, il était prêt à tuer. Pourquoi ? Faire éclater la vérité était une noble cause, mais cela justifiait-il de renier toutes ses valeurs ?

Tandis que Chip aidait Maria à monter à bord, il se tourna vers la maison qui avait vu grandir des générations de Walker avec l'étrange impression qu'une page se tournait.

Avec un pincement au cœur, il prit place à l'arrière de la vedette.

Tandis que l'embarcation prenait le large, il regarda longuement derrière lui, jusqu'à ce que les contours de l'île se confondent avec la mer, et songea qu'il n'y retournerait peut-être jamais.

8

Le continent fourmillait de nouveaux dangers, et Maria sentit l'appréhension la gagner tandis qu'ils accostaient à la marina.

On était dimanche après-midi, et une foule nombreuse déambulait sur la jetée. N'importe qui pouvait s'approcher d'elle, l'éliminer, et se fondre dans la cohue.

Elle en venait presque à regretter l'île.

Même si l'isolement présentait ses propres dangers, elle se sentait bien dans la solide demeure ancestrale. Mais ce n'était qu'une illusion, se rappela-t-elle. Le sabotage du voilier et la disparition du hors-bord prouvaient que quelqu'un cherchait à leur tendre un piège. Seule l'arrivée providentielle de Chip leur avait permis d'y échapper.

Elle le remercia avec effusion tandis qu'ils se séparaient sur le parking où le journaliste avait laissé sa voiture.

— Vous ne voulez pas que je vous dépose en ville, c'est bien sûr ? demanda-t-il.

— Ça ira, dit Jason. Alice va venir nous chercher.

Chip s'adressa à Maria.

— Eh bien, merci pour cette interview. Et si votre club de jardiniers voit le jour, je ne manquerai pas de faire un article sur vos hortensias.

Lorsqu'il fut parti, Jason entraîna Maria vers la capitainerie.

— De quels hortensias parlait-il ? demanda-t-il.

— Ce n'est rien. Je n'ai pas arrêté de lui parler jardinage pour éviter qu'il me pose des questions trop personnelles.

Elle s'arrêta et posa la main sur le bras de Jason pour le retenir.

— Je suis désolée pour votre bateau.

— Pas autant que moi.

Il soupira.

— Ça ne sert à rien de regarder en arrière. C'est fait, et nous ne pouvons rien y changer. Maintenant, il faut aller de l'avant. D'accord ?

— Très bien.

— Alors souriez ! Et dites-moi de quoi vous avez parlé avec Chip.

— Il m'a montré une photo de Juana Sabata.

Jason eut un sursaut d'étonnement.

— C'est un faux. Il n'y a aucune photo.

— Vous en êtes sûr ? Elle me ressemblait, pourtant. Un peu comme une sœur.

— Vous avez une sœur ?

— Oui.

Elle en était certaine, même si aucune image ne lui venait.

Elle ne se rappelait pas avoir partagé une chambre avec sa sœur, ni d'avoir ri ou de s'être disputée avec elle, mais cela ne faisait pas l'ombre d'un doute. C'était comme si son esprit avait rempli un questionnaire et tracé une croix dans la case « sœur ».

Ils se remirent en marche. Jason lui avait donné à porter son sac de voyage, afin de pouvoir garder la main sur le pistolet dans sa poche. De l'autre, il s'appuyait sur sa canne.

Il sembla à Maria que sa claudication était plus prononcée, mais il ne se plaignait pas.

Non loin de la capitainerie, il indiqua une table de pique-nique libre.

— Asseyons-nous un moment et parlons espagnol, au cas où des oreilles indiscrètes traîneraient. A votre avis, pourquoi Chip vous a-t-il montré cette photo ?

— Pour voir ma réaction, j'imagine. Il n'arrêtait pas de me lancer des regards en biais, en me disant que j'avais besoin de protection…

Elle soupira.

— Je ne serais pas surprise qu'il ait caché le Beretta dans ma chambre en espérant que je vous tuerais — accidentellement, cela va sans dire. Il n'a pas l'air de beaucoup vous aimer.

— Et vous, il vous aime beaucoup trop.

— Vous croyez ?

— Et comment ! Ce bon vieux Chip est fou de vous. Il n'arrête pas de vanter votre intelligence et votre beauté.

Lorsqu'ils furent assis, Jason sortit une paire de lunettes noires de la poche intérieure de sa veste et les mit, afin de pouvoir étudier en toute discrétion son environnement.

— Eh oui ! Chip a le béguin comme un collégien, poursuivit-il. Une conquête de plus à votre actif.

— Une de plus ? Et qui est l'autre ?

— Moi.

Flattée par le compliment, Maria ne put s'empêcher de rougir. Dire que, quelques heures plus tôt, elle avait si peu confiance en Jason qu'elle avait cherché à le fuir !

A présent, la confiance représentait sa seule chance de survie.

— Maria, vous voyez cet homme, là-bas, en train de fumer une cigarette ?

Elle regarda dans la direction indiquée. A cette distance, elle ne distinguait pas ses traits, mais l'homme était grand et corpulent. Il portait un T-shirt jaune vif et une casquette de base-ball avec un logo non identifiable. Un autre homme le rejoignit, et ils se mirent à discuter avec animation, en jetant de temps à autre des coups d'œil vers la mer.

— Il ne m'est pas familier, dit-elle.

— Si vous remarquez quelque chose d'inhabituel, dites-le-moi.

La tension lui noua l'estomac. Elle n'en pouvait plus de vivre constamment dans la peur.

— C'est vraiment dangereux à ce point ?

— Oui.

— Mais pourquoi ? Ce n'est qu'un livre !

— Ne croyez pas cela. *La Vérité* est une virulente critique des dirigeants politiques de divers pays, y compris le mien. Il dévoile une conspiration internationale impliquant des personnalités très haut placées.

— Qu'allons-nous faire ?

— Prendre la route.

— Donc, nous n'allons pas faire des courses avec Alice ?

— Je ne vais même pas l'appeler. Je veux laisser ma sœur en dehors de cela.

Avec un sourire, il ajouta :

— Vous imaginez Alice lâchée dans le micmac qui règne au gouvernement ?

— Elle se ferait un plaisir de les faire tous marcher à la baguette.

— Au moins, ils seraient bien nourris.

Elle éclata de rire. Puis, devinant qu'il la fixait derrière ses lunettes noires, elle demanda :

— Qu'y a-t-il, Jason ?

— J'aime le son de votre rire. On dirait le chant d'un oiseau.

— Un corbeau ? Un geai ?

— Plutôt un rossignol.

Il tourna les yeux vers le front de mer.

— L'appel que j'ai reçu quand Chip est arrivé venait de la marina. Une voiture de sport blanche aux vitres teintées a été abandonnée sur le parking avant-hier soir. Ils ont vérifié l'immatriculation et découvert qu'elle avait été louée au nom de Mme Walker.

Maria plongea la main dans la poche de son jean et en sortit la clé qu'elle y avait trouvée le matin en s'habillant. Elle la montra à Jason, avant de la remettre dans sa poche.

— Je crois que ça explique comment je suis arrivée ici.

— Mais vous n'avez pas de papiers d'identité. On m'a donné votre dossier : le certificat de naissance, la licence de mariage, les documents de demande de naturalisation…

— Je devais bien avoir quelque chose. Un passeport ou autre…

— C'est bizarre. Pour quelle raison les personnes qui ont conçu ce plan auraient-elles fait réaliser deux jeux de documents ? Et comment avez-vous pu louer une voiture sous mon nom alors que nous n'étions pas encore mariés ? Vous avez forcément dû fournir un permis de conduire et une carte de crédit.

— Je n'en sais rien, répondit Maria avec agacement. Je ne me rappelle pas être venue ici en voiture. J'ai simplement retrouvé la clé dans ma poche ce matin.

— Ça ne fait rien, nous trouverons.

Il lui tapota la main puis se leva et l'emmena jusqu'à la capitainerie.

Il lui tint la porte, salua la personne à l'accueil, et se dirigea tout droit vers une porte marquée « Bureau ».

Après avoir frappé une fois, il entra.

— Salut, Ginger ! lança-t-il d'un ton jovial. J'espère que je ne te dérange pas ?

Une femme d'une cinquantaine d'années, blonde et très bronzée, leva les yeux du dossier qu'elle remplissait et l'accueillit chaleureusement.

Jason poussa Maria devant lui.

— Voici Maria, ma femme.

— Tu t'es marié ? Comme c'est chou !

Elle leur sourit, et reprit, s'adressant à Maria.

— Mais, ma belle, vous ne pouvez pas laisser votre voiture n'importe où, vous savez. Je suis surprise qu'elle n'ait pas été volée ou vandalisée. D'autant qu'elle n'était pas verrouillée.

— Maria vient d'Amérique centrale, expliqua Jason.

— Eh bien, ils ont sûrement aussi des voleurs de voitures, là-bas. Quoi qu'il en soit, tout est bien qui finit bien. En voyant que la voiture était encore là ce matin, j'ai vérifié, et j'ai trouvé ça…

Ginger ouvrit un tiroir de son bureau, et tendit une clé à Maria.

— Vous l'aviez laissée sur le contact.

Maria toucha la clé dans sa poche. Si ce n'était pas celle de la voiture de location, à quoi correspondait-elle ?

Chaque fois qu'une pièce du puzzle semblait se mettre en place, quelque chose venait tout remettre en question et elle se retrouvait confrontée au mur infranchissable de son amnésie.

Lorsqu'ils ressortirent, Maria chercha du regard l'homme au T-shirt jaune. Il avait disparu, mais elle ne se sentit pas soulagée pour autant. Il pouvait très bien s'être caché. Peut-être même braquait-il un fusil à lunette sur eux à cet instant.

Frissonnant malgré le temps radieux, elle essaya de ne pas céder à la panique et de se concentrer sur les clés qu'elle tenait à la main.

Les formes étaient différentes. Celle de la voiture de location était fixée à un porte-clés. Elle lut l'inscription « N.E. Cars, Boston ».

— Je crois qu'une visite à Boston s'impose, déclara Jason.

Ils arpentèrent le parking jusqu'à ce qu'ils trouvent le coupé blanc.

Jason tendit la main pour qu'elle lui donne la clé.

— Je vais conduire.

Elle observa la voiture d'un œil suspicieux, se rappelant les dégâts causés au bateau.

— Vous êtes sûr qu'elle n'est pas piégée ?

— C'est qu'on va voir.

Il s'agenouilla en grimaçant sur la chaussée brûlante, et inspecta le dessous de la voiture. Puis il ouvrit la portière, laissant s'échapper une bouffée de chaleur suffocante, et débloqua le capot pour étudier le moteur.

Tout semblait normal.

— Vous êtes en panne ?

Jason releva la tête au son de cette voix familière.

— Révérend Blaylock ! Quelle surprise de vous voir ici ! Je vous croyais occupé au temple, le dimanche.

— Le matin seulement. L'après-midi, j'ai quartier libre. Et j'apprécie tout particulièrement cette pause durant la saison de football.

Il salua Maria en espagnol et s'enquit de sa santé avant de s'adresser de nouveau à Jason.

— Où allez-vous, par cette belle journée ?

— Acheter des vêtements pour Maria. Ensuite, nous suivrons notre inspiration et nous nous promènerons au gré du vent.

— C'est beau, la jeunesse.

Le rire de Wally Blaylock sembla forcé à Jason. Il aimait bien le révérend, mais ne le connaissait pas vraiment, et il ne pouvait écarter aucun suspect.

Laissant retomber le capot de la voiture, il alla ouvrir la portière côté passager pour Maria qui prit place.

— Excusez-nous, révérend, mais nous avons hâte de nous mettre en route.

Tandis qu'il contournait la voiture, le révérend lui emboîta le pas.

— Juste un instant. Il y a quelque chose dont je voudrais vous parler avant que vous n'alliez à New York.

New York ? Jason n'avait jamais mentionné New York. Instinctivement, il plongea la main dans la poche contenant le pistolet.

Le révérend se pencha à son oreille et lui murmura un numéro de téléphone. C'était celui qu'il composait pour appeler son contact.

Le révérend Wally Blaylock ? Jason recula d'un pas et dévisagea le sympathique ecclésiastique. Cela lui semblait impossible.

— Vous ?

— Il faut toujours se méfier de l'eau qui dort, comme on dit.

— Montez en voiture avec nous. Je ne tiens pas à m'attarder ici.

— Je ne veux pas parler devant elle.

— Pourquoi ?

— Il y a un problème. Elle n'est pas celle que nous attendions.

— Expliquez-vous. Si elle n'est pas Maria Ramos, alors qui est cette femme que j'ai épousée ?

— Je n'en sais rien. Nous avons perdu la trace de Maria à St Louis ; elle ne s'est pas présentée au rendez-vous avec son contact à Philadelphie. Elle a téléphoné deux jours plus tard pour dire qu'elle prenait l'avion. Depuis, elle ne s'est plus manifestée.

— Mais si la femme qui est avec moi n'est pas Maria, pourquoi nous tirer dessus et couler mon bateau ?

— L'*Elena* ?

— Oui.

Le révérend tiqua.

— Je suis désolé. Ecoutez-moi, Jason. Pour le moment, il n'y a qu'une seule chose qui compte.

— La publication du livre.

— En effet. Pensez-vous que cette Maria puisse faire illusion auprès de l'éditeur ?

La veille, Jason n'aurait pas pris le risque, tant le comportement de Maria était erratique. Mais aujourd'hui, elle commençait à recouvrer des bribes de souvenirs, et avait parfaitement compris l'enjeu de la situation.

— Elle souffre d'amnésie partielle, avoua-t-il. Mais elle a été capable de citer un passage du livre.

— Il faut tenter notre chance. Où que se trouve la vraie Maria, quoi qu'il lui soit arrivé, elle voudrait que son livre soit publié. C'était son rêve.

— Vous en parlez comme si elle était morte. Qu'en savez-vous ?

— Je ne peux pas en dire plus. Où allez-vous, exactement ?

— Boston. Elle semble avoir un lien avec cette ville. Nous

essayons de remonter à la source de son amnésie. Elle croit avoir été droguée. Ça a peut-être un rapport avec ce qui est arrivé à Maria Ramos.

— Appelez-moi quand vous serez arrivés à destination, et soyez prudents.

Il serra la main de Jason et adressa un petit signe amical à Maria. Puis il fit demi-tour et s'éloigna. En dépit de sa haute stature, il ne tarda pas à se fondre dans la foule.

N'était-ce pas la caractéristique des espions d'être tout à fait insoupçonnables ? Pourtant, Jason avait du mal à croire que l'homme d'Eglise aux manières affables puisse être le contact qui lui donnait des instructions, et qui avait organisé son faux mariage. D'ailleurs, n'était-ce pas une sorte de péché ?

Il s'installa au volant et mit le contact.

— J'ai déjà dit combien je déteste l'espionnage ?

— Il me semble. Que voulait le révérend ?

— Simplement me rappeler mes devoirs d'époux, et me donner des conseils pour que mon mariage fonctionne.

— En cinq minutes ? Il est doué !

Tant qu'il ne connaîtrait pas le véritable rôle joué par la femme assise à côté de lui, Jason préférait rester prudent.

Son contact, en l'occurrence Wally Blaylock, dirigeait à travers le pays un vaste réseau de sympathisants à la cause de Juana Sabata. Mais il y avait eu une faille quelque part.

Qui étaient les traîtres ? Qui étaient les personnes de confiance ?

Tandis qu'ils traversaient les faubourgs de la ville, il garda un œil sur le rétroviseur afin de vérifier si on les suivait. Pendant un moment, un break vert foncé resta dans leur sillage, à deux voitures d'écart. Cependant, lorsque Jason s'engagea sur la bretelle d'accès à l'autoroute, le break continua sur la nationale.

— Il fait beau, non ? dit-il.

— L'été dans le Maine. C'est ma saison préférée. Enfin, je crois.

— Vous n'êtes pas trop fatiguée ?

— Non, ça va.

Maria se tourna sur son siège et regarda par la lunette arrière.

— Personne ne nous suit ?

— Je ne crois pas.

— Bien.

— Que croyez-vous que nous trouverons à Boston ?

— La bijouterie Paktel, j'espère. Et la boutique « Caprices de Boston ».

— Vous ne vous rappelez rien d'autre ?

— Par pour le moment.

Elle alluma la radio et chercha une station qui diffusait de la musique classique. Elle ne connaissait rien de mieux pour apaiser les tensions.

Puis elle inclina le dossier de son siège, tira sur sa ceinture de sécurité et remua un peu à la recherche d'une position confortable.

Fermant les yeux, elle se laissa bercer par le son mélodieux de la harpe. Le trajet durerait à peu près cinq heures, et dormir était le mieux qu'elle avait à faire.

Après quelques minutes, elle entrouvrit les paupières et observa le profil énergique de Jason.

Il avait le regard fixé sur la route, et un pli soucieux barrait son front. Toute sa personne dégageait quelque chose de sécurisant, et elle réalisa qu'elle avait suffisamment confiance en lui pour placer sa survie entre ses mains.

Commettait-elle une erreur ?

De toute façon, elle n'avait pas vraiment le choix, songea-t-elle en refermant les yeux.

Dans sa tête, elle chantonna avec la musique, jusqu'à ce que le sommeil l'emporte.

Lorsque Maria se réveilla, quelques heures plus tard, la radio jouait une marche militaire.

— Ça me rappelle la fête nationale, marmonna-t-elle. La fanfare des Boston Pops joue toujours ce morceau. Toute la ville est en effervescence, la garde nationale défile, et les cloches carillonnent à tout-va.

— Vous participez aux commémorations ?

— Je ne crois pas… Je me souviens d'un pique-nique… J'y étais allée avec Jessica, Tom et leurs enfants. Oh ! et aussi Larry ! Nous sortions ensemble.

— Et maintenant ?

— Ça fait un moment que nous avons rompu. Il a déménagé.

— Ne cherchez pas à vous concentrer. Contentez-vous de parler. Laissez vos pensées suivre naturellement leur cours.

Toutes les informations lui parvenaient en vrac et, malgré le conseil de Jason, elle voulait les examiner une à une.

— C'est difficile. Je ne veux pas dire n'importe quoi.

— Parlez-moi de Jessica et Tom.

— C'est une de ces blondes au teint de porcelaine et aux yeux bleus... Lui est brun, à la peau mate. Leur nom de famille est...

Elle se souvint et eut un petit rire.

— Smith. Ils s'appellent Smith.

— Formidable ! Il doit y avoir des milliers de Smith dans l'annuaire.

— De toute façon, ils sont sur liste rouge. Tom est procureur adjoint.

Le visage de ses amis lui apparut, mais elle hésita à poursuivre.

Ses souvenirs avaient quelque chose d'irréel. C'était comme si elle les inventait au fur et à mesure. Quant à Larry... Son impression était celle d'un homme blond, athlétique, assez agressif, avec une voix forte. Ils se disputaient souvent avec véhémence, aucun des deux ne voulant battre en retraite.

A mesure qu'ils approchaient de Boston, elle reconnut le paysage, les panneaux indicateurs...

— Quittez l'autoroute à la prochaine sortie, dit-elle soudain.

Jason obtempéra sans poser de question.

— Continuez tout droit pendant deux ou trois kilomètres.

— Pourquoi ? Où allons-nous ?

— Chez Randy.

— Qui est Randy ?

— Vous verrez bien.

Quelques minutes plus tard, elle annonça d'un ton triomphal :

— C'est là. Arrêtez-vous.

Jason se gara sur le parking d'un fast-food.

— Génial, marmonna-t-il. Nous sommes dans une situation où nous risquons nos vies, et vous me faites faire un détour pour manger un hamburger.

— J'ai faim.

— Très bien.

Il la laissa s'installer sur l'une des banquettes de skaï rouge, et alla téléphoner à la cabine publique. Craignant que son téléphone portable puisse être tracé, il l'avait volontairement laissé sur l'île.

Lorsqu'il revint, Maria était en train de passer sa commande.

— Un cheeseburger avec des frites, une part de tarte à la myrtille, et un soda.

— Je prendrai la même chose, dit Jason en s'asseyant en face d'elle, mais remplacez le soda par un café.

Il enveloppa Maria d'un regard indulgent tandis que la serveuse s'éloignait.

— Je ne sais pas comment vous faites pour garder une telle ligne si vous vous nourrissez toujours comme ça.

— Je dois avoir un bon métabolisme. A moins que je ne fasse beaucoup de sport.

— Vous avez une idée de votre métier ? Pourquoi parlez-vous aussi bien l'espagnol ?

— Examinons les possibilités. J'ai peut-être vécu dans un pays de langue espagnole. Ou alors, mes parents sont d'origine espagnole ou latino-américaine. J'ai de fortes images d'un séjour dans un pays tropical, mais je ne m'y sens pas chez moi. Ce n'est pas mon pays natal.

— Revenons à votre métier. Travaillez-vous seule ou avec quelqu'un ?

— Je crois que j'ai des collègues… Jessica Smith… C'est une de mes collègues.

Elle eut soudain un déclic.

— Je crois que je suis professeur. Oui, c'est ça. J'enseigne les langues étrangères.

— Bien. Le problème, c'est que nous sommes à Boston, et qu'il y a des écoles et des universités à tous les coins de rue.

— Désolée, répondit-elle avec humeur. Si j'avais su que je deviendrais amnésique, j'aurais décidé d'enseigner en Alaska, et j'aurais choisi des amis avec un nom plus original que Smith.

— Ecoutez, Maria, si nous avions du temps devant nous, je ne vous imposerais pas une telle pression. Mais nous n'en avons pas… Demain, à midi, nous devons rencontrer l'éditeur d'Elmont Publications, et vous allez devoir jouer votre rôle avec conviction.

Leur commande leur fut apportée, et Maria dévora son hamburger avec enthousiasme.

— Je crois que je m'en sortirai, avec cet éditeur. C'est incroyable, mais j'ai l'impression de connaître le texte par cœur.

— Vous pourriez l'avoir traduit ?

— C'est possible. Ça expliquerait mon lien avec Juana.

— Je peux vérifier. Au fait, il y a bien une bijouterie Paktel, et c'est apparemment un endroit très chic. Elle est située dans la galerie marchande de l'hôtel St Sebastian.

— C'est un palace. Pourquoi irais-je y acheter une montre ? Vous croyez que je suis riche ?

— Je crois que vous avez un goût très sûr. Surtout pour choisir votre mari.

Avant de regagner la voiture, Jason appela Wally Blaylock mais ne put le joindre.

— Evidemment, marmonna-t-il. Ce serait trop facile.

Une demi-heure plus tard, ils s'arrêtaient devant l'hôtel St Sebastian et laissaient la clé au voiturier.

Tandis que le portier actionnait la porte à tambour, Maria jeta un coup d'œil par-dessus son épaule et eut le temps de voir passer un break vert foncé.

La voiture lui rappela quelque chose et elle faillit en parler, mais Jason la poussait impatiemment vers la réception.

— Dépêchez-vous, dit-il. Il est presque 17 heures.

9

L'intérieur du St Sebastian était magnifique, avec son sol de marbre, son mobilier baroque, et ses imposants arrangements floraux.

Dans son jean et son T-shirt délavés, Maria se sentait horriblement déplacée. Bien qu'elle n'eût pas le souvenir de s'être un jour trouvée dans cette situation, elle savait qu'il n'y avait que deux solutions. Soit elle essayait de raser les murs et faisait ainsi remarquer son embarras — obtenant l'inverse de l'effet recherché —, soit elle rejetait les épaules en arrière, et toisait tout le monde avec arrogance, comme si elle était si riche n'avait pas besoin de le prouver en portant de luxueux vêtements.

Se redressant fièrement, elle traversa le hall au bras de Jason.

Ils passèrent une rangée d'ascenseurs, et descendirent quelques marches pour accéder à une aile de construction plus récente qui abritait une galerie d'art, un restaurant et plusieurs boutiques.

L'atrium, avec son puits de lumière pyramidal dessinant de complexes jeux d'éclairage autour d'une fontaine au doux bruissement, portait la griffe de l'architecte contemporain I.M. Pei.

L'entrée en marbre noir de la bijouterie Paktel était discrètement élégante. Il n'y avait pas de vitrine visible de l'extérieur, simplement le nom de la boutique inscrit en lettres d'or. A l'intérieur, des piétements de bois doré supportaient des présentoirs de verre.

La canne de Jason frappait bruyamment le sol de marbre, attirant l'attention irritée d'un vendeur, vêtu d'un coûteux costume Brook Brothers.

— Puis-je vous aider ? demanda-t-il du bout des lèvres, tout en détaillant avec dédain la tenue de Maria.

— Cette montre vient de chez vous, dit-elle en la lui tendant.

— Je le vois bien, madame. Notre marque y figure.

— Est-elle chère ?

— Eh bien, cela dépend…

Il la toisa d'un air narquois.

— Cela dépend de votre définition de ce qui est cher et de ce qui ne l'est pas.

Jason s'impatienta.

— Vous gardez bien les coordonnées de vos clients ?

— Dans certains cas seulement. Lorsqu'il faut réaliser une gravure, par exemple.

L'employé se décida à prendre la montre et à l'examiner.

— C'est un modèle de base. Il n'y a pas de gravure ni d'incrustations de pierres précieuses. Mais quel est le sens de votre démarche ?

— Peu importe, répondit Jason en récupérant la montre avec brusquerie.

Passant son bras sous celui de Maria, il pivota vers la sortie.

Elle fit deux pas et s'immobilisa, affolée.

— Que se passe-t-il ?

— Là-bas, près de la colonne. Ce n'est pas l'homme au T-shirt jaune ?

— Si.

Le vendeur les poussa vers la sortie, comme il l'aurait fait de poules récalcitrantes.

— Je suis désolé, mais je dois fermer.

Jason fit demi-tour et lui sourit.

— Nous aimerions voir vos bagues de fiançailles.

— Oh ! Vraiment ? Mais je…

— Pas un diamant. Ils sont trop communs. Une belle émeraude, peut-être…

— Dans quel ordre de prix ?

Jason annonça une somme non négligeable, et le visage du vendeur s'éclaira.

— Si vous permettez, je vais fermer. Nous serons plus tranquilles.

Il alla taper un code sur un petit panneau électrique à côté de la porte, et une grille métallique s'abaissa.

— Voilà qui est fait. Et maintenant, laissez-moi vous montrer l'une de nos plus belles créations…

Il ouvrit une vitrine et en retira un présentoir de velours noir qu'il posa devant Maria.

— Comme vous pouvez le voir, il s'agit d'une très belle pierre, absolument pure, montée sur platine…

— Je la prends, dit Jason en tendant sa carte de crédit au vendeur.

Médusé, celui-ci marqua un temps d'hésitation avant d'aller chercher le lecteur de cartes bancaires sur le comptoir.

— Comment allons-nous sortir? murmura Maria.

— Laissez-moi faire.

Jason composa son code, récupéra sa carte, et donna son adresse en demandant que la bague y soit livrée. Puis il tourna la tête vers la grille, et prit un air consterné.

— Oh non! Je viens d'apercevoir mon ex-femme. Vite, est-ce que vous avez une sortie de secours?

— Naturellement, mais je ne peux pas vous autoriser…

— Je vous en prie, dit Maria qui entra immédiatement dans le jeu. Si elle nous découvre, elle va faire un scandale.

Le vendeur eut un soubresaut horrifié.

— Un scandale?

— C'est une folle. Elle est capable de secouer la grille en hurlant des insultes.

— N'en dites pas plus.

Il prit une clé dans un tiroir, courut vers une porte au fond du magasin, et l'ouvrit.

Ils le suivirent alors à travers une pièce équipée de trois grands coffres-forts, empruntèrent un couloir menant à des toilettes et à un vestiaire, puis arrivèrent devant une porte blindée. Là, le vendeur saisit un code sur le boîtier fixé à même la porte, et un claquement métallique annonça le déverrouillage de la serrure.

— Voilà. C'est ouvert.

Jason fit signe à Maria de le précéder dans un couloir de béton brut qui contrastait avec le luxe de l'atrium et de l'hôtel.

Ils parcoururent rapidement le corridor longeant l'arrière des boutiques, poussèrent une porte et se retrouvèrent dans une ruelle derrière l'hôtel.

— Et maintenant ? demanda Maria.

— Restez près de moi.

Contournant le bâtiment, Jason déboucha sur l'avenue et scruta la circulation, à la recherche d'un taxi. Ce faisant, il remarqua un break vert foncé garé le long du trottoir, en face de l'entrée de l'hôtel. La tête baissée vers un journal plié qu'il tenait à la main, un homme était appuyé contre le parcmètre.

— Chip Harrington, dit Maria, avec un hoquet de stupéfaction. Il nous a suivis ?

— Je n'en sais rien.

Jason héla un taxi, poussa Maria à l'intérieur, et s'y engouffra à sa suite.

— A l'aéroport, dit-il.

— Que fait-il là ? demanda Maria d'une voix tremblante. Vous croyez qu'il est avec l'autre homme ? Celui au T-shirt jaune ?

— Le break nous a suivis un moment, mais j'étais persuadé de l'avoir semé. En tout cas, je n'ai pas parlé de Boston à Chip. Et vous ?

— Non.

Le seul à savoir où ils se rendaient était Wally Blaylock. Il fallait envisager l'éventualité que le révérend ne soit pas celui qu'il prétendait être. Mais, dans ce cas, comment avait-il pu connaître le numéro de téléphone de son contact ?

— Je me demande ce qu'ils peuvent bien nous vouloir, remarqua Maria.

— Moi aussi.

Si Wally avait divulgué l'information, leur rendez-vous avec l'éditeur devait aussi être connu. Les instructions de Jason étaient de se retirer du jeu et de laisser Maria établir le contact seule, mais c'était beaucoup trop dangereux. Il ne pouvait pas la laisser sans protection.

A l'aéroport, Jason se servit de sa carte de crédit pour acheter des billets sur le prochain vol à destination de New York. Puis il s'arrêta à un distributeur automatique et retira le maximum autorisé.

Si quelqu'un traçait leurs déplacements en surveillant les

mouvements sur sa carte de crédit, ils allaient avoir besoin de liquide.

Il donna deux cents dollars à Maria.

— Pourquoi ?

— Au cas où nous serions séparés.

— Vous avez l'air de croire que nous pourrions être sur écoute et surveillés par des ordinateurs ou je ne sais quoi. Ça veut dire que nous sommes dans le collimateur d'un officiel. Un agent du gouvernement, par exemple.

— Ou un sénateur. Comme Eddy Elliot.

— Mais pourquoi ? Nous défendons une cause juste !

— Je sais. Mais il doit y avoir des gens que ça dérange.

— Je n'arrive pas à y croire.

Un frisson la parcourut, et elle se rapprocha instinctivement de Jason.

— Dans quoi me suis-je lancée ?

— Dans les ennuis, j'en ai peur.

Son sourire était trop forcé pour être réellement rassurant, mais elle lui sut gré de cet effort.

— Nous avons un peu de temps. Si nous en profitions pour vous acheter quelques vêtements ?

Trop préoccupée pour coordonner ses tenues, Maria fit ses achats au hasard, décrochant des cintres une jupe noire, un chemisier blanc, un jean, une robe d'été... Elle y ajouta des chaussures et des sandales, une paire de tennis, des sous-vêtements...

Pour finir, une montagne d'articles s'amoncela sur le comptoir. Jason paya sans sourciller, ajoutant un sac de voyage pour transporter sa nouvelle garde-robe.

En d'autres circonstances, cela aurait pu être amusant, mais Maria était sur le qui-vive, guettant les passagers qui se pressaient dans l'aéroport.

Cet homme n'avait-il pas un T-shirt jaune ? Et cet autre, petit et maigre, ne ressemblait-il pas un peu à Chip ?

Lorsque Jason lui prit le bras, elle sursauta. Elle avait du mal à imaginer qu'elle ait pu être une espionne dans une vie antérieure. La pression était trop forte.

Lorsqu'ils atterrirent à JFK, la nuit tombait. Dehors, il faisait une chaleur oppressante, moite, et Maria se surprit à scruter tous les coins d'ombre, s'attendant à voir un agresseur en jaillir comme un diable de sa boîte.

Ils prirent un taxi et se retrouvèrent devant un hôtel de Manhattan.

— Ce n'est pas le grand luxe, remarqua Jason. Mais je préfère ne pas utiliser ma carte de crédit. Dans un palace, on me la demanderait.

Il prit une chambre, paya en espèces, et entraîna Maria vers l'ascenseur.

On était loin de l'élégance du St Sebastian. Il n'y avait ni atrium ni fontaine, ici, juste un palmier artificiel. La moquette bordeaux se parait d'un motif chargé destiné à dissimuler les taches, mais elle était saturée de la poussière véhiculée par des centaines de pieds, et dégageait une odeur de chien mouillé.

L'ascenseur les conduisit en grinçant au deuxième étage, en compagnie d'un couple âgé et d'une rousse outrageusement maquillée, moulée dans une robe en vinyle bleu électrique.

La chambre était relativement calme, hormis le ronronnement du climatiseur.

Après avoir verrouillé la porte, Jason s'assit sur le lit et soupira.

— Quelle journée ! Je ne m'attendais pas à ça.

— Vous souriez, dit Maria d'un ton accusateur. Ça vous amuse ?

Evitant son regard, il ne répondit pas et s'étira en bâillant.

— Je vous ai posé une question, insista-t-elle. C'est un jeu de gendarmes et de voleurs, pour vous ?

— Je comprends les enjeux.

— Vraiment ?

Elle alla à la fenêtre et contempla les lumières de la ville. Au-dessus des immeubles, le ciel était d'un noir d'encre.

— Comment diable peut-on avoir envie de vivre ici ? demanda-t-elle.

— L'animation de la ville. L'action. Les rencontres insolites…

— Et vous aimez ça ?

— Oui. C'est pour ça que je vis sur une île et que ma sœur me surnomme l'ermite ! ironisa-t-il.

Il se laissa tomber sur le dos et fixa l'horrible lustre.

— J'aime bien venir de temps à autre à New York, mais je n'y vivrais pour rien au monde.

— Qu'allons-nous faire ?

Elle traversa la chambre, et s'assit sur le second lit.

— Comment allons-nous nous en sortir ?

Jason se redressa et pivota vers elle.

— Demain, à midi, vous rencontrerez l'éditeur. Si vous vous montrez convaincante, votre mission s'arrêtera là. A moins que vous ne soyez Maria Ramos Hernandez.

— Ce n'est pas moi.

— Vous en êtes sûre ?

— En tout cas, je n'ai pas envie d'être elle.

Elle se leva et alla prendre le sac de voyage que Jason avait acheté à la boutique de l'aéroport.

— Je ne veux pas être une courageuse héroïne se battant pour la vérité.

— Vous faites pourtant ça très bien. Vous vous souvenez, à la bijouterie ? Vous étiez calme, imaginative…

— Et à moitié morte de peur.

Elle posa le sac sur le lit et fit glisser la fermeture.

— J'espère que j'ai pensé à acheter un vêtement de nuit, marmonna-t-elle.

— Vous ne dormez pas nue ?

— Certainement pas ! J'aime la flanelle.

— Ah !

Il la pointa du doigt.

— Nous savons donc que vous vivez seule.

— Qu'est-ce qui vous permet de l'affirmer ?

— Aucun homme ne permettrait à une jolie femme comme vous de dormir dans de la flanelle.

Ignorant le commentaire, elle sortit un large T-shirt du sac.

— Ça fera l'affaire.

Préoccupée, elle alla prendre une douche, et se laissa masser par le jet.

Peu à peu, son corps se détendit, et la tension qui nouait ses muscles se relâcha. Son esprit tournait toutefois toujours à plein régime.

Pour le moment, elle s'inquiétait moins de son passé que de son avenir.

Avaient-ils réellement semé Chip Harrington et ses éventuels complices ? Réussirait-elle à mystifier l'éditeur ? Resterait-elle en vie ?

Enroulée dans une serviette, elle observa son reflet dans le miroir et lut l'inquiétude et la peur sur son visage.

Il y avait des ombres sous ses yeux, un pli amer autour de sa bouche, un froncement disgracieux entre ses sourcils.

Ainsi, elle ne se trouvait pas jolie. Pas attirante du tout.

Mais cela avait-il de l'importance ?

Malgré les compliments que lui distillait Jason, il était évident qu'elle ne l'intéressait pas le moins du monde. Sinon, il aurait déjà essayé de l'embrasser. Sa première femme était son seul véritable amour, et il n'éprouverait plus jamais un tel sentiment pour aucune autre.

Et encore moins pour elle.

Leur relation, si on pouvait appeler ainsi le temps qu'ils passaient ensemble, était beaucoup trop extravagante pour donner lieu à un quelconque sentiment romantique. Dans le meilleur des cas, il la considérait comme un compagnon de route, et elle aurait tort d'imaginer qu'il puisse la désirer.

Etendu sur le lit, Jason se sentait non pas fatigué, mais débordant d'énergie. Jamais il ne s'était senti aussi vivant et en forme depuis « l'accident » qui avait broyé sa jambe.

Il esquissa un sourire fautif.

Maria avait raison quand elle l'accusait de trouver la situation exaltante. Il était beaucoup plus heureux dans l'action qu'en restant tranquillement chez lui à jouer les maris comblés.

Un jeu de gendarmes et de voleurs ? Peut-être. Cependant, il savait faire la différence entre les vraies balles et les fausses, et il regrettait que Maria se trouve prise au beau milieu de ce jeu dangereux.

Il était plus que temps que la roue de la chance tourne en leur faveur.

Il considéra les éléments dont il disposait.

Eddy Elliot était forcément impliqué. Mais comment ? Et pourquoi ? Le sénateur était ambitieux, personne ne pouvait le contester. Si quelqu'un l'avait appelé pour lui demander une faveur, il aurait accepté, ravi de se faire valoir et d'en tirer par la même occasion un profit.

Dans quelle mesure le gouvernement était-il impliqué ?

En attendant d'en savoir plus, Jason savait qu'il devait se préparer à des menaces venant de haut.

— Jason, vous pouvez venir une seconde ?

En entendant Maria l'appeler depuis la salle de bains, un sourire éclaira son visage. Un petit intermède sous la douche n'aurait pas été pour lui déplaire.

Il posa la main sur la poignée de la porte et découvrit qu'elle était verrouillée.

— Que voulez-vous ?

— Je pensais à la façon dont Chip a pu nous retrouver à Boston.

Il s'appuya contre la porte, en essayant de contrôler son imagination. L'eau ruisselant sur leurs corps, la salle de bains emplie de vapeur… Mieux valait ne pas y penser.

— Comment ?

— Dans les films d'espionnage, il y a toujours quelqu'un qui pose un mouchard sur une voiture.

— J'y ai pensé, mais ça me paraît un peu sophistiqué pour Chip et le type au T-shirt jaune. Et comment auraient-ils pu savoir, pour la voiture de location ?

— C'est vrai. Je l'ignorais moi-même jusqu'à ce que nous débarquions sur le continent. Je n'étais pas non plus au courant pour Boston, avant que vous m'en parliez dans la voiture.

— Si. Nous en avons discuté dans mon bureau.

— Ah oui, c'est vrai. Juste avant que Chip n'arrive. En tout cas, je suis presque sûre que c'est lui m'a laissé le message avec le pistolet. Il a l'air de vouloir me protéger. En fait, c'est peut-être pour cela qu'il nous suit. Pour m'aider, et non pour me nuire.

— Il faut que je téléphone.

Jason traversa la chambre, décrocha le téléphone posé sur la table de chevet, et utilisa son code d'appel longue distance pour la facturation.

Il devait parler à son contact, le révérend Blaylock.

Une voix féminine répondit à la quatrième sonnerie.

— Bonjour, en quoi puis-je vous aider ?

Elle parlait anglais avec un accent espagnol très prononcé.

— Allô ? reprit-elle. Qui est à l'appareil ?

— Je dois parler à Wally.

— Il n'est pas là. Je peux prendre un message ?

— Qui êtes-vous ?

— Maria.

La suspicion l'envahit. S'il s'agissait bien de Maria Ramos, que faisait-elle dans le Maine au lieu d'être à New York ? En imaginant qu'elle se soit finalement présentée chez le révérend, celui-ci n'aurait pas perdu une minute pour l'expédier ici.

— Je dois parler à Wally, répéta-t-il. Quand revient-il ?

— Où êtes-vous ? Vous avez un numéro où il peut vous joindre ?

La question semblait logique, mais Jason hésita. Il n'avait pas la moindre envie de révéler à une inconnue où il se trouvait. Même si cette inconnue prétendait être Maria.

— Je suis à Boston, dit-il. Je rappellerai demain matin à 10 heures.

Jason raccrocha, en se demandant si son appel risquait d'être tracé. Si des officiels du gouvernement étaient impliqués, c'était possible.

Etait-il arrivé quelque chose au révérend ? Le réseau tout entier était-il compromis ?

Soudain, médusé par sa propre stupidité, il se frappa le front.

La présentation du numéro ! Comme avait-il pu ne pas y penser ?

Si la femme qui prétendait s'appeler Maria avait vu le numéro s'afficher, l'indicatif de New York avait suffi à lui indiquer où il se trouvait. Ce n'était pas la peine d'imaginer un système complexe d'écoutes téléphoniques.

Laissant échapper un juron, il rassembla hâtivement les effets de Maria et les siens, les jetant en vrac dans les sacs de voyage.

— Maria ! cria-t-il. Sortez de la salle de bains. Vite !

— Pourquoi ?

— Faites ce que je dis. Il faut partir.

Elle émergea de la salle de bains dans un nuage de vapeur, et il contint sa réaction purement masculine en découvrant ses jambes fuselées révélées par le T-shirt qui lui arrivait à mi-cuisse, et dont la fine étoffe laissait entrevoir les contours de son corps en contre-jour.

— Habillez-vous, dit-il en lui tendant un jean. J'ai fait une erreur. Quelqu'un peut débarquer ici d'une minute à l'autre.

Sans se plaindre ni objecter, Maria enfila le jean et glissa ses pieds dans des tennis. L'instant d'après, ils étaient dans le couloir.

Négligeant l'ascenseur beaucoup trop lent, ils dévalèrent l'escalier jusqu'au rez-de-chaussée, et déboulèrent à bout de souffle dans le hall désert.

Dehors, Jason héla un taxi.

— C'était Chip ? demanda Maria tandis qu'ils s'engouffraient dans la voiture.

— Je ne sais pas.

Sur la banquette arrière, il se retourna et observa l'entrée de l'hôtel.

Dans la foule encore nombreuse sur les trottoirs malgré l'heure tardive, il repéra deux hommes vêtus de noir marchant coude à coude. Ils vérifièrent le nom de l'hôtel et y entrèrent. Peut-être étaient-ils parfaitement innocents, mais ils correspondaient parfaitement à l'idée qu'il se faisait de tueurs à gages.

Il se cala contre le dossier et soupira.

— Vous allez où ? demanda le chauffeur.

— Trouvez-nous un hôtel de catégorie moyenne, dans Manhattan.

Le second hôtel ressemblait au premier, mais le prix des chambres était plus élevé, et Jason grimaça en voyant fondre sa réserve de liquide. L'ascenseur, étonnamment rapide et silencieux comparé au premier, les mena au cinquième étage.

Une fois dans la chambre, la porte soigneusement verrouillée, Maria demanda des explications.

— J'ai passé un appel pour avoir des informations et, après avoir raccroché, je me suis rendu compte que l'indicatif de New York avait dû s'afficher sur le téléphone de mon correspondant.

— Pourquoi l'avoir appelé, si ce n'est pas une personne de confiance ?

— Il n'était pas là, et la personne qui m'a répondu m'a semblé bizarre.

— Vous croyez que votre contact a été éliminé ?

— C'est possible.

— Mais qui serait à la tête du complot ? Chip ?

Jason ôta sa montre et commença à déboutonner sa chemise.

— Je ne pense pas qu'il ait la carrure pour ça. Je le vois plus comme un exécutant.

— Je crois que j'ai compris comment il a su que nous allions à Boston. C'est très simple.

Elle s'assit en tailleur sur le lit.

— Il a écouté notre conversation.

— Comment cela ?

— Quand nous étions dans votre bureau, il devait écouter à l'extérieur. J'ai même mentionné Paktel. Il n'avait plus qu'à nous attendre au St Sebastian.

Sa théorie se tenait, sauf que la maison était équipée de fenêtres à double vitrage. Impossible d'entendre quoi que ce soit de l'extérieur.

A moins que la fenêtre n'ait été entrebâillée, ce qui n'était pas le cas. En revanche, si Chip s'était introduit la veille dans le bureau, durant le mariage, et avait posé un micro…

Jason grommela. C'était si évident, si simple ! Aujourd'hui, n'importe qui pouvait se procurer sur internet du matériel d'espionnage relativement sophistiqué.

— Je suis désolé, dit-il. J'aurais dû être plus prudent, anticiper leurs intentions.

— Nous sommes en sécurité. C'est tout ce qui compte.

Jason se retira dans la salle de bains et s'attarda longtemps sous la douche, laissant l'eau tiède laver ses doutes et ses inquiétudes.

Maria avait raison. Il avait fait une erreur, mais il s'était rattrapé à temps, et le drame avait été évité.

Il ne pouvait pas se permettre de ressasser cet incident. Bien d'autres dangers les attendaient, qu'il ferait bien cette fois d'anticiper.

La chambre était plongée dans l'obscurité lorsque Jason sortit de la salle de bains, une serviette nouée autour des hanches. Le climatiseur était en marche, mais l'atmosphère chargée d'humidité était oppressante.

— Maria ? Vous dormez ?

Elle ne répondit pas, et il connut un moment de panique. Quelqu'un s'était-il introduit dans la chambre pendant qu'il était sous la douche ?

— Je ne dors pas, dit-elle enfin.

Il entendit le froissement des draps tandis qu'elle se retournait.

— Mais j'essaie, ajouta-t-elle d'un ton plaintif.

Jason éteignit le plafonnier de la salle de bains.

— Jason ?

La voix de Maria résonnait étrangement dans l'obscurité de la chambre.

— On peut laisser un peu de lumière ?

— Bien sûr.

Il alla à la fenêtre et écarta le rideau, laissant le scintillement des lumières de la ville entrer dans leur chambre.

— La ville qui ne dort jamais…, murmura Maria.

— C'est trop distrayant ?

— Non. Ça m'aidera à me rappeler où je suis demain matin.

*
* *

Maria le regarda traverser lentement la pièce, admirant les reflets qui dansaient sur sa peau. Habillé, il était déjà impressionnant, mais presque nu... Il lui faisait penser à un superbe animal sauvage, aux muscles déliés, aux mouvements à la fois puissants et gracieux.

Sachant qu'il ne pouvait surprendre son regard sur lui, elle pouvait le contempler à sa guise et se laisser entraîner dans une rêverie sensuelle.

Le ruissellement de la douche, quelques instants plus tôt, avait éveillé en elle l'image obsédante d'un corps qu'elle brûlait de caresser, de serrer contre elle. Ils partageaient une chambre, et cette intimité forcée ne pouvait que faire naître dans son esprit d'audacieuses idées.

A quoi ressemblait l'amour dans ses bras ? Etait-il l'amant exceptionnel qu'elle imaginait ?

Il décrocha le téléphone posé sur la table de chevet séparant leurs deux lits, s'assit sur le sien, face à elle, et demanda à la réception qu'on les réveille à 8 heures.

Le corps de Jason la fascinait. Ses épaules puissantes, ses bras aux muscles saillants, son estomac sculpté comme celui d'une statue, les os larges de ses genoux, ses cuisses...

Elle s'arrêta sur sa jambe blessée, et son cœur se serra tandis qu'elle détaillait les cicatrices rouges et boursouflées qui meurtrissaient sa chair.

Levant les yeux vers son visage, elle réalisa qu'il l'avait surprise en train de l'observer, et se sentit chavirer en découvrant le feu qui brillait dans ses yeux.

— Votre jambe, dit-elle.

— Mouais. Je suppose que je ne pourrai plus danser *Le Lac des cygnes*, ironisa-t-il.

— Comment est-ce arrivé ?

— Une balle, dans la jungle. J'ai été laissé pour mort. Quand j'ai repris connaissance, je me suis débrouillé avec les moyens du bord. J'ai stoppé l'hémorragie en roulant ma chemise en boule. Je me suis fabriqué une attelle avec des branches et des lianes, et je me suis traîné pendant des heures jusqu'à ce que je trouve du secours. Depuis, j'ai subi de nombreuses opérations, et c'est en bonne voie de guérison. Mais c'est lent.

— Et vous êtes impatient. Est-ce que vous souffrez ?

— Ça dépend des jours.

— Vous m'avez parlé d'antalgiques, mais je ne vous ai jamais vu en prendre.

— J'évite le plus possible les médicaments. Ils me rendent somnolent, et j'ai besoin de rester en alerte. La douleur… on apprend à vivre avec. Et ça permet de connaître ses limites.

— Parce que vous avez des limites ?

— Beaucoup plus que vous ne croyez.

Tandis qu'elle se demandait ce qu'il sous-entendait, Maria réalisa qu'il manquait quelque chose.

— Et votre pistolet ?

— Je l'ai laissé dans la boîte à gants de la voiture.

— Pourquoi ?

— Enfin, Maria, vous savez bien qu'il est impossible de monter en avion avec une arme. Avec les nouvelles mesures de sécurité, je n'aurais même pas pu franchir l'entrée de l'aéroport.

Il semblait en colère, impatient. Jason était un homme qui avait besoin d'action, qui savait, instinctivement, faire appel à des techniques de survie dont elle ignorait tout.

Comment aurait-elle pu penser à de telles choses ? Se débarrasser d'une arme, retirer des espèces pour empêcher qu'on puisse repérer les mouvements sur sa carte de crédit… Comment aurait-elle pu le savoir ? Elle n'avait jamais été en fuite avant aujourd'hui. En tout cas, elle ne se rappelait pas avoir été poursuivie.

— Quand vous avez tué cet homme sur la plage, avez-vous…

Elle était gênée de poser cette question, mais elle avait besoin de savoir.

— Jason, aviez-vous déjà tué quelqu'un avant ?

— Oui.

— Comment ? Qui était-ce ?

— Des hommes sans visage.

— Seulement des hommes ?

— Oui. Et si ça peut vous rassurer, c'était toujours en état de légitime défense ou pour protéger quelqu'un. Je n'en suis pas fier, mais c'est ainsi. Et je préfère ne pas en parler.

— C'est curieux, non ? Vous essayez d'oublier votre passé, et moi j'aimerais me souvenir du mien.

— Dans ce cas, parlons d'avenir.

— D'accord.

Hélas ! penser à l'avenir lui semblait une tâche insurmontable alors qu'elle n'avait pas d'éléments pour étayer sa réflexion.

— Je ne sais pas à quoi penser, avoua-t-elle.

— Pensons à l'automne en Nouvelle Angleterre, suggéra Jason. C'est la plus belle saison de l'année.

Fermant les yeux, elle imagina la luxuriance des feuillages rouge et or, typiques de l'été indien en Nouvelle Angleterre. L'air imprégné de douceur caressant son visage, l'odeur âcre des mousses et de la terre…

Elle savait que cette forêt existait, mais où ? Peut-être dans le Vermont, le rendez-vous des amoureux de la nature et des sports d'hiver.

Ou alors était-ce dans les Berskhires, cette région d'une beauté sereine, traversée au nord par l'ancienne piste indienne des Mohawks, longue d'une centaine de kilomètres, et peuplée de villages tranquilles, de collines boisées et d'innombrables lacs ?

D'où tenait-elle toutes ces informations ? Les avait-elle seulement lues dans un guide touristique ou avait-elle visité ces endroits ?

Elle ouvrit les yeux et se retrouva dans la chambre banale d'un hôtel bon marché. L'air à peine refroidi par le climatiseur l'enveloppait telle une couverture humide.

Dehors, des milliers de gens circulaient…

Et parmi eux se trouvait un tueur.

— Je ne peux pas penser à l'avenir, Jason. Je ne sais pas où je serai cet automne. Boston me semble familier, mais je ne sais même pas si j'y vis.

— Cet automne, vous serez avec moi. Quand ce sera terminé, je vous ramènerai dans le Maine. Nous irons admirer les chênes et les érables du Vermont. C'est spectaculaire, vous verrez.

— Quand ce sera terminé, je me rappellerai ma vie et je renouerai avec.

— Mais vous avez une nouvelle vie. Vous êtes mariée avec moi.

Ces mots provoquèrent en elle un chaos d'émotions.

Lui proposait-il de vivre avec lui ? Essayait-il de lui faire comprendre qu'il était amoureux d'elle ?

N'était-ce pas aller un peu vite ?

Elle-même n'était pas certaine de ses sentiments. Si elle ne pouvait nier l'élan de désir qui la poussait vers lui, une crainte imprécise la retenait. Comment pourrait-elle être amoureuse d'un homme qu'elle ne connaissait que depuis quelques jours ? L'amour ne mettait-il pas plus de temps à mûrir ?

Tournant la tête sur l'oreiller, elle l'observa.

Il était toujours assis en face d'elle, avec sa serviette de toilette nouée dangereusement bas sur les hanches.

— Et si je suis une personne horrible ?

— Je suis sûr que non.

Elle ne pouvait plus détacher les yeux de son torse. Elle avait envie de sentir sa peau chaude et ferme sous ses doigts, de jouer avec la toison brune qui ombrait ses pectoraux et diminuait en une ligne étroite vers son ventre…

A cette pensée, elle sentit un désir brûlant la gagner, et lutta de toutes ses forces contre sa propre faiblesse.

— Nous ne sommes pas vraiment mariés, vous savez. Il ne faut pas vous sentir obligé.

— Je ne me sens pas du tout dans cet état d'esprit.

D'un mouvement lent et délibéré, il se leva et vint s'asseoir sur le bord de son lit. En le voyant si proche, Maria cessa un instant de respirer et se figea, consciente d'un pincement délicieux au creux de son estomac.

— Jason, il ne faut pas…

— Notre rencontre est un joli hasard.

Quand il se pencha, elle ne put résister. Elle se rappelait parfaitement leur premier baiser, et les sensations qu'il avait éveillées en elle.

Les lèvres de Jason se posèrent sur les siennes, chaudes et conquérantes, tandis que sa main repoussait le drap et se glissait sous son T-shirt.

— Ta peau est si douce, murmura-t-il. On dirait du satin.

Elle aurait dû le repousser, lui rappeler qu'ils ne se connaissaient pas, mais elle se laissa emporter par la magie du moment.

Lorsque ses doigts effleurèrent son sein, elle frémit de plaisir. Quand ils se mirent à taquiner la pointe dressée comme un bourgeon prêt à éclore, elle ne put retenir un gémissement.

— Dis-moi d'arrêter, murmura-t-il.

Elle ne pouvait pas parler. Sa raison s'était envolée, gommée par le désir. Seule persistait l'inquiétude de ne pas retrouver les gestes oubliés du plaisir. Sans références à sa vie amoureuse passée, elle était intimidée comme si c'était la première fois.

Pour toute réponse, elle fit passer son T-shirt par-dessus sa tête et s'offrit comme un défi à son regard brûlant. Laissant glisser sa serviette à terre, Jason écarta le drap et la rejoignit.

Il se montra à la fois tendre et passionné, et sut la guider avec audace et imagination vers un monde de sensations enivrantes.

Quand moururent les derniers soubresauts de leurs corps enfiévrés, elle retomba contre Jason, ivre de bonheur. Juste avant de sombrer dans le sommeil, un sourire aux lèvres, elle songea qu'elle était maintenant vraiment sa femme.

La sonnerie du téléphone les réveilla en même temps. Jason répondit, raccrocha, et soupira.

La lumière grise du petit matin entrait dans la chambre, dont la banalité et l'ameublement bon marché lui apparurent de façon plus flagrante que la veille. La magie des lumières et des néons qui avaient éclairé leur passion la nuit dernière s'était envolée.

La journée qui commençait s'annonçait morose et dangereuse.

Relevant la masse de cheveux noirs qui masquait partiellement le visage de Maria, il l'embrassa à la base du cou.

— Réveille-toi, ma ravissante…

— Ravissante quoi? marmonna-t-elle.

Il eut envie de dire « épouse », mais le mot avait pris une nouvelle signification. Leur relation ne se résumait plus à une mise en scène pour des raisons de sécurité.

— Tout ce que tu veux, dit-il en se levant.

Dans la salle de bains, Jason fit couler de l'eau froide dans le lavabo et s'aspergea le visage pour se réveiller. Ce n'était pas le moment de rêver. Aujourd'hui, il allait avoir besoin de toute son énergie.

Lorsqu'il revint dans la chambre, vêtu comme la veille, Maria était au téléphone et commandait un petit déjeuner gargantuesque.

— Tu as si faim que ça? demanda-t-il.

— La nuit dernière, mon appétit a été pleinement satisfait, mais aujourd'hui est un autre jour, n'est-ce pas?

S'enveloppant dans le drap pour couvrir sa nudité, elle se rua vers la salle de bains.

Jason fouilla dans son sac de voyage en maugréant, et dut se rendre à l'évidence : il avait oublié son nécessaire de rasage. Passant la main sur ses joues déjà ombrées par un début de barbe, il décida que cela lui donnerait une apparence de baroudeur tout à fait adaptée aux circonstances.

Maria l'appela depuis la salle de bains.

— Tu peux m'apporter mon sac? Je voudrais voir ce que j'ai acheté.

Il accrocha les poignées du sac à son poignet tendu dans l'entrebâillement de la porte. Un délicat et ravissant poignet.

Puis il s'assit et attendit.

Maria sortit de la salle de bains, vêtue d'une longue robe bleu marine à fleurettes blanches qui lui donnait l'air d'une vieille gouvernante revêche.

— Très joli, commenta Jason d'un ton moqueur. Mais ce n'est pas un peu trop grand pour toi?

— Ça fait réservé et modeste, dit-elle. Juana doit faire bonne impression.

— Ce n'est pas une missionnaire. C'est une femme forte et combative. Elle ne peut pas s'habiller comme une retraitée. Tu n'as pas autre chose?

— Si, mais c'est un peu…

Elle grommela.

— Je n'arrive pas à croire que j'aie choisi ça.

Elle s'éclipsa quelques minutes, et revint vêtue d'une minijupe de cuir noir et d'un chemisier blanc très ajusté. Aux pieds, elle portait des sandales noires à lanières et talons hauts.

— C'est parfait.

— Pour une starlette de la téléréalité, peut-être. Mais personne ne va me prendre au sérieux dans cette tenue.

— Crois-moi, chérie, personne ne va rire. Et si ça se produit…

Il montra son poing.

— Ils le regretteront.

— Oh! c'est parfait, Jason! Très sophistiqué. Très chic. Lever le poing, ça va très bien avec ta barbe de mauvais garçon.

— Ah ouais? grasseya-t-il. Et si tu venais m'embrasser, *bébé*?

Elle avança en vacillant sur ses talons, et plaqua un rapide baiser sur ses lèvres.

— Pour un voyou, tu es plutôt mignon.

Elle l'embrassa de nouveau, plus longuement.

— Et ne m'appelle plus jamais « bébé »! J'ai horreur de ça.

On frappa à la porte, et Maria s'écarta de Jason pour aller ouvrir.

Le jeune homme qui entra avec un chariot la détailla sans vergogne avant de disposer les plateaux sur la table installée devant la fenêtre. Acceptant un pourboire de la main de Jason, il lui adressa un clin d'œil.

— Profitez bien de votre petit déjeuner, monsieur Flynn.

Maria referma derrière lui et se tourna vers Jason.

— Monsieur Flynn?

— Je ne voulais pas donner mon vrai nom. Et quand j'étais petit, j'adorais Errol Flynn dans *Robin des bois*.

Tandis qu'ils déjeunaient, Jason lui donna des conseils sur la façon d'aborder le rendez-vous avec l'éditeur. Il la renseigna sur le Guermina, et lui décrivit les personnes citées dans le livre.

Ils terminaient leur seconde tasse de café, quand il ajouta :

— Et je crois que tu devrais parler anglais avec un accent espagnol.

— Pourquoi?

— Parce que tu fais trop américaine. Et Juana ne maîtrise pas parfaitement l'anglais.

— Ça ne me plaît pas, dit-elle avec une petite moue. Je trouve ça offensant. C'est peut-être parce que je suis professeur, et que je n'aime pas l'idée de feindre l'ignorance ou la stupidité.

— Pour le moment, tu n'es pas professeur. Tu es Juana Sabata. Une révolutionnaire. Une journaliste. Et l'auteur de *La Vérité*.

— Et s'ils ont la même photo que celle que possède Chip? Je ressemble à cette femme, mais il est évident que ce n'est pas moi.

— Je t'ai déjà dit que c'était un faux. Et, de toute façon, je serai là pour témoigner de ton identité.

— Ça ne risque pas de détruire notre couverture?

— Si, mais je n'ai pas le choix. Je ne peux pas te laisser y aller seule.

Il consulta sa montre. 10 heures. Le moment était venu d'essayer de joindre Wally Blaylock.

Il expliqua à Maria qu'il descendait quelques minutes pour appeler d'une cabine publique, et lui demanda de se préparer à partir.

On répondit à la première sonnerie. Cette fois, la voix était masculine.

— Hé! Jason! C'est vous, mon vieux?

En reconnaissant la voix de Chip Harrington, Jason eut un mauvais pressentiment.

— Où est le révérend?

— Il a des choses à faire. Où êtes-vous?

Jason s'en tint à son mensonge de la veille.

— Boston. Mais je pense que vous le savez, n'est-ce pas, Chip?

— Pourquoi le saurais-je?

La voix était amicale, détachée, innocente. S'il n'avait pas su à quoi s'en tenir, Jason aurait fait confiance à Chip.

— Parce que je vous ai vu. Un break vert garé devant le St Sebastian.

— Ecoutez, Jason, ne faites rien. Dites-moi où vous êtes, et mes amis prendront contact avec vous. Juana Sabata, la vraie, est ici, dans le Maine. Vous devez me faire confiance.

— Qui sont vos amis?

— Un réseau de contacts à travers le monde. Nous sommes avec vous, Jason. Sinon, pourquoi vous aurais-je aidé à quitter l'île?

Son raisonnement se tenait. S'il avait eu l'intention de les éliminer, il aurait pu très facilement le faire sur l'île.

— Je vous appellerai demain, Chip. A ce numéro.

— Attendez! Ne…

Jason raccrocha et retourna à la chambre pour chercher Maria, qui l'attendait de pied ferme.

— Il vaut mieux que je n'emporte pas ma canne, dit-il. Si nous sommes surveillés, je ne veux pas être trop facilement identifiable.

Il dévissa le pommeau, et en sortit une bague, qu'il glissa au doigt de Maria.

— Garde-la pour moi.

Maria écarquilla les yeux en découvrant un splendide rubis entouré de diamants.

— D'où vient cette bague ?

— Elle appartenait à ma première femme.

Il soupira.

— Nous étions jeunes, idéalistes. Quand nous nous sommes mariés, nous pensions que la vie était belle et pure, et qu'elle durerait toujours.

— Elena, murmura Maria. Est-ce qu'elle te manque ?

— Quand elle est morte, j'ai cru que ma vie s'arrêtait. Mais j'ai continué à respirer, à penser, à rêver. Ma vie est différente, aujourd'hui. Penser à elle n'est plus une souffrance, mais je ne l'oublierai jamais.

— C'est pour ça que tu gardes sa bague avec toi ?

— Je ne sais pas ce qui m'a poussé à le faire. Mais avec le temps, c'est devenu une habitude.

Consciente de ce que cette bague représentait pour lui, Maria sentit sa gorge se nouer.

— J'en prendrai soin, dit-elle en levant les yeux vers lui.

Jason esquissa un sourire crispé.

— Je n'avais jamais pensé qu'une autre femme la porterait.

Maria observa ses mains. Elle avait maintenant une jolie collection de bagues : l'alliance, la chevalière gravée d'une rose, et la superbe bague de fiançailles. Chacune avait une signification, mais le rubis était le plus symbolique ; il représentait la confiance qui les liait.

Ce qui s'était passé entre eux cette nuit allait au-delà d'une simple attirance physique. Quelque chose de plus complexe les unissait.

Jason et elle avaient une véritable relation.

Ils quittèrent rapidement l'hôtel, et s'élancèrent à travers les rues encombrées de piétons. Il était encore tôt, mais la chaleur était déjà suffocante. Jason ôta sa veste et la fourra dans son sac de voyage.

— Tu sais où aller? demanda Maria en essayant de suivre son rythme.

— J'ai l'adresse, et mon sens de l'orientation ne m'a jamais fait défaut.

— J'espère que personne ne nous suit. Nous sommes si près du but! Si nous échouons maintenant, nous aurons fait tout cela pour rien. Dans cette foule, il peut nous arriver n'importe quoi. Je ne me sens pas en sécurité.

Jason s'approcha du bord du trottoir et tenta de héler un taxi. Les trois premiers passèrent sans même ralentir.

— C'est peut-être notre jour de chance, remarqua-t-il. Nous sommes devenus invisibles.

Un taxi s'arrêta enfin, et ils s'engouffrèrent à l'intérieur. Lorsque Jason donna l'adresse de la maison d'édition, le chauffeur l'informa qu'ils n'en étaient qu'à quelques centaines de mètres.

— Mais vous faites ce que vous voulez de votre pognon, mec. S'il n'y a que ça pour vous faire plaisir, je vous y emmène.

Jason consulta sa montre et vit qu'ils avaient une heure à tuer avant midi.

— Vous savez quoi? Passez devant l'immeuble, indiquez-le-nous, et roulez jusqu'au pont de Brooklyn.

— Comme vous voulez. De toute façon, le compteur tourne. Et si ça vous chante, je peux vous conduire à Miami.

— Pourquoi le pont de Brooklyn? demanda Maria.

— Pourquoi pas? C'est un superbe exemple d'architecture urbaine, que les touristes du monde entier viennent admirer. Figure-toi qu'il a été le premier pont suspendu réalisé en câbles d'acier. Et on y a une vue magnifique sur l'East River et sur la ville.

— Tu parles comme un vrai guide touristique.

Quelques instants plus tard, le chauffeur leur indiquait l'entrée du bâtiment, et prenait la direction du pont. Il faisait une chaleur à mourir dans la voiture, et Jason ne tarda pas à regretter ce périple, d'autant que Maria semblait préoccupée et n'accordait guère d'attention au panorama.

A 11 h 45, le taxi les déposa devant les locaux d'Elmont Publications. Jason paya le montant astronomique de la course, et ils entrèrent dans le hall. L'ascenseur les conduisit au sixième étage.

— Jusqu'ici, tout va bien, murmura Jason, tandis qu'ils s'avançaient vers la réception.

— Vous êtes attendus, dit la réceptionniste, après qu'il se fut présenté. Par ici.

Elle les guida le long d'un couloir, dépassant plusieurs petits bureaux où s'amoncelaient des piles de papiers, et frappa à une porte avant de l'ouvrir.

— Elle est arrivée, annonça-t-elle.

Jason entra le premier.

Un homme d'une soixantaine d'années était assis à un imposant bureau de chêne, placé devant une bibliothèque qui occupait tout le mur. A droite, deux femmes avaient pris place sur un canapé et affichaient une expression de profond ennui.

Dos tourné à la porte, un homme élégamment habillé occupait l'un des fauteuils de cuir noir devant le bureau.

Il se leva et se tourna vers eux, mais n'eut pas un sourire pour les accueillir.

Il s'agissait d'Edward Elliot.

11

— Eddy ! s'exclama Jason. Quelle surprise !

— Ma présence n'a rien d'anormal, répliqua le sénateur. Quand mon pays est honteusement attaqué, il est de mon devoir de le défendre.

— Rien n'empêchera la vérité de triompher, déclara Maria, dans un anglais teinté d'un accent espagnol tout à fait crédible.

— Oh ! je vous en prie ! dit le sénateur d'un ton méprisant. Quand on se comporte comme vous le faites, on ne parle pas de vérité.

— S'il vous plaît, intervint l'homme aux cheveux gris assis au bureau. Je vous rappelle que nous sommes ici pour parler affaires.

Grand et vêtu avec décontraction d'un costume d'été en lin beige, il présenta les deux femmes habillées de noir malgré la chaleur, et arborant les mêmes lunettes à la mode.

— Ma meilleure éditrice, et notre dynamique et talentueuse responsable marketing, annonça-t-il avant de serrer avec enthousiasme la main à ses visiteurs. Et je suis Harvey Elmont, l'heureux propriétaire de cette vénérable maison. Avant de prendre la décision de publier votre livre, nous aimerions que vous répondiez à quelques questions.

— Vous portez de nombreuses accusations contre le gouvernement américain, enchaîna l'éditrice. Mais vous ne citez pas de noms.

— C'est exact, répondit posément Maria. Je ne veux pas m'attaquer aux individus, mais dénoncer la corruption du système tout entier.

— C'est un scandale ! s'exclama le sénateur. Elle ne donne pas de noms car elle n'en a pas. Tout cela n'est qu'une machination destinée à nous discréditer.

— Avez-vous lu le texte ? demanda Jason.

Il ne parvenait pas à croire que ce ridicule pantin se soit imposé à la réunion dans le but d'interdire la publication du livre.

— Pas tout, mais ce que j'ai lu m'a suffi pour comprendre que cette femme est une fautrice de troubles. Elle essaie de se construire une réputation de journaliste en détruisant la carrière de personnes honnêtes et dévouées.

— Dont vous faites partie, je suppose ?

— Je ne suis pas visé par ces attaques, si c'est ce que vous sous-entendez.

— Dans ce cas, que faites-vous ici ?

— Je me bats pour la défense des intérêts de tous. Est-ce si difficile à croire ?

— De la part d'un politicien ? Oui !

— Avez-vous ces noms ? demanda l'éditrice.

— Oui.

— Pouvons-nous les citer ?

— Je ne préfère pas. Ces personnes seront limogées, mais d'autres les remplaceront, toutes aussi corrompues, et rien ne changera. Comme je l'ai dit, ce ne sont pas les individus qui posent problème, mais le système lui-même.

Maria récita l'histoire que Jason lui avait racontée, évoquant des rencontres avec différents officiels, dont les propositions d'aides étaient systématiquement assorties de tractations pour le moins douteuses.

Jason était impressionné par son éloquence. En étudiant la réaction des deux femmes assises sur le canapé, il put constater qu'elles étaient tout aussi fascinées et qu'elles éprouvaient de la sympathie pour Maria.

L'attitude d'Elmont était plus difficile à déchiffrer. Renversé dans son fauteuil, les doigts joints, il affichait une moue ennuyée en écoutant Maria décrire la façon dont les puissances étrangères fournissaient des armes au gouvernement du Guermina, et commerçaient avec lui en fermant les yeux sur la détresse de la population.

— C'est un désastre humanitaire, conclut-elle. Le peuple a faim, les enfants ont besoin de soins…

— Balivernes ! Tout cela n'est qu'un tissu de mensonges ! éructa Eddy, le visage écarlate. Nous n'avons absolument rien à nous reprocher. C'est une folle. Et lui…

Il agita l'index dans la direction de Jason.

— Ce type est un escroc. Vous savez ce qu'il a fait ?

— Nous vous écoutons, dit posément l'éditrice.

— Cette femme, Juana Sabata, est entrée illégalement dans notre pays, sous un faux nom.

— Mon véritable nom, riposta Maria. Juana Sabata est un pseudonyme destiné à me protéger, mais je m'appelle bel et bien Maria Ramos Hernandez.

— Peu importe. C'est peut-être son vrai nom, mais elle est ici sous de faux prétextes. Il y a quelques jours, j'ai assisté à un mariage entre cet homme et cette femme. Ils prétendent avoir fait connaissance sur un site de rencontres en ligne.

— Comme c'est romantique ! s'exclama la responsable du marketing, qui n'avait pas encore pris la parole. Je crois que je tiens l'angle parfait pour la campagne de promotion.

— Ils ne se connaissent même pas, affirma Eddy. Tout ça n'est que mystification et compagnie. Pour quelqu'un qui prétend défendre la vérité, c'est du joli ! Osez nous dire que vous aimez cet homme.

Maria prit la main de Jason et entrelaça les doigts aux siens, en échangeant avec lui un tendre regard.

— Je l'aime de tout mon cœur, dit-elle.

Jason comprit qu'elle disait vrai.

— C'est absurde ! J'aurai décidément tout entendu.

Eddy bondit de son siège et se mit à tourner dans le bureau comme un fauve en cage.

— Et vous, Jason ? Vous êtes un homme riche. Vous auriez pu épouser quelqu'un de votre milieu. Vous n'allez pas me dire que vous êtes tombé amoureux d'une femme rencontrée par petites annonces.

— Si.

Un moment de grâce toucha l'assistance tandis qu'ils échangeaient un regard d'une lumineuse pureté, et Jason sut que la vie venait de lui offrir une seconde chance.

— Je l'aime.

— Je n'y crois pas ! déclara Eddy avec véhémence.

— Alors, c'est que vous êtes aveugle ou complètement stupide, remarqua l'éditrice.

Eddy faillit s'étouffer d'indignation.

— Vous ne pouvez pas me parler comme ça. Je suis sénateur !

— Eh bien, conduisez-vous comme tel.

— C'est un complot général ! Mais je ne me laisserai pas faire.

Rouge de colère, il tapa du poing sur le bureau d'Elmont.

— Si vous publiez ce torchon, nous ne vous lâcherons pas ! Je parle de poursuites judiciaires, d'ordonnances restrictives…

Elmont l'ignora et se tourna vers les deux femmes assises sur le canapé.

— Qu'en pensez-vous ?

— J'ai adoré ce livre, dit l'éditrice. Et je crois que Juana nous dit la vérité.

— C'est génial ! déclara la responsable marketing. J'adore cette histoire de rencontre en ligne. Le public va adorer.

— Je vous préviens ! s'exclama le sénateur. Ce n'est pas la peine de commencer à imprimer. Je ferai stopper la fabrication.

— C'est trop tard, déclara Elmont avec un sourire narquois.

Il ouvrit un tiroir de son bureau, et en sortit un exemplaire du livre imprimé.

Ignorant les récriminations du sénateur, il se leva et le tendit à Maria.

— C'est pour vous, ma chère. J'espère que notre modeste contribution servira votre cause.

— Merci, dit-elle dans un souffle.

Elmont se tourna vers ses collaboratrices.

— Eh bien, qu'attendez-vous ? Je veux qu'on inonde le marché. Je veux un tsunami médiatique. Contactez tous les animateurs de talk-shows, tous les éditorialistes…

Rouge de colère, Eddy Elliot se rua vers la porte.

— Vous ne vous en tirerez pas comme ça ! lança-t-il à Maria avant de disparaître dans le couloir.

— Je ne voudrais pas ternir votre enthousiasme, dit Jason,

mais Maria ne peut pas apparaître en public. C'est trop dangereux.
On nous poursuit depuis le Maine.

— Fantastique ! s'exclama la responsable du marketing. Vous
êtes en cavale ? J'adore !

— Voilà qui est contrariant, répondit Elmont. Mais s'il s'agit
d'une question de sécurité…

Il réfléchit.

— Nous allons déjà commencer par livrer les librairies, et
nous adapterons notre plan de communication.

Se tournant vers ses collaboratrices, il ajouta :

— Merci à toutes les deux. Comme toujours, vous avez fait
un travail remarquable sur ce projet.

Serrant la main de Jason, la responsable du marketing insista :

— Appelez-moi pour me dire quand je pourrai me lancer.
Ça va être énorme !

Dès qu'elles eurent quitté le bureau, Harvey Elmont abandonna
son sourire de façade et s'adressa à Jason et Maria, l'air soucieux.

— On vous a suivis jusqu'ici ?

— Je ne pense pas.

— Mais vous pouvez compter sur le sénateur pour rameuter
tout le monde.

Il se massa pensivement le menton.

— Comment vous faire quitter Manhattan discrètement et
en toute sécurité ?

Son visage s'illumina tout à coup.

— L'hélico !

— Excellente idée ! Vous pouvez nous trouver ça ? demanda
Jason.

Elmont était déjà au téléphone, à donner ses instructions.

— Où allez-vous ? demanda-t-il en posant la main sur le
combiné.

— Je préfère garder notre destination secrète. Dites au pilote
de se préparer à un vol de deux heures.

— Bien.

Il termina sa conversation et raccrocha, tout guilleret.

— Je sais que la situation est grave, les enfants, mais, bon
sang, qu'est-ce que je m'amuse !

Plus rapidement que Jason ne l'aurait cru possible, il les

accompagna jusqu'au toit de l'immeuble, où l'hélicoptère se tenait prêt à décoller.

— Je suis quelqu'un d'impatient, expliqua-t-il. Quand je veux aller quelque part, j'ai envie d'y arriver avant même d'être parti. De plus, j'adore piloter.

— Mais ce n'est pas vous qui allez nous emmener, précisa Jason.

— Malheureusement, non. J'ai un millier de choses à faire.

— Vous pensez que le sénateur peut bloquer les livraisons? demanda Maria.

— J'espère en tout cas qu'il va essayer. Ça nous fera de la publicité. Vous savez comment sont les gens: il suffit qu'un livre soit menacé d'interdiction pour qu'ils se précipitent dans les librairies.

L'éditeur se frotta les mains.

— Les ventes vont exploser.

— Tant mieux, dit Maria. Ainsi, tout le monde connaîtra la vérité.

Baissant les yeux vers l'exemplaire qu'elle tenait entre les mains, elle réalisa qu'ils avaient réussi.

Même si son propre rôle dans cette histoire restait flou, Jason et elle avaient accompli le rêve de Juana Sabata.

Maintenant, il ne leur restait plus qu'à s'en sortir vivants.

Dans l'hélicoptère, Maria fut surprise du confort de la cabine pouvant accueillir huit passagers, et par le niveau sonore tout à fait supportable.

— Ce n'est pas bruyant, dit-elle.

— Il est insonorisé, expliqua Jason. C'est comme une limousine volante pour les hommes d'affaires fortunés.

— Bonne description, dit le pilote. Alors, où allons-nous?

— Boston.

— Il faut compter deux bonnes heures. Où exactement, à Boston?

— A l'aéroport, ça ira.

— Profitez du vol. Vous pouvez vous déplacer, mais gardez

votre ceinture quand vous êtes assis. Il y a un réfrigérateur à l'arrière, et de quoi grignoter. Servez-vous.

Là-dessus, il mit son casque et, quelques instants plus tard, ils décollaient.

Médusée, Maria observa le paysage urbain qu'ils survolaient. Même si elle avait conscience que les immeubles se trouvaient très loin en dessous d'eux, elle avait l'impression qu'il lui suffirait de tendre la main pour les toucher.

— Ça te plaît ? demanda Jason.

— C'est extraordinaire ! Je ne sais pas à quoi ressemblait ma vie avant, mais je suis sûre que je n'ai jamais vécu autant d'aventures.

— Alors, tu commences à te détendre un peu ?

— Non. Je n'ai pas le cœur à m'amuser. Je ne peux pas oublier que des tueurs sont sur mes traces.

— Je ne les laisserai pas te faire de mal.

Il lui prit la main et la porta à ses lèvres.

— Nous nous en sortirons.

Détournant son attention de l'incroyable panorama, Maria se concentra sur le visage de Jason, sur ses fascinants yeux gris qui pouvaient passer de la dureté de l'acier à la douceur d'une plume de tourterelle.

Elle pensait sincèrement ce qu'elle avait dit dans le bureau d'Elmont. Elle aimait Jason de tout son cœur, mais elle regrettait d'avoir été poussée à faire cette déclaration. L'amour supposait un engagement durable, et il était encore trop tôt.

Et tant qu'elle ne saurait pas qui elle était, il lui paraissait impossible de se lier à quelqu'un.

Libérant ses doigts de ceux de Jason, elle manipula le livre qu'elle tenait sur ses genoux. La couverture attirait le regard, et le résumé en quatrième de couverture était accrocheur.

Il n'y avait pas de photographie, ce qui lui rappela son entretien avec Chip Harrington.

— Où crois-tu que Chip a pu se procurer une photographie de Juana ? demanda-t-elle.

— Je n'en sais rien. J'avoue que je ne sais pas à quoi m'en tenir avec ce type. J'ai toujours pensé qu'il était correct, même si j'ai tendance à me méfier des journalistes.

— Il n'a peut-être pas de mauvaises intentions, remarqua Maria d'un ton pensif.

— Dans ce cas, pourquoi nous suit-il ?

— Pourquoi ne nous a-t-il pas tués sur l'île ?

— Je ne sais pas. En tout cas, Eddy Elliot est plus facile à cerner. Je me demande qui sont les hommes politiques qu'il essaie de protéger.

— Et combien ils lui ont offert pour défendre leur réputation.

— Si on y réfléchit bien, il n'est pas grand-chose dans le monde politique, même s'il pense le contraire. Comment un obscur sénateur du Maine s'est-il retrouvé dans cette histoire ?

— Et toi ? Alors que tu as tout pour être heureux sur ton île, pourquoi t'es-tu mêlé de la politique d'un pays étranger ?

— Tu sais bien pourquoi.

— Parce que tu es un héros ?

Maria ne plaisantait qu'à moitié en disant cela. Elle le savait fort, déterminé, intègre, capable d'affronter la vie sans jamais reculer devant l'adversité, d'un courage physique exceptionnel...

— Ne dis pas de bêtises, protesta-t-il, gêné. Je n'ai rien d'un héros.

— Si.

Caressant sa joue rêche de barbe naissante, elle effleura ses lèvres d'un baiser.

— Que ça te plaise ou non.

— Eh bien, c'est non. Etre un héros représente trop de pression. Et puis, les pensées que je nourris à ton égard sont loin d'être nobles et pures.

— Quelles pensées ?

Il lui chuchota la réponse à l'oreille, et elle rougit comme une collégienne.

— Ça suffit ! Laisse-moi lire.

Elle ouvrit le livre au hasard et lut un paragraphe qui lui sembla complètement familier.

A mesure qu'elle progressait dans sa lecture, elle se rendit compte que sa connaissance du texte était incroyable. Même si elle était certaine de ne pas l'avoir écrit, elle connaissait chaque phrase, chaque mot.

Reprenant le livre au début, elle fit courir ses doigts sur le texte de remerciement qui se terminait par :

Toute ma gratitude à ma merveilleuse traductrice, Carolyn Kelly, qui a su si bien retranscrire en anglais mes mots et ma pensée.

La lecture de ce nom lui provoqua un choc.
Carolyn.
Carrie.
Plus elle le répétait dans sa tête, plus il prenait une résonance particulière. Elle entendit la voix d'une femme appeler : « Carrie, le dîner est prêt ! », puis celle d'un homme disant avec fierté : « Voici ma fille, Carrie ».
Carrie Kelly.
Elle le vit écrit d'une grosse écriture maladroite d'enfant sur un cahier, en signature d'un article dans un journal scolaire, sous la photographie d'une jeune fille brune dans l'annuaire d'une université…
Les images défilaient à une allure folle dans son esprit, tandis que les mots sonnaient à ses oreilles.
« Carrie Kelly, reçue avec mention. » « Carrie Kelly, major de sa promotion. »
Elle s'était retrouvée !
Sa propre histoire lui donnait l'accolade, comme un précieux ami perdu de vue qui réapparaissait. Elle était Carrie Kelly, étudiante en langues étrangères. Tout en préparant son doctorat, elle enseignait dans une école privée de Boston. Mais sa véritable passion était la traduction.
Elle se rappelait les longs mois passés à son bureau, observant par la fenêtre qui donnait sur un jardin la silhouette nue des érables en hiver se couvrir peu à peu de feuilles vert tendre au printemps.
Elle se revoyait travailler jusque tard dans la nuit sur les mots écrits par Juana Sabata, cherchant le terme précis, la tournure exacte, donnant de la fluidité au texte tout en respectant le style de l'auteur.
Finalement, c'était grâce à elle, Carrie Kelly, que l'Amérique

allait découvrir le message de Juana, et elle se sentait incroyablement fière de son travail.

Elle sentit la main de Jason sur son bras et sortit brutalement de sa rêverie.

— Maria ? Ça ne va pas ? Tu as l'air bizarre.

En rencontrant le regard de Jason, elle comprit que son monde venait de basculer une fois de plus.

Le danger allait se dissiper. Il n'y avait aucune raison de s'en prendre à une simple traductrice. Carrie Kelly n'était pas une menace pour la sécurité internationale.

Donc, plus rien ne justifiait qu'elle s'attarde en compagnie de Jason. Il avait eu à cœur de la protéger, et elle lui en était reconnaissante, mais rien ne l'empêchait maintenant de reprendre le cours normal de son existence.

Son mariage était une mascarade absolue ; elle n'était pas une épouse par correspondance. Elle était Carrie Kelly, une femme cultivée et indépendante.

En retrouvant son identité, elle prenait conscience que rien de ce qu'elle avait vécu avec Jason n'était réel.

Reléguer sa carrière au second plan, dépendre financièrement d'un homme, admettre sa domination, étaient des choses qu'elle n'accepterait jamais. Quant à ses sentiments pour lui, seules les circonstances les lui avaient dictés, et il n'était pas question que leur relation se poursuive.

— Maria ? insista Jason avec un désarroi qui la toucha malgré elle. Que t'arrive-t-il, Maria ?

— Je ne suis pas Maria.

12

— Carolyn Leigh Kelly, répéta-t-elle. Tu comprends, Jason ? C'est moi. Je suis Carrie. Et j'ai traduit ce livre. C'est pour ça que je connais aussi bien le texte.

— C'est cohérent.

— Je suis étudiante en langues étrangères, et j'enseigne tout en préparant mon doctorat. Mais je fais aussi des traductions. Je travaille surtout pour des entreprises qui commercent avec l'étranger. Je rédige les courriers, les contrats... ce genre de choses. Je suis bilingue en espagnol et en français, et je me débrouille pas mal en allemand et en italien.

Elle parlait à toute allure, comme si elle ne pouvait contenir le flot de sa mémoire retrouvée.

— Et je suis bénévole dans un dispensaire, où j'aide les malades qui ne parlent pas anglais. Je donne aussi des cours de soutien dans les écoles des quartiers défavorisés. Voilà qui je suis.

— Je suis content que tu le saches enfin.

Observant son profil, Jason constata qu'elle avait changé. Il n'aurait su dire exactement en quoi, mais elle n'était plus la jeune femme qui lui était apparue quelques jours plus tôt sur la jetée de Boothbay Harbor.

Elle était toujours belle. Elle n'avait pas perdu les qualités qu'il admirait, la vivacité d'esprit, la grâce, l'intelligence... Intelligente, elle l'était forcément pour avoir fait de telles études et avoir traduit ce livre.

En résumé, Carrie Kelly possédait tout ce qu'il appréciait chez une femme. Pourtant, il était déçu. Il ne la reconnaissait pas.

Il détacha sa ceinture et se leva.

— Je vais voir à l'arrière si je trouve quelque chose à manger. Tu as faim ?

— Je prendrai juste un soda. Sans sucre.

Jason se dirigea vers le coin bar et trouva ce qu'elle avait demandé.

Un soda sans sucre ! Maria n'aurait jamais demandé ça. Il prit une bière pour lui et fouilla dans le placard. Il n'y avait que des chips, des biscuits, des barres de céréales… Bref, des choses à grignoter. Il voulait un steak, quelque chose de solide, de reconstituant.

— Tu es sûre que tu ne veux rien d'autre ? demanda-t-il.

— Je suis trop énervée pour manger.

— Je comprends.

En réalité, il ne comprenait pas du tout. Maria avait un appétit féroce.

Dans sa tête, il testa son prénom. Carolyn ? Carrie ? Il n'était pas sûr d'en aimer le son.

La nuit dernière, il avait fait l'amour à Maria. L'amante passionnée qui s'était révélée dans ses bras, et dont il avait murmuré le prénom au plus fort de l'extase, s'appelait Maria.

Et à présent, elle était quelqu'un d'autre. Une universitaire, une femme ambitieuse et brillante.

Carrie ferait une épouse beaucoup plus convenable que Maria pour Jason Wakefield Walker, troisième du nom. Sa sœur n'y trouverait rien à redire. Mais il ne pouvait s'empêcher d'éprouver un pincement au cœur. Maria allait lui manquer.

— Je crois que nous approchons de Boston, dit-elle.

— Tu te rappelles ton adresse ?

— Oui. C'est à un kilomètre environ de l'endroit où nous avons déjeuné. Je loue une petite maison depuis deux ans. Elle est en brique rouge, avec un magnifique jardin entouré d'une barrière blanche. C'est très calme, et je m'y sens bien pour travailler. Dès que j'ai un peu de temps, je m'occupe du jardin. C'est ma passion.

Elle soupira.

— Je n'arrive pas à croire que j'aie pu oublier ce livre, après tout le temps que j'ai passé à le traduire ! Ça m'a occupée pendant des mois.

— Ça n'a pas dû être facile pour les personnes qui vivent avec toi.

— Je vis seule. Pas de petit ami. Pas de mari.

— Mais une carrière qui te prend tout ton temps.

Ce commentaire était déplacé, réalisa-t-il.

Il critiquait son style de vie sans même le connaître. Depuis quand était-ce un crime de s'impliquer dans son métier ? Pourquoi était-il soudain si désireux de lui trouver des défauts ?

— Eh bien, je crois que c'est fini, dit-elle. Ce jeu du chat et de la souris, ces histoires d'espionnage que tu détestes tellement.

— Qu'est-ce qui te fait croire ça ?

— Il n'y a plus de mobile. Qui pourrait vouloir tuer une étudiante ? Je ne suis une menace pour personne.

— Je suppose que tu as raison.

— Je me demande quand même quelles seront les retombées sur le livre. Je m'en veux terriblement d'avoir menti à Harvey Elmont.

— Nous trouverons une solution. Et tu ne mentais pas vraiment. Tu n'étais pas dans ton état normal. Je suis sûr que la directrice du marketing sera enchantée d'apprendre que tu étais amnésique.

— Tu as raison, elle va *adorer*, dit-elle en imitant l'intonation prétentieuse de la jeune femme.

Elle rit, et même son rire parut différent à Jason. Plus sophistiqué, plus contrôlé.

— Mais je ne sais pas si j'ai envie d'aller raconter mon histoire dans toutes les émissions télévisées. Je ne suis pas certaine de vouloir devenir célèbre. Pas de cette façon, en tout cas.

De plus en plus dubitatif quant à l'avenir de sa relation avec Carrie, Jason détourna le regard.

Le pilote ôta son casque et les interpella.

— Nous allons atterrir dans une demi-heure.

— Le voyage a été rapide, remarqua Carrie.

— Ça t'a plu ?

— C'était pas mal.

Où étaient passés son enthousiasme, sa naïveté ? Elle semblait terriblement blasée.

Jason but une gorgée de bière et mâchonna distraitement une poignée de cacahuètes.

Leur complicité avait disparu. Ils étaient comme deux inconnus se rencontrant pour la première fois. Il n'était même pas sûr qu'elle soit encore attirée par lui.

Ils évitèrent d'ailleurs soigneusement le sujet de leur mariage.

La première chose que fit Jason à l'aéroport fut d'essayer de joindre son contact.

— Et si tu tombes de nouveau sur Chip? demanda Carrie.

— Je lui dirai qui tu es, et il pourra peut-être demander à ceux qui nous suivent de laisser tomber.

Il lui tendit sa carte de crédit.

— Tu t'occupes de la voiture de location?

— Je ne peux pas. Je n'ai pas de papiers.

Elle tapota le petit sac qu'elle portait en bandoulière.

— Tout ce que j'ai là-dedans, c'est deux cents dollars et une clé de voiture… ma voiture.

Son visage s'illumina.

— J'ai un cabriolet.

— Grand bien te fasse!

Il sortit de son portefeuille le faux permis de conduire destiné à Maria.

— Il va falloir que tu joues à être ma femme encore un petit moment. Ça ira? Ce ne sera pas trop dur?

Elle fit un pas en arrière.

— Qu'est-ce qui t'arrive, Jason?

— Rien. Tout est en train de s'arranger. Nous avons toutes les raisons de nous réjouir, n'est-ce pas?

— Evidemment.

Elle se pencha vers lui pour prendre la carte de crédit et le permis de conduire, et il essaya de ne pas respirer son parfum.

Cette odeur était celle de Maria, et il ne parvenait pas à accepter qu'elle ait disparu à jamais.

— C'est ce que tu veux, n'est-ce pas? Que tout s'arrête.

— Si j'avais eu le choix, je n'aurais pas demandé à être prise pour cible, traquée…

— Obligée de te marier, termina Jason sur un ton ironique.

Il désigna une rangée de téléphones.

— Je vais appeler de là, afin de pouvoir te surveiller pendant que tu attends au guichet.

La voix qui répondit à Jason était déguisée, comme à l'accoutumée.

— Que puis-je faire pour vous ?

— Wally ? Wally Blaylock ? C'est vous ?

— Jason ? Où êtes-vous ?

— Boston.

— Comment s'est passé le rendez-vous ? Ont-ils décidé de publier le livre ?

Jason voulait croire qu'il s'agissait bien du révérend, mais il était impossible de reconnaître sa voix avec le transmetteur qui supprimait les inflexions et restituait un son nasillard.

Il essaya de le piéger.

— Ça m'ennuie de vous parler de ça, mais Maria a perdu la bague. Vous savez, celle en argent, avec deux cœurs entrelacés.

— Que voulez-vous dire ? J'espère que c'est une plaisanterie ! Elle l'a vraiment perdue ?

Jason remarqua qu'il n'avait pas tiqué lors de la description de la bague. Or, le vrai Wally Blaylock la connaissait. C'était même lui qui la lui avait décrite, afin de lui permettre d'identifier Maria à la marina.

— Oui.

— C'est impossible ! Il faut la retrouver. Cherchez-la, et appelez-moi quand vous l'aurez.

— Ne vous affolez pas. Je suis sûr qu'elle est au fond de son sac.

Jason ne comprenait pas pourquoi son interlocuteur se mettait dans un tel état à propos de la bague. D'autre part, réalisa-t-il, il ne savait pas qu'Eddy Elliot avait fait un esclandre pendant la réunion.

Etait-il possible que deux factions différentes soient aux trousses de Maria ?

— Vous devez rentrer le plus vite possible, dit la voix. Il faut ramener Maria dans le Maine.

— Le problème, c'est que la femme avec qui je suis n'est pas Maria.

— Qu'est-ce que ça signifie ?

— Elle était amnésique, et elle vient de recouvrer la mémoire. Il se trouve que c'est la traductrice de Maria.

— Vous mentez !

— Pas du tout. Elle n'est pas plus Maria que vous n'êtes Wally Blaylock. Est-ce que c'est vous, Chip ?

— Non.

— Est-ce que Chip est là ? Je peux lui parler ?

— Je ne comprends pas ce que vous dites.

— Qui que vous soyez, arrêtez tout. La traque est terminée, d'accord ? Ce n'est pas Maria.

— Comment pouvez-vous en être sûr ?

— Je le sais, c'est tout. Et j'ai une autre information pour vous. *La Vérité* est déjà imprimé et en cours de livraison chez les libraires. Vous n'avez donc plus rien à gagner en nous harcelant. Vous pouvez rappeler vos chiens de chasse.

Jason raccrocha en se demandant si son message était passé. Dans le doute, il valait mieux faire profil bas en attendant que la fureur soit calmée.

Il tourna la tête vers le guichet du loueur de voitures, où Carrie Kelly menait les choses avec efficacité.

Maria aurait-elle pu faire cela ? Il se rappela comme elle était nerveuse la dernière fois dans cet aéroport, faisant preuve de maladresse et de brusquerie.

Carrie Kelly était calme et sûre d'elle. Elle était de ces femmes imperturbables qui n'élevaient jamais la voix et ne sortaient jamais de leurs gonds.

Il se demanda comment elle embrassait.

Se retournant vers le téléphone, il appela les renseignements pour avoir le numéro de Chip Harrington.

Personne ne répondit. Il laissa un message pour expliquer que la femme qu'il prenait pour Maria n'était que sa traductrice, et qu'il fallait la laisser tranquille.

Il n'était pas satisfait ni rassuré pour autant en raccrochant.

Lorsqu'il rejoignit Carrie au guichet, il suggéra donc de jouer la sécurité et de rester cachés encore quelques jours.

— Tu crois vraiment que c'est nécessaire ? demanda-t-elle.

Elle ne semblait pas ravie. Bon sang ! La perspective de passer quelques jours de plus en sa compagnie était-elle si terrible ?

Ils se rendirent au parking et trouvèrent leur voiture de location parmi une dizaine d'autres d'un ennuyeux gris métallisé. Carrie alla automatiquement du côté conducteur.

— J'ai une faveur à te demander avant que nous allions nous cacher, dit-elle. Je voudrais passer chez moi prendre quelques vêtements.

— Pourquoi pas, à condition de faire vite.

— Merci.

— Tu conduis ?

— C'est logique, non ? Je connais beaucoup mieux les environs que toi.

— D'accord.

Cette décision le contrariait. Maria n'aurait jamais proposé de conduire. Mais pourquoi faisait-il toujours référence à Maria ? Maria n'existait pas.

— Avant d'aller chez toi, faisons un détour par le St Sebastian. Il faut que je récupère le Beretta que j'ai laissé dans la boîte à gants de l'autre voiture.

Il se laissa tomber de mauvaise grâce sur le siège passager. Malgré le soleil radieux, il était d'une humeur sombre qui ne s'accordait pas du tout à la gaieté de la femme qui s'était installée au volant et tirait sur sa minijupe de cuir pour essayer de la rallonger.

Par habitude, Carrie mit sa ceinture de sécurité avant de tourner la clé de contact. Observant un court instant le tableau de bord, elle enclencha la climatisation, et sortit prudemment du parking.

— Je suppose que tu as hâte de retourner chez toi ? demanda Jason.

— J'espère que mes fleurs vont bien. En été, je dois les arroser tous les jours.

— Vraiment ?

Elle aurait pu lui réciter son programme quotidien minute par minute, en commençant par les céréales qu'elle prenait au petit déjeuner, et en terminant par son infusion du soir, mais elle ne voulait pas l'ennuyer.

Et c'était peut-être cela le problème, l'explication de l'humeur massacrante de Jason. En tant que Maria, elle était mystérieuse et exotique. Sous l'identité de Juana Sabata, elle était une courageuse journaliste qui luttait pour la liberté. En étant simplement elle-même, elle était certes brillante et ambitieuse, mais sa vie était mortellement ennuyeuse.

En traversant les différents quartiers de Boston, elle retrouva ses marques. Son passé l'accompagnait comme s'il ne l'avait jamais quittée. Elle se rappelait ses parents, sa sœur, le chien qu'on lui avait offert pour ses huit ans, la famille harmonieuse qu'ils formaient…

Elle avait une vie, songea-t-elle. Pourtant, bizarrement, elle ne parvenait pas à s'en réjouir.

C'était ridicule, se morigéna-t-elle. Tout allait bien se passer. Maintenant qu'elle savait qui elle était, tout allait rentrer dans l'ordre.

Mais tout de même, Maria lui manquait.

Après un détour plus long que prévu par le St Sebastian, où Jason avait eu le plus grand mal à récupérer discrètement son arme, Carrie avait hâte d'arriver chez elle.

Soudain, elle remarqua le panneau indiquant la piscine municipale, et une sensation de malaise l'envahit au point qu'elle dut se garer en catastrophe.

— Que se passe-t-il? s'alarma Jason.

Les paupières lourdes, les membres inertes, elle était incapable de répondre. Les ténèbres l'enveloppaient, mais elle ne voulait pas se laisser emporter. Elle ne voulait pas que sa mémoire s'efface de nouveau.

— Maria, dit-il. Parle-moi.

— Pas Maria, Carrie!

Comment osait-il l'appeler Maria?

La colère la sortit de sa torpeur, et elle fit appel à toute sa volonté pour garder l'esprit en alerte.

Lorsqu'elle tourna la tête vers lui, elle avait à peu près retrouvé son calme.

— Pourquoi m'as-tu appelée comme ça ?

— Je suis désolé, ça m'a échappé.

Elle se concentra sur lui, et ne put s'empêcher de l'admirer. Son regard gris était éclairé par le soleil déjà bas, son épaisse et brillante chevelure noire prenait des reflets bleutés dans la lumière, et son polo bleu ciel révélait le relief de sa puissante musculature.

Elle avait presque oublié à quel point il était séduisant. Une impulsion qui lui ressemblait bien peu la pressait de se jeter dans ses bras. Le souvenir des sensations éprouvées la taraudait. Faire l'amour avec lui avait été l'un des plus beaux moments de sa vie.

— Oh ! Jason, je…

— C'est lié à la piscine, n'est-ce pas ?

— Quoi ?

— Tu as regardé le panneau, et tu as commencé à réagir bizarrement.

— C'est possible. Je n'en sais rien.

— Il faut vérifier.

— Pourquoi ? Je sais qui je suis, et le livre va être commercialisé. Le reste n'a pas d'importance.

— Je préfère en avoir le cœur net.

Il descendit de voiture, en fit le tour et ouvrit la portière de Carrie.

— Viens. On va y aller à pied.

— Je ne peux pas. Pas dans cette tenue. Je ne veux pas que les gens me voient comme ça.

— Quelle importance ?

— J'habite ici, et je ne veux pas qu'on se fasse des idées sur moi. Je ne suis vraiment pas le genre de femme à porter une minijupe en cuir.

Il lui tendit la main.

Avec un soupir, elle défit sa ceinture de sécurité et posa la main dans la sienne.

D'un geste vif, il l'attira à lui, et elle se retrouva plaquée contre son torse. Au même moment, un monospace bleu passa à leur hauteur et la conductrice agita amicalement la main.

Sa voisine! La pire commère du quartier. Naturellement, il fallait qu'elle tombe sur elle.

— Pas ici, Jason, protesta-t-elle en le repoussant.

— Oh! Je vois. Carrie Kelly n'est pas le genre de femme à se laisser embrasser dans la rue.

— Non, elle ne l'est pas.

Remarquant qu'elle parlait d'elle à la troisième personne, elle se reprit.

— Je ne le suis pas.

— Bien. Je vais faire mon possible pour ne plus te toucher en public.

— Parfait.

Pourtant, elle avait envie de se jeter dans ses bras, de sentir la chaleur de son corps contre le sien. Elle avait envie de goûter de nouveau ses lèvres, de sentir le plaisir l'envahir sous ses caresses. Au lieu de cela, elle s'entendit donner des instructions, anticiper, organiser son univers…

— Allons à la piscine. Je vais te montrer qu'il n'y a rien d'anormal. Ensuite, nous passerons chez moi, et tu m'expliqueras comment les choses vont se dérouler dans les jours à venir.

Lorsqu'ils tournèrent à l'angle de la rue, elle aperçut le pool-house peint en rouge vif.

Derrière la clôture métallique, la piscine était en effervescence. Les enfants hurlaient et riaient aux éclats. Le soleil caressait la surface de l'eau, mais Carrie ne voyait que la nuit. Une nuit d'encre.

Elle cilla, s'obligeant à rester dans le présent.

— Tu veux t'asseoir? demanda Jason.

Elle se tourna vers lui et vit qu'il lui indiquait un banc à l'ombre d'un chêne.

— Il s'est passé quelque chose ici, murmura-t-elle. Je crois que ça a un rapport avec ces deux hommes dont je t'ai parlé.

— Ceux qui t'ont injecté une drogue.

— Ils m'ont amenée ici. J'étais étendue sur le bord de la piscine. J'avais la bague de Maria à mon doigt.

Elle toussa. Ses poumons manquaient d'air. Elle était en train de se noyer.

— L'eau était si froide! J'ai vu l'ange de la mort.

— Comment ont-ils franchi les grilles?

— Ils ont coupé la chaîne cadenassée. Ils m'ont poussée dans l'eau. J'étais dans un état second. Je ne pouvais pas réagir. Mes bras et mes jambes étaient si lourds…

— Que s'est-il passé ensuite ?

— Ils ont dû penser que je m'étais noyée. Mais je suis remontée à la surface. Je suis une bonne nageuse.

— Je n'en doute pas.

— J'ai flotté longtemps, le temps de retrouver mon souffle, de reprendre des forces. Il faisait si sombre…

Elle enfouit son visage dans ses mains, avec une envie désespérée de pleurer.

— J'ai réussi à atteindre l'échelle, je suis remontée…

Elle bondit soudain sur ses pieds.

— Oh ! Mon Dieu, Jason ! Je me souviens.

— Je t'écoute.

— Quand je suis remontée, j'ai regardé en arrière. J'étais toujours dans la piscine.

— Je ne comprends pas.

Il se leva à son tour, lui prit la main.

— Tu peux m'expliquer ?

— Ce n'était pas moi. Il y avait une autre femme dans la piscine, qui flottait sur le ventre. Elle était morte.

Elle leva les yeux et le regarda d'un air horrifié.

— Maria était morte.

13

La terreur ne s'était pas effacée.

Elle la ressentait dans chaque fibre de son être. Elle avait été témoin du meurtre de Maria Ramos Hernandez, et c'était pour cela qu'on voulait l'éliminer.

Elle s'affaissa sur le banc, les regrets consumant le peu d'énergie qui lui restait.

Il n'y avait plus rien à faire pour aider Maria.

— Je ne la connaissais pas, expliqua-t-elle d'une voix altérée par l'émotion, mais je vivais avec ses mots depuis des mois. Dans mon esprit, j'avais des dizaines de conversations avec elle. Vers la fin de ma traduction, j'avais même l'impression de la voir se matérialiser devant mes yeux. C'était une femme remarquable.

— Tu es bien sûre de l'avoir vue morte ? Ce n'était pas une hallucination ?

— Je le voudrais bien, murmura-t-elle. Je voudrais que rien de tout cela ne se soit arrivé. Elle aurait pu retourner dans son pays et avoir une belle vie, avoir des enfants, devenir une personne âgée pleine de sagesse…

— Elle n'aurait pas eu une belle vie.

Carrie perçut dans la voix de Jason une note familière d'impatience.

— Pourquoi ?

— Elle était trop affectée par les tragédies quotidiennes qui minaient son pays. C'était une femme d'action, qui avait besoin de dire la vérité.

— Et la vérité l'a tuée.

Vidée de toute son énergie, Carrie s'appuya contre le dossier du banc et laissa le chagrin qui la submergeait briser les digues de ses dernières défenses.

Les larmes roulaient sur ses joues, brûlantes, et elle n'avait même pas la force de les essuyer.

Lorsque Jason l'aida à se relever, elle ne protesta pas et le suivit en vacillant, se tenant à son bras.

— Où allons-nous ?

— A la voiture, et chez toi. Tu prendras quelques vêtements, et nous chercherons un hôtel. Ensuite, nous irons voir la police.

— Je ne peux pas.

Elle se sentait incapable d'affronter une nouvelle situation de stress. Il lui fallait un peu de temps pour se ressaisir.

— Nous verrons.

Suivant les instructions de Carrie, Jason s'engagea dans une rue calme bordée d'arbres, où s'alignaient des pavillons récents qui se ressemblaient tous. Parmi eux, il n'eut aucun mal à repérer la charmante vieille maison en brique, au milieu d'un jardin égayé par une profusion de fleurs.

Carrie Kelly était une femme pleine de surprises, réalisa-t-il. Une intellectuelle qui aimait le jardinage. Il l'imaginait mal, dans ces conditions, vivre sur son îlot rocheux où la terre était quasiment infertile et les fleurs inexistantes.

Il tenait à elle, c'était certain, mais chaque nouvelle facette de sa personnalité qu'il découvrait le confortait dans l'idée qu'ils n'étaient pas faits pour vivre ensemble.

Toutefois, ce n'était pas le moment de se poser ce genre de questions. D'abord, ils devaient faire face à cette tragédie.

Et ensuite… Qui pouvait prévoir ce qu'il se passerait ?

Lorsqu'elle descendit de voiture, Carrie avait à peine la force de tenir debout. Il passa un bras autour de sa taille pour la soutenir jusqu'à la porte d'entrée.

— Tu as la clé ?

Elle secoua la tête.

— La seule clé que j'ai, c'est celle de ma voiture. Mais je garde un double sous ce pot, dit-elle en désignant une potée de géraniums.

— C'est très malin, remarqua-t-il d'un ton sarcastique. Aucun voleur n'aurait l'idée de chercher sous un pot de fleurs.

— Désolée, mais je ne suis pas une spécialiste de l'espionnage.

Il trouva la clé, ramassa les journaux déposés depuis plusieurs jours sur le perron, et ouvrit la porte.

Les rideaux étant tirés, il actionna l'interrupteur.

On entrait directement dans le salon, une vaste pièce avec un plancher en pin à larges lames et des tapis d'inspiration amérindienne. Il y avait là d'évidentes traces de lutte.

Carrie remit en place les coussins du canapé, et s'y laissa tomber en soupirant.

— Si tu crois que j'ai rêvé, regarde les journaux. Il doit y avoir quelque chose.

En effet, dans l'un des journaux figurait un article de quelques lignes en page quatre, signalant qu'une femme non identifiée avait été retrouvée noyée dans la piscine municipale.

— C'est Maria, déclara Carrie.

Lorsque Jason passa de l'autre côté du comptoir séparant le salon de la cuisine, il se dit qu'ils avaient commis une erreur en venant ici. La table et les chaises étaient renversées, le contenu d'un tiroir gisait sur le sol… Visiblement, la bagarre avait commencé ici.

Les hommes qui avaient drogué Carrie étaient venus chez elle ; ils savaient où elle habitait.

Tandis qu'il relevait machinalement le mobilier, il l'entendit crier, et traversa précipitamment la maison pour la retrouver dans sa chambre.

Cette pièce, comme la cuisine, avait été saccagée.

Carrie désigna une tache sombre sur le tapis.

— C'est du sang. Le sang de Maria.

— Elle est venue ici ?

— Oui. Elle a frappé à ma porte, et m'a dit qu'elle était poursuivie. Elle m'a donné sa bague et le foulard rouge qu'elle portait autour du cou, et m'a demandé d'aller retrouver Jason Walker à la marina de Boothbay Harbour, à l'emplacement quatre-vingt-six. Nous avons essayé de partir, mais ils étaient déjà là. Les hommes…

Enfouissant son visage dans ses mains, elle se laissa tomber sur le lit en gémissant.

— Quand tout cela va-t-il s'arrêter ?

Jason s'assit près d'elle et la berça tendrement, lui caressant les cheveux, lui murmurant des mots de réconfort.

Tandis qu'elle sanglotait, il songea à tout ce qu'elle représentait pour lui.

Comment avait-il pu, durant ces dernières heures, remettre en cause leur relation ?

Elle avait traversé l'enfer, et sa survie était un miracle. Et à présent, elle avait besoin de lui pour affronter les dernières épreuves.

— Je te dois tellement, murmura-t-il.

D'une certaine façon, elle lui avait sauvé la vie, l'arrachant à son isolement et à l'amertume qui menaçait de le submerger.

— Je t'aiderai, Carrie.

C'était la première fois qu'il prononçait son prénom à voix haute.

Elle avait cessé d'être Maria pour devenir Carrie, une femme qu'il ne connaissait pas, mais qu'il ne pouvait s'empêcher d'admirer.

Il caressa ses épaules, ses bras, avec l'impression de tenir contre lui un oisillon blessé.

— Ça va aller, murmura-t-il, le visage enfoui dans ses cheveux. Tout va bien se passer.

Elle leva vers lui ses beaux yeux verts noyés de larmes, et scruta son visage pour vérifier s'il disait vrai.

— Tu peux me croire, dit-il. Et maintenant, explique-moi pourquoi Maria est venue ici.

— Je ne sais pas.

Il la sentit se crisper.

— Seigneur ! Je ne pensais pas que je dirais de nouveau « je ne sais pas ».

D'un ton plaintif, elle ajouta :

— Je suis si fatiguée ! Je veux dormir.

— Bientôt.

— Ne me demande pas de réfléchir, j'en suis incapable.

— Ce n'est pas grave.

Il lui tapota le bras.

— Dépêchons-nous de prendre tes vêtements. Il vaut mieux ne pas trop s'attarder ici. Où est ta valise ?

— Dans le bas du placard.

Il se leva, ouvrit la porte de la penderie, et déposa la valise sur le lit.

— Que veux-tu prendre ?

— Je vais le faire.

Elle se leva en vacillant, et dut se rattraper au bras de Jason.

— Tu es sûre de ne pas vouloir que je t'aide ? demanda-t-il.

— Oui. Ça va aller.

Elle se dirigea d'un pas mal assuré vers la commode, ouvrit un tiroir, et en sortit une pile de sous-vêtements. Au hasard, elle alla prendre dans la penderie un jean, des T-shirts, un short…

Avant de refermer la valise, elle en observa le contenu d'un air perplexe.

— Je n'ai rien oublié ?

— Ton pyjama de flanelle ? suggéra Jason d'un ton moqueur.

— Je n'en ai pas besoin.

— Parce que tu comptes sur moi pour te réchauffer ?

— On ne porte jamais de flanelle en été, voyons.

Déçu, il remarqua soudain qu'elle affichait un sourire en coin.

— Tu plaisantais ?

— Mais oui !

— Je vois que tu commences à aller mieux.

Avant de partir, Jason décida d'inspecter son bureau, qu'elle avait installé dans la seconde chambre.

Les murs étaient couverts de livres. Sur le bureau, des dictionnaires s'empilaient à côté de l'ordinateur.

Il ouvrit les tiroirs et y trouva un carnet d'adresses et un agenda. Les ratures, les annotations griffonnées à la va-vite, la multitude de pense-bêtes autocollants et de messages glissés entre les pages laissaient penser que, peut-être, elle n'était pas aussi efficace et organisée qu'elle aimait le laisser penser.

Lorsque le téléphone sonna, il sursauta. La sonnerie était désagréablement stridente, et le volume assourdissant.

Il tendit la main vers le combiné, puis suspendit son geste. Entrer en contact avec les mauvaises personnes pouvait être dangereux. Personne ne devait savoir qu'ils étaient là.

A la quatrième sonnerie, le répondeur s'enclencha.

— Bonjour, vous êtes chez Carrie, laissez-moi un message.

La phrase d'accueil, réduite à sa plus simple expression, fut répétée en espagnol.

— C'est Chip. Il faut que je vous parle. Je suis au Carriage Lamp Motel, à Boston. Rappelez-moi le plus vite possible.

Chip ? Jason faillit décrocher, mais il craignait de sortir de ses gonds s'il parlait au journaliste. Chip l'écœurait. Il faisait partie d'une épouvantable conspiration ; il y était même impliqué jusqu'au cou.

Le voyant du répondeur clignotait, indiquant la présence d'autres messages. Jason débrancha l'appareil et le fourra dans le cartable posé au pied du bureau. Il y ajouta le carnet d'adresses et l'agenda, et rejoignit Carrie qui l'attendait près de la porte d'entrée.

— Fichons le camp d'ici, dit-il.

Si Chip connaissait le numéro de téléphone et l'adresse de Carrie, cela signifiait que la chasse à l'homme était loin d'être terminée.

Sortant le Beretta de sa poche, il écarta les rideaux et jeta un coup d'œil à l'extérieur.

Le jardin était paisible et magnifique dans les lueurs rougeoyantes du soleil couchant. De l'autre côté de la haie basse, il apercevait la rue déserte.

En apparence, tout semblait normal.

Il se tourna vers Carrie avec un sourire crispé.

— Je crois que ça va aller.

— Tu crois, seulement ? Eh bien, c'est rassurant.

Malgré sa fatigue, elle n'avait pas perdu son sens de la repartie. Peut-être aussi lui faisait-elle payer son commentaire à propos de la clé cachée sous le pot de géraniums.

— On dirait que tu commences à aller mieux.

— Rassure-toi, je ne vais pas m'évanouir.

Elle avait également meilleure allure, dans son pantalon de toile beige et son débardeur blanc porté sous une chemise en chambray bleu ciel. Aux pieds, elle portait des chaussures de sport.

Un choix judicieux, pensa-t-il, car ils risquaient fort de devoir courir.

Le pistolet dans une main, il prit la valise et se trouva ennuyé lorsqu'il voulut prendre le cartable.

— Je m'en occupe, dit Carrie en joignant le geste à la parole.

Bien que son visage ait repris des couleurs et que sa démarche soit plus assurée, il s'inquiéta :

— Ce n'est pas trop lourd ?

— Ça va, je ne suis pas en sucre !

Une fois à l'extérieur, Jason prit conscience qu'ils étaient particulièrement vulnérables. Deux cibles se déplaçant lentement, et donc faciles à atteindre.

Sa claudication, quoique moins pénible qu'il ne s'y attendait compte tenu de l'activité de ces derniers jours, restait prononcée. Et Carrie était si fatiguée que poser un pied devant l'autre lui demandait un effort considérable.

— On peut prendre ma voiture, suggéra-t-elle. J'ai la clé.

— Quelqu'un pourrait la reconnaître. Je préfère que nous gardions celle de location.

— Et si nous prenions les deux ? Je n'ai qu'à te suivre.

Avant qu'il ait eu le temps de protester, elle se dirigea vers un cabriolet, dont le modèle devait dater d'une bonne dizaine d'années, garé un peu plus loin le long du trottoir.

— Tête de mule ! murmura Jason entre ses dents.

Laissant la portière ouverte, elle tourna la clé de contact. Le moteur renâcla, toussa, et cala.

— Elle est un peu capricieuse, se justifia Carrie.

Elle fit plusieurs nouvelles tentatives, en pestant. Puis, excédée, elle descendit de la voiture et claqua la portière.

— Ce n'est pas la peine de triompher ! lui lança-t-elle, avec un air de mise en garde.

— Je n'oserais pas…

Alors qu'ils laissaient le lotissement derrière eux, Jason poussa un soupir de soulagement.

— Je crois que nous venons de l'échapper belle.

— Pourquoi ? Tu as de nouvelles informations ?

Elle se redressa sur son siège.

— Nos poursuivants se rapprochent ?

— Chip a appelé quand j'étais dans ton bureau. Il voulait te parler.

— Nous reparlerons de ça plus tard. Pour le moment, tout ce que je veux, c'est dormir.

— Il vaudrait peut-être mieux quitter Boston. Je ne pense pas que Chip et ses complices passeront au peigne fin tous les motels du coin, mais on ne sait jamais.

— J'ai une meilleure idée.

Suivant ses instructions, Jason traversa le centre-ville, et bifurqua dans une large avenue bordée d'érables.

Une succession de bâtisses victoriennes, de cottages de style anglais et de maisons contemporaines se succédèrent, avant que Carrie ne désigne de hautes grilles qui semblaient défendre une forteresse fantôme.

— Là, dit-elle.

— Des amis à toi ?

— Un *Bed and Breakfast*. C'est une maison qui date du dix-huitième siècle, et qui a subi plusieurs transformations depuis, ce qui lui donne un petit air de château de conte de fées. Je l'ai visitée lors d'une journée portes ouvertes du patrimoine, et je me suis promis d'y dormir un jour.

Jason s'engagea dans l'allée et fut impressionné par la demeure qui se dressait, majestueuse et imposante, au milieu d'un parc.

— C'est l'endroit idéal pour se cacher, dit-il.

La chambre était au deuxième étage et communiquait avec un salon ouvrant sur une terrasse à balustres de pierre. Ignorant le grand lit à baldaquin qui trônait au milieu de la pièce, Carrie se dirigea vers un fauteuil en velours capitonné, et s'y assit en croisant les jambes.

— Je croyais que tu voulais dormir, remarqua Jason.

— C'est vrai, et j'en ai bien l'intention.

Elle balançait nerveusement le pied, et il devina que la conversation allait être déplaisante.

— Tu veux parler de quelque chose ? demanda-t-il en faisant un effort pour détacher les yeux de sa cheville délicate.

— De nous.

— Tu es bien une femme !

Il prit place dans le second fauteuil, et étira ses jambes devant lui.

— Nous sommes au centre d'étranges conspirations, obligés de fuir, et toi tu veux parler de notre relation.

— Nous devons faire le point sur certaines choses. Depuis que je sais qui je suis, tu agis avec moi comme si j'étais différente.

— Tu *es* différente.

— Je ne sais pas pourquoi, mais j'ai l'impression que tu préférais Maria.

Comme il allait répondre, elle leva la main pour l'interrompre.

— Laisse-moi finir. Je dois admettre que la mystérieuse et exotique Maria était bien plus intéressante qu'une étudiante de Boston. Est-ce que ça a changé ce que tu ressens pour moi ?

— Je pourrais te poser la même question.

— Je crois que tu regrettes Maria parce qu'elle était en pleine confusion, démunie. Elle avait désespérément besoin de toi. Et moi, je n'ai pas l'habitude de me reposer sur les autres.

— Oh ! mince ! grommela Jason. Une féministe.

— Ne commençons pas à mettre des étiquettes.

— Les femmes de caractère ne me font pas peur. J'aime les défis.

— Ta première femme était presque une invalide, les deux dernières années de sa vie. Et tu as fait des études de médecine. Je crois que ce qui te plaisait le plus, chez Maria, c'était son manque d'autonomie.

Sa sœur Alice ne lui avait-elle pas fait remarquer la même chose ?

— Tu n'as jamais été sans défense, dit-il. Tu t'es enfuie de la chambre en passant par le grenier. Tu as pointé une arme sur moi. Je n'appellerais pas ça être docile.

— Pourquoi les gens n'ont-ils eu aucun mal à croire que tu avais trouvé une femme sur un site de rencontres ? Parce que tu as besoin de quelqu'un à secourir ?

— Et tu n'as pas besoin d'être secourue.

Elle soupira.

— Je reconnais que je ne suis pas au mieux de ma forme en ce moment mais, la plupart du temps, je suis capable de me débrouiller.

— Ecoute, Carrie, je ne sais pas où tu veux en venir. Et je pense que nous avons d'autres problèmes à faire passer en priorité.

— Je veux simplement savoir une chose. Et tu ne dois pas avoir peur de me blesser. Est-ce que tu tiens à moi ?

— Il y a une façon très simple de le savoir.

Il le leva et vint se placer devant elle en lui tendant la main.

— Embrasse-moi, Carrie.

— Oh ! je t'en prie ! Nous avons déjà fait ce test.

— Je n'ai jamais embrassé Carrie Kelly.

— Très bien.

Elle accepta sa main et se leva.

Cette fois, Carrie savait exactement à quoi s'attendre. Au lieu de rester sur la défensive, elle se plaqua contre lui, et se laissa sombrer avec délices dans un flot de sensations éblouissantes.

Jason mit fin à leur baiser, mais ne s'écarta pas pour autant. Le souffle court, il scrutait son visage. Elle se sentit fondre sous son regard incandescent.

— La réponse te convient ? demanda-t-il.

— Je ne sais pas… On peut faire un nouvel essai ?

Ils tombèrent enlacés sur le lit et, emportés par une frénésie aveugle, recherchèrent le plaisir avec la même intensité, se montrant aussi insatiables l'un que l'autre.

Bouleversée, Carrie cria le nom de celui qui la troublait plus qu'aucun homme ne l'avait jamais fait, et sentit qu'il la rejoignait dans l'extase.

Blottie contre lui, elle s'efforça d'ignorer les doutes qui l'envahissaient.

Ils n'étaient sans doute pas amoureux ni totalement compatibles, mais il était impossible de nier l'alchimie qui régnait entre eux.

Leur relation s'achèverait-elle une fois cette sordide histoire résolue ? Chacun reprendrait-il le cours de sa vie comme si de rien n'était ?

Elle préféra ne pas y penser pour le moment et se concentrer sur le présent.

La joue pressée contre le torse de Jason, grisée par son odeur, elle écouta les battements de son cœur reprendre un rythme normal et sa respiration décroître.

Il fut bientôt si calme qu'elle le crut endormi, puis elle sentit qu'il lui caressait les cheveux.

— Désolée de t'avoir privé du pyjama de flanelle, plaisanta-t-elle. Je sais que c'est ton fantasme.

— C'est vrai. J'aurais adoré te l'arracher sauvagement.

Il lui déposa un baiser sur le bout du nez puis s'écarta soudain et se leva.

— Où vas-tu ?

— Téléphoner à Alice.

— Très bien. Et demain, nous irons voir la police.

— Voilà une pensée romantique comme je les aime. Autre chose ?

— Comment je m'appelle ?

— Carrie. La belle, douce et intelligente Carrie Kelly de Boston.

Jason alla tirer les rideaux, et alluma la lampe de bureau en opaline verte. Puis il passa son appel dans le Maine.

— Bonsoir, Alice.

— Jason ? Où es-tu ? Tu m'as laissé avec un désordre indescriptible dans la maison, en plus du bateau coulé !

— Quel désordre ?

— Je ne sais pas à quoi vous avez joué, ta femme et toi, mais je suis venue dimanche apporter une tarte aux noix de pécan, et tout était sens dessus dessous.

— Désolé, marmonna-t-il en se demandant pour quelle raison quelqu'un aurait fouillé la maison.

— C'était d'autant plus embarrassant que le révérend était avec moi, reprit Alice.

— Wally Blaylock ?

— Qui d'autre ? Vraiment, Jason, je ne sais pas ce que tu as ! C'est le mariage qui te rend stupide ? Je remercie le ciel de ne m'être jamais mariée. Bref, le révérend s'est montré tout à fait compréhensif.

— J'aimerais bien lui parler. Pour lui présenter mes excuses. Tu as son numéro ?

— Il n'est pas là. Il a eu un décès dans sa famille, et il a dû partir à l'improviste.

— Je comprends. Mais il a peut-être laissé un numéro où le joindre.

— Sûrement, mais c'est à l'étranger. Un de ces pays d'Amérique centrale que tu adores. Le parent du révérend était missionnaire.

Jason n'eut aucun mal à comprendre que Wally Blaylock avait été appelé au Guermina, les laissant livrés à eux-mêmes.

— Et devine quoi ? ajouta Alice d'un ton de conspirateur. Le cadavre d'un homme a été retrouvé sur une plage à quelques kilomètres au sud d'ici.

14

Jason se crispa. Même s'il avait agi en état de légitime défense, comme pourrait en témoigner Carrie, il aurait dû signaler immédiatement cette mort à la police, au lieu d'écouter les conseils mal avisés de Wally.

— Un cadavre ? répéta-t-il d'un ton détaché. Je suppose qu'il s'agit d'un accident.

— Il a été tué par balle. Tu vois ce qui arrive, quand tu pars en voyage ? Tu rates le plus intéressant !

— Je vois ça.

— Et alors, où es-tu ? Comment va Maria ?

— Nous sommes dans le Vermont.

Confier quoi que ce soit à Alice revenait en gros à le crier dans un porte-voix.

— Elle va bien.

— Elle est charmante, Jason, mais si l'état de ta maison est une indication, ce n'est pas une femme d'intérieur accomplie. Mais ce n'est pas très grave. Souviens-toi de ce que je t'ai dit. Ne la couve pas trop, laisse-la vivre.

Il regarda la silhouette de Carrie endormie. Même dans le sommeil, elle avait une expression butée.

— Tu peux compter sur moi, dit-il.

— Bien. Je vais te laisser, maintenant. J'ai des choses à faire.

— Attends ! Tu n'as pas d'autres nouvelles à m'apprendre ? Quelques ragots à propos de Chip Harrington ou Eddy Elliot ?

— C'est pour ça que tu m'as appelée ? Pour connaître les derniers ragots ? Ta lune de miel doit être drôlement ennuyeuse, si tu as déjà le mal du pays.

— Non, mais je me demandais…

— Il ne se passe rien de spécial, à ma connaissance. Et qu'est-ce qui te fait croire que je suis au courant de tous les ragots ?

— Bonne nuit, Alice.

— Tu diras *buenas noches* à ta femme, pour moi.

Lorsqu'il raccrocha, Jason avait le moral en berne.

La découverte du cadavre était un coup dur. Il existait des cartes des courants et marées indiquant les points d'entrée plausibles. Et les balles correspondraient à son pistolet, une arme dûment enregistrée à son nom.

Si la police locale poussait un tant soit peu les investigations scientifiques, la situation risquait de devenir délicate.

Surtout si le sénateur Elliot s'en mêlait.

Peut-être n'était-ce pas une si bonne idée que cela de prendre contact avec la police demain à la première heure. Il était tout à fait possible qu'un avis de recherche ait été lancé contre eux, voire que le FBI soit aussi de la partie.

Quel dommage que son contact lui ait fait faux bond ! Il lui aurait été bien utile pour savoir ce qui se passait.

— Jason ?

— Tout va bien, Carrie. Rendors-toi.

— Qu'est-ce qu'Alice avait à te dire ? Je t'ai entendu parler d'un cadavre. Qui est mort ?

— Le type que j'ai tué sur la plage.

En se recouchant, il lui fit part de sa réflexion à propos de la police scientifique et de l'influence du sénateur.

— Il faut trouver une solution, Carrie. Nous sommes dans une situation très compliquée, et nous devons réfléchir à un plan d'action.

— Tu me demandes mon avis ?

— Pourquoi pas ? Tu es intelligente, et tu en sais autant que moi sur cette histoire.

— Peut-être n'es-tu pas aussi macho que je le croyais.

— Qui s'empresse de mettre des étiquettes sur le dos de l'autre ?

Carrie n'avait pas tort. Il discutait rarement stratégie avec les femmes. Cependant, ce n'était pas délibéré. Peut-être le faisait-il par habitude. Elena avait été longtemps malade, et même avant cela, elle était très dépendante de lui.

Et les autres femmes qui avaient traversé sa vie ?

Avec embarras, il dut admettre que la plupart de ses relations n'avaient pas duré assez longtemps pour lui permettre de faire une étude de comportement.

Et il y avait aussi sa sœur Alice, à qui il avait caché ses secrets pendant la plus grande partie de sa vie.

— Quand j'étais Maria, tu n'aurais pas hésité à prendre une décision, à saisir ma petite main, et à m'entraîner dans l'action.

— Mais tu n'es plus Maria. Et j'ai besoin de ton super-cerveau.

— Oh ! j'adore quand tu parles comme ça !

— Trêve de plaisanterie. Nous avons de sérieux problèmes. Je suis un assassin et toi une usurpatrice.

— Présenté comme ça, prévenir la police me semble une très mauvaise idée.

— Selon moi, nous avons agi ainsi pour de bons motifs. Dans mon cas, il s'agissait de légitime défense.

— Et moi, j'ai menti parce que je pensais que le combat de Maria était juste. Je le pense toujours, d'ailleurs. Dans ces conditions, je me demande pourquoi nous sommes en fuite.

— Parce que nous n'avons aucun renfort. Personne ne nous soutient. Mon contact, Wally Blaylock, a disparu dans la nature.

Il lui répéta ce qu'Alice lui avait dit à propos du révérend.

— Je crois qu'il est à la tête d'un réseau de sympathisants qui soutiennent la lutte au Guermina, seulement j'ignore comment entrer en contact avec eux.

— J'ai entendu parler d'un réseau, en effet, mais je n'en sais pas plus que toi.

— J'ai une idée.

Il se leva pour aller chercher le répondeur dans le cartable, et le brancha à côté du lit.

Il y avait deux messages de Jessica Smith, se plaignant de l'absence de Carrie à un dîner, et plusieurs appels professionnels concernant des travaux de traduction.

Le message suivant était en espagnol.

— Ici Maria Ramos Hernandez.

Jason mit l'appareil en pause.

— C'est possible ?

— Non. Cet appel a été passé alors que j'étais sur l'île, et donc après la mort de Maria.

Jason appuya sur le bouton de lecture, et le message continua :

— Carrie, je suis terriblement navrée de ce qui est arrivé. Il semble qu'on ait usurpé mon identité. Mes ennemis sont nombreux et prêts à tout. Vous ne pouvez pas me joindre. Je vous rappellerai.

Carrie ne savait plus que penser. Se pouvait-il qu'elle ait été victime d'une imposture, et que Maria soit toujours vivante ?

— Repasse la bande, demanda-t-elle.

Elle écouta attentivement.

L'accent était absolument exact. Les inflexions et le phrasé propres au Guermina étaient bien présents dans la voix de l'inconnue.

— C'est un vrai casse-tête, dit-elle. Il semblerait qu'on croule sous les Maria.

— Tu crois que celle-ci est la bonne ?

— Je ne sais pas trop. La femme qui est venue chez moi avait cette bague.

Elle leva la main pour montrer la lourde chevalière en or.

— D'après ce que je sais, Maria ne quittait jamais sa bague. C'est grâce à elle qu'on pouvait l'identifier. Maintenant, il est tout à fait possible que ce soit une copie.

— La bague. Mais oui !

Jason se frappa le front.

— C'est ça qu'ils cherchaient.

Il lui parla de la fouille de sa maison, et d'une conversation téléphonique avec quelqu'un qui prétendait être son contact et s'intéressait de près à la bague.

— Ils en ont besoin pour prouver que cette autre femme est Maria.

— C'est peut-être tout simplement pour ça qu'ils nous suivent. Ils veulent récupérer la bague.

— Ils ne savent pas à quoi elle ressemble. Quand j'ai appelé

Wally depuis l'aéroport, et que je suis tombé sur une espèce de clown qui déguisait sa voix, j'ai volontairement donné une mauvaise description de la bague, et il ne s'en est pas rendu compte. En plus, je lui ai dit que tu l'avais perdue. Je crois que ça a déclenché un vent de panique.

— Si la voix était déguisée, comment peux-tu savoir qu'il s'agissait d'un homme ?

— Tu crois que c'était la fausse Maria ?

— Peut-être.

— Bon, nous commençons à avancer. Les personnes sur lesquelles je suis tombé au téléphone étaient Chip et la fausse Maria. Ce qui veut dire qu'ils sont liés.

— Et la photo qu'il m'a montrée doit être celle de cette femme.

— Ecoutons le reste des messages, suggéra-t-il.

Il y eut quelques appels raccrochés, puis la voix d'Eddy Elliot s'éleva, tonitruante.

— Je sais qui vous êtes ! Votre petit numéro chez Elmont n'était qu'une mise en scène. Vous ne m'avez jamais trompé. Pas un seul instant. J'ai parlé à la vraie Maria, et elle affirme que ce livre n'est qu'un tissu de mensonges. Jamais elle n'a écrit cela. Je vous conseille de vous rendre, Carolyn Kelly. Et d'amener cet idiot de Walker avec vous.

Carrie soupira.

— Ça ne s'arrange pas.

— Attendons de voir, lui conseilla Jason en appuyant de nouveau sur « lecture. »

Le dernier message était celui de Chip Harrington qui demandait qu'on le rappelle au Carriage Lamp Motel.

— C'est peut-être notre dernier recours, commenta Jason. Il a manifestement des informations qui nous seraient utiles.

— Mais comment lui faire confiance ?

— Ça fait un peu trop de questions pour ce soir. Si on remettait ça à demain ?

Jason se réveilla le premier. Il ne faisait pas encore tout à fait jour, et il alla à la fenêtre du balcon pour observer le parc. Un soleil voilé tentait de percer l'écran opaque des nuages, et la rosée transformait la pelouse en tapis scintillant. Depuis le deuxième étage de la maison, il avait une vue plongeante sur la rue déserte.

Enfilant son jean, il s'installa au bureau, prit l'agenda de Carrie et commença à le feuilleter.

Il n'y avait rien de particulièrement intéressant, mais il se donna beaucoup de mal pour essayer de déchiffrer ses abréviations et ses codes. RVUB devait vouloir dire rendez-vous à l'université de Boston. Quant à MVI, il donnait sa langue au chat.

Dans le carnet d'adresses, que Carrie utilisait apparemment depuis plusieurs années, il trouva le même système d'annotations, assorti d'un manque total d'organisation.

Certaines personnes étaient inscrites sous leur prénom, d'autres sous leur nom de famille. Plusieurs pages étaient consacrées à des écoles et des universités.

A la lettre X, griffonné en bas de page, il trouva un numéro qu'il connaissait bien pour l'avoir composé un nombre incalculable de fois.

Le numéro de son contact.

Maintenant, tout devenait plus clair. Carrie faisait partie du réseau de sympathisants. C'était de cette façon qu'elle avait dû être engagée pour traduire le livre.

Cela voulait dire aussi qu'elle n'était pas la jeune femme paisible et rangée qu'elle prétendait être mais ça, il l'avait déjà deviné. Elle était posée et pragmatique, discrète et respectueuse du savoir-vivre. En même temps, elle était aussi aventureuse, exotique et fantasque.

La nuit dernière, au lit, elle avait fait preuve d'une audace incroyable...

Il stoppa net cette pensée, avant qu'elle ne le pousse sur un terrain dangereux. Sans cela, il serait obligé de rejoindre Carrie entre les draps et de la ramener à la conscience par ses baisers et ses caresses.

« Concentre-toi ! », s'ordonna-t-il.

Il devait trouver une solution pour les sortir de ce pétrin, et leur donner le temps d'apprendre à mieux se connaître.

Donc, Carrie faisait partie du réseau.

Elle était probablement la dernière étape programmée de Maria avant de le rejoindre sur l'île pour le mariage.

Il établit un possible scénario.

Pour la dernière partie de son voyage, Maria avait décidé de conduire. Elle avait utilisé de faux papiers au nom de Mme Jason Walker pour louer à Boston la voiture blanche qui avait été retrouvée à Boothbay Harbor.

Mais elle n'était pas allée plus loin que la maison de Carrie.

Après avoir réussi à échapper à la noyade, Carrie avait pris la voiture de location car son cabriolet ne démarrait pas, et s'était rendue au rendez-vous à la place de Maria.

Un crissement de pneus dans la rue l'arracha soudain à ses pensées.

Ecartant un rideau, il jeta un coup d'œil à l'extérieur.

Une voiture s'était garée le long du trottoir d'en face.

Il s'agissait d'un break vert foncé.

15

Chip Harrington ouvrit la portière côté conducteur, et descendit de voiture. Une main en visière au-dessus des yeux, il observa la maison.

Jason jura entre ses dents.

Comment le journaliste les avait-il retrouvés ? Ils n'avaient laissé aucun indice.

Il se précipita vers le lit et secoua l'épaule de Carrie.

— Réveille-toi ! Il faut partir. Vite !

Elle ouvrit les yeux et sourit paresseusement.

— Oh ! Jason ! Bonjour. J'ai rêvé de toi…

Elle était magnifique, mais il n'avait pas le temps de l'apprécier.

— Chip et ses hommes sont là. Il faut partir.

— Quoi ?

Elle cilla, essaya de se concentrer.

— Que dis-tu ?

— Lève-toi. Habille-toi.

Il avait déjà remis son polo et ses mocassins et vérifiait le chargeur de son Beretta.

— Vite, Carrie !

Elle bondit hors du lit et enfila ses vêtements en un temps record, tandis que Jason s'approchait de la fenêtre.

Il y avait quatre hommes en tout, et leur allure détonnait dans ce paisible et luxueux quartier.

Jason reconnut l'homme au T-shirt jaune, qui arborait maintenant une chemise verte.

Ils se séparèrent. Deux partirent de chaque côté de la maison, Chip et le dernier avancèrent vers la porte d'entrée.

Carrie était habillée comme la veille, la bandoulière de son minuscule sac passée en travers de sa poitrine.

Il la prit par le coude et l'entraîna vers la porte.

— Nous ne pouvons pas sortir par-devant.

— Mais comment allons-nous faire, sans voiture ?

— Je crains que nous n'ayons pas le choix.

Ils entendirent Chip et son acolyte entrer dans le hall. La voix suraiguë de la propriétaire les accueillit.

— FBI, annonça la voix de Chip. Nous recherchons un couple. L'homme boite et la femme a de longs cheveux noirs.

— Je peux voir votre insigne ?

Ils se tenaient au pied de l'escalier, bloquant toute issue. Jason regretta de ne pas avoir pensé à explorer la maison la nuit dernière.

— Il y a un escalier de service, dit Carrie. Je me souviens de l'avoir entendu dire lors de la visite.

— Où ?

— Au bout du couloir.

— Ne cours pas. Ils risquent de nous entendre en bas.

Avec prudence, ils avancèrent sur le long tapis central, attentifs au moindre craquement du parquet.

Carrie ouvrit une porte, et un escalier étroit et sombre leur apparut.

L'air était lourd et sentait le renfermé, comme si le passage ne servait plus depuis longtemps, et Jason se demanda pourquoi.

L'escalier était-il dangereux ? Il ne pouvait pas prendre le risque de tomber et de compromettre la longue et difficile guérison de sa jambe.

Il s'y engagea prudemment, testant deux marches avant d'y peser de tout son poids.

— Ferme la porte, Carrie.

— Mais il va faire totalement noir !

— Fais ce que je dis.

Ils descendirent à tâtons, et il la sentit s'accrocher au dos de son polo.

— Si jamais il y a un problème à un moment ou à un autre, je veux que tu essaies de t'enfuir. Si je te dis de courir, tu le fais.

— En t'abandonnant ?

— Avec ma jambe, je ne pourrai pas suivre le rythme. Quelqu'un doit sortir vivant de cette histoire.

— Je ne te quitterai pas.

Même si cette déclaration lui alla droit au cœur, il déplora le manque de bon sens qui l'inspirait.

— Ne sois pas stupide. Fais-le.

Ils s'arrêtèrent sur un petit palier.

L'escalier continuait, mais il y avait une porte à ce niveau. Logiquement, elle devait ouvrir sur la cuisine, mais il était difficile de dire où ils étaient sans connaître le plan de la maison.

Jason tendit l'oreille. Le seul bruit qui lui parvenait était celui d'une radio qui diffusait un standard du jazz.

Il posa la main sur la poignée, qui tourna sans effort.

Poussant le battant, il guetta une réaction, puis l'ouvrit en grand.

Ils se trouvaient bien dans la cuisine, une vaste pièce qui avait gardé de nombreux éléments anciens, et où flottait une odeur de biscuits.

— La propriétaire est sûrement à l'étage, en train de montrer notre chambre à Chip, dit-il.

Passé l'office et la buanderie, une porte ouvrait sur l'extérieur, mais l'un des acolytes de Chip la surveillait certainement.

— Continuons à descendre. Il doit y avoir une cave avec un accès vers le jardin.

Grâce à des vasistas rectangulaires percés au ras du plafond voûté qui laissaient passer un rai de lumière, la cave était moins sombre que l'escalier.

Ouvrant la marche, Jason repéra une chaudière toute récente dans un premier réduit. Il ouvrit la porte d'un cellier dont les rayonnages croulaient sous les pots de confitures et les bocaux de conserves, puis une autre qui donnait sur une cave à vin à l'atmosphère plus humide.

Au bout de celle-ci se trouvait une lourde porte en planches de bois brut, bloquée par une barre de fer.

Il espéra qu'il n'y avait pas de cadenas de l'autre côté.

Tandis qu'ils ôtaient la barre, Jason proposa un semblant de plan.

— Quand nous serons dehors, je vais aller vers l'entrée et

récupérer la voiture. Tu profiteras de la distraction pour emprunter le petit chemin derrière la maison, et je te retrouverai à l'angle de la rue suivante.

— Pas question ! dit-elle en posant la main sur son bras. On ne se sépare pas. Tu viens avec moi.

— Si la grille au bout du jardin est fermée, il faudra l'escalader, et j'en suis incapable.

— D'accord. Alors, on va essayer de rejoindre la voiture tous les deux.

— Bon sang, Carrie, ce n'est pas le moment d'être bornée ! Si je me fais prendre, tu auras toujours la possibilité de prévenir la police.

— Pour qu'on m'arrête ? Non merci ! Je reste avec toi.

Il secoua la tête.

— Tu es impossible.

— C'est prendre ou à laisser.

Avec un soupir, Jason lui tendit la clé.

— Tu cours jusqu'à la voiture, et je te couvre.

— Attends !

— Quoi ?

Se hissant sur la pointe des pieds, elle lui prit le visage à deux mains et déposa sur ses lèvres un baiser rapide mais intense.

— Ça.

Il n'y avait pas de cadenas, mais la porte grinça sur ses gonds lorsqu'il l'ouvrit, et Jason tiqua.

Restait à espérer que l'homme qui montait la garde à l'extérieur n'ait rien entendu ou qu'il ait confondu le bruit avec le chant d'un oiseau.

Aveuglés par le radieux soleil matinal, ils cillèrent.

Ils se trouvaient au bas d'un escalier de pierre débouchant sur le côté de la maison. La voie était libre, et la végétation leur offrait amplement de quoi se dissimuler.

Tandis qu'ils se glissaient le long de la maison, ils entendirent des bribes de conversation par les fenêtres ouvertes.

En parfaite hôtesse, la propriétaire des lieux avait offert un café à ses visiteurs inopinés, et il était question de CIA et de

FBI. Apparemment, Chip était parvenu à la convaincre qu'il appartenait à une agence gouvernementale.

Se tournant vers Carrie, Jason demanda :

— Tout à l'heure, je feuilletais ton agenda, et j'ai vu un sigle. MVI. Qu'est-ce que ça veut dire ?

— Maria, vérité, ici.

— Donc, tu l'attendais ? Tu fais partie du réseau ?

Elle plissa le front, faisant un effort de réflexion, puis hocha la tête.

— Oui. C'est comme ça qu'on m'a demandé de faire la traduction.

— Tu es presque une espionne, finalement.

— Si tu le dis.

Il jeta un coup d'œil vers l'avant de la maison.

La seule surveillance visible était un homme posté dans la rue. Adossé à un arbre, il fumait une cigarette en observant distraitement la circulation.

— Vas-y, dit-il. File vers la voiture. Et ne te laisse pas distraire par le bruit.

— Le bruit ? Oh ! Tu veux dire les balles qui sifflent autour de moi ? Pas de problème, Jason, je fais ça tous les jours !

— Carrie ? reprit-il alors qu'elle s'apprêtait à s'élancer.

Elle tourna la tête vers lui.

— Je t'aime, Carrie Kelly.

— Je t'aime aussi, Jason.

Puis elle détala, zigzaguant entre les buissons, vive et légère comme une biche.

Une détonation retentit.

Jason riposta, tout en progressant vers la voiture.

Il y eut un autre coup de feu en provenance de la cuisine, et un second homme apparut.

Jason pivota, fit feu dans sa direction, puis tira de nouveau vers la rue.

Carrie était dans la voiture.

Il entendit le moteur démarrer. Visant à peine, il tira de nouveau derrière lui.

Il vit Chip dévaler le perron. Il criait quelque chose, mais il n'avait ni le temps ni l'envie de l'écouter.

Il s'engouffra dans la voiture.

— Allons-y, Carrie !

Elle écrasa la pédale d'accélérateur.

— Stop !

Le quatrième homme se trouvait sur la banquette arrière et pointait une arme sur la nuque de Carrie. En espagnol, il ajouta :

— Nous n'allons nulle part. Ne bougez plus.

Il tendit la main vers Jason.

— Donnez-moi votre arme.

Jason et Carrie étaient assis côte à côte sur la banquette arrière du break vert. L'homme qui les avait surpris conduisait tandis que Chip se trouvait à côté de lui, braquant un pistolet sur eux. Ses deux autres acolytes, blessés, étaient restés sur place.

— Vous n'avez pas idée à quel point je déteste faire ça, dit-il. Vous auriez dû m'appeler. Cela aurait évité toute cette violence.

— Comment avez-vous fait pour nous retrouver ? demanda Carrie.

— Nous sommes du même côté, rétorqua Chip sans répondre à la question. Vous vous êtes seulement laissé abuser. Vous avez suivi les mauvaises personnes.

— Comme Wally Blaylock ?

Jason essayait de gagner du temps en le faisant parler.

Ils n'avaient pas encore été éliminés, mais il savait que ce n'était qu'une question de minutes.

— Si je vous comprends bien, Wally nous aurait trompés ?

— Ce n'est pas sa faute. Le révérend est un brave homme. Il s'est tout simplement laissé dépasser par les événements. Il n'a pas la carrure pour gérer une telle organisation. Il fallait quelqu'un comme moi à la tête du réseau, quelqu'un qui soit capable de suivre le rythme et de faire face aux changements de dernière minute.

Conscient de la mégalomanie du journaliste, Jason décida d'entrer dans son jeu.

— Je comprends. Vous avez les compétences, les contacts qu'il faut… Mais comment Wally a-t-il perdu le fil ?

Le journaliste se rengorgea.

— Quand Maria a cessé de se signaler aux différents points de rendez-vous. Elle se savait traquée et ne voulait pas prendre de risques. Elle a donc décidé de rester cachée en attendant que le danger s'éloigne. Je suppose que c'est à ce moment-là que Carrie a décidé de prendre sa place.

Il grimaça un sourire.

— J'ai compris très vite que vous n'étiez pas Maria.

— Si ma mémoire est bonne, je n'ai cessé de vous répéter que je n'étais pas une héroïne, répliqua-t-elle.

En d'autres circonstances, Jason aurait contesté cette remarque. Il trouvait au contraire qu'elle avait toutes les qualités de courage, de force et de vivacité d'esprit d'une véritable héroïne.

Mais dans l'immédiat, il avait besoin de glaner le plus d'informations possible.

— Comment se fait-il que vous en sachiez autant ? demanda-t-il à Chip.

— Parce que je tiens mes informations de la principale intéressée. Maria Ramos Hernandez en personne.

Comme Carrie allait protester, Jason lui pressa la main pour la faire taire.

— Vous avez rencontré Maria ? dit-il. Vous lui avez parlé ?

— Je vous emmène la voir. Nous devons discuter de la catastrophe que vous avez engendrée avec ce livre, et chercher des solutions pour redresser la barre.

— Quelle catastrophe ? s'enquit Carrie. Le livre est déjà imprimé et en cours de distribution. Vous essayez de nous dire que Maria, alias Juana Sabata, ne veut pas le voir sur les rayons des librairies ?

— Exactement. Le manuscrit qui vous a été confié est un faux. Il est truffé d'erreurs et d'accusations non fondées, et il faut absolument stopper la diffusion du livre. Les conséquences seraient terribles si nous laissions de tels mensonges se propager.

Jason se demanda quelle valeur ils possédaient en tant que témoins vivants, et quel rôle ils avaient à jouer dans le « rétablissement de la vérité ».

Pour le moment, la seule chose qui lui venait à l'esprit était que la nouvelle incarnation de Maria avait voulu se réserver le plaisir de les tuer elle-même.

— Vous n'avez toujours pas répondu à la question de Carrie. Comment nous avez-vous retrouvés ?

— Vous savez que je ne suis pas un grand fan des méthodes du gouvernement. Après tout, j'ai eu ma période hippie, comme tout le monde. Mais les écoutes téléphoniques ont parfois du bon, et je dois dire que les conversations d'Alice sont fascinantes. S'il existait un premier prix de commérage, il serait décerné à votre sœur.

— Je suppose que notre cher sénateur vous a facilité la tâche, pour ces écoutes.

— Eddy est mon meilleur allié ! Je peux lui demander n'importe quoi, il est toujours prêt à rendre service. C'est d'ailleurs lui qui m'a fourni de faux insignes du FBI pour faciliter mon travail.

— Et quand je suis tombé sur vous en appelant Wally pour lui demander des instructions, comment avez-vous fait ? demanda Jason. Vous ne pouviez pas être à la fois chez lui et en train de nous traquer.

— Nous avons tout simplement piraté sa ligne. Rien de plus simple, quand on peut faire appel aux meilleurs spécialistes.

— Et la première fois, à Boston, intervint Carrie, comment saviez-vous que nous allions au St Sebastian ?

— Ça, c'était mon idée, répondit fièrement Chip. J'ai mis un micro dans le bureau de Jason le jour du mariage. A ce moment-là, je cherchais des informations. Je trouvais votre comportement à tous les deux extrêmement bizarre, et j'avais envie d'en savoir plus sur votre couple. A vrai dire, je subodorais une histoire de mariage blanc, avec peut-être à la clé une vaste arnaque à l'immigration.

— Vous faisiez tout simplement votre travail de journaliste, commenta Jason. Vous espériez décrocher un scoop.

— Exactement.

— C'est là que vous avez volé le Beretta de Jason, je suppose, dit Carrie. Mais quelle était votre intention en me laissant ce message ?

— Quel message ?

— Celui que vous avez laissé sous mon oreiller. Il était en espagnol et disait que j'étais en danger.

Il secoua la tête.

— Ça ne venait pas de moi.

— De qui, alors ?

Elle échangea un regard avec Jason, qui se posait la même question.

La seule autre personne qui parlait espagnol ce jour-là était le révérend. Quelle étrange logique avait pu pousser Wally Blaylock à fournir une arme à Maria ?

Quel rôle jouait-il au juste dans cet ahurissant imbroglio ?

— Bref, reprit Chip, visiblement impatient de parler de nouveau de lui. Une fois la cérémonie terminée, je suis retourné sur le continent, dépité de ne rien avoir à mettre dans mon article. A mon arrivée à la marina, des hommes m'attendaient. Ils m'ont conduit à Maria, et elle a vu tout de suite l'intérêt de collaborer avec quelqu'un comme moi. Le lendemain, je suis revenu vous voir sous prétexte d'interviewer Maria, et j'ai récupéré mon enregistrement. Je vous ai entendus parler de Paktel, la bijouterie de Boston. Vous retrouver a donc été un jeu d'enfant.

Jason retint un soupir. Le sourire satisfait de Chip indiquait qu'il était au septième ciel. Etre impliqué dans un complot de grande envergure, se faire passer pour un agent du FBI, agiter une arme sous leur nez en leur faisant la leçon devait le griser. Chip Harrington menait depuis toujours une existence rangée dans une petite ville sans histoire du Maine. Aujourd'hui, il avait l'impression de vivre son heure de gloire.

Il décida d'employer une autre tactique.

— Je me demande si vous avez vu cet entrefilet, dans le journal de Boston, à propos d'une femme retrouvée noyée près de chez Carrie.

— Ça ne me dit rien. Pourquoi ?

— Elle a été assassinée.

Jason remarqua une légère crispation dans la nuque du chauffeur.

— Votre amie, celle qui prétend être Juana Sabata, et ses tueurs à gages l'ont éliminée.

— Et pour quelle raison ?

— Parce que cette femme était la vraie Maria. Elle avait la bague et l'a donnée à Carrie.

Il se tourna vers sa compagne d'infortune.

— Montre-lui.

Carrie leva la main. La lourde chevalière de Maria était à son annulaire. Le rubis entouré de diamants d'Elena, dont l'anneau était trop grand pour elle, scintillait à son majeur.

— Quelle splendeur ! Les pierres sont vraies ?

— Oui.

Elle échangea un regard avec Jason, partageant en silence la révélation que Chip ne savait pas à quoi ressemblait la bague de Maria.

— Je comprends pourquoi tout le monde la veut, dit-il. Elle doit valoir une fortune.

— Sûrement.

Le reste du trajet se déroula en silence, et Carrie eut la surprise de voir que la voiture bifurquait dans sa rue.

Ils se garèrent juste derrière son cabriolet.

— Elle est chez moi ? demanda-t-elle avec étonnement.

Chip en tête, ils avancèrent dans l'étroite allée bordée de fleurs, tandis que le chauffeur fermait la marche, une arme pointée dans leur dos.

Chip frappa une série de coups à la porte, selon un code précis.

Le battant s'ouvrit, et une autre Maria leur apparut.

16

Carrie reconnut la femme figurant sur la photo que lui avait montrée Chip. A qui espérait-il faire croire qu'elle était Maria, une journaliste brillante et respectée ?

Cette femme avait une apparence exotique et sauvage qui confinait à la caricature. Avec sa chevelure noire et bouclée en désordre, un rouge à lèvres écarlate et des yeux lourdement fardés, elle avait la vulgarité d'une danseuse de bar de bas quartier.

Pour sa tenue, elle avait joué la carte du folklore jusqu'à confiner au ridicule, arborant une blouse blanche à manches bouffantes descendues sur les épaules, un jupon bariolé et des mules à talons.

On était loin de la classe naturelle de la véritable Maria, à l'allure sans doute banale, mais à l'incontestable beauté intérieure. Cette version voyante et bas de gamme d'une admirable héroïne lui donnait envie de hurler.

— Nous nous rencontrons enfin, dit l'inconnue à Carrie.

Elle réserva son sourire le plus charmeur à Jason.

— Et voici donc mon mari. Quel dommage qu'une telle confusion se soit produite ! J'aurais certainement pris plaisir à passer quelque temps à vos côtés.

Carrie garda pour elle un commentaire acerbe qui aurait pu lui valoir d'être tuée sur-le-champ, et laissa la parole à Jason.

— J'ai cru comprendre qu'il y avait un problème avec la traduction de votre livre.

La main sur le cœur, l'inconnue poussa un soupir déchirant.

— La vérité a été tellement déformée ! Mais je n'en veux pas à Carrie. Pas du tout. La pauvre n'y est pour rien. Le problème vient de personnes qui me sont proches. J'ai été trahie.

Carrie remarqua que Chip observait attentivement la fausse Maria et ne perdait pas une miette de ses explications.

Elle ignorait le pouvoir réel qu'il détenait au sein de cette organisation, mais il avait une arme et, s'il comprenait qu'ils avaient affaire à une manipulatrice, il les aiderait probablement à s'évader.

Il n'y avait qu'une seule autre personne avec eux : le chauffeur du break, en qui Carrie avait reconnu la brute qui lui avait tenu le bras tandis que son complice maniait la seringue. Il était armé, mais avait pour le moment disparu à l'arrière de la maison, ce qui leur laissait plus ou moins le champ libre.

Qu'en était-il de « Maria » ? Il y avait de fortes chances qu'elle ait elle aussi une arme.

Ils s'installèrent dans le salon — son salon ! — où la télévision fonctionnait sans le son. Il y avait des verres et des tasses sales sur la table basse, et des reliefs de repas à emporter.

L'idée que cette horrible parodie de Maria se soit installée dans sa maison, son sanctuaire, et y ait pris ses aises, la choquait profondément.

Maria, puisqu'il fallait l'appeler ainsi, et ses acolytes, étaient des sagouins ! Comment osaient-ils toucher à ses affaires, boire son café ?

Ravalant sa colère, elle serra les dents.

Après tout ce qui s'était passé, l'assassinat de Maria, son propre empoisonnement, l'homme sur la plage, la traque incessante… il aurait été absurde de perdre son sang-froid parce qu'ils avaient mis du désordre dans son salon.

Elle se concentra sur Chip, et sur la façon de le rallier à leur cause.

D'un air faussement distrait, elle fouilla parmi les journaux, retrouva celui où il était question de la femme noyée dans la piscine municipale, et le passa à Chip.

— Voilà l'article dont je vous ai parlé.

Puis elle s'adressa à Maria, en essayant d'ignorer le fait que ses talons aiguilles allaient laisser des marques sur son parquet soigneusement ciré.

— Eh bien, Maria, demanda-t-elle avec un sourire forcé, quand voulez que nous commencions les révisions de votre livre ?

Puisque vous êtes ici, nous pourrions peut-être nous mettre au travail dès aujourd'hui.

— C'est trop tard.

Elle agita ses mains aux ongles écarlates, faisant tinter la multitude de bracelets qu'elle arborait.

— Personne ne me croira, après tous ces mensonges.

— Qu'allez-vous faire, alors ? s'enquit Carrie.

— Engager des poursuites contre l'éditeur.

— Avec l'aide du sénateur Elliot ?

— Oui, naturellement. C'est un homme extraordinaire.

Chip s'éclaircit la gorge.

— Maria, j'ai une question…

— Qu'y a-t-il ?

Le dédain de l'inconnue était évident, preuve que Chip n'était pas aussi haut dans la hiérarchie qu'il se l'imaginait.

— Avez-vous entendu parler de ça ? demanda-t-il en lui mettant l'article sous les yeux.

Elle fit mine de lire, et secoua la tête.

— Encore une tragédie due à la drogue, j'imagine, commenta le chauffeur qui venait de les rejoindre.

Un frisson de dégoût parcourut Carrie.

— La drogue, vraiment ? dit-elle en faisant un effort pour ne pas ciller tandis qu'elle le toisait. Vous devez en savoir quelque chose.

L'homme se contenta de ricaner, et elle dut faire un effort pour ne pas se jeter sur lui.

Maria tendit la main.

— Je voudrais récupérer ma bague.

Plutôt mourir ! songea Carrie avant de réaliser que sa mort était un détail qui pouvait être très vite réglé.

Elle prétendit avoir des difficultés à retirer la bague.

— Désolée, elle ne veut pas venir.

— Faites un effort, insista Maria. Ce serait dommage de devoir vous couper le doigt.

La brute fit un pas vers elle.

— Ne me touchez pas ! le prévint Carrie, en entendant sa propre voix dérailler vers les aigus.

Il ricana et lui saisit le bras.

En un instant, Jason lui fit faire volte-face, lui assénant d'abord un coup à la mâchoire, puis à l'estomac.

Surpris, l'homme écarquilla les yeux, puis tomba à terre.

Carrie pivota sur ses talons.

C'était peut-être leur seule chance; ils devaient tenter une évasion.

— Ne bougez pas !

Maria pointait sur eux un pistolet automatique, et semblait déterminée à presser la détente.

— Et vous, reculez ! ordonna-t-elle à Jason. Ou je me ferai un plaisir de vous tirer dans la jambe pour vous rappeler ce que ça fait.

Chip s'interposa.

— Je ne crois pas que ce soit nécessaire. Ce sont des personnes raisonnables, Maria. Nous pouvons tout régler sans violence.

— Je me suis montrée assez patiente, rétorqua Maria en posant le canon de son arme sur la tempe de Carrie. Donnez-moi la bague !

Carrie ôta les deux bagues de ses doigts.

— Chip, demandez-lui comment je l'ai eue.

— On me l'a volée, dit Maria. Sous la menace d'une arme.

— Cette bague est un symbole très important. C'est la seule façon d'identifier Juana Sabata. Vous l'avez décrite dans votre livre.

— Oui, bien sûr.

Carrie s'adressa de nouveau à Chip.

— Je peux vous donner le numéro de la page. Vous n'avez qu'à vérifier.

Elle plaça une bague dans chacune de ses paumes et les présenta à Maria.

— Laquelle est la vôtre ?

Après un instant d'hésitation, l'inconnue choisit la chevalière en or.

— Si j'avais la chance de posséder un aussi beau rubis, je le vendrais pour aider mon peuple, dit-elle.

— Bien sûr. Je vois que vous êtes une femme sensée. Une combattante pour la liberté telle que Maria Ramos n'aurait pas affiché un bijou d'une telle valeur.

— Mon combat est désintéressé. Je ne recherche pas l'enrichissement personnel.

— Naturellement. Mais il se trouve qu'il n'y a aucune description de la bague dans votre livre.

— Peut-être pas dans la version qu'on vous a donnée. Mais ce n'est pas *mon* livre. Les manuscrits ont été échangés.

Elle était douée, songea Carrie. Elle mentait avec un aplomb incroyable et ne se laissait jamais prendre en défaut.

— Quels talents d'actrice ! Je suppose que c'est votre métier ?

— Je ne vois pas ce que vous voulez dire. Et j'en ai assez de cette discussion. Vous m'avez mise dans une situation terrible, avec la publication de ce livre, mais je vous pardonne. Nous allons nous rendre à New York pour discuter avec M. Elmont.

Elle tourna la tête vers Chip.

— Vous venez aussi.

— Pas de problème.

— Alors, nous sommes d'accord.

— C'est difficile de protester face à un pistolet, remarqua Jason.

Baissant son arme, Maria rejeta la tête en arrière et éclata d'un grand rire factice.

— Il nous reste à régler le problème du transport. Je veux laisser le break ici pour le reste de mon équipe. Ils ont l'habitude de le conduire, et les papiers sont en règle. Nous prendrons votre voiture, Carrie.

— Je ne sais pas si elle voudra démarrer. La dernière fois que j'ai voulu m'en servir, elle était en panne.

— Donnez la clé à Chip. C'est un as de la mécanique.

— Je vais voir ce que je peux faire, dit l'intéressé. Au pire, je peux essayer de la démarrer en branchant des câbles sur le break.

— La clé, insista Maria.

Carrie obtempéra de mauvaise grâce.

— Ce sera tout ? Vous avez investi ma maison, et maintenant vous prenez ma voiture... Je peux faire autre chose pour vous ?

— Vous taire, répliqua Maria.

Elle s'adressa à Chip.

— Faites vite, avec la voiture.

Le journaliste fila vers la porte avec l'enthousiasme d'un adolescent à son premier rendez-vous.

Maria ordonna à la brute d'aller avec lui pour l'aider.

— Quelle bande d'idiots ! remarqua-t-elle avec dédain dès

que la porte se fut refermée derrière eux. Ils n'ont pas compris qu'ils étaient jetables.

Carrie eut un mauvais pressentiment. Ce monstre venait d'envoyer Chip à la mort.

— La voiture ! s'exclama-t-elle. Il y a un problème avec la voiture !

— Une bombe, devina Jason, confirmant ses craintes. Cette femme n'a jamais eu l'intention de nous faire de nouveau rencontrer Elmont.

— Vous êtes très perspicace, commenta l'inconnue.

A présent, elle ne se donnait plus la peine de sourire ni de minauder. Son ton était glacial, et son regard noir avait une fixité inquiétante.

— Comment pourrais-je vous laisser en vie, Carrie, alors que vous avez été témoin de la mort de Maria ?

— Je peux tout oublier. Je vous promets de n'en parler à personne.

Tout en parlant, Carrie jetait des regards inquiets vers la porte.

— On ne peut pas laisser Chip mourir comme ça ! Il faut faire quelque chose !

— C'est un plan très malin, dit Jason. Vous faites exploser la voiture, et vous tuez d'un seul coup Chip et l'assassin de Maria. Pas de tueur, pas de meurtre.

— C'est un incapable. Il devait tuer les deux femmes et faire croire à un accident.

— Pourquoi Carrie ?

— Elle connaissait trop bien le texte et aurait pu faire connaître le travail de Juana Sabata.

Pendant qu'ils discutaient, Carrie en avait profité pour courir à la fenêtre.

— Chip ! hurla-t-elle. Revenez !

— Il ne fera pas attention à vous, dit Maria. Il n'écoute que moi.

— Que se passe-t-il ensuite ? demanda Jason. Comment allez-vous nous éliminer, Carrie et moi ?

— C'est très simple. A son arrivée, la police va me trouver en larmes au milieu du salon, couverte de votre sang après une vaine tentative pour vous sauver. Je dirai qu'il y a eu une bagarre, des coups de feu… Je serai désespérée, inconsolable.

— Une vraie comédienne, comme je le disais, répliqua Carrie d'un ton sarcastique.

— Mes qualités dans ce domaine ne sont qu'un talent parmi bien d'autres, répondit-elle avec un regard lourdement appuyé à l'attention de Jason. Quel dommage que je n'aie pas eu l'occasion de vous épouser ! C'est un rôle que j'aurais adoré jouer.

Par la fenêtre, Carrie vit Chip se mettre au volant et faire plusieurs tentatives pour faire démarrer la voiture.

— Pourquoi faites-vous cela ? demanda-t-elle.

— Pour l'argent, évidemment. J'ai été engagée par le gouvernement du Guermina pour récupérer le manuscrit avant qu'il ne soit publié, et annoncer que Juana Sabata se retirait de la vie politique. Quand nous nous sommes rendu compte qu'il était trop tard, et que le livre était déjà en cours d'impression, nous avons demandé l'aide du sénateur Elliot, notre meilleur allié.

Rejetant ses longs cheveux en arrière, elle gloussa.

— Je me demande si je ne vais pas rester ici et l'épouser. Comme ça, j'aurai moi aussi un riche mari américain.

Carrie vit Chip descendre de voiture et rejoindre l'autre homme, qui se tenait devant le capot.

S'écartant discrètement de la fenêtre, elle s'empara de la télécommande et mit le son de la télévision à fond.

Surprise, Maria tourna la tête.

C'était l'instant que Jason attendait pour intervenir. D'un bond, il se jeta sur elle et la plaqua au sol.

Un coup de feu partit. La lutte ne dura que quelques secondes avant qu'il ne la désarme.

Carrie se rua vers la porte, et appela Chip en agitant les bras.

— Eloignez-vous de la voiture ! Il y a une bombe !

Chip avait ouvert le coffre du break, à la recherche des câbles de démarrage. Il tourna la tête, l'air perplexe.

Au même moment, l'explosion du cabriolet enflamma l'air.

Elle vit Chip se jeter au sol, à l'abri du break et ne chercha pas à savoir ce qu'il était advenu de l'autre homme. A vrai dire, elle s'en moquait.

Elle revint en courant vers la maison.

Jason avait fait asseoir Maria sur une chaise et la tenait en joue. Carrie s'affola en voyant une tache de sang sur la manche gauche de son polo, à hauteur de l'épaule.

— Tu es blessé ?

— Ce n'est rien. Et Chip ?

— Il a eu de la chance. Il n'était pas à côté de la voiture quand elle a explosé.

Elle ne pouvait détacher les yeux de la tache de sang.

— Tu es sûr que ça va ? Tu ne veux pas que j'aille chercher ma trousse de premiers secours ?

— Ne bouge pas.

— Je prendrais bien un verre, dit Maria. Un bourbon, si vous en avez.

Carrie lui lança un regard mauvais.

— A votre place, je me ferais oublier.

— Inutile de monter sur vos grands chevaux, ma belle. Vous avez gagné cette partie, mais la bataille n'est pas encore terminée.

— Vous n'avez pas l'air de comprendre. Même si vous avez des amis haut placés, vous irez en prison.

— Ce n'est pas si sûr.

Au même moment, ils entendirent des hurlements de sirènes qui se rapprochaient.

— Vous voyez ! lança Carrie. C'est bel et bien terminé.

— Pas encore, intervint Jason. Il manque le cerveau de la bande.

— Qui ?

— Il est là, dans le bureau ou dans la chambre, à nous écouter. N'est-ce pas, révérend ?

— Tu as perdu la tête, Jason ?

— Je suis sûr que toute cette mise en scène était son idée. Il est doué pour inventer des scénarios tordus. Pas vrai, Wally ?

Carrie entendit une fenêtre claquer, et des bruits de pas dans l'arrière-cour pavée.

— Je crois qu'il a filé, dit Jason. En tout cas, une chose est sûre, c'est lui qui a laissé le mot sous ton oreiller. Ses hommes de main étaient déjà probablement en place, et il a pensé que cela ressemblerait davantage à une agression qui aurait mal tourné si tu étais armée.

— C'est terriblement machiavélique ! s'exclama Carrie, horrifiée. Comment croire une telle chose de la part d'un ministre du culte ?

— Je ne serais pas surpris d'apprendre qu'il s'agit d'un imposteur.

Il y eut des bruits de pas et des apostrophes à l'extérieur, puis la voisine de Carrie apparut sur le pas de la porte, suivie par la police.

— Tu ne vas pas essayer de rattraper Wally ? demanda Carrie.

— Non. Laissons-le découvrir ce que cela fait de devoir vivre en cavale.

Vivre traqué était un destin terrible, songea Carrie. Elle connaissait les moments de peur glacée lorsqu'on était confronté au silence. Elle connaissait le feu nourri de questions qui marquait votre esprit du sceau de la confusion et vous empêchait de faire confiance aux autres.

Jason et elle avaient eu de la chance.

Ils avaient survécu.

Quant à la fausse Maria et au sénateur, la justice déciderait de ce leur sort.

Jason manœuvrait le gouvernail d'une main sûre, guidant l'*Elena* vers le continent. Carrie se tenait à son côté, le visage offert au soleil, la longue jupe blanche de sa robe de mariée claquant au vent.

— Franchement, Jason, je ne suis pas certaine que ce soit une bonne idée d'avoir remis la même robe, dit-elle en se tournant vers lui.

— Ça s'est plutôt bien passé la première fois, non ?

— Ah bon ? Tu trouves qu'avoir été mariés par ce traître de Wally Blaylock est une bonne chose ? Quand je pense que ce type n'était même pas vraiment révérend… Je me demande comment il a pu abuser les autorités religieuses.

— Il a trompé tout le monde.

Carrie l'entoura de ses bras.

— Je me demande comment il s'en sort en prison, dit-elle d'un ton songeur.

— En tout cas, sa fuite n'aura pas duré plus d'une semaine.

— Evidemment, puisque je n'étais pas là pour l'aider.

— Qu'est-ce que tu sous-entends ?

— Tu n'aurais jamais pu t'en sortir sans moi.

Jason éclata de rire.

Il avait beaucoup ri durant ce mois qu'ils venaient de passer sur l'île, aussi insouciants que des adolescents.

Cependant, les décisions qu'ils avaient prises dénotaient une vraie maturité.

Carrie avait quitté sa maison de Boston et rempli de plantes en pots la vieille demeure de ses ancêtres. Elle avait apporté la vie sur ce bout de terre désertique et battu par les vents. Et quand elle avait découvert qu'elle était enceinte, ils avaient décidé de se marier, leur première union n'ayant aucune valeur légale.

Elle tendit le bras vers la marina.

— J'aperçois Alice et Chip. Vu d'ici, j'ai l'impression qu'elle est en train de lui faire la morale.

— Après tout, il a peut-être de la chance d'avoir perdu une partie de son acuité auditive dans l'explosion.

Carrie eut un petit rire coupable.

— Ce n'est pas gentil pour ta sœur. Quant à Chip, je trouve qu'il s'en est plutôt bien tiré en plaidant la manipulation et la contrainte.

— Et le sénateur, alors ? Aucune poursuite n'a été engagée contre lui.

— Oui, mais il a quand même été contraint de démissionner. Et compte tenu de la réputation que les médias lui ont faite, je ne crois pas qu'on entendra de sitôt reparler de lui. Oh ! regarde !

Elle agita vigoureusement la main.

— C'est Harvey Elmont et la directrice du marketing de la maison d'édition. Je suis ravie qu'ils aient pu venir.

— Ils vont essayer de te convaincre de faire une tournée promotionnelle, alors que le livre de Maria est déjà un best-seller. Ne le fais pas.

— Tu me l'interdis ?

— Bien sûr que non ! Si je le faisais, tu serais sur la route avant que j'aie eu le temps de réagir, uniquement pour me démontrer que je n'ai pas d'ordres à te donner.

— Comment peux-tu dire ça, alors que je m'apprête à promettre solennellement de t'aimer, de t'honorer et de t'obéir ?

— Ça m'étonnerait…

Il pivota entre ses bras pour lui faire face.

— Je n'ai pas envie que tu m'obéisses. J'adore cette façon que tu as de me surprendre constamment. Je t'aime, Carrie Kelly.

— Et je t'aime aussi.

Lorsqu'elle plongea les yeux dans le tendre regard gris de son futur mari et père de l'enfant qu'elle portait, Carrie sentit son cœur se dilater de joie.

— Jason Wakefield Walker, troisième du nom…, dit-elle d'un ton mutin.

— Oui?

— Tu peux embrasser la mariée.

DEBRA WEBB

La mémoire secrète

Traduction française de
B. DUFY

BLACK ROSE

HARLEQUIN

Titre original :
JOHN DOE ON HER DOORSTEP

Ce roman a déjà été publié en décembre 2011.

Prologue

Alexandria, Virginie
Maison de campagne de Donald Thurlo,
secrétaire général des Nations unies

— Bon Dieu !

Donald Thurlo farfouilla de nouveau dans la pile de papiers qui jonchait son bureau. La lampe de cuivre projetait un rond de lumière dorée sur un plateau d'acajou couvert d'une masse de correspondance désormais sans importance.

Où diable était cette lettre ? Il en avait absolument besoin. C'était sa seule protection…

Il l'avait sortie du coffre à peine dix minutes plus tôt… Qu'avait-il fait ensuite ? Il s'était précipité à l'étage pour jeter quelques affaires à la va-vite dans le sac de voyage Louis Vuitton posé maintenant à ses pieds…

Son pouls s'accéléra. Le temps pressait. Il devait absolument partir.

Mais pas sans cette maudite lettre…

— C'est ça que vous cherchez ?

Le sang de Thurlo se figea dans ses veines. Il leva les yeux. Un homme se tenait dans l'embrasure de la porte, un pistolet dans la main droite, une feuille de papier pliée en quatre dans l'autre.

La lettre…

Thurlo se redressa et croisa le regard froid du tueur envoyé pour le supprimer.

— Il doit y avoir moyen de s'entendre, dit-il d'une voix tremblante. Je pourrais…

— Il est trop tard, déclara l'inconnu sur un ton d'autant plus effrayant qu'il ne trahissait pas la moindre émotion. Adieu, monsieur le Secrétaire général !

Un cri monta de la poitrine de Thurlo, mais n'atteignit pas ses lèvres : l'homme avait pressé la détente, et une balle suffit pour réduire définitivement sa cible au silence.

1

Est de la Virginie

La journée s'annonçait magnifique : le soleil brillait dans un ciel sans nuages, et si le givre de ce matin d'octobre commençait de fondre, il recouvrait encore la campagne d'un fin manteau blanc et donnait à l'air une fraîcheur vivifiante.

Le temps idéal pour assouvir une vengeance.

La première phase de l'opération était terminée.

Adam ralentit et prit la sortie de l'autoroute la plus proche de sa destination — un endroit situé entre Alexandria et Richmond, à quinze kilomètres de la petite ville de Hickory Grove.

Heure estimée d'arrivée : 9 heures. L'interrogatoire ne durerait pas plus de trente minutes, et la mise à mort finale, environ deux secondes.

Sa tâche serait alors accomplie.

Ses mâchoires se crispèrent. Il aurait préféré que le Centre confie cette mission à quelqu'un d'autre, mais son directeur, Richard O'Riley, avait décrété que c'était lui le plus à même — le seul à même — de la réussir. Et Adam lui donnait raison : il se savait plus performant que tous ses homologues. Il n'en tirait aucune vanité ; c'était comme ça, tout simplement.

Pour la première fois depuis son activation, huit ans plus tôt, sa mission avait cependant une composante personnelle. Normalement, le Centre veillait à ce que les Opérateurs ne connaissent pas leurs cibles, et ce principe ne s'appliquait pas à celle d'aujourd'hui : Adam en avait une image très claire présente à l'esprit.

Avec ses grands yeux noirs et ses lèvres pulpeuses, ce n'était pas le genre de femme qu'un homme pouvait facilement oublier.

Adam avait souvent rêvé d'elle, mais cela ne lui arriverait plus jamais, car le rêve s'était transformé en cauchemar. Un cauchemar qui aurait dû être stoppé avant de coûter la vie à un innocent.

Un mélange de colère et de tristesse envahit Adam à la pensée de l'homme dont la plus ignoble des trahisons avait causé la mort. Il en voulait encore à O'Riley de ne pas avoir fait protéger le Dr Archer, au moins pendant un certain temps, après son départ à la retraite.

Comment O'Riley avait-il pu ignorer que le généticien conservait chez lui une copie de ses dossiers de recherche, alors que le secret des travaux menés dans les laboratoires du Centre était protégé par les dispositifs de sécurité les plus sophistiqués ?

Adam revenait juste d'une mission en Afrique du Sud qui avait duré deux semaines. S'il avait été là, peut-être aurait-il réussi à prévenir le meurtre de Daniel Archer… Comment ? Il ne le savait pas, mais il aurait trouvé un moyen.

Maintenant, il était trop tard, et il en éprouvait un profond regret, mais la douleur d'avoir perdu son mentor attisait son désir de vengeance. L'une des personnes impliquées dans l'assassinat du généticien était à présent éliminée, mais l'identité du meurtrier lui-même n'avait pas encore été établie.

Adam connaissait bien sa prochaine cible, en revanche, et il avait l'intention de lui faire payer très cher sa traîtrise : ce n'était pas la faveur d'une simple balle dans le cœur qu'il lui réservait, mais une mort lente et douloureuse.

L'enquête menée par le Centre pour découvrir qui cherchait à s'emparer des dossiers du Dr Archer avait désigné comme principal suspect une coalition secrète baptisée « la Ligue ». Très peu d'informations avaient pu être recueillies sur ce groupe et son chef, mais ce que le Centre en savait était très inquiétant : ses quelques membres connus étaient en relation avec les dirigeants les plus corrompus du tiers-monde. Sa base opérationnelle se trouvait en Amérique du Sud, mais le Centre n'avait pas encore réussi à en déterminer l'emplacement exact.

Les crapules…

Une rage froide s'empara d'Adam. Sa formation lui avait appris à ne laisser aucune émotion le perturber dans son travail, mais cette affaire lui tenait particulièrement à cœur, et il comptait bien faire partie de l'équipe qui anéantirait un jour cette organisation criminelle.

En attendant, l'accomplissement de la mission Judas lui donnerait au moins la satisfaction d'avoir vengé la mort du Dr Archer.

Plus encore que son mentor, ce dernier avait été son ami. C'était lui qui avait sauvé le projet Eugénique : quand il les avait reprises, les recherches étaient sur le point d'être abandonnées et, sous sa direction, elles avaient abouti à une réussite éclatante. Ce brillant généticien se doublait en outre d'un philanthrope, aussi soucieux du bien-être de l'humanité que de celui de ses proches. L'ironie avait voulu qu'il soit trahi par la personne censée l'aimer le plus et lui être la plus loyale : sa propre fille.

Preuve, s'il en était besoin, qu'il ne fallait pas se laisser guider par ses sentiments.

C'était une erreur qu'Adam se garderait bien de commettre, et les chances pour que lui ou un autre Opérateur se trouvent engagés dans une relation intime étaient de toute façon pratiquement nulles. Leur patrimoine génétique scientifiquement amélioré ne faisait cependant pas d'eux des robots, et il n'était donc pas impossible que l'un d'eux tombe un jour dans le piège d'un lien affectif trop fort pour être ignoré.

Adam ne laissait jamais rien transparaître de ses émotions. Il avait la capacité d'en éprouver tout un éventail, avec plus ou moins d'intensité, mais il exerçait sur elles un contrôle absolu. C'était une question de discipline — et l'une des raisons pour lesquelles O'Riley voyait en lui le plus performant de tous les Opérateurs.

Il sourit en pensant à son ami Cain qui, comme certains autres, se plaisait à contester ce jugement, mais ses états de service étaient là pour en prouver la justesse : aucune des missions qui lui avaient été confiées ne s'était soldée par un échec. Il possédait des capacités d'une étendue et d'une puissance inégalées, un instinct très sûr... Il était fait pour ce travail, et si O'Riley l'avait envoyé, lui, en Virginie, c'était pour avoir la certitude que cette mission se déroulerait sans anicroche.

Ce serait le cas : Adam la conduirait jusqu'au bout avec la froide précision d'un chirurgien opérant un patient.

Mais il lui faudrait d'abord chasser de son esprit le souvenir de l'amour du Dr Archer pour sa fille — un amour que le généticien croyait réciproque. Il parlait si souvent d'elle qu'Adam avait l'impression de la connaître personnellement : il en avait vu des photos, il savait quel genre de musique, de films et même de cuisine elle préférait…

Pas plus que son père, cependant, il n'avait deviné le mal qui se cachait en elle.

La hâte de lui infliger le châtiment qu'elle méritait le rendait presque nerveux, et il essaya de se détendre en prenant plusieurs profondes inspirations.

Tout serait bientôt terminé, se dit-il, et ensuite, il pourrait clore définitivement ce chapitre de sa vie, en ranger le souvenir dans un compartiment étanche de sa mémoire, qu'il ouvrirait seulement quand se ferait sentir le besoin d'un rappel des ravages provoqués par un amour et une confiance aveugles. Un rappel de la façon dont même le plus intelligent des hommes pouvait se montrer, dans le domaine affectif, naïf au point de perdre tout discernement.

Une voiture garée sur le bas-côté, à quelques centaines de mètres d'Adam, capot ouvert, détourna son attention de ses sombres pensées. Il ralentit et analysa la situation. Pas la moindre habitation à des kilomètres à la ronde, et la route était déserte ; ce véhicule était même le premier qu'il voyait depuis qu'il avait quitté l'autoroute, et si l'automobiliste en panne avait besoin d'aide, personne d'autre ne se présenterait peut-être avant des heures pour lui en offrir.

Alors qu'Adam approchait de la voiture, une jeune femme en descendit, un bébé dans les bras. Il la dépassa lentement, puis se rangea sur l'accotement et scruta de nouveau les alentours avant de glisser son pistolet dans la ceinture de son jean, entre les pans fermés de sa veste de cuir, et de mettre pied à terre.

Le retard que cet incident allait lui faire prendre sur son planning le contrariait, mais il ne pouvait pas laisser une femme et un enfant en rade sur le bord de la route ! Caïn lui-même les aurait secourus…

Enfin non, peut-être pas, rectifia Adam en souriant intérieurement. Caïn aurait été capable de passer sans s'arrêter.

Mais pas lui. Il se contenterait d'ailleurs de demander à cette femme si elle avait appelé quelqu'un et, dans la négative, de lui prêter son portable. Cela ne prendrait pas plus de cinq minutes, et ensuite, il repartirait.

Tandis qu'il se dirigeait vers elle, la conductrice leva sa main libre pour s'abriter les yeux du soleil et le dévisagea. Une sucette en caoutchouc dans la bouche, l'enfant somnolait. Fille ou garçon ? Adam n'aurait su le dire. Pour lui qui avait toujours vécu dans un monde essentiellement composé d'adultes, les bébés se ressemblaient tous.

— Je ne comprends pas ce qui s'est passé, déclara la jeune femme. Le moteur a brusquement calé, et je n'ai pas réussi à le faire redémarrer. Heureusement que vous êtes arrivé : la batterie de mon portable est déchargée, et j'avais peur de rester bloquée ici pendant des heures.

Adam la sentait nerveuse, mais quoi plus de normal ? Seule sur cette route déserte face à un inconnu, elle pouvait craindre une agression. Sa situation l'obligeait cependant à considérer ce risque comme un moindre mal.

Pour ne pas l'effrayer encore plus, il la contourna largement pour aller jeter un coup d'œil au moteur, puis il sortit son portable de sa poche et le lui tendit.

— Vous voulez appeler un ami ou un membre de votre famille ?

— Merci, c'est très aimable à vous, dit-elle d'une voix mal assurée en prenant l'appareil.

Mais au lieu de l'utiliser, elle se borna à le serrer entre ses doigts, et une sonnette d'alarme retentit alors dans l'esprit d'Adam.

— Depuis combien de temps attendez-vous ? demanda-t-il.

— Cinq minutes, peut-être moins.

Elle mentait, car du capot ouvert de la voiture ne s'élevait aucun des cliquetis produits par un moteur en train de refroidir.

— Heureusement que vous êtes arrivé ! répéta-t-elle — cette fois avec un enjouement qui sonnait faux.

Et le numéro qu'elle finit par composer avant de porter le téléphone à son oreille et de commencer à parler ne comportait pas assez de chiffres : pour obtenir la communication avec un correspondant local sur ce portable, il fallait d'abord composer l'indicatif de zone.

Un bruit de pas sur l'herbe givrée se fit soudain entendre, derrière Adam. Il voulut sortir son Glock de sa ceinture…

— Pas un geste ! lui ordonna une voix d'homme.

Une voix jeune, nerveuse.

Il sentit ensuite la pression du canon dur et froid d'une arme à feu entre ses omoplates.

— Vous devriez mieux choisir vos victimes, déclara-t-il.

Son ton était calme, mais la menace, suffisamment claire pour que la respiration de son agresseur s'accélère.

— Qu'est-ce que tu fais, Jimmy ? s'exclama la jeune femme en jetant le portable à terre tandis que le bébé, réveillé par les éclats de voix, se mettait à pleurer. Tu ne m'avais pas dit que tu avais un pistolet !

— Tais-toi, espèce d'idiote ! gronda l'homme. Il connaît mon prénom, maintenant, et ça va compliquer les choses !

— Rangez votre arme, lui conseilla Adam, et j'oublierai ce qui vient de se passer.

Il n'avait pas de temps à perdre avec ce genre de bêtise. Les bandits de grand chemin étaient censés avoir disparu depuis deux siècles au moins, mais la mode en était apparemment revenue, et la nervosité de celui-là le rendait particulièrement dangereux. En détournant son attention ne serait-ce qu'une seconde, Adam se faisait cependant fort de le maîtriser.

Le gravier de l'accotement crissa soudain, à quelques mètres de lui, et il dut renoncer à son plan : Jimmy n'ayant pas bougé, et sa complice non plus, une troisième personne était impliquée dans ce guet-apens.

Un homme, à en juger par l'odeur d'après-rasage bon marché qui assaillit les narines d'Adam. Un homme dont le silence ne lui permettait pas d'évaluer l'état d'esprit. Il constituait une variable inconnue, et donc un adversaire beaucoup plus redoutable que Jimmy.

— Qu'est-ce qu'il fabrique ici ? s'écria la jeune femme, l'air affolé.

— Fais de beaux rêves, l'ami !

Une voix différente de celle de Jimmy… Presque au même moment, un objet lourd s'abattit sur la nuque d'Adam. Des éclairs aveuglants lui transpercèrent le cerveau, et ses jambes ployèrent sous lui. Un autre coup… Il s'écroula, des dizaines de petits points lumineux dansant derrière ses paupières closes. Il fallait…

Trop tard : ses forces l'avaient abandonné, et il sentit le gouffre du néant l'engloutir.

Ghost Mountain, Colorado
Siège du Centre

Richard O'Riley finit de lire le rapport sur la mission Judas. L'une des cibles avait été éliminée, mais pas l'autre… Il leva les yeux vers l'homme assis de l'autre côté de son bureau encombré de dossiers.

— Toujours pas de nouvelles d'Adam ?

Dupree, l'analyste en chef du Centre, secoua négativement la tête.

— Non, toujours rien. Soit il est mort, soit le traceur GPS greffé dans sa nuque a eu une défaillance, et c'est malheureusement la première hypothèse la plus probable.

Le visage d'O'Riley s'assombrit. Petit bijou de technologie, le système de géolocalisation dont parlait Dupree ne cessait en effet normalement de fonctionner que si son porteur arrêtait de respirer.

Une défaillance de l'appareil lui-même était improbable, mais pas impossible, se dit-il ensuite, et c'était ce qui avait dû se produire dans ce cas précis. Il refusait pour l'instant d'envisager la perte du meilleur de ses Opérateurs.

— Adam ne donne plus signe de vie que depuis vingt-quatre heures, souligna-t-il. C'est inquiétant, je l'admets, mais je le connais… Quoi qu'il lui soit arrivé, il s'est déjà trouvé dans des situations plus difficiles, je peux vous le garantir, et il s'en est toujours sorti. Il n'y a donc aucune raison pour qu'il ne se sorte pas indemne de celle-là.

Au lieu d'argumenter, Dupree eut la sagesse de se taire. Il avait traité les données disponibles, intégré tous les paramètres possibles et imaginables, fait des simulations… Il n'appréciait sûrement pas de voir son opinion d'expert ignorée, mais O'Riley s'en moquait. En tant que responsable de cette opération, c'était à lui de décider du moment où Adam serait considéré comme mort, et l'équipe envoyée en Virginie pour le localiser ne serait pas rappelée avant d'avoir découvert ce qui s'était passé.

— Nous allons continuer d'écouter les transmissions radio de la police locale, déclara Dupree en se levant. Nous savons qu'Adam avait quitté Alexandria et, compte tenu de l'heure à laquelle son GPS a cessé d'émettre, il ne devait alors plus être très loin de sa destination finale. La route qu'il a empruntée est très peu fréquentée, et, s'il a eu un accident, personne ne l'a peut-être encore signalé, mais nous finirons tôt ou tard par en entendre parler. L'équipe de recherche est arrivée sur place il y a vingt minutes, et je vais retourner dans mon bureau pour me mettre en communication avec elle.

Une fois seul, O'Riley repoussa sans douceur le rapport de mission et soupira. La situation lui causait les plus vives inquiétudes : d'abord, Daniel Archer se faisait assassiner, puis Donald Thurlo se révélait corrompu, Joseph Marsh disparaissait, et maintenant, ça… O'Riley avait le sentiment d'être devant un puzzle dont la pièce maîtresse manquait. Une pièce que ni lui ni les analystes surdiplômés et surpayés de son service de renseignements ne parvenaient à trouver.

Le projet Eugénique était bien trop important pour que le moindre risque de fuite ne soit pas écarté, par élimination pure et simple des traîtres dès qu'ils étaient identifiés. Il fallait donc parer dans les plus brefs délais à la menace qui pesait sur lui, mais comment y arriver sans en connaître toutes les ramifications ?

Trop fatigué pour réfléchir aussi clairement qu'il l'aurait dû, O'Riley se leva et alla se poster devant la baie vitrée. Le paysage qui s'étendait au-delà lui apparaissait légèrement déformé à cause de la coque de verre armé qui recouvrait l'ensemble du bâtiment, mais il n'en constituait pas moins une agréable diversion. O'Riley avait parfois l'impression d'étouffer, entre les murs insonorisés et les fenêtres scellées de cet endroit… Il savait pourtant que toutes ces précautions étaient nécessaires.

Car le Centre avait beau se situer au cœur de Ghost Mountain, une montagne isolée du Colorado qui appartenait au gouvernement américain, il était vulnérable. Ses activités étaient placées sous le contrôle d'un comité restreint, le Collectif, et protégées par ce qui se faisait de mieux en matière de systèmes de sécurité.

Aucune personne de l'extérieur ne connaissait l'identité de ceux qui y travaillaient, mais, aussi bien gardés qu'ils soient, les secrets pouvaient toujours filtrer.

Comme en témoignaient les événements récents.

Une guerre technologique avait depuis longtemps remplacé la guerre froide. Il ne s'agissait plus de traquer physiquement les taupes et les agents doubles : tout se passait à présent derrière des écrans d'ordinateur, où des génies de l'informatique captaient à distance tous les messages envoyés ou reçus par les personnes soupçonnées de menacer la sécurité nationale. Téléphone, internet, satellites… Aucun moyen de communication n'était à l'abri de leur surveillance, et ils y recueillaient également des renseignements sur les recherches scientifiques menées par les ennemis, avérés ou potentiels, de leur gouvernement.

Malheureusement, les informations que toutes ces nouvelles technologies permettaient d'obtenir pouvaient aussi être utilisées à des fins criminelles, et les secrets ainsi découverts n'étaient pas toujours volés : ils tombaient parfois entre de mauvaises mains à cause d'une simple imprudence — comme celle commise par le Dr Archer.

O'Riley ne comprendrait jamais comment un homme aussi intelligent avait pu conserver chez lui une copie de ses dossiers de recherche, même encodée. Et cette erreur de jugement, il l'avait payée au prix fort…

Si Adam échouait — scénario hautement improbable dans l'hypothèse où il était toujours en vie —, un autre Opérateur serait chargé de terminer le travail. Adam avait cependant conduit avec succès toutes ses missions antérieures, et O'Riley ne voyait pas pourquoi celle-ci aurait une issue différente.

Comme pour mieux s'en convaincre, il retourna s'asseoir à son bureau et parcourut le dossier ouvert devant lui. Adam. Trente ans. Un mètre quatre-vingt-cinq. Quatre-vingt-deux kilos. Condition physique : parfaite. Quotient intellectuel : hors normes. Capacités : maximales.

Aucun de ses homologues n'atteignait un tel degré d'excellence dans tous ces domaines.

Si, un : Cain, fut contraint d'admettre O'Riley. Cain souffrait néanmoins d'une grave déficience : une absence totale d'affectivité, et cela constituait un réel handicap pour certaines missions. Archer s'en était heureusement aperçu, et il avait doté les autres Opérateurs — Cain étant le prototype originel — d'une aptitude à éprouver des émotions.

Archer... O'Riley avait encore du mal à intégrer le fait que le généticien soit mort. Ils avaient travaillé ensemble pendant plus de vingt ans...

Comment une simple négligence avait-elle pu avoir des conséquences aussi tragiques ? Et l'identité de la personne en grande partie responsable de ce drame rendait les choses encore plus incroyables...

O'Riley se passa une main lasse sur le front. Inutile de revenir là-dessus : ce qui était fait était fait. Même si la décision qu'il avait prise lui avait beaucoup coûté, c'était la bonne : il devait mettre de côté ses sentiments personnels et veiller à ce que tous les traîtres soient éliminés. Joseph Marsh serait le suivant, mais il fallait commencer par le localiser...

Une bouffée de colère envahit O'Riley. Il aurait volontiers tué cette fripouille de ses propres mains ! Car Marsh était forcément coupable, sinon il ne se serait pas volatilisé... Mais il ne pourrait pas se cacher indéfiniment : les experts du Centre le retrouveraient tôt ou tard, et il serait alors exécuté, lui aussi.

En attendant, le plus cher désir d'O'Riley était d'avoir des nouvelles d'Adam. Il se raccrochait à l'idée que son GPS avait cessé d'émettre pour une raison mécanique. Il ne voulait pas croire à sa mort.

Pas encore, tout du moins.

2

Virginie
Ranch Archer

Le bruit d'un moteur hoquetant stoppa Dani Archer à mi-chemin entre l'écurie et la maison. Elle mit sa main en visière pour se protéger les yeux du soleil matinal, et sourit en reconnaissant le vieux pick-up bleu en train de descendre le chemin de terre qui longeait l'arrière de sa propriété. La saison de la chasse ne commençait pas avant plusieurs semaines, mais Calvin et Randall s'occupaient déjà de repérer les meilleurs endroits où se poster pour attendre le gibier…

La jeune femme profita de cette pause pour respirer à pleins poumons l'odeur fraîche dont les bois de résineux alentour parfumaient l'air.

Son sourire s'effaça cependant brusquement : elle venait de penser qu'elle n'aurait jamais permis aux deux garçons de chasser sur ces terres si son père ne les y avait autorisés à une époque où ils étaient encore à peine assez grands pour tenir une carabine. Et le coup de feu qu'elle avait entendu la veille lui faisait d'autant plus regretter de ne pas avoir eu le cœur de le leur interdire.

A ses yeux, en effet, la chasse était une activité barbare dans un pays où il suffisait d'aller dans un supermarché pour trouver de quoi se nourrir. Les bêtes qui finissaient dans les rayons sous forme de steaks ou de côtelettes ne mouraient bien évidemment pas de leur belle mort, mais il lui semblait beaucoup plus civilisé d'acheter ces produits que de tuer et de dépecer un animal sauvage, comme à l'âge des cavernes.

Les mains dans les poches de son jean, Dani se dirigea vers le bord du chemin et attendit le pick-up. Il s'immobilisa devant elle dans un dernier hoquet, et son sourire revint. Un peu de compagnie lui remonterait le moral, et elle voulait aussi savoir qui avait tiré ce coup de feu.

— Bonjour, les garçons !

— Bonjour, mademoiselle Archer ! s'exclama Calvin Peacock. Vous êtes drôlement jolie, ce matin !

Compliment qu'il accompagna d'un regard aguicheur. Calvin n'avait que dix-neuf ans, mais il se prenait déjà pour un grand séducteur.

— Arrête de faire du charme à Mlle Archer ! lui lança Randall Williams, le conducteur. Tu l'intéresses pas du tout !

— Tais-toi, ou je te colle mon poing dans la figure !

— Essaie donc ! Même si j'ai un an de moins que toi, je suis beaucoup plus fort !

— Calmez-vous, messieurs ! intervint Dani en s'accoudant à la vitre ouverte du passager. Je vous aime bien tous les deux, mais je ne supporte pas vos prises de bec incessantes.

Randall rougit, et Calvin lui-même baissa la tête d'un air penaud.

— Vous vous préparez déjà pour l'ouverture de la chasse ? leur demanda la jeune femme.

— Oui, comme tous les ans, répondit Calvin. M. Archer nous le permettait… Ça vous ennuie pas, j'espère ?

— Non, mais soyez prudents. Je vois que vous êtes en tenue camouflée, et il me semble que le port d'une veste orange est obligatoire, pour être bien visible des autres chasseurs.

— Nous, on veut se fondre dans le paysage, expliqua Randall, et on est les seuls à être autorisés à chasser sur vos terres, de toute façon.

— Ça ne doit pas empêcher certaines personnes de venir y braconner, et à ce propos… J'ai entendu un coup de feu, hier matin, à peu près à cette heure-ci… Vous savez quelque chose là-dessus ?

Le regard de Randall chercha celui de son ami, et ce dernier se détourna avec une hâte qui ne dit rien de bon à Dani.

— Qu'y a-t-il, Calvin ? demanda-t-elle, pensant avoir de meilleures chances d'obtenir la vérité du plus âgé des deux.

— Il croit…

— Tais-toi, Cal !

L'inquiétude de la jeune femme monta encore d'un cran.

— Ecoutez, les garçons, mon père vous a permis de chasser sur sa propriété depuis que vous êtes tout petits, et je suis prête à laisser cette tradition se perpétuer, mais à condition d'être informée de ce que vous y faites — ou y avez fait.

Randall fixa ses chaussures en silence, puis poussa un soupir résigné.

— Je suis pas sûr que c'était ce que j'ai cru…, marmonna-t-il. Je l'ai pas bien vu…

— Bien vu quoi ?

— Cet idiot croit avoir tiré sur un homme ! intervint Calvin. J'arrête pas de lui dire que c'était juste un cerf ou un ours, mais il veut rien entendre.

— Coupe le moteur, Randall ! ordonna Dani d'un ton qui ne souffrait aucune réplique.

L'interpellé obéit.

— Maintenant, tu vas tout me raconter depuis le début, reprit-elle.

— J'ai cru que c'était un cerf, commença Randall sans la regarder. Ça m'a excité, et je sais que j'aurais pas dû, mais j'ai tiré. Je l'ai tout de suite regretté…

— Oui, aux cris que t'as poussés après, on aurait dit que c'était la fin du monde ! s'exclama Calvin.

— Laisse-le parler ! lui lança sèchement Dani. Continue, Randall !

— Eh ben, juste avant que cette… chose s'enfonce plus profondément dans les bois, j'aurais pu jurer qu'il s'agissait d'un homme.

— Je te répète que c'était un animal, Randy ! répéta Calvin. T'es en train d'inquiéter Mlle Archer pour rien !

— Vous êtes retournés là-bas ce matin ? questionna Dani.

— Oui, et il y avait du sang sous un arbre, mais il y en aurait eu que Randy ait blessé un animal ou un homme… Et on n'a trouvé ni empreintes de pas ni… ni cadavre.

— Non, rien que du sang par terre, et on a passé les alentours au peigne fin.

— Vous allez pas prévenir le shérif, hein ? demanda Randall, l'air soudain beaucoup plus jeune que ses dix-huit ans.

Le shérif… Dani ne l'aurait pas même appelé si sa vie en avait dépendu. C'était un…

« Arrête ! » se dit-elle, la seule idée d'entendre la voix de ce misérable lui arrachant un frisson de dégoût.

— Non, répondit-elle. Inutile de mêler le shérif à cette histoire. Calvin pense qu'il s'agissait d'un cerf ou d'un ours, et il a sûrement raison, mais je veux que vous soyez spécialement prudents, désormais, quand vous serez là-haut : le gros gibier attire des gens prêts à faire n'importe quoi pour avoir un nouveau trophée à accrocher au-dessus de leur cheminée.

Ses deux interlocuteurs opinèrent de la tête, et elle s'écarta du pick-up, qui redémarra, avant de s'engager sur la grande route et de disparaître.

Calvin et Randall étaient de gentils garçons : contrairement à la plupart des jeunes de leur âge, qui traînaient dans les bars et se donnaient beaucoup de mal pour jouer les rebelles, ils consacraient tout leur temps libre à la chasse et à la pêche… Un peu comme Dani qui, adolescente, avait préféré les chevaux et l'équitation aux frasques censées servir de rite de passage entre l'enfance et la maturité.

Elle se dirigea vers la maison tout en réfléchissant à sa décision de ne pas signaler aux autorités le coup de feu tiré par Randall. Elle avait bien fait, se dit-elle. Calvin était plus âgé et plus mûr que son ami… S'il ne voyait pas de raison de s'inquiéter, c'est qu'il n'y en avait pas. Un homme blessé aurait sûrement appelé les garçons à son secours, d'ailleurs, ou alors il serait descendu chercher de l'aide en ville…

La porte grillagée de la cuisine grinça quand Dani la poussa. La bonne odeur des muffins qu'elle avait mis à refroidir sur le plan de travail avant d'aller donner à manger aux chevaux flottait dans l'air…

Un muffin et une tasse du café qu'elle avait également préparé, voilà ce qu'il lui fallait pour oublier toute cette histoire et trouver le courage d'entreprendre une tâche depuis trop longtemps différée.

La sonnerie du téléphone rompit soudain le silence de la grande maison et fit sursauter la jeune femme. Elle fixa l'appareil. Qui pouvait bien l'appeler ? Pas Doc, qu'elle savait en déplacement pour la journée, et ses seuls autres amis vivaient à San Diego. Il était 9 heures en Virginie, trois heures de moins sur la côte Ouest... Personne ne lui téléphonerait de là-bas aussi tôt...

Il s'agissait donc probablement d'un démarcheur, et elle fut tentée de ne pas décrocher, mais dans le doute, et à la sixième sonnerie, elle finit par s'y résoudre.

— Allô !

— Dani ?

— Oui.

— Ici, le Dr Feldon.

Le directeur de l'hôpital... Elle aurait dû se souvenir qu'il commençait ses journées à l'aube... Un soupir de contrariété faillit lui échapper. Elle ne se sentait pas encore prête à lui parler.

— Bonjour, docteur Feldon, déclara-t-elle néanmoins poliment.

— Excusez-moi de vous déranger... Je sais que vous traversez des moments difficiles, mais j'espérais que vous pourriez maintenant me dire quand vous comptez reprendre le travail.

La jeune femme tira sur le cordon du téléphone, alla s'asseoir à la table de la cuisine et ferma les yeux. Son patron voulait une réponse ferme, et le fait qu'il l'appelle aujourd'hui pour la première fois en deux semaines signifiait qu'il était maintenant à bout de patience.

— Je vous renouvelle mes condoléances, enchaîna-t-il, et ça m'ennuie de vous bousculer, mais j'ai le conseil d'administration sur le dos... Votre congé pour raisons de convenance personnelle se termine la semaine prochaine, et j'ai besoin de connaître vos intentions.

Un lourd silence suivit. Dani se représenta le Dr Feldon installé derrière son bureau, le combiné pressé contre son oreille et les doigts de sa main libre tambourinant nerveusement sur son buvard. Il devait lui être aussi désagréable de la mettre ainsi au pied du mur qu'à elle de s'entendre adresser un ultimatum, mais elle comprenait son point de vue.

— J'aurais dû vous appeler, docteur Feldon, finit-elle par répondre, mais, pour être parfaitement honnête, j'en ai repoussé le moment de jour en jour.

— Ecoutez, Dani, je sais que votre père était votre seule

famille, et que vous étiez très proche de lui, mais la vie continue…
Vous ne pouvez pas vous en tenir à l'écart indéfiniment, et si
j'en crois ce que vous m'avez dit de votre père, ce n'est pas ce
qu'il aurait souhaité. J'ai pris un risque en accordant un congé
aussi long à une interne, et je ne le regrette pas, parce que vous
êtes un excellent médecin et que je ne veux pas vous perdre,
mais je ne peux pas attendre beaucoup plus longtemps que vous
m'informiez de votre décision.

— Je vous la donnerai à la fin de la semaine au plus tard.

— Parfait !

Après avoir encore assuré Dani de sa sympathie, le Dr Feldon
raccrocha, et elle se leva pour aller replacer le combiné sur son
support. Refoulé le temps de ce coup de téléphone, le terrible
sentiment de vide qui l'habitait depuis la mort de son père l'envahit
alors de nouveau.

Ce n'était pas l'envie de reprendre le cours normal de son
existence qui lui manquait, mais elle ne s'en sentait pas encore
capable. Son métier la comblait sur le plan professionnel. Elle
se plaisait beaucoup à l'hôpital où elle avait eu la chance d'être
invitée à effectuer son internat, mais les choses avaient changé…
Une fois de retour sur la côte Ouest, elle risquait de ne pas trouver
avant des mois le temps de revenir en Virginie, et à présent que
son père n'était plus là, que deviendraient ses chevaux ? Calvin
et Randall se chargeraient volontiers de les nourrir et les faire
travailler, mais cette solution ne la satisfaisait pas vraiment.

Elle jeta un coup d'œil aux muffins et au café qui l'attendaient,
mais ils ne la tentaient plus. Ses tristes pensées lui avaient coupé
l'appétit : après sa mère, décédée quand elle avait seulement dix
ans, voilà que son père disparaissait… Ce n'était pas juste ! Elle
n'avait ni frère ni sœur, sa mère n'en avait pas non plus, et ses
grands-parents maternels étaient morts avant sa naissance. Elle
avait quelques cousins du côté paternel, mais son père s'était
brouillé avec sa famille au moment de son mariage, trente ans
plus tôt, si bien qu'elle ne les connaissait pas.

Tant que son père était vivant, Dani ne s'était jamais sentie
seule : bien qu'il ait occupé un poste important dans l'administration, il lui avait toujours témoigné la plus grande attention.
Il l'avait inscrite dans les meilleures écoles privées proches de

son lieu de travail, afin de leur permettre de passer ensemble le plus de temps possible, et la gouvernante engagée pour tenir sa maison après son veuvage avait été une seconde mère pour Dani. Mais elle était morte, elle aussi — alors que Dani terminait sa quatrième année de médecine.

La jeune femme promena son regard sur la cuisine de style rustique où elle avait partagé tant de repas avec son père, et ses yeux se voilèrent de larmes. Ce ranch était tout ce qui lui restait de lui. Il en avait fait l'acquisition quand elle avait douze ans, en disant que c'était en prévision de sa retraite, mais Dani connaissait la véritable raison de cet achat : il avait voulu l'inciter à se remettre à l'équitation, qu'elle n'avait plus pratiquée depuis le décès de sa mère.

Lorna Archer était une excellente cavalière, et elle avait transmis à sa fille son amour des chevaux. Cette passion commune avait créé entre elles un lien très fort, et après l'accident qui avait coûté la vie à sa mère, Dani avait cru ne plus jamais monter, mais son père et cette propriété en Virginie l'avaient aidée à surmonter sa douleur. Ils y passaient toutes leurs vacances, et avaient fini par se sentir vraiment chez eux sur ces dix hectares de terres situés dans les contreforts d'un massif montagneux, à des kilomètres de tout lieu habité.

Le Dr Archer avait pris sa retraite six mois plus tôt. Il avait alors vendu son appartement de Georgetown et s'était installé là à demeure. Dani lui avait promis de venir l'y rejoindre aussi souvent que ses obligations professionnelles le lui permettraient et, pour son dernier anniversaire, il lui avait offert deux nouveaux chevaux — celui qu'elle préférait monter adolescente avait dû être abattu l'année précédente. Anéantie, elle s'était juré de ne pas le remplacer, mais quand son père l'avait emmenée voir les magnifiques animaux qu'il lui avait achetés, elle en était aussitôt tombée amoureuse. Comme après la disparition de sa mère, sa passion pour l'équitation lui avait redonné goût à la vie.

Et puis son père était mort… Elle ferma les yeux et tenta de refouler l'horrible souvenir du moment où elle avait appris la nouvelle. Un accident stupide, lui avait-on expliqué : il s'était tué en tombant du toit de l'écurie, sur lequel il était monté pour réparer une gouttière. Elle ne comprenait toujours pas pourquoi il avait voulu le faire lui-même : d'habitude, il confiait ce genre de tâche à un artisan de Hickory Grove.

Et maintenant, elle était seule… Personne ne pouvait plus l'aider à surmonter son chagrin.

« Assez pleurniché, Archer ! se dit-elle dans un sursaut d'énergie. Tu as une décision importante à prendre, et une journée chargée devant toi ! »

C'était l'avantage d'un ranch, même de taille modeste : le travail n'y manquait jamais. Calvin et Randall lui avaient proposé plusieurs fois de lui prêter main-forte, mais elle avait refusé, préférant avoir trop de choses à faire que pas assez. Des activités physiques, aussi prosaïques soient-elles, constituaient un excellent dérivatif à la douleur.

Dani se leva, éteignit la cafetière électrique et en versa le contenu dans l'évier. Les muffins allèrent dans la boîte à pain, au cas où son appétit reviendrait. Elle ne pouvait s'empêcher de penser que son père serait encore vivant si elle avait été là pour le dissuader de monter sur ce toit, mais les regrets ne servaient à rien. Il fallait accepter sa propre incapacité à tout contrôler.

Et le Dr Feldon avait raison : son père aurait voulu qu'elle retourne à San Diego. La formation dispensée par le prestigieux hôpital universitaire qui l'avait accueillie lui serait extrêmement profitable. Si elle en avait encore envie le moment venu, elle pourrait ensuite reprendre le cabinet de Doc quand il partirait à la retraite.

C'était le seul médecin généraliste des environs et, avec l'appui de son grand ami Daniel Archer, il l'avait désignée des années plus tôt comme sa future remplaçante. Elle avait souscrit à ce projet, mais la mort prématurée de son père changeait la donne : elle n'était plus sûre, maintenant, de vouloir s'installer en Virginie.

En réalité, elle n'était plus sûre de rien.

Quel que soit son choix de carrière, cependant, la poursuite de son internat au Mercy General Hospital de San Diego augmenterait considérablement son niveau de compétence. Cet établissement était réputé pour mettre une technologie de pointe au service de la recherche comme des soins aux patients. Et que Dani décide finalement d'exercer en milieu rural ou de travailler dans un grand hôpital, c'était une chance qu'elle n'avait pas le droit de laisser passer.

Il fallait donc rappeler le Dr Feldon et lui annoncer son retour pour le lundi en huit. Il serait soulagé, et elle aussi. A quoi bon tergiverser ? Dix jours seraient amplement suffisants pour trier les affaires de son père. Elle demanderait aux garçons de s'occuper des chevaux, et à Doc de venir de temps en temps aérer la maison. Rien ne l'obligeait à y rester.

Sauf qu'elle s'y sentait proche de son père, et qu'au bout de deux semaines, elle n'arrivait toujours pas à se faire à l'idée de ne plus jamais le revoir.

Si elle partait, lui serait-il plus facile d'entamer un travail de deuil ? Peut-être, et c'était une raison supplémentaire pour regagner la Californie.

Dani quitta la cuisine et, dans le vestibule, tomba en arrêt devant les photos encadrées accrochées au mur. Sa gorge se noua tandis que son regard allait de l'une à l'autre… Elles lui évoquaient tant de souvenirs, elles l'emplissaient d'une telle nostalgie, qu'il valait sans doute mieux les laisser là le jour où elle s'en irait.

Son père lui manquerait toujours affreusement, mais il était temps de rejoindre le monde des vivants.

Le téléphone sonna. Devinant qui l'appelait, il fut tenté de ne pas répondre. Il le devait pourtant, faute de quoi il risquait d'être assassiné, lui aussi.

— Allô ! déclara-t-il en s'efforçant de ne pas trahir sa peur.

— Dites-moi que vous l'avez trouvé !

— Malheureusement non. J'ai cherché partout, mais…

— Vous n'êtes qu'un incapable, et le temps presse ! Vous n'avez donc pas lu les journaux ? Thurlo est mort !

— Je sais, et je fais de mon mieux…

— Ça ne suffit pas ! Si vous ne trouvez pas ce dossier, nous sommes tous les deux des hommes morts. Ils n'attendront pas beaucoup plus longtemps : les enjeux sont trop importants.

« Ils… » Si le Centre ne le tuait pas, « ils » s'en chargeraient, en effet…

— Ne vous inquiétez pas : je finirai bien par le trouver, ce fichu dossier !

— Appelez-moi dès que vous l'aurez.

— Entendu.

— Et concernant la fille, n'oubliez pas que nous ne pouvons nous permettre de prendre aucun risque.

— Je comprends.

Il raccrocha et, envahi par un profond dégoût de lui-même, se passa une main tremblante sur le visage.

Mon Dieu ! Qu'avait-il fait ?

Ce qu'il devait faire ! se dit-il, le sens des réalités lui revenant soudain.

Et il irait jusqu'au bout.

Coûte que coûte.

3

Ghost Mountain
Le Centre

O'Riley leva les yeux, et une décharge d'adrénaline accéléra les battements de son cœur : Dupree se tenait sur le seuil de son bureau.

— Alors ? lui demanda-t-il.

Si l'analyste venait lui présenter une autre raison de croire Adam mort, O'Riley se sentait capable de sortir son Colt.45 du tiroir de sa table et de l'abattre sur-le-champ. Tuer le messager ne résolvait rien, mais c'était un bon exutoire au stress et à la colère.

Dupree feuilleta les pages du rapport qu'il avait entre les mains, comme pour gagner du temps. O'Riley en conclut que les nouvelles étaient mauvaises.

— La voiture louée par Adam a été retrouvée.

— Et ?

— D'après celui qui l'a volée, il s'agissait d'un simple braquage. Ses deux complices et lui ont monté un guet-apens : une jeune femme avec un bébé dans les bras a simulé une panne de moteur. Ce n'est apparemment pas la première fois qu'ils piègent un automobiliste sur cette portion de route : la police locale essayait de les attraper depuis des mois. Quoi qu'il en soit, un conducteur répondant au signalement d'Adam s'est arrêté pour proposer son aide à la femme, et ils l'ont maîtrisé.

— Maîtrisé ? répéta O'Riley avec un haussement de sourcils sceptique. Ça me semble hautement improbable ! Vous savez comme moi que les Opérateurs sont dotés d'une force physique et de réflexes exceptionnels. Il est pratiquement impossible d'avoir le dessus sur eux.

— Les hommes qui l'ont attaqué étaient armés.

— Ils l'ont tué ?

— Nous ne sommes encore sûrs de rien. Ses agresseurs l'ont frappé avec un démonte-pneu, et laissé ensuite pour mort dans un fossé. Notre équipe de recherche sera bientôt sur les lieux, et elle devrait pouvoir nous en apprendre plus d'ici une heure.

— Très bien. Prévenez-moi dès que vous aurez du nouveau.

Sur un bref hochement de tête, Dupree se retira.

Malgré le caractère inquiétant des informations recueillies par ses experts, son instinct disait à O'Riley qu'Adam était encore en vie. Il jeta un coup d'œil à la pendulette posée sur son bureau — cadeau de son ex-épouse au moment de leur divorce. Elle avait déclaré la lui offrir pour lui rappeler ce qu'il avait sacrifié en travaillant quinze heures par jour.

O'Riley se renversa dans son fauteuil et s'efforça de ne plus penser à la femme qu'il avait perdue. Elle lui manquait, mais l'importance de ses fonctions ne lui laissait pas le choix : il devait y consacrer autant de temps que nécessaire pour bien les remplir.

Cela, Angela ne l'avait pas compris, et peut-être seuls les gens impliqués dans les activités du Centre pouvaient-ils le comprendre, mais il y avait des jours, comme celui-ci, où O'Riley se demandait si…

Il chassa résolument ses doutes. 17 h 05… Un nouveau point sur la mission Judas lui parviendrait dans moins d'une heure. En attendant, une autre affaire réclamait son attention : la recherche de Joseph Marsh.

Où que se cache ce traître, il devait être capturé et exécuté — après un interrogatoire en règle, bien sûr. Même si rien n'avait pu se faire sans la complicité d'une personne très proche de Daniel Archer, O'Riley considérait Marsh comme le grand responsable de la mort du généticien. Pourquoi, sinon, se serait-il volatilisé juste à ce moment-là ?

Si, par malheur, Adam n'avait pas survécu à ses blessures, les renseignements que le Centre possédait à ce stade de l'enquête ne permettaient pas d'établir l'existence d'un lien entre cette mort et Joseph Marsh. O'Riley avait cependant la ferme intention de lui faire payer très cher ceux des crimes qu'il avait assurément commis.

Mais pour cela, il fallait le retrouver.

Virginie
Ranch Archer

A la nuit tombée, Dani en avait fait plus en une dizaine d'heures que pendant les douze jours précédents.

Les vêtements de son père étaient maintenant rangés dans des cartons qu'elle avait entreposés dans la chambre du défunt. Elle avait voulu entamer cette tâche le lendemain de l'enterrement, mais sans pouvoir s'y résoudre.

Le fait de l'avoir finalement accomplie prouvait sans doute qu'elle allait mieux. Peut-être aurait-elle dû donner ces habits à une association caritative : ils étaient d'excellente qualité, en très bon état, et, avec la crise, les gens qui auraient pu en faire bon usage ne manquaient pas... Cependant, elle se sentait encore incapable de se séparer définitivement des affaires personnelles de son père. Tant qu'elles étaient dans la maison, c'était comme si une partie de lui continuait d'y habiter.

Dani se tenait à présent dans son bureau et se demandait si elle aurait aujourd'hui le courage de s'attaquer au contenu de cette pièce. Elle avait essayé, quelques jours plus tôt, et cela avait déclenché une crise de larmes qui avait duré plusieurs heures.

Son regard se posa tour à tour sur les rayonnages qui tapissaient presque entièrement trois des murs, sur les fenêtres qui perçaient le quatrième et derrière lesquelles la nuit commençait d'envelopper les pâturages et les montagnes, au-delà...

Tout, ici, était tel que son père l'avait laissé.

Les livres, les tableaux, les attestations encadrées de diplômes et de décorations resteraient là où ils étaient, résolut la jeune femme.

Elle s'approcha ensuite du grand bureau d'acajou, et n'eut pas besoin de se pencher vers la photographie qui y occupait la place d'honneur pour savoir ce qu'elle représentait : c'était la dernière que son père avait prise de sa mère. Dani avait alors dix ans ; ils étaient allés pêcher, tous les trois, et elle avait attrapé son premier poisson. Deux jours plus tard, sa mère était morte.

Luttant contre les larmes qui lui montaient aux yeux, elle se força à revenir au présent et, après mûre réflexion, décida de laisser pour l'instant la pièce en l'état. Rien ne pressait, et lors d'une prochaine visite, peut-être lui serait-il moins douloureux de déterminer ce qui valait ou non la peine d'être gardé.

Il ne lui restait plus maintenant qu'un problème à résoudre — celui de la clé USB nichée au creux de sa main.

Son père n'utilisait pas ce type de support informatique — du moins le croyait-elle jusqu'ici. Les copies des dossiers scientifiques qu'il souhaitait conserver se trouvaient sur des CD enfermés dans un coffre, au sous-sol. C'était un homme d'ordre et d'habitudes, alors pourquoi avait-il stocké des données sur une clé USB, et pourquoi ne l'avait-il pas rangée avec ses autres sauvegardes ?

Dani contourna le bureau, s'assit dans le fauteuil de cuir souple, puis alluma l'ordinateur et introduisit la clé dans le port USB.

Une icône de traitement de texte apparut sur l'écran. La jeune femme cliqua dessus, et la première page d'un dossier intitulé « Projet Eugénique » s'afficha. Il était encodé, comme ceux du sous-sol, mais contrairement à eux, qui remontaient à de nombreuses années, il était récent.

Son père avait-il dirigé un nouveau programme de recherche gouvernemental ? se demanda Dani.

Non, ça ne tenait pas debout : il était à la retraite !

Alors peut-être avait-il été engagé comme simple consultant ?

C'était possible, admit-elle, même si elle s'étonnait qu'il ne l'en ait pas informée.

Mais le plus étrange dans cette affaire était l'endroit où elle avait trouvé la clé USB : à l'intérieur de l'aspirateur ! Et complètement par hasard : jamais elle n'aurait ouvert le capot de l'appareil si, trois jours plus tôt, prise d'une brusque frénésie de nettoyage, elle n'avait cru que le sac avait besoin d'être changé.

Cette découverte l'avait stupéfiée : son père utilisait le coffre du sous-sol pour mettre en sécurité tous ses documents importants — les copies de ses travaux, son testament, le titre de propriété du ranch… Pourquoi dissimuler celui-ci dans l'aspirateur ? C'était incompréhensible !

Dani avait d'abord pensé qu'il l'avait mis là des années plus tôt, et oublié ensuite jusqu'à son existence, mais une première activation de la clé USB lui avait appris la date de création du dossier : le 2 octobre dernier, veille de la mort de son père.

Dans la même cachette, elle avait trouvé une minicassette. Son père n'avait jamais voulu se séparer de l'antique répondeur branché au téléphone de son bureau, et Dani avait déjà écouté la bande. Un seul message y était enregistré, laissé par un homme dont elle n'avait pas reconnu la voix, mais qui avait l'air affolé. L'appel datait lui aussi du 2 octobre, et le projet Eugénique y était mentionné… S'agissait-il d'une simple coïncidence ?

Vaguement inquiète, la jeune femme décida d'écouter de nouveau la cassette. Elle la remit dans l'appareil et appuya sur la touche lecture.

« Rappelez-moi le plus vite possible, docteur Archer ! C'est extrêmement important ! Il s'agit du projet Eugénique. Je crois que nous avons un problème. »

L'homme ne s'était pas identifié, mais il avait donné un numéro. Dani l'avait composé, et elle était tombée sur une boîte vocale lui demandant de laisser un message.

Ce qu'elle avait fait : elle avait informé l'inconnu que son père était mort, mais qu'elle avait le dossier du projet Eugénique. S'il le voulait, il n'avait qu'à lui téléphoner, mais vite car son séjour en Virginie serait de courte durée, avait-elle ajouté avant d'indiquer son nom et son numéro de portable.

Trois jours s'étaient écoulés depuis, et l'homme ne l'avait toujours pas rappelée.

Avait-elle eu raison de prendre contact avec lui ? Peut-être pas… Elle l'avait même tout de suite regretté, parce que ce dossier devait contenir des données confidentielles : toutes les recherches menées par son père relevaient du secret-défense.

D'un autre côté, elle estimait de son devoir de mettre en ordre tout ce qu'une disparition brutale avait empêché son père de régler par lui-même, et, pour connaître le nom du dossier, l'homme qui avait appelé devait être habilité à y accéder…

Dani décrocha le téléphone, composa de nouveau son numéro,

tomba encore sur la boîte vocale, et raccrocha cette fois sans laisser de message.

« Je crois que nous avons un problème… »

Depuis trois jours, elle s'efforçait de ne pas accorder trop d'importance à ces mots : le problème en question n'avait peut-être rien de sérieux.

Le fait que son père ait caché la clé USB et la cassette dans l'aspirateur n'en était pas moins troublant. Cela évoquait à Dani une affaire d'espionnage, et elle se massa les tempes, qu'un début de migraine commençait de marteler.

Elle s'en voulait de soupçonner son père d'une quelconque déloyauté. Il avait mené dans la recherche de pointe une brillante carrière, qui lui avait valu le respect de ses pairs et la reconnaissance du gouvernement — le nombre de décorations qu'il avait reçues en témoignait. Dani avait assisté à plusieurs réceptions données en son honneur et, là comme à son enterrement, elle avait pu mesurer l'estime et l'affection que lui vouaient ses collègues.

Il n'y avait donc aucune raison de douter aujourd'hui de son intégrité. Il avait dû travailler comme consultant sur un nouveau programme de recherche gouvernemental, comme elle en avait envisagé tout à l'heure la possibilité. Un programme si secret, celui-là, que non seulement il ne lui avait pas soufflé mot de la reprise de ses activités, mais il avait jugé utile de cacher avec un soin particulier tout ce qui s'y rapportait.

La jeune femme décida de se satisfaire de cette explication. Distraitement, elle fit défiler le texte du dossier jusqu'au bout… et s'aperçut alors que la dernière page n'était pas encodée. Elle la parcourut rapidement ; c'était un rapport rédigé par Joseph Marsh, un ancien collègue de son père, et certains des termes employés la surprirent au point de la pousser à le relire, plus attentivement, cette fois.

Son auteur y parlait d'un programme de tests sur des animaux et de son éventuel abandon, en invoquant « des conséquences dangereuses », « des mutations alarmantes », « des raisons impératives »…

Il s'agissait d'un fax que son père avait scanné et ajouté au dossier, comprit Dani en voyant qu'un numéro de téléphone figurait en haut de la page. Le même que celui dont la cassette du répondeur avait gardé la trace, alors était-ce Joseph Marsh qui avait passé ce coup de téléphone à son père ? Elle fouilla dans sa mémoire pour tenter de mettre un visage sur ce nom, mais sans résultat. Elle n'était même pas sûre d'avoir jamais rencontré cet homme.

Le gouvernement ferait-il procéder à des tests sur des animaux avec des méthodes qui leur occasionnaient de terribles souffrances ? se demanda-t-elle ensuite. Cette pensée l'horrifia, mais même à supposer que ce soit vrai, son père ne pouvait pas avoir collaboré à ce genre de recherches : c'était un spécialiste de génétique humaine.

Une autre hypothèse se forma dans l'esprit de Dani : et si son père avait découvert que des expérimentations moralement condamnables étaient pratiquées sur des animaux ?

Oui, elle le voyait très bien exiger l'arrêt d'un programme qu'il jugeait contraire à l'éthique. Mais dans ce cas, il s'y serait opposé ouvertement, il n'aurait pas caché les documents y afférents...

Et il l'avait fait la veille de sa mort...

Y aurait-il un lien entre les deux ?

Le cœur de la jeune femme s'emballa, mais elle se raisonna : c'était une idée stupide, qui ne reposait sur rien de concret.

N'étant pas de ces gens qui voyaient des complots partout, elle attribua au stress cet emballement anormal de son imagination : son chagrin avait été ravivé par les heures passées à plier des vêtements qui avaient gardé l'odeur de l'après-rasage et du tabac blond de son père.

Elle avait aussi besoin de manger : à bien y réfléchir, elle n'avait pas fait une seule pause de la journée, oubliant les muffins et sautant même le déjeuner. L'immense fatigue qu'elle éprouvait était donc physique autant que nerveuse.

Après avoir refermé le dossier, Dani retira la clé USB de l'ordinateur et la cassette du répondeur dans l'intention de les mettre dans un tiroir du bureau, mais elle se ravisa au dernier moment. Elle se rendit avec dans le vestibule, sortit l'aspirateur du placard et les replaça là où elle les avait trouvées.

Une fois le capot de l'aspirateur et la porte du placard refermés, elle se sentit mieux. Son père n'était pas sénile ! Elle ne connaissait pas la raison qui l'avait poussé à cacher ces objets, mais il y en avait forcément une…

Résolue à ne plus penser à cette mystérieuse affaire, Dani se rendit dans la cuisine. Elle allait dîner, puis prendre un bon bain chaud.

Finis, les tris et les rangements. Finies, les questions sur les étranges événements qui avaient précédé le décès de son père… L'heure était à la détente et, avant de se coucher, elle regarderait même peut-être un film à la télévision en sirotant un verre de vin.

Ce serait le début d'un retour à la vie qu'elle désirait maintenant ardemment.

Il faisait noir.

Il avait froid. Très froid. Et mal. Il avait besoin de trouver un endroit où se reposer, mais il était perdu. Ses paupières étaient si lourdes qu'il avait du mal à garder les yeux ouverts, et une douleur lancinante lui transperçait le crâne à chaque pulsation de son cœur.

De la lumière… Elle venait de… de… Son incapacité à nommer ce qu'il voyait le déconcerta. Faible au point de tenir à peine sur ses jambes, il s'écarta de l'arbre contre lequel il s'était appuyé et se dirigea vers la lumière.

Le trajet lui parut durer une éternité et acheva de l'épuiser. Il n'était pas sûr de pouvoir faire un pas de plus, et pourtant il devait se rapprocher encore de la lumière, entrer… Il serait plus en sécurité à l'intérieur.

La porte était fermée, et il la fixa avec un terrible sentiment d'impuissance.

Il fallait… Quoi ? Il ne le savait pas.

Il était fatigué… Tellement fatigué…

Dani frissonna.

— Qu'est-ce qui te prend ? marmonna-t-elle.

Agacée, elle secoua la tête et avala une nouvelle bouchée de son sandwich. Un silence pesant régnait dans la maison, du moins était-ce ainsi qu'elle le ressentait, et un nouveau frisson courut le long de son dos.

Pourquoi était-elle aussi nerveuse ? C'était ridicule !

Elle ne put pourtant s'empêcher de se tourner vers la porte extérieure de la cuisine. Le verrou n'était pas mis…

Et alors ? Il était dans ses habitudes de ne fermer la maison qu'au moment de monter se coucher, et encore, par acquit de conscience plus que par crainte des voleurs…

Mais elle eut beau tenter de se ressaisir, son malaise persista. Elle repoussa sa chaise, dont les pieds raclèrent sur le carrelage, se leva et alla tirer le verrou.

« Voilà ! Tu te sens mieux, à présent ? » se dit-elle après s'être rassise.

La sourde angoisse qui la tenaillait depuis un moment la surprenait et l'irritait à la fois. Que lui arrivait-il donc ? Cette peur irraisonnée ne lui ressemblait pas…

Et puis la lumière se fit dans son esprit : c'était à cause de l'histoire de Randall croyant avoir tiré sur un homme. Cet incident l'avait taraudée toute la journée, et il remontait à la surface, avec son poids d'incertitude, maintenant qu'elle était au calme.

Si le shérif du comté avait été quelqu'un de bien, elle l'aurait prévenu. Calvin et Randall avaient la tête sur les épaules, mais elle serait plus tranquille si un représentant de la loi allait s'assurer que personne n'était en train d'agoniser dans les bois.

Il ne s'agirait cependant pas du shérif Nichols… Dani ne voulait plus jamais avoir affaire à lui, et ses adjoints lui inspiraient la même méfiance, car ils étaient évidemment tout dévoués à leur supérieur hiérarchique.

Non, il n'était pas question de donner à ce misérable une raison légitime de venir chez elle. Les habitants du comté s'étaient peut-être laissé berner par sa belle apparence et ses manières doucereuses au point de l'élire, mais Dani, elle, était bien placée pour savoir que Lane Nichols était un hypocrite, un coureur de jupons, un pervers, un…

Sentant une rage incontrôlable menacer de la submerger, la jeune femme s'arrêta là. Mieux valait ne pas remuer le passé. Nichols l'avait agressée, cinq ans plus tôt, et il lui avait fallu des mois pour se remettre de ce traumatisme. Elle n'avait pas l'intention de laisser la pensée de cette crapule détruire l'équilibre qu'elle avait recouvré depuis.

Entre ce douloureux souvenir et l'étrange sentiment d'insécurité qui continuait de la tourmenter, son appétit s'était envolé. Elle alla jeter le reste de son sandwich dans la poubelle, puis débarrassa la table.

Dans des moments comme celui-ci, elle regrettait de ne pas avoir de chien. Cela lui aurait fait de la compagnie, et il aurait en plus aboyé si un rôdeur s'était approché de la maison, la prévenant ainsi à l'avance du danger.

Ni elle ni son père n'avaient cependant jamais habité là assez longtemps de suite pour justifier l'acquisition d'un chien. Ils n'auraient pas eu de mal à trouver quelqu'un pour s'occuper de lui en leur absence, mais le pauvre animal aurait risqué de se sentir abandonné.

Et c'était encore plus vrai aujourd'hui, car Dani doutait de revenir au ranch plus de quelques week-ends par an, maintenant que son père n'était plus là…

Aurait-il fini par prendre un chien, si la mort ne l'avait frappé six mois seulement après son départ à la retraite et son installation définitive dans cet endroit perdu ? se demanda-t-elle.

Beaucoup de gens, à la campagne, en avaient un. Pour chasser, pour rompre leur solitude, par mesure de sécurité…

« Je crois que nous avons un problème… »

Ces mots retentirent soudain dans la tête de Dani, et lui arrachèrent un soupir de contrariété. Elle ne voulait plus penser au projet Eugénique ce soir ! Elle en ignorait tout, et c'était très bien comme ça !

Son père ayant respecté à la lettre l'obligation de secret à laquelle il était tenu, elle n'avait jamais rien su de ses travaux. Les discours prononcés lors de la remise officielle de ses nombreuses décorations lui avaient bien donné une idée de leur importance, mais pas de leur contenu.

La vaisselle attendrait le lendemain, décida la jeune femme. Elle avait hâte d'être dans son bain ; avec un peu de chance, il lui détendrait à la fois le corps et l'esprit.

Le verre de vin rouge qui avait accompagné son repas étant encore à moitié plein, elle le prit avant de gagner le vestibule.

La lampe de la cuisine l'éclairait assez pour qu'elle n'ait pas à en allumer une autre et, de sa main libre, elle commença de déboutonner son chemisier tout en se dirigeant vers l'escalier.

Au moment où elle allait poser le pied sur la première marche, elle sentit un courant d'air dans son dos. Elle s'arrêta net et se retourna lentement. Très lentement.

Une silhouette se découpait dans l'embrasure de la porte d'entrée. Celle d'un homme...

Son cœur bondit dans sa poitrine. Elle aurait dû se fier à son instinct, tout à l'heure, et verrouiller cette porte-là aussi...

L'homme avança d'un pas, et un visage aux traits bien dessinés apparut dans la faible clarté qui baignait cette partie du vestibule. Il fit encore un pas, et Dani vit alors que ses vêtements étaient déchirés à plusieurs endroits, et que du sang séché maculait l'épaule droite de sa chemise kaki.

Elle contint à grand-peine un hurlement de terreur. Il fallait s'enfuir...

Comme s'il lisait dans ses pensées, l'homme la rejoignit en deux enjambées, tendit la main et la referma sur son poignet avec une force surprenante.

Cette fois, la jeune femme ne put s'empêcher de crier, mais l'homme vacilla soudain, puis il tomba comme une masse à ses pieds et ne bougea plus.

4

Pendant de longues secondes, Dani resta comme tétanisée : la peur qu'elle avait eue la rendait incapable d'esquisser le moindre geste. Elle arrivait à peine à respirer, et son cerveau lui-même fonctionnait au ralenti.

Le poignet qui s'était retrouvé pris comme dans un étau lui faisait encore mal, et elle se demanda vaguement comment une personne sur le point de s'évanouir pouvait déployer une telle force physique.

Le médecin en elle finit cependant par reprendre le dessus : elle posa son verre sur la console du vestibule, s'accroupit près de l'homme et lui tâta le pouls. Son cœur battait, quoique sur un rythme un peu lent.

Ayant besoin d'y voir mieux, Dani alla allumer le plafonnier, puis retourna près du blessé.

Il était livide, constata-t-elle alors. Mauvais signe… Ses vêtements étaient couverts de boue, et s'ornaient çà et là de brindilles et de débris de feuilles mortes. Son visage et ses avant-bras nus portaient de vilaines égratignures, mais elles ne pouvaient pas expliquer la présence de cette tache de sang sur son épaule.

Une épaule qu'il fallait donc examiner… La jeune femme s'agenouilla et vit sur le tissu kaki une petite déchirure aux bords collés ensemble par du sang coagulé. Elle déboutonna la chemise, en écarta les pans, et découvrit une lésion circulaire à peu près de la taille d'une pièce de cinq cents, qui commençait de cicatriser.

Aucun doute possible : il s'agissait d'une blessure par balle.

L'histoire de Calvin et de Randall lui revint à l'esprit, mais dans l'immédiat, elle avait mieux à faire que de s'en préoccuper.

L'homme qui gisait inerte à ses pieds constituait un poids mort qu'il allait lui être difficile de bouger, mais elle rassembla ses forces et parvint à le coucher sur le flanc gauche. Elle dégagea sa chemise de la ceinture de son jean et la souleva pour voir si la balle était ressortie.

C'était bien le cas, et même si la plaie, de ce côté-là, était plus large, elle était elle aussi en bonne voie de guérison, ce qui rendait des points de suture inutiles.

Elle remit l'inconnu sur le dos et réfléchit. Il n'avait pas perdu beaucoup de sang… Sa syncope s'expliquait donc autrement et, avant de s'écrouler, il avait fait preuve d'une rapidité de mouvement et d'une force physique surprenantes… Mais il était chaud, alors peut-être souffrait-il d'une infection ?

Un traumatisme crânien pouvant provoquer à retardement un brusque évanouissement, Dani glissa les doigts dans les épais cheveux blonds afin d'y détecter une éventuelle bosse et, arrivée à la nuque, elle sentit une protubérance. Elle le remit sur le côté, se pencha vers lui… La peau, à l'endroit concerné, présentait bien une saillie, mais sans hématome.

Perplexe, la jeune femme s'assit sur ses talons. Il fallait transporter cet homme à l'hôpital, mais appeler une ambulance serait contre-productif : elle mettrait plus de temps à arriver qu'il en faudrait à Dani pour faire le trajet inverse.

Le problème, c'était qu'elle avait besoin d'aide.

Calvin et Randall !

Elle leur téléphona et, en un quart d'heure, les deux jeunes hommes étaient là.

— Bon Dieu ! s'écria Randall en découvrant l'inconnu allongé sur le plancher du vestibule.

Puis il se tourna vers son ami et ajouta d'une voix étranglée :

— Je te l'avais bien dit !

— Tu crois que c'est l'homme que tu as vu dans la montagne ? lui demanda Dani avant de s'agenouiller près du blessé et de prendre de nouveau son pouls.

— Oui. Bon sang, je ne voulais pas…

— On reparlera de ça plus tard ! Dans l'immédiat, vous allez m'aider à le transporter dans ton pick-up.

— Vous comptez l'emmener à l'hôpital ?

— Evidemment, espèce d'idiot ! intervint Calvin. Il a besoin d'être soigné !

Le regard de Dani croisa celui de Randall. Elle savait de quoi il avait peur : l'hôpital était tenu de signaler aux autorités toute blessure par balle. Elle n'avait pas plus envie que lui de mêler le shérif Nichols à cette histoire, mais elle n'avait pas vraiment le choix…

— Nous devons…, commença-t-elle.

— Mais il est juste évanoui, non ? coupa Randall. C'est pas comme s'il était mourant…

— Il est stable, et la balle n'a fait que lui traverser l'épaule, mais il peut y avoir des complications… Une infection, par exemple. Et il a une bosse à l'arrière de la tête… Il est tombé, après le coup de feu ?

— Non, répondit Calvin. Il a détalé, et c'est pour ça que je l'ai pris pour un animal sauvage : je me suis dit qu'un homme nous aurait appelés à l'aide.

— Et alors qu'il n'y avait pas à proximité d'endroit où se cacher, renchérit Randall, il a disparu comme par enchantement : une seconde, il était là, et celle d'après, il s'était volatilisé… On a suivi les traces de sang pendant un moment, mais sans réussir à le rattraper.

— Les cerfs blessés font souvent ça, souligna Calvin. Ils s'enfuient et courent jusqu'à ce que leurs forces les abandonnent.

Puis il baissa les yeux, l'air contrit, mais Dani n'arrivait pas à lui en vouloir : il avait sûrement cru que son ami avait tiré sur un animal sauvage, qui était ensuite allé mourir dans quelque coin perdu de la montagne.

— Si on l'emmène à l'hôpital, déclara Randall, le shérif aura ma peau. Déjà qu'il m'aime pas…

Sans compter que Lane Nichols avait aussi une dent contre elle, songea Dani. Elle n'avait aucune confiance en lui. Il lui faisait même peur.

Alors peut-être y avait-il moyen d'éviter qu'il mette le nez dans cette affaire… Elle considéra l'homme toujours inconscient. Son pronostic vital n'étant pas engagé, elle pouvait se contenter pour l'instant de lui donner les premiers soins et d'attendre qu'il reprenne connaissance… Avec un peu de chance, elle réussirait à le dissuader de porter plainte contre Randall…

— D'accord, dit-elle. On va le transporter dans la chambre d'amis.

Les deux garçons poussèrent un soupir de soulagement. Dani, elle, commençait déjà de s'interroger sur la sagesse de sa décision : et si l'état du blessé empirait pendant la nuit ?

Eh bien, elle appellerait une ambulance !

Mais si cet homme était un criminel en fuite, ou un prisonnier évadé ? Pour s'être ainsi caché dans les bois, il ne devait pas avoir la conscience tranquille…

La jeune femme fouilla dans ses poches à la recherche d'une pièce d'identité, mais elles étaient vides.

Aurait-il été dévalisé ? Mais dans ce cas, ne serait-il pas allé signaler l'agression à la police ?

Tout, dans cette histoire, défiait la raison — y compris ce que Dani s'apprêtait à faire…

Elle se redressa, puis s'écarta pour laisser les deux garçons opérer. Calvin prit le blessé sous les aisselles, Randall passa un bras sous chacun de ses genoux, et ils le soulevèrent.

Le fait de le bouger n'inquiétait pas trop Dani. Il avait dû beaucoup marcher pour arriver jusque chez elle et, en l'examinant, elle ne lui avait rien trouvé de cassé. Il pouvait certes souffrir de fractures indétectables à l'œil nu ou par simple palpation, mais c'était un risque que même des ambulanciers auraient été obligés de prendre pour le hisser sur un brancard.

Calvin et Randall s'engagèrent dans l'escalier. Ils étaient tous les deux robustes, et pourtant, à la troisième marche, ils haletaient déjà. L'inconnu devait mesurer dans les un mètre quatre-vingt-cinq, et peser plus de quatre-vingts kilos — dont pas une once de graisse, à en juger par son torse puissant et les cuisses musclées qui se dessinaient sous son jean.

Tout en suivant la lente progression des garçons, Dani repensa à la possibilité que cet homme soit un criminel en fuite — un violeur ou un assassin…

Un spasme d'angoisse lui étreignit le cœur, puis elle se dit que toute personne malade ou blessée avait le droit d'être soignée. Les condamnés à mort eux-mêmes bénéficiaient d'une assistance médicale s'ils avaient un problème de santé. Cet homme avait reçu une balle dans l'épaule et, en tant que médecin, elle était tenue de voir en lui un patient comme les autres.

Une fois en haut de l'escalier, elle courut à la chambre d'amis, rabattit la couette et redressa les oreillers. Quand Calvin et Randall eurent allongé le blessé sur le lit, elle lui ôta ses chaussures de marche et les posa par terre. La marque du fabricant, gravée sur la languette, lui fit froncer les sourcils : elles devaient coûter deux cents dollars minimum. Et elles étaient neuves… Un fugitif aurait-il eu les moyens et la possibilité de se les acheter ?

— Aide-moi à lui enlever sa chemise ! déclara-t-elle à Calvin.

Un coup d'œil à l'étiquette cousue à l'intérieur du col lui dit que cet homme ne lésinait pas plus sur la qualité de ses chemises que sur celle de ses chaussures.

Quand il fut torse nu, elle se tourna vers Randall.

— Demain à la première heure, tu iras de nouveau fouiller avec Calvin les alentours de l'endroit où le… l'accident s'est produit, pour essayer de trouver un portefeuille ou tout autre chose qui nous permettrait de savoir à qui nous avons affaire.

— Ça signifie que vous allez pas prévenir le shérif ? s'écria Randall, les yeux pleins d'espoir.

Dani se donna le temps de réfléchir avant de répondre prudemment :

— Ça signifie que je vais attendre de connaître les intentions de ta victime, *mais* si je constate la moindre aggravation de son état avant qu'il se réveille, je le fais transporter à l'hôpital, et là, je ne pourrai pas empêcher le personnel soignant d'appeler Nichols.

— D'accord…

— Vous voulez qu'on reste ici cette nuit, mademoiselle Archer ? demanda Calvin.

— Oui, bonne idée. Ainsi, je vous aurai sous la main en cas de besoin.

— On va téléphoner à nos parents.

Les deux garçons quittèrent la pièce. Comme ils avaient visiblement compris la gravité de la situation, Dani savait pouvoir compter sur eux, et ce n'était pas la place qui manquait : la maison comportait quatre chambres.

Elle les enverrait le lendemain inspecter l'endroit où ils avaient vu l'inconnu et tenter de trouver le chemin qu'il avait pris pour descendre de la montagne. Un objet ou un document avait pu tomber de ses poches, qui se révélerait utile pour l'identifier.

Revenant au présent, la jeune femme alla chercher la trousse de premiers secours de son père. Elle téléphona ensuite à Doc, mais sans parvenir à le joindre, et elle laissa sur son répondeur un message lui demandant de la rappeler le plus vite possible. Elle voulait avoir un deuxième avis médical sur la décision qu'elle avait prise de ne pas conduire tout de suite le blessé à l'hôpital.

Après avoir nettoyé ses blessures et appliqué dessus un antiseptique local, elle lui trouva une température juste un peu supérieure à la normale, ainsi que des réflexes pupillaires et rotuliens intacts. Elle en fut à la fois surprise et rassurée : à part cette protubérance à la nuque et une perte de conscience qui durait maintenant depuis près d'une heure, il ne présentait aucun symptôme inquiétant.

Le stade avancé de cicatrisation de ses plaies restait néanmoins un mystère : si elles dataient vraiment de la veille au matin, une croûte aurait à peine dû commencer de se former…

Alors peut-être n'avaient-elles en fait rien à voir avec Randall ?

Le regard de Dani se posa sur le torse musclé de l'inconnu. Il était manifestement en excellente condition physique… Elle savait cependant que presque toutes les prisons disposaient d'une salle de sport très bien équipée, de sorte que le corps d'athlète de cet homme ne lui apprenait rien sur son histoire.

Sa tenue démentait en revanche l'hypothèse d'un prisonnier en cavale : combien de détenus avaient les moyens de s'offrir des vêtements dont le coût total devait s'élever à plus de cinq cents dollars ? Et s'il les avait volés, il n'aurait sûrement pas pris le temps de les essayer, or ils étaient exactement à sa taille.

La tentative de Dani pour déduire quelques éléments d'identité de l'apparence de son étrange patient fut brusquement interrompue par un frisson de sensualité, et elle se traita d'idiote. Il avait beau être extrêmement agréable à regarder, elle devait demeurer vigilante : les tueurs en série ne ressemblaient pas forcément à des monstres ; la noirceur de leur âme se cachait parfois sous des physiques de stars de cinéma.

Après avoir rabattu la couette sur lui, la jeune femme descendit au rez-de-chaussée. Calvin et Randall étaient en train de discuter à voix basse dans la cuisine, et ils se turent dès qu'elle y entra. L'odeur de café frais qui régnait dans la pièce lui rappela ses longues nuits de garde à l'hôpital, mais elle ne s'attendait pas à devoir en vivre une ici, sous son propre toit !

— On s'est permis de faire du café, lui déclara Calvin. J'espère que ça vous ennuie pas…

— Non, pas du tout. Et si vous avez envie d'autre chose, à boire ou à manger, n'hésitez pas à vous servir ! Je pars dans quelques jours, et je ne sais pas quand je reviendrai, alors autant consommer avant le maximum de provisions : ça m'évitera de les jeter.

— Je suis vraiment désolé de vous causer tous ces ennuis, mademoiselle Archer ! dit Randall, les joues rouges comme un gamin surpris le doigt dans un pot de confitures. Si ce type…

— Ne t'inquiète pas : il s'en tirera. Et si séquelles il y a, elles seront dues au coup qu'il a reçu sur la nuque : la balle qui lui a traversé l'épaule ne lui en laissera aucune.

Dani sortit un mug du placard à vaisselle et ajouta avec un sourire qui se voulait rassurant :

— Nous ignorons tout de lui et de la raison pour laquelle il errait dans ces bois, mais elle n'a rien à voir avec nous. Nous lui avons porté secours, et cela, personne ne peut nous le reprocher.

— Mais le shérif…, commença Calvin.

Il laissa sa phrase en suspens, et Dani la termina à sa place :

— C'est un imbécile. Nous préviendrons la police d'Etat si nécessaire, mais pas Nichols, d'accord ?

Les deux garçons acquiescèrent d'un signe de tête, l'air infiniment soulagés.

— Je vais passer la nuit au chevet du blessé pour surveiller ses constantes vitales, reprit la jeune femme. Vous, allez dormir ! Si j'ai besoin de vous, je crierai.

Après avoir rempli son mug, elle se dirigeait vers la porte quand Randall l'arrêta en déclarant :

— Je vous suis très reconnaissant de ce que vous faites pour moi, mademoiselle Archer.

Elle se retourna et esquissa de nouveau un sourire.

— Mon père aurait agi de la même manière. Il vous considérait tous les deux comme des membres de sa famille, et il est donc normal que je vous protège de cet abruti de Nichols.

Sur ces mots, elle quitta la cuisine et remonta l'escalier. Sa décision de laisser les autorités locales dans l'ignorance de la coupable imprudence de Randall la tracassait, elle ne pouvait le nier, mais le souvenir de l'agression commise contre elle par celui qui portait l'étoile de shérif dans cette région l'empêchait d'adopter une autre conduite.

Un souvenir dont la seule évocation lui glaçait le sang.

En tant que médecin, cependant, elle devait donner la priorité à la santé de l'homme qu'elle avait recueilli. Si elle avait pensé lui faire courir le moindre risque en le gardant chez elle, se serait-elle vraiment résolue à le conduire tout de suite dans un hôpital qui aurait immédiatement prévenu le shérif ?

C'était un dilemme qu'elle préférait ne pas avoir à trancher, et qui ne se posait heureusement pas pour l'instant.

Arrivée sur le palier, elle longea le couloir jusqu'à la chambre d'amis en se disant pour se rassurer que l'état du blessé n'avait aucune raison de s'aggraver brutalement.

Son mystérieux patient n'avait pas bougé d'un centimètre pendant son absence, seule une respiration lente et profonde indiquait qu'il était toujours en vie. Dani s'assit près du lit, but son café à petites gorgées et, dans le silence de la pièce, la pensée de la tentative de viol dont elle avait été victime revint la hanter.

Alors âgée de vingt-quatre ans, elle était venue se reposer au ranch d'une année d'externat épuisante. Son père avait réussi à prendre lui aussi quelques semaines de vacances, et ils avaient passé ensemble des journées entières à se promener à pied dans les montagnes, ou à cheval dans la campagne environnante. Elle se rappelait le début de cet été comme d'un moment de bonheur parfait.

Lane Nichols, simple adjoint du shérif à l'époque, lui témoignait un intérêt marqué chaque fois qu'elle le croisait à Hickory Grove en allant faire des courses. Ses études de médecine l'avaient accaparée pendant des mois au point de la priver de toute vie sociale, et là, dans la quiétude ensoleillée de ce cadre bucolique, sa libido s'était subitement réveillée : quand le bel adjoint du shérif l'avait invitée à dîner, elle avait accepté.

Ce premier rendez-vous avait été des plus agréables, mais le deuxième avait mal tourné : Nichols l'avait emmenée dans un endroit isolé sous prétexte de lui montrer un site particulièrement pittoresque, et la seule chose qui avait évité à Dani d'être violée, c'était les cours d'autodéfense qu'elle avait suivis auparavant. Nichols ne s'attendait pas à ce qu'elle lui résiste, et les coups qu'elle avait réussi à lui porter avant de sortir de la voiture avaient achevé de le mettre en colère.

Elle s'était enfuie à toutes jambes, mais il avait redémarré et l'avait poursuivie dans l'intention évidente de se venger de l'humiliation qu'il venait de subir. Son instinct disait à Dani qu'il n'hésiterait pas à la frapper, ou pire, pour laver cet affront, mais la chance lui avait souri : un automobiliste s'était arrêté et l'avait prise à son bord.

Par la vitre arrière, elle avait vu Nichols les suivre. Et quand son sauveur l'avait déposée devant sa porte, Nichols s'était garé à quelques mètres et ne l'avait pas quittée des yeux jusqu'à ce qu'elle entre dans la maison.

Après avoir appris ce qui s'était passé, son père, furieux, avait appelé le shérif. Le lendemain, ce dernier était venu le voir, accompagné de Nichols, pour lui dire que sa fille avait tout inventé. Il était même prêt à jurer que son adjoint était avec lui au moment de cette « prétendue agression ». Cinq ans plus tard, ce déni de justice faisait encore bouillir Dani de rage.

Son père avait jeté les deux hommes dehors en les menaçant de porter l'affaire devant les tribunaux. L'avocat d'une ville voisine qu'ils avaient consulté le jour suivant leur avait cependant expliqué que toute tentative pour faire condamner Nichols était vouée à l'échec : le shérif le soutiendrait jusqu'au bout, quitte à se rendre coupable de faux témoignage.

Aujourd'hui, Nichols était shérif du comté, et Dani comme son père, bien qu'ils se plaisent beaucoup dans la région, savaient qu'ils avaient en lui un ennemi prêt à sauter sur la première occasion pour leur créer des ennuis.

La jeune femme serra les mâchoires. Non, il n'était pas question de donner à ce misérable la possibilité de lui nuire de nouveau.

Si le bel inconnu insistait en se réveillant pour alerter les autorités, elle s'en tiendrait à sa décision de s'adresser directement à la police d'Etat.

Dans l'immédiat, son seul objectif était de veiller sur lui jusqu'à ce qu'elle puisse prendre contact avec un membre de sa famille. Elle espérait qu'il s'en contenterait, même s'il était en droit de demander réparation du mal que Randall lui avait fait...

Mais si, par malheur, son état empirait pendant la nuit ?

Mieux valait ne pas y penser : il ne servait à rien de se tourmenter à l'avance pour des choses qui ne se produiraient peut-être pas.

5

— Mademoiselle Archer ?

Dani se tourna vers la porte et, à la faible clarté du jour naissant, aperçut Calvin debout dans l'embrasure. Elle jeta un coup d'œil au blessé, toujours plongé dans un profond sommeil, avant de se lever de sa chaise et d'aller rejoindre son jeune ami.

— Tu as bien dormi ? lui demanda-t-elle.

Il fit oui de la tête — mais ses traits tirés disaient le contraire — et lui tendit un mug de café fumant.

— Merci, Calvin. Et Randall ? Il tient le coup ?

— Il a l'air. Il m'attend dehors, mais je voulais pas partir sans venir vous voir d'abord.

Le regard du jeune garçon se posa brièvement sur le lit, et Dani comprit qu'il lui répugnait de la laisser seule avec un inconnu, même inconscient. Sans doute aurait-il aimé croire que toute cette histoire était juste un mauvais rêve… Elle n'était pourtant que trop réelle !

— Ne t'inquiète pas pour moi : ça ira… Vous montez explorer les endroits de la montagne où quelque chose a pu tomber des poches de notre homme ?

— Oui.

— Soyez prudents !

Un nouveau hochement de tête, puis Calvin pivota sur ses talons. Dani se passa une main lasse dans les cheveux et soupira. Si son mystérieux patient n'était pas rapidement identifié, elle devrait prévenir la police d'Etat, qui ne manquerait pas de demander des explications, et même s'il valait mieux les donner à elle qu'à Nichols, Randall aurait alors des ennuis…

La jeune femme s'éloigna lentement de la porte et but une

gorgée du café que Calvin lui avait gentiment apporté. Le goût familier de la variété préférée de son père la réconforta d'abord, mais elle prit ensuite conscience de ne pas avoir pensé à lui depuis la veille au soir. Un terrible sentiment de culpabilité l'envahit alors, et la douleur d'avoir perdu la personne qu'elle aimait et respectait le plus au monde revint en force.

Son père lui manquait tellement ! Sans lui, rien ne serait plus jamais pareil.

Après avoir posé le mug sur la table de chevet, elle s'assit au bord du lit pour contrôler les constantes vitales du blessé. Elle l'avait fait plusieurs fois pendant la nuit, avec chaque fois des résultats identiques : pouls et respiration lents mais réguliers, aucun signe d'aggravation ni d'amélioration. Il ne bougeait pas, n'émettait pas le moindre son, et toutes les tentatives de Dani pour le réveiller s'étaient révélées vaines.

Ce tableau clinique la déconcertait, et Doc ne l'avait toujours pas rappelée, mais il n'allait sûrement pas tarder à le faire. Il avait de nombreuses années de métier derrière lui, et elle avait vraiment besoin d'un deuxième avis médical.

Ses doigts se refermèrent sur le poignet de l'inconnu, et elle eut la surprise d'en trouver la peau moins chaude que quelques heures auparavant. Il n'avait jamais eu beaucoup de température, mais comment la fièvre avait-elle pu baisser aussi rapidement ? Si changement il avait dû y avoir, c'était plutôt dans l'autre sens…

Pour confirmer l'impression qu'elle avait eue au toucher, Dani lui glissa le thermomètre dans la bouche et attendit le bip… 36,8, lui indiqua l'affichage numérique. Elle fronça les sourcils. Aurait-elle mal lu le résultat de la même opération, la veille au soir ? Ou bien les violents efforts physiques que cet homme avait dû produire pour descendre de la montagne avaient-ils provoqué une hyperthermie passagère ?

Dani posa sur lui un regard perplexe, et elle fut de nouveau frappée par sa beauté. Une mâchoire énergique, une bouche bien dessinée, un nez fin, une épaisse chevelure blonde, souple et soyeuse…

Mais quelque chose d'autre attira soudain l'attention de la jeune femme : les égratignures qu'il avait au visage en arrivant chez elle. Elles avaient pratiquement disparu ! Et celles de ses avant-bras aussi !

De plus en plus déconcertée, Dani rabattit la couette, et là, elle n'en crut pas ses yeux : les plaies d'entrée et de sortie de la balle étaient maintenant à peine visibles. Elles semblaient dater de plusieurs semaines, et non de moins de quarante-huit heures.

C'était impossible !

Passant la main entre la tête de son patient et l'oreiller, Dani lui palpa délicatement la nuque. Une nouvelle surprise l'attendait : la bosse qu'elle avait sentie la veille au soir s'était complètement résorbée.

Elle regretta alors que Calvin et Randall ne soient pas là pour lui dire quelle n'avait pas rêvé, qu'ils avaient vu comme elle ces égratignures et ces blessures à l'épaule…

Les pensées se bousculaient dans sa tête. Une dose supplémentaire de caféine… Voilà ce qu'il lui fallait pour s'éclaircir les idées ! Elle retourna s'asseoir sur sa chaise, prit le mug sur la table de chevet et le vida en quelques gorgées.

Pour avoir lu des articles sur le sujet, elle savait que certaines personnes cicatrisaient exceptionnellement vite, mais elle se trouvait là devant un phénomène sans précédent de tissus se régénérant presque du jour au lendemain.

Il devait pourtant bien y avoir une explication !

Dani regarda sa montre. 8 heures… Pourquoi Doc ne l'avait-il pas encore appelée ? Au cours de sa longue carrière, il pouvait avoir déjà rencontré un cas semblable…

Mais lui parler de ses observations n'était peut-être pas une bonne idée, se dit la jeune femme après mûre réflexion. Depuis deux semaines, il s'inquiétait beaucoup pour elle, et avait même souligné plus d'une fois que le décès de son père l'avait sérieusement ébranlée. C'était vrai, mais elle le soupçonnait de donner à ce terme un autre sens qu'elle, d'insinuer que le chagrin lui égarait l'esprit.

Aussi loin que ses souvenirs remontent, Doc avait été comme un frère pour son père et comme un oncle pour elle. La sollicitude qu'il lui témoignait en ce moment lui semblait néanmoins excessive. C'était comme s'il s'attendait à la voir faire une dépression.

A peine cette pensée lui fut-elle venue que Dani se la reprocha.

Doc souffrait, lui aussi ; il avait perdu son meilleur ami, alors peut-être avait-il besoin, pour combler le vide laissé par cette mort, de se sentir utile à quelqu'un ?

Elle avait pourtant toujours tenu bon face à l'adversité…

Sauf ce fameux été, cinq ans plus tôt.

Un frisson la secoua au souvenir du choc que lui avait causé l'agression de Lane Nichols. Elle avait failli craquer, après, et son apparente incapacité à se remettre de ce traumatisme avait alarmé son père et Doc. Mais elle avait finalement trouvé la force de se ressaisir, repris ses études, et travaillé ensuite sans s'accorder la moindre sortie — sa triste expérience avec Nichols l'avait rendue méfiante.

Les choses n'avaient pas beaucoup changé depuis. Elle avait bien eu deux ou trois petits amis, mais aucune de ces relations n'avait duré longtemps. Un psychiatre y aurait sûrement vu une conséquence de la tentative de viol dont elle avait été victime, et il aurait sans doute eu raison : sa peur de s'engager devait venir de là.

Elle reporta son attention sur l'homme endormi à moins d'un mètre d'elle, et décida de ne pas parler à Doc de la guérison spectaculaire de ses blessures. Il ne l'aurait peut-être pas crue, et cela aurait risqué de le conforter dans l'idée que la douleur lui avait fait perdre toute lucidité.

L'important, c'était de remettre son patient sur pied, et de le dissuader de porter plainte. Randall avait commis une faute, mais ce n'en était pas moins un gentil garçon ; il méritait une seconde chance.

Restait à espérer que sa victime la lui accorderait.

Ghost Mountain
Le Centre

O'Riley demeura longtemps silencieux après que son analyste en chef lui eut communiqué les dernières informations sur la situation d'Adam.

L'équipe de recherche ne l'avait pas retrouvé dans le fossé où ses agresseurs affirmaient l'avoir abandonné, mais les analyses d'ADN effectuées sur des cheveux et des fragments de peau découverts à cet endroit y avaient confirmé sa présence.

A un moment donné, tout du moins… Ensuite, soit il était parti à pied, soit quelqu'un l'avait transporté ailleurs. L'endroit où il se trouvait depuis restait un mystère.

Les trois malfaiteurs soutenaient qu'ils avaient juste voulu le voler. Ils s'étaient cependant acharnés sur lui, continuant de le frapper avec le démonte-pneu même après l'avoir réduit à l'impuissance, de sorte qu'il ne s'agissait peut-être pas de simples pirates de la route. Et s'ils ne s'en étaient pas pris à lui par hasard ?

La voix de Dupree tira O'Riley de ses sombres réflexions :

— Nos hommes passent au peigne fin un périmètre de trente kilomètres autour du lieu de l'attaque et, conformément à vos instructions, ils interrogent tous les habitants de la région, y compris les représentants de la loi.

C'était contraire à la politique de secret absolu du Centre, mais O'Riley n'avait pas le choix : il devait tout mettre en œuvre pour retrouver Adam… Il se laissa aller contre le dossier de son siège. Cela faisait plus de quarante-huit heures qu'il n'était pas rentré chez lui, et l'inquiétude l'avait tenu éveillé pendant tout ce temps.

— L'équipe de recherche a-t-elle pris contact avec les hôpitaux des villes voisines ? demanda-t-il.

Si Adam était blessé — et il l'était assurément —, il devait être allé quelque part pour se faire soigner… Sauf si ses blessures avaient altéré ses facultés cognitives, mais O'Riley écarta résolument cette hypothèse. Il ne pouvait pas se permettre de perdre le plus performant de ses Opérateurs : un échec d'une telle ampleur aurait des conséquences désastreuses sur le futur financement du Centre.

Maudit soit Joseph Marsh ! pensa-t-il. C'était certainement lui qui avait tout déclenché : Thurlo n'aurait pas eu le cran nécessaire pour agir de sa propre initiative.

— Adam n'a été admis dans aucun des hôpitaux ni aucune des cliniques privées de la région, déclara Dupree. Mais s'il n'a pas survécu à ses blessures, son cadavre se trouve peut-être à la morgue, en attente d'identification.

— Nous n'envisagerons pas cette possibilité avant d'avoir

exclu toutes les autres ! gronda O'Riley en tapant si violemment du poing sur sa table que Dupree sursauta et dut ensuite rajuster ses lunettes sur son nez.

— Ou… oui, bredouilla-t-il. Mais j'ai quelque chose à ajouter, si je peux me permettre…

— Allez-y !

— Les coups qu'Adam a reçus à la tête ne l'ont peut-être pas tué, mais ils ont sûrement causé de graves dommages à son GPS, puisqu'il n'émet plus. Et… et ils ont pu aussi affecter son système nerveux central de façon irréversible.

— Qu'en pense le L1 ?

C'était le nom donné au laboratoire de physiologie du Centre. Ses nombreux autres laboratoires avaient chacun leur numéro et leur spécialité — le génie génétique, l'allongement de la vie, la résistance aux maladies, l'élaboration et l'expérimentation de nouveaux vaccins… Ils étaient tous dirigés par l'une des personnes les plus compétentes au monde dans son domaine, avec comme collaborateurs des chercheurs et des scientifiques de très haut niveau.

— D'après les neurologues, répondit Dupree en s'agitant nerveusement sur sa chaise, il est possible qu'Adam ait perdu la capacité de tenir des raisonnements, voire de former des pensées, et cela expliquerait qu'il n'ait pas essayé de prendre contact avec nous. Il est peut-être en train d'errer sans but, ignorant où il est et de ce qu'il doit faire.

O'Riley planta son regard dans celui de son interlocuteur et déclara sur un ton péremptoire :

— Je vous donne quarante-huit heures pour le retrouver, et pas une de plus ! C'est compris ?

— Oui, monsieur le Directeur. Je vais demander à l'équipe d'intensifier ses recherches… Vous comptez envoyer quelqu'un là-bas pour achever le travail dont Adam était chargé ?

La mission Judas… Dans le désarroi où l'avait plongé la disparition de son meilleur Opérateur, O'Riley l'avait presque oubliée !

— Non, pas tout de suite. Rien ne presse : Dani Archer ne va pas s'envoler !

— Très bien, dit Dupree avant de se lever et de quitter la pièce.

Pourquoi fallait-il qu'un problème aussi grave arrive maintenant, à la veille d'une année d'élection présidentielle ? songea O'Riley une fois seul. Le scrutin s'annonçait si serré que la moindre anicroche pouvait faire pencher la balance du mauvais côté… Si l'actuel locataire de la Maison-Blanche n'était pas réélu, le Centre risquait de disparaître. Un certain nombre de puissances alliées contribuaient à son financement, mais il avait besoin pour survivre du soutien inconditionnel du gouvernement américain. Il avait d'ailleurs toujours servi en priorité les intérêts de son propre pays, et O'Riley était prêt à tout pour que cette situation reste inchangée.

Personne — ni Adam ni même le futur Président — ne devait mettre en péril la mission du Centre.

C'était là que se jouait non seulement l'avenir des Etats-Unis, mais celui de l'humanité tout entière.

— On n'a rien trouvé, annonça Calvin.

— Rien du tout, renchérit Randall.

Dani contint à grand-peine une grimace de déception. Elle avait vraiment espéré qu'ils reviendraient avec le portefeuille ou au moins le permis de conduire de l'inconnu. Randall semblait cependant si abattu qu'elle se força à se montrer optimiste :

— Ce n'est pas grave. Il ne va sûrement pas tarder à se réveiller, et il nous donnera alors son nom.

Ces paroles n'eurent pas l'air de les réconforter. Comme ils étaient tous les deux employés dans le ranch du père de Randall, Dani songea que le travail les aiderait à penser à autre chose.

— Dépêchez-vous de partir, à présent ! Je vous préviendrai s'il y a du nouveau.

— On a nourri les chevaux, indiqua Calvin, et on reviendra s'occuper d'eux ce soir, mais n'hésitez pas à nous appeler avant en cas de besoin.

— Entendu.

Ce fut avec une certaine appréhension que Dani accompagna les deux garçons jusqu'à la porte : l'idée de demeurer seule avec l'inconnu la rendait nerveuse, et Doc n'avait toujours pas téléphoné…

Mais elle n'avait pas le choix, et ses craintes étaient de toute façon infondées, se dit-elle : quel mal un homme blessé pouvait-il lui faire ?

— Mademoiselle Archer, je…, commença Randall.

La fin de sa phrase lui resta dans la gorge, et il fixa ses pieds d'un air malheureux.

— Ne t'inquiète pas, déclara Dani en lui tapotant amicalement l'épaule. Je contrôle la situation.

Après lui avoir adressé un pâle sourire, il se dirigea vers son pick-up, Calvin à son côté, et elle se demanda s'il mesurait la chance que représentait une amitié comme celle-ci.

Des amis, elle en avait eu pendant sa scolarité, mais sans pouvoir nouer avec aucun de relation profonde et durable. Les élèves des établissements privés qu'elle avait fréquentés étant pour la plupart des fils et des filles de hauts fonctionnaires qui bougeaient beaucoup, ils y passaient rarement plus d'un an ou deux. Et ses vacances d'été en Virginie lui faisaient perdre le contact avec ceux qui restaient plus longtemps.

A chaque rentrée, elle avait donc l'impression de repartir de zéro, de devoir encore surmonter sa timidité naturelle pour tenter de s'imposer face à de nouveaux venus qui lui semblaient toujours plus intéressants qu'elle.

Et plus tard, à l'université, c'est le temps qui lui avait manqué pour se faire de vrais amis : avec un père aussi brillant que le sien, elle avait eu pour unique objectif de réussir ses études de médecine.

Avant de regagner le premier étage, Dani avala rapidement un toast et un verre de jus d'orange tout en se demandant si elle devait de nouveau essayer de réveiller son patient. Cette perte de conscience prolongée l'inquiétait, mais elle se rappela soudain avoir lu des articles sur des personnes que leur organisme avait de lui-même plongées dans une sorte de coma pour faciliter leur guérison.

Si c'était le cas de cet homme, les résultats étaient spectaculaires, alors peut-être valait-il mieux le laisser dormir.

Le téléphone sonna au moment où la jeune femme allait s'engager dans l'escalier. Elle fit demi-tour et prit la communication sur le poste du vestibule.

— Allô !

— Dani? Doc, à l'appareil… Tout va bien?

Elle hésita subitement à lui parler de l'homme qui dormait dans la chambre d'amis. Jamais encore elle n'avait songé à lui cacher quelque chose : son père et lui l'ayant toujours traitée en égale, ses relations avec eux étaient fondées sur une confiance et une franchise totales. Mais là, elle avait scrupule à mêler Doc à cette histoire : si les choses tournaient mal, il risquait d'en être lui aussi tenu pour responsable.

— Oui, tout va bien, répondit-elle. Je… j'avais juste besoin d'entendre ta voix.

L'honnêteté l'obligea ensuite à se demander qui, de lui ou d'elle, son mensonge visait le plus à protéger, mais il était trop tard pour se rétracter.

— Tu as trié les affaires de ton père, n'est-ce pas? et ton chagrin en a été exacerbé?

Cela, au moins, c'était vrai!

— Oui, murmura Dani.

— Et si je t'emmenais dîner au restaurant ce soir? Quelques heures en dehors de cette maison où tout te rappelle ton père te feraient du bien.

— J'accepterais volontiers si je n'avais pas promis à Calvin et à Randall de dîner avec eux.

Encore un mensonge, mais elle ne pouvait pas quitter son patient…

— Ils se préparent déjà pour l'ouverture de la chasse, j'imagine? observa Doc.

Rien, décidément, ne lui échappait! Il ne pouvait pas savoir qu'elle avait recueilli un blessé, mais il avait une parfaite connaissance de tout ce qui se passait d'autre dans sa vie.

— Oui, ils ont commencé d'effectuer des repérages il y a deux ou trois jours, répondit-elle. Ils s'y prennent toujours à l'avance.

Après le geste malheureux de Randall, cependant, la saison de la chasse ne leur apporterait sans doute pas les mêmes joies que les années précédentes… Dani eut soudain le pressentiment que cet accident allait entraîner des conséquences encore bien plus graves, mais elle attribua son angoisse à un état émotionnel porté au pessimisme par le décès brutal de son père.

— Je vais devoir te laisser : j'ai des dizaines de patients à voir aujourd'hui, déclara Doc. Mais si tu as besoin de quoi que ce soit, n'hésite pas à m'appeler !

— Entendu, et merci.

Dani raccrocha et monta l'escalier en se traitant d'idiote. Espérait-elle vraiment arriver à garder secrète la présence d'un blessé sous son toit ? Elle aurait dû dire la vérité à son vieil ami… Quand il la découvrirait — et c'était une simple question de temps —, il serait vraiment en droit de penser qu'elle n'avait plus toute sa tête.

Et qui sait ? Peut-être était-ce le cas… N'abritait-elle pas un homme qui pouvait être un dangereux criminel ? Sans parler du risque qu'elle avait pris en ne le conduisant pas immédiatement à l'hôpital…

Un risque néanmoins calculé, songea-t-elle pour apaiser sa conscience, et qui ne s'était pas révélé nocif pour son patient. S'il avait souffert d'un grave traumatisme crânien, en effet, elle s'en serait maintenant rendu compte : des symptômes caractéristiques d'une commotion cérébrale autres qu'une brusque perte de connaissance auraient fini par apparaître. Elle n'avait donc pas mis sa vie en danger en…

Un mélange d'effroi et de stupeur lui fit brusquement perdre le fil de ses idées : elle venait d'entrer dans la chambre de l'intéressé, et le lit était vide !

La pièce aussi, constata-t-elle après l'avoir rapidement parcourue du regard. Et comme les fenêtres étaient toujours fermées, l'homme n'avait pu s'en aller que par la salle de bains attenante, dont la porte était justement ouverte. S'y trouvait-il encore, ou bien…

Les pensées de Dani furent de nouveau brutalement interrompues — cette fois par une main qui se referma sur ses cheveux et lui rejeta la tête en arrière. Elle poussa un cri, tenta de se dégager, mais un bras s'enroula autour de sa taille et la plaqua contre une surface aussi dure qu'un mur de brique. C'était le torse puissant qu'elle avait eu la faiblesse d'admirer, mais dont la musculature ne lui inspirait plus maintenant que de la peur.

Renonçant à se débattre, elle déclara d'une voix douce mais pressante :

— Ne me faites pas de mal ! Je suis médecin, et vous avez été blessé… Je n'ai d'autre but que de vous soigner.

L'étreinte qui la maintenait immobile se desserra, et elle faillit alors s'enfuir à toutes jambes, ce qui aurait été une erreur, elle le pressentait.

Lentement, en prenant soin d'éviter tout mouvement brusque, Dani pivota sur elle-même. D'une main, l'homme la tenait toujours par les cheveux, et son bras lui encerclait encore la taille, mais il ne fit rien pour l'empêcher de se tourner vers lui.

— Je suis contente que vous soyez réveillé, dit-elle aussi posément que le lui permirent les battements affolés de son cœur. Comment vous appelez-vous ?

Il la fixa en silence, et avec une intensité qui lui donna la chair de poule. Ses yeux étaient d'un bleu comme elle n'en avait encore jamais vu — aussi soutenu et lumineux qu'un ciel d'été. Il avait le visage grave, mais la couleur y était revenue… Comment avait-il pu se rétablir aussi vite ?

Veillant toujours à mesurer ses gestes, la jeune femme prit la main enfouie dans ses cheveux et l'écarta juste assez pour pouvoir tâter le pouls de l'inconnu. Elle le trouva fort, régulier, et nettement moins lent que lors de son dernier examen.

— Il y a du mieux, observa-t-elle. Si on allait s'asseoir, maintenant ?

Elle accompagna ces mots d'un signe de tête en direction du lit, puis elle tira doucement son patient par le bras. Il ne résista pas, mais attendit qu'elle se soit assise au bord du matelas pour l'imiter.

Il lui fallait à présent ausculter son cœur… Sans stéthoscope, elle n'avait d'autre moyen de le faire que de poser l'oreille sur sa poitrine, mais elle craignait un peu sa réaction.

Et en effet, lorsqu'elle se pencha vers lui, il eut un vif mouvement de recul.

— N'ayez pas peur, déclara-t-elle sur un ton apaisant. Je ne vous ferai pas mal.

Au bout d'un moment, il se détendit. Elle effectua une deuxième tentative et, cette fois, il ne bougea pas.

Ses pulsations cardiaques ne présentaient aucune anomalie, ce qui acheva de rassurer le médecin en Dani, mais le trouble grandissant que lui causait le contact de cette peau tiède contre sa joue n'avait, lui, rien de professionnel… Et l'homme s'en aperçut peut-être, parce qu'il replongea brusquement la main dans ses cheveux et lui tira la tête en arrière.

— Le rythme est bon, annonça-t-elle en s'efforçant de demeurer impassible.

Et ce n'était pas facile, car deux émotions aussi puissantes que contradictoires l'habitaient : de la peur, et quelque chose qui ressemblait à une pulsion sexuelle.

Dani n'était cependant pas au bout de ses surprises : l'inconnu se pencha soudain vers elle et imita ses gestes, collant l'oreille contre sa poitrine, puis restant un moment à écouter son cœur battre.

Un cœur qui s'emballa aussitôt, tandis qu'une onde brûlante se répandait dans ses veines. Et, pour être ridicules, ces réactions n'en étaient pas moins incontrôlables.

Après s'être redressé, il posa les yeux sur un visage qu'elle sentait écarlate, et déclara :

— Bon.

Sa voix grave était un peu rauque, et Dani eut la nette impression que ce « bon » venait en écho du sien plus qu'il ne constituait un diagnostic.

Cela signifiait… Non, ce n'était pas possible ! Si la blessure à la tête de cet homme avait été assez sérieuse pour provoquer une aphasie amnésique, il ne s'en serait pas remis aussi vite.

Quoi qu'il en soit, il devait être déshydraté, et comme c'était un mal facile à traiter, celui-là, Dani prit le verre d'eau posé sur la table de chevet et le tendit à son patient.

— Tenez, buvez !

Il fixa le verre, puis leva vers elle un regard perplexe.

C'était donc encore pire que tout ce qu'elle avait imaginé : il n'avait visiblement compris ni ses paroles ni son geste !

Comme il était impensable que ce coup sur la nuque ait causé des atteintes cérébrales d'une telle gravité sans le tuer ou le plonger dans un coma profond, l'altération de ses facultés cognitives était peut-être due à une déficience mentale innée… Auquel cas il pouvait s'être échappé d'un hôpital psychiatrique ou de quelque structure de ce type…

Dani considéra une nouvelle fois sa poitrine musclée et se

demanda comment une personne incapable de s'alimenter seule pouvait se façonner un corps aussi athlétique.

Les deux semblaient incompatibles.

Faute d'avoir le matériel nécessaire pour le mettre sous perfusion — et à supposer qu'il la laisse lui enfoncer une aiguille dans le bras —, la jeune femme avala une gorgée d'eau et dit ensuite avec un grand sourire :

— Mmm… C'est bon !

Il regarda sa bouche, puis le verre, qu'elle approcha lentement de lui. Quand le bord fut tout contre ses lèvres, il les entrouvrit, et elle inclina le récipient de façon à ce que l'eau vienne les humecter. Elle ne put alors s'empêcher d'admirer cette bouche sensuelle… et se reprocha aussitôt son manque de professionnalisme. Cet homme était certes beau comme un dieu, mais elle devait arrêter de se comporter comme une adolescente fantasmant sur l'acteur le plus séduisant du moment.

Son patient lui-même l'aida d'ailleurs à se ressaisir : dès qu'il sentit l'eau toucher ses lèvres, il posa une main sur la sienne, souleva le verre et se mit à boire goulûment, si bien qu'elle fut obligée d'intervenir :

— Hé ! doucement ! Vous allez vous…

Trop tard : le verre était vide — une partie de son contenu ruisselant sur le menton et le cou de l'inconnu.

De façon purement instinctive, elle les essuya de sa main libre… et ses sens s'embrasèrent instantanément.

Comment un geste aussi anodin pouvait-il l'exciter autant ? C'était incompréhensible !

— Bon, murmura l'homme en abaissant le verre.

Dani le reposa sur la table de chevet et se secoua mentalement. Elle était médecin, et devait se concentrer sur les besoins matériels de son patient : il fallait le nourrir, puis lui faire prendre une douche et lui fournir des vêtements propres.

Une chose au moins était sûre : elle ne courait aucun danger avec lui. Il était aussi inoffensif qu'un enfant de deux ans.

Il possédait cependant une force physique impressionnante, et mieux valait donc continuer de le traiter avec circonspection : un moment de colère, et il pouvait lui porter un coup fatal sans le vouloir.

L'absurde mais puissante attirance qu'il lui inspirait était aussi là pour lui rappeler qu'elle n'avait pas affaire à un enfant…

Comment allait-elle faire pour réprimer ses pulsions tout en étant contrainte de l'assister jusque dans les actes les plus simples de la vie quotidienne ?

6

Il dévora un plein bol de céréales. Puis deux sandwichs. Puis une omelette… Quoi que Dani pose devant lui, il le mangeait, mais seulement après qu'elle lui eut montré comment s'y prendre.

Elle lui versa un deuxième bol de céréales et le regarda l'engloutir. Il y avait quelque chose de touchant dans le contraste entre son physique extrêmement viril et des manières qui laissaient beaucoup à désirer : comme un petit enfant, il se servait plus de ses doigts que de ses couverts pour satisfaire son appétit.

Et cette analogie s'appliquait aussi à la façon dont il répétait les mots qu'elle prononçait… Sauf que sa voix n'avait rien d'enfantin : elle était grave, profonde, incroyablement sexy.

Cette dernière épithète fit ciller Dani. Pourquoi ses pensées ne cessaient-elles de la ramener au sexe ?

Peut-être était-ce dû à la période qu'elle traversait, éprouvante sur le plan émotionnel : le décès d'un proche créait souvent, par réaction, une pulsion de vie qui pouvait se traduire par un renforcement de la libido.

Satisfaite de cette explication, la jeune femme reporta son attention sur un problème d'une tout autre nature : elle avait essayé de communiquer avec l'inconnu dans chacune des langues étrangères qu'elle parlait — et même dans celles dont elle ne connaissait que quelques mots. Qu'elle s'adresse à lui en espagnol, en français ou en italien, cependant, il s'était contenté de planter ses extraordinaires yeux bleus dans les siens et de la fixer comme s'il tentait de voir à l'intérieur de sa tête.

Un bruit sec retentit, et Dani n'aurait pas sursauté plus violemment s'il s'était agi d'un coup de feu. Mais c'était juste le choc contre la table d'un bol que l'homme avait reposé sans douceur après en avoir bu la dernière goutte de lait restante.

— Bon ! déclara-t-il ensuite.

Elle soupira. La situation la dépassait complètement. Elle aurait dû tout raconter à Doc, quand il avait téléphoné... Il n'était toutefois pas trop tard, et l'idée lui vint d'amener l'inconnu à son cabinet de Hickory Grove au lieu de le rappeler. Là, il y aurait tout le matériel nécessaire à un examen approfondi.

Oui, c'était le meilleur parti à prendre, se dit-elle avant de repousser sa chaise, soudain pleine d'énergie.

Son regard croisa alors celui de son vis-à-vis. Il la considérait avec le même mélange de soumission et d'expectative qu'un chiot attendant les ordres de son maître... Quelle femme n'aurait rêvé d'avoir un homme aussi beau prêt à lui obéir en tout ?

Se surprenant à laisser de nouveau ses pensées l'entraîner sur un terrain glissant, Dani les dirigea vers les conséquences concrètes et immédiates de sa décision : avant d'aller voir Doc, il lui fallait rendre son patient présentable.

Quand elle le prit doucement par la main, il se leva et la suivit docilement.

Si son jean avait juste besoin d'être lavé, songea-t-elle en montant l'escalier, sa chemise était bonne à jeter. Il était trop large d'épaules pour qu'aucune de celles de son père lui aille, mais un T-shirt, plus extensible, devrait faire l'affaire.

Il fallait cependant commencer par le mettre sous la douche...

Elle le conduisit à la salle de bains attenante à la chambre où il avait dormi, et ouvrit le robinet. Les quelques minutes nécessaires à l'eau chaude pour arriver lui servirent à sortir une serviette propre et un savon neuf du placard. Elle se tourna ensuite vers John — elle ne pouvait pas continuer indéfiniment à l'appeler « l'inconnu » ou « son patient » —, et prit soudain conscience qu'elle n'était pas encore au bout de ses peines : comment allait-il réagir à la nécessité d'ôter ses vêtements, puis quand il sentirait le jet d'eau sur sa peau ?

— Mince ! marmonna-t-elle.

— Mince !

Sa première réaction fut d'éclater de rire : John venait d'apprendre un nouveau mot ! Puis elle fronça les sourcils. Comment avait-il pu l'entendre, avec le bruit de la douche et alors qu'elle avait parlé tout bas ? Ses autres facultés étaient peut-être altérées, mais il avait l'ouïe fine !

Après avoir ouvert tout grand la porte de la cabine, elle tendit le bras et le mit sous l'eau.

— Bon ! dit-elle.

C'était le seul concept que John semblait comprendre et, comme elle l'espérait, il imita ses gestes. Lorsqu'elle retira son bras, il fit de même et déclara :

— Bon !

Ce premier problème résolu, la jeune femme s'attaqua au second.

— Que ça vous plaise ou non, John, vous allez devoir vous déshabiller entièrement.

La façon dont il gardait les yeux rivés sur ses lèvres pendant qu'elle parlait la troublait, et ce fut d'une main un peu tremblante, en craignant de sentir ce trouble augmenter encore, qu'elle entreprit de lui déboutonner son jean.

Mais elle avait vu quantité d'hommes nus pendant ses études sans en éprouver la moindre émotion sensuelle, se rappela-t-elle. Il n'y avait aucune raison pour qu'il en soit autrement aujourd'hui.

Une fois le pantalon défait, elle prit les mains de John et voulut l'aider à le baisser, mais il se borna à la regarder, une expression de totale incompréhension peinte sur son beau visage.

Pressée d'en finir, Dani tira d'un coup sec le jean vers le bas, et le caleçon bleu marine qu'il portait dessous vint avec. Elle s'arrêta là, espérant qu'il avait compris et allait lui prêter son concours…

C'était oublier le schéma que suivait son comportement depuis son réveil : au lieu de l'aider, il tendit la main vers la fermeture de son jean à elle.

— Non ! s'écria-t-elle en reculant vivement d'un pas.

Au bout d'une minute ou deux d'explications par gestes, John parut enfin saisir ce qu'elle attendait de lui. Jean et caleçon atterrirent sur le sol, et elle pointa l'index vers la douche.

— Vous pouvez y aller, maintenant !

Aucune réaction, si ce n'est un nouveau regard perplexe. John n'avait même pas jeté un coup d'œil dans la direction qu'elle lui indiquait !

Alors, résistant à la tentation de contempler tout à loisir un corps qu'elle devinait superbe, la jeune femme entoura de ses mains le visage de John, le força à tourner la tête vers l'eau qui continuait de couler, puis elle le poussa doucement vers la cabine. Il commença par résister, mais se décida finalement à y entrer.

— Ouf! murmura-t-elle.

A peine ce mot avait-il franchi ses lèvres que John l'empoigna par le bras et la tira jusqu'à lui. Avec l'eau qui ruisselait sur ses épaules, il ressemblait à un blond Adonis surpris par une averse soudaine.

— Bon! déclara-t-il.

— Bon! répéta Dani, faisant contre mauvaise fortune bon cœur.

Cette douche lui apprit que, malgré le nombre d'hommes nus que ses études de médecine l'avaient amenée à examiner, elle n'en avait encore jamais vu d'aussi bien fait que John : il n'y avait pas une seule partie de son corps qui ne soit parfaite. C'était comme si quelque dieu avait donné vie à une statue de glaise réunissant tous les critères de l'idéal masculin.

Et alors qu'elle n'aurait jamais cru trouver un jour amusant de se doucher tout habillée, elle ne put s'empêcher de rire quand John entreprit de la savonner de la tête aux pieds comme elle venait de le faire pour lui — ce qui l'avait mise dangereusement près de transformer en caresses le passage de ses mains sur une peau incroyablement douce et lisse.

Une séance de rasage suivit, et la disparition d'une barbe de plusieurs jours rendit John plus beau encore. Aucun homme n'aurait dû avoir le droit d'être aussi séduisant !

Le temps que son jean et son caleçon soient passés à la machine à laver et au sèche-linge, il était plus de 11 heures. La jeune femme l'aida à les enfiler, ainsi qu'un T-shirt portant l'inscription « Génie au travail » — cadeau de Dani à son père. Elle avait appelé le cabinet de Doc, et Sarah Keller, son assistante, lui avait dit qu'il aurait un moment de libre en toute fin de matinée. Il ne lui restait plus qu'à emmener John là-bas.

Avec ses vêtements propres et ses cheveux bien coiffés, il ne ressemblait plus en rien à l'homme qu'elle avait vu surgir dans l'embrasure de sa porte, la veille au soir. Il respirait la santé, et malgré sa blondeur, il avait le genre de teint qui donnait l'impression d'un hâle permanent.

Alors qu'ils sortaient de la maison, Dani réalisa brusquement qu'elle allait devoir conduire la voiture de son père, et son regard se tourna vers la grange désaffectée convertie en garage.

Deux semaines plus tôt, elle avait pris le premier avion en partance pour la Virginie, oubliant presque, dans son désarroi, d'emporter son sac, et laissant derrière elle une trousse de médecin qui ne la quittait d'habitude jamais. Doc était venu la chercher à l'aéroport, et il lui avait servi de chauffeur pour se rendre aux obsèques. Ensuite, elle n'avait plus bougé du ranch : des placards à provisions et un congélateur pleins lui auraient permis de se nourrir sans avoir à faire de courses même si le chagrin ne lui avait durablement coupé l'appétit.

C'était Doc qui lui avait annoncé la terrible nouvelle, et ce coup de téléphone avait bouleversé sa vie tout entière…

« Dani… Il s'agit de ton père. Je suis désolé, ma chérie… Il est mort. »

Ce souvenir lui fit monter aux yeux des larmes qu'elle refoula d'un battement de paupières. Elle ne voulait plus pleurer !

— Attendez-moi là ! dit-elle à John avant de rentrer précipitamment dans la maison.

Il lui semblait avoir vu les clés de la voiture sur le bureau de son père, et c'est bien là qu'elle les trouva, mais alors qu'elle se dépêchait d'aller rejoindre John dehors, elle eut la surprise de le découvrir dans le vestibule, face à une photo encadrée d'elle et de son père. Il la fixait avec une telle intensité qu'elle s'arrêta net. Il toucha du doigt le visage de Daniel Archer et murmura :

— Bon.

Les yeux de la jeune femme se remplirent de nouveau de larmes, et elle eut cette fois beaucoup de mal à les contenir.

— Il faut partir, déclara-t-elle. Venez !

John se tourna vers elle et, l'espace d'un instant, elle eut l'impression qu'il allait prononcer son nom. Mais c'était impossible, et aucun son ne sortit en effet de ses lèvres.

— Venez ! répéta-t-elle en le prenant par la main.

Une demi-heure plus tard, ils attendaient dans le bureau privé de Doc qu'il en ait terminé avec ses consultations de la matinée.

Les rayonnages qui tapissaient les murs de cette pièce rappelaient beaucoup à Dani le bureau de son père. La seule différence, c'était que la bibliothèque de Doc se composait en grande partie d'ouvrages médicaux anciens.

La jeune femme sourit en se souvenant du plaisir qu'elle avait, enfant puis adolescente, à feuilleter ces livres. Il lui arrivait de passer des heures à en tourner les pages jaunies par le temps. C'était Doc qui lui avait donné envie de devenir praticienne, alors que son père aurait voulu la voir se consacrer comme lui à la recherche.

Le grand cendrier posé sur la table, près d'un râtelier à pipes et d'une boîte de tabac blond, lui évoqua aussi le défunt. Doc et lui avaient tellement de choses en commun qu'elle avait parfois le sentiment d'être autant la fille de l'un que de l'autre.

Lorsqu'une affaire urgente appelait le Dr Archer à Washington pendant les vacances, par exemple, Doc la gardait pour la journée, et il ne se serait pas mieux occupé d'elle s'il avait été son vrai père. Quand elle avait eu quinze ou seize ans, il l'avait même emmenée dans ses tournées de visites, et ainsi sensibilisée à la dimension humaine de son métier… Comment aurait-elle pu en choisir un autre, après cela ?

Alors que Dani allait et venait dans la pièce, John se tenait immobile comme une statue dans l'un des fauteuils placés face au bureau de Doc. Son vocabulaire s'était considérablement enrichi pendant le trajet pourtant court entre le ranch et Hickory Grove. « Bon » n'était plus le seul mot qui avait un sens pour lui : il en avait maintenant retenu une douzaine d'autres, comme « clés » et « voiture », et il les utilisait à bon escient. Des progrès aussi rapides dans un apprentissage du langage qui repartait apparemment de zéro laissaient la jeune femme pantoise.

La porte s'ouvrit soudain, et Sarah Keller apparut sur le seuil.

— Le dernier patient de la matinée est en train de s'en aller, Dani, annonça-t-elle.

— Merci.

Une fois l'assistante repartie, la jeune femme s'approcha de John et lui déclara en le regardant bien en face, pour forcer son attention :

— Restez là ! Je reviens tout de suite.

Qu'il ait compris ou non, il ne bougea pas. Dani sortit dans le couloir juste au moment où Doc arrivait. Elle s'arrêta et referma la porte : elle voulait avoir quelques minutes d'intimité avec lui avant de lui présenter John.

— Quelle bonne surprise ! s'écria le médecin. Je suis ravi de te voir enfin prête à quitter ta retraite !

Quand il l'eut rejointe, il la serra dans ses bras, et elle respira les odeurs qui lui auraient permis de le reconnaître les yeux fermés : un mélange d'eau de toilette ambrée, de désinfectant et de tabac blond. Des odeurs familières, et rassurantes dans leur permanence à un moment où elle avait particulièrement besoin de repères.

Craignant de se mettre à pleurer si elle restait trop longtemps dans ces bras protecteurs, Dani s'en dégagea doucement, et le regard de Doc se posa sur elle, débordant d'affection derrière les verres épais de ses lunettes.

— Tu avais raison : ça me fait du bien de sortir, observa-t-elle. Je dois reprendre le cours normal de mon existence. C'est ce que papa aurait voulu.

— Absolument ! Alors, quand comptes-tu retourner à San Diego ?

— Lundi en huit, répondit-elle.

Cela arriverait vite, et elle n'était pas sûre de s'y sentir vraiment prête, mais la pensée de John, qui attendait de l'autre côté de la porte, chassa brusquement tous ses autres soucis de son esprit.

— Je… j'ai un problème, murmura-t-elle.

— Lequel ?

— Allons dans ton bureau !

Dani pensait retrouver John exactement là où elle l'avait laissé, mais une fois de plus, il la surprit : il avait quitté son fauteuil et, comme elle autrefois, sorti un livre de la bibliothèque. Il l'avait ouvert et en parcourait les pages, le front plissé par la concentration.

Quand Sarah Keller les avait accueillis, il lui avait paru nerveux : il avait fixé sur elle un regard soupçonneux, et s'en était tenu à distance respectueuse.

Son comportement avec Doc fut tout aussi circonspect : il le considéra d'un œil méfiant pendant que Dani faisait les présentations, et manifesta son refus de le laisser s'approcher en reculant à mesure qu'il s'approchait de lui.

Pour le rassurer, elle le prit doucement par la main et l'emmena se rasseoir. Elle s'installa ensuite dans l'autre fauteuil, et Doc, derrière son bureau. Il sortit une pipe du râtelier, mais elle savait qu'il ne fumerait pas en sa présence : comme son père, il était censé avoir arrêté. Il allait donc juste caresser amoureusement le bois de cette pipe, et attendre d'être seul pour l'allumer.

Dani sourit intérieurement. Doc la connaissait bien, mais elle aussi, et toutes les habitudes que son père et lui avaient eues en commun le rendaient en ce moment encore plus cher à ses yeux : c'était comme si un peu du disparu continuait de vivre grâce à lui.

— Cet homme avait donc une bosse derrière la tête hier soir, et elle s'était complètement résorbée ce matin ? déclara-t-il quand elle lui eut relaté les événements de la veille au soir.

— Oui.

— Et il répète ce que tu dis ? Il reproduit tes gestes ?

— Comme un petit enfant, à cette différence près qu'il apprend avec une rapidité stupéfiante.

— Il sait lire ?

— Je l'ignore.

Le livre que John avait dans les mains à leur entrée dans la pièce était maintenant posé sur ses genoux. Dani le prit, vit qu'il s'agissait d'un ouvrage d'anatomie et, avant qu'elle n'ait pu faire le moindre commentaire, John cita un paragraphe entier de la préface.

— Voilà qui répond à ma question ! observa le vieux médecin avec un haussement de sourcils étonné.

— Qu'en penses-tu, Doc ?

— C'est un cas étrange. Je pourrais l'examiner, mais il risque de mal le supporter, et je n'en vois pas l'intérêt, de toute façon : je ne détecterais rien de plus que toi. C'est chez un neurologue que tu dois l'emmener. Certaines maladies mentales peuvent se traduire par le type de mimétisme que tu m'as décrit, mais le fait que tu aies dû lui apprendre même à s'alimenter pointe dans une tout autre direction.

— Une amnésie globale ?

— Oui, bien que l'excellent état de santé de cet homme soit en contradiction avec les lésions cérébrales capables de provoquer une forme d'amnésie aussi grave. Un neurologue pourra lui faire passer un scanner afin de voir s'il a subi un traumatisme crânien il y a quelque temps. Si c'est le cas, il errait peut-être depuis dans les bois, seule une sorte d'instinct animal lui permettant de survivre, et il n'aurait eu de contact avec aucun autre être humain avant toi. Cela paraît presque impossible, mais l'hypothèse d'une amnésie psychogène est exclue, car il aurait alors conservé sa mémoire motrice.

— Tu as raison : je vais l'emmener chez un neurologue. Lequel me recommandes-tu ?

— Carl Nevin. Il exerce dans une clinique privée de Richmond, et il est très compétent. Je l'appelle tout de suite.

Pendant que Doc téléphonait, Dani pensa à une démarche qui lui déplaisait, mais qu'elle devait à présent se résigner à faire : prévenir les autorités. John ayant oublié qui il était, elle était dans l'obligation morale d'essayer de découvrir son identité. Il pouvait figurer dans le fichier des personnes disparues — ou dans celui des criminels en fuite.

— Demain à 10 heures, ça te convient ? demanda Doc en écartant le combiné de son oreille.

Elle acquiesça de la tête et, après avoir raccroché, il lui donna l'adresse de la clinique.

— Tu vas aller à la police, maintenant, j'imagine ? déclara-t-il ensuite.

A en juger par l'expression soucieuse de son visage, il sentait qu'elle n'en avait aucune envie.

— Je n'ai pas le choix, répondit-elle. Cet homme a peut-être une épouse, que son absence rend folle d'inquiétude.

L'idée que John soit marié la contraria et, agacée par cette réaction aussi absurde qu'inexplicable, elle se concentra sur ce que Doc disait.

— Le shérif Nichols est sûrement la dernière personne que tu veux voir se mêler de tes affaires, et j'ai dans la police d'Etat un ami en qui j'ai toute confiance, le lieutenant Davidson. Il est en poste à Richmond, et je peux essayer de t'obtenir un entretien avec lui pour demain matin… Qu'en penses-tu ?

— Ce serait formidable ! s'écria Dani, infiniment soulagée.

La tentative de viol commise contre elle par Lane Nichols aurait suffi à la dissuader de faire appel à lui, mais elle doutait en plus de ses compétences professionnelles. Jamais elle ne comprendrait comment il avait réussi à devenir shérif…

Doc appela son ami policier, qui accepta de recevoir Dani le lendemain à 11 h 30.

Cinq minutes plus tard, elle remontait dans la voiture avec John, et il attacha sa ceinture sans qu'elle ait à l'aider ni même à le lui rappeler. La rapidité de ses progrès ne cessait de la surprendre. Elle avait hâte de connaître l'avis du neurologue sur cet étrange phénomène !

Elle démarra, et vit alors du coin de l'œil son passager se saisir de la carte d'état-major de la Virginie posée sur la tablette du tableau de bord, puis la déplier et l'étudier attentivement. L'ayant entendu citer un paragraphe entier d'un texte rempli de mots savants, elle était tentée de le croire capable de lire une carte, et il l'intriguait de plus en plus. Quel métier exerçait-il avant de perdre la mémoire ? Avait-il une femme et des enfants ? une fiancée ? une petite amie ? des frères ? des sœurs ?

La liste des questions qu'elle se posait à son sujet s'allongeant au fil des secondes, Dani décida de s'arrêter là. Pourquoi s'intéressait-elle autant, d'ailleurs, à la vie privée d'un homme qui allait sortir de son existence aussi brutalement qu'il y avait surgi ?

Le lendemain, en effet, le policier avec qui Doc lui avait arrangé un rendez-vous entrerait son signalement et ses empreintes digitales dans un ou plusieurs fichiers informatiques, un nom s'afficherait sur l'écran, et d'où que John soit venu, il y retournerait.

Le sentiment de vide qui accompagna cette pensée donna à Dani l'envie de se gifler. Comment avait-elle pu s'attacher aussi vite à un parfait étranger ?

A cause du moment très particulier où elle avait fait sa connaissance, se rappela-t-elle.

Et aussi, bien sûr, parce qu'il était d'une beauté à laquelle aucune femme ne pouvait rester insensible…

Ce soir-là après le dîner, Dani emmena John dans le séjour, alluma la télévision et le laissa devant la chaîne d'informations continues, qui semblait le fasciner. Elle regagna ensuite la cuisine pour appeler Calvin et Randall. Ils furent soulagés d'avoir de ses nouvelles, car ils étaient venus donner à manger aux chevaux dans l'après-midi, et son absence les avait inquiétés — elle avait profité de son expédition à Hickory Grove pour déjeuner avec John dans un petit restaurant, et faire ensuite une provision de produits frais.

Ses jeunes amis lui proposèrent de revenir coucher au ranch, mais elle leur dit que ce n'était pas nécessaire, et les rassura sur l'état de santé de son patient. Randall eut l'air particulièrement content de le savoir remis de ses blessures, et elle, de son côté, était reconnaissante aux deux garçons de s'être occupés des chevaux : n'ayant pratiquement pas fermé l'œil de la nuit, elle était épuisée.

Quand elle retourna au séjour, la télévision marchait toujours, mais John n'y était plus. Son cœur bondit dans sa poitrine. S'il était sorti de la maison, il risquait de nouveau de se perdre, et comment ferait-elle pour le retrouver ?

Il fallait essayer de le rattraper avant qu'il se soit trop éloigné… La jeune femme franchit la porte en courant, mais n'eut pas à aller plus loin : John était dans le vestibule, les yeux rivés sur le portrait de son père posé sur la table du téléphone.

C'était la deuxième fois qu'elle le voyait en arrêt devant une de ses photos de famille… Aurait-il connu son père ? Non, c'était impossible ! Ce visage devait plutôt lui rappeler l'un de ses proches, ce qui stimulait peut-être sa mémoire.

D'après ce que Dani savait de l'amnésie globale, les personnes atteintes de cette maladie n'avaient pratiquement aucune chance de récupérer leurs souvenirs perdus, mais il y avait toujours des exceptions, et l'évolution de l'état de John sur le plan physique comme mental n'avait jusqu'ici rien eu d'ordinaire…

Elle le laissa un moment à sa contemplation, avant de lui signaler sa présence.

— C'est mon père, expliqua-t-elle.

Il tressaillit et se tourna vers elle. Tous ses muscles semblaient s'être contractés, comme pour mieux affronter un danger. Elle avait déjà observé ce phénomène chez lui : chaque fois qu'elle le surprenait, par un geste un peu brusque ou une apparition inopinée, il semblait en état d'alerte. Etait-ce dû à sa blessure ou à un réflexe acquis dans le passé ?

Impossible à dire, mais Dani, en s'approchant de lui, prit soin d'adopter une attitude aussi détendue que possible.

— C'est mon père, répéta-t-elle en pointant le doigt vers la photo. Daniel Archer.

John reporta son attention sur le visage du généticien et resta encore un moment à le fixer.

— Bon, déclara-t-il.

Avait-il connu son père et entretenu des relations amicales avec lui ? se demanda Dani. Le sentiment qu'il lui avait donné, le matin même, d'être sur le point de prononcer son nom était-il justifié, parce que son père lui avait parlé et montré des photos d'elle ?

Elle ne le saurait sans doute jamais, et cette pensée l'attrista. Sans cette perte de mémoire, peut-être John aurait-il pu lui apprendre quelque chose sur un père dont elle avait toujours été très proche, mais dont le comportement avait changé dans les semaines qui avaient précédé sa mort.

Sur le moment, elle s'était dit que c'était sa faute à elle s'il écourtait leurs conversations téléphoniques et invoquait une excuse ou une autre pour ne pas venir la voir en Californie : il la savait très occupée et craignait de la distraire de son travail.

Mais maintenant, elle se demandait si ce changement n'avait pas plutôt pour cause le mystérieux dossier informatique caché dans l'aspirateur. Son père s'était manifestement trouvé mêlé à une affaire délicate, qui avait pris mauvaise tournure peu de temps avant son décès.

Aux obsèques, Richard O'Riley avait cependant déclaré à Dani n'avoir eu aucun contact avec lui après son départ à la retraite, et si son ancien patron lui-même ignorait tout de cette affaire, de quoi pouvait-il bien s'agir ?

Encore une question dont elle ne connaîtrait sans doute jamais la réponse…

— Il est temps d'aller dormir, dit-elle à John avant de le prendre par la main et de l'entraîner vers l'escalier.

Il devait être aussi fatigué qu'elle, sinon plus : sa blessure par balle datait de deux jours seulement. Dani n'en avait pas soufflé mot à Doc, mais peut-être avait-elle eu tort, même si c'était pour éviter à Randall d'avoir des ennuis.

Arrivée dans la chambre d'amis, elle tira la couette, puis se tourna vers John.

— Enlevez vos chaussures, votre jean et couchez-vous, d'accord ?

Elle aurait parlé en chinois qu'il n'aurait pas eu l'air plus désorienté… Elle soupira, le fit asseoir sur le lit et le déchaussa.

— Bonne nuit ! déclara-t-elle ensuite en se relevant.

Il n'était pas question de l'aider de nouveau à ôter son pantalon, car elle n'était pas sûre d'avoir encore assez d'énergie pour lutter contre les fantasmes que son corps dévêtu lui inspirerait.

Laissant la lumière allumée dans le couloir, Dani se rendit dans sa chambre, se mit en chemise de nuit et se contenta de se laver les dents, rompant ainsi avec son habitude de ne pas se coucher sans s'être démaquillée et appliqué une crème hydratante sur le visage. Tant pis si cette négligence lui valait une demi-douzaine de rides ! Elle avait besoin d'une longue nuit de sommeil, sinon elle risquait demain de s'endormir au volant.

A peine avait-elle éteint la lampe de chevet et posé sa tête sur l'oreiller que ses paupières se fermèrent d'elles-mêmes. Elle ne se rappelait pas avoir été aussi exténuée depuis…

Un mouvement, à côté d'elle, lui fit rouvrir les yeux. Elle se redressa, un cri au bord des lèvres, qu'elle parvint à réprimer en croisant le regard de John. La clarté pourtant faible provenant du couloir lui avait suffi pour reconnaître ces yeux et ce visage d'une beauté saisissante.

Après l'avoir doucement forcée à se rallonger, John se blottit contre elle, et comme il avait enlevé son jean et son T-shirt, rien ne les séparait que son caleçon et une chemise de nuit en tissu léger.

Il lui passa un bras autour de la taille, et le « Bon ! » qu'il lui murmura ensuite à l'oreille eut pour curieux effet de la faire en même temps fondre et brûler de désir.

7

Elle était parfaitement immobile ; pas même un léger frémissement n'agitait de temps en temps ses paupières closes. Il l'écoutait respirer, sentait son cœur battre contre le bras qu'il avait posé en travers de sa poitrine.

C'était bon.

Avec précaution, il s'écarta d'elle et s'assit dans le lit. La fraîcheur de l'air sur son torse nu le fit frissonner. Une pâle lumière entrait par les fenêtres, et il profita du silence qui régnait dans la pièce pour faire le point de la situation.

Il n'avait plus mal nulle part, mais le plus grand désordre régnait dans son esprit… Faute de parvenir à rassembler ses idées, il concentra son attention sur celle dont il connaissait maintenant le nom — Dani — et se pencha pour mieux la regarder.

Ses longs cheveux bruns étaient répandus sur l'oreiller, autour d'un visage paisible dont la bouche entrouverte laissait passer un souffle tiède et régulier. Alors qu'il pouvait évoquer sans difficulté la couleur de ses yeux, le son de sa voix, l'odeur de sa peau, il ne savait plus qui il était… Comment était-ce possible ? Elle l'appelait John, mais son instinct lui disait que ce n'était pas son vrai prénom.

Les autres noms qu'il avait appris la veille tournaient dans sa tête : « Doc » — l'homme chez qui Dani l'avait emmené —, « Daniel Archer », qu'elle lui avait présenté comme son père et qu'il était certain de connaître, mais sans avoir la moindre idée de ce qui les liait.

Tout ce qu'il savait, c'était que cet homme et sa fille jouaient un rôle important dans la vie de celui qu'il était avant d'oublier jusqu'à son nom.

Quel rôle ? Il l'ignorait encore, mais il n'était pas inquiet : il finirait par s'en souvenir, car ses facultés mentales s'amélioraient de jour en jour. De plus en plus de mots avaient maintenant un sens pour lui, et il arrivait même à percevoir ce que Dani ressentait : elle plissait le front quand elle était soucieuse, sa respiration s'accélérait et ses mains tremblaient quand elle avait peur — comme la veille au soir, lorsqu'il était venu la rejoindre dans son lit, parce qu'un mystérieux instinct lui ordonnait de toujours rester le plus près possible d'elle.

Au bout d'un moment, il la vit ouvrir les yeux. Pendant quelques secondes, elle ne bougea pas, son regard demeura fixe, mais elle se redressa soudain et se tourna vers lui, en montrant tous les signes de frayeur qu'il avait appris à identifier.

Il en fut surpris. Pourquoi lui faisait-il peur ?

— Je ne comprends pas…, commença-t-il.

Puis il s'interrompit, décontenancé par sa capacité à formuler des pensées que, la veille encore, il manquait de vocabulaire pour exprimer. C'était comme si son cerveau avait continué de se reprogrammer pendant la nuit.

— Vous m'avez aidé à guérir, reprit-il, mais vous avez peur de moi ?

— Je vous ai aidé à guérir parce que c'est mon métier : je suis médecin. Je soigne les gens blessés ou malades.

La voix de Dani était douce, apaisante, comme la musique qu'il avait entendue la veille dans la voiture. A la radio.

— Je n'ai plus mal, indiqua-t-il.

— Tant mieux !

Un sourire ponctua ces mots, mais elle posa ensuite les yeux sur l'épaule qui l'avait fait souffrir, et son front se plissa. Quelque chose l'inquiétait.

— Pourquoi me regardez-vous comme ça ? déclara-t-il.

Il n'aimait pas plus la sentir soucieuse qu'apeurée à cause de lui. Il voulait voir son sourire éclairer de nouveau son beau visage.

— Vous m'intriguez, répondit-elle. La vitesse à laquelle vous vous êtes remis de vos blessures est très exceptionnelle.

— Et quand vous êtes intriguée, vous avez peur ? demanda-t-il, espérant comprendre enfin la cause d'une réaction que rien dans son comportement ne lui semblait justifier.

— Parfois.

Elle lui toucha le bras, et le contact de cette main pourtant fraîche sur sa peau provoqua une vive sensation de chaleur au creux de son ventre. Encore une chose dont la raison lui échappait…

— Je ne vous connais pas, enchaîna-t-elle. J'ignore jusqu'à votre nom, et cela me met mal à l'aise.

— Vous m'avez donné un prénom, et même si ce n'est pas le mien, l'essentiel est qu'il me différencie des autres personnes, non ?

Dani n'en croyait pas ses oreilles. Comment John avait-il pu autant progresser sur le plan du langage et du raisonnement en si peu de temps ?

Il lui restait cependant des choses à apprendre en matière de relations humaines, et elle chercha un moyen de lui faire comprendre pourquoi il lui inspirait toujours une certaine méfiance.

— Vous êtes un homme et je suis une femme, expliqua-t-elle. Vous êtes beaucoup plus fort physiquement que moi, et le fait de ne pas pouvoir prévoir vos réactions me rend un peu nerveuse.

Le regard de John se posa tour à tour sur les parties de leurs deux corps que la couette laissait découvertes. Il s'attarda sur des seins qu'une chemise de nuit largement décolletée couvrait à peine, et la jeune femme se sentit rougir. Dans sa hâte de prendre l'avion pour la Virginie, quinze jours plus tôt, elle avait omis d'en emporter une. Celle-ci avait été oubliée dans la salle de bains lors de son précédent séjour au ranch. Elle regrettait maintenant de ne pas avoir mis à la place l'un des T-shirts de son père, mais elle était trop fatiguée, la veille au soir, pour aller en chercher un dans les cartons.

Dieu merci, John était trop innocent pour avoir conscience de l'effet qu'avait sur elle la présence dans son lit d'un homme vêtu d'un simple caleçon, sinon il se serait enfui à toutes jambes ! Il y avait si longtemps qu'elle n'avait pas fait l'amour, si longtemps qu'elle n'avait pas senti des bras virils l'envelopper… Et il était si beau ! Le seul fait de dormir près de lui avait peuplé sa nuit de rêves érotiques.

Elle aurait dû avoir honte de le désirer, lui qui était venu la rejoindre juste pour se rassurer, comme un enfant qui avait peur du noir, mais c'était plus fort qu'elle.

— Je comprends, dit-il soudain.

L'espace d'un instant, Dani eut l'impression qu'il avait lu dans ses pensées, que ses extraordinaires yeux bleus possédaient le pouvoir de pénétrer jusque dans les replis les plus secrets de son âme. Mais comme, en bonne scientifique, elle ne croyait pas à la télépathie et autres phénomènes paranormaux, elle se dit que c'était le fruit de son imagination.

— Il faut se préparer pour votre rendez-vous avec le neurologue, déclara-t-elle pour mettre fin à une situation malgré tout embarrassante.

Quand elle se leva, il l'imita, et il ne l'obligea pas, ensuite, à se doucher avec lui — à son grand soulagement, car elle doutait d'être aujourd'hui assez forte pour résister aux pulsions sexuelles que lui aurait causées la vue de son corps nu.

Durant le trajet jusqu'à Richmond, John parut absorber comme une éponge tout ce qu'il voyait et entendait. Il aimait la radio, et tout particulièrement la musique — les informations et les messages publicitaires lui faisaient froncer les sourcils.

Le ciel et le paysage l'intéressaient aussi beaucoup, mais lorsqu'ils approchèrent de la ville, les gratte-ciel et un trafic de plus en dense le rendirent visiblement nerveux. Dani eut peur qu'il panique et devienne incontrôlable, mais ses craintes se révélèrent heureusement infondées.

Le Dr Nevin les reçut à 10 heures précises dans un bureau meublé avec goût, et cet homme vêtu avec une sobre élégance fit tout de suite bonne impression à Dani. Aimable et souriant, il sut mettre John à l'aise, si bien que l'examen au scanner ne posa aucun problème. Il étudia ensuite longuement les clichés, sous le regard attentif mais calme de John, et celui, un peu inquiet, de Dani.

— Le cerveau a subi des dommages, finit-il par annoncer, mais tels que les montre le scanner, et s'ils n'ont jamais été plus étendus, ils ne sont pas suffisants pour expliquer une amnésie globale… Et il y a autre chose d'étrange… Venez voir, docteur Archer !

La jeune femme se leva et s'approcha de lui.

— Regardez ! dit-il en montrant du doigt une petite tache sombre située à la base du crâne, à l'endroit où le bulbe rachidien et la moelle épinière se rattachaient. Il y a là quelque chose qui ne devrait pas y être.

— De quoi s'agit-il, à votre avis ?

— Pas de matière organique, c'est certain, et métallique non plus… Seul un prélèvement pourrait nous apporter une certitude.

C'était hors de question ! songea Dani. Sauf en cas de nécessité médicale absolue, elle ne sentait pas en droit d'autoriser ce genre de procédure invasive sans consulter d'abord un membre de la famille de John. Et pour cela, elle avait besoin de connaître son identité.

— Quelles sont ses chances de recouvrer complètement la mémoire ? demanda-t-elle.

Ses connaissances en la matière lui disaient qu'elles étaient nulles, mais un neurologue en savait évidemment plus qu'elle sur le sujet, et il se tenait au courant des progrès de la recherche scientifique dans sa spécialité.

Nevin soupira et caressa pensivement son collier de barbe poivre et sel.

— Dans des circonstances normales, je vous répondrais qu'il n'en a aucune : un patient souffrant d'amnésie globale ne peut retrouver que quelques bribes de souvenirs — et encore, pas toujours. Il doit même le plus souvent réapprendre à marcher, à manger, à parler… Mais d'après ce que vous m'avez dit sur cet homme, il récupère ses facultés motrices et cognitives à une vitesse fulgurante…

— Oui. Il y a encore des choses qu'il a du mal à comprendre, mais leur nombre semble diminuer d'heure en heure.

— Je n'ai jamais rencontré de cas semblable ! Sur les images du scanner, les lésions paraissent vieilles de plusieurs mois, voire de plusieurs années, alors pourquoi les dommages qu'elles ont provoqués auraient-ils attendu tout ce temps pour commencer à se réparer ? Vous m'avez cependant parlé d'une bosse à la nuque qui a disparu du jour au lendemain, d'une cicatrisation éclair des plaies dues à la balle qui lui a traversé l'épaule… C'est à croire que ses tissus ont la capacité de se régénérer dix à vingt fois plus vite que la normale !

Si Dani s'en était tenue aux propos de Nevin, elle aurait pensé qu'il doutait de sa parole, mais s'il l'avait prise pour une fabulatrice, il l'aurait sûrement déjà éconduite…

— Si je m'écoutais, je le ferais hospitaliser et j'étudierais ses progrès jusqu'à ce que ma curiosité soit satisfaite, observa le neurologue.

Il poussa un grand soupir, puis enchaîna :

— Mais ce serait contraire à l'éthique : cet homme ne se rappelle plus qui il est, et sa famille doit être en train de le rechercher. Son état physique n'inspirant aucune inquiétude et son état mental ne cessant de s'améliorer, je n'ai pas de raison de le garder. Une fois qu'il aura été rendu à ses proches, cependant, j'aimerais pouvoir l'examiner de nouveau, pour tenter de résoudre l'énigme qu'il constitue.

— Je ne suis pas sûre d'avoir l'occasion de rencontrer sa famille, mais si c'est le cas, je lui transmettrai le message.

— Quelles démarches avez-vous effectuées pour découvrir son identité ?

Encore aucune, songea Dani, mais cela, Nevin n'avait pas besoin de le savoir.

— J'ai pris contact avec la police d'Etat, répondit-elle.

Et comme elle allait le faire dans moins d'une demi-heure, ce n'était pas un gros mensonge.

— Parfait ! dit le neurologue.

La jeune femme lui régla ses honoraires, ils échangèrent une poignée de main, puis elle regagna le parking de la clinique avec John. La pensée de leur séparation prochaine la remplissait de tristesse, mais il n'y avait pas moyen de l'éviter : elle devait retourner en Californie, et John avait une famille, des amis, toute une vie qui l'attendait quelque part. Ce n'était pas un petit orphelin qu'elle aurait pu prendre sous son aile, mais un adulte qui s'était déjà construit une existence — et très probablement avec quelqu'un.

Cette dernière idée lui déplaisait de plus en plus, et pourtant il allait lui falloir s'en accommoder, d'une façon ou d'une autre.

*
* *

Le lieutenant Davidson travaillait à la Direction des personnes disparues. Dès qu'ils entrèrent dans le bâtiment qui abritait les services de la police d'Etat de Virginie, Dani sentit son compagnon se crisper, mais elle le comprenait d'autant mieux qu'elle avait elle aussi les nerfs tendus.

Contrairement au Dr Nevin, le policier les fit attendre. Il ne les rejoignit dans son bureau qu'à midi passé, mais il eut la courtoisie de s'en excuser et de leur donner la raison de son retard : une réunion qui aurait dû se terminer avant 11 heures s'était éternisée, et il n'avait pas pu prendre congé.

Son apparence était aussi beaucoup moins soignée, et son cadre de travail beaucoup plus austère, que ceux du neurologue. Il portait un costume froissé et mal coupé qui ne cachait rien d'une tendance marquée à l'embonpoint, et le mobilier de son bureau se composait d'une table, de chaises et de classeurs métalliques fournis par une administration dont le budget n'avait visiblement rien à voir avec celui d'une clinique privée.

Ses seuls points communs avec le Dr Nevin tenaient dans ses manières simples et cordiales qui mirent aussitôt ses deux visiteurs à l'aise.

Lorsque la jeune femme lui eut expliqué la situation, il chercha dans son ordinateur un dossier de personne disparue correspondant au signalement de John. Sans résultat. Et les empreintes digitales qu'il entra ensuite dans le fichier centralisé du FBI ne lui apportèrent aucune concordance.

Après avoir pris une photo de John et saisi les informations disponibles le concernant, il adressa un sourire encourageant à Dani.

— Soyez patiente ! Ce sera peut-être un peu long, mais je suis certain que quelqu'un, quelque part, finira par reconnaître cette photo.

— Merci, lieutenant, déclara-t-elle en se levant. Si John se rappelle un nom ou un événement susceptible d'aider à l'identifier, je vous en informerai.

Cinq minutes plus tard, elle s'approchait de la voiture et actionnait la commande de déverrouillage central des portières quand John s'immobilisa. Elle se tourna vers lui, déconcertée, et croisa un regard qui exprimait une assurance inattendue compte tenu des circonstances.

— Davidson ne trouvera rien, annonça-t-il.

— Qu'est-ce qui vous fait dire ça ?

— Je ne sais pas.

En un instant, toute son assurance avait disparu, mais sur le chemin du retour, Dani ne cessa de penser à son étrange commentaire, et à la façon dont il l'avait formulé, à la manière d'une évidence.

Il y avait là quelque chose de profondément troublant : comment pouvait-il affirmer que la diffusion de sa photo et de ses empreintes digitales ne produirait aucun résultat ? Bien qu'il ait lui-même admis l'ignorer, elle était tentée de le croire sur parole, parce qu'il lui avait déjà fourni des preuves de ses capacités hors du commun, et le crédit qu'elle accordait à un homme atteint d'une forme grave d'amnésie achevait de la déstabiliser.

Arrivée à Hickory Grove, Dani s'arrêta à la poste pour récupérer le courrier de son père. Elle ne s'était pas donné la peine de le faire depuis son retour au ranch, si bien que le casier était rempli de lettres, de revues et de prospectus. John l'attendant dans la voiture, elle prit le tout sans le trier et se dépêcha de ressortir. Elle ne voulait pas courir le risque de tomber sur le shérif Nichols ou l'un de ses fidèles adjoints, et de s'entendre poser des questions sur l'identité de l'homme qui l'accompagnait.

Alors qu'elle franchissait la porte, une voix la héla :

— Mademoiselle Archer !

C'était Calvin, qui se dirigeait vers elle à grands pas, et elle alla à sa rencontre, surprise de le voir seul : Randall et lui ne se quittaient pratiquement jamais.

— Bonjour, Calvin ! Où est ton compère ?

Le jeune garçon esquissa un sourire qui ressemblait plutôt à une grimace, puis il baissa les yeux et se mit à danser nerveusement d'un pied sur l'autre.

— Que se passe-t-il ? s'écria Dani, alarmée.

— C'est Randall… Il s'est soûlé, hier soir, à la salle de billard, et il a trop parlé.

— De quoi ?

— De la balle qu'il a tirée sur un homme en le prenant pour un animal sauvage.

— Oh! mon Dieu! Et à qui a-t-il raconté ça? A quelqu'un qui risque d'aller en informer le shérif?

— On était juste avec deux ou trois copains. J'ai essayé de noyer le poisson, et je crois que ça a marché, mais je peux pas en être sûr, alors je me suis dit que je devais vous mettre au courant, au cas où.

— Tu as bien fait, et je te remercie d'avoir tenté d'arranger les choses.

— Comment va-t-il? demanda Calvin avec un geste du menton en direction de John.

— Beaucoup mieux, mais son identité n'a pas encore été établie. Je viens de m'entretenir avec un enquêteur de la police d'Etat, qui va lancer des recherches, et on en saura sans doute plus d'ici peu.

Dani eut soudain conscience qu'à peine plus d'une semaine la séparait de la date de son retour à San Diego, et qu'il lui restait de nombreuses choses à régler dans l'intervalle — liquider la succession de son père, prendre les dispositions nécessaires pour que les chevaux soient nourris et montés pendant son absence, finir de ranger la maison et la fermer... Et il lui fallait aussi s'occuper de John... Comment allait-elle trouver le temps de tout faire?

La voix de Calvin la ramena au présent.

— Je vais tenir Randall à l'œil, maintenant, l'empêcher de trop boire... On reviendra ce soir donner à manger à vos chevaux, mais si on peut vous rendre d'autres services, on est à votre disposition.

— Merci. Je vous appellerai en cas de besoin.

Quand la jeune femme remonta dans la voiture, John la fixa, les sourcils froncés comme s'il percevait son inquiétude, mais il ne lui posa pas de questions. Et comme lui parler des bavardages de Randall et de leurs retombées possibles n'aurait servi à rien, elle garda le silence.

John avait besoin de vêtements de rechange, songea-t-elle en démarrant, et il y avait un centre commercial à la sortie de Hickory Grove. Cela ferait mieux l'affaire qu'une boutique du centre-ville : plus vite elle le quitterait, moins elle risquerait de rencontrer Nichols ou un de ses adjoints.

Ses pensées revinrent ensuite à sa conversation avec Calvin. Si jamais la nouvelle se répandait que Randall avait tiré sur quelqu'un…

D'un autre côté, peut-être lui serait-il bénéfique de devoir assumer les conséquences de son acte ? Peut-être commettait-elle une erreur en le protégeant ? Mais elle le connaissait depuis assez longtemps pour savoir qu'il ne s'était encore jamais conduit de façon aussi stupide, et elle ne s'était pas montrée tellement plus maligne que lui, en recueillant un parfait étranger — et blessé de surcroît ! Pis encore, elle l'avait laissé coucher dans son lit…

Mais le pire de tout, c'était qu'elle avait bien failli ne pas se contenter de dormir près de lui…

Et cela faisait d'elle une personne beaucoup plus stupide que Randall ne pourrait jamais l'être.

Après le dîner, quand Dani eut débarrassé la table et que John fut installé devant le journal télévisé du soir, elle se rendit dans le bureau de son père pour trier le courrier. Il y avait dedans une facture de téléphone qui lui rappela le message enregistré sur la cassette dissimulée dans l'aspirateur avec la clé USB.

« Je crois que nous avons un problème… »

Quel problème ? Son père était un homme d'une probité absolue, qui n'avait jamais eu ne serait-ce qu'une contravention pour stationnement interdit… Comment aurait-il pu se trouver mêlé à une affaire louche ? C'était tout simplement impossible !

La jeune femme jeta les prospectus, fit une pile des factures, une autre des revues, et elle tomba ensuite sur une enveloppe portant juste le nom et l'adresse du destinataire.

Intriguée, elle la décacheta, et en sortit une feuille de papier blanc comme celles qui étaient utilisées pour les photocopies et les tirages d'imprimante. Elle crut avoir affaire à une lettre commerciale répondant à quelque demande ou réclamation de son père, mais quand elle déplia la feuille, elle ne vit ni l'en-tête ni les formules de politesse habituelles dans ce genre de correspondance. Il n'y avait que cinq mots, écrits à la main et à l'encre bleue :

« Votre exécution a été ordonnée. »

Son cœur s'arrêta de battre, et de longues secondes s'écoulèrent avant qu'il reparte. Elle relut la phrase, encore et encore… C'était un avertissement, et celui à qui il était adressé était bel et bien mort… Et si la cause du décès de son père n'était effectivement pas accidentelle ?

Elle tendit la main vers le téléphone. Il fallait appeler quelqu'un. Mais qui ?

Doc ?

Il ne saurait pas plus qu'elle de quoi il retournait…

Richard O'Riley ?

Il avait déclaré n'avoir eu aucun contact avec son père depuis six mois…

Dani reprit l'enveloppe et l'examina. Le cachet indiquait qu'elle avait été postée à Alexandria, mais il était impossible d'en tirer la moindre conclusion : cette ville étant située à mi-chemin entre Washington et Hickory Grove, n'importe quelle personne venant de l'une ou de l'autre direction avait pu mettre cette lettre à la boîte.

« Votre exécution a été ordonnée. »

Le message était clair, et pourtant Dani ne voyait pas qui aurait eu une raison d'attenter à la vie de son père. Il n'avait aucun ennemi — sauf, peut-être, le shérif du comté, mais pourquoi, après toutes ces années, Nichols aurait-il soudain décidé de se venger de lui ?

Non, se dit la jeune femme, elle se faisait des idées. Son père était bien mort en tombant accidentellement du toit de l'écurie.

Son regard se posa de nouveau sur la lettre, et il lui sembla soudain reconnaître l'écriture.

— Oh ! mon Dieu !

Elle courut sortir l'aspirateur du placard du vestibule, prit la clé USB, puis regagna le bureau. Après avoir allumé l'ordinateur et ouvert le dossier intitulé « Projet Eugénique », elle fit défiler le texte jusqu'à la dernière page — le fax envoyé par Joseph Marsh et signé de sa main. Elle compara cette signature avec les mots inscrits sur la lettre…

C'était bien la même écriture : les *o*, les *a* et les *r* étaient formés de manière parfaitement identique.

Cette missive avait donc été expédiée par Joseph Marsh, un ancien collègue de son père, un homme qui travaillait lui aussi sous les ordres d'O'Riley…

Dani reprit l'enveloppe, et s'intéressa cette fois à la date figurant sur le cachet. Il s'agissait de l'avant-veille du jour où son père était mort — sans avoir eu connaissance de l'avertissement qui lui avait été adressé. Il ne se cachait pas de laisser son courrier s'entasser à la poste pendant des jours et des jours : les gens qui avaient des messages urgents à lui transmettre utilisaient des moyens de communication plus rapides, comme le téléphone, le fax ou le courrier électronique, disait-il.

Joseph Marsh devait le savoir, alors pourquoi l'avait-il prévenu par lettre d'une chose aussi grave que son exécution prochaine ? Craignait-il que leurs ordinateurs ne soient piratés ? que leurs téléphones ne soient sur écoute ? Et si c'était bien lui l'auteur du message enregistré sur la cassette du répondeur, était-ce pour cela que le contenu en était moins explicite que celui de la lettre ?

Les implications possibles de toutes ces questions sans réponse mettaient le cerveau de Dani en ébullition et faisaient trembler ses mains. Elle avait beau tenter de se persuader du contraire, il lui paraissait de plus en plus probable que son père avait été assassiné, mais par qui ? pour quel motif ? Comment avait-il pu avoir la moindre chose à voir avec une personne capable de commettre un meurtre ?

— De quoi avez-vous peur, Dani ?

La voix de John attira son attention vers la porte. Elle reposa la lettre sur la table et se leva en disant :

— Tout va bien. Je suis juste fatiguée.

Puis elle éteignit l'ordinateur, récupéra la clé USB et la mit, avec la lettre, dans la poche de son jean. Elle irait les cacher dans l'aspirateur quand John serait couché.

Il ne la quitta pas des yeux tandis qu'elle le rejoignait et, au lieu de s'écarter comme elle s'y attendait, il resta planté sur le seuil et lui demanda :

— Il s'agit de votre père ?

Cet homme aurait-il vraiment le pouvoir de lire dans ses pensées ? Dani commençait à le croire...

— Mon père est mort, et comme cette pièce était son bureau, je suis toujours émue quand je m'y trouve, éluda-t-elle.

C'était vrai, mais une profonde angoisse s'ajoutait en cet instant précis au chagrin que ranimait la vue des objets familiers du disparu.

Et John ne fut pas dupe de son demi-mensonge...

— Mais vous avez peur, aussi. C'est à cause de la façon dont votre père est mort ?

— Oui, admit-elle, renonçant à nier la vérité plus longtemps.

— Il ne vous arrivera rien. Je ne laisserai personne vous faire du mal.

La calme assurance qui s'exprimait dans la voix de John donnait à ses mots une telle force que Dani, contre toute logique, eut brusquement une double certitude : non seulement elle n'avait rien à craindre de cet homme, mais il saurait la protéger en cas de besoin.

8

Le lendemain, en descendant au rez-de-chaussée, Dani avait trouvé John dans la cuisine. La carte d'état-major qu'il avait examinée l'avant-veille dans la voiture était maintenant étalée sur la table, et il l'étudiait comme si elle contenait la clé de son identité et de son passé.

C'était la première fois qu'il quittait la maison sans Dani, et cette initiative l'avait inquiétée, car elle ne le croyait pas encore assez autonome pour sortir seul sans risquer de se perdre, mais peut-être se trompait-elle...

Même si elle avait été là au moment où il s'était dirigé vers la porte, d'ailleurs, elle n'aurait pas pu le retenir : avec son mètre soixante-deux et ses cinquante kilos, elle ne faisait pas le poids contre lui.

Il avait mis le jean et la chemise achetés la veille, et elle avait vu à ses cheveux humides qu'il s'était douché avant de s'habiller. Pour ce genre de chose au moins, il n'avait plus du tout besoin de son aide, ce qui la soulageait d'un grand poids, mais cela signifiait aussi qu'elle n'avait pas pu vérifier l'état de son épaule. A la vitesse à laquelle il cicatrisait, cependant, tout risque d'infection était désormais écarté.

Le jour commençait maintenant de décliner, et Dani, accoudée au plan de travail de la cuisine, regardait par la fenêtre le soleil descendre lentement sur l'horizon.

Elle avait passé cette journée à mettre en cartons les dernières affaires personnelles de son père qu'elle ne comptait pas garder, et à régler tous les détails pratiques qui pouvaient l'être par courrier ou par téléphone, comme l'annulation des abonnements aux revues que recevait son père, et le transfert à son nom et à son adresse californienne de toutes les factures concernant le ranch.

John l'avait suivie partout, et il s'était particulièrement intéressé aux albums de photos qu'elle avait retrouvés en haut de l'armoire du séjour. Il les avait regardés avec attention, comme s'ils pouvaient lui apprendre quelque chose sur lui. Il avait aussi interrogé Dani sur sa vie et celle de son père, l'air de chercher là aussi des informations qui lui feraient remonter un souvenir à la mémoire.

Toutes ces occupations n'avaient pas empêché la jeune femme de continuer à se tourmenter au sujet de la lettre de Joseph Marsh.

A se demander si l'avertissement qu'elle contenait ne s'était pas concrétisé. Si son père n'avait pas été assassiné.

C'était l'un des adjoints de Nichols qui avait mené l'enquête, et il avait conclu à une mort accidentelle. Doc avait pratiqué l'autopsie avec le médecin légiste, et déclaré à Dani que les blessures constatées sur le corps correspondaient bien à une chute de plusieurs mètres.

Mais cette chute avait pu être provoquée — par quelqu'un qui aurait forcé son père à monter sur le toit de l'écurie et l'aurait ensuite poussé dans le vide... Dani n'avait-elle pas trouvé étrange qu'il ait décidé de réparer lui-même une gouttière ?

Elle en revenait cependant toujours à la même question : qui aurait pu souhaiter la mort de son père ?

Comme il n'avait jamais fait de mal à personne, la vengeance était à exclure de la liste des mobiles possibles, et il n'avait jamais cessé de prôner la morale et l'éthique — des valeurs auxquelles il était trop attaché pour les transgresser en se liant avec des individus peu recommandables...

— C'est là que nous sommes ?

La voix de John arracha la jeune femme à ses pensées, et elle se tourna vers lui. De nouveau attablé devant la carte d'état-major de la Virginie, il avait posé un doigt dessus et regardait Dani d'un air interrogateur.

Pourquoi était-il aussi soucieux de savoir exactement où il se trouvait ? se demanda-t-elle, agacée. Pour quelqu'un qui ne savait même pas comment il s'appelait, cela n'avait vraiment rien d'essentiel !

Mais elle se reprocha aussitôt ce mouvement d'humeur. Ce n'était pas la faute de John si elle avait les nerfs à vif, et il était injuste de s'en prendre à lui.

— Oui, c'est bien là que nous sommes, dit-elle en se penchant sur le point qu'il lui indiquait. Un peu à l'est de Hickory Grove, et au nord de Richmond, la grande ville où nous sommes allés hier.

Les yeux de nouveau fixés sur la carte, John hocha la tête en silence. Dani entendit alors un moteur de voiture, dehors, et elle retourna à la fenêtre. Qui pouvait bien venir lui rendre visite ? Doc, peut-être, mais il ne s'agissait en tout cas pas des garçons : elle aurait reconnu le toussotement du vieux pick-up de Randall.

Sa curiosité céda la place à la panique quand elle vit un 4x4 portant le macaron du shérif se garer devant la maison, puis Lane Nichols en descendre. Elle se força à respirer lentement pour recouvrer son calme. Ce n'était pas comme si elle n'avait pas revu Nichols depuis cinq ans… Il avait assisté aux obsèques de son père, il lui avait même présenté ses condoléances, mais elle était alors déjà si bouleversée que rien ne pouvait plus l'atteindre.

Les choses étaient différentes, aujourd'hui…

Il n'y avait que deux explications possibles à la visite du shérif : soit une personne qui se trouvait à la salle de billard la veille au soir lui avait rapporté les propos de Randall, soit le lieutenant Davidson avait pris contact avec lui.

Dans un cas comme dans l'autre, elle n'avait pas le choix : il lui fallait aborder le problème de front.

— Vous connaissez cet homme ?

Elle sursauta. John s'était approché de la fenêtre sans qu'elle s'en aperçoive, et, que ce soit par hasard ou de façon délibérée, parce qu'il se savait observé, Nichols choisit ce moment pour refermer la main sur la crosse du pistolet qui dépassait de l'étui fixé à sa ceinture.

— Oui, je le connais, répondit-elle. C'est le shérif du comté. Je vais sortir lui demander ce qu'il veut, mais vous, ne bougez pas d'ici : inutile de lui donner l'occasion de me poser plus de questions que nécessaire. Je ne lui fais aucune confiance.

Qu'il ait compris ou non, John acquiesça d'un signe de tête, et Dani se dirigea vers la porte de devant. Elle n'avait pas l'intention d'inviter Nichols à entrer et, s'il insistait, il n'irait pas plus loin que le vestibule.

L'idée de se retrouver face à face avec cette crapule la remplissait d'un mélange de peur et de dégoût, mais comme il ne partirait pas sans lui avoir parlé…

Le temps qu'elle atteigne la porte, il avait gravi l'escalier extérieur et frappait sans douceur contre le vantail. La jeune femme essuya ses mains moites sur son jean, inspira à fond, puis elle ouvrit la porte et avança d'un pas, pour obliger son visiteur à reculer.

— Qu'est-ce que vous voulez, Nichols ? lui lança-t-elle, refusant de le gratifier d'un titre dont elle le jugeait indigne.

— Drôle de façon de dire bonjour ! remarqua-t-il avec un sourire mielleux.

C'était un homme très séduisant — sur le plan physique, tout du moins : âgé d'une trentaine d'années, il était grand et bien bâti, avec d'épais cheveux châtains et des yeux noisette. Sous cette belle apparence se cachait cependant une absence totale de moralité, Dani l'avait appris à ses dépens.

— Je suis ici chez moi, répliqua-t-elle, alors sauf si vous êtes là dans l'exercice de vos fonctions, je vous demande de partir.

L'expression de Nichols changea instantanément, laissant apparaître l'être malfaisant dont la jeune femme savait qu'elle avait tout à craindre.

— Je m'en irai quand je l'aurai décidé, déclara-t-il d'un ton calme.

Si calme, même, que Dani frissonna, car cela signifiait qu'il était sûr de lui, sûr de pouvoir se venger de son insolence. En tant que shérif, il était habitué à être traité avec respect, et elle l'avait blessé dans son orgueil en lui témoignant une franche hostilité.

Elle aurait dû penser à prendre le téléphone sans fil du vestibule avant de sortir, au cas où Nichols deviendrait franchement menaçant. Elle aurait ainsi pu appeler le 911, mais il était trop tard, maintenant…

— Qu'est-ce que vous voulez ? répéta-t-elle.

— Tout savoir sur le délit qui a été commis sur votre propriété il y a quelques jours, et dans lequel Randall Williams et Calvin Peacock sont impliqués. Et ne vous avisez pas de me mentir, *docteur Archer,* parce que quelqu'un m'a déjà donné une bonne idée de ce qui s'est passé !

Avant de répondre, Dani prit le temps d'analyser la situation. Si elle battait en retraite, le shérif lui emboîterait le pas sans lui laisser le temps de refermer la porte à clé, et il risquerait alors de découvrir la présence de John dans la maison. Il se tenait entre elle et la Ford de son père, dont les clés se trouvaient sur la table du vestibule, mais à condition d'agir vite, elle pouvait aller se réfugier dans la voiture et verrouiller les portières de l'intérieur.

Nichols avait dû suivre son regard et deviné ce qu'elle pensait, car il porta de nouveau la main à son pistolet. Peut-être son geste était-il juste destiné à la dissuader de bouger. Peut-être n'irait-il pas jusqu'à lui tirer dessus si elle tentait de s'enfuir, mais dans le doute, elle jugea plus prudent d'y renoncer.

— Il ne faut pas croire tout ce qu'on raconte, *shérif !* déclara-t-elle sur le même ton sarcastique, malgré sa peur. Si l'histoire dont vous parlez vous vient d'un de ces bons à rien qui passent leurs soirées à boire des bières à la salle de billard, je n'y accorderais pas beaucoup de crédit, à votre place !

— Mais vous n'êtes pas à ma place ! rugit Nichols en lui plantant l'index de sa main libre dans la poitrine. Et maintenant, je vous conseille de me dire la vérité ! Que s'est-il passé exactement sur cette montagne ?

La jeune femme tressaillit, mais résista à l'envie de reculer d'un pas. La colère commençait de l'emporter sur sa frayeur, et ce fut d'une voix tranchante qu'elle riposta :

— Randall et Calvin chassent sur ma propriété. Mon père leur en avait donné la permission, et je les y ai moi aussi autorisés. Je ne peux pas savoir ce qu'ils font quand ils sont là-haut, et vous non plus, à moins que vous n'ayez le don de double vue !

Elle avait eu tort de persifler : Nichols la saisit par les poignets avant qu'elle ait eu le temps de réagir, puis il la plaqua contre le mur. Son cœur se mit à battre à grands coups dans sa poitrine, tandis que de douloureux souvenirs l'assaillaient — ce même homme tentant de lui arracher ses vêtements...

— Ecoute-moi bien, sale garce ! gronda-t-il. Tu vas me dire si Randall a tiré sur quelqu'un, l'autre jour, et si c'est le cas, je t'embarque pour complicité !

— Lâchez-moi, espèce d'ordure !

Aussi terrifiée qu'elle soit maintenant, Dani avait puisé le courage de tenir tête à Nichols dans son refus de lui montrer sa peur. Par orgueil, et aussi parce qu'il en aurait retiré un plaisir pervers.

Cela ne suffit malheureusement pas à le convaincre de la libérer. Au contraire, il se colla contre elle et susurra avec un sourire mauvais :

— Et si je reprenais les choses là où tu m'as obligé à les laisser, autrefois ?

Révulsée, Dani tenta de se débattre, mais il était beaucoup plus fort qu'elle. Leurs visages étaient à présent si proches l'un de l'autre qu'elle sentait le souffle de Nichols sur sa peau. Et cette bouche déformée par un rictus cruel allait s'écraser sur la sienne, elle en était sûre…

— Lâchez-moi ! cria-t-elle de nouveau en désespoir de cause.

— Non ! Il y a trop longtemps que j'attends l'occasion de te rabattre le caquet !

— Lâchez-la !

C'était la voix de John. Dani tourna la tête vers la porte. Nichols l'imita, mais au lieu d'obéir, il resserra l'étreinte de ses mains sur les poignets de la jeune femme, qui contint à grand-peine un gémissement de douleur.

— Qui êtes-vous ? lança-t-il à John.

— Lâchez-la !

L'expression de l'homme qui se portait à son secours causa un choc à Dani. Il y avait quelque chose de sauvage, de presque… inhumain, dans le regard qu'il braquait sur le shérif. Et bien qu'il se tienne parfaitement immobile sur le seuil de la maison, une puissante aura d'énergie se dégageait de lui. Il ressemblait à un fauve prêt à bondir sur sa proie.

Poussant Dani sur le côté, Nichols alla se planter devant lui et déclara :

— Je vous ai posé une question : qui êtes-vous ?

— La personne qui va vous tailler en pièces si vous restez ici une minute de plus.

La jeune femme eut l'impression que Nichols voyait comme elle sur le visage et dans les yeux de John que cette menace était à prendre au sérieux, car il eut un moment d'hésitation. Son arrogance naturelle finit cependant par l'emporter.

— Qui que vous soyez, vous ne me faites pas peur ! s'exclama-t-il d'un ton narquois.

Tout se passa alors si vite que Dani, ensuite, aurait été bien en peine de dire comment le shérif s'était retrouvé au pied de l'escalier, cloué au sol par un John qui pesait sur lui de tout son poids.

Une fois revenue de sa stupeur, elle courut les rejoindre. Si Nichols dégainait son arme…

Mais quand le regard de John croisa le sien, elle s'arrêta net, paralysée par la férocité qui s'y lisait.

— Ne vous approchez pas ! lui ordonna-t-il.

Elle recula d'un pas. A terre, les deux hommes se battaient sous ses yeux épouvantés. Une exclamation étouffée s'échappa de ses lèvres lorsque Nichols parvint à libérer une main et la tendit vers son pistolet, mais John, vif comme l'éclair, s'en saisit le premier et le sortit de son étui.

« Non ! cria intérieurement Dani. Ne tirez pas ! »

Que John ait entendu sa prière silencieuse ou n'ait jamais eu l'intention de presser la détente, il jeta le pistolet au loin. Nichols profita de cette brève diversion pour lui décocher un coup de poing à la tempe gauche, mais la lutte se résumait maintenant à un simple corps à corps, et John maîtrisa son adversaire avec une économie et une précision de gestes qui laissèrent Dani bouche bée. Il était manifestement formé aux techniques du combat à mains nues, mais cela signifiait qu'il n'avait pas besoin d'arme pour tuer Nichols…

Allait-il le faire ? se demanda la jeune femme, de nouveau assaillie par la peur de voir cette rixe se transformer en désastre irréparable.

Comme pour la rassurer, John se releva alors, et Nichols hurla en se remettant péniblement debout :

— Vous m'avez cassé deux doigts !

— Je vous avais dit de partir, lui rappela Dani. Au lieu de cela, vous m'avez agressée, et j'ai un témoin, cette fois ! Disparaissez, maintenant, et estimez-vous heureux que je sois trop occupée pour porter plainte contre vous !

Pendant ce temps, John avait ramassé et déchargé le pistolet.

Il le lança ensuite en direction du 4x4, puis fit de même avec le chapeau que son adversaire avait perdu dans la bagarre.

— Allez-vous-en, et ne revenez pas ! lui déclara-t-il.

Ses yeux exprimaient toujours la même dureté impitoyable, et Dani ne put réprimer un frisson. Qui était cet homme ?

— Vous me le paierez ! gronda Nichols. Tous les deux !

Après avoir récupéré son arme et son chapeau, il monta dans sa voiture, démarra en trombe, et le véhicule ne tarda pas à disparaître derrière le nuage de poussière que soulevaient ses roues.

Dani poussa un soupir de soulagement et se tourna vers John. Ses traits avaient retrouvé leur candeur habituelle, mais il avait l'air fatigué, brusquement, et son pugilat avec le shérif lui avait laissé une lèvre fendue et une tempe tuméfiée.

La jeune femme s'approcha de lui pour regarder ses blessures de plus près, mais elle s'immobilisa en voyant son expression se durcir.

— Il vous a fait du mal ? demanda-t-il.

Un reste de la férocité qu'elle avait vue tout à l'heure dans son regard brillait de nouveau dans ses prunelles, et Dani se rappela l'impression qu'il lui avait donnée d'être tout à fait capable de tuer. C'était même une certitude et, pour la première fois depuis qu'elle le connaissait, il lui fit vraiment peur. Il représentait un danger — pas pour elle, mais pour toute personne qu'il considérerait comme un ennemi —, et Nichols, sans le savoir, avait risqué de perdre la vie.

Quelques jours plus tôt seulement, John était plongé dans ce qui ressemblait à un coma provoqué par un grave traumatisme crânien, et aujourd'hui, il avait les ressources physiques nécessaires pour l'emporter facilement dans un combat contre un homme aussi vigoureux que Nichols...

Cependant, ce qui la troublait le plus, c'était la façon dont il s'était battu — comme un guerrier, avec une efficacité redoutable et une détermination implacable.

— Non, il ne m'a pas fait de mal, répondit-elle quand elle eut retrouvé sa voix. Il m'a juste un peu bousculée ; j'en suis quitte pour la peur.

— Vous êtes sûre ? insista-t-il.

— Oui. Rentrons !

Elle le prit par le bras et ferma la porte à clé derrière eux dès qu'ils furent à l'intérieur. Nichols pouvait décider de revenir avec plusieurs de ses adjoints, et Dieu sait alors ce qu'il ferait — ou tenterait de faire — à John…

Maudit Randall ! Pourquoi n'avait-il pas tenu sa langue ? Elle l'avait protégé, et voilà comment il la remerciait !

John monta l'escalier plus lentement que d'habitude, nota la jeune femme, et ses mouvements n'avaient plus la fluidité qu'ils avaient récemment acquise.

Serait-il plus gravement atteint qu'il n'y paraissait ? Mais il était peut-être seulement à bout de forces : après avoir erré dans les bois pendant des jours, sans manger et diminué par ses blessures, il ne devait pas encore être au mieux de sa forme. Dani n'osait imaginer ce dont il serait capable quand il aurait recouvré sa condition physique normale…

Etouffant un soupir, elle l'aida à gravir les dernières marches et à longer le couloir de l'étage jusqu'à la salle de bains mitoyenne de la chambre qu'elle occupait. Là, elle le fit asseoir sur le siège des toilettes et examina son visage. Une poche de glace suffirait pour son ecchymose à la tempe, mais la plaie à la lèvre nécessitait l'application d'un désinfectant et, pour plus de sûreté, celle d'une pommade antibiotique.

Et pendant qu'elle y était, elle allait jeter un coup d'œil à son épaule.

— Enlevez votre chemise ! ordonna-t-elle.

Il obtempéra aussitôt, et elle faillit éclater de rire en voyant lui obéir au doigt et à l'œil un homme qui venait de mettre une raclée mémorable à un adversaire de la trempe du shérif Nichols.

Quand elle se pencha sur son épaule, cependant, toute envie de rire la quitta : il n'y avait plus aucune trace des lésions causées par la balle de Randall, pas la moindre cicatrice… C'était incompréhensible !

— Ça va mieux, n'est-ce pas ? observa-t-il.

Sa voix douce et son regard ingénu offraient un tel contraste avec la scène dont Dani avait été témoin à peine un quart d'heure plus tôt qu'elle aurait pu croire l'avoir rêvée.

— Oui, beaucoup mieux.

S'efforçant d'ignorer les questions de plus en plus nombreuses qu'elle se posait au sujet de son mystérieux compagnon, la jeune femme entreprit de le soigner. Elle enleva avec un gant de toilette humide le sang qui avait coulé sur son menton, puis nettoya sa lèvre meurtrie avec un coton imbibé de désinfectant. Il ne broncha pas, se contentant de la fixer, et ce fut elle qui, sous ses extraordinaires yeux bleus, finit par perdre son sang-froid.

Un frisson la parcourut, et les choses risquaient de s'aggraver quand elle passerait une pommade sur sa lèvre... Alors qu'elle ne pouvait déjà empêcher ses mains de trembler, arriverait-elle à maîtriser l'émoi que lui causerait immanquablement le contact direct de ses doigts sur cette bouche sensuelle ?

Sans doute pas, et mieux valait donc s'abstenir. A bien y réfléchir, la vitesse à laquelle il cicatrisait rendait d'ailleurs cette précaution superflue.

— Je vais aller chercher une poche de glace pour votre tempe, annonça-t-elle.

— Pourquoi vos mains tremblent-elles ? Vous avez encore peur ?

Décidément, rien ne lui échappait... Mais comment lui expliquer la nature de l'émotion qui l'agitait ?

— Non, je n'ai plus peur, se borna-t-elle à répondre.

— Votre respiration est pourtant irrégulière.

Dani n'en crut pas ses oreilles. Deux jours plus tôt seulement, John était à peine capable de prononcer un mot, et maintenant, il lui parlait de respiration irrégulière ? Doc aurait-il utilisé ces termes dans la conversation, quand ils lui avaient rendu visite ? Non, il n'avait eu aucune raison de les employer, alors comment John pouvait-il désigner de façon aussi exacte les symptômes du trouble qu'elle éprouvait ?

— Je n'ai pas peur, je vous assure ! insista-t-elle.

— Vous n'avez rien à craindre, déclara-t-il en prenant ses mains dans les siennes. Je suis là pour l'empêcher de vous faire du mal.

— Je le sais, John, et je vous répète que je n'ai pas peur.

Pourquoi s'attardait-elle sur le sujet ? songea Dani. C'était stupide ! Il aurait été tellement plus simple de le laisser croire ce qu'il voulait !

Il se leva alors, l'obligeant à reculer d'un pas, mais sans lâcher ses mains.

— Dites-moi ce que c'est, si ce n'est pas de la peur.

Et voilà ! Plus moyen de se dérober, à présent, et par sa propre faute !

— Il s'agit de la réaction involontaire que provoque chez une femme la vue d'un homme séduisant, et… vous l'êtes. Je ressens pour vous une attirance physique, ce qui est tout à fait déplacé, mais je n'y peux rien : c'est un phénomène biologique.

— Je ne comprends pas.

— Alors n'y pensez plus ! J'essaierai de mieux me contrôler, désormais.

— Non, faites-moi comprendre.

Bien que prononcés d'une voix douce, ces mots ressemblaient plus à un ordre qu'à une simple demande, et l'intensité du regard qui les avait accompagnés acheva d'abattre les défenses de Dani. Toutes les fibres de son être lui commandaient maintenant de satisfaire la requête de John.

— Je ne suis pas sûre que ce soit une bonne idée, protesta-t-elle faiblement.

— Nous verrons.

Cette fois, l'excuse qu'elle avait pour assouvir un désir trop longtemps contenu eut raison de ses velléités de résistance : elle se haussa sur la pointe des pieds, posa les mains sur le torse musclé de John et joignit délicatement leurs lèvres. Les sensations qui fusèrent alors en elle la prirent totalement au dépourvu : elle n'avait encore jamais rien éprouvé de semblable.

John ne bougea pas et, bien qu'à regret, elle finit par s'écarter de lui.

— Voilà ce que je brûle de faire chaque fois que je vous regarde.

Elle avait conscience d'avoir profité de la candeur de John pour goûter à un plaisir défendu, mais tant pis ! C'était même mieux ainsi, raisonna-t-elle. Désormais satisfaite, son envie de l'embrasser cesserait de l'obséder.

C'était sans compter avec des sens que ce baiser, loin de rassasier, avait incendiés… Aurait-elle résisté, cette fois, à leur appel ? Elle ne le saurait jamais, car John, comme si sa propre libido s'était brusquement éveillée, l'attira dans ses bras, l'y maintint assez serrée pour rendre vaine toute tentative de se dégager, et s'empara de ses lèvres avec une telle fougue qu'elle perdit pied. Son baiser à lui était presque trop brutal pour être

agréable, et pourtant il attisa en elle un
pourrait à présent éteindre…

Alors, quand le besoin de reprendre
rompre leur étreinte, Dani l'entraîna san
Il avait les yeux brillants de désir, ma
qu'il était maintenant censé faire, et l'idée
— ou de le lui réapprendre, plus probablement — decup
passion de la jeune femme. Elle lui souleva les mains, les posa
sur ses seins et leur imprima un lent mouvement de rotation. Une
puissante onde de volupté la submergea aussitôt, lui arrachant
un gémissement de plaisir.

Comme dans tous les autres domaines, John se révéla exceptionnellement doué pour assimiler de nouvelles connaissances :
il lui enleva fiévreusement son chemisier, puis son soutien-gorge,
et lui couvrit les seins de caresses si sensuelles que, n'y tenant
plus, elle se surprit à l'implorer de mettre fin à cette délicieuse
torture et de la prendre, là, tout de suite !

Sa voix suppliante parut l'effrayer : il se figea et la regarda d'un
air contrit, comme un enfant craignant d'avoir fait une bêtise.
Elle lui sourit pour le rassurer, puis le déshabilla avec des gestes
aussi doux que son impatience d'unir leurs corps le lui permit.
Comme elle s'y attendait, il acheva ensuite de la dévêtir, mais
comme il ne l'avait encore jamais vue nue, il observa attentivement
chaque centimètre carré de peau qu'il dévoilait avant de passer au
suivant… Le temps qu'il ait fini, Dani était au bord de l'orgasme.

Elle le guida vers le lit et, dès qu'ils s'y furent allongés, John
changea du tout au tout : ce fut lui qui prit les commandes, et
elle n'eut rien à lui apprendre de ce qui donnait du plaisir à une
femme, comme si le souvenir lui en était soudain revenu.

Il la fit jouir une première fois en explorant de la langue le
cœur de sa féminité. Il attendit ensuite qu'elle redescende des
hauteurs où il l'avait transportée, puis il l'embrassa et la caressa
longuement avant de la pénétrer.

Un deuxième orgasme la secoua alors, suivi d'un besoin
irrépressible de le sentir bouger en elle… De nouveau, il la
contenta, l'entraînant par des poussées de plus en plus rapides
et profondes vers le paroxysme d'une jouissance qu'elle atteignit
dans un cri de bonheur.

...asme de la délivrance le parcourut une seconde plus ...t la force de ce qu'il éprouvait parut le surprendre, comme ...était quelque chose qu'il avait oublié, ou qu'il n'avait encore ...mais ressenti.

Quand Dani, voulant retarder le plus longtemps possible le moment de se séparer de lui, l'attira tendrement contre elle, il s'abandonna dans ses bras et lui murmura à l'oreille :

— Bon !

Il avait raison : c'était bon…

Un même sentiment d'exaltation faisait battre leurs cœurs à l'unisson et, en cet instant de communion parfaite, Dani comprit que cet homme lui avait volé le sien.

Sans même essayer, et alors qu'elle ignorait tout de lui.

9

— Monsieur le Directeur ?

O'Riley eut conscience que quelqu'un l'appelait, mais il ne voulait pas sortir de son rêve. Son ex-femme était là. Elle regrettait de l'avoir quitté, et il était prêt à la reprendre, à lui pardonner... Plus rien n'avait d'importance du moment qu'ils étaient de nouveau ensemble. Elle lui avait tellement manqué !

— Monsieur le Directeur ?

Cette voix insistante finit par lui faire ouvrir les yeux. Désorienté, il battit des paupières et se redressa. Il s'était endormi sur ses dossiers, constata-t-il, la tête sur ses bras repliés. Son visage devait porter la marque des manches froissées de sa veste... Il remua les doigts pour rétablir la circulation du sang dans ses mains engourdies, puis lança un regard noir à Dupree. Sa pendulette indiquait minuit et demi, et il était profondément agacé de voir l'analyste frais et dispos et sanglé dans un costume impeccable à une heure pareille. Dupree avait pu, lui, se doucher, se raser et se changer. Il avait même dû s'offrir quelques heures de sommeil, dans un lit qui plus est, pas affalé sur son bureau...

Cet homme aux manières guindées et aux vues étroites de technocrate avait toujours eu le don d'agacer O'Riley, mais en cet instant, il lui en voulait en plus d'être plus présentable et en meilleure forme que lui.

Remarquant soudain le sourire qu'arborait son subordonné, il se pencha en avant et demanda :

— Vous avez du nouveau ?

— Oui, monsieur le Directeur. On a localisé Adam.

— Quand ?

— Hier en fin d'après-midi. Un certain lieutenant Davidson,

de la police d'Etat de Virginie, a entré ses empreintes dans le fichier centralisé du FBI.

— C'est presque trop beau pour être vrai ! Où est Adam ?

— Vous n'allez pas le croire… Il a été recueilli par Danielle Archer.

— Comment ça, « recueilli » ?

Dupree jeta un coup d'œil aux papiers qu'il tenait à la main avant de répondre :

— Le chef de notre équipe de recherche a interrogé Davidson chez lui il y a environ une heure. Ce policier lui a dit que Danielle Archer était venue le voir accompagnée d'un homme non identifié, pour savoir s'il y avait une fiche de personne disparue correspondant à son signalement.

— Un homme non identifié ? répéta O'Riley, l'estomac soudain noué.

— Oui. Il a donné à Davidson l'impression de souffrir d'une forme grave d'amnésie.

— Bon Dieu ! Qu'en pense le L1 ?

— Que c'est possible, surtout si les coups qu'Adam a reçus à la tête ont été assez violents pour détruire son GPS — ce qui est manifestement le cas.

— Et le pronostic des neurologues ?

— Selon eux, les dommages peuvent se réparer d'eux-mêmes, mais il faudrait pratiquer un examen complet pour en avoir le cœur net. Ils disent aussi qu'entre les mémoires à long et à court terme d'Adam, c'est la première que son patrimoine génétique amélioré a le plus de chances d'avoir sauvegardée.

Sur ces mots, Dupree baissa la tête et se mit à tripoter nerveusement ses notes.

— Il y a autre chose, n'est-ce pas ? demanda O'Riley, impatienté.

— Euh… oui, répondit l'analyste en levant à contrecœur les yeux vers lui. Adam va peut-être retrouver des bribes de souvenirs, mais pas dans l'ordre chronologique, ce qui risque de poser de graves problèmes de sécurité. Le L1 recommande…

— Sortez ! rugit O'Riley.

Peu lui importaient les recommandations du L1. C'était à lui que revenait la décision finale, et il avait besoin d'être seul pour réfléchir.

Dupree ne discuta pas : il quitta la pièce et referma la porte derrière lui.

Adam…

O'Riley l'avait vu grandir, devenir le meilleur Opérateur que le Centre ait jamais produit : Archer le considérait comme la plus grande réussite de sa carrière. Un tel degré de perfection était difficile à atteindre… Adam représentait pour le Centre un atout majeur, dont la perte serait lourde de conséquences.

Il devait y avoir un moyen de le sauver, et le fait qu'il ait survécu à des coups assez violents pour mettre hors service le dispositif de géolocalisation ultrasophistiqué et quasi indestructible implanté dans sa nuque permettait d'espérer qu'il finirait par recouvrer toutes ses facultés. Il suffisait donc de le faire revenir avant qu'il puisse trahir par inadvertance les secrets du Centre.

Arrivé à cette conclusion, O'Riley appela directement le chef de l'équipe envoyée en Virginie sur son téléphone portable sécurisé — mieux valait écarter tout risque de transmission erronée de ses ordres.

Le groupe avait atteint Hickory Grove et se dirigeait maintenant vers le ranch Archer, lui indiqua son correspondant, et O'Riley lui donna ensuite ses instructions :

— Je veux que vous rameniez Adam vivant. Vous m'avez bien compris ? *Vivant.*

— Oui, monsieur. Et que devons-nous faire, pour la femme ?

O'Riley connaissait Dani Archer depuis qu'elle était toute petite, mais cela ne changeait rien à la situation : aucune trahison ne pouvait rester impunie.

— Elle représente une menace de niveau 2, répondit-il. Eliminez-la !

John se réveilla en sursaut. Dani dormait paisiblement dans ses bras, et le silence régnait dans la maison, mais l'adrénaline qui avait déjà commencé de se propager le long de ses veines l'avertissait d'un danger imminent.

L'oreille tendue pour capter le moindre bruit, il se glissa hors du lit et s'habilla. Ses sens aux aguets ne tardèrent pas à percevoir la présence d'un groupe d'ennemis à proximité. L'odeur de leur peau, de leurs vêtements, de leurs armes lui parvenait de plus en plus nettement. Il entendait l'herbe givrée crisser sous leurs pas ; il les entendait même respirer.

Ils venaient d'entrer dans la cour.

Sa vision s'améliora soudain, lui permettant de distinguer les objets qui l'entouraient presque comme en plein jour. Il alla se pencher sur Dani et chuchota :

— Il faut partir.

— Mmm… ? marmonna-t-elle en entrouvrant les yeux.

— Levez-vous vite !

John rabattit la couette. La vue du corps nu allongé sur le drap lui rappela les sensations grisantes qu'il avait éprouvées en le caressant, l'éclair fulgurant qui l'avait traversé de part en part au moment où ces sensations avaient atteint leur paroxysme. C'était une expérience très singulière, mais il n'avait pas le temps d'y réfléchir maintenant.

— Il faut partir ! répéta-t-il d'une voix basse mais pressante.

— Pourquoi ? questionna Dani. Et pour aller où ?

Il lui posa un doigt sur les lèvres et secoua la tête, espérant qu'elle comprendrait ainsi la nécessité de faire le moins de bruit possible.

Bien que visiblement déconcertée, elle se leva et enfila ses vêtements. Il la prit ensuite par la main et l'entraîna vers la porte.

Le léger craquement d'une lame de parquet, au rez-de-chaussée, l'avertit que l'ennemi était maintenant dans la maison. Il ferma les yeux pour qu'aucun stimulus visuel ne vienne perturber son ouïe, et sa perception des sons fut aussitôt multipliée par deux.

Trois hommes armés, dont la capacité à se déplacer dans le noir en contournant les obstacles prouvait qu'ils portaient des lunettes de vision nocturne.

Sur la pointe des pieds, John sortit de la chambre et se dirigea vers le cagibi situé sous l'escalier qui menait au second étage. Il ouvrit doucement la porte, poussa Dani à l'intérieur et l'y suivit, en laissant le vantail entrouvert.

Une minute plus tard, il vit un premier homme surgir sur le palier, s'engager dans le couloir et passer devant lui. Un deuxième apparut juste après et, au moment où il arrivait à sa hauteur, John jaillit de sa cachette et lui enroula un bras autour du cou…

L'homme s'écroula, mort, avant d'avoir eu le temps de pousser ne serait-ce qu'un cri de surprise.

John rentra ensuite dans le cagibi et attendit que le premier homme revienne sur ses pas après avoir constaté que toutes les chambres étaient vides. Quand il ressortit de la dernière et vit le corps qui gisait sur le sol, il courut se pencher sur son camarade... et subit le même sort.

Avec deux ennemis hors de combat, John estima que la situation avait temporairement tourné en sa faveur. Il reprit la main de Dani — dont il admirait le sang-froid : elle n'avait pas émis un son —, et descendit l'escalier avec elle, en veillant à sauter les deux marches dont il avait remarqué qu'elles craquaient.

Ses sens aiguisés lui disaient que le troisième homme était dans le bureau. Il alla se poster devant et le cueillit à sa sortie. Cet adversaire-là n'eut pas plus que les autres le temps de voir la mort venir.

Cette fois, Dani poussa un cri horrifié, mais John se contenta de lui faire signe de se taire. Il ne pouvait pas se permettre de perdre de précieuses minutes à justifier ses actes : le reste du commando attendait dehors et, sans nouvelles de son groupe de reconnaissance, il finirait par décider de prendre la maison d'assaut. Ils devaient l'avoir quittée avant, en passant par la porte de derrière.

Une fois dehors, John se plaqua contre le mur, et Dani l'imita. Il ferma les yeux, tendit l'oreille, huma l'air froid de la nuit... La voie était libre, du côté de l'écurie. Il sentait la présence d'un homme en faction un peu plus loin, mais la direction du vent ne lui permettait pas de déterminer sa position exacte. Ils risquaient de tomber sur lui, mais ce n'était pas comme s'ils avaient le choix...

La main de Dani toujours dans la sienne, il se mit à courir vers l'écurie. La prairie qui s'étendait au-delà ne leur offrirait presque aucune protection, mais s'ils parvenaient à atteindre les bois qui la bordaient, ils seraient en sécurité. John avait étudié la carte d'état-major. La topographie des lieux n'avait plus de secrets pour lui.

*
* *

Dani avait les poumons en feu, et les muscles de ses jambes protestaient contre l'effort qu'elle était obligée de fournir pour suivre le rythme de John. Il avait accéléré l'allure, et elle savait pourquoi : ils étaient poursuivis. Des pas résonnaient derrière eux, ceux de deux personnes au moins, mais c'était tout ce qu'elle pouvait en dire, car la peur de trébucher et de tomber la dissuadait de jeter ne serait-ce qu'un bref coup d'œil par-dessus son épaule. Elle n'aurait rien vu, de toute façon : il faisait nuit, et tous ces hommes devaient être entièrement vêtus de noir, comme ceux qui s'étaient introduits dans la maison.

Des hommes cagoulés, armés, équipés de lunettes de vision nocturne... Que lui voulaient-ils ?

« Votre exécution a été ordonnée. »

Cette attaque avait-elle un rapport avec la mort de son père ?

« Je crois que nous avons un problème... »

L'espace d'un instant, Dani eut envie de s'arrêter, de se retourner et de crier qu'elle ignorait tout de l'affaire dans laquelle son père avait été impliqué.

Le choix de ce dernier mot, avec sa connotation péjorative, lui donna mauvaise conscience : son père n'avait rien pu faire de répréhensible. Si quelqu'un l'avait tué, c'était forcément par erreur.

Joseph Marsh... Il fallait lui parler ! Pour avoir prévenu son père du danger, il devait posséder les réponses aux questions qu'elle se posait.

La jeune femme continua d'avancer, aidée par John qui la tirait par la main. Quand ils seraient en sécurité, elle trouverait un moyen de joindre Joseph Marsh. Il détenait la clé du mystère.

A quoi ressemblait-il ? Elle tenta de nouveau de le visualiser. Il était sûrement à la réception organisée à l'occasion du départ à la retraite de son père : presque tous les gens avec qui il avait travaillé au cours de sa longue carrière s'y trouvaient.

Les bois, enfin ! Une fois à couvert, elle pourrait reprendre son souffle et se concentrer sur la marche à suivre pour entrer en contact avec Joseph Marsh.

Quelque chose ricocha avec un petit bruit métallique sur un arbre, à sa droite. Une balle ! Leurs poursuivants avaient ouvert le feu sur eux !

John ralentit, le temps qu'elle arrive à sa hauteur, puis il l'entraîna vers la gauche et se remit à courir tête baissée, sans se soucier des broussailles et des branches basses qui leur fouettaient les jambes.

Rien ne semblait avoir le pouvoir de l'arrêter, et Dani se demanda comment il faisait pour éviter les arbres. Alors qu'elle ne les voyait pas, il se faufilait entre eux comme s'il effectuait un cross en plein jour... Etait-il nyctalope ?

De longues minutes s'écoulèrent, pendant lesquelles l'inclinaison du terrain ne cessa d'augmenter. Dani était épuisée, mais la poussée d'adrénaline provoquée par le stress inhibait les douleurs musculaires qu'elle aurait normalement dû ressentir. Quand ses effets se dissiperaient, cependant...

Mieux valait ne pas y penser, et profiter de cette action anesthésiante, tant qu'elle durerait, pour continuer d'avancer. Mais à peine avait-elle pris cette résolution que son pied heurta une pierre, ou une souche... Elle trébucha, et serait tombée si John ne l'avait rattrapée.

Les hommes qu'ils fuyaient la croyaient sûrement au courant de ce qui avait motivé quelqu'un à ordonner l'exécution de son père, sinon pourquoi s'en prendraient-ils à elle ? songea Dani tout en redoublant d'efforts pour courir plus vite, grimper plus haut. Et s'ils parvenaient à la capturer, jamais elle ne connaîtrait le fin mot de l'histoire. Jamais elle ne pourrait traduire en justice celui ou ceux qui avaient tué son père.

Un assassinat lui paraissait être la chose la plus invraisemblable qui puisse arriver à un homme comme lui, et pourtant aucun doute n'était plus possible : sa mort n'avait rien eu d'accidentel.

Cette conclusion remplit la jeune femme d'une énergie nouvelle : non seulement elle ne se laisserait pas prendre, mais elle ferait en sorte que le meurtre de son père ne reste pas impuni.

Des coups de feu retentirent soudain...

— Baissez-vous ! cria John.

Grâce à ses changements de direction continuels, les balles qui sifflaient à leurs oreilles allèrent toutes finir leur course dans un buisson ou un tronc d'arbre. Au bout d'un moment, les tirs cessèrent, mais un instant plus tard, John s'arrêta si brusquement que Dani se cogna à son dos.

— Que se passe-t-il ? demanda-t-elle.

— Il faut sauter.

— Quoi ?

— Regardez ! dit-il en l'attirant près de lui.

Ils étaient au bord d'une falaise, constata-t-elle alors, horrifiée.

L'obscurité l'empêchait de mesurer la hauteur de l'à-pic, mais à en juger par le bruit lointain de la rivière qui coulait en contrebas, ils se trouvaient devant un véritable gouffre.

Elle pensa au nombre d'os qu'ils se casseraient, et d'organes internes qui se rompraient, s'ils allaient s'écraser sur les rochers… Et même si c'était dans l'eau qu'ils arrivaient, la force de l'impact risquait aussi de leur causer des dommages corporels irréparables.

— On ne peut pas…, commença-t-elle.

— Si ! coupa John.

Et il s'élança dans le vide, l'entraînant avec lui.

Au cinéma, quand les gens sautaient d'une falaise, ils semblaient mettre un temps infini à atteindre ce qui se trouvait en bas — de l'eau, généralement. Mais là, les choses se passèrent autrement : pas plus de deux secondes ne s'étaient écoulées quand les pieds de Dani heurtèrent une surface dure — une corniche, sans doute, qui dépassait de la paroi rocheuse à quelques mètres de son sommet.

Le choc lui coupa la respiration, mais John la tira par la main avant qu'elle ait eu le temps de reprendre ses esprits. Où voulait-il aller ? Elle n'en pouvait plus, mais comme il avait l'air de savoir ce qu'il faisait, elle ne résista pas.

Trois pas sur la corniche les amenèrent à l'intérieur d'une grotte…

Sûrement pleine de chauves-souris, pensa Dani avec un frisson de dégoût. Et, comme pour lui donner raison, les battements de centaines d'ailes résonnèrent autour d'eux pendant plusieurs secondes. Les occupantes des lieux cessèrent ensuite de s'agiter, mais sans que la jeune femme soit rassurée pour autant : ces animaux étaient porteurs de la rage, et leurs antres, couvertes de leurs excréments.

Une nausée lui tordit l'estomac, et John dut percevoir son malaise, car il l'attira dans ses bras.

— Ne bougez pas, lui murmura-t-il à l'oreille. Ne faites aucun bruit.

La chaleur de son souffle sur sa peau se répandit dans son

corps tout entier, lui apportant un sentiment de bien-être et de sécurité. Elle acquiesça en silence et s'abandonna contre lui.

Bien qu'elle ne puisse pas le voir, elle le sentit pencher la tête sur le côté, comme pour mieux écouter les bruits de la nuit.

Cela lui rappela qu'elle avait noté chez lui une ouïe exceptionnellement fine, alors peut-être entendait-il leurs poursuivants s'approcher du bord de la falaise ? En l'atteignant et n'y trouvant personne, ils comprendraient que leurs proies leur avaient échappé, et ils rebrousseraient chemin.

Dani se serra plus fort contre John. Sans lui, elle serait maintenant morte…

Comme son père.

Victime d'un meurtre.

Non, elle ne voulait plus y penser !

Pour s'en empêcher, elle évoqua les moments magiques que John lui avait fait vivre. Elle avait trouvé en lui un amant à la fois si attentionné et si fougueux qu'elle avait cru mourir de plaisir. Et tout ce qu'il avait oublié dans ce domaine lui était revenu si vite qu'elle se demandait si toutes ses autres facultés n'allaient pas, de la même manière, se rétablir d'un coup.

Il se rappellerait alors son passé…

Etait-il marié ? Avait-il des enfants ? Dans l'affirmative, il irait les rejoindre, et l'idée de le perdre la faisait souffrir au point qu'elle se surprit à souhaiter qu'il ne recouvre jamais la mémoire. C'était très égoïste : il méritait de savoir qui il était et d'où il venait, de retourner vivre avec sa famille s'il en avait une.

Elle, Dani, n'en avait plus, mais était-ce une raison pour vouloir le garder éternellement à ses côtés, au mépris de ses intérêts à lui ?

Tout ce qu'elle était en droit d'espérer, c'était que John n'oublierait jamais leur nuit d'amour, et qu'il n'en concevrait aucun regret. Elle, en tout cas, et quoi qu'il arrive, en conserverait jusqu'à la fin de ses jours un souvenir émerveillé.

Il décrocha à la première sonnerie : à quoi bon retarder l'inévitable ? Il redoutait ce moment depuis plus de quarante-huit heures, mais toute tentative pour y échapper était vouée à l'échec, il le savait.

— Allô !

— Dites-moi que vous avez trouvé le dossier !

Si seulement il avait eu cette chance ! Mais la chance ne lui avait jamais souri : il avait toujours dû se battre pour obtenir la moindre chose.

— Euh… non, déclara-t-il après s'être éclairci la voix. Je ne l'ai pas trouvé.

Un lourd silence, puis :

— Vous savez ce que ça signifie ?

— Oui.

— Vous êtes sûr qu'il n'est pas dans la maison ?

— Certain. Je l'ai fouillée de fond en comble. Il n'y est pas.

— Danielle Archer non plus.

— Comment ça ?

— Elle s'est enfuie. Un Opérateur avait été chargé de la supprimer, mais il en a été empêché. Les gens du Centre ont alors envoyé sur place une équipe de recherche, parce qu'ils avaient perdu la trace de leur tueur depuis plusieurs jours. Ils ignoraient donc qu'il avait pris contact avec sa cible jusqu'à ce qu'un lieutenant de la police d'Etat de Virginie, un certain Davidson, entre ses empreintes dans le fichier centralisé du FBI. L'équipe du Centre a ensuite été chargée de régler le problème, mais l'homme et la femme ont réussi à lui échapper, et maintenant, ils sont dans la nature !

Confondu par ces nouvelles, il demanda après s'être de nouveau éclairci la voix :

— Pourquoi l'Opérateur n'a-t-il pas exécuté sa mission ?

— Avant d'arriver au ranch, il a été victime d'une agression qui l'a rendu amnésique. Il ne se rappelle plus qui il est — et encore moins ce qu'il était censé faire de Danielle Archer, au point qu'il la protège, à présent… Quelle ironie ! Elle ne se doute pas que son sauveur avait au départ pour mission de la tuer !

— Que voulez-vous que je fasse, maintenant ?

— Danielle Archer doit avoir compris qu'elle n'était plus en sécurité au ranch, et peut-être même que la mort de son père n'avait rien d'accidentel. Elle est aux abois, et va sûrement se tourner vers une personne en qui elle a confiance. Attendez que ça se produise, et passez alors à l'action. Faites-lui dire où est le dossier, et ensuite, supprimez-la !

Il raccrocha sans prendre la peine d'exprimer son consentement aux ordres qui venaient de lui être donnés. Ce n'était pas nécessaire : son correspondant savait qu'il ne reculerait devant rien pour rester en vie.

Il aurait juste préféré ne pas en arriver là.

Ne pas avoir encore à se salir les mains.

10

— Comment allons-nous sortir de là ? demanda Dani en allant rejoindre John à l'entrée de la grotte.

Elle leva les yeux vers le bord de la falaise, qui se découpait sur le ciel matinal. Cinq ou six mètres les en séparaient, sans autres prises sur la paroi que quelques rochers en saillie et des arbustes dont elle doutait qu'ils supporteraient leur poids.

Regardant ensuite vers le bas, elle estima qu'il y avait encore une vingtaine de mètres entre eux et le fond du précipice.

S'ils sautaient, le fait de le voir pourrait leur éviter d'aller s'écraser contre le sol, mais l'eau n'était pas forcément assez profonde pour qu'un plongeon d'une telle hauteur ne les envoie pas se rompre les os sur le lit rocailleux de la rivière.

— On va descendre, répondit John. Ainsi, en cas de chute, on tombera de moins haut.

Dani se pencha au-dessus du vide, et son estomac se noua. La corniche faisait à peine plus d'un mètre de long… Qu'ils aient atterri dessus dans le noir le plus complet, la veille, tenait du miracle. Elle jeta un coup d'œil à son compagnon et se dit que la chance n'avait peut-être rien à voir là-dedans, en réalité, car cet homme semblait capable d'accomplir des prodiges.

Il avait flairé le danger avant même que leurs assaillants pénètrent dans la maison… Il l'avait guidée à travers les bois par une nuit sans lune sans heurter le moindre obstacle, et en courant sans jamais s'essouffler… Sa vue et son ouïe étaient manifestement beaucoup plus développées que la normale, et la vitesse à laquelle ses blessures cicatrisaient…

Le regard de Dani s'attarda sur son visage. La plaie à la lèvre que lui avait value sa rixe avec Nichols était à peine visible, et son ecchymose à la tempe, qui aurait dû avoir maintenant viré au violet, avait complètement disparu.

C'était incroyable, et elle aurait voulu que son père soit là : ce phénomène aurait vivement intéressé le généticien en lui.

Cette pensée la ramena à son deuil, puis au fait que son père n'était pas seulement mort : il avait été assassiné.

Il fallait le dire à Doc, lui montrer la lettre… Elle aurait dû lui parler de la clé USB et du message enregistré sur la cassette du répondeur. Le secret qui entourait les travaux de son père l'avait retenue de le faire, mais elle avait eu tort.

Oui, c'était décidé : si elle survivait à cette aventure, elle irait tout raconter à son vieil ami.

John entama la descente le premier, en posant avec précaution un pied après l'autre sur les quelques saillies — une protubérance rocheuse, une grosse racine… — que lui offrait la paroi de la falaise, chacune lui servant ensuite de prise pour les mains.

Dani le suivit, toute son attention concentrée sur les points d'appui qu'il choisissait pour être sûre d'utiliser les mêmes. Peu lui importait l'odeur fétide dont les heures passées dans la grotte avaient imprégné ses vêtements. Peu lui importaient les déjections de chauves-souris qui avaient dû tomber sur ses cheveux. Elle observait et imitait chacun des mouvements de John comme si sa vie en dépendait — ce qui était probablement le cas.

Ses bras et ses jambes tremblaient sous l'effort qu'il leur fallait fournir pour la maintenir en équilibre dans des positions extrêmement inconfortables : les seules surfaces disponibles se trouvaient tantôt à plus d'un mètre, tantôt à quelques dizaines de centimètres seulement les unes des autres. Cela lui rappela le mur d'escalade de son lycée, et lui permit de se détendre un peu.

Personne, désormais, ne pourrait plus dire que son existence manquait de piment ! Elle avait fait l'amour avec un bel inconnu, des hommes en tenue de combat l'avaient pourchassée dans l'intention de la tuer, elle avait sauté d'une falaise et s'initiait maintenant à la varappe…

Ce scénario aurait rempli toute une saison de Koh-Lanta ! Dommage qu'il n'y ait pas au bout des mille et des cents à gagner !

Un petit rire lui secoua les épaules… et son pied droit glissa.

Affolée, elle se cramponna à la paroi et tenta de retrouver

l'appui qu'elle avait perdu… En vain. Son corps se balançait au-dessus du vide… Elle allait tomber.

« Crie ! » lui ordonna la voix de sa raison.

Mais aucun son ne sortit de sa gorge. La peur la tétanisait. Elle n'osait plus bouger, plus respirer.

L'éperon rocheux auquel elle s'agrippait lui entamait la paume des mains, et la douleur, ajoutée à la fatigue, rendait de plus en plus proche le moment où l'inévitable se produirait.

Impuissante, elle regarda ses doigts lâcher prise, lentement mais inexorablement…

John !

Il leva les yeux juste à temps pour voir Dani perdre l'équilibre. S'écartant de la paroi, il tendit les bras, et elle vint s'abattre contre sa poitrine avec une violence qui les fit tous les deux basculer en arrière. Il lui passa un bras autour de la taille, puis rentra la tête dans les épaules et arrondit le dos pour offrir le moins de surface possible à l'impact de l'eau sur son corps.

Le liquide glacé qui l'enveloppa quelques secondes plus tard lui coupa le souffle. Dani toujours serrée contre lui, il sentit la vitesse acquise par leur chute les entraîner vers le fond. Il se redressa alors et exerça de vigoureuses poussées avec les jambes pour remonter.

Ses efforts lui permirent bientôt d'apercevoir de la lumière au-dessus de lui. La surface était proche, mais le courant était plus fort à cet endroit, et le manque d'oxygène rendait ses mouvements de plus en plus difficiles.

Ce fut au bord de l'asphyxie qu'il émergea enfin à l'air libre, et il lui fallut une bonne minute pour reprendre son souffle. Dani mit plus de temps à retrouver le sien, et elle tremblait de froid. Ils devaient vite sortir de l'eau, et John entreprit de gagner à la nage la rive opposée. Le terrain montait en pente douce, de ce côté-là de la rivière. Il leur serait facile d'atteindre le sommet, et ils pourraient ensuite disparaître dans les bois, mais le temps pressait. Des hélicoptères n'allaient pas tarder à survoler la zone pour les retrouver, et John était même surpris qu'ils n'aient pas encore été déployés.

Comment le savait-il ? Il l'ignorait, comme il ignorait ce qui lui avait permis, la nuit précédente, de percevoir le danger avant le moindre signe avant-coureur.

Les raisons de cette attaque lui échappaient aussi, mais il était sûr d'une chose : l'ennemi n'aurait de cesse qu'il ne les ait retrouvés, Dani et lui.

Quoi que cache cette affaire, elle était loin d'être terminée.

Jusqu'au soir, ils marchèrent à travers les bois. Dani ne se rappelait pas avoir jamais été aussi fatiguée. Elle mourait de faim, aussi, et ses chaussures imbibées d'eau produisaient un bruit de succion à chacun de ses pas, mais ses vêtements n'étaient plus mouillés, c'était déjà ça. Il leur avait cependant fallu des heures pour sécher complètement : il ne faisait pas froid et le soleil brillait, mais la voûte des arbres bloquait une grande partie de ses rayons.

Son expérience du matin avait convaincu la jeune femme que les sports extrêmes n'étaient pas pour elle. L'équitation lui suffisait comme activité de plein air, et l'odeur des chevaux était beaucoup plus agréable que celle d'une grotte remplie de chauves-souris. Elle renifla. L'eau et le grand air n'avaient pas complètement chassé cette puanteur de ses habits.

Mais elle était vivante.

Elle frissonnait chaque fois que lui revenait le souvenir du moment où ses mains avaient lâché l'éperon rocheux. John avait réussi à la rattraper et à la ramener à la surface après leur plongeon dans la rivière. Sans lui, elle se serait noyée. Et s'il ne lui avait pas fait quitter la maison à temps, elle serait morte avant, assassinée par les mystérieux hommes en noir. Il lui avait sauvé deux fois la vie !

Comment pourrait-elle jamais l'en remercier ? En tout cas, il lui faudrait s'excuser de l'avoir entraîné dans cette aventure. Il devait maudire le hasard qui l'avait conduit chez elle ! Même si elle l'avait soigné, c'était loin de régler en totalité la dette qu'elle avait depuis contractée envers lui.

Un bruit lointain de moteurs lui parvint soudain.

John s'arrêta et se tourna vers elle.

— La route nationale se trouve juste derrière la ligne de crête dont nous venons d'atteindre la base, déclara-t-il. Si nous la longeons sur huit kilomètres, nous arriverons à Whitewater.

Dani connaissait Whitewater. Ce n'était pas une grande ville, mais elle comptait des restaurants et des hôtels… La perspective de manger et de se reposer lui donna un regain d'énergie, et puis elle se souvint qu'elle n'avait ni argent liquide ni carte bancaire. Mais là, ils pourraient au moins demander à quelqu'un d'utiliser son téléphone pour appeler la police. Ils avaient été pourchassés par des tueurs, son père s'était fait assassiner… Cela justifiait une demande de protection et l'ouverture d'une enquête, non ?

— Il ne faut pas alerter la police ! décréta John.

L'idée qu'il lisait dans son esprit effleura de nouveau la jeune femme, mais elle préféra l'écarter au profit de la simple logique : comme elle, il avait pensé à cette solution et, s'il l'avait rejetée, c'était certainement pour une bonne raison. Après l'avoir vu prendre avec un instinct très sûr les décisions qui leur avaient permis de rester en vie, elle était portée à s'en remettre à son jugement.

— Je vais appeler Doc, alors, indiqua-t-elle. Il viendra nous chercher, et je lui raconterai ce qui s'est passé. Il saura quoi faire.

— Je ne suis pas sûr que ce soit une bonne idée.

Sur ces mots, John se remit en marche, laissant Dani perplexe. Sa remarque signifiait que Doc ne lui inspirait pas confiance, mais pourquoi ? Il ne le connaissait pas, alors qu'elle le connaissait depuis toujours…

— Doc est comme un second père pour moi, dit-elle en lui emboîtant le pas.

— J'ai besoin de réfléchir, répliqua-t-il sans se retourner et avec dans la voix une légère pointe d'agacement.

C'était la première fois qu'il la rabrouait, mais elle en fut plus surprise que blessée. La gamme des émotions qu'il était capable de ressentir s'était considérablement étendue au cours des derniers jours : Dani avait l'impression de regarder un enfant devenir adulte à un rythme accéléré. Sauf qu'il n'avait jamais rien eu d'un enfant sur le plan physique : c'était depuis le début un homme doté de tous les attributs de la virilité. Un homme qui s'était révélé être un amant accompli… et un guerrier redoutable.

Dani repensa à la rixe qui l'avait opposé à Nichols. Et ce n'était encore rien comparé au combat féroce contre ses adversaires nocturnes. L'obscurité du cagibi l'avait empêchée de voir ce qui se passait, mais elle en avait entendu assez pour s'en douter, et quand elle était ressortie dans le couloir, son expérience de médecin avait confirmé ses soupçons : ils étaient morts. Le troisième avait de toute évidence subi le même sort, et elle se demanda de nouveau avec inquiétude qui était John, et d'où il venait. Il avait agi en état de légitime défense, mais avec un sang-froid et une efficacité impressionnants.

La fin du trajet jusqu'à Whitewater se déroula en silence, John ouvrant la marche d'un pas assuré, comme s'il avait toujours vécu dans ces montagnes. Une simple lecture de la carte d'état-major lui avait suffi pour la mémoriser... Comment était-ce possible ?

Autre chose intriguait Dani : comment avait-il su qu'elle allait tomber de la falaise, alors qu'elle n'avait pas crié ? Concentré sur sa propre progression, il ne la regardait sûrement pas, et pourtant il avait tendu les bras à temps pour la rattraper... Ajouté aux étranges facultés qu'il possédait, cela commençait de la faire pencher en faveur d'une hypothèse troublante : et si elle avait affaire à une sorte de surhomme ?

La nuit approchait quand ils arrivèrent à Whitewater. Une grande animation y régnait — le samedi était visiblement un jour de sortie pour les habitants. Les rues grouillaient de monde, le parking de la supérette du centre-ville était plein, tout comme celui des restaurants devant lesquels ils passèrent.

Dani avait tellement faim qu'elle se serait contentée d'un hamburger-frites dans l'un de ces fast-foods où elle n'aurait normalement jamais mis les pieds, mais elle n'avait même pas de quoi s'offrir ce genre de repas bon marché.

— Qu'allons-nous faire ? déclara-t-elle en s'efforçant, malgré sa fatigue, de ne pas se laisser distancer par les longues enjambées de son compagnon.

— Prendre une chambre dans cet hôtel, répondit-il, le doigt pointé vers une enseigne lumineuse qui clignotait à une vingtaine de mètres d'eux.

— Mais nous n'avons ni papiers d'identité ni moyen de paiement !

John ignora cette objection. Il continua de marcher, et la jeune femme l'imita, trop épuisée pour essayer de le raisonner. Personne ne les empêcherait d'entrer dans l'établissement, d'ailleurs, et elle pourrait se reposer pendant quelques minutes — le temps que John demande une chambre… et se la voie refuser.

Une fois dans le hall, il attendit que le réceptionniste soit occupé au téléphone, puis il s'engagea dans un couloir sans se préoccuper du panneau « Réservé au personnel » placé à l'entrée.

Après être passé devant plusieurs portes sans s'arrêter, il ouvrit celle d'une pièce qu'une plaque fixée au vantail désignait comme le bureau du directeur. Il fit signe à Dani de le suivre à l'intérieur, referma la porte derrière eux et alluma la lumière.

Le voyant s'asseoir devant l'ordinateur posé sur la table, la jeune femme fronça les sourcils.

— Qu'est-ce que vous avez en tête ?

— Je vais nous procurer une chambre, répondit-il sans lever les yeux de l'écran.

Ses doigts se mirent ensuite à courir sur les touches du clavier à une vitesse impressionnante… Un clic énergique pour finaliser l'opération, quelle qu'elle soit, puis il se leva.

— Voilà ! On peut y aller !

Déconcertée, Dani ressortit dans le couloir avec lui, mais avant de regagner le hall, il s'assura que le réceptionniste était toujours au téléphone et ne puisse pas remarquer la direction d'où ils venaient. Quand il le vit raccrocher, il s'approcha, et l'employé s'adressa à lui avec un sourire professionnel.

— Je peux vous aider, monsieur ?

— Oui. J'ai égaré ma clé.

— Votre nom, monsieur ?

— Daniels. Chambre 215.

— Un instant, monsieur Daniels…

Le réceptionniste consulta son ordinateur et, moins d'une minute plus tard, John entraînait Dani vers l'ascenseur, une clé magnétique à la main. Il les avait inscrits sous une fausse identité — inspirée de son nom à elle — comme occupants d'une chambre libre, et la jeune femme en était aussi soulagée qu'abasourdie.

— Où avez-vous appris à faire ça ? déclara-t-elle.

— J'aimerais bien le savoir !

La frustration qui s'exprimait dans la voix de John émut Dani. Il souffrait d'avoir oublié qui il était. Il voulait retrouver l'existence dont son amnésie avait brutalement interrompu le cours…

C'était légitime, et elle aurait dû lui souhaiter de recouvrer rapidement la mémoire, mais quand cela arriverait, leurs chemins se sépareraient pour toujours. Il lui faudrait apprendre à vivre et sans son père et sans l'homme dont elle avait eu la bêtise de tomber amoureuse…

Le travail, qui lui avait servi de thérapie par le passé, suffirait-il, cette fois, à lui donner la force d'accepter ce qu'elle ne pouvait pas changer ?

L'ascenseur les déposa au deuxième étage, presque en face de « leur » chambre. Dès qu'ils furent à l'intérieur, Dani enleva ses chaussures et ses chaussettes humides, puis courut à la salle de bains soulager une envie pressante. Elle avait dû se résoudre à le faire une fois dans les bois, et ce n'était pas une expérience qu'elle avait hâte de revivre !

Après s'être lavé les mains, elle but longuement au robinet. Cela lui fit du bien, mais elle avait toujours aussi faim…

John était au téléphone quand elle regagna la chambre.

— M. Daniels, chambre 215, à l'appareil… Non, aucun problème avec la clé ! Ecoutez, ma femme ne se sent pas très bien, alors j'espérais que le restaurant de l'hôtel pourrait nous faire monter un repas… Ah ! c'est très aimable à vous ! Nous allons consulter la carte, et je vous rappelle ensuite. Merci infiniment !

Dani le fixa sans savoir si elle devait admirer son art du mensonge ou s'en inquiéter.

— Je croyais que cette chaîne d'hôtels ne proposait pas de room service ? observa-t-elle lorsqu'il eut raccroché.

— En effet, mais j'ai demandé si poliment…, répliqua-t-il avec un sourire malicieux.

Le fait que le sens de l'humour soit maintenant venu s'ajouter à la liste de ses nouvelles acquisitions laissa Dani pantoise.

Quand ils eurent fait leur choix sur la carte, John rappela la réception et passa la commande.

— Comment comptez-vous vous en sortir, demain, quand on vous présentera la note ? questionna ensuite la jeune femme.

— On ne me la présentera pas. Nous franchirons tranquillement la porte, comme si nous allions nous promener, et personne ne nous demandera rien : j'ai réservé la chambre pour encore trois nuits.

Comme elle tenait à peine debout, Dani s'assit sur le lit et, dans le silence qui suivit, ses pensées revinrent à ce que serait sa vie sans John. Comment avait-il pu lui devenir aussi cher en quelques jours seulement ?

Mais peut-être se trompait-elle sur ses sentiments ? Ce qu'elle prenait pour de l'amour pouvait bien n'être qu'une réaction passagère au besoin de combler le vide affectif laissé par la mort brutale de son père... Le temps finirait par apaiser sa douleur, et elle ne garderait alors plus de John que le souvenir du réconfort qu'elle était allée chercher dans ses bras.

— Il faut que j'appelle Doc, déclara-t-elle pour s'empêcher de remettre en cause cette conclusion rassurante.

Que John ait eu l'intention ou non de faire un commentaire, un coup frappé à la porte monopolisa alors son attention. Il traversa la pièce, et n'ouvrit qu'après avoir collé son œil au judas. Une serveuse poussa un chariot dans la pièce, et John la remercia d'un sourire avant de la raccompagner jusqu'à la porte, qu'il verrouilla ensuite derrière elle.

Les bonnes odeurs qui emplissaient à présent la chambre persuadèrent Dani d'attendre d'avoir mangé pour téléphoner à Doc. John et elle s'installèrent de part et d'autre du chariot, et attaquèrent leur repas avec un même appétit.

Ils avaient commandé deux plats différents — rôti de bœuf pour elle, poulet pour John —, et elle voyait là une nouvelle preuve des progrès de son compagnon sur le plan de l'autonomie : alors qu'au début, il l'imitait en tout, il était désormais capable de faire ses propres choix. Elle se força à considérer que c'était une bonne chose.

— Je vais appeler Doc, maintenant, annonça-t-elle une fois son assiette vide. S'il a entendu parler de ce qui s'est passé hier au ranch, il doit être mort d'inquiétude.

John ne dit rien, mais elle devina à ses sourcils froncés qu'il s'interrogeait sur le bien-fondé de cette démarche. Il s'y était opposé, tout à l'heure, et elle attendit qu'il lui explique pourquoi. Elle le fixa en silence, et il était si beau, malgré ses cheveux ébouriffés et ses vêtements froissés, qu'un élan de désir la souleva. Elle brûlait de l'embrasser, de sentir ses bras musclés l'enlacer… Elle se rappelait la douceur de sa peau, la chaleur de son corps, la sensualité de ses caresses… Lui ferait-il de nouveau l'amour ce soir ?

— Mon instinct me déconseille d'avoir recours à une aide extérieure, finit-il par déclarer, mais je ne sais pas pourquoi. J'ai beau réfléchir, je ne comprends rien à ce qui est arrivé.

— Je pense que ça a quelque chose à voir avec la mort de mon père, indiqua Dani. C'était un chercheur qui travaillait pour le gouvernement, et j'ai découvert des… éléments qui me portent à croire qu'il détenait des informations sensibles susceptibles de lui avoir coûté la vie.

Le regard de John se planta dans le sien.

— Votre père aurait été assassiné ?

— J'en suis sûre. La veille de sa mort, un homme a laissé sur son répondeur un message disant qu'ils avaient un problème. Et quand j'ai trié son courrier, j'y ai trouvé une lettre, envoyée par la même personne, le prévenant que son exécution avait été ordonnée.

— Son exécution ?

— Oui. Deux mises en garde lui ont donc été adressées, mais…

— Vous savez par qui ?

— Joseph Marsh, un de ses anciens collègues.

— Marsh ?

John avait tressailli, comme si ce nom lui faisait une impression désagréable. Il ne pouvait pourtant pas connaître Joseph Marsh… Alors sans doute était-ce juste l'évocation d'une affaire de meurtre et de complot qui le perturbait : il devait être encore vulnérable sur le plan psychologique.

— Nous ne sommes pas obligés d'en parler, déclara la jeune femme. Si cela vous stresse…

— Non ! coupa-t-il. Racontez-moi l'histoire jusque dans ses moindres détails.

Dani soupira mais s'exécuta.

— Sur quoi portaient exactement les travaux de votre père ? demanda John quand elle eut terminé son récit.

— Je l'ignore : ils étaient couverts par le secret-défense. Il était généticien et menait des recherches de pointe, mais je n'en sais pas plus.

— Et ce Joseph Marsh, vous le connaissez ?

— Seulement de nom. Il était sûrement à la réception donnée en l'honneur de mon père au moment de son départ à la retraite, mais comme je ne lui ai pas été présentée, je suis incapable de dire à quoi il ressemble.

John, qui n'avait pas remué un cil de tout le temps qu'avait duré le récit de Dani, se leva alors si brusquement qu'elle sursauta.

— Je vais me doucher, grommela-t-il. Appelez votre ami, si vous êtes sûre de pouvoir lui faire confiance.

— Je le suis ! s'écria-t-elle.

Après lui avoir lancé un regard perçant, John disparut dans la salle de bains. Elle avait soudain l'impression d'avoir affaire à un homme différent de celui de ces dernières heures, un homme dont l'attitude protectrice envers elle s'était muée en une sourde hostilité.

Etait-ce parce que sa vraie personnalité commençait de remonter à la surface ? Avait-elle commis une terrible erreur en se fiant à ce que le début de leurs relations lui avait montré de lui ? Il n'en demeurait pas moins qu'elle lui devait la vie et que, amoureuse ou non, elle tenait maintenant trop à lui pour ne pas souffrir de le voir s'éloigner d'elle.

Au bord des larmes, Dani tendit la main vers le téléphone et composa le numéro de Doc.

Pourvu qu'il soit là ! Son aide lui était plus que jamais indispensable.

Il décrocha à la deuxième sonnerie.

— C'est Dani… J'ai besoin de toi.

— Dani ! Quel soulagement de t'entendre ! J'ai eu si peur ! Où es-tu ?

Il était donc au courant de sa brusque disparition, mais il ne connaissait pas toute l'histoire…

— Quelqu'un essaie de me tuer, Doc ! Des hommes ont fait irruption au ranch…

— Je sais : Davidson m'a appelé. Des agents fédéraux sont venus le voir chez lui hier, au milieu de la nuit, et ils te cherchent. Davidson leur a dit de prendre contact avec moi, mais…

— Attends, je ne comprends pas… Des agents fédéraux sont à ma recherche ?

— Oui, mais ils ne te veulent aucun mal. Ils veulent au contraire te protéger, et c'est pour ça qu'ils sont allés au ranch.

La stupeur laissa Dani sans voix. Nichols excepté, personne n'avait tenté de lui faire du mal avant que ces hommes arrivent, avec leurs armes et leurs cagoules…

— Me protéger de qui ? parvint-elle finalement à demander. Le shérif est venu, mais…

— Nichols n'a rien à voir là-dedans. Il s'agit de l'inconnu que tu as eu l'imprudence de recueillir. C'est lui que tu dois fuir !

— John ? Non, c'est impossible ! Il a empêché Nichols de me brutaliser, et il m'a ensuite sauvé deux fois la vie.

— Il s'appelle en réalité Adam. Adam quelque chose, et c'est un tueur à la solde d'une organisation subversive qui tente de mettre la main sur les dossiers de ton père. Il a été envoyé en Virginie avec pour mission de te supprimer. Tu es en danger de mort !

Le sang de Dani se figea dans ses veines.

— Non, Doc, je… je t'assure que ce n'est pas possible, bredouilla-t-elle.

— Ecoute-moi, ma chérie ! Cet Adam a été victime en chemin d'une agression qui l'a rendu amnésique. Il ne se souvient plus de la tâche dont il était chargé, mais s'il retrouve complètement la mémoire, ou même juste la partie qui concerne cette tâche, il l'accomplira : il te tuera de sang-froid.

— Mais comment peux-tu être sûr que… Non, il doit y avoir une erreur… Je refuse de croire John, ou quel que soit son nom, capable de me…

Le sanglot qui lui nouait la gorge empêcha Dani de terminer sa phrase.

Parce qu'elle pensait comprendre, maintenant, le changement d'attitude de John à son égard : il devait commencer de sentir, bien qu'encore confusément, qu'elle lui avait été désignée comme une femme à abattre.

— Cet Adam a assassiné ton père, Dani ! déclara Doc, achevant ainsi de l'horrifier. N'ayant pu obtenir de ton père ce qu'il voulait, il l'a tué. Mais sa mission ne sera pas complètement remplie avant qu'il ne t'ait tuée toi aussi.

11

Couchée de son côté du grand lit, Dani feignit de dormir pendant deux bonnes heures. Près d'elle, John — ou Adam — semblait avoir du mal à trouver le sommeil, mais sa respiration finit par devenir profonde et régulière… La fatigue avait enfin eu raison de la tension qu'elle sentait chez lui depuis leur conversation d'après le repas.

Elle espérait qu'il n'avait pas entendu son coup de téléphone à Doc. Elle croyait se souvenir que la douche avait coulé pendant toute la durée de cet appel, mais les révélations de Doc l'avaient bouleversée au point qu'elle n'était plus sûre de rien.

Son père avait été assassiné par l'homme qui partageait son lit… Sur l'ordre d'une mystérieuse organisation subversive qui, pour des raisons tout aussi mystérieuses, avait décidé de la supprimer elle aussi… Si John n'avait pas perdu la mémoire entre-temps, au lieu de lui faire l'amour, il l'aurait tuée…

Non, c'était inconcevable ! Doc devait se tromper. Les hommes qui étaient allés voir le lieutenant Davidson avaient menti.

Le soulagement que lui apporta cette conclusion ne résista pas au souvenir des termes exacts employés par Doc : les hommes en question étaient des agents fédéraux, alors dans quel but auraient-ils menti ? Ça ne tenait pas debout ! Son père avait fait une longue et brillante carrière au service du gouvernement… Les autorités n'avaient aucune raison d'inventer une sombre histoire de complot pour expliquer sa mort !

Se tournant avec précaution vers John, Dani observa son profil à la faible clarté provenant de la salle de bains. Il en avait laissé la lampe allumée, et la porte, entrebâillée… Pourquoi ? Elle n'avait pas osé le lui demander. Son bel amant s'était transformé en un homme qui l'effrayait, même si elle avait du mal à admettre qu'il puisse être un tueur professionnel.

De nombreuses choses dont elle avait été témoin venaient pourtant étayer cette thèse, comme la brutalité dont il avait fait preuve dans sa rixe avec Nichols, et la redoutable efficacité avec laquelle il avait éliminé trois adversaires armés.

Il y avait aussi cette course à travers bois qu'il n'avait pas eu à ralentir une seule fois pour reprendre haleine, ce saut de la falaise qu'il avait effectué sans l'ombre d'une hésitation... La plupart des gens étaient capables de se surpasser quand leur vie était menacée, mais là était le problème : John, lui, ne s'était *pas* surpassé ; il avait accompli tous ces actes avec l'aisance d'un homme rompu à ce genre d'exercice. Un homme, aussi, à qui sa formation et son expérience avaient appris à gérer avec une parfaite maîtrise les situations les plus périlleuses.

Dani pensa ensuite à la façon dont il s'était introduit dans le système informatique de l'hôtel... Il ne manquait pas de cordes à son arc !

Aucune formation n'expliquait cependant ses sens hyperdéveloppés, ni la guérison incroyablement rapide de ses blessures.

L'idée d'avoir affaire à un être supérieur, doté de facultés physiques et mentales sortant du champ des connaissances scientifiquement établies, allait à l'encontre du principe de rationalité que ses études de médecine lui avaient inculqué, et pourtant, ces facultés, elle les avait vues à l'œuvre, elles étaient bien réelles...

La jeune femme décida de mettre pour l'instant cette énigme de côté et de réfléchir à un problème beaucoup plus préoccupant dans l'immédiat : John avait-il tué son père, et eu pour mission de la tuer elle aussi ?

Un autre souvenir lui revint alors : l'intérêt de John pour les photos de son père. Par deux fois, elle l'avait surpris à les regarder fixement, et elle avait eu l'impression que ce visage lui disait quelque chose... Mais cela ne signifiait pas forcément qu'il y reconnaissait celui de sa dernière victime. Les chemins des deux hommes avaient pu se croiser un jour par hasard, laissant dans la mémoire de John une image que ces photos avaient ressuscitée.

Quant à son brusque changement d'attitude envers elle, il était peut-être juste dû à la fatigue : ce qu'elle avait pris pour de l'hostilité pouvait bien consister en un simple mouvement d'humeur provoqué par une faiblesse physique à laquelle il n'était pas habitué.

Dani avait cependant conscience de chercher désespérément des explications qui feraient de John le contraire d'un tueur : un homme digne de l'attachement qu'il lui inspirait. Et Doc avait été catégorique : si John retrouvait la mémoire, il la tuerait. Alors pouvait-elle prendre le risque de rester avec lui et d'espérer que l'avenir donnerait tort à son vieil ami ?

Non, elle tenait à rester en vie, ne serait-ce que pour voir John, si jamais il s'avérait coupable du meurtre de son père, payer pour ce crime odieux.

Cette pensée chassant ses dernières hésitations, elle se glissa hors du lit. Doc avait élaboré un plan : elle devait attendre que John soit profondément endormi, quitter alors l'hôtel le plus vite possible et courir rejoindre les deux agents fédéraux qui seraient postés un peu plus loin dans la rue, sur le parking d'une crêperie ouverte vingt-quatre heures sur vingt-quatre. Ils seraient dans une berline grise aux pare-soleil rabattus, et l'emmèneraient dans un endroit sûr. Une autre équipe se rendrait alors dans la chambre et procéderait à l'arrestation de John.

Attentive à ne faire aucun bruit, Dani s'habilla et se dirigea à pas de loup vers la porte. Son corps et son cœur lui disaient de ne pas partir sans adresser à John un adieu silencieux… Sa raison l'emporta : elle ouvrit doucement la porte et se faufila dans le couloir.

Dans quelques minutes, tout serait terminé, et elle saurait enfin la vérité.

Innocent ou coupable, John sortirait de sa vie, et la page se tournerait sur ce douloureux épisode de son existence.

John attendit, parfaitement immobile, que Dani ait quitté la pièce, puis il sauta au bas du lit et enfila rapidement ses vêtements. Il ne pouvait pas la laisser prendre trop d'avance.

Le balcon de la chambre donnait accès à l'escalier d'incendie qui courait le long de la façade de l'hôtel. John s'y rendit, vit la jeune femme marcher d'un pas pressé dans la rue, et descendit les marches quatre à quatre. Il allait la suivre, mais pas de trop près, pour qu'elle ne s'aperçoive de rien.

Ayant entendu la fin de sa conversation téléphonique, il savait que son ami lui avait dit de s'enfuir, parce que lui, John, avait reçu l'ordre de la tuer.

Cette accusation le révoltait, et pourtant, quand Dani lui avait parlé de Joseph Marsh et de « l'exécution » de son père, il avait éprouvé un étrange sentiment d'agressivité envers elle. Mais ce sentiment était vite passé, et maintenant, la seule idée de lui faire du mal le mettait à la torture. Jamais il ne le pourrait ! Il tenait trop à elle.

Son ami Doc lui avait aussi dit que deux agents fédéraux l'attendraient un peu plus loin dans la rue, sur le parking d'une crêperie devant laquelle John se souvenait être passé sur le chemin de l'hôtel. Ils étaient censés emmener Dani dans un endroit sûr, mais elle était trop confiante. Que ce Doc croie vraiment ou non lui venir en aide, elle allait tomber dans un guet-apens, John le sentait. Ces dernières vingt-quatre heures lui avaient appris à se fier à son instinct : il savait à présent qu'avant de perdre la mémoire, il avait vécu des situations de ce genre assez souvent pour comprendre qu'elles cachaient un piège.

Bien qu'il ne soit pas armé, il ferait tout pour protéger Dani de ces hommes. Et l'équipe chargée de l'arrêter trouverait la chambre vide.

La jeune femme ralentit le pas en s'engageant sur le parking où elle avait rendez-vous. John la suivit, en s'accroupissant derrière les voitures pour rester à couvert.

Quand elle s'approcha de la berline grise dont son ami avait parlé, il réussit à gagner encore quelques mètres, puis il s'immobilisa et tendit l'oreille.

— Mademoiselle Archer ?

Les deux hommes venaient de descendre du véhicule. Vêtus de costumes sombres, ils ressemblaient vraiment à des agents fédéraux, mais une sonnette d'alarme avait retenti dans l'esprit de John, confirmant ainsi ses soupçons, à l'instant même où ses yeux s'étaient posés sur eux : ils n'étaient pas ce qu'ils prétendaient être.

Ces individus étaient dangereux. Très dangereux.

— Oui, répondit Dani d'une voix un peu tremblante. Vos

collègues sont déjà montés dans la chambre ? Doc m'a promis qu'ils ne feraient pas de mal à John avant de…

— Il s'appelle Adam, mademoiselle Archer, coupa l'un des deux hommes, et je ne m'inquiéterais pas pour lui, si j'étais vous : c'est un tueur.

— Je n'en suis pas absolument certaine.

Un frémissement de joie parcourut John : non seulement Dani avait insisté pour qu'il ne lui soit fait aucun mal — il n'avait pas entendu cette partie-là de la conversation —, mais elle venait d'exprimer ouvertement ses doutes sur l'accusation portée contre lui.

Adam…

Il tourna et retourna ce nom dans sa tête et, soudain, un déclic se produisit. Oui, c'était peut-être bien ainsi qu'il s'appelait, mais cela ne faisait pas de lui un tueur pour autant. Il pensa à l'envie qu'il avait eue de tuer le shérif… Mais c'était uniquement parce que cette brute avait menacé Dani…

— On va vous conduire en lieu sûr, mademoiselle Archer, déclara l'autre faux agent fédéral. Montez dans la voiture !

— Je… je ne sais pas si c'est une bonne idée…, bredouilla la jeune femme en reculant d'un pas. Il vaut peut-être mieux que je regagne l'hôtel.

« Dites-leur de s'en aller ! l'exhorta silencieusement John. Et s'ils refusent, fuyez ! »

Un pistolet apparut soudain dans la main de l'homme. C'était le plus grand des deux, celui qui semblait être le chef. John faillit se jeter sur lui, mais le reste de lucidité que lui laissaient sa peur et sa colère le convainquit de se garder de tout acte impulsif.

— Montez dans la voiture, mademoiselle Archer ! répéta l'homme.

Il avait une pointe d'accent espagnol, et John lui trouvait le type sud-américain, mais sans rien pouvoir affirmer, car il ne le voyait que de profil.

Dani recula encore d'un pas, l'air terrifiée, et John, redoutant le pire, cria intérieurement :

« Ne bougez pas ! Surtout ne bougez pas ! »

Elle se figea, comme si elle l'avait entendu.

— Ne nous obligez pas à tirer, mademoiselle Archer ! déclara l'autre homme, qui avait lui aussi sorti un pistolet. On ne vous veut aucun mal. Tout ce qui nous intéresse, c'est le dossier.

— Quel dossier ?

La voix de Dani s'était raffermie, et John sourit. Peut-être avait-elle senti sa présence et y puisait-elle la force de tenir tête à ses deux agresseurs. Et il lui donnerait raison de reprendre confiance, parce qu'il interviendrait à temps pour qu'il ne lui arrive rien.

— Ne faites pas l'innocente ! lui lança le chef. Vous avez passé ce coup de fil, et ça signifie que vous connaissez l'existence de ce dossier ! Où est-il ?

— Dites-le-nous, renchérit son acolyte, et vous vous éviterez de subir le même sort que votre père.

— C'est… c'est vous l'avez tué ? balbutia Dani.

— On n'a pas eu à le faire : son collègue s'en est chargé.

— Ecoutez, je ne comprends rien à ce que vous me racontez, tous les deux ! Mon père ne détenait aucun dossier susceptible de lui avoir coûté la vie !

— Elle a l'air sincère, observa l'homme en se tournant vers son compagnon. Les gens du Centre l'accusent de trahison, mais elle ne sait même pas de quoi il est question ! Quels idiots !

« Le Centre… » Ces mots allèrent se loger dans le cerveau de John avec la force d'une balle de fusil. Il eut un flash qui le fit vaciller sur ses jambes, et seule l'idée du danger que courait Dani lui permit de recouvrer son sang-froid.

— Qu'appelez-vous « le Centre » ? demanda-t-elle, visiblement perplexe.

— C'est de là que vient votre ami Adam ; répondit le chef. Il y a été créé par votre père, mais je ne suis pas de l'avis de mon camarade : je pense, moi, que vous êtes parfaitement au courant de cette affaire, alors montez dans la voiture, sinon les choses vont très mal tourner pour vous !

John… Adam… avait été *créé* par son père ?

Le choc que ces paroles avaient causé à Dani la rendit indifférente à la menace qui avait suivi : sa peur avait cédé à une violente colère. Son père était généticien, et les recherches qu'il conduisait avaient pour but de faire avancer la science, mais ce dont ces hommes parlaient était de la pure science-fiction !

Le déclic d'un cran de sûreté qui s'abaissait rompit soudain le silence et ramena l'attention de la jeune femme sur les pistolets braqués sur elle.

Si elle n'obéissait pas à ces individus, ils allaient la tuer ! Il fallait essayer de gagner du temps… Avec un peu de chance, quelqu'un finirait par arriver et, voyant la scène, appellerait la police.

— Désolée de vous décevoir, messieurs, mais j'ignore tout de cette affaire. Je ne sais même pas sur quoi les travaux de mon père ont porté pendant toutes ces années.

Les deux hommes échangèrent un regard hésitant.

— Tout ce qu'on veut, c'est le dossier, déclara le plus grand — celui qui avait un léger accent espagnol et le type sud-américain.

— Dites-nous où il est, insista l'autre, et on vous laissera la vie sauve.

Il mentait, Dani en était convaincue. Maintenant qu'elle avait vu leurs visages, ils ne pouvaient pas prendre le risque de la laisser partir.

— Je vous répète que je n'ai connaissance d'aucun…

Les mots moururent sur ses lèvres. Elle venait de se rappeler la clé USB cachée dans l'aspirateur, le dossier intitulé « Projet Eugénique » qu'elle y avait découvert…

Son brusque mutisme l'avait malheureusement trahie : les deux hommes se regardèrent de nouveau, mais cette fois d'un air entendu, et le Sud-Américain déclara avec un sourire narquois :

— J'ai l'impression que la peur de mourir vous a rafraîchi la mémoire, mademoiselle Archer ! Alors pour la dernière fois, montez dans la voiture ! Vous nous raconterez en chemin ce qui vous est revenu.

« Couchez-vous ! »

Dani tressaillit. C'était une voix, dans sa tête, qui avait parlé… D'où venait-elle ?

« Couchez-vous, tout de suite, et restez ensuite parfaitement immobile ! »

Sans plus réfléchir, la jeune femme se jeta à terre, puis se roula en boule.

— Au secours ! cria-t-elle.

Cela ne faisait pas partie de ce que cette mystérieuse voix lui avait ordonné, mais elle n'avait pas pu s'en empêcher.

— Tais-toi, sale garce ! rugit le Sud-Américain en essayant de la relever.

Un nouveau cri jaillit de sa poitrine, mais le violent coup de pied dans les côtes que cela lui valut la réduisit au silence. L'autre individu l'attrapa par les cheveux, mais les têtes des deux hommes se cognèrent soudain l'une à l'autre avec un bruit sinistre, et ils s'écroulèrent comme des pantins désarticulés.

Abasourdie, Dani se redressa lentement. Que s'était-il passé ?

— Ça va ? demanda John, la main tendue pour l'aider à se remettre debout.

Elle écarquilla les yeux. Que faisait-il là ? Et cette voix, dans sa tête, elle ne l'avait donc pas imaginée : c'était celle de John, qui lui avait transmis des ordres par… par télépathie, il n'y avait pas d'autre explication. Ce phénomène qui l'avait toujours laissée sceptique existait donc réellement ?

— Il faut se dépêcher de partir : d'autres pourraient arriver, reprit John sur un ton pressant.

John ? Non, Adam ! L'assassin de son père, avait dit Doc… Et le « Centre » dont l'un des hommes avait parlé devait être le quartier général de l'organisation subversive que Doc avait aussi mentionnée…

Tout concordait, et Dani ne doutait plus, maintenant, d'avoir affaire à un tueur. Il l'avait sauvée une nouvelle fois, mais quand la mémoire lui reviendrait, il achèverait la mission dont ses employeurs l'avaient chargé.

— Ne me touchez pas ! s'exclama-t-elle en sautant sur ses pieds.

— D'accord, mais suivez-moi, je vous en prie ! Vous devez me faire confiance !

— Non !

— Je suis désolé, mais je vais être obligé d'employer la force : la situation est trop dangereuse pour que nous perdions de précieuses minutes à discuter.

Une main musclée se referma sur le poignet de Dani et la tira vers la berline grise.

— Lâchez-moi ! cria-t-elle.

En vain, et elle eut beau se débattre, John l'entraîna jusqu'à la voiture, ouvrit la portière du conducteur et la poussa à l'intérieur. Elle se retrouva à demi allongée sur le siège du passager et, le temps qu'elle se relève, John s'était installé au volant. La clé était sur le contact… Il la tourna, passa la marche arrière et enfonça la pédale d'accélérateur. Le véhicule fit un tel bond que Dani fut projetée contre le tableau de bord.

— Attachez-vous ! ordonna John.

La détermination farouche qui se lisait sur son visage acheva de l'effrayer. La peur au ventre, elle mit sa ceinture, puis coinça ses mains entre ses genoux pour les empêcher de trembler.

Pendant que la berline traversait le parking à pleine vitesse, Dani jeta un dernier regard aux deux hommes étendus, inertes, sur le sol. John les avait tués et, sauf si elle réussissait à lui échapper avant que la mémoire lui revienne, il la tuerait elle aussi.

Après s'être laissé duper par la belle apparence de Lane Nichols et n'avoir dû qu'à la chance de ne pas en payer chèrement les conséquences, comment avait-elle pu commettre la même erreur avec John ?

Une erreur qui risquait, cette fois, de lui être fatale…

— Vous avez échoué !

O'Riley eut envie de demander à l'homme qui venait de parler s'il était venu de Washington juste pour formuler cette évidence, mais il se retint. L'ironie n'était pas de mise : la situation était déjà assez inconfortable pour lui sans qu'il l'aggrave par une attitude provocante.

Des membres de l'équipe envoyée en Virginie, seuls deux étaient encore en vie. Et si les dernières informations recueillies par Dupree étaient exactes, l'ennemi avait pris des mesures pour intercepter Adam et Danielle Archer.

Thurlo et Marsh avaient rejoint la Ligue, cela ne faisait plus aucun doute, mais quels renseignements avaient-ils pu lui fournir ? Le premier était membre du Collectif, le comité de surveillance créé par le président des Etats-Unis lui-même pour superviser les activités du Centre. Le second avait travaillé au Centre comme chef de projet, et c'était lui qui représentait la plus grande menace : il en savait beaucoup trop.

— Tout n'est pas encore perdu, déclara O'Riley.

— Ce que je veux, ce ne sont pas de vagues promesses, mais la mise en place d'une stratégie efficace ! s'écria son interlocuteur, le sénateur Terrence Winslow, président du Collectif.

— Adam est devenu un facteur de risque majeur, se résigna à lui annoncer O'Riley. Nous espérions pouvoir le ramener ici vivant, mais ce ne sera peut-être pas possible.

— Et que comptez-vous faire pour éviter de voir les secrets du Centre exposés au grand jour ? demanda sèchement Winslow.

O'Riley venait de prendre une décision difficile, mais il n'avait plus vraiment le choix… Dupree avait appris que des hommes de la faction adverse étaient eux aussi allés interroger le lieutenant Davidson. Ils l'avaient laissé pour mort, mais il avait survécu. Deux heures plus tôt seulement, il avait repris connaissance dans un hôpital de Richmond et raconté toute l'histoire. O'Riley soupçonnait déjà l'implication dans cette affaire d'individus particulièrement violents… Il en avait maintenant la confirmation et devait à présent combattre une menace à la sûreté de l'Etat de niveau 4.

— Je vais envoyer Cain là-bas, répondit-il.

— Vous avez perdu la tête ! rugit Winslow. Cain n'est pas en service actif, vous le savez aussi bien que moi !

— Oui, mais c'est le seul Opérateur capable de neutraliser Adam. Son statut permet de l'utiliser dans les situations extrêmes, et celle-ci l'est indéniablement.

— Son absence totale d'affectivité n'en reste pas moins un handicap.

— Nous avons toutes les raisons de penser que son aptitude à éprouver des émotions s'est considérablement développée, mentit O'Riley. Les derniers tests auxquels il a été soumis sont très encourageants.

Cain était le premier Opérateur né des recherches menées au Centre. Il avait été créé à l'époque où le Dr Waylon Galen dirigeait le laboratoire de génie génétique.

C'était Galen qui avait lancé ce programme d'amélioration de l'espèce humaine par manipulation génétique, et le premier homme « nouveau » issu de ses expérimentations était Cain, un prototype doté de facultés hors du commun. Galen avait cependant négligé un élément crucial : la vie affective. Cain ne connaissait ni la compassion ni aucune des émotions fondamentales du psychisme humain ; seule l'animait une volonté farouche d'atteindre le but qui lui avait été assigné.

Alors jeune scientifique promis à un brillant avenir, Daniel Archer avait vite mis le doigt sur cette déficience, et souligné la nécessité d'y remédier. Considérant cela comme un défi à son autorité, Galen était entré dans une folle colère, mais le Collectif avait donné raison à Archer. Mortifié, Galen avait quitté le Centre en claquant la porte, et vécu ensuite en ermite pendant un an avant de mourir brutalement.

Son départ avait gravement compromis le projet Eugénique, mais Archer était parvenu à le sauver. Il l'avait même porté à des sommets de perfection grâce à des découvertes qui constituaient des avancées scientifiques majeures.

Mais si, par malheur, ces découvertes tombaient entre de mauvaises mains, la planète tout entière serait en danger. Et Archer avait eu l'imprudence de garder chez lui une copie de ses dossiers de recherche. La Ligue l'ayant appris, elle avait décidé de s'en emparer. Il fallait absolument retrouver avant elle le plus important, celui sans lequel aucun des autres n'était exploitable, et, soit le détruire, soit le mettre en sûreté au Centre.

Compte tenu de l'importance de l'enjeu, aucun risque ne pouvait être considéré comme trop élevé.

Et un seul Opérateur était capable de se mesurer avec succès à Adam. Un seul possédait la détermination sans faille nécessaire pour mener à bien cette difficile mission.

Cain.

12

Dani se réveilla en sursaut et battit des paupières, désorientée.

Il faisait nuit. Elle était dans une voiture qui roulait à vive allure sous une pluie battante, ses essuie-glaces balayant furieusement le pare-brise.

Elle se tourna vers le conducteur.

John... Adam...

Son cœur bondit dans sa poitrine.

Comment avait-elle pu s'endormir ? Elle secoua la tête pour chasser les dernières brumes du sommeil et regarda par la vitre de sa portière afin d'essayer de se repérer.

Il n'était question de demander à John ni où ils étaient, ni où ils allaient : elle ne voulait pas entendre sa voix.

S'il avait vraiment tué son père, jamais elle ne le lui pardonnerait. Il lui avait peut-être sauvé la vie, mais il devrait payer pour ce qu'il avait fait à un homme foncièrement bon et honnête.

Dani s'interdit de fermer les yeux, pour empêcher de se former dans son esprit les images terribles du meurtre de son père. La seule idée qu'il ait été poussé d'un toit, ou subi des violences produisant le même type de blessures, lui arrachait le cœur.

Avait-il vu la mort venir ? Avait-il reconnu son assassin ? Et John ? Les photos de sa victime avaient-elles titillé sa mémoire ? Etait-ce pour cela qu'elles l'avaient autant captivé ? Le souvenir d'avoir ôté la vie à un homme incapable de se défendre contre un adversaire comme lui avait-il affleuré à sa conscience ?

— Arrêtez-vous ! cria Dani, à qui le fait de respirer le même air que le meurtrier de son père était soudain devenu insupportable.

Alors qu'elle n'espérait pas trop être obéie, John — elle

avait encore du mal à l'appeler Adam — freina et se gara sur l'accotement.

Elle ouvrit sa portière, bondit de son siège et se mit à courir droit devant elle. Il pleuvait toujours à verse, et le champ qui bordait la route de ce côté-là s'étendait à perte de vue, mais peu lui importait.

Avec l'énergie du désespoir, elle continua d'avancer sans se retourner — et sans avoir besoin de le faire pour savoir que John s'était lancé à sa poursuite : sans le voir, sans même l'entendre, elle sentait sa présence… Comment avait-elle pu laisser un tel lien se nouer entre eux ?

Son père était mort, et elle s'était donnée à l'homme qui l'avait tué…

« *Peut-être* tué », rectifia-elle, car malgré tous les éléments qui désignaient John — non, Adam — comme l'auteur de ce crime, une partie d'elle-même refusait de le croire coupable.

Ce que le Sud-Américain avait dit de lui remonta soudain à sa mémoire : « Il a été créé par des scientifiques comme votre père. »

Et si c'était vrai, finalement ? Les termes de « surhomme » et d'« être supérieur » ne lui étaient-ils pas venus à l'esprit devant les facultés exceptionnelles que possédait Adam ?

En tant que médecin, elle savait que les progrès du génie génétique permettaient d'espérer une amélioration de la qualité de la vie, et que ce genre de recherches pouvait donc bénéficier à l'humanité tout entière.

Mais ces avancées pouvaient aussi être utilisées à des fins sécuritaires ou militaires… Cette idée révoltait la femme en elle, et il lui fallait bien admettre qu'Adam présentait toutes les caractéristiques d'un homme programmé pour se battre avec le maximum d'efficacité. Elle l'avait vu maîtriser quatre adversaires avec une facilité déconcertante alors même qu'il relevait tout juste d'un grave traumatisme crânien. Elle n'osait imaginer son niveau de performance quand il était en pleine possession de ses moyens…

Elle avait envie de pleurer, de maudire ces scientifiques qui mettaient leur expertise au service d'une œuvre de violence et de mort.

Des scientifiques comme son père…

Ses yeux se remplirent de larmes, et elle tomba à genoux, les épaules secouées de sanglots.

Comment son père avait-il pu devenir l'un de ces savants sans scrupule qui voulaient créer des êtres sur mesure, qui se prenaient pour Dieu ? Elle croyait le connaître… Elle ne le connaissait pas mieux que l'homme qui l'avait maintenant rejointe et s'était accroupi près d'elle.

— Allez-vous-en ! s'écria-t-elle en s'écartant vivement.

— Non, je ne peux pas vous laisser ici, dit-il.

La douceur de sa voix, la sollicitude qu'exprimait son regard, l'auraient peut-être convaincue de lui faire confiance si elle ne l'avait entendu mentir avec un aplomb imperturbable, à l'hôtel.

L'heure de vérité était arrivée, décida la jeune femme. Elle allait le mettre au pied du mur.

— Vous êtes venu en Virginie pour accomplir une tâche précise, alors exécutez-la, et qu'on en finisse !

— Quelle tâche ? demanda-t-il, la pluie qui plaquait sa chemise contre sa peau faisant apparaître les muscles puissants de son torse et créant un contraste frappant avec la candeur de ses yeux bleus.

— On vous a chargé de nous supprimer, mon père et moi… Vous avez rempli la première partie de votre contrat, et la seconde devrait vous poser encore moins de problèmes ! Regardez : je suis complètement à votre merci, et j'étais là quand vous avez tué à mains nues trois hommes armés… Un seul coup bien placé, et votre mission sera achevée.

— Je n'ai pas tué votre père : nous étions amis.

— Comment le savez-vous ?

— Je l'ignore, mais c'est pour moi une certitude absolue.

Il avait l'air sincère, inoffensif, et même vulnérable… L'expérience avait cependant appris à Dani qu'il fallait se méfier des apparences.

— Admettons que vous n'ayez pas tué mon père, déclara-t-elle, mais moi, je vous ai été désignée comme cible, n'est-ce pas ?

Le front d'Adam s'assombrit, et Dani eut l'impression de recevoir un coup de couteau en plein cœur. Cette vérité qu'elle avait voulu connaître la blessait plus encore qu'elle ne l'avait anticipé.

— Je n'en suis pas sûr, répondit-il d'une voix hésitante, mais je pense que c'est possible. Quand cet homme a parlé du Centre, j'ai eu un flash. C'est là que je travaille, ou que je vis, ou les deux, mais je ne me souviens de rien d'autre.

— Et qu'est-ce qui vous empêchera de remplir votre mission, si vous retrouvez la mémoire ?

Adam serra les mâchoires, et Dani regarda, comme hypnotisée, les muscles de son beau visage se contracter sous l'effet de l'émotion. Il n'y avait pas une partie de son corps qui ne soit parfaite, et elle s'en était étonnée, mais elle comprenait à présent pourquoi : son père avait créé par manipulation génétique un homme dépourvu de tout défaut physique.

— Je ne peux pas l'expliquer, dit-il avec un soupir, mais vous faire du mal serait comme me faire du mal à moi-même. Je ne sais pas où je finis et où vous commencez… C'est comme si nous ne formions qu'un seul être.

— Cette impression ne durera peut-être pas, observa la jeune femme bien que ces mots la touchent profondément.

Un violent frisson la secoua soudain. La pluie avait transpercé ses vêtements, et le vent froid qui s'était levé les collait à sa peau dans une étreinte glacée. Adam tendit la main vers elle et, cette fois, la force de s'écarter lui manqua. Il referma les mains sur ses bras et l'attira vers lui.

— Je vous protégerai, Dani. Il faut me croire !

Elle l'aurait tant voulu ! Mais après s'être aperçue qu'elle s'était trompée sur son propre père, comment faire confiance à cet inconnu ?

— Je ne suis pas sûre de le pouvoir, murmura-t-elle.

— Laissez-moi vous ramener au ranch. Nous y serons en sécurité.

— Mais les hommes qui nous ont pourchassés l'autre nuit…

— C'est le dernier endroit où ils penseront à nous chercher. Dans leur esprit, notre fuite nous en a conduits le plus loin possible.

La première surprise passée, Dani trouva la suggestion d'Adam pertinente. Au ranch, ils auraient au moins ce dont leur manque total de moyens de paiement les privait en ce moment : un toit au-dessus de leur tête, de la nourriture… et des vêtements secs.

Un nouveau frisson la parcourut, et elle capitula :

— D'accord. Retournons là-bas.

Lorsqu'ils arrivèrent à l'entrée de la grande allée qui menait au ranch, Adam laissa Dani dans la voiture et alla reconnaître les lieux. Si quelqu'un les attendait, il voulait être seul pour régler le problème.

A son grand soulagement, la maison, l'écurie et le garage étaient vides. Il faisait encore froid, mais la pluie s'était arrêtée — autre motif de satisfaction.

— La voie est libre, annonça-t-il quand il se fut remis au volant.

Dani hocha la tête en silence, sans le regarder. Elle se méfiait encore de lui, et il le comprenait : il se sentait incapable de lui faire du mal, mais elle n'avait aucune raison de le croire sur parole.

Après l'avoir déposée devant le perron, il alla mettre la voiture dans le garage, dont il referma ensuite soigneusement la porte. Le temps qu'il gagne la maison, Dani était montée à l'étage, et il gravit l'escalier en réfléchissant à ce que cette soirée lui avait appris.

Il s'appelait Adam et connaissait le Centre — de cela, il était sûr. Il ne doutait pas non plus d'être innocent du meurtre de Daniel Archer, d'avoir eu en lui un ami proche, mais s'agissant de Dani, son instinct le trahissait : la puissante attirance qu'elle lui inspirait l'emportait sur tout le reste.

Dans la chambre de la jeune femme, le lit était tel qu'ils l'avaient laissé deux nuits plus tôt — après y avoir fait l'amour. Le souvenir de la fièvre qui l'avait alors possédé, des sensations enivrantes qu'il avait éprouvées, accéléra les battements de son cœur.

La douche coulait, dans la salle de bains contiguë, et il eut envie d'aller y rejoindre Dani. Il brûlait de la serrer dans ses bras, d'unir de nouveau leurs corps et de revivre ainsi le bonheur de ne faire vraiment plus qu'un avec elle.

Elle était sienne, et il la protégerait. Ce qu'il était avant de la connaître n'y pouvait rien changer.

Le bruit de l'eau cessa, et Adam se tourna vers la porte, que Dani avait laissée ouverte, juste au moment où elle sortait de la cabine de douche. Leurs regards se croisèrent et, attrapant une serviette, elle s'enveloppa dedans.

Trop tard… Même juste entrevue, sa splendide nudité avait embrasé les sens d'Adam.

— Quand vous vous serez habillée, déclara-t-il en s'efforçant de maîtriser son émoi, rassemblez les affaires dont vous aurez besoin : on va aller dormir dans l'écurie.

— Pourquoi ?

— Deux précautions valent mieux qu'une. Je ne pense pas que les hommes de l'autre jour reviennent, mais si jamais ils en avaient l'idée, c'est dans la maison qu'ils nous chercheraient en premier.

Sur ces mots, Adam se dirigea vers la salle de bains de la chambre d'amis, se dévêtit et se doucha rapidement. Il enfila ensuite un jean propre et l'un des T-shirts dont Dani lui avait dit qu'ils avaient appartenu à son père.

Cet homme l'avait « créé », selon l'un des agresseurs de Dani, mais Adam ne voyait pas du tout ce que cela pouvait signifier.

Une fois prêt, il réfléchit à ce qu'il fallait emporter dans l'écurie — des couvertures, de la nourriture et de l'eau. Une torche électrique, aussi, et il avait besoin de savoir si Daniel Archer possédait une arme. Il aurait dû ramasser l'un des pistolets, voire les deux, dont les faux agents fédéraux avaient menacé Dani. Dans sa hâte de la mettre en sûreté, il n'y avait pas pensé, et c'était une erreur qu'il n'aurait pas commise avant son amnésie, il le sentait. Les lésions dont le neurologue avait parlé ne lui permettaient donc pas encore d'être pleinement opérationnel.

Adam regagna la chambre de Dani pour lui demander s'il y avait une arme dans la maison, mais elle n'y était pas, et dans aucune des autres pièces de l'étage non plus. Inquiet, il dévala l'escalier. Et si elle se méfiait de lui au point d'avoir profité de sa douche pour partir ?

Arrivé à la dernière marche, il s'arrêta, tous ses sens en éveil… et poussa un soupir de soulagement. Dani était toujours là, il percevait sa présence. Un lien s'était formé entre eux, dont la nature exacte lui échappait, dont il était sûr de n'avoir encore jamais connu l'équivalent, mais qu'il ne voulait pas perdre.

Il la trouva accroupie devant la cheminée du séjour. Elle y avait allumé du feu avec des journaux froissés et une boîte à chaussures découpée en morceaux.

— Qu'est-ce que vous faites ? demanda-t-il.

Elle se tourna vers lui, le visage grave, et tendit la main. Un petit objet noir et rectangulaire était niché au creux de sa paume. Elle le jeta ensuite dans les flammes, et une minicassette alla l'y rejoindre juste après.

— Voilà ce qui a coûté la vie à mon père, dit-elle d'une voix étranglée.

Déconcerté, Adam fixa le petit objet noir en essayant de l'identifier, et soudain la lumière se fit dans son esprit : il s'agissait d'une clé USB.

— Cette clé contient le dossier que les hommes du parking voulaient, n'est-ce pas ? déclara-t-il.

— Oui. Mon père a consacré son existence à des recherches censées servir le bien de l'humanité, mais il s'est laissé détourner de ce noble but.

Une telle détresse se lisait dans les yeux de la jeune femme que le cœur d'Adam se serra.

— Nous devons nous dépêcher de quitter la maison, la pressa-t-il pour lui permettre de trouver dans l'action un dérivatif à sa douleur.

Elle acquiesça et prit la main qu'il lui tendit pour l'aider à se relever. Ils restèrent devant la cheminée le temps que le feu s'éteigne, puis ils allèrent chercher les affaires dont ils auraient besoin.

— Votre père possédait-il un pistolet ou un fusil ?

— Non. Il préférait ne pas en avoir plutôt que d'être en mesure de tuer quelqu'un.

— Tant pis !

Adam ouvrit la porte de derrière, guida la jeune femme jusqu'à l'écurie, et n'alluma la torche électrique qu'une fois à l'intérieur. Les chevaux les accueillirent avec des ébrouements et des grattements de sabots. Dani posa immédiatement ce qu'elle portait pour aller rassurer les animaux l'un après l'autre par de lentes caresses sur leur encolure frémissante.

Pendant ce temps, Adam répandit une couche de paille dans un box inoccupé, à l'arrière du bâtiment, puis il étala les couvertures dessus. Après avoir rassemblé les affaires dans le box, il partit à la recherche de la sortie la plus proche et trouva dans le mur du fond une porte latérale qui donnait sur le corral attenant. Il l'ouvrit pour s'assurer qu'elle ne grinçait pas, et la referma ensuite doucement.

— Il faut essayer de dormir, maintenant, déclara-t-il.

— Je vais m'installer là-bas, annonça Dani avec un geste en direction d'un box vide situé de l'autre côté de l'allée centrale.

— Non, il vaut mieux que nous restions ensemble.

Elle eut une moue contrariée, mais vint s'asseoir sans discuter sur le lit de fortune qu'Adam avait préparé. Il s'assit près d'elle et éteignit la torche.

— Je la mets à portée de votre main, indiqua-t-il, au cas où vous auriez besoin de lumière.

— Merci, murmura-t-elle.

Le léger tremblement de sa voix trahissait un désarroi qu'Adam aurait voulu apaiser, mais rien ni personne n'en avait peut-être le pouvoir.

Alors il s'allongea en silence et ferma les yeux. Ayant très peu dormi au cours de ces trois derniers jours, il était épuisé et, s'il ne reprenait pas des forces, il ne pourrait pas protéger Dani efficacement.

Pendant un long moment, elle ne bougea pas, mais elle finit par s'étendre près de lui, en veillant à ne pas le toucher. La douce odeur de son corps lui parvenait cependant et, aussi fatigué qu'il fût, un élan de désir le souleva. Il brûlait de l'attirer dans ses bras, mais il comprenait qu'elle veuille le tenir à distance le temps, au moins, de démêler le vrai du faux dans tout ce qu'elle avait vu et entendu.

La vérité sur la mort de son père ne suffirait pourtant pas à calmer sa peine. Adam en était sûr, même si la perte d'un membre de sa famille était une épreuve qu'il n'avait jamais connue.

Comment le savait-il ? Mystère, mais ce qui faisait souffrir Dani le faisait souffrir lui aussi. Cela non plus, il ne l'avait encore jamais vécu.

A cause de cette douleur commune, le sommeil fut aussi long à venir pour lui que pour Dani. Il espérait qu'elle sentait son désir de la réconforter, et trouvait là une raison de lui accorder sa confiance.

La dernière pensée qui lui vint avant de s'endormir fut pour regretter de ne pouvoir la protéger que sur le plan physique.

Ses mains lui serraient la gorge comme dans un étau, et elle fixait sur lui des yeux écarquillés par la terreur.

— Non..., gémit-elle avant qu'il ne la prive de la capacité de parler.

Il accentua la pression, écrasant les os délicats de son cou, bloquant le passage de l'air dans le larynx et la trachée...

Quelques secondes plus tard, la mort avait fait son œuvre.

Mission accomplie!

Le bruit du sang qui battait à ses tempes réveilla Adam. Il se redressa, la poitrine haletante, le front baigné de sueur.

Dani !

Il la saisit par les épaules et l'attira vers lui pour s'assurer qu'il avait juste rêvé. Elle poussa un cri, tenta de se dégager, et une onde de soulagement le submergea : elle était vivante... Il la lâcha et se passa sur le visage des mains qu'une peur rétrospective faisait trembler.

Une peur plus intense encore l'envahit ensuite : peut-être s'agissait-il d'un rêve prémonitoire, ou d'un message de son inconscient lui rappelant la tâche dont il avait été chargé... Dani avait donc raison de se méfier de lui : il ne se connaissait pas lui-même, alors qui sait s'il n'était pas capable de la tuer sous l'effet d'une impulsion subite ?

Son amnésie, puis le lien mystérieux qui s'était noué entre eux, l'avaient jusque-là empêché de s'acquitter de sa mission, mais le Centre n'allait plus tarder, maintenant, à envoyer quelqu'un d'autre pour la remplir à sa place. La partie de sa mémoire qui commençait de remonter à la surface lui en donnait la certitude.

— Ça va ?

La voix de Dani le tira de ses sombres pensées. Il devait absolument se ressaisir, sinon comment pourrait-il ne serait-ce qu'essayer de la préserver des multiples dangers qui la menaçaient — y compris de celui qu'il constituait pour elle ?

— Ça va, mentit-il. Je vous ai effrayée… Excusez-moi.

— Vous avez eu un cauchemar ?

— Oui.

— Sur quoi portait-il ?

Adam ne s'attendait pas à cette question, et cette fois, plutôt que de mentir, il se tut, mais la jeune femme devina ce que cachait son refus de répondre :

— Sur moi, n'est-ce pas ?

Il hocha affirmativement la tête. Dani détourna les yeux et changea de sujet.

— L'aube se lève… Qu'allons-nous faire, maintenant ?

— Je vais vous emmener dans un endroit sûr.

— Mais vous m'avez dit hier que nous étions en sécurité ici !

— Nous le sommes sans doute, mais ce n'est pas d'*eux* que je veux vous protéger : c'est de moi, se résigna-t-il à avouer.

Le silence qui accueillit ces mots était suffisamment éloquent pour rendre toute explication inutile : Dani avait compris.

Au bout d'un long moment, elle lui prit la main et déclara avec un petit soupir :

— Je préfère rester avec vous. Les hommes qui nous ont attaqués l'autre nuit me font plus peur que vous.

Ce vote de confiance, même relatif, ajouté au contact de cette main douce sur la sienne, balaya la volonté de réserve qui avait animé Adam jusque-là : en l'espace d'une seconde, son désir atteignit un tel degré de violence que rien ne pouvait plus le juguler.

Dani sut qu'Adam allait l'embrasser avant même qu'il esquisse un geste et, quand il l'enlaça, elle ne le repoussa pas. Ce baiser, toutes les fibres de son être le réclamaient… Alors elle lui passa les bras autour du cou et lui offrit des lèvres qu'il prit avidement avant de l'allonger sur les couvertures.

S'il avait voulu plus qu'un baiser, elle n'aurait pas résisté, mais il se contenta de l'embrasser, avec un merveilleux mélange d'ardeur et de tendresse, puis de la garder serrée contre lui. C'était suffisant : la chaude étreinte de ce corps viril lui apportait tout le réconfort dont elle avait besoin.

Qu'Adam ait ou non reçu pour mission de la supprimer, elle

serait en sécurité avec lui tant qu'il ne serait pas redevenu complètement lui-même. Et c'était de toute façon la seule personne à
qui elle pouvait demander de l'aide. Son père était mort, et elle
devait protéger Doc. Les hommes qui s'étaient fait passer pour
des agents fédéraux l'avaient manipulé... Ils auraient pu le tuer,
et elle refusait de l'exposer à plus de risques qu'il n'en avait déjà
pris sans le savoir.

Il ne lui restait plus qu'Adam et, avec un peu de chance, la force
du lien qui s'était tissé entre eux l'empêcherait, le cas échéant,
d'accomplir sa sinistre tâche.

Cain observait le parking de la crêperie. Une multitude de
gyrophares projetaient leurs éclairs bleus dans toutes les direc-
tions, un ruban jaune de scène de crime s'agitait dans le vent
avec, rassemblés derrière, des badauds qui chuchotaient entre
eux et, l'air horrifié, pointaient le doigt vers les deux cadavres
allongés sur le sol.

Il n'était pas dans les habitudes d'Adam de faire preuve d'une
telle négligence, songea Cain, et cela donnait du poids à l'hypothèse selon laquelle il n'était plus lui-même.

Son portable vibra. Il décrocha.

— Ils ne sont plus là, déclara-t-il sans préambule.

— Retrouve-les ! ordonna O'Riley. Et tue-les tous les deux...
si nécessaire.

Cain coupa la communication et remit l'appareil dans sa poche.
Inutile de perdre du temps à poser des questions dont la réponse
lui importait peu. Il avait une mission à exécuter... C'était tout
ce qui comptait à ses yeux, et elle ne présentait même aucune
difficulté particulière, car il savait comment Adam allait réagir
à la situation : étant diminué, il se mettrait en quête de l'endroit
où il se sentirait le plus en sécurité.

Et cet endroit, Cain l'avait déjà localisé sur la carte.

13

Dani faillit appeler Doc pour le rassurer sur son sort, mais elle y renonça finalement : moins il en saurait, mieux ce serait pour lui. Après avoir perdu son père, elle ne voulait pas mettre en danger la seule personne assez proche d'elle pour pouvoir être considérée comme un membre de sa famille.

Les hommes qui la traquaient s'étaient servis de Doc pour l'attirer dans un piège… Il fallait lui éviter de se trouver mêlé à cette sombre histoire plus qu'il ne l'était déjà.

Elle avait réussi à convaincre Adam de retourner dans la maison le temps de prendre un vrai petit déjeuner. Un repas chaud leur ferait du bien à tous les deux, avait-elle souligné, et le jour était maintenant levé : si des hommes armés s'approchaient, ils les verraient arriver.

Adam n'aurait même pas besoin de les *voir,* songea-t-elle tout en préparant les œufs brouillés. Il les entendrait de loin, ou alors il sentirait leur présence, comme la nuit de la première attaque.

Maintenant remise du choc qu'elle avait eu en comprenant d'où lui venaient ces facultés hors du commun, elle avait envie d'en savoir plus sur les travaux de son père.

Toute recherche visant à créer des êtres sur mesure restait pour elle condamnable sur le plan éthique et moral, mais l'honnêteté l'obligeait à admettre qu'elle était intriguée. Et le fait que son père soit parvenu à doter Adam de capacités aussi prodigieuses prouvait au moins qu'il avait été un scientifique de génie.

Dani éteignit le feu sous la poêle, transvasa les œufs brouillés dans un plat, puis se dirigea vers le grille-pain. Les toasts sautèrent au moment où elle arrivait devant le plan de travail, et leur odeur appétissante remplit la pièce. Elle les saisit du bout des doigts et les déposa dans une assiette.

Du jus de fruits, du café, et le petit déjeuner serait prêt…

Lorsqu'elle se tourna vers la table, cependant, son regard en rencontra un autre — gris, froid, pénétrant…

L'assiette qu'elle tenait à la main lui échappa et alla se fracasser sur le carrelage. Un cri lui monta à la gorge, mais y resta bloqué : la terreur paralysait tous les muscles de son corps.

L'homme qui lui faisait face était très grand. Son pull-over bleu marine moulait de larges épaules et des bras musclés. Il portait un jean et des chaussures de marche semblables à celles d'Adam, mais quand les yeux de Dani remontèrent vers son visage, ils s'arrêtèrent à mi-chemin — sur le pistolet que l'homme braquait maintenant sur elle.

— Ne bougez pas ! dit-il sèchement.

C'était la deuxième fois en moins de douze heures que quelqu'un la menaçait avec une arme à feu, mais cet agresseur-là ne ressemblait pas à ceux de la veille. Il lui faisait penser à… Adam, avec son physique impressionnant, son regard intense et l'énergie que, même parfaitement immobile, il irradiait.

— Qui… qui êtes-vous ? bredouilla-t-elle.

Avant qu'il ait pu répondre, Adam surgit derrière lui, un fusil à la main.

Où l'avait-il trouvé ?

Ajoutées à sa frayeur, les pensées et les questions qui tourbillonnaient dans l'esprit de la jeune femme lui causèrent un brusque vertige. Elle s'adossa au plan de travail pour ne pas tomber, et deux paires d'yeux perçants se fixèrent aussitôt sur elle.

— Qui êtes-vous ? lança Adam à l'intrus.

— Tu sais qui je suis, répondit ce dernier sans se tourner vers lui.

Sa voix donna la chair de poule à Dani. Elle n'en avait encore jamais entendu qui soit aussi intimidante tout en restant d'un calme absolu. Ses cheveux noirs étaient plus longs que ceux d'Adam, il mesurait deux à trois centimètres de plus que lui, mais ils avaient le même corps d'athlète, et leurs visages, la même beauté sculpturale…

Ils avaient tous les deux été créés dans le « Centre » dont l'un des faux agents fédéraux avait parlé la veille !

Quelque chose les différenciait cependant : Dani sentait chez cet homme une dureté intrinsèque que ne possédait pas Adam.

Pourquoi était-il là ?

Pour accomplir la mission dont Adam ne s'était pas acquitté ! comprit-elle soudain.

— Qui êtes-vous ? répéta Adam en appliquant le canon de son fusil sur la nuque de l'intrus.

— Pose ton arme !

Dani chercha un moyen d'empêcher que les choses tournent au bain de sang. Si elle ne faisait rien, elle allait mourir, et Adam aussi, sans doute : amnésique, il avait cessé d'être parfait, il était devenu pour ce mystérieux Centre un élément inutile, voire compromettant, qu'il fallait éliminer.

Le cœur de Dani s'arrêta de battre quand Adam, contournant lentement son adversaire, vint se placer entre elle et lui.

« Non ! » cria-t-elle intérieurement avant d'esquisser un pas vers Adam.

La voix de l'autre homme la figea sur place.

— Ne bougez pas !

Comment avait-il su qu'elle s'était déplacée ? Il ne la voyait plus ! Ses sens paraissaient plus développés encore que ceux d'Adam, et cela le rendait d'autant plus dangereux.

Saisie de découragement, elle se laissa aller contre le plan de travail.

C'était fini. Il n'y avait plus rien à faire.

Elle ne saurait jamais exactement pourquoi son père était mort, ni qui l'avait tué.

Elle ne connaîtrait jamais le vrai Adam.

Adam ne quittait pas son adversaire des yeux. Ce visage lui disait quelque chose, mais aucun souvenir ne lui revenait pour le relier à un lieu ou un épisode précis de son histoire. Sa mémoire ne lui fournissait d'informations qu'au compte-gouttes, et ses efforts pour retrouver celles qui y étaient toujours enfouies ne servaient à rien.

— Comment vous appelez-vous ? demanda-t-il.

Le canon de son fusil était maintenant planté dans la poitrine de l'homme, mais il n'avait pas besoin de baisser les yeux pour savoir que le pistolet tout à l'heure pointé sur Dani l'était à présent sur sa poitrine à lui.

— Je m'appelle Cain.

Ce nom fit vibrer une corde en lui, et il se sentit brusquement déstabilisé.

— Je l'ai toujours emporté sur toi dans les corps à corps, reprit Cain. Inutile, donc, de me suggérer de poser nos armes et de nous battre à mains nues : tu aurais perdu d'avance. Et si jamais tu parvenais à presser la détente avant moi, ce serait encore pire pour toi : le Centre enverrait quelqu'un d'autre et, cette fois, pour t'éliminer.

— Et Dani ?

— Je suis là pour la protéger.

Cette réponse stupéfia Adam : il s'attendait à tout sauf à cela.

— Je ne vous crois pas !

— Dani ? appela Cain. Venez ! Je vais vous emmener en lieu sûr !

— Non, Dani ! cria Adam. Il ment !

— Ne l'écoutez pas ! déclara Cain. L'agression dont il a été victime l'a rendu instable. Vous êtes en danger avec lui. Venez me rejoindre, et nous partirons ensemble loin d'ici.

Adam sentit la jeune femme s'approcher. Il l'adjura silencieusement de reculer, mais elle continua d'avancer.

— Il ment, Dani ! répéta-t-il en désespoir de cause.

— Comment puis-je savoir s'il ne dit pas la vérité, si le Centre ne chargera pas quelqu'un d'autre de vous éliminer en cas de résistance de votre part ? demanda-t-elle.

Comprenant qu'elle cherchait à le protéger, Adam protesta avec véhémence :

— Ne vous occupez pas de moi ! Ce n'est pas pour vous aider qu'il est venu, mais pour vous tuer !

Dani était à présent juste derrière lui... Il relâcha son attention pendant une fraction de seconde, et cela suffit à Cain pour prendre l'avantage : d'un mouvement vif et fluide, il projeta à plusieurs mètres le fusil pointé sur sa poitrine.

— Recule ! ordonna-t-il ensuite.

Adam resta immobile… contrairement à Dani qui, à sa grande consternation, vint se placer à son côté. Elle était pâle et tremblante, mais ce fut sur un ton bien trop provocant au goût d'Adam qu'elle dit à Cain :

— Je ne sais pas ce que vous me voulez, vous et ceux qui vous ont envoyé ici ! J'ignore tout des travaux de mon père. Tout ce que je sais, c'est qu'il est mort, et je souffre déjà assez de l'avoir perdu sans être en plus harcelée par des gens dont les motivations m'échappent complètement !

Voyant l'attention de Cain momentanément fixée sur elle, Adam en profita pour agir. Il la poussa derrière lui et grommela :

— Ne bougez plus !

Son cœur battait la chamade, et un filet de sueur coulait le long de son dos. Le danger que courait Dani lui faisait perdre le calme qu'il avait appris à garder en toutes circonstances.

— J'ai très peu de temps, et encore moins de patience ! lui lança Cain. Alors écarte-toi, tout de suite !

— Plutôt mourir ! répliqua Adam en reculant d'un pas et en forçant Dani à l'imiter.

— Je préférerais ne pas en arriver là, mais si tu m'y obliges…

Le canon du pistolet se braqua sur la poitrine d'Adam, qui continua néanmoins de reculer. La porte de derrière, qu'il se rappelait avoir laissée ouverte, n'était plus qu'à un ou deux mètres… Encore quelques pas, et Dani pourrait s'enfuir par là. C'était sa dernière chance.

— Partez ! lui murmura-t-il quand il sentit l'air du dehors dans son dos. Calvin et Randall sont au bout de l'allée, et ils savent ce qu'ils doivent faire.

Les deux garçons étaient venus donner à manger aux chevaux, et Adam, flairant l'imminence d'un danger, les avait interceptés. Il leur avait emprunté un fusil de chasse, et dit d'attendre leur amie, puis de l'emmener aussi vite et aussi loin du ranch que possible.

— Franchissez cette porte, Dani, et je tire sur Adam ! avertit Cain.

— Partez ! répéta Adam sans oser quitter son adversaire des yeux.

Il vit le doigt de Cain se crisper sur la détente, et ensuite, tout se passa comme en accéléré : il sentit la main de Dani se poser sur son épaule et, juste après, le pousser sur le côté avec une telle force qu'il vacilla.

Une seconde lui aurait suffi pour retrouver son équilibre et protéger de nouveau la jeune femme de son corps, mais une détonation retentit avant, et tout ce qu'il put faire, c'est tendre les bras pour empêcher Dani de s'écrouler sur le sol.

— Non ! hurla-t-il.

De douleur, il tomba à genoux. Elle le regarda, essaya de parler, mais ses paupières se fermèrent soudain, et elle ne bougea plus. Une tache s'élargissait au milieu de sa poitrine, à l'endroit où la balle l'avait atteinte.

Le canon encore chaud du pistolet de Cain vint alors se plaquer contre le front d'Adam.

— Si tu ne veux pas connaître le même sort, pose-la et lève-toi !

Une telle fureur s'empara d'Adam qu'il faillit obéir — mais pour se jeter sur Cain et le mettre en pièces.

La vie de Dani étant en jeu, il se maîtrisa.

— Il faut que je l'emmène à l'hôpital, déclara-t-il, sinon elle va mourir !

— Elle n'a que ce qu'elle mérite ! C'est sa faute si son père est mort : elle l'a trahi, et le Centre t'avait chargé de la supprimer dans le cadre de la mission Judas. Tu ne t'en souviens pas, mais…

— Non, elle est innocente ! Elle ne connaît même pas l'existence du projet Eugénique !

Le projet Eugénique…

Ces mots sortis à son insu de sa bouche firent revenir à la mémoire d'Adam une foule de souvenirs. Les activités cachées du Centre… Les Opérateurs… Il en était un, et Cain aussi… Le secret qui entourait le projet Eugénique était menacé. Le Dr Daniel Archer avait été assassiné lors d'une tentative pour lui voler ses travaux. Le Centre pensait que sa fille avait fourni des informations confidentielles à l'ennemi, mais c'était faux !

— Dani n'est au courant de rien, insista Adam.

— Comment peux-tu en être sûr ?

La voix de Cain avait perdu un peu de sa rudesse, et la pression du pistolet sur le front d'Adam s'était légèrement réduite.

— Elle ne sait rien, dit-il levant vers Cain des yeux remplis de larmes. Elle n'a jamais rien su, je te le jure !

— C'est peut-être vrai, mais peu importe ! Nous devons retourner au Centre, alors pose-la et partons !

Bien que des zones d'ombre subsistent dans sa mémoire, Adam sentait en Cain la personne qui se rapprochait le plus d'un frère dans l'univers clos où ils avaient tous les deux grandi.

— Aide-moi, je t'en prie ! supplia-t-il. Je ne peux pas la laisser mourir !

Mais il se rappela ensuite que Cain était différent de lui sur un point fondamental : il ne connaissait pas la pitié. En appeler à sa compassion ne servait donc à rien, mais il n'était pas non plus question de s'avouer vaincu. Il fallait tenter quelque chose.

Dani toujours dans ses bras, Adam se releva et se dirigea résolument vers la porte. Calvin et Randall étaient dehors ; s'il parvenait à les rejoindre, ils le conduiraient à l'hôpital… Et si Cain décidait de le tuer pour l'en empêcher, Dani et lui mourraient ensemble… L'idée de vivre sans elle lui étant insupportable, Cain lui rendrait ainsi service, d'une certaine façon.

— Attends !

Cet ordre, formulé sur un ton grave mais dénué de toute agressivité, le fit hésiter. Il se retourna et vit Cain, un téléphone portable à la main, composer un numéro.

— Envoyez l'hélicoptère ! On est prêts à partir !

Cain coupa la communication, puis courut prendre l'essuie-mains accroché à gauche de l'évier et le plia en quatre sous le regard perplexe d'Adam. Il appliqua ensuite le linge sur la poitrine de Dani.

— Il faut comprimer la blessure pour stopper l'hémorragie, expliqua-t-il. Aucune artère n'a été touchée, sinon le sang coulerait plus vite.

Il se pencha pour examiner le dos de la jeune femme et, lorsqu'il se redressa, une expression soucieuse se dessinait sur ses traits.

— La balle n'est pas ressortie. Une intervention chirurgicale va être nécessaire.

Adam n'était pas encore revenu de sa stupeur quand le vrombissement d'un hélicoptère se fit entendre. Marchant comme un automate, Adam suivit Cain dehors. L'appareil se posa dans la cour, et ils montèrent à bord. Une minute plus tard, l'hélicoptère passait au-dessus des visages ébahis de Calvin et de Randall, tandis que Cain composait un nouveau numéro sur son portable.

L'hémorragie avait ralenti, mais Dani n'avait pas rouvert les yeux, elle avait la peau moite, et sa respiration était trop courte, trop rapide. Même s'il ne se rappelait pas avoir reçu une formation de secouriste, Adam voyait dans ces symptômes des signes alarmants.

Cain avait ordonné au pilote de mettre le cap sur Alexandria, dont l'hôpital possédait apparemment le meilleur service de traumatologie de la région. Le pilote avait estimé la durée de vol à quinze minutes.

Quinze longues minutes.

Dani pouvait mourir dans l'intervalle, et le sentiment de sa propre impuissance désespérait Adam.

— Le Centre va nous envoyer des spécialistes, annonça Cain après avoir raccroché.

— Quel genre de spécialistes ? s'enquit Adam, un peu méfiant.

— Des chirurgiens. Comme tous les gens qui travaillent là-bas, ils sont à la pointe du progrès dans leur domaine de compétence.

— Mais ils risquent d'arriver trop tard pour sauver Dani !

— Les médecins d'Alexandria la stabiliseront, et dès que nos chirurgiens seront là, ils prendront la relève. Ils sont capables d'accomplir ce que le commun des mortels qualifierait de miracle.

Adam regarda le visage livide de Dani. Il espérait que Cain disait vrai, mais elle s'affaiblissait de minute en minute et, bizarrement, il sentait ses forces le quitter au même rythme.

La pensée lui vint alors que, si elle mourait, il la suivrait dans la tombe. C'était une certitude inexplicable mais absolue : sa survie dépendait uniquement de cette femme.

Si elle l'emportait dans son combat contre la mort, elle les sauverait tous les deux.

Sinon, la douleur de l'avoir perdue le tuerait aussi sûrement qu'une balle en plein cœur.

Adam était assis dans une salle d'attente privée, épuisé physiquement et mentalement au point de ne plus pouvoir ni bouger ni même réfléchir. Installé dans le siège voisin, O'Riley attendait visiblement le bon moment pour reprendre son interrogatoire, et Cain s'était posté en sentinelle devant la porte.

Dani était au bloc depuis plus de trois heures. D'après les dernières nouvelles qu'ils avaient eues, son état ne s'était pas aggravé. La balle n'avait touché aucun organe vital : elle avait ricoché sur une côte et entaillé l'estomac avant d'aller se loger dans l'appendice. Elle avait cependant fait sur son passage des dégâts très longs à réparer.

Les chirurgiens du Centre arrivés avec O'Riley « assistaient » ceux de l'hôpital, mais Adam soupçonnait le directeur d'avoir employé ce mot par euphémisme : s'ils étaient vraiment capables d'accomplir des miracles, ils avaient dû prendre les choses en main.

O'Riley l'avait déjà longuement interrogé, et il semblait maintenant convaincu de l'innocence de Dani dans la trahison qui avait abouti à la mort de son père.

D'autres souvenirs étaient revenus à la mémoire d'Adam. De larges pans de son passé lui restaient inaccessibles, mais il pouvait désormais le reconstituer dans ses grandes lignes.

Il avait été créé au Centre par manipulation génétique, et une formation spéciale avait ensuite fait de lui un expert dans tous les domaines touchant à la sécurité et à la défense — la lutte antiterroriste y compris —, les onze autres Opérateurs et le personnel du Centre lui tenant lieu de famille.

— Si nous reparlions de la lettre, à présent ? suggéra O'Riley.

— Je vous ai déjà dit tout ce que je savais à ce sujet.

Adam s'était rappelé avoir accompli la première partie de sa mission : l'élimination d'un traître avéré, le secrétaire général des Nations unies, Donald Thurlo. Il se revoyait aussi mettre cette fameuse lettre dans la poche de sa veste, mais ne se souvenait ni du contenu de ladite lettre, ni de s'être arrêté sur le chemin de Hickory Grove pour aider une automobiliste en panne.

— Il faut essayer d'exhumer tes souvenirs perdus, observa O'Riley.

— Oui, mais comment ?

O'Riley adressa un signe à Cain, qui ouvrit la porte et introduisit un homme dans la pièce.

— Voici le technicien en chef de notre laboratoire d'imagerie médicale, Robert Fitzgerald, annonça O'Riley à Adam. Il va t'exposer la procédure.

Les souvenirs récents n'étaient pas stockés de la même manière que les souvenirs anciens, expliqua Fitzgerald, et dans certains cas, une scanographie permettait une lecture optique des premiers. Cette technologie était l'apanage du Centre : aucune autre structure de recherche ne l'avait encore développée.

— C'est indolore, précisa le technicien, et ça ne prend que quelques minutes.

— Un scanner portable a été installé dans une des salles de cet étage, indiqua O'Riley. Vas-y avec Fitzgerald, Adam, et si quelqu'un vient nous donner des nouvelles de Dani, je te préviendrai.

Bien qu'à contrecœur, Adam suivit le technicien. Toute discussion aurait été vaine, alors autant en finir tout de suite !

Mais quand Dani sortirait du bloc, rien ni personne ne pourrait le forcer à quitter son chevet.

— Il est récupérable ? demanda Cain quand Adam et Fitzgerald furent partis.

— Je n'en suis pas sûr, répondit O'Riley. Il s'affaiblit, c'est évident… Fitzgerald va profiter de cet examen pour recueillir d'autres données, qui permettront d'évaluer l'étendue des lésions cérébrales restantes.

— Et s'il n'est plus opérationnel ?

Cain s'inquiéterait-il vraiment pour Adam ? songea O'Riley, surpris.

— Il sera alors exclu du programme.

L'expression de Cain changea, mais O'Riley n'aurait su dire pourquoi.

— Et la femme ?

— Je laisserai le Collectif décider de son sort.

— Ce n'est pas une traîtresse.

— Il semble que non, mais elle en sait trop, maintenant, pour ne pas constituer un facteur de risque impossible à ignorer.

— Il existe peut-être un moyen d'écarter ce risque autre que l'élimination pure et simple.

O'Riley esquissa une moue sceptique.

— Vraiment ? Et lequel ?

— C'est très simple : Dani est amoureuse d'Adam, et elle fera tout pour le sauver.

— Tu en es sûr ?

— Certain. Ne l'a-t-elle pas protégé de la balle qui lui était destinée ? Et comme ses sentiments sont partagés, Adam est lui aussi prêt à tous les sacrifices pour lui éviter la mort.

— Alors ça pourrait marcher, en effet.

— Il faudra d'abord tâter le terrain, bien sûr.

— Bien sûr.

— Mais attendre de l'avoir fait pour soumettre le problème au Collectif, sinon il optera d'emblée pour la solution la plus radicale.

— D'accord.

Cain prenant visiblement cette affaire à cœur, O'Riley se dit que, finalement, il y avait peut-être encore de l'espoir pour lui.

14

Assis près du lit de Dani, Adam la regardait dormir. Il avait envie de pleurer, et c'était très bête, puisqu'il la savait à présent hors de danger, mais des larmes lui montaient aux yeux chaque fois qu'il repensait au moment où elle s'était écroulée dans ses bras, touchée par la balle censée l'atteindre, lui.

Elle était pâle, mais son visage n'avait plus la lividité qui lui avait fait craindre le pire, pendant l'interminable quart d'heure de vol jusqu'à l'hôpital. L'idée de la perdre lui avait alors déchiré le cœur et, encore maintenant, il n'arrivait ni à s'expliquer pourquoi, ni à se ressaisir.

La situation dans laquelle il se trouvait était aussi perturbante qu'incompréhensible. Il sentait ses capacités physiques et mentales diminuer au fil des heures, et O'Riley comme Fitzgerald s'en étaient aperçus.

La scanographie n'avait pas permis de visualiser le contenu de la lettre, et pourtant Adam ne se voyait pas la mettre dans la poche de sa veste sans l'avoir lue. O'Riley comptait interroger les pirates de la route ; ils l'avaient déjà été, mais il voulait le faire lui-même et, cette fois, les questionner tout particulièrement sur la veste et la lettre.

Cette lettre pourrait aider le Centre à localiser Joseph Marsh et les criminels avec qui il s'était associé. A ce stade de l'enquête, il était admis que les tentatives pour s'emparer des dossiers de Daniel Archer avaient la Ligue pour commanditaire. Les faux agents fédéraux qui avaient tenté de kidnapper Dani correspondaient au profil des sbires de cette coalition.

Adam ne se rappelait pas grand-chose au sujet de la Ligue, en dehors du fait qu'elle avait été créée par des ennemis des Etats-Unis et agissait par intérêt plus que par idéologie.

Personne n'avait encore réussi à découvrir ni l'emplacement exact de son quartier général, ni l'identité de son leader. Ce groupe était insaisissable, et ses membres auraient préféré mourir plutôt que de dénoncer leurs acolytes ou leurs chefs.

Si le Centre parvenait à retrouver Joseph Marsh ou la lettre que Donald Thurlo avait eue en sa possession, il serait en mesure de détruire la Ligue, et rendrait ainsi un immense service au monde tout entier.

Un petit coup frappé à la porte fit sursauter Adam. Normalement, il aurait perçu bien avant l'arrivée d'un visiteur... Ses facultés extrasensorielles ne cessaient décidément de s'affaiblir !

Quand il alla ouvrir, Doc se tenait dans le couloir, un gros bouquet de fleurs à la main. Adam scruta les alentours. Où était Cain ? Il était censé monter la garde devant la chambre de Dani...

— Comment va-t-elle ? demanda Doc d'une voix anxieuse.

— Mieux.

— Je peux entrer ?

Adam s'écarta pour laisser passer le vieil homme et, avant de le suivre dans la chambre, il fouilla une nouvelle fois le couloir du regard. La disparition de Cain l'intriguait : cela ne lui ressemblait pas de déserter son poste.

Après avoir posé les fleurs sur la table de chevet, Doc se pencha vers Dani.

— Elle n'a pas trop mauvaise mine, observa-t-il, et cet hôpital est l'un des meilleurs de la région... Elle est en de bonnes mains.

Un sentiment de malaise grandissant tourmentait Adam. Il se passait quelque chose d'anormal, mais il n'arrivait pas à mettre le doigt dessus. Si un nouveau danger guettait Dani, il fallait pour l'écarter l'avoir identifié à l'avance, et Adam en avait perdu la capacité...

Jamais il ne s'était senti aussi démuni, aussi inutile.

Des voix parvenaient à Dani. Reconnaissant celle d'Adam, elle sourit — ou crut sourire, tout du moins, car elle flottait dans un état où la frontière entre rêve et réalité suivait des contours incertains.

Une autre voix… Doc ! Il était sain et sauf ! Il allait peut-être pouvoir les aider… Mais où était-elle ? Que s'était-il passé ?

Des souvenirs commencèrent de lui revenir : l'irruption de Cain dans la cuisine du ranch ; l'arme braquée sur Adam… Elle l'avait poussé sur le côté et reçu la balle qui lui était destinée… Une douleur fulgurante, Adam qui la serrait dans ses bras et fixait sur elle un regard anxieux, désespéré… Et puis plus rien.

Au prix d'un violent effort de volonté, elle réussit à ouvrir les paupières. Un vertige la prit, et elle s'apprêtait à refermer les yeux quand la pièce cessa de tourner autour d'elle. Sa vue s'éclaircit, et elle aperçut un tube enfoncé dans son bras droit. Un cathéter de perfusion… Et des fils la reliaient à un appareil de surveillance dont l'écran affichait les courbes et les chiffres de ses fonctions vitales…

Elle était dans un hôpital.

— Te voilà réveillée, ma chérie !

Le seul fait de tourner la tête dans la direction d'où venait cette voix lui causa un horrible élancement dans le ventre. La main qu'elle posa instinctivement sur l'endroit douloureux rencontra un pansement. Elle avait dû être opérée, et l'intubation pratiquée pour l'anesthésie expliquait qu'elle ait la gorge aussi sèche et irritée.

— Doc…, chuchota-t-elle. Je… j'ai soif.

Adam surgit soudain dans son champ de vision, un verre à la main. Il se glissa dans l'espace qui la séparait de Doc, et lui inséra une paille entre les lèvres en disant :

— Tout va bien, Dani. Vous n'avez plus rien à craindre, maintenant.

Son expression démentait le caractère rassurant de ses mots, et elle se demanda pourquoi.

L'eau lui fit du bien, et ce fut d'une voix presque normale qu'elle demanda :

— La balle a provoqué de gros dégâts ?

— On vous a enlevé l'appendice, répondit Adam — avec un sourire, cette fois —, votre estomac avait besoin d'un petit rafistolage, et vous avez une côte cassée.

Si c'était vraiment tout, elle s'en tirait à bon compte…

— Qu'est devenu Cain ? Que s'est-il passé après ma perte de connaissance ?

Avant de répondre, Adam lui prit la main. Il portait toujours le T-shirt de son père avec l'inscription « Génie au travail », et elle ne put s'empêcher de sourire. Il était si beau… Elle avait envie de se blottir dans ses bras, parce que là, rien de mal ne pouvait lui arriver.

— Cain a changé d'avis, indiqua-t-il. C'est même à lui que vous devez d'avoir reçu à temps les soins dont vous aviez besoin, et aucun danger ne vous menace plus.

Son visage, redevenu sombre, contredisait de nouveau ses paroles, et Dani allait lui demander ce qui le préoccupait lorsque Doc l'écarta pour se rapprocher d'elle.

— Je suis vraiment désolé de t'avoir envoyée droit dans le piège qui t'attendait sur ce parking, lui déclara-t-il en posant doucement la main sur son bras. Je me suis laissé berner par ces deux hommes… Je ne suis qu'un vieil imbécile !

— Non, Doc, ce n'est pas ta faute ! protesta la jeune femme. Tu ne pouvais pas savoir ce qu'ils avaient en tête.

— J'aurais quand même dû me méfier.

— Ils m'ont dit que papa avait été tué par un de ses collègues.

— Quoi ?

Doc avait l'air effaré, et c'était normal : il ne pouvait imaginer l'un des brillants scientifiques qui avaient travaillé au côté de son ami capable de commettre un meurtre.

— Sur le coup, je n'y ai pas prêté attention, expliqua Dani. Tu m'avais dit que c'était Adam le coupable, et j'étais plus encline à te croire, toi, que ces individus.

— C'est eux-mêmes qui m'avaient désigné ton protégé comme…

— Ils ont menti pour que tu me transmettes cette fausse information, et qu'elle me persuade de me séparer d'Adam. Mais une fois le piège refermé sur moi, ils n'avaient plus besoin de me cacher la vérité… Et maintenant que j'y réfléchis, je suis sûre que le collègue en question est un certain Joseph Marsh. Cet homme a envoyé à papa deux messages l'avertissant d'un danger, mais c'était sans doute pour mieux gagner sa confiance, pour qu'il ne se méfie pas le jour où…

La voix de Dani se brisa, et ses yeux se remplirent de larmes. La mort de son père était pour elle un sujet toujours aussi douloureux.

— Vous devriez attendre d'avoir retrouvé des forces pour raconter toute l'histoire à Doc, Dani ! intervint Adam.

— Non, il a besoin de la connaître. Je pensais qu'il valait mieux pour lui en savoir le moins possible sur cette affaire, mais j'ai eu tort : il est peut-être en danger, lui aussi, et un homme averti en vaut deux.

— Moi, je serais en danger ? déclara l'intéressé. Et pourquoi ?

Dani appréhendait de lui révéler une vérité qui changerait pour toujours son opinion sur celui qui avait été son meilleur ami. Les yeux d'Adam étaient rivés sur elle, et la mise en garde qu'elle y lut la convainquit de ne pas trop en dire, finalement : ce ne serait pas prudent.

— Papa travaillait sur des projets ultrasecrets concernant la sécurité nationale, se borna-t-elle donc à répondre. Il a bien été assassiné parce qu'il refusait de se laisser déposséder du dossier d'un de ces projets, comme l'ont indiqué les faux agents fédéraux, mais c'est ce Joseph Marsh le véritable meurtrier. L'idée qu'il n'aura jamais ce dossier est ma seule consolation.

Doc se raidit, et la pression de ses doigts sur le bras de Dani s'accentua.

— Comment ça ? s'écria-t-il.

Surprise par ce brusque changement de ton, elle se força à sourire pour détendre l'atmosphère. Le fait d'avoir été mêlé à son insu à une grave affaire d'espionnage le bouleversait, et elle le comprenait.

— Explique-toi, Dani ! insista-t-il.

La jeune femme garda le silence. Elle se sentait soudain à bout de forces. Cette longue conversation avait épuisé le peu d'énergie qui lui restait après son opération, et les puissants antalgiques que devait contenir la perfusion l'engourdissaient peu à peu.

La main posée sur son bras se souleva subitement, et Doc s'en servit pour sortir un pistolet de la poche de sa veste. Dani écarquilla les yeux : comme son père, Doc détestait les armes à feu… D'où venait celle-là ? Et même s'il en possédait une, pourquoi l'avait-il emportée pour venir lui rendre visite à l'hôpital ?

Maintenant rouge de colère, il déclara d'une voix menaçante :

— Tu dis que Marsh n'aura jamais le dossier dont il voulait déposséder ton père… Comment le sais-tu ?

— Elle l'a brûlé, intervint de nouveau Adam.

— Je ne vous crois pas ! lui lança Doc. Parle, Dani !

Il avait le visage hagard, les yeux exorbités… Elle ne le reconnaissait plus ! Mon Dieu, il était impliqué dans le complot qui avait coûté la vie à son père !

— Adam dit la vérité, indiqua-t-elle. Papa est mort à cause de ce dossier, et je l'ai détruit pour m'assurer qu'il ne nuirait plus jamais à personne.

— Espèce d'idiote ! Ce dossier valait des millions de dollars, et si je ne le leur remets pas, ils me tueront !

Son pistolet était à présent pointé directement sur la poitrine de Dani. Elle jeta un coup d'œil à Adam et, le voyant prêt à bondir sur le vieil homme, elle le supplia de ne pas prendre de risques.

— Pourquoi as-tu fait ça, Doc ? demanda-t-elle. Pour l'argent ?

— Evidemment ! L'occasion de me mettre définitivement à l'abri du besoin s'est présentée, et je l'ai saisie !

— Papa et toi étiez comme des frères… Comment as-tu pu…

— La chance a toujours souri à ton père ! On a grandi ensemble, fait nos études ensemble, mais à lui, tout a été apporté sur un plateau, comme cette bourse de génétique… Moi, ce que j'ai eu, j'ai dû le gagner à la force du poignet ! Pendant qu'il occupait un poste de fonctionnaire aussi prestigieux que lucratif, j'étais un petit médecin de campagne dont la pension de retraite serait dix fois moins élevée que la sienne… La plupart des hommes de mon âge passent leurs journées à jouer au golf, mais pas moi !

Dani s'efforçait de trouver un moyen de calmer Doc, mais elle était trop stupéfaite ou trop abrutie par les antalgiques pour que ses réflexions aboutissent.

— J'en avais assez qu'il ait tout, et moi, rien ! continua Doc. Après son départ à la retraite, j'ai surpris quelques-unes de ses conversations avec Marsh. Celui-ci essayait de le convaincre de faire profiter d'autres gens de ses découvertes, mais ton père était tellement égoïste qu'il ne voulait rien entendre… J'ai alors décidé de lui forcer la main.

— Vous êtes entré en contact avec Joseph Marsh, et vous

avez élaboré ensemble un plan pour vous emparer des dossiers du Dr Archer, c'est ça ? déclara Adam.

— Oui, et je les ai tous trouvés — sauf le plus important, celui sans lequel les autres sont inexploitables. Si tu l'as détruit, Dani…

Doc ne termina pas sa phrase, mais il lança à la jeune femme un regard chargé d'une telle haine qu'elle eut un mouvement de recul.

— Elle l'a détruit, confirma Adam, mais dites-moi, docteur… Vous saviez depuis le début qu'il vous faudrait tuer votre ami de toujours ?

Le cœur de Dani s'arrêta de battre. Elle avait cru que le « collègue » de son père dont avait parlé l'homme du parking était Joseph Marsh, mais si Adam avait raison ? S'il s'agissait en fait de Doc ?

Non, ce serait trop affreux…

— Je me suis arrangé pour qu'il ne voie rien venir, répondit Doc avec un haussement d'épaules désinvolte. Il est mort sur le coup.

Dani poussa un cri d'horreur et, à la même seconde, la porte s'ouvrit sur une infirmière qui demanda :

— Tout va bien, ici ?

Adam guettait le moment propice pour désarmer Doc par surprise, et l'apparition d'une infirmière le lui fournit. Le vieil homme se tourna vers elle, et Adam bondit sur lui. Une manchette à l'avant-bras projeta le pistolet à l'autre bout de la pièce, puis il ceintura son adversaire, et quelques secondes de pression intense au bon endroit suffirent ensuite à le neutraliser : il s'écroula, inanimé, au pied du lit.

Après l'avoir assis contre le mur, Adam alla se pencher sur Dani. Elle était pâle, mais moins que l'infirmière, et il lui restait même assez de sang-froid pour lui adresser un mot gentil :

— Vous êtes arrivée à point nommé ! Merci !

— J'ai entendu des éclats de voix en passant dans le couloir, et je suis entrée pour savoir ce qui se passait, mais je ne m'attendais pas à… ça !

Cain franchit alors le seuil d'un pas nonchalant, et Adam le fusilla du regard.

— Où étais-tu ?

— Dans la pièce voisine.

— Tu étais censé garder la porte de celle-ci !

— Je vais vous laisser…, annonça l'infirmière. Si vous avez besoin de quelque chose, mademoiselle Archer, sonnez ! Je viendrai tout de suite.

Un sourire crispé, puis elle s'esquiva.

— Cette femme va prévenir les agents de sécurité de l'hôpital, observa Cain d'un air narquois, et tu devras te débrouiller pour les dissuader d'appeler la police, Adam…

— On verra ça plus tard ! Ce qui m'intéresse, dans l'immédiat, c'est de savoir pourquoi tu n'étais pas à ton poste !

— Je n'ai fait qu'obéir aux ordres, et j'étais de toute façon assez près pour intervenir si nécessaire.

— C'est O'Riley qui t'a demandé ça ?

— Oui, pour voir si Marsh ou un de ses complices allait mordre à l'hameçon. Et le fait que tu n'aies eu besoin de personne pour régler le problème est encourageant : tu finiras peut-être par redevenir pleinement opérationnel, au bout du compte !

— Vous avez utilisé Dani comme appât ? rugit Adam.

— De quoi te plains-tu ? Ça a marché, non ?

Adam était dans une telle colère qu'il faillit se jeter sur Cain, mais la pensée de Dani, qui venait déjà de vivre des moments terriblement éprouvants, le retint. Sans compter que sa lutte avec Doc, pourtant brève, l'avait épuisée ; la tête lui tournait, et s'il agressait Cain, il se retrouverait comme Dani dans un lit d'hôpital.

— Emmène-le ! lui lança-t-il avec un geste du menton en direction de Doc, toujours inconscient.

— A ton service !

Cain alla ramasser le pistolet, le coinça dans sa ceinture, puis il chargea le vieil homme sur son épaule en disant :

— Il va falloir que je retourne au ranch.

— Pourquoi ? demanda Dani.

— Pour m'assurer qu'il ne reste plus rien du dossier que vous avez détruit.

— Vous m'avez sauvé la vie… Merci !

Alors qu'il s'apprêtait visiblement à se diriger vers la porte, Cain fixa Dani pendant de longues secondes avant de quitter la pièce.

Les mots lui avaient manqué, pensa Adam. C'était un tueur

impitoyable, l'Opérateur le plus féroce du Centre… Il n'avait pas l'habitude d'être remercié, et surtout pas par une personne sur laquelle il avait tiré !

— Ça va ? demanda Adam en prenant la main de Dani dans la sienne.

— Pas vraiment, répondit-elle d'un air triste. Mon père a été assassiné, et Doc, que je considérais comme un membre de ma famille, est devenu pour moi pire qu'un étranger : un être haïssable.

Ses paupières commencèrent de se fermer, et ce fut dans un murmure qu'elle ajouta :

— Ne me dites pas que je vais vous perdre vous aussi…

— Pas si j'ai voix au chapitre, déclara Adam avant de l'embrasser sur le front. Je vous laisse vous reposer, maintenant. A plus tard !

— Je vous aime…

Comme Cain deux minutes plus tôt, Adam resta à court de mots. Personne ne lui avait encore jamais dit qu'il l'aimait…

Son silence passa heureusement inaperçu. Dani s'était endormie, et il sortit de la pièce sur la pointe des pieds pour aller parlementer avec les agents de sécurité de l'hôpital.

Aucun coup de feu n'ayant été tiré, il devait être possible de tenir la police à l'écart de cette histoire.

Dani ouvrit lentement les paupières. Son cerveau était engourdi, mais elle n'avait mal nulle part. La perfusion devait lui injecter une dose massive d'antalgiques, pour l'empêcher de souffrir après ce qui lui était arrivé…

La pendule murale, en face de son lit, indiquait 11 h 45, mais du jour ou de la nuit ? Pendant combien de temps avait-elle dormi ?

Et Adam, où était-il ? Elle se rappelait lui avoir dit, dans un demi-sommeil, qu'elle l'aimait, et elle voulait le lui redire les yeux dans les yeux, pour qu'il ne croie pas cet aveu dû à un accès de délire.

C'était seulement après… Doc qu'elle avait admis la réalité de cet amour. L'émotion qui l'avait alors envahie avait été si puissante, et l'idée de perdre aussi Adam, si douloureuse, que les mots étaient sortis tout seuls de sa bouche.

Centimètre par centimètre pour éviter d'être prise de vertige, elle tourna la tête vers la chaise placée à côté du lit.

Une chaise qui n'était pas occupée par Adam, mais par Richard O'Riley.

— Comment te sens-tu ? demanda-t-il.

— Où est Adam ?

— Avant de te répondre, je dois m'entretenir avec toi de plusieurs sujets importants.

Sans savoir comment ni pourquoi, Dani eut alors la certitude qu'Adam ne reviendrait pas, et la douleur la rendit muette.

— Ton père était un grand homme, enchaîna O'Riley. Sa mort constitue une perte immense pour les Etats-Unis, et pour l'humanité tout entière. Nous mettrons tout en œuvre pour que les responsables de cette tragédie soient punis, sois-en sûre !

— M… merci, bredouilla Dani.

— Tu viens de vivre un véritable cauchemar, mais tu as appris pendant ces derniers jours des choses qui relèvent du secret-défense, et…

— Ne vous inquiétez pas, monsieur O'Riley : je ne dirai rien. Et je ne vous en veux pas d'avoir essayé de me faire tuer : vous pensiez que j'étais mêlée au complot qui a coûté la vie à mon père.

Visiblement soulagé, O'Riley observa avec un sourire :

— Je suis content que tu le comprennes. Il est de mon devoir de protéger l'œuvre de ton père, et cela m'oblige parfois à prendre des décisions très difficiles.

Ravalant un sanglot, Dani se décida alors à poser la question dont elle redoutait la réponse :

— Et Adam ? Que va-t-il devenir ?

— Son état s'était de toute évidence amélioré depuis l'agression dont il a été victime, mais il semble maintenant se détériorer. J'ai dû le renvoyer au Centre pour qu'il y soit traité.

— Il se rétablira ?

— Je l'espère, mais je n'en suis pas sûr.

— Il avait pourtant l'air d'aller bien, tout à l'heure…

Ce n'était pas vrai : Dani avait noté qu'Adam, après avoir maîtrisé Doc, donnait des signes de malaise. Elle était médecin, non ? A quoi bon se voiler la face ?

Et O'Riley ne fut pas dupe de son mensonge, car il se contenta de déclarer :

— C'est au Centre qu'il aura le plus de chances de guérir. Nos spécialistes y disposent de méthodes d'exploration et de procédés thérapeutiques qui ne sont disponibles nulle part ailleurs.

Dani craignait de paraître trop curieuse, mais elle avait besoin de savoir de quoi l'avenir d'Adam serait fait.

— Il reprendra ses… anciennes activités ? se risqua-t-elle à déclarer.

— Ce n'est pas certain, mais quoi qu'il arrive, nous agirons au mieux.

Au bord des larmes, la jeune femme dut s'éclaircir la voix avant de demander :

— Je ne pourrais pas le voir une dernière fois ?

— Je suis désolé, mais ce n'est souhaitable pour personne. J'ai même besoin, pour éviter à Adam d'être exclu du programme, que tu me promettes de ne jamais parler ni de lui ni des travaux de ton père à qui que ce soit. Et tu ne devras sous aucun prétexte essayer d'entrer en contact avec Adam. Tire un trait sur toute cette affaire, sinon je serai obligé de prendre les mesures qui s'imposent.

Le sang de Dani se figea dans ses veines. Elle en avait assez appris pendant la semaine précédente pour comprendre à demi-mot la dernière phrase de son interlocuteur.

— Si je ne vous obéis pas, Adam ne sera pas juste « exclu » du programme, n'est-ce pas ? Il sera éliminé ?

— Je le crains.

— Alors vous avez ma parole.

O'Riley tapota affectueusement la main de Dani. Il lui avait toujours témoigné la plus grande gentillesse, mais elle savait maintenant jusqu'où le souci de protéger les secrets du Centre le rendait capable d'aller, et elle avait du mal à ne pas le détester.

— Je compte sur toi ! déclara-t-il avec un sourire chaleureux, comme si de rien n'était. Je te souhaite un prompt rétablissement, et je prendrai régulièrement de tes nouvelles. Ton père aurait souhaité que je veille sur toi, même de loin.

Il se leva ensuite, et Dani se jura de retenir ses larmes jusqu'à ce qu'il soit parti. Elle ne voulait pas pleurer devant lui.

Arrivé à la porte, il se retourna, et elle faillit lui crier qu'elle ne supportait plus sa présence.

— Au revoir, Dani… Et n'oublie pas que le sort d'Adam est entre tes mains.

Même si l'émotion qui lui nouait la gorge ne l'avait empêchée de parler, la jeune femme aurait gardé le silence, pour qu'O'Riley s'en aille le plus vite possible. Heureusement, il quitta la pièce sans un mot de plus, et elle écouta le bruit de ses pas s'éloigner dans le couloir. Quand ils s'arrêtèrent, elle l'imagina en train d'attendre l'ascenseur, satisfait de lui-même. L'ordre régnait de nouveau dans son univers.

Son univers à elle, en revanche, était à jamais bouleversé.

— C'est réglé ? demanda Cain.

O'Riley l'avait trouvé devant l'ascenseur. Il appuya sur le bouton d'appel et poussa un long soupir.

— Oui. Elle ne parlera pas.

— Pourquoi n'avez-vous pas commencé par lui envoyer Aidan ? Il aurait vu dans son passé récent qu'elle était innocente, et cela nous aurait épargné tous ces ennuis.

Résistant à l'envie de dire à Cain de se mêler de ses affaires, O'Riley marmonna :

— Ce n'était pas l'homme qu'il me fallait compte tenu des informations dont je disposais à l'époque.

Aidan était en effet un extralucide, pas un tueur, et tout tendait à prouver que Dani était coupable. Ce devait être Marsh l'auteur de cette machination, mais il l'avait montée si habilement qu'O'Riley s'était laissé berner. Il s'en voulait, même si cette fausse piste avait finalement permis de démasquer l'un des participants au complot, et pas n'importe lequel : le meurtrier de Daniel Archer.

Joseph Marsh n'avait cependant toujours pas été localisé et, s'il n'était pas rapidement arrêté, il transmettrait à une redoutable organisation criminelle des secrets qui, ensuite vendus à des états voyous, leur donneraient les moyens de créer des armées de surhommes.

Il fallait absolument retrouver Marsh et, avant de l'exécuter, lui faire dire tout ce qu'il savait sur ses commanditaires afin de pouvoir ensuite mettre un terme à leurs sinistres activités.

Tant que ces objectifs ne seraient pas atteints, O'Riley et tout le personnel du Centre resteraient sur le pied de guerre.

Il en allait de l'avenir de la planète.

15

Trois mois plus tard

Dani cambra les reins pour essayer de détendre les muscles douloureux de son dos et de ses épaules. Après une permanence de douze heures au service des urgences, elle était épuisée et ne rêvait plus que d'une chose : rentrer chez elle et prendre un bon bain chaud.

Non, pas un bain, se dit-elle en sortant son sac et son manteau de son casier, sinon elle s'endormirait dedans et risquerait de se noyer. Depuis quelque temps, le sommeil la surprenait dès qu'elle restait assise plus de deux minutes à la suite.

D'après son obstétricien, c'était parfaitement normal : le premier trimestre était la phase d'une grossesse où le plus de changements s'opéraient dans l'organisme. Dani posa la main sur son ventre encore plat et sourit. Cette fatigue continuelle n'avait rien d'agréable, mais dans six mois, son bébé serait là et lui ferait oublier tous les maux dont elle aurait souffert entre-temps.

Le Centre l'avait peut-être séparée d'Adam pour toujours, mais il ne pourrait pas lui prendre l'enfant conçu pendant leur nuit d'amour. Et s'il tentait de le faire, elle s'enfuirait. Elle s'était même préparée à cette éventualité, en vendant le ranch et en plaçant l'argent. Ce capital, augmenté des intérêts qu'il aurait rapportés, lui permettrait d'aller s'installer dans un autre pays. Elle avait également pris des cours supplémentaires d'autodéfense, au cas où il lui faudrait protéger physiquement son enfant.

La douleur d'avoir perdu l'homme qu'elle aimait persisterait toute sa vie, mais plus jamais elle ne serait la victime passive des événements.

Plus jamais.

Dani allait enfiler son manteau quand le bruit de la porte du vestiaire lui parvint. Ce devait être un autre médecin, ou une infirmière, venu récupérer quelque chose dans son casier. Elle se retourna… et la stupeur la cloua sur place.

Adam !

Elle ferma les yeux et s'obligea à compter jusqu'à dix. Les hallucinations faisaient peut-être partie des effets secondaires d'une grossesse à ses débuts. Elle ne se rappelait ni avoir lu d'articles sur ce sujet, ni en avoir entendu parler pendant ses six mois d'externat en obstétrique, mais cela ne voulait pas dire que ce trouble ne se présentait jamais.

Les femmes enceintes étaient hyperémotives, c'était bien connu… Sa situation particulière lui donnait encore plus de raisons de l'être, et de là venait cet étrange phénomène : l'absence d'Adam dans sa vie la faisait tellement souffrir que, prenant ses désirs pour des réalités, elle avait cru le voir apparaître.

Quand elle rouvrit les yeux, pourtant, il était toujours là. Il s'était même rapproché d'elle et, cette fois, le doute n'était plus permis : il n'avait rien d'une illusion. Ces épais cheveux blonds, ce visage aux prunelles bleu azur, cette bouche sensuelle, il lui suffisait de tendre la main pour les toucher… Il portait un jean, une veste de cuir noir et un T-shirt avec inscrit dessus : « Génie au travail ». Il l'avait gardé !

— Bonjour, Dani.

— C'est… c'est bien vous…, bredouilla-t-elle.

L'émotion l'étouffait. Elle avait tant de fois imaginé ce moment, tout en sachant qu'il s'agissait d'un rêve impossible…

Comment Adam pouvait-il être là, en chair et en os ?

— C'est moi… sans l'être, déclara-t-il.

— C… comment ça ?

— J'ai changé de nom. J'ai également un nouveau passé et un nouveau métier.

— Je ne comprends pas…

— Le Centre a estimé que je n'étais plus opérationnel. Les lésions cérébrales causées par mon agression ne guériront jamais complètement. Les facultés spéciales que je possédais ont peu à peu disparu, et je suis maintenant un homme comme les autres.

Adam, un homme comme les autres ? Dani en doutait… Pour elle, en tout cas, il ne le serait jamais !

— O'Riley vous a laissé partir ?

— Oui, contre la promesse de garder un silence absolu sur le Centre et ses activités. Je m'appelle désormais Sean Novak, et je suis entré dans la police. Après une période de formation à Chicago, j'ai été affecté à la brigade criminelle de San Diego.

Partagée entre le rire et les larmes, Dani ne put alors se retenir : elle se jeta dans les bras d'Adam.

— Vous m'avez tellement manqué…, murmura-t-elle.

— Vous aussi, vous m'avez manqué, confia-t-il en l'embrassant sur la joue.

Il y avait tant de choses qu'elle voulait lui dire, lui demander…

Mais ses lèvres s'étaient maintenant posées sur les siennes et, plutôt que de parler, elle s'abandonna au baiser doux et tendre, puis ardent et passionné, qui suivit.

Quand ils rompirent leur étreinte, le cœur de la jeune femme battait si fort qu'elle avait du mal à respirer.

Restait à savoir pourquoi Adam était venu…

La réponse lui fut donnée sans qu'elle ait eu à formuler la question.

— Je vous aime, Dani… Je ne peux plus vivre sans vous… Je n'ai pensé qu'à vous, pendant ces trois derniers mois. Je vous en prie, dites-moi que vous m'aimez encore !

Il se rappelait donc l'aveu qu'elle lui avait fait sur son lit d'hôpital…

— Même si je le voulais, je ne pourrais cesser de t'aimer, répondit-elle en se serrant de nouveau contre lui.

Trop émus pour parler, ils restèrent un long moment enlacés, à savourer le bonheur de ces retrouvailles. Les mots étaient d'ailleurs inutiles : le lien qui s'était renoué entre eux était assez puissant pour s'en passer. Leur séparation ne l'avait même jamais vraiment brisé, puisque leur amour y avait survécu.

Adam finit par s'écarter doucement de Dani.

— J'ai failli oublier…, déclara-t-il avec un sourire. J'ai un message pour toi, de la part d'O'Riley.

N'ayant toujours pas pardonné au directeur du Centre le chantage auquel il l'avait soumise, Dani demanda d'une voix méfiante :

— Quel message ?

— Il m'a chargé de te dire que tu lui avais obéi à la lettre, et que cela méritait une récompense. C'est grâce à lui que j'ai obtenu mon affectation à San Diego.

Ainsi, non seulement O'Riley avait autorisé Adam à quitter le Centre, mais il s'était arrangé pour les réunir ? pensa Dani. Peut-être avait-il un cœur, finalement…

Mais pour savoir qu'elle avait tenu sa promesse, il l'avait fait discrètement surveiller… Alors était-il au courant de sa grossesse ? Et, dans l'affirmative, en avait-il informé Adam ?

Non, sans doute pas, sinon celui-ci en aurait déjà parlé. C'était donc à elle de la lui annoncer.

— Adam…, commença-t-elle.

— Sean.

— Il va falloir que je m'y habitue, mais, Sean ou Adam, j'ai quelque chose d'important à te dire… Nous n'avons pas pris de précautions, le soir où nous avons fait l'amour, et… je suis enceinte.

Il fronça les sourcils, l'air perplexe, et resta ainsi pendant de longues secondes. Et puis, soudain, un sourire illumina son beau visage.

— Un bébé ? Nous allons avoir un bébé ?

Le soulagement de Dani égala en intensité la peur qu'elle avait eue de voir la nouvelle de sa grossesse mal accueillie.

— Oui, dans environ six mois.

Le sourire d'Adam céda la place à une expression soucieuse.

— Alors nous avons un temps de retard, observa-t-il.

— Un temps de retard sur quoi ?

— Je me suis préparé à mon intégration dans la société pendant six semaines. J'ai étudié les règles qui la régissent, et j'ai appris que le mariage doit précéder la conception d'un enfant. Nous devons donc nous marier tout de suite !

Dani éclata de rire.

— Je ne sais pas quels livres tu as lus, mais ils datent un peu !

Puis elle mit son manteau, prit Adam — non, Sean — par la main et l'entraîna vers la porte.

— Où allons-nous ? demanda-t-il.

— Chez moi. Je rêve toutes les nuits que nous faisons l'amour, et je veux maintenant rattraper le temps perdu.

— Y a-t-il une règle qui oblige les gens à faire l'amour dans un lit ? déclara-t-il d'un air faussement innocent.

— Non.

De nombreux autres endroits vinrent à l'esprit de la jeune femme : sa voiture, le canapé de son séjour, une baignoire où, peau contre peau avec l'homme de sa vie, elle ne risquerait pas de s'endormir...

— Tant mieux ! s'écria-t-il avant de pousser le verrou de la porte.

Une seconde plus tard, ils étaient de nouveau dans les bras l'un de l'autre et donnaient libre cours à une passion sur laquelle plus rien, désormais, ne pouvait les empêcher de bâtir un avenir.

Epilogue

Les yeux perdus dans le vague, O'Riley pensait à son ex-femme. Il était rongé de regrets. Un couple dont l'union avait duré vingt ans n'était pas censé se séparer une fois ses enfants partis à l'université. Ce moment marquait au contraire le commencement d'une nouvelle vie à deux.

Mais pour Angela et lui, il avait été le début de la fin.

Le bourdonnement de l'Interphone le ramena de l'époque de son mariage au présent et au bureau qui était devenu depuis plus que son lieu de travail : l'endroit où il lui arrivait de passer ses nuits, et même ses week-ends. L'appartement qu'il avait loué en ville après son divorce lui servait de moins en moins. Il devrait résilier son bail : cela lui ferait économiser de l'argent.

Mais l'argent ne compensait pas la solitude…

D'un geste las, il souleva le combiné.

— Oui ?

— Le sénateur Winslow vient d'arriver de Washington, monsieur le Directeur, dit la voix enjouée de sa secrétaire.

— Faites-le entrer !

O'Riley décrocha en soupirant. Il détestait les surprises en général, et celle que constituait ce genre de visite inopinée en particulier : si Winslow était là, c'était soit pour lui annoncer une mauvaise nouvelle, soit pour le sermonner. Ou les deux.

La porte s'ouvrit au moment où il se levait.

— Ravi de vous voir, monsieur le Sénateur !

Il contourna son bureau et tendit une main que Winslow serra en déclarant d'un air sombre :

— Vous serez moins ravi quand vous saurez pourquoi je suis venu.

— Si nous allions nous asseoir ? suggéra O'Riley, impassible, avec un geste en direction de la table et des fauteuils installés dans un angle de la pièce. Vous voulez boire quelque chose ? Un café ? un soda ?

— Rien, merci.

— Alors, qu'est-ce qui vous amène ? demanda O'Riley quand ils se furent assis.

— Le Président a décidé de mettre fin au financement de vos travaux.

Winslow lui aurait annoncé la fin du monde pour le lendemain qu'O'Riley n'aurait pas été plus ébahi. Le gouvernement en place avait toujours soutenu les recherches du Centre, et rien ne justifiait ce brusque changement d'attitude !

— Il doit y avoir un malentendu, observa O'Riley.

— Non. Le Président m'a dit très clairement que nos subventions allaient être affectées à des projets conventionnels, comme l'aide aux pays étrangers.

O'Riley serra les dents pour s'empêcher de lâcher une bordée de jurons. Il comprenait maintenant ce qui s'était passé : un nouveau groupe de pression s'était attiré les bonnes grâces du Président, lui avait fait une proposition qu'il n'avait pas pu refuser, et demandé en échange une augmentation de l'aide aux pays étrangers — au détriment d'une structure comme le Centre, dont les activités servaient en priorité les intérêts du peuple américain…

— Qui a suffisamment d'influence pour obtenir la suppression pure et simple de notre budget ? déclara O'Riley d'une voix vibrante de colère.

— Je n'en sais rien, répondit Winslow avec un haussement d'épaules, et peu importe… Il est trop tard pour retourner la situation en notre faveur.

— Non, monsieur le Sénateur, il n'est jamais trop tard ! Nous devons juste nous arranger pour que le bon candidat gagne la prochaine élection présidentielle.

— Je ne vois pas comment ce serait possible en si peu de temps ! Sans compter que le seul challenger sérieux de l'actuel Président est une femme !

— Une femme qui ne cesse de grimper dans les sondages, et qu'un petit coup de pouce par-ci par-là devrait suffire à faire élire. Je crois que notre cher Président a sous-estimé notre capacité de réaction.

« Et il le regrettera », ajouta intérieurement O'Riley.

— Admettons, concéda Winslow, mais comment être sûrs que cette femme nous apportera son soutien ?

— Laissez-moi faire ! Tout le monde a son…

— Taisez-vous ! Si vous projetez de conclure un marché avec elle, je ne veux pas le savoir !

O'Riley éclata de rire.

— Ne vous inquiétez pas, monsieur le Sénateur : je n'ai nullement l'intention de dépenser de l'argent à ça ! Ce que j'allais dire, c'est que tout le monde a son ou ses petits secrets honteux. Si cette femme a besoin d'être un peu… aiguillonnée, je me charge de découvrir dans son passé un moyen de faire pression sur elle.

— Bonne idée, mais pourquoi ne pas se mettre dès maintenant à la recherche de ce qui pourrait nuire à son image ?

— Entendu, même s'il s'avère par la suite inutile d'utiliser ce genre de méthode, parce qu'elle se sera spontanément déclarée en faveur de la poursuite de nos recherches.

— Bien ! A présent que cette affaire est réglée, dites-moi où en est l'enquête.

O'Riley n'eut pas à demander à Winslow d'être plus précis : il n'y avait qu'une enquête en cours — celle qui concernait la Ligue.

— Nous n'avons encore réussi à retrouver ni Joseph Marsh ni la lettre, répondit-il.

— C'est extrêmement fâcheux ! Nous devons à tout prix empêcher de se produire le même genre d'incident que celui d'octobre dernier !

— J'en ai parfaitement conscience, monsieur le Sénateur.

— Et à ce propos, parlez-moi de Mlle Archer… Vous êtes toujours sûr qu'elle ne constitue pas une menace ?

— Certain.

— Et Adam ? Le problème qu'il posait a été résolu ?

— Oui. Il a été exclu du programme.

— Quel dommage d'avoir perdu le plus performant de nos Opérateurs !

— C'est dommage, en effet, se contenta d'observer O'Riley.

Son interlocuteur n'avait pas besoin de savoir qu'Adam,

alias Sean Novak, coulait des jours heureux à San Diego avec sa charmante épouse. Et il ne fallait surtout pas qu'il apprenne l'existence de leur enfant. Cela pourrait créer une situation très délicate, et O'Riley comptait faire en sorte que cette information reste secrète.

Il n'était pas un saint, mais pas un monstre non plus. Tout enfant méritait de grandir entre ses deux parents, et Adam méritait d'avoir une vie qui lui permettrait de s'épanouir en tant qu'homme.

Tout en écoutant d'une oreille distraite le verbiage dans lequel Winslow s'était maintenant lancé, O'Riley se demanda s'il n'était pas devenu laxiste, avec l'âge.

Non, se dit-il après mûre réflexion. Il s'était juste arrangé pour que l'affaire Archer se termine bien pour toutes les personnes concernées. Trop d'histoires finissaient mal — il était payé pour le savoir — pour ne pas donner envie d'infléchir leur cours dans le bon sens à ceux qui en avaient le pouvoir.

Il pensa ensuite à Caroline Winters, candidate républicaine à la présidence des Etats-Unis. Elle était peut-être sur le point d'apprendre elle aussi à ses dépens que l'existence réservait parfois de mauvaises surprises.

D'après ce qu'il connaissait de son histoire, elle était née avec une cuillère d'argent dans la bouche et avait vu jusqu'ici toutes ses entreprises couronnées de succès. Elle avait cependant travaillé dur pour se faire une place sur la scène politique, il fallait lui rendre cette justice... Maintenant, elle briguait la Maison-Blanche, mais sans se douter, sûrement, de la complexité de la tâche qu'elle aurait à mener une fois au pouvoir.

O'Riley l'aiderait à y accéder, pour sauver le Centre, mais elle devrait ensuite affronter seule les dures réalités de sa charge, et prouver qu'une femme était aussi capable qu'un homme de diriger la plus grande puissance mondiale.

C'était un formidable défi... Avait-elle la force de caractère nécessaire pour le réussir ?

L'avenir le dirait.

JOYCE SULLIVAN

Les souvenirs effacés

Traduction française de
CATHY RIQUEUR

BLACK ROSE

HARLEQUIN

Titre original :
THE BABY SECRET

Ce roman a déjà été publié en novembre 2011.

Prologue

Emprisonné dans le coffre de la voiture, Hollis Fenton ne se faisait aucune illusion sur sa situation. Sa dernière heure était venue. On avait attaché ses poignets avec une corde qui lui rentrait dans la chair, et lié cette corde à ses chevilles, ce qui l'empêchait de faire le moindre mouvement. Son corps commençait à s'ankyloser, et avec la cagoule en velours noir qu'on lui avait mise sur la tête, il avait du mal à respirer.

Il sentit la voiture prendre une série de virages. Apparemment, ils gravissaient une côte sinueuse. Abordaient-ils les montagnes North Shore ? Il n'en savait rien. Une seule chose était sûre : il ne s'en sortirait pas vivant.

Le regret de ne pas avoir déclaré son amour à Paige l'envahit. Il s'était dit qu'ils avaient tout le temps pour cela. D'ailleurs, quel homme sensé aurait proposé le mariage à une femme qu'il ne connaissait que depuis quelques jours ?

Il se demandait si, après leur nuit d'amour, elle était repartie pour Montréal. Le fait qu'il ne l'ait pas rappelée avait dû beaucoup la décevoir. Il ignorait si la nouvelle de son enlèvement avait été relayée par les médias, mais si ce n'était pas le cas, nul doute qu'elle le serait bientôt.

La vision de Paige lorsqu'elle était entrée dans son bureau dix jours auparavant s'imposa à lui. Blonde et élancée, les yeux gris, elle possédait un charme naturel et discret. Devant son regard candide, Hollis n'avait pu s'empêcher de se demander si elle était aussi honnête et sincère qu'elle le paraissait.

Elle l'était.

La rougeur qui avait coloré ses joues, ses excuses pour l'avoir dérangé en plein travail le prouvaient. D'ailleurs, c'était sûrement cette absence totale d'ostentation qui lui avait permis de franchir le barrage de sa secrétaire.

A peine l'avait-il vue que tout était passé au second plan — les dossiers en attente sur son bureau, les restes de son sandwich et les réprimandes qu'il aurait dû adresser à Noreen pour ne pas avoir reporté le rendez-vous ainsi qu'il le lui avait demandé. Il aurait voulu entraîner Paige dehors afin de profiter avec elle de cette superbe journée d'été à Vancouver, quelque part au bord de l'eau. Et tant pis si, pour profiter de sa présence, il devait se soumettre à l'interview qu'elle avait sollicitée auprès de lui.

Journaliste free lance, Paige Roberts enquêtait sur la série d'enlèvements qui touchaient les hommes d'affaires les plus riches du Canada. A vrai dire, Hollis ne se sentait absolument pas concerné par cette histoire. Bien que quatre P.-D.G. aient déjà disparu, l'idée qu'il puisse connaître le même sort lui semblait complètement surréaliste. Jamais il n'avait craint pour sa sécurité, et il aurait éclaté de rire si on lui avait prédit qu'un jour, des hommes se jetteraient sur lui alors qu'il faisait son jogging matinal dans les allées du parc Stanley.

Dire qu'il se retrouvait à présent à la merci de quatre inconnus, enfermé dans un coffre…

Trois jours avaient passé depuis son enlèvement. Ses ravisseurs avaient dû demander une rançon, et cette petite balade en voiture laissait supposer que sa famille avait refusé de payer. Il n'en était pas surpris. Son oncle Luther et ses cousins considéraient comme un devoir que l'on sacrifie sa vie pour la société Hollis. Quant à sa tante Evelyn, pourtant jumelle de sa mère, elle n'était pas du genre à faire preuve de plus de commisération à son égard.

Ce qui signifiait que son sort était scellé.

La voiture s'immobilisa. Il y eut des bruits de portières, puis des pas se firent entendre sur le gravier, et le coffre s'ouvrit. Sentant une vague d'air frais l'environner, Hollis inspira goulûment à travers le velours de la cagoule.

Il n'eut pas le temps de profiter de ce don précieux. Presque aussitôt, des mains l'agrippèrent et le sortirent du coffre sans ménagement. Ses cuisses frottèrent contre le rebord du coffre.

— Là-bas, sous ces arbres, ordonna une voix masculine.

Les hommes qui le portaient se mirent en mouvement.

Hollis sentait son cœur battre à coups sourds dans sa poitrine. Il ne pouvait rien changer à ce qui allait arriver, mais il était déterminé à mourir avec dignité et en paix avec lui-même.

Fermant les yeux, il mobilisa toute sa volonté pour se remémorer l'image de Paige allongée dans son lit, ses cheveux formant un halo doré autour de son visage. Le frôlement des herbes sur lui était ses caresses légères ; le bruit du tissu que faisaient les hommes en marchant, le soupir qu'elle avait exhalé quand ils n'avaient plus fait qu'un. Et à l'idée, que grâce à elle il avait retrouvé foi en l'amour, il sentit la gratitude le submerger.

Soudain, ses ravisseurs le laissèrent tomber par terre. L'humidité de la terre transperça ses vêtements.

Son heure était venue.

Je t'aime, Paige.

On lui donna un coup de pied dans le ventre, puis un autre. Hollis se raccrocha à la vision de Paige pour faire abstraction de la douleur.

— Tu as de la chance qu'on te laisse en vie, déclara une voix. Il y a un couteau pas loin. Maintenant, ta survie ne dépend plus que de toi. Nous ne voudrions pas avoir du sang sur les mains.

Un rire sardonique déchira le silence, et un pied entra en contact avec sa tête.

Assommé, Hollis plongea dans les ténèbres.

Il n'avait pas la moindre idée du temps qui s'était écoulé depuis son évanouissement. La cagoule l'empêchant toujours de voir, il tendit l'oreille en quête de bruits de voix ou d'un quelconque danger. Tout ce qu'il entendit fut le croassement d'un corbeau et le frémissement des branches dans le vent.

Il était seul. Et vivant.

Pour l'instant.

Ses bras et ses jambes étaient engourdis. Quand il plia les doigts, des picotements désagréables remontèrent le long de ses avant-bras.

Il rassembla toute son énergie, mû par l'espoir de revoir Paige. A force de se contorsionner, il réussit à se débarrasser de la cagoule. Les rayons du soleil l'éblouirent, et il dut cligner plusieurs fois des yeux avant de s'habituer à la lumière.

Changeant de position, il roula sur le ventre pour scruter le sol.

Le soulagement l'envahit lorsqu'il aperçut le couteau de chasse que ses ravisseurs lui avaient laissé. La lame luisante représentait son seul espoir de salut.

Il se remit sur le dos et explora le sol à tâtons. Quand, enfin, ses doigts entrèrent en contact avec le manche du couteau, il ne put retenir un grognement de satisfaction.

La sueur perlant à son front, il se mit à cisailler la corde qui ligotait ses mains. L'opération se révéla beaucoup plus difficile qu'il ne l'aurait imaginé, mais il n'allait pas laisser un maudit couteau l'empêcher de revoir Paige.

Leurs retrouvailles seraient un moment inoubliable, se promit-il en redoublant d'efforts.

1

Paige faisait une chute vertigineuse.

Elle s'éveilla en sursaut, le cœur battant et les oreilles bourdonnantes, en proie à de la panique pure. Son subconscient venait de lui faire vivre un voyage en avion pendant lequel elle était projetée dans les airs avant de s'écraser au sol.

Le contact doux et moelleux de l'oreiller sous ses doigts la rasséréna. Ce drame qu'elle avait vécu en rêve n'était pas la réalité. Elle allait bien.

En proie à un début de migraine, elle leva légèrement la tête et avisa des rais de lumière tout autour des stores. Apparemment, le jour était levé. Etonnée, elle consulta le réveil posé sur sa table de chevet. 12 h 47 ? Seigneur, elle n'avait pas dormi aussi tard depuis l'université !

Laissant doucement retomber sa tête sur l'oreiller, elle s'efforça de se rappeler l'heure à laquelle elle s'était couchée la veille. Mais son esprit confus se refusa à lui fournir une réponse.

Pourquoi se sentait-elle aussi patraque ? Non seulement sa tête lui faisait mal, mais sa gorge était irritée comme si elle avait passé la soirée au stade de football à encourager sa nièce de six ans. Sauf que ces derniers jours, elle avait été trop occupée à inclure quelques piges supplémentaires à son programme pour jouer les supportrices.

Les yeux fermés, elle compta jusqu'à trois avant de s'obliger à se lever. Ses muscles courbaturés protestèrent quand elle se mit debout, et elle dut retenir un haut-le-cœur.

Prenant appui contre le mur, elle se dirigea d'un pas malaisé vers la salle de bains et évita les deux valises qui encombraient le couloir. Sans doute avait-elle attrapé un virus. Pour elle qui devait entamer un voyage de cinq semaines à travers le Canada, ce n'était vraiment pas de chance. Peut-être ferait-elle mieux de repousser son départ d'un jour. Son premier rendez-vous avait lieu le lendemain après-midi à Ottawa, elle avait largement le temps de s'y rendre.

Dans la salle de bains, le miroir lui confirma brutalement qu'elle avait mauvaise mine. Une journée de repos ne serait pas superflue.

Elle inspecta le contenu de l'armoire de toilette, mais son espoir d'y trouver de l'aspirine fut vite déçu. Même chose dans la trousse à pharmacie. Comme il ne lui arrivait pas souvent d'être malade, elle n'était équipée qu'en pansements et antiseptique. Conclusion : elle allait devoir se rendre à la pharmacie.

Elle s'aspergea le visage à l'eau froide. Dans son mouvement, elle avisa une vilaine égratignure sur son coude. Intriguée, elle releva complètement la manche de son T-shirt et examina la blessure avec attention. Comment diable s'était-elle fait ça ? S'était-elle blessée la veille, en empilant ses bagages ? Non, l'égratignure ne semblait pas aussi récente.

Elle se sécha les mains. Et grimaça de nouveau. Même la pulpe de ses doigts était endolorie.

Bon, songea-t-elle en se dirigeant vers la cuisine, elle pouvait oublier l'aspirine. Il lui fallait du jus d'orange. Des litres de jus d'orange. Et du repos.

Malheureusement, son réfrigérateur ainsi que son freezer étaient vides. Ce qui n'avait rien d'étonnant puisqu'elle s'était appliquée à les vider en prévision de son voyage.

Avec un soupir, elle retourna dans sa chambre et sortit un short de son tiroir. Le simple fait de l'enfiler l'épuisa. Même ses abdominaux étaient douloureux, comme si elle avait oublié de s'étirer après une séance de gymnastique intensive. Consciente que se pencher pour nouer ses lacets était au-dessus de ses forces, elle enfila des tongs, passa simplement ses doigts dans ses cheveux, histoire de les lisser, et attrapa son sac à main posé sur ses valises. Tout en prenant mentalement note d'ajouter son ordinateur portable à ses bagages, elle ouvrit la porte d'entrée.

Elle louait une jolie maison mitoyenne en briques rouges, dans le quartier d'Outremont, près de l'université de Montréal.

Les commerces, pharmacie et épicerie, se trouvaient à quelques mètres, ce qui était plutôt pratique, surtout aujourd'hui. Mais alors qu'elle descendait le perron avec précaution, la chaleur humide qui régnait dehors sapa ses dernières forces.

Elle s'efforça de rester sous l'ombre des arbres. Le sang battait à ses tempes, comme en réaction à la chaleur émanant du bitume. Il lui fallait du jus d'orange *et* de l'aspirine, décida-t-elle au vu de ses nouveaux symptômes.

Lorsqu'elle entra dans la pharmacie, l'écart de température la fit frissonner. Elle demanda de l'aspirine, régla son achat, puis ressortit dans la chaleur humide pour traverser la rue. Un carillon tinta quand elle ouvrit la porte de l'épicerie. A l'odeur de la viande et des fromages que renfermait la vitrine réfrigérée, elle sentit son estomac se révulser. Elle remplit en hâte un petit panier avec des bouteilles de jus d'orange et de pomme, une baguette fraîche et des bananes, et se rendit à la caisse.

— Ce sera tout ? s'enquit l'employé tout en encaissant ses achats.

Par habitude, elle prit un exemplaire de *The Montreal Gazette* et le posa sur le tapis de caisse.

— Ça aussi.

Alors qu'elle jetait un coup d'œil aux gros titres, la date inscrite en haut du journal attira son attention, et elle ouvrit des yeux ronds.

— Quel jour sommes-nous ? s'enquit-elle, incrédule.

— Le 15 juillet.

Elle secoua la tête. Impossible. On était le 5 juin, et elle partait en voyage aujourd'hui.

L'employé lui lança un drôle de regard.

— Vous allez bien ?

Un début de panique l'envahit alors qu'elle vérifiait, par acquit de conscience, les premières pages des autres quotidiens. Tous portaient la date du 15 juillet.

— Oui, oui, ça va, marmonna-t-elle en ouvrant son porte-feuille. Combien vous dois-je ?

Dans son portefeuille, le compartiment qu'elle réservait à ses factures professionnelles était plein à craquer. Tandis que l'employé éditait le montant de ses achats, elle sortit le dernier reçu. Il concernait une dépense pour du carburant dans une station-service de Sudbury dans l'Ontario, le 14 juillet à 18 h 47.

Comment avait-elle bien pu acheter de l'essence à Sudbury la veille au soir et être chez elle ce matin ? Sudbury était à des centaines de kilomètres de Montréal. Il aurait fallu qu'elle conduise la moitié de la nuit pour rentrer chez elle.

Ses genoux se dérobèrent sous elle. Tout cela était incompréhensible. Que se passait-il ?

Machinalement, elle tendit un billet de vingt dollars à l'employé. Il lui rendit sa monnaie et rangea ses achats dans des sacs plastiques avant de les lui tendre. Ses courses à la main, elle se précipita hors du magasin. La rue, étrangement déserte, lui parut soudain irréelle, et elle sentit un frisson la traverser en imaginant des yeux invisibles qui l'observaient derrière les balcons des immeubles.

Seigneur, c'était complètement ridicule ! La rue était paisible parce que les gens se trouvaient au travail ou dans leurs chalets des Laurentides, voilà tout.

Le bruit d'un Klaxon, à deux rues de là, la fit sursauter, et elle pressa le pas vers sa maison en se traitant d'idiote.

Elle approchait de chez elle quand elle vit sa voisine apparaître dans sa véranda et arroser la jardinière suspendue à la balustrade. Les fuchsias et les impatiens égayaient sa maison de leurs couleurs éclatantes.

Toutes les deux partageaient le jardin, mais, contrairement à la vieille dame, Paige ne plantait ni ne s'occupait des plantes. Sa seule contribution consistait à passer régulièrement la tondeuse afin que le jardin conserve un aspect agréable. Elle avait trop de respect envers la vie sous toutes ses formes pour prendre en charge quoi que ce soit qui ne puisse survivre à des semaines de négligence due à son travail. Et cela incluait, en plus des plantes, les animaux de compagnie et les petits amis.

— Bienvenue à la maison ! s'exclama Audrey, armée de son arrosoir en fer-blanc.

A la vue de son visage familier, de ses épaules voûtées et du tablier imprimé de tournesols qu'elle portait toujours pour jardiner, Paige faillit fondre en larmes.

— Je m'attendais à te voir revenir beaucoup plus tôt. Comment s'est passé ton voyage ?

— Ereintant, répondit-elle instinctivement. Je ne sais même pas quel jour nous sommes.

La vieille dame laissa échapper un petit rire.

— Ça m'arrive tout le temps quand je suis en vacances, remarqua-t-elle. Nous sommes le 15 juillet. Les Expos ont perdu face aux Blue Jays, hier soir.

Les yeux bleus pétillant derrière les verres à double foyer de ses lunettes à monture dorée, elle ajouta :

— J'ai empilé le courrier sur ton bureau, comme tu me l'avais demandé. Tu n'as pas reçu de grande enveloppe kraft de mauvais augure.

Super, se félicita Paige. Si elle était incapable de se rappeler les cinq dernières semaines de sa vie, au moins aucun de ses articles ne lui avait-il valu de lettres de refus de la part de ses éditeurs.

— Merci, Audrey. J'adorerais continuer à discuter, mais je ne me sens pas très bien, et il faut que j'aille m'allonger.

— Pas de problème, ma chérie. Nous discuterons quand tu iras mieux.

De retour chez elle, elle se rendit directement dans la cuisine et se versa un grand verre de jus d'orange. Elle commençait à accepter le fait qu'elle ait oublié ces dernières semaines. L'hypothèse selon laquelle elle aurait été enlevée par des extra-terrestres lui semblait d'ailleurs l'une des deux explications les plus plausibles, l'autre étant qu'elle s'était cogné la tête pendant la nuit en tombant de son lit.

Elle but une gorgée de jus d'orange, puis sortit le tube d'aspirine de sa boîte. Quand elle ouvrit le placard sous l'évier pour jeter l'emballage, elle se figea en apercevant sa robe d'été bleue dans la poubelle. Que fabriquait-elle là ? Cette robe était l'une de ses préférées, jamais elle ne l'aurait jetée sans une bonne raison.

Attrapant la robe, elle y trouva des déchirures et des taches foncées qui, à la lumière du soleil, faisaient penser à de la terre. Ou à du sang.

Une douleur fulgurante lui vrilla le crâne. Le visage luisant de sueur, le souffle court, Paige se sentit vaciller sur ses jambes. Elle se raccrocha in extremis au comptoir, mais la robe, elle, atterrit sur le carrelage avec un cliquetis, aussi incongru que l'état dans lequel elle se trouvait.

Paige la fixa un instant avant de se pencher pour la ramasser. Le même cliquetis retentit quand elle la secoua. En palpant le tissu soyeux, elle reconnut la forme d'un cylindre et retira d'une poche un flacon de pilules. Sur l'étiquette se trouvaient son nom ainsi que la date du 10 juillet, les coordonnées d'une pharmacie de Vancouver, et l'identité du médecin qui avait établi la prescription.

La main sur le front, elle tenta en vain de se rappeler pourquoi un médecin dont le nom ne lui disait rien lui avait fait une ordonnance pour des analgésiques à la codéine.

Il n'y avait qu'un moyen de le découvrir.

Décrochant le téléphone, elle composa l'indicatif de Vancouver, suivi du numéro de la pharmacie. Quelqu'un répondit presque aussitôt.

— Bonjour, dit-elle d'une voix mal assurée. Paige Roberts à l'appareil. Je suis venue acheter des médicaments chez vous le 10 juillet.

Elle patienta pendant que le pharmacien pianotait sur son clavier d'ordinateur afin d'ouvrir son dossier.

— En effet. Que puis-je pour vous ?

— Je ressens des effets secondaires au traitement, et j'aimerais en discuter avec le Dr Locke qui m'a fait la prescription. Le problème, c'est que je n'ai pas ses coordonnées. Est-il possible que vous me donniez son numéro de téléphone ?

— Bien sûr. Avez-vous interrompu le traitement ?

— Oui.

— Bien. Ne le reprenez pas avant d'avoir évoqué le problème avec le Dr Locke. Vous pouvez le joindre à l'hôpital général de Vancouver. Voici le numéro…

Elle prit un crayon et un papier sur le comptoir et inscrivit d'une main tremblante les chiffres qu'il lui énumérait. Après l'avoir remercié, elle raccrocha, prit son courage à deux mains et composa le numéro de l'hôpital. La standardiste la pria de patienter, le temps de biper le médecin.

Ce n'est qu'au bout de dix minutes interminables qu'il vint en ligne, mettant enfin un terme à la petite musique d'attente. La voix au ton vif était celle d'un homme d'âge mûr, constata-t-elle en s'efforçant de garder son sang-froid.

— Dr Locke, je suis Paige Roberts. Vous m'avez reçue en consultation le 10 juillet.

— En effet, je reconnais votre voix.

— Vraiment?

Elle se racla la gorge avant de poursuivre.

— Je sais que ça va vous sembler étrange, docteur, mais je ne me souviens absolument pas de vous. En me réveillant ce matin, j'ai trouvé un flacon de pilules portant votre nom. Pourriez-vous m'expliquer dans quelles circonstances vous avez été amené à me soigner?

— Vous avez été admise à l'hôpital suite à une blessure à la tête. Nous vous avons gardée en observation quelques jours.

Soulagée de constater qu'elle n'était pas folle et qu'il y avait une explication logique à ses symptômes, elle sentit son angoisse décroître.

— Savez-vous dans quelles circonstances j'ai été blessée?

Le médecin marqua une hésitation comme s'il choisissait ses mots avec soin.

— Une voiture a explosé. Et vous étiez là. Quand vous êtes revenue à vous, vous n'aviez aucun souvenir de l'accident ni de la manière dont vous étiez venue à Vancouver, expliqua-t-il. Mais à présent, il semble que vous souffriez également d'une perte de mémoire antérograde.

— Ce qui signifie?

— Que vous avez perdu le souvenir de ce qui s'est passé après l'accident. Et nous devons nous pencher sur ce problème dans les plus brefs délais. Souffrez-vous d'autres symptômes?

Elle lui parla de son mal de tête et de ses nausées.

— Avez-vous commencé à prendre les pilules?

Elle ouvrit le flacon et compta les comprimés. Il y en avait quinze, comme l'indiquait l'étiquette.

— Apparemment non.

— Où vous trouvez-vous actuellement?

— Chez moi, à Montréal.

— Savez-vous par quel moyen vous êtes rentrée chez vous?

— Je pense que j'ai conduit jusqu'ici, répondit-elle en se rappelant le reçu de la station-service de Sudbury.

Sa réponse ne parut pas lui plaire.

— Je vous avais recommandé de ne pas rentrer seule chez vous. Mais puisque vous êtes saine et sauve, nous ne nous attarderons pas sur ce point. J'ai envoyé un mot à votre médecin, le Dr Garneau, pour m'assurer de votre suivi. Appelez-la et demandez-lui un rendez-vous en urgence. Elle voudra probablement vous soumettre à quelques examens. Et, je vous en prie, ne prenez pas le volant. Demandez à quelqu'un de vous emmener.

Tout en raccrochant, Paige sentit ses angoisses revenir en bloc et hésita à appeler sa sœur ou ses parents pour l'accompagner. Finalement, elle décida de ne pas les inquiéter avant d'en savoir un peu plus sur son état. Elle appela un taxi et se rendit seule à l'hôpital où recevait le Dr Garneau.

Après l'avoir examinée, cette dernière l'envoya passer un scanner en radiologie, puis la reconvoqua dans son cabinet avec les résultats.

— Les nouvelles sont bonnes, annonça-t-elle avec un sourire. En raison de votre mal de tête et des nausées, je craignais qu'il y ait un épanchement de sang dans le cerveau, mais le scanner n'indique rien de tel. A mon avis, l'accident et votre voyage de cinq jours pour revenir à Montréal vous ont épuisée. Vous allez rester cette nuit à l'hôpital en observation, et je passerai vous voir demain matin. Si tout va bien, vous pourrez rentrer chez vous.

Paige poussa un soupir de soulagement.

— Est-ce que la mémoire va me revenir ?

— La majorité des personnes frappées d'amnésie post-traumatique finissent par retrouver la mémoire, mais il est impossible de prédire quand. Commencez par vous reposer. Cela fera déjà disparaître votre mal de tête et vos nausées. En ce qui concerne votre mémoire, laissez-vous simplement du temps.

— Combien de temps ?

Le Dr Garneau haussa les épaules.

— Des jours, des semaines, des mois… L'important, c'est que vous alliez bien.

Des mois ?

Retenant les protestations qui lui montaient aux lèvres, Paige la remercia et sortit du cabinet. Une infirmière l'emmena jusqu'à une chambre immaculée où elle lui donna un nécessaire de toilette ainsi qu'une blouse pour la nuit.

Restée seule, Paige s'allongea sur le lit et ferma les yeux. Demain, elle serait de retour chez elle, en sécurité.

— Dieu merci, Paige, tu es là ! s'exclama Brenda Thompson à l'autre bout du fil. Je me suis fait un sang d'encre à ton sujet. Pourquoi ne m'as-tu pas appelée ?

En percevant l'inquiétude et la déception dans sa voix, Paige fut assaillie par la culpabilité. Brenda et elle avaient grandi dans des maisons voisines à Westmount, une ville select, au charme britannique, perchée sur le mont Royal, au cœur de la métropole prospère de Montréal. Paige avait été le témoin de Brenda le jour de son mariage avec Claude Belanger, et c'était elle qui avait été choisie pour être la marraine de leur fils, Alexandre. Un peu plus d'un an auparavant, un drame s'était abattu sur leur famille quand Claude, homme d'affaires fortuné, avait été enlevé et tué par ses ravisseurs. Paige avait beaucoup soutenu son amie dans cette épreuve. D'autres enlèvements avaient suivi, sans meurtres cette fois. Etaient visés des hommes ou des femmes d'affaires à la tête d'entreprises de tradition familiale, mais les points communs s'arrêtaient là. La police peinant à démasquer les coupables, l'idée était venue à Paige de mener sa propre enquête, et elle avait décidé d'aller interviewer les survivants ainsi que quelques P.-D.G. correspondant au profil, dans l'espoir de découvrir des dénominateurs communs à toutes ces histoires.

— Désolée, Bren, s'excusa-t-elle. Tu sais comment c'est quand on revient après une aussi longue absence... Je croule sous le courrier et les nouvelles missions. En plus, je suis clouée au lit à cause de je ne sais quel virus, et tout ce que je peux avaler, c'est du jus d'orange et du bouillon de poule.

Elle ne voulait pas divulguer la raison pour laquelle elle n'avait pas répondu à ses messages téléphoniques ni à la douzaine d'autres que ses amis journalistes, sa mère et sa sœur avaient laissés sur son répondeur.

Tout le monde lui demandait des nouvelles de son voyage — nouvelles qu'elle était bien incapable de donner. Du coup, elle avait envoyé à chacun un e-mail expliquant qu'elle était submergée de travail et qu'elle téléphonerait dès que possible.

Parallèlement, elle avait fait des recherches sur internet pour se documenter sur l'amnésie. Ce qu'elle avait lu avait confirmé les dires du Dr Garneau, et elle était soulagée de savoir qu'elle retrouverait un jour la mémoire.

— J'espère que tu te remettras vite, déclara Brenda. Alors, comment s'est passé ton voyage ? As-tu réussi à rédiger tous tes articles ?

— Oui, mission accomplie.

Bien qu'elle n'ait pas la moindre idée de ce qui était advenu de son ordinateur portable ou de la sacoche contenant toutes ses notes, les bandes ainsi que son agenda, elle avait vérifié son compte e-mail et s'était aperçu qu'elle avait bien renvoyé les travaux que lui avaient confiés ses différents éditeurs.

C'était pour elle un soulagement, si l'on exceptait le fait qu'elle avait peu de chances de récupérer ses notes sur les enlèvements. Sans doute l'ordinateur et sa sacoche avaient-ils été volés dans sa voiture sur le lieu de l'accident ou pendant qu'elle était à l'hôpital. Malheureusement, le sergent Thurlo de Vancouver, qu'elle avait joint au téléphone, ne s'était pas montré du tout coopératif. Il avait paru sceptique quant au vol dont elle aurait été victime. Comment savait-elle qu'elle avait son ordinateur portable avec elle ou qu'il avait été volé dans sa voiture si elle ne se rappelait rien ? Avant qu'elle mette un terme à ce coup de téléphone, profondément agacée, il l'avait enjointe à l'appeler si elle recouvrait la mémoire afin qu'il puisse prendre sa déposition au sujet de l'accident. Elle se promit de n'en rien faire.

Un bruit métallique retentit à l'autre bout du fil, la ramenant au présent. Apparemment, Alexandre, âgé de dix-huit mois, explorait le placard de la cuisine où était rangée la batterie de casseroles. Brenda éleva la voix de façon à se faire entendre par-dessus le concert impromptu de son fils.

— Je voulais juste qu'on parle de l'autre enlèvement. Je n'étais pas sûre que tu en aies entendu parler pendant ton absence.

Paige sentit son pouls s'accélérer. Il y avait eu un autre enlèvement ?

— La famille de la victime a impliqué la police comme je l'avais fait quand Claude a été kidnappé, poursuivit son amie. Les ravisseurs avaient relâché l'homme sans lui faire de mal, mais quand ils ont appris que la police avait été avertie, ils ont posé une bombe sur le parking le jour même où il reprenait le travail.

— Seigneur…

Paige secoua la tête, désolée. Elle pensait à la famille de cette nouvelle victime, et au chagrin qui accablerait Brenda pour le restant de ses jours.

— Brenda, la famille a fait ce qu'il fallait en appelant la police. Et toi aussi. Tu ne dois pas te reprocher la mort de Claude. Même si tu n'avais pas pris contact avec la police, ces hommes l'auraient tué pour montrer au monde entier qu'ils ne plaisantaient pas. Tu dois cesser de te flageller.

— Je ne peux pas m'en empêcher.

— Je sais, assura-t-elle, compatissante. Mais il faut que tu te reprennes. Je suis sûre que Claude ne voudrait pas te voir dans cet état. Il voudrait que tu consacres toute ton énergie à prendre soin d'Alexandre.

Elle sortit un papier du tiroir de son bureau, et revint au sujet initial.

— Tu peux m'en dire un peu plus sur le dernier enlèvement ?

— La victime est Hollis Fenton. Il a été kidnappé un samedi pendant qu'il faisait son jogging dans le parc. C'était le week-end de la Fête du Canada. Ses ravisseurs l'ont retenu prisonnier pendant quelques jours, comme pour Claude, puis ils l'ont abandonné dans une forêt déserte après le paiement de la rançon.

La voix de Brenda se brisa.

— Au lieu de l'exécuter, ils lui ont laissé un couteau afin qu'il puisse se défaire de ses liens. Le pauvre homme a réussi non sans mal à se libérer, et il a dû parcourir sept kilomètres à pied avant de croiser une voiture.

— Où cela s'est-il passé ?

— A Vancouver. Hollis Fenton dirigeait une société de navigation, mais sa famille est à la tête d'un conglomérat comprenant une demi-douzaine d'entreprises cotées en Bourse. Il correspond donc au profil. D'après les journaux, il était veuf et n'avait pas d'enfants.

« Contrairement à Claude », acheva Paige intérieurement.

Elle relut les notes qu'elle venait de prendre. Le nom de Hollis Fenton n'évoquait rien pour elle. Avant son voyage, elle avait établi une liste de personnes à interviewer, en s'appuyant sur différents journaux et revues économiques. Hollis Fenton en faisait-il partie ? Elle ne s'en souvenait plus. Elle regretta de ne pas avoir imprimé ou photocopié les hypothèses qu'elle avait commencé à échafauder, ainsi que les notes manuscrites, coupures de presse et autres informations qu'elle possédait sur ces affaires. Sans sa sacoche ni son ordinateur, elle n'avait plus rien.

La sonnerie de la porte d'entrée retentit. Le combiné toujours collé à l'oreille, Paige se leva pour aller ouvrir.

— Peux-tu me faxer les articles, Bren ? J'aimerais y jeter un coup d'œil.

— D'accord. Maintenant, parle-moi de ton voyage. As-tu rencontré de beaux ténébreux ?

— Aucun qui m'ait laissé un souvenir impérissable.

La sonnette retentit de nouveau, insistante. Paige saisit cette excuse inespérée.

— Ecoute, je dois te laisser. Il y a quelqu'un à la porte, sans doute un coursier. Je te rappellerai bientôt, c'est promis.

Après avoir raccroché, elle déposa le téléphone sur la console de l'entrée et ouvrit la porte. A en juger par sa tenue noire décontractée qui révélait une carrure athlétique, l'homme debout sur le pas de sa porte n'était pas coursier.

Quelle que soit son identité, il était très séduisant. Et, à en juger par son expression, très dangereux.

2

Paige recula d'un pas.

Le visage franc, l'homme avait une mâchoire carrée, un nez un peu cabossé et des yeux d'un bleu limpide. Ses cheveux ras, ses traits acérés et la fine cicatrice sur son front, juste au-dessus du sourcil, lui conféraient un air menaçant.

— Paige Roberts ?

A la façon dont il prononça son nom, elle comprit qu'elle était censée connaître la raison pour laquelle il se trouvait là. Elle chercha ses mots, troublée par son regard qui glissait sur elle, détaillant son débardeur, son short kaki, ses pieds nus.

— Oui, c'est moi, articula-t-elle finalement.

Après un instant d'hésitation, il lui tendit la main.

— Mon nom est Matt Darby. Vous m'attendiez, je pense. Je suis venu prendre les clés de la maison d'Audrey.

Brusquement soulagée, elle lui serra la main avec un petit rire.

— Bien sûr. Désolée, j'avais l'esprit ailleurs. J'étais au téléphone quand vous avez sonné. Vous êtes le neveu de l'amie d'Audrey, c'est ça ? Elle me parle sans cesse de votre tante, mais je ne me rappelle pas qu'elle vous ait mentionné.

— Nous sommes toute une tribu de neveux et nièces. Nous-mêmes avons du mal à nous y retrouver. Ce n'est pas étonnant qu'elle n'ait pas parlé de moi.

Sous la chaleur et la fermeté de sa poignée de main, elle se sentit plus forte et vivante qu'elle ne l'avait été depuis des jours. Elle retira sa main à regret.

— Entrez, il fait plus frais à l'intérieur, l'invita-t-elle. Les clés se trouvent quelque part par ici. Audrey était ravie que quelqu'un paie le loyer pendant son séjour auprès de sa sœur. Les fractures de la hanche peuvent mettre du temps à guérir.

— Elle me rend un fier service en me prêtant sa maison. Mais je suis désolé que sa sœur se soit blessée.

Jetant un coup d'œil par-dessus son épaule, Paige le vit esquisser un sourire. Avec les fossettes qui apparurent sur ses joues, il lui parut plus sympathique, moins dangereux. Et surtout incroyablement séduisant.

Elle s'efforça de calmer les battements de son cœur.

— Audrey ne m'a pas dit grand-chose à votre sujet, excepté que vous êtes à Montréal pour affaires. Que faites-vous comme travail ?

— Je suis chasseur de têtes. Je recrute des cadres expérimentés pour le compte d'entreprises prêtes à payer des salaires très élevés à des personnes qui connaissent leur métier.

Ses yeux bleus s'attardèrent sur ses jambes nues, et elle ressentit de drôles de picotements derrière les genoux.

— C'est fascinant, commenta-t-elle en s'efforçant de prendre l'air grave.

Consciente de l'effet dévastateur qu'il produisait sur elle, elle ouvrit vivement la porte vitrée qui donnait sur son bureau et passa en revue les tas de courrier, de magazines et de dossiers empilés sur la table. Heureusement qu'elle ne recherchait pas d'emploi, songea-t-elle, embarrassée que Matt voie tout son bazar. Cela la dispensait d'avoir à faire bonne impression. Pour retrouver sa tranquillité, il lui suffisait de mettre la main sur les clés d'Audrey — ces maudites clés qui ne semblaient être nulle part.

Les avait-elle rangées dans la cuisine ?

— Mon métier ne vous fascine pas, on dirait, remarqua Matt derrière elle, avec une pointe d'ironie.

Amusée, elle se retourna et plongea son regard dans le sien. Les muscles qui affleuraient sous son T-shirt noir lui conféraient le charme d'un mauvais garçon. Un frisson la secoua quand elle sentit une attirance presque palpable la pousser vers lui.

Bon sang, cet homme ne devait pas avoir son pareil pour convaincre les gens de changer d'entreprise ou amener les femmes à succomber…

— Je ne demande pas mieux que de vous écouter pendant que je cherche les clés. Je n'arrive pas à me rappeler où je les ai mises.

Elle déplaça l'une des piles posées sur son bureau, mais les clés d'Audrey ne se matérialisèrent pas pour autant. Alors qu'elle soulevait un tas de feuilles, les pages du dessus s'échappèrent et volèrent jusqu'à terre. Elles concernaient les recherches qu'elle avait faites sur l'amnésie.

Matt se pencha pour l'aider à les ramasser, mais elle s'empressa de l'arrêter, atrocement gênée.

— C'est bon, je les ai, assura-t-elle en rassemblant les feuillets. J'ai un système de classement spécifique, et je ne veux pas que vous y mettiez la pagaille.

— Bien sûr, je vous laisse faire...

En dépit de son air sceptique, il saisit l'allusion et recula.

Le rouge aux joues, elle ramassa les feuillets et les reposa à l'envers sur la pile.

Avec un bourdonnement, le fax posé sur l'étagère se mit à éjecter les uns après les autres les articles que lui envoyait Brenda. Elle lui jeta un coup d'œil, puis scruta les étagères remplies de livres, de périodiques et de souvenirs de ses voyages. Elle plongea la main dans un mug acheté en Alaska, mais n'en retira qu'une fine couche de poussière.

Perplexe, elle se mordit la lèvre inférieure.

— Elles sont forcément dans un endroit sûr. Je les ai peut-être rangées dans la cuisine.

Ses joues s'empourprèrent un peu plus quand elle croisa le regard amusé de Matt.

— Désolée. Je suis distraite quand je travaille, et il m'arrive d'oublier des choses.

Il posa les yeux sur le désordre qui régnait dans la pièce comme s'il devinait qu'elle n'avait rien fait qui puisse être assimilé à du travail ces deux dernières semaines, mais se contenta de lui adresser un sourire poli.

— Quel est votre travail ? s'enquit-il en la suivant dans le couloir.

— Je suis journaliste free lance.

Au passage, elle balaya du regard le salon, espérant y apercevoir le trousseau de clés. A côté d'elle, Matt parut étudier avec intérêt le mélange éclectique d'aquarelles et d'huiles qui ornaient les murs de son salon.

Les clés n'apparaissaient nulle part, ni sur la table basse ni sur le buffet ancien.

Paige se dirigea vers la cuisine, qui n'était pas sans rappeler celles des vieilles villas italiennes. En échange d'un reportage, un décorateur d'intérieur avait recouvert les murs et le plafond d'une teinte moutarde au charme suranné, en harmonie avec les placards et l'électroménager démodés.

Elle ouvrit une vitrine dans laquelle elle conservait quelques pièces en porcelaine et en cristal, et poussa un soupir en regardant au fond d'une tasse décorée d'un fin liseré en or. Y étaient cachées les boucles d'oreilles en diamants que sa grand-mère lui avait offertes lorsqu'elle avait obtenu son diplôme de journalisme.

Impassible, elle se retourna vers Matt.

— J'ai bien peur que mes recherches prennent un moment. Puis-je vous offrir quelque chose à boire ? J'ai du jus de fruits, de la limonade, de la bière…

— Une bière, ce sera parfait. J'arrive tout droit d'Ottawa, et la route a été longue.

Ouvrant le réfrigérateur, elle se haussa sur la pointe des pieds histoire de vérifier si les clés ne se trouvaient pas dessus, puis se baissa et attrapa une bière.

— Vous vivez à Ottawa ? s'enquit-elle en la lui tendant.

— Ces derniers temps, oui. J'ai habité tant de lieux différents que je ne me considère plus comme résidant dans aucun d'entre eux.

Il but une longue gorgée de bière. Bien malgré elle, son regard s'attarda sur le mouvement de sa pomme d'Adam. Décidément, l'amnésie affectait ses neurones !

« Ressaisis-toi », lui lança une petite voix dans sa tête.

Elle tenta de se rappeler ses faits et gestes quand Audrey était venue lui expliquer qu'elle devait partir immédiatement parce que sa sœur s'était blessée en tombant. La vieille dame lui avait donné ses clés, de l'engrais, un arrosoir ainsi qu'une liste de plantes à entretenir.

— Et votre famille, où vit-elle ? demanda Paige en ouvrant un tiroir.

— Plus loin, vers l'ouest. Nous vivons éloignés les uns des autres.

Il posa la main sur le tiroir dans lequel elle fouillait. De petites cicatrices parsemaient sa peau.

— Si vous me disiez à quoi ressemblent ces clés, je pourrais vous aider à les retrouver, proposa-t-il.

— Ce sont deux clés en laiton ordinaires accrochées à un anneau argenté. Regardez sous l'évier, dans les sacs plastiques. Audrey m'a donné un sac contenant de l'engrais pour le jardin. Peut-être que les clés sont restées dedans.

— D'accord.

— Je vais voir la salle de bains. Il est possible que j'y aie rangé l'engrais et l'arrosoir.

Son intuition se révéla juste. Qui plus est, elle découvrit les clés à l'intérieur de l'arrosoir. Dieu merci ! Elle commençait à se demander si elle n'allait pas être obligée de proposer à Matt de passer la nuit sur son canapé.

— Et voilà ! annonça-t-elle en revenant dans la cuisine.

Elle lui donna une petite tape sur l'épaule et agita les clés sous son nez tandis qu'il se retournait.

— Ne me demandez pas où je les ai trouvées. Je suis déjà assez embarrassée comme ça.

Ses doigts se refermèrent à la fois sur les clés et sur sa main. L'inquiétude, et autre chose qu'elle préféra ne pas identifier assombrissaient ses yeux bleus.

— Vous êtes sûre que vous allez bien ? lui demanda-t-il.

Avait-il vu de quoi parlaient les papiers qui étaient tombés de son bureau tout à l'heure ? En avait-il tiré la conclusion logique ?

En dépit de ses jambes tremblantes, elle se força à sourire.

Il la prendrait pour une folle si elle lui parlait de son amnésie. D'ailleurs, c'était sans doute déjà le cas.

— Bien sûr que je vais bien ! Je suis juste un peu distraite. Si vous avez besoin de quoi que ce soit, n'hésitez pas à venir me voir. Je me ferai un plaisir de vous indiquer où se trouvent les magasins ainsi que les arrêts de bus et les stations de métro.

— Merci. Je retiens votre proposition.

Cela sonnait comme une promesse. L'espace d'un instant, il la considéra, une flamme étrange brûlant dans ses yeux. Songeait-il à l'embrasser ? Mais non… Cette pensée était vraiment ridicule.

Alors, pourquoi sentait-elle son cœur cogner si fort dans sa poitrine ?

Il cligna des paupières, et l'impression se dissipa brusquement. Tandis qu'il battait en retraite vers la porte qui menait au jardin de derrière, elle resta immobile, désarçonnée et étrangement déçue.

— Je vais sortir par là, si ça ne vous ennuie pas. Ma voiture est garée près du garage.

— Je vous en prie.

Reprenant ses esprits, elle verrouilla la porte derrière lui et le suivit des yeux alors qu'il se dirigeait vers la véranda d'Audrey. Elle, qui s'était sentie encore plus isolée après le départ de sa voisine, était contente de savoir la maison mitoyenne de nouveau habitée. Sans compter qu'elle pourrait recueillir l'avis de Matt sur les enlèvements. Un chasseur de têtes connaissait sûrement beaucoup de choses sur les entreprises familiales les plus florissantes du pays.

Cette pensée lui rappela l'arrivée du fax de Brenda. Après un dernier regard à la silhouette athlétique de son nouveau voisin, elle retourna dans son bureau.

Elle y trouva une douzaine d'articles extraits de *The Globe and Mail*, *The Montreal Gazette*, *The Vancouver Sun* et *The Province*. Munie d'un stylo et d'un bloc-notes, elle s'installa dans la bergère à oreilles vert olive qui avait appartenu à sa grand-mère et classa les articles par ordre chronologique, depuis l'enlèvement de Fenton, en passant par sa libération, jusqu'au jour de l'attentat à la bombe qui lui avait coûté la vie. Le premier article était daté du 7 juillet, mais l'enlèvement avait eu lieu le 3, ce qui signifiait que la famille avait réussi à empêcher que l'information paraisse dans la presse avant sa libération.

« *LE DIRECTEUR D'UNE ENTREPRISE DE NAVIGATION RETENU EN OTAGE* », annonçait le titre du premier article extrait de *The Vancouver Sun*. Elle parcourut les détails de l'enlèvement de Hollis Fenton, perpétré un samedi matin de bonne heure par quatre hommes armés, portant des cagoules de ski foncées et conduisant une berline grise. Fenton avait été retenu prisonnier dans une maison, puis relâché dans les bois du mont Seymour, après le paiement de la rançon. Contrairement aux autres enlèvements, la famille n'avait pas été informée de l'endroit où il serait relâché. La police avait donc lancé une recherche à grande échelle dans les zones forestières de la région de Vancouver. Peu avant 22 heures, Fenton qui avait réussi à se libérer de ses liens, avait rejoint la route et marché longtemps avant de croiser un automobiliste. A la fin de l'article, la police appelait les témoins éventuels à se manifester auprès d'elle.

Deux autres articles reprenaient ces détails en y ajoutant des informations sur la victime et sa famille. Etant donné que trois des quatre autres victimes étaient des P.-D.G., Paige ne fut pas surprise d'apprendre que Hollis Fenton dirigeait la Pacific Gateway Shipping, l'une des entreprises du groupe Hollis géré par son oncle, Luther Hollis. Son épouse s'était suicidée deux ans auparavant, sans lui laisser d'enfants, et depuis, il ne s'était pas remarié. Ses six cousins, qui dirigeaient d'autres filiales du groupe Hollis peut-être moins prestigieuses, étaient mariés et/ou avaient des enfants.

Paige rumina ces informations un moment avant de passer aux autres articles. Celui intitulé « *Haro sur les P.-D.G.* » contenait des renseignements sur la manière dont les ravisseurs avaient déjoué la sécurité des entreprises, ainsi que le montant des rançons exigées.

Elle nota sur son bloc le jour où avait eu lieu l'enlèvement de Hollis Fenton. Pourquoi un samedi ? Elle ne savait pas quand les ravisseurs avaient fait la demande de rançon, mais cela lui parut étrange d'enlever quelqu'un un samedi alors que la majeure partie des banques fermaient tôt dans l'après-midi et qu'il fallait deux à trois jours ouvrables pour organiser le retrait d'une somme aussi importante en liquide.

A l'exception de Hollis Fenton, les autres victimes avaient été enlevées en début de semaine. Pourquoi choisir le samedi sachant que cela retarderait le moment où l'argent serait disponible ? Les ravisseurs avaient-ils délibérément cherché à repousser les moyens d'action des proches de Fenton afin d'accroître leur angoisse ?

L'article suivant, illustré par des photos, lui fit venir les larmes aux yeux quand elle en lut le titre :

RELÂCHÉ POUR ÊTRE EXÉCUTÉ,
un attentat coûte la vie au P.-D.G.

Tuer cet homme s'était révélé d'autant plus cruel qu'il avait cru pouvoir retrouver une vie normale après l'enlèvement dont il avait été victime. Une bombe dissimulée dans une voiture volée avait explosé sur son passage. Comme le montrait la photo des bureaux de la Pacific Gateway Shipping, des débris de métal avaient été projetés de toutes parts, faisant aussi voler en éclats les vitres des immeubles alentours. Hollis Fenton était décédé à l'hôpital. A cette heure matinale, l'explosion avait fait peu de victimes, mais l'article mentionnait plusieurs blessés légers et une jeune femme non identifiée, transportée inconsciente dans le même hôpital que la victime.

Paige se raidit. Une jeune femme non identifiée ? Elle regarda la date que Brenda avait griffonnée à côté du titre : 8 juillet. Et elle était sortie de l'hôpital le 10…

Pas étonnant que le policier de Vancouver ait insisté pour qu'elle l'appelle lorsqu'elle recouvrerait la mémoire !

Elle ramena les genoux contre sa poitrine et serra ses bras autour de ses jambes. Si elle se trouvait à Vancouver au moment de l'enlèvement, cela signifiait sans doute qu'elle avait décidé de traîner autour du bureau de Fenton dans l'espoir d'obtenir une interview.

En proie à un brusque haut-le-cœur, elle bondit de la bergère et se précipita aux toilettes.

Avait-elle assisté au meurtre de Hollis Fenton ?

3

Hollis écouta le bruit de l'eau qui s'évacuait dans les tuyaux de la maison voisine et appuya son front contre le mur. Paige se trouvait là, juste à côté. Elle ne l'avait pas reconnu.

Après tout, c'était le but recherché. Armé de son rasoir, le coiffeur avait supprimé ses mèches blondes et épaisses, ne laissant que cette base terne sur son crâne. Sa coupe de cheveux drastique lui arrachait encore une grimace lorsqu'il se regardait dans le miroir. Il portait des lentilles de contact colorées bleues, s'était fait redessiner les sourcils, et ces changements combinés à un nez cassé et aux kilos qu'il avait perdus pendant son séjour à l'hôpital avaient transformé son apparence au point qu'il se reconnaissait à peine dans ce visage anguleux. A présent, il ressemblait à un sergent de l'armée, portant les stigmates des combats. C'était toujours mieux que d'être mort, songea-t-il. Et ce, même si l'explosion l'avait rendu sourd de l'oreille gauche.

Malgré sa transformation physique, il avait espéré que Paige le reconnaîtrait. Il s'était attendu à voir ce même sourire joyeux qui l'avait incité à s'élancer vers elle dès qu'il l'avait aperçue de l'autre côté de la rue. De tout son être, il voulait croire que c'était ce sourire qui lui avait sauvé la vie.

Le sergent Thurlo, lui, était convaincu du contraire. Et il avait eu beau essayer de l'en convaincre, Hollis rejetait l'idée que la femme qu'il avait brûlé de tenir dans ses bras cet après-midi ait pu le trahir en pensées, en paroles ou en actes. Qu'elle se soit arrangée pour obtenir cette interview, qu'elle ait couché avec lui afin de connaître les détails de son emploi du temps et de planifier son enlèvement avant de devenir, comme par hasard, amnésique.

Malheureusement, désirer le croire ne l'empêchait pas de

douter. Car par quel autre moyen ses ravisseurs auraient-ils pu découvrir que sa famille avait fait appel à la police ? Seuls ses proches étaient au courant, ainsi que sa secrétaire auprès de laquelle Paige aurait soutiré l'information. « Soutirer », c'était bien le mot que Noreen avait employé.

Autre fait troublant, après qu'il avait été libéré, Paige avait insisté pour le rencontrer en privé mais pas chez lui. Il avait accepté et lui avait proposé un rendez-vous tôt le matin, dans son bureau. Il comptait faire acte de présence et d'autorité au cas où sa tante Evelyn et son cousin Sandford auraient ourdi un complot en son absence, puis passer tranquillement le reste de la journée avec Paige, de préférence au lit.

Mais pourquoi était-elle venue à pied plutôt qu'en voiture ? Avait-elle connaissance de la bombe dissimulée dans un véhicule à proximité ? Savait-elle qu'elle ne devait pas s'en approcher ?

L'élément déterminant lui avait été apporté par Noreen. En allant récupérer les affaires de Paige à l'hôtel, sa secrétaire avait ouvert sa sacoche et découvert un dossier bien rempli sur la série d'enlèvements. Rien que d'y penser, Hollis en avait froid dans le dos. Le dossier contenait des informations que la police avait gardées secrètes, notamment des détails sur le mode opératoire des ravisseurs. Et que penser de ce disque contenant l'interview d'un criminologue et des recherches poussées sur les P.-D.G. susceptibles d'être les prochaines victimes ?

Si Paige travaillait comme journaliste d'investigation, tout cela était normal. Mais dans le cas contraire…

Décidé à en avoir le cœur net, Hollis n'avait pas encore fait part de ces informations à la police. Mais s'il s'avérait que l'amnésie de Paige était une ruse et qu'elle l'avait trahi, il n'hésiterait pas une seconde à la dénoncer.

Il était convenu avec les autorités qu'il resterait caché jusqu'à ce que tout danger soit écarté, mais s'était abstenu de leur dire qu'il avait chargé son détective privé de soudoyer Audrey Lefebvre afin qu'elle lui loue temporairement sa maison. Or, si les policiers de Montréal gardaient Paige sous surveillance, ils n'avaient pas la moindre idée du rôle qu'elle avait joué dans sa vie.

Hollis caressa le papier peint rose comme pour sentir sous ses doigts la présence de Paige dans la maison voisine. Autrefois, déjà, il s'était laissé prendre aux mensonges d'une femme — de sa femme. Il l'aimait, il avait cru la connaître, mais elle ne lui avait pas dit toute la vérité sur elle.

Revivait-il la même chose avec Paige ?

Lorsqu'il s'était rendu chez elle, cet après-midi, elle lui avait paru troublée, et particulièrement soucieuse de lui dissimuler les papiers rangés sur son bureau. Quant à cette histoire de clés, s'agissait-il d'une comédie qui lui était destinée ? La femme qu'il aimait était radieuse, sûre d'elle et organisée, rien à voir avec celle, hésitante et nerveuse, qu'il avait vue quelques heures plus tôt.

La peur avait terni son regard. Et il s'était demandé pourquoi. Que craignait-elle : de ne pas retrouver la mémoire ou d'être démasquée ?

Le seul moyen de la percer à jour consistait à se rapprocher d'elle et partager son quotidien.

Alors qu'il traversait le vestibule, une tasse de café dans une main et une carte de Montréal dans l'autre, il s'arrêta net en apercevant Paige debout devant la véranda.

Que diable faisait-elle juste devant chez lui ? L'espionnait-elle ?

Il comptait s'asseoir dehors sur les marches de la véranda pour préparer quelques rencontres fortuites avec elle, mais puisqu'elle lui facilitait la tâche, il n'allait pas laisser passer cette occasion.

Ouvrant doucement la porte d'entrée, il se faufila dehors et s'arrêta un instant pour contempler le spectacle des fesses de Paige, moulées dans son short bleu marine.

Penchée sur la jardinière, elle jouait indéniablement les voyeuses.

— Bonjour, chère voisine ! lança-t-il brusquement.

Il savoura son sursaut de surprise coupable. Alors qu'elle se retournait, de l'eau jaillit du bec de l'arrosoir en fer-blanc qu'elle tenait à la main et atterrit sur les orteils de Hollis. Une rougeur aussi vive que celle des fleurs qu'elle était en train d'arroser envahit ses joues.

— Oh, bonjour ! Vous m'avez fait peur.

Elle pressa sa main libre sur son cœur, laissant une trace de terreau sur la courbe pleine et tentante de son sein droit. Le regard de Hollis se concentra sur la tache, et ses doigts se crispèrent sur sa tasse. La cage thoracique de Paige s'élevait et s'abaissait rapidement sous son petit haut moulant.

L'épiait-elle parce qu'elle se défiait de lui ?

— Je suis tout aussi surpris que vous, remarqua-t-il avec un sourire. Audrey ne m'avait pas prévenu que je serais l'objet de l'attention d'une séduisante voisine.

Elle rougit de plus belle. Et devant cet air ingénu qui l'avait d'emblée conquis le jour où elle avait fait irruption dans son bureau, il se sentit de nouveau sous le charme.

— Je voulais seulement savoir si vous étiez déjà levé, expliqua-t-elle. Je pensais vous inviter à prendre le petit déjeuner ou un café pour le cas où vous n'auriez pas apporté de provisions.

Et elle ajouta en désignant sa tasse en porcelaine arborant un pub Tudor au toit de chaume :

— Mais je vois que vous avez trouvé du café.

— C'est à peu près tout ce que j'ai trouvé, en fait. Du café soluble, des sachets de thé, du porridge et des tas de dosettes de sucre et de ketchup venant de chez McDonald.

Paige éclata de rire, et l'écho de son rire cristallin vint combler le vide qu'il ressentait en lui.

— Ça ressemble bien à Audrey. Elle mange souvent à l'extérieur avec ses amis, mais elle sort rarement pour le petit déjeuner. Apparemment, elle ne peut débuter la journée sans un bol de porridge et une tasse de thé. Le café soluble est destiné à ses invités qui ne boivent pas de thé.

Il lisait dans son regard la même sincérité qu'avant, mais les cernes violets sous ses yeux semblaient révéler un manque de sommeil. Etait-ce la culpabilité qui l'empêchait ainsi de dormir ?

— Que diriez-vous de toasts ou d'un œuf sur le plat pour accompagner votre café ? s'enquit-elle avec un sourire.

Il se raidit en se rappelant une autre femme, aussi souriante et qui pourtant cachait de profondes fêlures. Sa femme Christine dissimulait ses troubles bipolaires derrière un visage radieux. L'euphorie qui accompagnait chacun de ses actes constituait l'un des symptômes de son état maniaco-dépressif, mais ce n'était qu'après leur mariage qu'il avait découvert l'autre facette de sa personnalité. Ses changements d'humeur étaient spectaculaires. Combien de fois en rentrant le soir l'avait-il trouvée assise, encore en pyjama, dans la pénombre de leur chambre, à ressasser de sombres pensées ?

Alors qu'il croyait avoir vécu le pire, elle avait enlevé un nouveau-né dans une maternité afin de lui prouver qu'elle était capable d'élever des enfants. Horrifié par son geste, il l'avait fait hospitaliser dans un établissement psychiatrique afin qu'elle soit prise en charge par une équipe médicale. Il l'aimait, mais il avait eu si peur de ce qui aurait pu arriver qu'il l'avait menacée de divorcer si elle ne prenait pas ses médicaments. Peut-être que s'il avait agi différemment, elle serait restée en vie…

Il chassa ces souvenirs de son esprit pour se concentrer sur Paige.

— Je suis partant pour le petit déjeuner, répondit-il. En fait, vous ne pouviez pas mieux tomber. Mon premier ordre de mission consiste à trouver une épicerie et un distributeur de billets.

— Par chance, je me nourris, et je dépends des banques autant que la moyenne des gens. Je peux donc vous aider pour ces deux requêtes. Vous n'avez qu'à me rejoindre dans quelques minutes avec votre plan.

— Merci.

Il rentra dans la maison afin d'enfiler ses baskets. De façon parfaitement naturelle, Paige avait réussi à le mettre à l'aise comme s'ils se fréquentaient depuis des années.

Quelques secondes plus tard, il gravissait le perron d'à côté. Paige avait laissé la porte ouverte, et il y frappa deux petits coups par politesse. L'odeur du café fraîchement moulu lui chatouilla les narines, en même temps que la voix chaleureuse de son hôtesse l'invitait à entrer.

— Je suis dans la cuisine.

Séduit par son hospitalité, il se reprocha de l'avoir crue de mèche avec des criminels. Il traversa le vestibule et nota au passage que la porte du bureau était fermée. A travers le panneau vitré, il distingua néanmoins une table de travail nettement mieux rangée. Certaines piles de documents semblaient même avoir disparu. Raison de plus pour qu'il invente une excuse qui lui permettrait d'y jeter un œil.

Il trouva Paige devant la cuisinière, en train de cuire les œufs tout en fredonnant au son de la radio. Elle avait préparé la table style bistrot, versé du jus de pamplemousse dans les verres et disposé quelques fleurs dans un soliflore en cristal. Devant cette mise en scène, Hollis eut l'impression de recevoir un coup de poing dans le ventre. C'était à la fois si douloureusement proche de ce qu'il attendait d'elle et sans doute complètement factice.

Elle lui adressa un sourire par-dessus son épaule, et il repoussa ses doutes.

— Faites comme chez vous. Deux œufs, ça vous va?

Il hocha la tête en silence, charmé par l'éclat de ses yeux. Décidément, cette femme avait l'art de provoquer en lui les sentiments les plus contradictoires.

— Vous me traitez bien pour un étranger, remarqua-t-il en s'asseyant.

Comme elle faisait glisser les œufs dans son assiette, il retint son souffle. La peau soyeuse de ses jambes n'était qu'à quelques centimètres de ses mains, et son léger parfum aux notes d'agrumes attisa son appétit.

— Vous êtes l'ami d'une amie, pas un étranger. Mais vous avez raison, j'ai une idée derrière la tête.

— Vraiment?

Elle acquiesça.

— En fait, j'en ai deux. Je vais commencer par la plus simple.

Il l'observa avec méfiance alors qu'elle déposait la poêle dans l'évier puis retirait quatre tartines du grille-pain.

— Dois-je commencer à manger ou attendre vos révélations?

— Mangez d'abord, déclara-t-elle en posant deux tranches de pain dans son assiette. Ma sœur a coutume de dire qu'il est plus facile d'obtenir quelque chose de quelqu'un quand il est repu et satisfait.

Satisfait?

Après trois semaines passées à la désirer au point d'en perdre le sommeil, il était tellement tendu que les œufs et les tartines avaient peu de chances de le satisfaire. Il s'empressa de boire une gorgée de jus de pamplemousse pour s'empêcher de le dire à voix haute.

Elle posa devant son assiette une tasse de café, un sucrier et un pot de crème, puis s'assit en face de lui.

— Qu'est-ce que c'est? lui demanda-t-il en la voyant tartiner sa tranche de pain avec une pâte au chocolat.

— Du Nutella. C'est un mélange chocolat-noisette, délicieux sur du pain. Goûtez.

Il en étala un peu sur le coin de sa tartine et mordit dedans. C'était un peu trop sucré à son goût pour le petit déjeuner mais plutôt bon.

— Etes-vous originaire de la région ?

— J'y suis née et j'y ai grandi. La famille de ma mère est arrivée ici vers 1840 ; elle fuyait la grande famine en Irlande. La famille de mon père est originaire de la vallée d'Ottawa. Il était tailleur et a pris sa retraite l'année dernière. Ma mère est dessinatrice en joaillerie.

Il se détendit. Non seulement elle semblait parfaitement sincère, mais son récit correspondait en tout point à ce qu'elle lui avait raconté à Vancouver. Elle avait simplement omis de préciser que c'était la faillite qui avait contraint son père à fermer sa boutique de tailleur. Mais il s'agissait là d'un détail.

— Est-ce la première fois que vous venez à Montréal ? s'enquit-elle.

— Non. Je suis déjà venu à plusieurs reprises, mais pour quelques jours seulement.

En réalité, Christine et lui y avaient fait un séjour éclair peu de temps après leur mariage. Au souvenir de sa frénésie de shopping, laquelle avait déclenché l'une de leurs premières disputes, il réprima une grimace.

— Bon, assez de bavardages, mademoiselle Roberts, reprit-il d'un ton bourru. Annoncez-moi vos intentions. Quelle est votre première idée ? Je suis tout ouïe.

— Très bien, la voici : avez-vous la main verte ?

— Pardon ?

— Audrey n'est partie que depuis une semaine, et avec cette vague de chaleur, ses fleurs se flétrissent déjà, expliqua-t-elle, visiblement embarrassée. Elle compte sur moi pour prendre soin de son jardin, or je sais que je vais la décevoir. Je suis une criminelle récidiviste en ce qui concerne les plantes.

Il lut dans son regard qu'elle ne plaisantait pas. Comme il ne répondait pas, elle leva les sourcils d'un air légèrement suppliant.

— Y a-t-il le moindre espoir que je parvienne à vous persuader de prendre le relais, ou tout au moins, de me rappeler d'arroser ?

Il se caressa le menton. Il ne s'était pas rasé, et sa barbe naissante rendait sa peau râpeuse.

— Hum, c'est à voir. Quel type de persuasion envisagiez-vous au juste ?

Elle rougit jusqu'aux oreilles.

— Le genre de services platoniques que l'on se rend entre voisins.

— D'où votre souhait de m'expliquer où se trouve l'épicerie.

— Précisément.

— Quelle est la marge de négociation ? demanda-t-il avec un petit sourire.

A cet instant, elle se mit à le dévisager avec attention. Le cœur battant, il songea qu'elle allait voir au-delà de sa coupe militaire, de son nez abîmé, de ses cicatrices. Qu'elle le verrait, lui. Mais elle ne vit rien.

Etait-elle une excellente actrice ou réellement amnésique ?

— Vous êtes dur en affaires, constata-t-elle avec amusement.

— Désolé, c'est une seconde nature chez moi.

— J'hésite à vous exposer mon autre idée.

— Je vous en prie, lancez-vous.

L'espace d'un instant, elle plongea son regard dans le sien. Puis elle baissa la tête et reposa sa tartine dans son assiette comme si elle avait perdu tout appétit. Avait-il lu de la crainte dans ses yeux gris ?

— Je vous en parlerai plus tard, lâcha-t-elle finalement.

— Vous préférez garder le suspense ?

— En quelque sorte.

— Qui se montre dure en affaires à présent ? répliqua-t-il alors qu'elle se levait pour débarrasser.

— Et vous n'avez encore rien vu.

En l'occurrence, si. Il savait qu'elle était opiniâtre et avait le sens du détail. Se levant à son tour, il l'aida à débarrasser la table.

— Puis-je vous poser une question ? s'enquit-il.

— Vous pouvez toujours essayer.

Le trouble qu'il ressentait en sa présence semblait réciproque, et le courant magnétique qui les liait s'intensifiait au fil des secondes.

— Voyez-vous quelqu'un en ce moment ?

— Seulement vous.

Il grinça des dents.

— Ma question était : y a-t-il quelqu'un dans votre vie ?

Lui tournant le dos, elle ouvrit le robinet et versa un peu de produit vaisselle dans l'évier.

— Non.

— Bien.

Elle le regarda avec méfiance. Il caressa des yeux les minuscules taches de rousseur qui parsemaient ses bras et la courbe ferme de ses seins avant de s'arrêter sur ses lèvres légèrement entrouvertes.

— Comme ça, vous pourrez me retrouver le soir dans le jardin pour que nous en prenions soin.

— Oh…

Elle s'empressa de lui tourner le dos alors qu'une nouvelle rougeur lui montait aux joues. Un instant, il fut tenté d'embrasser la peau délicate de sa nuque. La dernière fois qu'il l'avait fait, elle s'était trémoussée contre lui, en proie à des frissons incoercibles.

— Peut-être puis-je vous convaincre de m'exposer votre autre idée…

— Chaque chose en son temps, Matt, répliqua-t-elle avec un sourire. Allez, prenez votre plan.

L'entendre utiliser son pseudonyme doucha son enthousiasme. Il se fit la promesse que, le moment venu, elle saurait exactement qui il était.

Si elle ne le soupçonnait pas déjà.

Six jours plus tard, alors qu'elle patientait dans la salle d'attente du Dr Garneau, Paige se demandait pourquoi la mémoire mettait si longtemps à lui revenir.

Ainsi que le médecin l'avait prédit, ses maux de tête s'étaient dissipés et ne réapparaissaient que lorsqu'elle s'évertuait à combler les trous dans sa mémoire. Elle s'était même retenue de demander à Matt son avis sur les enlèvements, de peur de provoquer une nouvelle migraine.

En revanche, sa fatigue et ses nausées persistaient. Elle avait certes écrit deux ou trois articles pour ses éditeurs, mais dans l'ensemble, elle s'était appliquée à être une patiente modèle, se couchant tôt et s'efforçant de manger correctement. Quant aux soirées qu'elle passait avec Matt dans le jardin, elles lui faisaient l'effet d'une bouffée d'oxygène.

Fermant les yeux, elle se représenta sa beauté sévère. Avec lui, elle pouvait se détendre, car ne sachant rien sur elle, il ne risquait pas de remarquer son amnésie. Le fait qu'elle le trouve attirant, d'une compagnie stimulante et d'une conversation agréable, ne gâchait rien, bien au contraire. Malgré tout, elle s'était sentie obligée de décliner son invitation à dîner suite à un nouvel accès de nausées. Et comme elle n'avait pas envie de repousser chacune de ses propositions, elle avait décidé de retourner voir son médecin.

Le Dr Garneau lui fit passer un examen médical complet, lui posa de nombreuses questions, y compris sur son activité sexuelle, puis lui demanda de se rhabiller pendant qu'elle allait chercher les résultats de ses analyses.

Quand elle revint, son dossier à la main, une certaine réserve se lisait sur son visage. Paige ne put s'empêcher de s'alarmer.

— J'ai l'explication de vos symptômes, lui annonça le Dr Garneau sans préambule. Vous êtes enceinte.

4

Enceinte ?

— Mais… comment pourrais-je être enceinte ? balbutia Paige, effarée. Je n'ai fréquenté personne depuis… Et puis, il m'est déjà arrivé d'avoir du retard auparavant…

— Il n'y a aucun doute. Vu la date de vos dernières règles, je dirais que vous êtes enceinte de cinq à six semaines.

En proie à un vertige, Paige vacilla sur sa chaise.

— Doucement… Penchez-vous en avant et mettez votre tête entre vos genoux. Il est tout à fait normal que vous soyez choquée.

Et encore, c'était un euphémisme !

Paige prit une profonde inspiration, puis expira lentement. Un bébé, à la fois son enfant et celui d'un étranger dont elle n'avait même pas le souvenir, grandissait en elle.

Qui était le père ?

Elle se rappela tout à coup la robe déchirée dans la poubelle et son corps perclus de douleur quand elle s'était réveillée amnésique. Certes, ces bizarreries pouvaient être dues à l'explosion de la bombe, à moins qu'il n'y ait une autre explication, beaucoup plus sordide.

— Est-il possible que j'aie été violée ?

— Qu'est-ce qui vous fait croire ça ?

Paige lui parla de la robe.

— En trouvant les médicaments dans la poche, j'ai pensé que je la portais lors de l'explosion. Mais si ce n'était pas le cas ? Si j'avais porté cette robe pendant mon voyage et que quelqu'un avait abusé de moi ? A ce moment-là, j'étais sans doute une proie facile. Par ailleurs, ce traumatisme, ajouté à celui de l'explosion, pourrait expliquer mon amnésie.

— Je comprends vos craintes, mais il est trop tôt pour tirer des conclusions. Je vous ai fait passer un examen médical complet, et je n'ai rien trouvé qui prouve que vous ayez subi une agression sexuelle.

Elle secoua la tête, désemparée.

— Ce bébé n'est quand même pas le fruit de l'Immaculée Conception…

A en juger par les discours de sa sœur sur les joies de la maternité et par l'expérience de Brenda, elle savait qu'élever un enfant était en soi une prouesse, une tâche bien plus difficile que de prendre soin d'une plante ou même d'un animal.

Et que diraient ses parents lorsqu'elle leur apprendrait qu'elle allait devenir mère célibataire ?

A cette pensée, elle se morigéna. Peu lui importait le regard des autres. Cet enfant était le sien, et elle était bien décidée à l'aimer et à l'élever de son mieux, même si l'idée de commettre des erreurs la terrifiait. Mais elle avait besoin de mettre un nom et un visage sur l'homme qui lui avait laissé ce souvenir. Bien que les aventures d'une nuit ne soient pas son genre, peut-être avait-elle rencontré un homme irrésistible…

Seigneur, elle était bonne pour se lancer dans l'écriture de romans sentimentaux !

Une idée germa soudain dans son esprit.

— Est-ce que retracer les étapes de mon voyage aiderait à stimuler ma mémoire ?

— Je pense que ce serait imprudent, remarqua le Dr Garneau. Vous ne savez pas sur quoi vous pourriez tomber.

Elle dut lire son inquiétude sur son visage, car elle ajouta :

— Je vais vous orienter vers un psychiatre qui vous aidera à y voir plus clair. Je passerai, si nécessaire, quelques coups de fil afin que vous ayez un rendez-vous le plus tôt possible.

En quittant le cabinet, Paige ne s'était jamais sentie aussi seule et découragée. Elle fut encore plus déprimée quand, plus tard dans l'après-midi, la secrétaire du Dr Garneau l'appela pour lui annoncer qu'elle avait eu la chance d'obtenir un rendez-vous avec le psychiatre dans quinze jours.

Elle aurait dû en être reconnaissante, mais son désarroi était tel que deux semaines lui semblaient une éternité.

— Ohé, il y a quelqu'un ? Vous ne me laissez quand même pas déjà tomber, Paige ?

La voix chaude de Matt la ramena brusquement à la réalité. Elle s'extirpa de la bergère dans laquelle elle avait passé les dernières heures à essayer de s'habituer à l'idée qu'elle allait avoir un bébé.

— J'arrive, lança-t-elle en se dirigeant vers le vestibule.

Devant le miroir de l'entrée, elle fit la grimace. Elle lissa les épis rebelles et ramena ses cheveux derrière ses oreilles. Pourvu que Matt ne remarque pas qu'elle avait pleuré…

— Il est l'heure, déclara-t-il derrière le battant. J'ai eu peur d'être obligé de vous arracher à votre cuisine et de vous jeter sur mon épaule pour que vous remplissiez votre part du contrat.

Elle laissa échapper un petit rire tout en déverrouillant la porte d'une main tremblante.

— Je vous avais prévenu qu'on risquait d'en arriver là.

Enfin, elle ouvrit la porte. Matt se tenait sur le seuil, souriant, nonchalamment appuyé au chambranle. Son regard bleu glissa sur elle. Aussitôt, elle sentit ses joues s'empourprer et le désir l'embraser.

— J'imagine difficilement une féministe telle que vous autoriser un homme à l'enlever ainsi, remarqua-t-il.

— Vous avez raison, je m'y opposerais.

Mais elle devait reconnaître que cette idée avait un certain charme, en particulier s'il était l'homme en question.

En dépit de sa coupe militaire et de ses traits acérés, il aurait été parfaitement à sa place sur une couverture de magazine. Sa chemise et son short étaient ce qui se faisait de plus cher, mais il les portait avec désinvolture comme s'il s'en moquait. Un anticonformiste, voilà ce qu'il était. Et la façon dont il s'était approprié le jardin, lui qui semblait pourtant du genre à être un bourreau de travail, le confirmait.

— Vous travailliez ? demanda-t-il.

— Pas vraiment.

Elle avait les jambes en coton. Sans doute était-ce dû à l'humidité. Ou à la proximité de Matt.

Il la considéra avec attention.

— Avez-vous dîné ?

— Il fait trop chaud pour cuisiner, répondit-elle en secouant la tête. Je mangerai plus tard.

— Je n'ai pas mangé non plus. Et si je vous emmenais dîner quand nous aurons terminé ? Un de mes clients m'a recommandé un restaurant de fruits de mer dans le vieux Montréal. Je me suis dit que nous pourrions l'essayer.

Elle qui adorait pourtant le restaurant dont il parlait sentit son estomac se révulser rien qu'à son évocation. Matt dut remarquer sa réaction, car il posa la main sur son bras comme pour la réconforter. A son contact, elle ne put retenir un sursaut.

Il y avait bien longtemps qu'elle n'avait pas ressenti cette attirance à l'égard d'un homme. Malheureusement, avec le bébé à venir et son amnésie, il était hors de question qu'elle y succombe. Elle devait, non seulement pour elle-même mais aussi pour son bébé, découvrir qui était le père.

Avec détermination, elle se concentra sur les boutons de chemise de Matt, seule partie de lui qui ne soit pas empreinte de sensualité.

— Je suis épuisée, Matt. Je n'ai pas très envie de sortir dîner.

Hollis s'efforça de ne pas considérer son refus comme un affront. Pâle, les traits tirés, Paige semblait ébranlée. Etait-il possible qu'elle ait en partie recouvré la mémoire et qu'elle se soit souvenue de lui ? Qu'elle le pleure ?

— Dans ce cas, vous devriez vous reposer. Je peux m'occuper du jardin tout seul.

— Non, je veux vous aider. Un accord est un accord.

Elle releva la tête vers lui. Il sentit son cœur manquer un battement quand elle s'attarda sur sa bouche. Il aurait tout donné pour connaître ses pensées.

— En plus, ajouta-t-elle, ça me fera du bien de prendre l'air.

— Que diriez-vous de couper la poire en deux ? On pourrait se faire livrer le dîner et manger dans le jardin, à l'ombre des arbres.

— D'accord. Mais seulement si vous commandez du chinois. J'ai envie de riz et de légumes sautés.

Il se mit à rire.

— Vos désirs sont des ordres !

— Voilà des paroles qui pourraient vous occasionner bien

des ennuis, répliqua-t-elle avec malice. J'ai des goûts de luxe, figurez-vous.

Conscient du défi qu'elle lui lançait, il sentit le désir fuser dans ses veines. Il passa le bras devant elle et posa la main sur la rambarde, la retenant ainsi prisonnière. Ses yeux gris s'assombrirent sous l'effet d'un désir aussi ardent que le sien. Baissant la tête vers elle, il savoura le contact de son souffle sur sa joue.

— Dès l'instant où vous m'avez soudoyé avec un petit déjeuner, j'ai su que vous m'attireriez des ennuis, dit-il d'une voix rauque. Ce qui me rappelle que vous ne m'avez toujours pas fait part de votre deuxième idée. S'agit-il d'autres soins à dispenser en commun ?

— N… non.

Elle eut un frisson. Un effet du stress ou de la peur ?

Avec un soupir découragé, il lâcha la rambarde et s'écarta de Paige. Comment diable allait-il l'amener à lui faire suffisamment confiance pour qu'elle se confie à lui ?

— Il faut que vous sachiez une chose : je ne fais pas les vitres.

Elle haussa les sourcils.

— Suis-je à ce point transparente ?

— Oui. Vous me semblez tout à fait capable de vous confier à un ami, mais apparemment, vous répugnez à faire confiance à un jardinier ou un voisin aux intentions purement platoniques.

L'espace d'un instant, elle parut choquée par son franc-parler, puis elle sourit et posa sa main sur son torse, à l'endroit même où le chirurgien avait incisé afin d'ôter le drain de son poumon.

— Je l'avoue, quelque chose me tracasse, mais je ne suis pas prête à en parler, même à un voisin très curieux et presque respectueux de nos rapports platoniques.

— Je ne vous ai pas embrassée, se défendit-il.

— Je ne vous l'aurais pas permis, remarqua-t-elle, son ton pragmatique lui rappelant sa tante Evelyn. Mais merci quand même. Maintenant, venez, le jardin nous attend. Je ne m'aventurerai pas à arracher quoi que ce soit sans un second avis.

Pieds nus, elle dévala les marches en fer forgé. Il regarda ses orteils — orteils qu'il avait sucés et savourés comme un mets délicat —, et fronça les sourcils. Par cette chaleur, les marches et l'allée devaient être brûlantes.

— Paige ?

Elle s'arrêta et se retourna.

— Oui ?

— Vous ne voulez pas mettre des chaussures ?

A peine eut-elle baissé les yeux qu'elle se mit à sautiller d'un pied sur l'autre sur la pierre brûlante. Elle remonta en hâte l'escalier et, plus rouge que les roses d'Audrey, lui lança par-dessus son épaule :

— J'ai oublié de mettre mes sandales. Je reviens tout de suite.

Perplexe, il la suivit des yeux jusqu'à ce qu'elle ait disparu dans la maison. Quelque chose la préoccupait au plus haut point. Mais quoi ?

D'une manière ou d'une autre, lui aussi occuperait ses pensées, avec ou sans baiser.

Allongé dans son lit, Hollis écoutait les grondements du tonnerre et regardait les éclairs illuminer sa chambre à intervalles réguliers. Ils n'avaient pas de tels orages à Vancouver.

Ce temps apocalyptique s'accordait parfaitement avec son humeur exécrable. A 1 h 27, il ne dormait toujours pas, ressassant sa conversation avec Paige. Si elle n'avait pas osé se confier à lui, au moins avait-elle reconnu que quelque chose la tracassait.

Un autre coup de tonnerre ébranla les murs de la maison, suivi d'un bruit étouffé qui n'avait rien à voir avec le tonnerre. Intrigué, Hollis se redressa. Quelqu'un avait-il jeté un objet par la vitre de sa voiture ? Ou avait-on fait marche arrière dans une poubelle ?

Le bruit s'étant arrêté, il se rallongea et jeta un coup d'œil en direction du mur derrière lequel se trouvait la chambre de Paige. Il avait entendu l'eau couler dans les tuyaux, signe qu'elle avait pris un bain après leur dîner improvisé. Puis il avait deviné, en entendant grincer les ressorts peu avant 22 heures, qu'elle se mettait au lit. Enfin, il avait entendu, une demi-heure plus tard, le bruit d'un livre ou d'un magazine qui tombait par terre.

Il poussa un soupir et s'efforça de chasser de son esprit la vision de Paige allongée dans son lit, de sa peau blanche et soyeuse, de son impertinence si séduisante. Se pouvait-il vraiment qu'elle l'ait trahi ? Le piège qu'il lui avait tendu en parlant du restaurant du vieux Montréal — il connaissait son goût pour les fruits de mer — avait paru la déstabiliser, mais cela n'était pas allé plus loin.

Soudain, un cri perçant de l'autre côté de la cloison le fit se dresser dans son lit. Il se leva en hâte, son mouvement entraînant une douleur cuisante dans ses côtes.

— Au secours !

Le cri était faible mais audible. En entendant un fracas de verre brisé, Hollis sentit son cœur bondir dans sa poitrine. Il n'avait pas la moindre idée de ce qui se passait à côté, mais il ne retournerait pas se coucher avant de s'être assuré que Paige allait bien.

Seulement vêtu de son caleçon, il dévala l'escalier et se précipita dans le jardin de derrière. Lorsqu'il atteignit la porte de la cuisine de Paige, ses poumons étaient en feu.

— J'arrive !

La vitre de la porte avait été découpée, et le battant était entrouvert. Le ventre noué, Hollis bondit dans la pièce. Mais avant qu'il ait eu le temps d'allumer la lumière, quelqu'un se jeta sur lui et le projeta contre le réfrigérateur. La douleur qui lui vrilla la colonne vertébrale se répercuta dans sa cage thoracique. Il tomba à terre, privé de l'usage de ses jambes.

La porte claqua. Son agresseur avait pris la fuite, comprit-il en pestant contre la douleur qui l'immobilisait.

Rassemblant toutes ses forces, il se mit à quatre pattes et se dirigea vers la porte. Il s'y adossa lourdement afin d'empêcher l'intrus de revenir.

— Il est parti, Paige ! cria-t-il. Répondez-moi ! Je suis en bas, dans la cuisine !

Pourquoi diable ne lui répondait-elle pas ?

A l'idée qu'elle était blessée, voire mourante, il sentit son cœur s'arrêter. Faisant glisser la paume de sa main sur le mur, au-dessus de sa tête, il tâtonna à la recherche de l'interrupteur. Quand la lumière jaillit, il regarda autour de lui et vit Paige debout dans l'escalier, brandissant une batte de base-ball devant elle.

Un couteau gisait par terre en bas des marches.

Le regard de Hollis alla du couteau à Paige. Il ne décela ni traces de sang, ni déchirure sur sa chemise de nuit, et le soulagement qu'il ressentit à cette constatation apaisa légèrement sa douleur.

— Tout va bien. Il est parti, et vous êtes en sécurité. Mais…

j'ai l'impression que vous n'aviez pas besoin de moi, ajouta-t-il en désignant la batte qu'elle serrait encore dans ses mains.

Elle abaissa son arme de fortune, et le masque de bravoure qu'elle portait se fissura.

— Dieu merci, Matt, c'est vraiment vous ! J'avais peur que ce soit un leurre.

Elle descendit les marches à la hâte et se précipita vers lui en évitant soigneusement le couteau. Les traits marqués par l'inquiétude, elle s'agenouilla à son côté avant de faire courir ses mains de sa tête à ses épaules.

— Où êtes-vous blessé ? Vous a-t-il poignardé ?

A son contact, il eut du mal à garder son sang-froid. De toute évidence, il n'était pas paralysé, mais juste secoué.

— Qu'avez-vous ici ? demanda-t-elle en montrant le pansement collé au-dessus de sa poitrine.

Il lui prit les mains avant qu'elle explore davantage son corps et ses cicatrices. L'un des éclats dus à la bombe lui avait perforé le poumon, les autres s'étaient contentés de recouvrir certains endroits de sa peau de minuscules cicatrices.

— Rien. Ne vous occupez pas de moi, je vais me remettre, trancha-t-il, plus sec qu'il ne l'aurait voulu. Et vous, comment vous sentez-vous ? J'espère qu'il ne vous a pas fait de mal.

— Il n'en a pas eu l'occasion. J'ai attrapé la batte de base-ball cachée sous mon lit à l'instant où il a ouvert la porte.

Un frisson la secoua, et il vit des larmes couler sur ses joues.

— J'ai eu si peur... Heureusement que vous êtes intervenu ! C'est vous qui l'avez mis en fuite...

La fin de sa phrase se perdit dans un sanglot. L'attirant contre lui, il plongea les doigts dans ses cheveux et s'efforça de la réconforter. Cette fois, le contact de ses courbes lui procura non pas de l'excitation mais un profond soulagement. Il tremblait à l'idée de ce qui aurait pu arriver s'il n'avait pas été là.

— Tout va bien, c'est fini, murmura-t-il. Avez-vous appelé la police ?

— Non, tout est arrivé si vite...

— Vous devriez l'appeler, maintenant.

Il la sentit se raidir entre ses bras.

— A quoi bon ? Je n'ai relevé aucun détail. Je n'ai même pas aperçu son visage. Et vous ?

— Moi non plus. Il m'est tombé dessus avant que je trouve l'interrupteur. Mais même si vous ne pouvez pas l'identifier, vous devriez rapporter l'incident à la police, insista-t-il, mal à l'aise devant ses réticences. Ça leur permettrait de relever ses empreintes sur le couteau et de l'empêcher de terroriser d'autres personnes. Il s'agit peut-être d'un violeur...

L'horreur se peignit sur son visage.

— Un violeur ? Oh, mon Dieu...

Il se releva tant bien que mal. Par précaution, il alla coincer une chaise sous la poignée de la porte, puis se dirigea vers le téléphone posé sur le comptoir.

— Si ça vous ennuie d'appeler la police, je peux m'en charger.

— Non !

Elle s'agrippa à son bras pour le retenir, le faisant vaciller sur ses jambes. Il s'adossa au comptoir et prit son visage entre ses mains.

— Ne vous inquiétez pas, Paige. Je comprends que vous soyez effrayée, mais je resterai avec vous. Je ne laisserai personne vous faire du mal.

— J'ai dit non !

— Alors, permettez-moi au moins d'appeler vos parents ou une amie, proposa-t-il dans l'espoir qu'une personne proche réussirait à lui faire entendre raison.

Le couteau qui gisait par terre n'avait rien d'un jouet, et l'intrus n'aurait pas hésité à l'utiliser en cas de besoin. Peut-être même était-il venu dans ce but...

Son regard se posa sur l'arme, laquelle lui parut tristement familière. Pétrifié, il s'aperçut qu'elle ressemblait en tout point au couteau que ses ravisseurs lui avaient laissé.

— Je ne veux pas déranger la police pour si peu, marmonnait Paige, les bras croisés sur la poitrine. En revanche, je crois que je vais partir quelques jours, histoire de reprendre mes esprits.

Il détourna son regard du couteau alors que ses paroles pénétraient dans son esprit. Les types qui l'avaient enlevé cherchaient-ils à éliminer Paige ? Pourquoi ? A cause de son implication dans son enlèvement, ou parce qu'elle avait été témoin d'un élément lui permettant de les identifier ?

Le sergent Thurlo lui avait révélé que la bombe avait été déclenchée à distance via un téléphone portable. Afin de s'assurer de la réussite de son opération, l'auteur de l'attentat devait avoir vue sur le parking. Soit Paige, innocente mais témoin de l'explosion, avait relevé un détail important ; soit, pour une raison ou pour une autre, elle voyait ses anciens complices se retourner contre elle.

Une chose était sûre : il ne cesserait pas ses recherches avant d'en avoir le cœur net.

— Paige, vous êtes en sécurité ici. Je ne laisserai personne vous faire du mal, murmura Matt à son oreille avant d'ajouter avec malice : Par ailleurs, je ne vous laisserai pas vous décharger sur moi de l'entretien du jardin.

Elle ferma les yeux, ne sachant si elle devait rire ou pleurer, ou tout simplement s'abandonner à son étreinte ferme et chaleureuse. La gorge serrée, elle avait peur que l'homme qui s'était introduit chez elle l'ait déjà agressée par le passé et soit le père de son enfant. Le froid glacial qui l'habitait la poussait à se blottir un peu plus contre Matt, mais elle avait conscience que cela ne résoudrait pas ses problèmes.

Il était temps qu'elle se lance à la recherche de son agresseur.

S'arrachant aux bras de Matt, elle s'écarta et ramassa sa batte de base-ball.

— Je vous remercie pour votre aide, mais je suis capable de me débrouiller seule.

— Ce n'est pas une bonne idée, en particulier après ce qui vient de se passer, objecta-t-il, les sourcils froncés.

— Ça ne vous regarde pas.

— Vous croyez ?

Avant qu'elle ait pu réagir, il la prit par les épaules et posa ses lèvres sur les siennes, étouffant ses protestations. La batte de base-ball tomba avec un bruit sourd sur le carrelage tandis que ses mains s'agrippaient à ses épaules. Jamais un baiser n'avait éveillé en elle un désir aussi intense.

S'abandonnant entre ses bras, elle se cambra contre lui. Il semblait aussi excité qu'elle.

— As-tu enfin compris, tête de mule ? murmura-t-il à son

oreille, sa barbe naissante effleurant sa joue. Ça fait si longtemps que j'ai envie de t'embrasser.

Il lui caressa les cheveux si doucement qu'elle en eut la chair de poule.

— T'a-t-on déjà dit que tes baisers étaient aussi doux et épicés que tes paroles ?

Elle aurait voulu se boucher les oreilles. Bon sang, pourquoi l'avait-elle laissé l'embrasser ? Elle ignorait toujours l'identité du père de son bébé, et maintenant, elle avait peur qu'il ne lui ait jamais parlé ainsi, ni caressée avec autant de douceur et de sensualité. Elle avait peur qu'il l'ait violée, maltraitée, alors que son bébé aurait pu être le fruit d'une étreinte parfaite et inoubliable.

Elle tenta de s'arracher aux bras de Matt.

— Je ne peux pas…

— Pourquoi pas ? Si je ne m'abuse, tu viens d'y prendre autant de plaisir que moi.

Les larmes lui montèrent aux yeux, et la colère qu'elle ressentait contre elle-même acheva de briser ses barrières.

— Si tu veux tout savoir, je suis enceinte, et j'ignore qui est le père de mon enfant, s'écria-t-elle d'une voix plus aiguë que d'ordinaire. Voilà pourquoi je ne peux pas m'impliquer avec toi !

5

Hollis secoua la tête, complètement abasourdi. Paige, enceinte ? Avait-il bien entendu ? Ce n'était pas l'aveu auquel il s'attendait.

Pour la première fois de sa vie, il ne sut quoi répondre. Il se sentait trahi, blessé au plus profond de lui-même, et le fait qu'elle ignore l'identité du père du bébé achevait de relancer les doutes qu'il avait à son sujet. Il aurait voulu la blesser comme elle venait de le faire, mais il s'en empêcha. Les yeux rouges et le visage malheureux, elle semblait si vulnérable.

Ils avaient fait l'amour à deux reprises avec, chaque fois, un préservatif. Les chances que cet enfant soit le sien étaient minces, mais il ne pouvait écarter cette éventualité même si Paige avait connu d'autres hommes entre-temps. Il savait combien il était douloureux d'être délaissé par ses parents. Lui-même avait été abandonné à l'âge de trois ans, son père, illustrateur, ayant décrété que l'atmosphère qui régnait au sein de la famille Hollis était peu propice à la création artistique.

C'est pour cette raison qu'après quelques secondes d'hésitation, il ouvrit les bras à Paige. Elle s'y réfugia en sanglotant.

Il n'aurait su dire combien de temps ils restèrent enlacés. Mais pendant qu'elle reprenait son calme, il sentit quant à lui d'autres pensées l'assaillir. Se pouvait-il qu'elle ait été sous le coup d'une déception sentimentale lorsqu'ils s'étaient rencontrés ? Etait-elle déjà enceinte à ce moment-là, et recherchait-elle un père fortuné pour son enfant ?

S'écartant légèrement, il attrapa un mouchoir en papier sur le comptoir et le lui tendit.

— Nous allons d'abord vérifier que rien n'a été volé. Ensuite, je te ferai une infusion, et tu me raconteras tout à propos de ce bébé.

Et il ajouta d'un ton qui se voulait léger :

— Je suis quand même déçu d'apprendre que je ne suis pas le premier à t'avoir embrassée. J'espère au moins qu'aucun homme avant moi n'a proposé de te préparer une infusion au beau milieu de la nuit.

— Disons que tu es sans conteste l'homme dévêtu le plus séduisant qui ait honoré cette cuisine de sa présence récemment.

Il lui jeta un coup d'œil, piqué par la jalousie. Combien d'hommes à moitié nus avaient donc défilé chez elle ?

Chassant cette pensée de son esprit, il l'aida à inspecter le rez-de-chaussée. En réalité, il espérait que quelque chose avait été volé afin qu'elle soit obligée d'appeler la police, mais elle lui annonça qu'il ne manquait rien.

Quand ils revinrent dans la cuisine, il lui ordonna de s'asseoir. Il remplit la bouilloire qu'il posa sur la cuisinière, puis sortit un sac plastique du placard et y glissa le couteau afin de préserver les empreintes susceptibles de s'y trouver.

— Pourquoi fais-tu ça ? s'enquit Paige, les sourcils levés.

— Ça me paraît évident. Ne regardes-tu pas la télévision ? Ils font toujours ça dans les séries policières.

— Ce que je veux savoir, c'est ce que tu comptes faire de ce couteau.

— Le garder en lieu sûr pour le cas où tu déciderais de te montrer raisonnable et d'appeler la police.

— Je suis toujours raisonnable, répliqua-t-elle.

— Question de point de vue.

Il prit une tasse dans un placard, y déposa un sachet de camomille, puis versa de l'eau bouillante dessus.

— Maintenant, parle-moi de ton bébé, demanda-t-il en posant l'infusion devant elle.

L'air soudain abattu, elle contempla la fumée qui montait de sa tasse et croisa les mains sur la table.

— En fait, il n'y a pas grand-chose à dire. Je me suis réveillée le 15 juillet. Enfin, à ce moment-là, je ne savais pas qu'on était le 15 juillet. Je me sentais nauséeuse, courbaturée, comme si j'avais la grippe. C'est en allant acheter de l'aspirine et faire quelques courses que je me suis aperçue qu'on était le 15 juillet, c'est-à-dire environ six semaines plus tard que ce que je croyais.

Animé de sentiments contradictoires, il l'écouta lui raconter la découverte des analgésiques dans la poche de sa robe, puis sa conversation avec le médecin de Vancouver.

— En un sens, j'ai été soulagée d'apprendre que j'avais été blessée parce que ça expliquait mon amnésie, poursuivit-elle. Le médecin semblait inquiet que je ne me rappelle rien, et il m'a poussée à aller voir mon médecin traitant. Elle m'a fait passer d'autres examens et m'a affirmé que je recouvrerai la mémoire le temps venu.

Elle poussa un profond soupir.

— J'avoue que le plus tôt sera le mieux. Les semaines que j'ai occultées correspondent au voyage que j'ai fait à travers le Canada pour enquêter sur la série d'enlèvements qui touche actuellement les dirigeants d'entreprise. La première victime, Claude Belanger, était le mari de ma meilleure amie, Brenda Thompson, expliqua-t-elle, le regard voilé. J'avais pris contact avec un professeur de l'université d'Ottawa, criminologue et auteur d'articles sur les techniques émergentes du profilage criminel. Je comptais interviewer les victimes qui avaient survécu dans l'espoir de trouver des éléments significatifs sur les ravisseurs. Et j'avais même prévu de rencontrer les P.-D.G. de plusieurs entreprises afin d'avoir leur point de vue sur la question.

Hollis l'écoutait tout en réfléchissant. Son récit comportait plusieurs failles, et le fait qu'elle ne lui ait pas révélé ses liens avec Claude Belanger lors de leur première rencontre lui parut suspect. Cherchait-elle simplement à protéger sa famille, ou était-elle à l'origine du choix de cet homme ?

— En lisant les articles sur la mort de Hollis Fenton, j'ai fait le lien entre l'attentat à la bombe et mon état.

Il se raidit en l'entendant prononcer son nom. Par chance, elle ne parut pas s'en apercevoir.

— Le problème, continua-t-elle, c'est que je suis incapable de me souvenir de ce que je faisais là-bas, ni si j'ai parlé à Fenton avant sa mort. J'ai perdu mon ordinateur portable ainsi que la sacoche qui contenait toutes mes notes sur cette affaire. Sans eux, je n'ai aucune idée des informations que j'ai obtenues ni des personnes que j'ai rencontrées.

Un pli se dessina sur son front.

— Je pensais que les nausées et la fatigue étaient dues à mes efforts pour recouvrer la mémoire. Du coup, j'ai cessé de m'acharner, et j'ai abandonné l'idée qui te concernait. En fait, j'avais pensé te demander ton avis sur les enlèvements. En tant que chasseur de têtes, tu connais bien le monde de l'entreprise, et je m'étais dit que tu m'apporterais peut-être un autre éclairage sur la question.

Devant l'ironie de la situation, Hollis ne put s'empêcher de sourire.

— Voilà un mystère résolu. Venons-en maintenant à l'identité du père de ton enfant.

Elle baissa les yeux. Les muscles tendus à se tendre, il la considéra avec un mélange de surprise et de tendresse. Elle semblait honteuse et si vulnérable qu'il posa la main sur la sienne avant même d'avoir conscience de son geste. Elle avait les doigts glacés.

— Ce matin, mon médecin m'a fait faire d'autres analyses. L'une d'elles a révélé que j'étais enceinte. Apparemment, ça date de cinq semaines environ, c'est-à-dire pendant mon voyage.

Après un rapide calcul mental, il resserra son étreinte sur sa main. Elle avait peur d'avoir vécu un traumatisme au cours de ce voyage, provoquant par la même occasion son amnésie.

— C'est étrange, fit-elle, songeuse. A mon réveil, je me suis sentie soulagée d'être de retour chez moi, saine et sauve. Et j'ai ressenti la même chose quand je suis restée à l'hôpital en observation. Il est possible que l'individu qui a tenté de m'agresser cette nuit s'en soit déjà pris à moi auparavant. Il est aussi possible que ce soit lui qui ait volé ma sacoche et mon ordinateur.

La culpabilité, la colère et le désir de tordre le cou à son agresseur envahirent Hollis.

— Raison de plus pour appeler la police et la laisser enquêter.

— Enquêter sur quoi ? Un crime dont je n'ai aucun souvenir ? Je n'ai même plus la robe.

Elle secoua la tête avec véhémence.

— J'en ai assez de me terrer chez moi en attendant que la mémoire me revienne, et il est hors de question que je continue à ne rien faire jusqu'à mon rendez-vous avec le psychiatre. J'obtiendrai des réponses plus rapidement en essayant de retracer mon périple. Avec un peu de chance, quelque chose stimulera ma mémoire, ou bien je retrouverai la trace de mon ordinateur et de ma sacoche.

Il brûlait de mettre un terme à son projet en lui révélant que son bébé avait été conçu au cours de la nuit la plus intense et gratifiante de sa vie, mais peut-être prenait-il ses désirs pour des réalités. Il était possible que ses sentiments à son égard altèrent son jugement, comme cela avait été le cas avec Christine. Bien qu'il ait eu sous les yeux les indices de ses troubles mentaux, il ne les avait repérés que trop tard.

Il s'éclaircit la voix.

— Qu'est-ce qui prouve que cet enfant n'est pas le fruit d'une brève rencontre faite dans un bar ou un restaurant ?

— Rien. Mais n'ayant pas pour habitude de coucher avec des inconnus, je peux affirmer que, soit je ne tenais pas assez à cet homme pour que notre relation aille plus loin, soit quelqu'un a abusé de moi, rétorqua-t-elle sèchement. Et pour ton information, mes valeurs d'un autre âge m'empêcheront d'envisager toute nouvelle relation tant que je ne connaîtrai pas l'identité du père de mon enfant.

Il comprit qu'il l'avait mise en colère, aussi changea-t-il rapidement de sujet.

— Comment comptes-tu procéder pour reconstituer les étapes de ton voyage ?

— Grâce à un mélange de déductions avisées et d'indices fournis par les reçus de ma carte bancaire.

Décidément, elle avait pensé à tout.

— Tu risques d'aller au-devant de nouveaux ennuis, objecta-t-il, réprobateur. Mais je suppose que rien de ce que je pourrai dire ou faire ne parviendra à te convaincre d'abandonner ton projet.

Elle leva fièrement le menton.

— Je suis prête à courir le risque. J'ai mis ma vie entre parenthèses pendant trop longtemps. Il faut que j'agisse ou je vais devenir folle.

— Dans ce cas, que dirais-tu d'un peu de compagnie ? Je sais que tu excelles dans le maniement de la batte de base-ball et que tu n'auras pas de mal à te défendre seule, mais si tu veux, je peux t'aider dans tes recherches. Comme dit le dicton, deux têtes valent mieux qu'une.

Avait-elle bien entendu ? se demanda Paige, le cœur battant. Mais peut-être sa proposition était-elle simplement due au dévouement que lui dictait son esprit chevaleresque.

— C'est très généreux de ta part, Matt. Malheureusement, je ne peux pas accepter. Et ton travail ?

Il haussa les épaules.

— C'est l'un des avantages à être indépendant : j'organise mon emploi du temps comme je le veux. Et puis, il y a bien longtemps que je ne me suis pas accordé de congés.

Du doigt, il caressa le dos de sa main et se fit persuasif.

— Par ailleurs, mes valeurs d'un autre âge m'empêchent de te laisser t'exposer seule au danger. Si tu le souhaites, nous pouvons embaucher un jardinier pour qu'il s'occupe du jardin et partir dès demain.

— Le voyage risque de nous prendre deux ou trois semaines, peut-être plus…

Avait-il assez d'argent de côté pour se permettre une absence aussi longue ? Elle-même commençait à faire attention à ses dépenses. Ses principes l'empêchaient de puiser dans l'argent que son père continuait à déposer sur son compte d'épargne. Elle comprenait que cela lui fasse plaisir de gâter sa femme et ses filles en dépit de sa faillite, mais elle craignait qu'il finisse par avoir besoin de cet argent.

— Ce n'est pas un mois d'absence qui fera péricliter mon affaire, observa Matt comme s'il lisait dans ses pensées. Mes clients savent parfaitement qu'il faut du temps et des recherches minutieuses pour découvrir la perle rare, et ils me rétribuent largement pour ce service. Je peux me permettre de m'évader quelque temps pour assister une jeune femme en détresse.

Elle eut envie de l'embrasser, avant de se rappeler que c'était déjà fait. Peu d'hommes se seraient encombrés d'une femme à problèmes comme elle, mais Matt se distinguait à bien des égards de ses congénères.

— Il semblerait que tu sois prêt à tout pour te soustraire à la corvée de jardinage, remarqua-t-elle, malicieuse.

— Interprète ça comme tu voudras, je suis fermement décidé à t'accompagner.

— Oh, j'ai bien compris. Figure-toi que j'ai toujours apprécié la compagnie des boy-scouts.

Sans compter qu'avec lui, elle se sentait mieux armée pour affronter l'inconnu.

A sa grande surprise, il lui lança un regard noir.

— Pour ton information, je n'ai jamais été boy-scout.

Elle s'esclaffa.

— Serais-tu susceptible ?

— Avant que tu tires d'autres conclusions hâtives sur moi, je vais aller m'habiller. Demain à la première heure, j'appellerai un vitrier, et je ferai venir un serrurier afin qu'il équipe cette porte d'une serrure décente et contrôle les autres issues afin de décourager ton visiteur.

— Je suis assez grande pour passer moi-même ces coups de fil.

— Je sais. Mais je me suis dit que tu pourrais mieux employer ton temps, en mettant par exemple de l'ordre dans tes reçus. Si nous prenons la route demain, nous aurons besoin d'un itinéraire.

Elle croisa les bras sur sa poitrine.

— Ce que tu es agaçant quand tu as raison…

— Ça fait partie de mon charme. Est-ce que je peux te laisser seule ici quelques minutes ?

— Bien sûr, donne-moi juste la batte.

Elle le suivit du regard tandis qu'il allait chercher la batte pour la poser sur la table. Son sourire en coin éveilla en elle des sensations bizarres. Elle le trouvait changé sans savoir pourquoi. Peut-être était-ce parce qu'il ne l'avait pas rejetée lorsqu'elle lui avait révélé ses secrets. A moins que ce ne soit dû à sa tenue pour le moins minimaliste et à cet étalage de virilité.

Lorsqu'il eut disparu, le silence s'abattit sur la cuisine, d'autant plus pesant qu'elle prit soudain conscience de ce à quoi elle avait échappé. Un long frisson la parcourut, la glaçant jusqu'aux os.

Elle empoigna la batte de base-ball et, ainsi armée, se dirigea vers son bureau afin de récupérer ses reçus de carte bancaire ainsi que le nouveau dossier qu'elle avait ouvert sur les enlèvements.

Elle était impatiente de prendre la route.

Dans la salle de bains, Hollis sortit la boîte où reposaient ses lentilles jetables et se reprocha sa stupidité. Paige s'était-elle rendu compte que ses yeux avaient changé de couleur ?

Bien qu'elle n'ait rien laissé paraître, peut-être savait-elle déjà qui il était. Et si cette petite balade le menait tout droit à une tombe de fortune, creusée le long d'une route déserte ? Partir pour Dieu sait où en compagnie d'une femme que l'on soupçonnait du pire n'était pas très malin. Malheureusement, il n'avait pas d'autres options.

Ce qui l'avait séduit chez Paige, c'était l'aura de sincérité qui émanait d'elle. Ironie du sort, sa survie dépendait maintenant du fait qu'elle soit ou non sincère.

Son bras tremblait, et il eut du mal à mettre ses lentilles bleues. Il changea ensuite son pansement sur sa poitrine et retourna dans sa chambre pour enfiler un bermuda et un T-shirt noirs. En prenant sa montre sur la table de chevet, il regarda l'heure. Presque 3 heures du matin. Il ne voulait pas laisser Paige seule trop longtemps, mais il était hors de question qu'il quitte Montréal sans avoir informé Noreen de la situation.

Sa secrétaire décrocha avant la deuxième sonnerie, à croire qu'elle attendait son appel, assise à côté du téléphone.

— Oh, monsieur Fenton, je suis heureuse que vous m'ayez appelée. Le détective privé m'a transmis quelque chose…

— Noreen, je n'ai pas de beaucoup de temps, l'interrompit-il avec sa brusquerie habituelle. Paige a été agressée il y a une heure et demie. L'homme était armé d'un couteau qui ressemblait étrangement à celui que mes ravisseurs m'avaient laissé, sauf que celui-ci était destiné à tuer.

— Dieu du ciel… Est-ce qu'elle va bien ?

— Oui. Elle l'a repoussé à l'aide d'une batte de base-ball.

— Mais pourquoi ces hommes voudraient-ils la tuer ?

— Je l'ignore, reconnut-il en passant la main sur ses cheveux ras. Peut-être qu'elle les a trahis, ou qu'ils considèrent son amnésie comme une menace pour eux. Ou alors, elle est extérieure à toute cette histoire, et ils croient qu'elle a vu quelque chose susceptible de les démasquer.

— J'ai l'impression que vous penchez pour cette dernière hypothèse, observa Noreen. Etes-vous parvenu à la convaincre de se confier à vous, ainsi que vous l'espériez ?

— Elle m'a parlé de son amnésie, ce qui est la raison de mon appel. Mon Dieu, Noreen, elle m'a paru tellement sincère ! Elle veut refaire son trajet en voiture jusqu'à Vancouver dans l'espoir de stimuler sa mémoire. Je l'ai convaincue de me laisser l'accompagner pour la protéger.

— Elle ne vous aurait pas, par hasard, expliqué l'origine de plusieurs versements faits sur son compte d'épargne depuis un an environ ? Le détective privé a trouvé étrange que les versements aient commencé peu après l'enlèvement de Claude Belanger et se soient poursuivis ensuite à un intervalle de trois à six semaines. De plus, ils ont régulièrement augmenté. Il y a aujourd'hui soixante-douze mille dollars sur son compte, et cet argent ne provient pas de ses rémunérations professionnelles.

Hollis jura. Il devait reconnaître que c'était suspect.

— La police a-t-elle découvert d'autres pistes ?

— Les autorités de Vancouver travaillent en étroite collaboration avec leurs collègues de Calgary, Toronto, Winnipeg et Montréal, et ont demandé l'aide du Centre canadien d'information sur les explosifs. Apparemment, les ravisseurs auraient un lien avec l'IRA ou un gang de motards, mais il paraît que n'importe qui ayant des connaissances en électronique peut apprendre à fabriquer une bombe sur internet. Les enquêteurs en charge du dossier ont découvert où et quand la voiture avait été volée, et ont interrogé le propriétaire ainsi que les gens du quartier. Le sergent Thurlo a déclaré à votre oncle qu'ils avaient reçu de nombreux coups de téléphone suite à l'appel à témoins, et qu'ils les décortiquaient soigneusement. J'ai cru comprendre qu'il était possible de retrouver la trace des explosifs et du téléphone portable qui les a déclenchés, mais il faut d'abord rassembler toutes les informations.

— Bien, restez en contact avec eux.

Il lui indiqua le numéro d'immatriculation de sa voiture de location.

— Je vous tiendrai au courant aussi régulièrement que possible. Mais si je disparais soudain de la surface de la terre, remettez l'ordinateur portable de Paige ainsi que son dossier à la police. Je conserve une copie de ce dossier sur moi.

— Soyez prudent, et dépêchez-vous de rentrer. Votre tante Evelyn s'est empressée d'informer nos clients et le personnel qu'elle reprenait la direction de la Pacific Gateway Shipping. Votre cousin Sandford la soutient. Les spéculations vont bon train autour de la machine à café, et Sandford y est cité comme l'héritier présomptif de votre oncle à la tête du groupe.

— Savoir que ma mort représente pour eux une occasion de monter en grade est très flatteur, ironisa-t-il.

Il songea que Sandford, le fils d'Evelyn, avait tout intérêt à ne pas oublier sa sœur, Camille, ainsi que les trois fils de Luther, Dalton, Nolan et Parker. Eux aussi auraient leur mot à dire le jour où il faudrait nommer un successeur à la tête du groupe Hollis. Il était d'ailleurs probable qu'Isabelle, fille de Luther, pousserait son époux à se présenter lui aussi.

Un sourire narquois flottait sur ses lèvres quand il raccrocha. Lui qui avait toujours détesté les manigances de sa famille prenait soudain conscience que le fait d'être obligé de composer avec elles l'avait préparé à affronter n'importe quelle situation. Cela lui serait sans doute utile lors de son voyage avec Paige.

Et lui avait déjà servi à l'annonce de sa grossesse…

Tôt dans la matinée, la Lexus gris métallisé de Matt s'était insérée dans le flot de voitures qui traversait le pont Jacques Cartier, laissant derrière elle le paysage urbain sophistiqué de Montréal. Leur première destination était Ottawa où Paige avait consulté le Pr Zbarsky, criminologue à l'université.

Coinçant entre ses genoux le bloc-notes sur lequel était reporté leur itinéraire, elle jeta un coup d'œil au profil acéré de Matt. Dès l'instant où elle était montée dans la voiture, elle n'avait cessé de lutter contre les sensations que provoquaient en elle sa proximité et son parfum mêlé à l'odeur des sièges en cuir. Ses lunettes de soleil l'empêchaient de deviner s'il regrettait d'avoir proposé de l'accompagner. Il avait déjà tellement fait pour elle. Après avoir supervisé le remplacement de la vitre et s'être assuré de la qualité des serrures, il l'avait aidée à ébaucher leur itinéraire en compulsant ses reçus et la liste des personnes qu'elle avait espéré interviewer.

— J'aurais préféré prendre ma voiture, lâcha-t-elle étourdiment.

— On voit que tu ne mesures pas un mètre quatre-vingt-dix ! Ta voiture n'aurait pas été très confortable sur ce long trajet. Par ailleurs, ç'aurait permis à ton agresseur de nous reconnaître, et il valait mieux ne pas lui offrir cet avantage.

D'un geste furtif, il lui effleura le genou. Les sensations qui s'éveillèrent à profusion dans ledit genou semèrent le désordre dans les pensées de Paige.

— C'est d'une logique imparable. Mais j'ai l'habitude d'être indépendante.

— Sans blague ! Je n'avais pas remarqué. Et je suis sûr que le serrurier non plus, quand tu as insisté pour qu'il me rende mon argent et débite ta carte de crédit. Tu aurais pu simplement me rembourser.

A son intonation amusée, elle comprit qu'il ne regrettait pas sa décision et se sentit tout de suite plus détendue. Il se montrait extrêmement bienveillant à son égard, ce qui n'était pas pour lui déplaire.

Elle se laissa aller contre l'appuie-tête.

— Je ne faisais qu'énoncer un principe. A propos, je t'ai révélé mes secrets les plus inavouables. A ton tour, maintenant.

— Pardon ? fit-il en haussant les sourcils.

Elle regarda la petite cicatrice qui dessinait un arc de cercle au-dessus de son œil, et sourit.

— Aurais-tu peur de te dévoiler ?

— Formulé de cette manière, ça m'effraie, en effet. Que veux-tu savoir ?

— Tu pourrais commencer par m'expliquer ce pansement sur ta poitrine. Comment t'es-tu blessé ?

— Si je comprends bien, de toutes les questions que tu pourrais me poser telles que : « A quel âge as-tu fait l'amour pour la première fois ? » ou « As-tu jamais commis un crime ? », la seule qui t'intéresse, c'est dans quelles circonstances je me suis blessé ?

— Exactement. Je te rappelle que nous avons deux heures de trajet jusqu'à Ottawa. Ça nous laisse largement le temps de discuter d'autre chose. Maintenant, arrête d'essayer de gagner du temps, et réponds à ma question.

Dans le but de consolider la confiance qui s'établissait entre eux, il fut obligé de lui mentir ou d'éluder ses questions. Cela lui répugnait, mais il n'avait pas le choix.

Bien qu'il ait réussi à la détourner de certains sujets, comme ses cicatrices, il était épuisé et en nage quand ils se garèrent devant la maison du Pr Zbarsky. Il avait d'abord expliqué à Paige que son ego de mâle souffrirait s'il lui avouait la manière dont il s'était blessé, avant de confesser, sous la pression, qu'il avait traversé une baie vitrée en apprenant à faire du roller. Puis elle l'avait interrogé sur sa vie personnelle, décortiquant chacune des informations qu'il lui livrait à contrecœur. Le pire fut qu'il prétendit avoir divorcé de sa femme parce qu'il ne l'aimait plus.

Certes, Christine ne lui avait pas révélé sa maladie avant leur mariage. Certes, il l'avait menacée de divorcer si elle ne prenait pas son traitement. Mais il n'avait pas cessé de l'aimer, et en dépit de sa maladie, il ne l'aurait sûrement pas abandonnée. Les vœux du mariage représentaient beaucoup trop à ses yeux. Malheureusement, elle avait interprété sa menace comme un signe marquant la fin de leur union, et s'était donné la mort dans un geste de désespoir. Jusqu'à son dernier souffle, il regretterait de n'avoir pas réussi à l'aider au moment où elle avait eu le plus besoin de lui.

Dans la propriété du Pr Zbarsky, l'odeur du gazon fraîchement tondu flottait dans l'air. Hollis descendit de la voiture et s'étira. Quand il vint ouvrir la portière de Paige, il la trouva pâle mais déterminée. Cette fois, elle ne le réprimanda pas pour ce geste galant comme elle l'avait fait lors de leur dernier arrêt. Et alors qu'ils se dirigeaient vers une maison en briques jaunes entourée de deux épicéas, il espéra qu'elle se montrerait plus patiente avec le criminologue qu'avec lui.

Ils empruntèrent un chemin recouvert d'écorces de pin, puis longèrent un parterre d'astilbes jusqu'à une palissade sur le côté de la maison. Un homme d'une soixantaine d'années, robuste et bronzé, tondait la pelouse, vêtu d'un short et d'un chapeau de paille à large bord.

En les apercevant, il coupa le moteur de la tondeuse et se

dirigea vers eux. Paige, qui semblait avoir retrouvé toute son assurance, lui tendit la main.

— Professeur Zbarsky ? Paige Roberts.

Une lueur de surprise et d'intérêt anima le visage buriné du criminologue.

— Je me doutais que j'aurais bientôt de vos nouvelles, mademoiselle Roberts, remarqua-t-il en lui serrant la main.

— Je suis désolée d'arriver chez vous sans vous avoir prévenu, mais les circonstances sont un peu exceptionnelles.

Il hocha la tête.

— Je vois. J'imagine que vous avez du nouveau concernant les enlèvements.

Elle lui présenta Hollis, à qui il serra la main également. D'un geste, il les invita à le suivre dans la véranda et leur montra les fauteuils en rotin recouverts de coussins blancs.

— Je vous en prie, installez-vous confortablement pendant que je me rends plus présentable. Ensuite, nous parlerons. Vous ne pouviez pas mieux tomber, je pars demain pour Chelsea. La pêche m'attend !

Quand il réapparut, il avait ôté son chapeau et enfilé un T-shirt blanc. Sur le plateau qu'il portait dans ses mains se trouvaient une carafe de thé glacé et trois verres, ainsi qu'un dossier, un bloc-notes et un stylo-plume en argent.

Paige lui parla de son amnésie, ce qui ne parut pas l'étonner plus que cela. Ses étudiants avaient dû lui raconter tant d'histoires improbables que rien ne pouvait plus le surprendre, songea Hollis.

Hochant la tête, Zbarsky prit le dossier sur le plateau.

— Rassurez-vous, mademoiselle Roberts, je me rappelle très bien notre conversation. Nous avions comparé les enlèvements dans le but d'établir le profil des ravisseurs. J'ai beaucoup repensé à notre discussion depuis le dernier enlèvement, et j'ai fait quelques recherches. Mes étudiants se pencheront sur ce cas le trimestre prochain.

« Génial », se dit Hollis en se renfrognant. Sa vie était devenue une étude de cas soumise à des élèves en criminologie.

Paige se pencha en avant.

— Que pensez-vous du fait que Hollis Fenton ait été enlevé un samedi ? Les banques ferment tôt, et la famille a dû attendre le lundi pour rassembler l'argent de la rançon. Cela signifie que les ravisseurs ont été obligés de garder leur prisonnier plus longtemps, ce qui était très risqué.

— Soit Fenton était particulièrement vulnérable ce jour-là ; soit ils cherchaient à tout prix à tenir la police en échec. Je pencherais d'ailleurs pour cette seconde hypothèse, révéla Zbarsky. Les ravisseurs n'ont pas informé la famille de l'endroit où serait libérée leur victime. Et ils ont ensuite fait passer le message que le seul moyen de retrouver Fenton sain et sauf était de payer la rançon sans prévenir la police. S'ils l'ont finalement assassiné, c'était à mon avis dans l'unique but d'établir leur contrôle absolu sur la situation et leur pouvoir sur les entreprises du pays. Chaque enlèvement est mûrement réfléchi et destiné à servir leurs objectifs.

Il sortit de son dossier la copie d'un article de journal. Certaines phrases étaient surlignées.

— Voyons le choix de leur première victime. Jeune, beau et brillant, Claude Belanger était P.-D.G. d'une société internationale de traduction et de gestion de documents. Plus important encore, peut-être, il avait une femme et un enfant en bas âge. Sa femme et lui venaient tous les deux de familles aisées. La logique voulait que leurs proches puisent dans leurs fortunes respectives et ripostent en appelant la police. Ce qu'ils ont fait. Les ravisseurs n'ont pas touché à l'argent. Au lieu de cela, ils ont crânement appelé la police et ont dit que son implication avait signé l'arrêt de mort de Belanger. Le pays a été en état de choc, et l'histoire a fait la une de tous les journaux du pays.

— Diffusant le message implicite que, si la famille avait respecté les règles du jeu, Belanger aurait été rendu sain et sauf, compléta Paige.

— Précisément. Vous noterez que le deuxième enlèvement a été perpétré deux mois plus tard, avant que le grand public ait eu le temps d'oublier la mort de Belanger. Cette fois, les ravisseurs ont choisi Susan Platham-Burke, une femme très séduisante résidant à Winnipeg. Fille unique, fiancée mais sans enfants, elle est directrice des relations publiques, et non P.-D.G. comme les autres victimes. On la connaît surtout pour son engagement auprès des associations de protection de l'enfance. La famille, tenant compte de l'avertissement des ravisseurs, n'a pas pris contact avec la police. La rançon a été payée, et Susan est rentrée chez elle indemne. Sa famille a réussi à garder la nouvelle de son enlèvement sous silence pendant presque un mois.

Zbarsky ouvrit une parenthèse.

— D'après moi, c'est le fait que la famille ait presque réussi à étouffer l'affaire qui a incité les ravisseurs à appeler le journal local pour l'informer du lieu où serait libérée leur troisième victime, Will Harper, enlevée à Calgary. Ainsi, le pays a appris qu'un autre enlèvement avait eu lieu et que la victime allait être rendue aux siens parce que la famille avait suivi les instructions à la lettre. La date de l'enlèvement de Harper, une semaine avant Noël, n'était pas une coïncidence. Son épouse attendait leur premier enfant.

Il leur montra un autre article accompagné de la photo d'une jolie brune trentenaire au sourire engageant.

— Ellen Cummings vit à Halifax. Mère de cinq enfants, elle a survécu par miracle à un accident de voiture survenu l'année dernière, mais son état de santé a nécessité pendant quelques semaines l'intervention de sa propre entreprise de soins à domicile. Là encore, les ravisseurs ont prévenu une chaîne de télévision locale. Voyez, dans chaque cas, ils sélectionnent leurs victimes afin de susciter le maximum d'émotion à la fois chez les médias et dans les familles concernées.

Hollis fronça les sourcils. Il avait beau tourner la question dans tous les sens, il ne considérait pas sa disparition comme susceptible d'avoir un impact émotionnel sur qui que ce soit. D'un autre côté, son oncle Luther avait payé le million et demi de dollars réclamé par ses ravisseurs, ce qui montrait une certaine forme d'intérêt de sa part.

— Et pour Fenton ? intervint-il. Les articles que Paige m'a fait lire disaient qu'il était célibataire, ou plutôt veuf. Et je doute que la fête du Canada puisse rivaliser avec Noël.

— Non, mais c'était un excellent moyen de montrer que la menace plane sur tous les dirigeants du Canada.

Paige tapota pensivement son bloc-notes avec son stylo.

— Je n'ai pas vu de photos de Fenton. Cela dit, les articles qui lui sont consacrés révèlent qu'il s'agit d'un homme séduisant, symbole de beauté et de réussite, au même titre que les autres victimes.

— Excellente déduction, mademoiselle Roberts, la félicita le professeur. Moi non plus, je n'ai trouvé aucune photo de lui, et je soupçonne la police d'y être pour quelque chose.

Il attira leur attention sur un point.

— N'oubliez pas, tout comportement est au service d'un objectif. En utilisant les médias pour révéler leurs crimes, les ravisseurs manifestent le besoin de faire parler d'eux. Les profileurs et les psychologues consultés sur cette affaire ont probablement suggéré à la police de contrecarrer cette quête de publicité en empêchant le public de mettre un visage sur la victime.

— Leur choix reste étrange, insista Hollis. Fenton n'était que le neveu de Luther Hollis. N'aurait-il pas été plus logique que les ravisseurs enlèvent un de ses enfants ?

Zbarsky hocha la tête.

— Je me suis posé la même question. Luther Hollis est une figure légendaire de l'Ouest canadien. A l'âge de trente ans, il a pris la tête de l'entreprise de son père et a multiplié sa valeur nette par trois. Il fait toujours des affaires en or. D'après les recherches que j'ai effectuées sur internet, Fenton était censé lui succéder à la tête du groupe. Les ravisseurs ont enlevé le prince héritier, en quelque sorte.

Hollis sentit une main glacée lui enserrer le cœur. Incapable de prononcer un mot, il laissa la parole à Paige.

— Si l'objectif des ravisseurs est de tenir les entreprises en otage et de manipuler les médias, pourquoi n'ont-ils pas directement joint les organes de presse pour les informer du lieu où serait libéré Fenton, comme ils l'avaient fait pour Harper ?

— Ils ont fait encore mieux, répondit Zbarsky. Ils ont pris contact avec sa famille, mais n'ont pas désigné l'endroit, les obligeant à organiser une battue à grande échelle pour retrouver Fenton.

En réalité, ils avaient joint Noreen à son domicile, corrigea Hollis *in petto*. Ce qui amenait une autre question : comment les ravisseurs avaient-ils eu connaissance de son numéro alors qu'elle était sur liste rouge ?

De nouveau, le doute le tarauda. Paige et lui avaient passé beaucoup de temps ensemble, assez pour qu'elle ait eu l'occasion de relever le numéro de Noreen grâce à la touche mémoire de son téléphone. Etait-il le seul parmi les victimes à avoir fait une nouvelle rencontre la veille de son enlèvement, ou était-ce précisément le moyen qu'employaient les ravisseurs pour approcher leurs proies ?

La voix de Paige l'interrompit dans ses pensées.

— L'idée que Fenton ait été abandonné en pleine nature, ligoté et impuissant, a dû accroître l'angoisse de ses proches. Quel dommage que je ne puisse pas me rappeler l'interview des autres victimes… Ç'aurait pu m'être utile afin d'établir le profil des ravisseurs.

« Et de savoir ce que les victimes avaient raconté à la police », acheva Hollis avec cynisme. Quel meilleur moyen pour les ravisseurs de garder une longueur d'avance sur les policiers que d'avoir une journaliste enquêtant pour eux en toute légitimité ?

Paige trempait-elle réellement dans une telle escroquerie ?

— Comme je vous l'ai dit lors de notre dernière rencontre, mademoiselle Roberts, je serai heureux d'approfondir cette affaire si vous parvenez à obtenir des entrevues avec les victimes, déclara Zbarsky en refermant son dossier. L'esprit d'organisation et l'ingéniosité nécessaires à la mise en œuvre de ces crimes donnent à penser que les ravisseurs sont intelligents et bien renseignés sur le monde de l'entreprise. Mais les témoignages des victimes pourraient m'aider à tirer de nouvelles conclusions. J'aurais besoin de savoir ce que leur ont fait les ravisseurs et ce qui a été dit exactement. Cela pourrait fournir un faisceau d'indices sur leur classe sociale.

Il se leva et invita Paige à l'accompagner à l'intérieur de la maison.

— Suivez-moi. Je vais vous faire des copies des documents que vous m'aviez fournis.

Resté seul, Hollis regarda les ombres crépusculaires s'épaissir dans l'épais bouquet d'arbres qui bordait le jardin. Conséquences de cette nuit blanche et ce long trajet en voiture, il avait mal aux côtes, et les muscles endoloris de son dos lui rendaient pénible chaque mouvement. Une sensation de sécheresse, due à ses lentilles de contact, lui brûlait les yeux.

Quelque chose bougea au pied d'un arbre. Inquiet, le cœur

battant la chamade, il scruta la pénombre avec attention. Une seconde plus tard, un chat émergea des branches basses de l'arbre et traversa la pelouse à toute allure.

Hollis se détendit. L'agression dont Paige avait failli être victime le rendait paranoïaque.

Cette rencontre avec le Pr Zbarsky l'avait conforté dans l'idée qu'ils devaient rencontrer les victimes des enlèvements afin de recueillir leurs témoignages. S'en remettre aux policiers ne suffisait pas, car leurs hypothèses pouvaient se révéler aussi fausses que celle du criminologue qui croyait à tort que les ravisseurs avaient joint sa famille au moment de sa libération.

Il était plus que jamais déterminé à régler ses comptes avec les salauds qui avaient joué aux apprentis sorciers avec sa vie. Mais cela l'aurait aidé de savoir dans quel camp se trouvait Paige. S'il exceptait les mystérieux versements sur son compte d'épargne, la preuve la plus troublante qu'il ait contre elle était le dossier que contenait sa sacoche. Paige avait en sa possession des informations qui n'avaient pas été divulguées au grand public. S'agissait-il de notes prises lorsqu'elle avait interrogé les victimes, ou d'éléments qu'elle connaissait pour les avoir elle-même vus de ses propres yeux ?

En entendant un petit rire à l'intérieur de la maison, il se tourna vers la fenêtre du bureau et vit Paige et Zbarsky en train de photocopier des documents. La table de travail lui fit penser à celle de Paige tant elle croulait sous les piles de papiers et de livres.

Quelques minutes plus tard, ils prenaient congé du professeur. Ce dernier leur donna sa carte, sur laquelle il avait pris soin de noter le numéro de téléphone de son cottage à Chelsea, et leur fit promettre de le tenir au courant de leur enquête.

Quand ils se furent réinstallés dans la voiture, Hollis se tourna vers Paige.

— Alors, est-ce que cette visite a ravivé quelques-uns de tes souvenirs ?

— Pas le moindre, répondit-elle avec un soupir. Mais je suis contente d'être venue. Les théories du Pr Zbarsky sont très pertinentes. Ma seule réserve concerne la raison pour laquelle Fenton a été choisi plutôt que ses cousins. A mon avis, c'est dû à son statut de célibataire.

Hollis crispa les doigts sur la clé de contact.

— Comment ça ?

— Je pense que les ravisseurs s'attendaient à ce que Luther Hollis ne respecte pas les règles du jeu.

— Ce serait bien son style, en effet.

— Exactement. Fenton aurait pu être abattu pour l'exemple, afin de dissuader quiconque aurait désiré leur tenir tête. Si tel est le cas, ils savent déjà qui seront leurs prochaines victimes.

— Et s'ils mettaient un terme à leurs agissements ? Le moment serait bien choisi. Ils ont encore une longueur d'avance sur la police, et profitent du montant de quatre rançons. Ça représente une somme non négligeable.

— Nous ne savons pas à quoi leur sert cet argent, remarqua Paige avec justesse. Il peut tout autant être réparti entre les membres que venir financer une cause particulière. D'ailleurs, il est possible que les enlèvements ne soient pas motivés par l'argent. Il s'agit peut-être d'une vengeance personnelle, auquel cas l'argent serait secondaire.

— Que Dieu vienne en aide aux familles des prochaines victimes…

Avec un soupir, Hollis mit le moteur en marche et quitta la propriété du criminologue.

Décidément, Zbarsky était trop perspicace pour rester en vie, songea-t-il, contrarié.

Par chance, le professeur lui-même lui facilita la tâche en se rappelant soudain avoir laissé la tondeuse sur la pelouse après le départ de ses invités. L'attaquer dans l'abri de jardin, armé d'un marteau trouvé dans un coffre à outils, fut un jeu d'enfant. Zbarsky ne sentit même pas le coup arriver.

En moins de dix minutes, il vida le coffre de ses outils pour y cacher le cadavre, puis quitta la cahute. Après avoir refermé la porte et remis le cadenas en place, il se dirigea vers la maison. Il lui fallut plus de temps pour rassembler les documents relatifs aux enlèvements et trouver les clés de la voiture de Zbarsky.

Il laissa la maison éteinte et les portes fermées à double tour et, tout en s'installant dans la voiture du criminologue, se dit avec satisfaction que personne ne s'inquiéterait de Zbarsky pendant un bon moment.

Il ne restait plus qu'à régler le cas de Paige Roberts.

Il amena la voiture jusqu'à Bank Street et se gara le long du trottoir. Sortant son téléphone portable de sa poche, il appela un numéro à la mémoire.

— C'est fait, annonça-t-il quand son interlocuteur eut décroché. A toi de jouer, maintenant.

6

Paige n'aurait pas imaginé qu'une grossesse soit un tel boule-versement, à la fois physique et émotionnel. Quand Brenda attendait Alexandre, elle rayonnait littéralement, au point que de parfaits inconnus l'arrêtaient dans la rue pour toucher son ventre. Elle mangeait de tout avec appétit, avait un moral au beau fixe et semblait en pleine forme. Bref, elle vous donnait envie d'être enceinte.

Paige n'avait pas cette chance. Lorsqu'elle se regarda dans le miroir des toilettes du restaurant, elle ne se trouva pas radieuse mais horriblement pâle. Consciente que le rouge à lèvres ne lui serait d'aucun secours, elle se contenta de s'asperger le visage d'eau froide. Au moins son entretien avec le Pr Zbarsky l'avait-il rassurée sur sa démarche. Cela s'était passé mieux qu'elle ne l'espérait.

Alors qu'elle s'essuyait le visage avec une serviette en papier, elle se rappela avoir laissé la liste des hôtels dans la Lexus. Il lui serait plus aisé d'étudier le plan dans le restaurant plutôt que dans une voiture en mouvement.

Elle se fraya un chemin jusqu'à leur table, où Matt terminait ses lasagnes et sa bière.

Il se leva à son approche.

— Tout va bien ?

— Très bien, répondit-elle en agrippant le dos de sa chaise pour l'empêcher de la lui avancer. Puis-je emprunter les clés de ta voiture ? J'ai oublié quelque chose.

— Je vais y aller.

— Tu en as déjà assez fait pour moi, aujourd'hui. Finis ton repas tranquillement.

— J'insiste.

A la fierté virile qui perçait dans sa voix, elle faillit céder, mais il lui aurait alors fallu avouer que lire dans la voiture la rendait malade.

— Matt, je suis enceinte, pas impotente, répliqua-t-elle, agacée.

Il sortit les clés de sa poche sans chercher à dissimuler sa réticence.

— Tu oublies « têtue » et « farouchement indépendante ».

— Je pense que nous sommes déjà tombés d'accord sur ce point, commenta-t-elle avec un grand sourire.

Tout en faisant sauter les clés dans sa main, elle sortit du restaurant et se dirigea vers le passage piéton au coin de la rue. La Lexus était garée juste en face du restaurant, mais Paige était trop disciplinée pour traverser en dehors des clous.

Malheureusement pour elle, le conducteur qui grilla le feu rouge et fonça droit dans sa direction n'était pas aussi respectueux du code de la route. Sans doute était-il soûl également.

Hollis voulait faire confiance à Paige. Vraiment.

Quand elle s'éloigna, son sac dans une main et les clés de la Lexus dans l'autre, il s'obligea à rester assis sur son siège en priant pour qu'elle revienne. Sauf qu'une petite voix dans sa tête l'enjoignait à se lancer immédiatement à sa poursuite afin qu'il puisse la rattraper si jamais elle tentait de s'échapper.

La petite voix l'emporta. Se levant, il quitta le restaurant en hâte et balaya du regard le trottoir d'en face.

Personne.

Paige avait-elle pris ses affaires dans le coffre avant de s'enfuir à pied ? A moins qu'elle n'ait préparé sa fuite et appelé un taxi lors de son passage aux toilettes…

C'est alors qu'il l'aperçut, à peine visible dans la pénombre, descendant du trottoir pour s'engager sur le passage piéton. Il aperçut aussi la berline bleu foncé qui passait à toute vitesse devant le restaurant et s'apprêtait à griller le feu rouge.

L'accident lui parut inévitable.

Horrifié, il s'élança en avant. Non, cela ne pouvait pas se terminer ainsi…

Paige eut une réaction instinctive. Dans une tentative désespérée pour sauver sa vie ainsi que celle de son bébé, elle prit son élan

et, avec un petit goût de déjà-vu, bondit sur le trottoir d'en face.
Un cri lui déchira la gorge.

— Hollis !

Quand elle atterrit sur le trottoir, le bitume lui écorcha les
doigts, les avant-bras, le ventre et les cuisses, et une douleur
cuisante se répandit dans ses bras.

Sur la route, la voiture s'éloignait dans un vrombissement.
Paige se recroquevilla en position fœtale et ferma les yeux.

Mon Dieu, je vous en prie, faites que mon bébé n'ait rien !

Sentant des bras puissants la soulever, elle ouvrit les yeux.
Matt la serrait dans ses bras, le visage décomposé.

— Mon bébé, murmura-t-elle.

— Je t'emmène à l'hôpital. Tout ira bien pour le bébé.

Elle décida de le croire.

Hollis avait failli la perdre pour toujours. Cette pensée l'effrayait
à tel point qu'en arrivant à l'hôtel, il insista pour partager sa
chambre. Elle ne discuta pas — sans doute n'avait-elle pas assez
de force pour cela —, et ils se rendirent ensemble au cinquième
étage. En quittant l'ascenseur, Paige l'autorisa à lui tenir le
coude afin de la soutenir. Ses égratignures avaient été nettoyées
et pansées à l'hôpital, et le médecin qui l'avait examinée avait
assuré que le bébé allait bien.

Hollis se reprochait d'avoir laissé le chauffard s'échapper.
Tout était arrivé si vite qu'il n'avait pas pensé à relever le numéro
d'immatriculation.

Dans la chambre, Paige se dirigea droit vers la salle de bains.
Hollis la suivit et se figea sur le seuil en la voyant agenouillée
devant les toilettes, en train de vomir.

Elle lui jeta un regard incendiaire.

— Ne serait-il pas possible d'avoir un peu d'intimité ?

Il réprima le sourire qui lui montait aux lèvres, puis attrapa
un gant de toilette et le passa sous l'eau.

— Même les gens têtus et indépendants peuvent avoir besoin
d'aide, remarqua-t-il en lui tendant le gant. Ce n'est pas un signe
de faiblesse, mais dénote au contraire une grande force.

— Et qu'y gagnes-tu ?

— Le plaisir de ta charmante compagnie.

Elle leva les yeux au ciel. De toute évidence, elle reprenait du poil de la bête.

— Je crois que nous n'avons pas la même définition du mot « charmante ».

— J'ose espérer que tu ne remets pas en question mon jugement. Je gagne ma vie en évaluant les mérites et la valeur des individus. Et j'estime que tu as du potentiel.

— Je suis sûre que le bébé sera heureux de te l'entendre dire, marmonna-t-elle.

Il l'aida à se relever et, à la lueur qui brillait dans son regard, il comprit que son contact la troublait. Emu par la pression légère de sa main sur son bras, il sentit sa gorge se serrer. Il avait conscience que sa présence dans cette chambre d'hôtel plutôt qu'à la morgue n'était due qu'à la grâce divine, et il dut résister à l'envie de l'attirer contre lui. Mais elle tenait à peine sur ses jambes.

— Allez, viens. Il faut que tu te reposes.

La main toujours posée sur son bras, elle s'avança lentement vers le lavabo et reposa le gant de toilette. Puis ils prirent la direction de la chambre.

— Matt ?

— Oui ?

— Il y a une chose que je ne t'ai pas dite.

A cet aveu, son cœur manqua un battement. Conscient du travail de sape que le parfum et la proximité de Paige exerçaient sur sa méfiance, il s'obligea à prendre un ton dégagé.

— Et le fait d'avoir frôlé la mort te donne envie de tout me confesser, c'est ça ?

Elle rougit.

— Je me suis rappelé quelque chose. Presque rien, en fait. Quand j'ai sauté pour éviter la voiture, je me suis rappelé avoir déjà volé dans les airs, comme ça, pour échapper à un danger.

Il l'accompagna jusqu'au lit jumeau le plus proche de la salle de bains, et l'aida à s'y asseoir.

— Te souviens-tu d'autre chose ? Des images, des sons, des personnes ?

— Une chose seulement. J'ai crié son nom.

— Le nom de qui ?

— Celui de Hollis Fenton.

Pris de court, il chercha dans son regard des signes de mysti-fication, mais il ne lut que de l'épuisement mêlé au reflet de sa propre peur.

— Qu'est-ce que ça veut dire, à ton avis ? demanda-t-elle, le front plissé.

Plusieurs éventualités, pour la plupart négatives, lui traversèrent l'esprit. Lâchant ses mains, il se détourna, repoussa les couver-tures et replaça l'oreiller à la tête du lit. Se pouvait-il qu'elle se souvienne de lui et de leur liaison ?

— Peut-être l'as-tu appelé parce que tu essayais d'attirer son attention en vue de ton interview. L'explosion a dû avoir lieu juste après.

Il posa sa valise près d'elle de façon à ce qu'elle n'ait pas à se déplacer. Mais elle n'ouvrit pas la valise, pas plus qu'elle ne lui demanda de la laisser seule le temps qu'elle se change.

Quelle direction ses pensées avaient-elles prise ?

Il s'assit à côté d'elle et lui caressa le menton de l'index.

— Espérons que ça signifie que la mémoire te revient. Il se peut que l'accident de ce soir ait été une coïncidence, mais je ne compte pas prendre le moindre risque. Tu devras donc t'habituer à l'idée que je ne te lâcherai pas d'une semelle tant que toute cette histoire ne sera pas terminée.

Il s'attendait à ce qu'elle proteste et l'accuse de se comporter en homme des cavernes. Mais elle lui adressa un sourire, un doux sourire de reddition qui dissipa une fois pour toutes ses doutes à son égard.

Elle attrapa son doigt et le serra dans sa main.

— Merci d'être avec moi. Tu es quelqu'un de bien.

Son geste était platonique, mais le sentiment d'intimité qu'il induisit le remua jusqu'au fond de son âme. Troublé, il recula vivement et marmonna quelque chose à propos d'une douche qu'il devait prendre.

Lorsqu'il sortit de la salle de bains, Paige dormait, le drap remonté jusqu'au menton. Ses vêtements gisaient, entassés n'importe comment, sur sa valise. De toute évidence, elle n'avait pas eu la force de les ranger.

Eteignant la lampe de chevet, Hollis se changea dans le noir, puis se glissa sous les couvertures du lit voisin. Il contempla longtemps la silhouette de Paige en se demandant si elle le remercierait encore lorsqu'elle aurait recouvré la mémoire.

Le fait d'avoir été confinée dans l'habitacle d'une voiture avec Matt et d'avoir partagé avec lui une chambre d'hôtel trois nuits de suite avait opéré un changement subtil dans leur relation.

Dès l'instant où Matt était apparu sur le pas de sa porte à Montréal, Paige avait eu conscience de l'attirance qu'il exerçait sur elle. Mais depuis, une complicité nouvelle s'était tissée entre eux, lui donnant d'autant plus de mal à garder ses distances.

En vérité, il lui était devenu indispensable. Cette réalité avait cessé de lui sembler aussi effrayante quand elle avait compris que si Matt détectait aussi facilement ses humeurs, c'était parce qu'ils possédaient tous les deux cette capacité à occulter le monde alentour pour se concentrer uniquement sur leur objectif.

Levant les yeux du plan de Winnipeg qu'elle était en train d'étudier, elle posa les yeux sur lui. Elle n'avait pas oublié le baiser qu'il lui avait donné la nuit où il l'avait sauvée des griffes de son agresseur, mais elle n'entretenait pas de faux espoirs sur le fait qu'ils puissent être davantage que des amis. Pas avec le bébé qu'elle portait.

Elle se sentait mieux, aujourd'hui. Les douleurs consécutives à l'accident s'étaient estompées bien qu'elle ait encore de vilaines écorchures à l'intérieur du bras et sur un genou. Elle les avait camouflées sous une robe longue à fleurs et un gilet. En dépit de son manque d'appétit, elle s'était aperçue que la robe la serrait au niveau de la poitrine.

Après leur départ d'Ottawa, ils avaient progressé lentement, posant des questions partout où Paige s'était arrêtée lors de son précédent voyage. Mais jusqu'à présent, personne ne l'avait reconnue.

En arrivant la veille au soir à Winnipeg, ils avaient demandé la chambre où elle était descendue un mois plus tôt, et, le matin, avaient pris leur petit déjeuner dans la cafétéria où elle avait mangé. Ils avaient discuté avec la serveuse, en vain. Paige ne pouvait reprocher à ces gens de ne pas se souvenir d'elle, mais elle gardait l'espoir que quelque chose au moins lui paraîtrait familier… ou que son subconscient lui enverrait un signal d'alerte.

A présent, Matt et elle se dirigeaient vers l'immeuble où travaillait Susan Platham-Burke, la deuxième victime. Paige, qui l'avait appelée de la cabine téléphonique de la cafétéria, avait eu beaucoup de mal à la convaincre de leur accorder quelques minutes. La femme lui avait paru très effrayée. Ce n'était que lorsque Paige lui avait expliqué qu'elle avait perdu la mémoire, qu'elle avait admis l'avoir déjà rencontrée et accepté de la rencontrer.

Ils arrivèrent en avance au rendez-vous. Des agents de sécurité se tenaient en évidence dans le hall de l'immeuble, et un homme en uniforme vérifia leur identité, avant de passer un coup de fil pour confirmer leur rendez-vous. On les escorta jusqu'à l'ascenseur. Au troisième étage, la secrétaire ne les invita à la suivre qu'après avoir vérifié à son tour leur identité.

Deux colosses aux allures de mercenaires flanquaient le bureau de Susan Platham-Burke. Menue, les yeux bleus, le visage encadré de courtes boucles blondes, elle se leva de son fauteuil et tendit la main à Paige. Son sourire bienveillant et affable révélait une femme du monde accomplie, mais Paige perçut dans sa poignée de main toute la tension qui l'habitait.

— Ravie de vous revoir, mademoiselle Roberts. Ne prêtez pas attention aux gardes du corps. C'est mon cadeau prénuptial, selon la conception romantique de mon fiancé.

— J'aimerais pouvoir dire que je me rappelle ces messieurs, mais ce n'est pas le cas. Je vous présente Matt Darby qui assure ma protection. Merci d'avoir accepté de nous recevoir.

La jeune femme les invita à la suivre jusqu'au petit salon aménagé dans un coin de la pièce. La table basse en laque noire ainsi que son bureau étaient recouverts de photos d'enfants de toutes les nationalités et de tous les milieux.

— Je ne suis toujours pas sûre d'avoir eu raison d'accepter cet entretien. Aussi vaudrait-il mieux commencer tout de suite, avant que je change d'avis. S'effrayer d'un rien semble être l'un des effets secondaires de mon enlèvement.

Elle joua nerveusement avec sa bague de fiançailles en diamants.

— J'ai toujours peur qu'ils exercent des représailles si nous coopérons avec la police. Mes parents ainsi que mon fiancé refusent catégoriquement que je participe à l'enquête autrement que par la déclaration que nous avons envoyée par le biais de notre avocat. Je sais qu'ils veulent me protéger, mais je me sens la responsabilité de faire tout ce qui est en mon pouvoir pour empêcher que quelqu'un d'autre connaisse le même sort que moi. De plus, l'argent et les systèmes de sécurité ne m'assureront pas une nuit de repos tant que je ne saurai pas les coupables derrière les barreaux.

— C'est justement ce qui m'amène. Je voulais vous soumettre une théorie concernant les enlèvements. Mais peut-être l'ai-je déjà mentionnée au cours de notre dernière entrevue…

Susan fronça les sourcils.

— Je ne me rappelle pas que vous ayez parlé d'une théorie. Vous m'avez interrogée sur mon expérience, et nous avons discuté des similitudes entre mon enlèvement et celui de M. Belanger. Mes pensées vont à sa femme et son fils ainsi qu'à leur famille. Avez-vous transmis mes condoléances à votre amie… Brenda Thompson, c'est ça ?

— Oui.

Paige lui sourit. Cette femme à la voix douce renvoyait l'image d'une personne profondément humaine, ce que confirmaient les articles qu'elle avait lus à son sujet.

Paige sortit son dossier. Assis à l'autre extrémité du canapé, Matt restait en dehors de la conversation, comme les gardes du corps de Susan.

— J'imagine que vous n'avez pas pris de notes lors de notre précédent entretien ?

— Non, je suis désolée. Par ailleurs, je vous ai demandé de ne pas enregistrer notre conversation ni de mentionner mon nom. Avez-vous perdu vos notes, ou n'arrivez-vous simplement pas à les interpréter ?

— Elles ont disparu pendant mon séjour à l'hôpital. Je ne sais pas si elles ont été volées ou si elles sont simplement égarées, mais vous n'avez pas à vous inquiéter. J'ai respecté toutes les mesures de sécurité que vous m'aviez demandées.

Visiblement ébranlée, la jeune femme pâlit, mais ne se départit pas de son sourire.

— Je ne prendrai pas de notes, aujourd'hui, promit Paige. Nous allons seulement discuter.

Elle introduisit progressivement la théorie du Pr Zbarsky sur le mode de sélection des victimes. Ses révélations parurent éveiller l'intérêt de Susan ainsi que celle des gardes du corps qui l'écoutaient eux aussi avec attention.

— Donc, vous soupçonnez les ravisseurs de s'implanter dans un nouveau lieu et de compulser les journaux locaux à la recherche de leur nouvelle victime, une personne au physique attractif et ayant de hautes responsabilités ?

— C'est ça, confirma Paige. Si nous arrivions à trouver les articles ou les photos qui les ont décidés dans leurs choix, nous ferions un grand pas en avant. Tenez-vous une revue de presse vous concernant ?

— Bien sûr. Je compte sur la publicité pour attirer l'attention sur les causes que je soutiens, expliqua-t-elle, avant de se lever. Donnez-moi une seconde. Je vais demander à ma secrétaire de nous apporter les albums.

Un instant plus tard, la secrétaire entrait dans la pièce, chargée d'une pile imposante. Elle assura qu'ils étaient à jour et les posa sur la table basse.

Susan parut gênée.

— Je consacre un album à chaque œuvre caritative, un autre aux actions qui leur sont apparentées, et un dernier aux coupures de presse plus personnelles, impliquant ma vie privée et ma famille. J'emploie un service de presse, de sorte qu'ils devraient être complets et rangés dans un ordre chronologique, grâce à la minutie de ma secrétaire.

Paige sourit.

— Le rêve de tout chercheur, en somme.

Sauf qu'il y avait huit volumes, et que les compulser tous allait leur prendre du temps.

Voyant Paige attraper l'album au-dessus de la pile, Hollis se rapprocha discrètement. Sur la première page se trouvait une photo émouvante de Susan, le bras autour des épaules d'une petite fille en fauteuil roulant. Le cliché avait été pris lors d'une collecte de fonds destinée à la construction d'un hôpital pour enfants.

A côté de lui, Paige releva la tête.

— L'idéal serait de rechercher dans chaque album les articles parus avant votre enlèvement en août.

— Il faudrait remonter jusqu'à janvier, au moins, intervint-il. Nous ignorons depuis combien de temps les ravisseurs planifiaient l'enlèvement.

— Nous supposons qu'ils ont choisi des villes au hasard et ont commencé leurs recherches une fois sur place. Mais il se peut qu'ils aient sélectionné leurs victimes bien avant le premier enlèvement, en enquêtant sur internet ou en s'abonnant aux journaux locaux.

Tous les trois se répartirent les albums. La secrétaire leur apporta un plateau de minisandwichs ainsi qu'une carafe de thé glacé, avant de s'éclipser discrètement. Il leur fallut une heure pour venir à bout des huit albums. Un peu soufflé, Hollis prit la mesure de tout ce que l'on pouvait apprendre sur quelqu'un rien qu'en lisant la presse. Quand ils eurent fini, Susan rappela sa secrétaire et la chargea de photocopier les pages indiquées par des Post-it.

— Les journaux dans lesquels ont paru les articles pourraient même nous renseigner sur le niveau d'instruction des ravisseurs ainsi que sur leurs origines sociales, remarqua Paige en prenant un autre sandwich. Vous rappelez-vous ce qu'ils vous ont dit ? Leur façon de parler ?

Hollis la regarda mordre à pleines dents dans son sandwich. Apparemment, elle avait retrouvé l'appétit.

— Ils ne m'ont pas dit grand-chose, répondit Susan, visiblement plongée dans ses souvenirs. Ils me donnaient des ordres pour me demander de me lever, de m'asseoir ou d'avancer, mais toujours poliment, avec un certain respect. Je pense qu'ils étaient instruits, et l'un d'eux au moins devait bien connaître le monde de l'entreprise. Il a cité les bonnes personnes et s'est montré tellement convaincant qu'il a réussi à soutirer à ma secrétaire mon emploi du temps sans qu'elle soupçonne rien. C'est de cette façon qu'ils ont su où me trouver. Ils se sont garés près de ma voiture. Avant que je comprenne ce qui m'arrivait, ils m'avaient mis une cagoule sur la tête et m'enfonçaient le canon d'une arme dans les côtes.

— Avez-vous entrevu ne serait-ce que l'un d'entre eux ?

— Malheureusement, non. La réunion s'est terminée après

21 heures, et il faisait nuit. Tout ce que je peux vous assurer, c'est que la voiture garée à côté de la mienne était un monospace noir. Le reste n'est que conjectures de ma part. Je pense qu'ils étaient trois et que l'un des hommes avait les cheveux gris. Il y avait une ouverture dans ma cagoule afin de me permettre de manger. Je reconnais que je ne voyais pas grand-chose, mais au moment où l'on est venu défaire mes liens pour m'emmener sur le lieu de ma libération, j'ai aperçu un cheveu gris sur un jean. L'un des ravisseurs avait-il réellement les cheveux gris ou avait-il ramassé ce cheveu sur un fauteuil ? Je l'ignore.

Elle fronça les sourcils et reprit :

— Autre chose… Quand ils m'ont poussée dans le fourgon, ils m'ont dit que si je résistais ou si je tentais d'enlever la cagoule, ils n'auraient d'autre choix que de me tuer. Ce furent leurs paroles, mot pour mot.

Le silence retomba, chacun réfléchissant à ces informations. Hollis était surpris que ses propres impressions soient aussi différentes des siennes. Les hommes qui l'avaient enlevé étaient quatre ; un ou peut-être deux d'entre eux s'exprimaient comme s'ils étaient allés à l'université, mais un autre, chaussé de bottes de cow-boy, était loin d'avoir un langage ou des manières raffinés. Il n'avait cessé de l'insulter et de le frapper pendant les trois jours qu'avait duré sa séquestration. Il se demanda si les ravisseurs avaient délibérément cherché à l'intimider parce qu'il était un homme. A moins qu'ils n'aient modifié leur attitude dans le but d'empêcher la police d'établir leurs profils. En poussant plus loin cette hypothèse, on pouvait même imaginer que l'un d'eux avait fait ses études ou travaillé dans le domaine judiciaire ou policier.

Hollis se racla la gorge, rompant le silence.

— S'ils connaissaient les noms des personnes à citer, ça signifie qu'ils s'étaient renseignés auprès de vos proches. Ou de vous-même. Vous rappelez-vous avoir fait une nouvelle connaissance, une ou deux semaines avant votre enlèvement ? Quelqu'un, et pas forcément un homme, a pu se présenter à vous lors d'un cocktail ou autre.

Il sentit la culpabilité l'envahir alors que la « connaissance » que lui-même avait faite juste avant son enlèvement lui adressait un sourire d'encouragement.

Susan secoua la tête d'un air désolé.

— Je rencontre tellement de gens… Personne ne me vient à l'esprit. Et puis, c'était il y a un an.

— Avez-vous une idée de l'endroit où ils vous ont emmenée ? s'enquit Paige.

— Si je me réfère à la durée du trajet et à l'humidité ambiante, je dirais que j'étais retenue prisonnière dans une petite maison près du lac Winnipeg. Le parquet était verni, et je le sentais inégal sous mes pieds. De temps à autre, j'entendais le bruit d'un bateau à moteur dans le lointain. Je suis restée la plupart du temps attachée au lit, excepté quand ils m'autorisaient à aller aux toilettes ou à m'asseoir pour manger. Mais, même alors, mes pieds et l'un de mes bras demeuraient entravés.

Ils l'avaient traitée avec égards, constata Hollis qui, lui, avait été attaché à une chaise. Le fait de devoir être nourri par ses geôliers tout en endurant leurs sarcasmes avait été une expérience particulièrement humiliante.

— Pourriez-vous nous décrire la cagoule ? intervint-il de nouveau. Dans quel tissu était-elle confectionnée ? Semblait-elle avoir été fabriquée de façon artisanale ou industrielle ?

— Elle était noire, en coton et suffisamment large pour que je puisse respirer. A mon avis, elle avait été cousue à la main. Je n'ai pas senti d'étiquette dans la couture, et l'ouverture avait été découpée grossièrement avec des ciseaux. Mon avocat a remis la cagoule à la police. Franchement, je veux ne plus jamais la revoir.

Hollis fronça les sourcils devant cette autre contradiction. La cagoule qu'on lui avait mise sur la tête était en velours noir, et non en coton.

— Vous avez dit qu'il y avait du parquet. Avez-vous pu déterminer si les ravisseurs portaient des chaussures plates ou des chaussures à talons ?

— Des chaussures plates, sans le moindre doute. Ce qui me fait penser que l'un d'entre eux était plus corpulent que les autres. Quand il approchait, je le devinais aux craquements plaintifs du parquet.

Donc, pas de bottes de cow-boy.

— La police a-t-elle découvert des traces de pas à l'endroit où ils vous ont relâchée ?

— Pas à ma connaissance. Mais le contraire aurait été étonnant. Les policiers n'ont été informés de mon enlèvement que plusieurs semaines plus tard, précisa-t-elle. Deux des hommes m'ont emmenée au parc Kildonan et m'ont déposée sur un tas de feuilles. Celui que je présumais être leur chef s'est excusé de m'avoir ligotée et m'a rassurée sur le fait que ma famille me retrouverait en moins d'une heure. Je ne sais pas où était le troisième homme. La veille au soir, mon père avait déposé l'argent dans une propriété située à l'extrémité d'un chemin de terre. Il m'a rapporté que tout s'était passé comme dans un film. Il avait reçu un appel qui l'avait envoyé vers un premier message, lequel l'avait dirigé vers un autre message — sans doute un test pour s'assurer que la police ne le suivait pas. Puis il avait marché dans les bois jusqu'à ce que quelqu'un l'appelle pour lui dire de déposer le sac par terre et de repartir. D'après les bruits que mon père a entendus, tous les coups de téléphone ont été passés d'une cabine téléphonique. Il a respecté leurs indications à la lettre, n'a consulté personne d'autre que ma mère et mon fiancé, et tous les trois ont décidé de ne pas prévenir les autorités. Nous avons expliqué l'apparition soudaine des gardes du corps par l'envoi de lettres de menaces. Nous n'avons toujours pas de certitude quant à la manière dont la presse a pris connaissance de cette affaire.

Hollis lança un coup d'œil à Paige qui hocha brièvement la tête.

— L'indiscrétion vient probablement des ravisseurs eux-mêmes, expliqua-t-elle. Ils ont voulu montrer au pays tout entier que c'était en se soumettant à leurs exigences que vos parents et votre fiancé avaient pu vous retrouver.

Susan eut un frisson.

— Cela se tient, bien que ce soit particulièrement pervers.

Paige s'éclaircit la voix.

— Je ne voudrais pas me montrer indiscrète, mais puis-je vous demander quel était le montant de la rançon demandée ?

— Un million de dollars. Comme pour Claude Belanger.

Hollis se demanda combien ils avaient demandé à la famille de Will Harper. Ils s'étaient montrés plus gourmands dans son cas, mais peut-être avaient-ils simplement tenté de compenser la perte de revenus due au fiasco de l'enlèvement de Belanger.

La secrétaire poussa la porte du bureau et s'avança vers Susan, un dossier à la main.

— Votre rendez-vous de 13 h 30 est arrivé. Dois-je lui demander de patienter encore quelques minutes ?

De toute évidence, ils avaient assez abusé du temps de Mlle Platham-Burke. Hollis se leva, aussitôt imité par Paige qui la remercia chaleureusement de sa coopération.

Quelques minutes plus tard, ils franchissaient les portes vitrées de l'immeuble et regagnaient la Lexus, munis de leur précieux dossier.

Après le départ de ses invités, Susan se tourna vers ses gardes du corps.

— Avez-vous enregistré l'entretien ? demanda-t-elle.

— Oui, mademoiselle.

— Bien. Je vais avoir besoin de plusieurs copies.

Les policiers lui avaient posé beaucoup de questions sur son premier entretien avec Paige Roberts, et elle ne douta pas qu'ils trouveraient cet enregistrement intéressant.

Si toutefois elle avait le courage de le leur envoyer.

Etant donné sa promesse, Paige résista à l'envie de consigner par écrit le témoignage de Susan Platham-Burke. Elle résolut de s'en remettre à sa mémoire, quoique défaillante, pour stocker ces nouvelles informations.

Elle se plongea dans les coupures de presse, lisant certains passages à voix haute, tandis que Matt prenait l'autoroute trans-canadienne en direction de l'ouest. Autour d'eux, les prairies du Manitoba où alternaient le blé et le seigle s'étendaient en un damier plat, parfois vallonné. De temps à autre, une ville, un fleuve ou des coteaux verdoyants venaient rompre la monotonie des riches plaines agricoles.

Paige poursuivit sa lecture jusqu'à ce que l'envie de vomir la submerge. Elle releva la tête et fixa la route afin de se calmer. Elle n'avait pas prévu l'impact que sa grossesse aurait sur sa vie, ses actes, ses pensées, sa santé, son régime, sa carrière, sans compter le choix de son partenaire. A ce stade de ses pensées, elle refusa de poursuivre, en tout cas pas avec Matt juste à côté.

Elle lui jeta un coup d'œil. La cicatrice visible au-dessus de ses lunettes de soleil lui donnait un air dangereux, et elle songea qu'il faisait parfaitement illusion en tant que garde du corps. D'ailleurs, il lui semblait pouvoir jouer tous les rôles. Pendant l'entretien, il l'avait impressionnée en posant des questions auxquelles elle n'avait pas pensé.

Refermant le dossier, elle chassa délibérément Matt de son esprit et prit note de demander à Brenda tous les articles de presse consacrés à Claude dans le mois qui avait précédé son enlèvement. Les yeux tournés vers la vitre, elle contempla les champs de céréales avec une pointe de lassitude. Retrouver la piste des ravisseurs à travers ces articles lui semblait aussi difficile que rechercher une aiguille parmi tous ces plants.

— Fatiguée ? lui lança Matt en tendant la main afin de lui masser la nuque. Si le trajet jusqu'à Brandon te paraît trop long, je peux retourner à Portage La Prairie.

A son contact, elle sentit une vague de chaleur descendre le long de son dos avant de venir embraser son ventre.

— Je ne suis pas fatiguée. Frustrée, tout au plus.

Cela ne faisait pas plus d'une heure qu'ils roulaient, mais les motels étaient rares. Seule une douzaine de villes dans toute la province pouvait se vanter d'avoir de quoi loger des voyageurs.

— J'ai un remède à ça.

Elle le fixa avec méfiance, le cœur battant sourdement dans sa poitrine. Ses doigts caressaient un point sensible situé à base de son crâne, et elle sentit soudain une onde de plaisir parcourir son cuir chevelu. Voilà qui ne l'aiderait pas à garder leur relation platonique.

— Et quel est ce remède ? demanda-t-elle en se soustrayant à ses caresses.

— Tu n'as qu'à me descendre en flammes.

— Pardon ?

— Tu sais bien… Je dis quelque chose, tu contestes, on discute, et au bout de quelques minutes, tu clos le sujet avec une brillante repartie, souriante et nettement plus détendue.

— A t'entendre, on croirait que ça te plaît, remarqua-t-elle en réprimant un sourire.

— Mais oui.

— Eh bien, dans ce cas, laisse-moi te dire que tu as un curieux sens du divertissement.

— Qu'y a-t-il de curieux à admettre qu'on aime discuter avec une personne ? Qu'on apprécie de la voir sourire ?

Il marqua une pause et ajouta, l'air amusé :

— Et aussi de la voir rougir ?

Le diable l'emporte !

Comment allait-elle réussir à passer la nuit dans la même chambre que lui sans succomber après ces paroles qui le rendaient encore plus sexy et attachant à ses yeux ?

— Est-ce là ta tactique pour débaucher les femmes ? Tu les charmes avec des paroles suaves ?

— Non, je couche avec elles.

Elle le dévisagea, bouche bée, avant d'éclater de rire devant le sourire taquin qui flottait sur ses lèvres.

— C'est ça…

Tournant la tête vers la vitre, elle s'efforça de calmer l'excitation qu'il avait provoquée en elle.

Depuis qu'ils avaient dépassé Portage La Prairie, la route suivait un tracé sinueux à travers un paysage vallonné ponctué de bosquets d'épicéas et de tilleuls. Malheureusement, Paige ne parvenait pas à savourer ce spectacle pourtant incomparable. Chaque kilomètre qu'ils parcouraient la rapprochait un peu plus du motel où ils s'arrêteraient, et elle ne pouvait s'empêcher d'imaginer ce à quoi ressemblerait une nuit entre les bras de Matt.

Parler s'avéra son seul recours pour empêcher ce fantasme d'accaparer ses pensées. Pendant le dîner, ils discutèrent des enlèvements, étalèrent des papiers partout dans la chambre, firent de nouvelles suppositions. Et quand Paige se sentit incapable de supporter plus longtemps cette tension entre eux, elle céda à la lâcheté et annonça à Matt qu'elle allait se coucher.

Elle s'endormit rapidement, mais se réveilla un peu avant 7 heures avec, pour première vision, les jambes nues de Matt qui dépassaient des draps dans le lit d'à côté. Il dormait sur le ventre, le visage tourné vers elle, les traits radoucis dans la pénombre. Elle le contemplait avec tendresse quand un fragment de souvenir — celui d'un autre homme dormant dans un autre lit — se matérialisa dans son esprit avant de disparaître comme il était venu.

En proie à un haut-le-cœur, elle se précipita vers la salle de bains. Mais les vestiges d'un sourire persistaient sur ses lèvres lorsqu'elle s'aspergea le visage d'eau froide, quelques minutes plus tard. Un autre souvenir avait refait surface, celui d'un homme qui ne pouvait être que le père de son enfant.

Le cœur battant, elle agrippa le bord du lavabo et se concentra sur les émotions qui bouillonnaient en elle. La peur était l'une d'entre elles. Mais elle n'aurait su dire si elle était provoquée par l'homme qu'elle avait entraperçu ou par la perspective d'affronter ce qui était si profondément enfoui dans son subconscient.

Matt dormait encore quand elle sortit de la salle de bains. Bien qu'elle soit encore un peu barbouillée, son ventre semblait lui réclamer à manger. Sans faire de bruit, elle enfila une robe d'été en jean assez ample, ses sandales, puis attrapa son sac à main et le pot de Nutella qu'elle avait emporté dans ses bagages.

Elle se glissa hors de la chambre. Dehors, le soleil illuminait la coursive, et ses rayons dorés se reflétaient dans l'eau turquoise de la piscine en contrebas.

Tout en longeant la coursive, Paige laissa ses pensées dériver vers l'image troublante que sa mémoire avait exhumée quelques minutes plus tôt. Le visage de l'homme était noyé dans l'ombre. Mais peut-être qu'en se concentrant sur d'autres détails ou sensations, elle parviendrait à mettre en lumière des éléments plus concluants.

La chambre, par exemple. Etait-elle luxueuse ou minimaliste ? Renfermait-elle des objets personnels, du type photos ou livres, ou s'agissait-il d'une chambre d'hôtel anonyme ? Y avait-il une fenêtre susceptible de lui révéler un paysage distinct ?

Elle était tellement absorbée dans ses pensées qu'elle n'entendit pas le chariot de la femme de chambre foncer sur elle. Déséquilibrée, elle bascula de l'autre côté de la balustrade, au-dessus de la piscine qui scintillait deux étages plus bas.

7

Dans un geste de survie, Paige s'agrippa d'une main à la balustrade. Une douleur insoutenable remonta dans son bras comme s'il était sur le point de se disloquer. Elle leva l'autre main et s'accrocha aux barreaux. Ses jambes se débattaient dans le vide. Deux étages plus bas, deux chocs sourds se succédèrent. Son sac à main et le pot de Nutella avaient fini leur chute sur le sol en béton qui entourait la piscine.

— Au secours ! cria-t-elle. Matt !

Sauf qu'il ne pouvait pas l'entendre. Il dormait encore lorsqu'elle était sortie.

Prise de panique, elle regarda en bas afin d'évaluer la situation. Elle qui espérait être juste au-dessus de la piscine constata avec horreur que, si elle tombait, elle connaîtrait le même sort que son sac et le Nutella, et s'écraserait sur le béton.

— A l'aide ! hurla-t-elle à pleins poumons. Je vous en prie, aidez-moi !

Des portes s'ouvrirent à la volée au premier et au deuxième étage du motel, et des voix se firent entendre.

— Je suis là ! Suspendue à la balustrade !

Ses doigts moites glissaient traîtreusement sur les barreaux en fer forgé.

La coursive vibra. La personne qui approchait repoussa le chariot.

— Tenez bon, j'arrive ! lança une voix masculine au milieu du brouhaha.

— Dépêchez-vous ! Je ne suis pas sûre de pouvoir tenir encore longtemps.

Puis elle distingua une voix familière parmi les autres.

— Ecartez-vous ! Vite !

Son visage apparut au-dessus de la balustrade, et ses mains hâlées se refermèrent sur ses poignets.

— Je te tiens.

Elle sentit les larmes lui monter aux yeux.

— Oh, Matt…

— N'aie pas peur, je ne vais pas te lâcher.

Aidé de deux autres personnes, il la hissa par-dessus la balustrade et la ramena sur la coursive, saine et sauve. Des applaudissements enthousiastes fusèrent de tous côtés.

— Je ne peux donc pas te laisser seule un instant, murmura-t-il en la serrant dans ses bras. Veux-tu que j'appelle une ambulance ?

Elle secoua la tête. Ses côtes lui faisaient mal là où le chariot l'avait percutée, et les articulations de ses épaules étaient douloureuses, mais rien de plus.

— Non, ça devrait aller.

Après avoir remercié les deux hommes qui avaient participé à son sauvetage, elle dévisagea les personnes rassemblées sur la coursive. Mais il n'y avait là que des inconnus qui posaient sur elle un regard à la fois interdit et curieux. Nulle part elle ne vit la femme de ménage à qui ce chariot aurait pu appartenir.

Une femme âgée, vêtue d'une robe à motifs hawaïens, déboucha de l'escalier.

— J'ai trouvé votre sac près de la piscine, déclara-t-elle en le lui tendant. En revanche, le pot était cassé.

— Je vous remercie.

— Il n'y a pas de quoi. Je suis bien contente que vous n'ayez rien. Que s'est-il passé. ? Vous avez trébuché ?

— Eh bien, pas exactement…

Paige laissa sa phrase en suspens. Volant à son secours, Matt éleva la voix pour inciter les curieux à retourner à leurs occupations, et la ramena dans leur chambre.

— Voler à mon secours devient une habitude chez toi, remarqua-t-elle en s'asseyant sur son lit.

— J'en ai bien peur.

S'installant à côté d'elle, il effleura sa pommette de son pouce. C'était une toute petite caresse, et pourtant le frisson de plaisir qu'elle ressentit à ce contact la traversa tout entière.

— Que s'est-il passé ? demanda Matt, les sourcils froncés. Je croyais que nous étions d'accord sur le fait que je ne devais pas te lâcher d'une semelle.

Derrière son inflexion autoritaire, elle crut percevoir une profonde inquiétude. A moins qu'il ne s'agisse simplement de contrariété parce qu'elle avait désobéi à ses ordres.

— Le bébé avait envie d'une tartine de Nutella, et je n'ai pas voulu te déranger, expliqua-t-elle en haussant les épaules. Comment aurais-je pu deviner qu'un chariot de ménage allait me foncer dessus et m'obliger à jouer les trapézistes de haut vol ? En tout cas, aucune femme de chambre ne s'est trouvée dans les parages pour me secourir ou au moins assumer la responsabilité de l'incident.

— Ce qui signifie sans doute que c'est elle qui a poussé le chariot...

Il secoua la tête, un pli soucieux lui barrant le front.

— C'est le deuxième accident en quatre jours. Ça me paraît trop pour une simple coïncidence. Peut-être devrions-nous interroger le directeur du motel et les femmes de chambre.

— Ils appelleront la police qui voudra savoir pourquoi je pense que quelqu'un cherche à me tuer.

Elle lui prit le bras et le supplia du regard. En proie à un mauvais pressentiment, elle ressentait le besoin urgent de quitter ce motel.

— Je t'en prie, Matt, partons d'ici. Il est évident que quelqu'un nous a suivis.

De nouveau, elle avait refusé d'appeler la police. Soupçonneux, Hollis voyait ses doutes resurgir. Chaque fois qu'il commençait à lui faire confiance, un événement nouveau survenait, et il se sentait comme un imbécile d'avoir cru en elle.

Il serra les mâchoires. Au fond, il n'avait qu'une certitude : elle était enceinte, et l'enfant qu'elle portait était peut-être le sien. Et cette raison lui semblait suffisante pour qu'il risque sa vie et sa santé mentale afin de découvrir qui cherchait à la tuer.

— Très bien. Allons-y.

Cela faisait deux jours qu'ils avaient repris la route. Sur l'autoroute transcanadienne, le flot de voitures était toujours aussi dense, et Hollis jetait de fréquents coups d'œil à son rétroviseur afin de s'assurer que personne ne les suivait. Il tentait notamment de repérer une éventuelle berline bleu foncé, similaire à celle qui avait failli renverser Paige quelques jours auparavant.

A vrai dire, il devenait franchement paranoïaque et suivait Paige comme son ombre. Elle semblait d'ailleurs avoir de plus en plus de mal à le supporter, en particulier lorsqu'il faisait le pied de grue devant la porte des toilettes. Mais il ne pouvait s'en empêcher.

Au vu de l'instinct de protection qu'il manifestait envers elle, il concevait encore moins que son père ait pu les abandonner, sa mère et lui. Qu'il leur ait tourné le dos comme s'il se moquait de ce qui pourrait leur arriver au milieu de ce panier de crabes qu'était la famille Hollis. Quelles que soient les circonstances, un homme ne devait pas abandonner sa famille, et ce, même s'il soupçonnait la femme qu'il aimait de l'avoir trompé.

Hollis n'avait pas cessé d'aimer Paige, en dépit des doutes qui l'habitaient. Sa compagnie était comparable à la dégustation d'un verre de limonade glacée : une expérience exquise quoique un peu amère et qui n'assouvissait que temporairement son envie d'elle. Il priait, d'une part, pour qu'elle se révèle innocente des faits qui la mettaient en cause, et, d'autre part, pour qu'il soit le père de son enfant. Dieu merci, leur voyage à travers le pays n'avait encore fait resurgir aucun souvenir traumatisant d'une agression sexuelle.

Le soir était tombé lorsqu'ils parvinrent à Calgary, la ville où résidait Will Harper, la troisième victime. Une fois de plus, ils descendirent dans l'hôtel que Paige avait réservé lors de son premier voyage. La fenêtre de leur chambre donnait sur les montagnes Rocheuses aux sommets recouverts de neiges éternelles. Ce spectacle magnifique rendit à Hollis l'espoir que leur quête finirait par aboutir d'une manière ou d'une autre lorsqu'ils atteindraient la côte Pacifique et Vancouver.

C'était là qu'ils s'étaient connus, là qu'elle recouvrerait la mémoire. Il en était persuadé.

— J'essaierai de nouveau de joindre Will Harper demain matin, déclara Paige en le regardant par-dessus son menu.

Ils avaient trouvé un restaurant-grill à deux pas de l'hôtel. Des lassos, des roues de chariots et des photos de rodéo décoraient les murs. Au milieu de la table de bois brut, la flamme d'une bougie dansait dans un globe couleur rubis.

— Cette fois, je passerai le barrage de sa secrétaire, poursuivait Paige avec détermination. Et si ça ne marche pas, nous pourrons toujours l'attendre en bas de son bureau ou devant chez lui. Il est hors de question que nous quittions Calgary sans lui avoir parlé. Nous avons besoin de tous les détails possibles sur les ravisseurs. Sans ça, le Pr Zbarsky ne pourra pas établir leur profil.

Sous la table, Hollis lui envoya un léger coup de genou afin de la faire taire. Depuis qu'ils s'étaient installés, il observait à la dérobée l'homme assis à la table située juste en face de la leur. Ce dernier, vêtu d'un jean délavé et d'un T-shirt arborant une réflexion de mauvais goût sur les femmes, portait des bottes de cow-boy éculées, et son physique musculeux lui donnait l'air d'un dur à cuire. Levant les yeux, il soutint un instant le regard de Hollis, puis porta son attention sur Paige. En dépit de la casquette crasseuse qui lui masquait la moitié du visage, Hollis crut discerner une intention sournoise dans ses yeux. Sans doute était-ce le fruit de son imagination, car l'homme leur adressa un signe de tête courtois avant de se désintéresser d'eux et de se plonger dans la lecture du menu.

Hollis promena son regard autour de lui. Quatre-vingt-quinze pour cent des hommes présents dans la salle portaient des bottes de cow-boy.

Seigneur, il devenait complètement paranoïaque…

— Quelle poisse ! s'exclama Paige en raccrochant le téléphone. La secrétaire de Harper ne veut toujours pas me le passer. Elle ne cesse de répéter « pas d'interviews ». Elle n'a même pas voulu me dire si, oui ou non, je l'avais déjà rencontré !

Agacée, elle se leva et se tourna vers Matt qui rangeait son rasoir dans sa valise. En le voyant ainsi rasé de près et tiré à quatre épingles, elle ne put retenir un sursaut. Il portait un pantalon noir et une veste grise faite sur mesure au-dessus d'une audacieuse chemise à rayures rouges. Une cravate de soie à motifs géométriques — que son père aurait beaucoup appréciée, songea-t-elle, bien que ce ne fût pas le sujet — complétait sa tenue.

Il était fin prêt à lancer une OPA. Une OPA d'une nature très personnelle dont elle-même serait l'objet.

Embarrassée par la tournure que prenaient ses pensées, elle s'efforça de les chasser de son esprit et lança :

— Prépare-toi. Tu es sur le point d'expérimenter les méthodes des paparazzi. Rester en planque pendant des heures, s'immiscer dans la vie privée des gens, harceler dans l'espoir d'obtenir une interview…

— Avant d'en arriver là, pourquoi ne me laisses-tu pas prendre contact à mon tour avec Harper ? En tant que chasseur de têtes, je peux prétendre avoir une offre alléchante à lui soumettre. Je suis sûr qu'il acceptera de me recevoir.

— Ethiquement parlant, cette approche est plus intéressante, en effet. Quant à savoir si ça marchera…

— Quoi ? Tu penses que ma proposition ne l'intéressera pas ? Elle lui tendit le téléphone avec nonchalance.

— Mais je t'en prie…

A sa grande surprise, la tactique de Matt fonctionna. Harper accepta de le recevoir à la condition qu'il se présente dans la demi-heure.

— Pourquoi ne lui as-tu pas dit la vérité quand tu l'as eu en ligne ?

— Je ne voulais pas prendre le risque qu'il change d'avis. D'ailleurs, il veut que j'aille seul au rendez-vous. J'ai l'impression que Harper a peur des médias, et si la secrétaire te voit, elle nous refoulera sûrement.

— Je suppose que tu as raison, admit-elle avec un soupir de frustration.

Elle alla chercher le dossier et son magnétophone, et les lui tendit.

— Merci.

Il fronça les sourcils en la regardant.

— Je n'aime pas te laisser seule ici. Promets-moi que tu ne sortiras pas de cette chambre et que tu n'ouvriras à personne.

— Je te le promets, marmonna-t-elle.

— J'ai ta parole de journaliste ?

Furieuse, elle le fusilla du regard et le poussa sans ménagement vers la porte.

— Tu n'es pas déjà parti ? Sache que je vais savourer chaque seconde loin de toi !

Sauf qu'elle s'aperçut, peu après son départ, qu'elle n'était pas vraiment seule. Il y avait l'enfant qui grandissait en elle, et ce parfum qui flottait dans l'air, l'empêchant de penser à autre chose qu'à Matt.

— J'irai droit au but, annonça Hollis en serrant la main de Will Harper. Je me suis fixé pour mission de retrouver les hommes qui espèrent pouvoir nous prendre impunément en otage et ponctionner nos comptes bancaires.

La main de Will Harper se crispa dans la sienne, et ses yeux noirs se rétrécirent, conférant à son visage agréable une expression inquisitrice. D'abord avocat, Harper s'était hissé à force de travail et avait fondé une société d'investissement immobilier. Son entreprise valait aujourd'hui des millions de dollars.

— Je crains de ne pas comprendre, monsieur Darby. Vous avez dix secondes pour m'expliquer la raison de votre présence ici avant que j'appelle la sécurité.

— Matt Darby est la nouvelle identité que les policiers m'ont fait endosser après l'attentat dont j'ai été victime. Je m'appelle Hollis Fenton.

Harper pâlit sous son bronzage et lui lâcha la main.

— Mais je croyais que vous étiez mort…

— Seules quelques personnes sont au courant. Dont vous, maintenant. Si je ne peux pas m'en remettre à un avocat pour garder un secret, à qui le pourrais-je ?

— Qu'est-ce qui me prouve que vous êtes vraiment celui que vous prétendez être ?

— Demandez à votre secrétaire d'appeler mon oncle Luther au groupe Hollis. Demandez-lui s'il fait partie des référents cités par Matt Darby.

Harper passa lui-même l'appel et obtint rapidement confirmation de la part de Luther. Après avoir raccroché le téléphone, il reprit place dans son fauteuil en cuir noir et invita Hollis à s'asseoir également.

— Eh bien, monsieur Fenton, qu'attendez-vous de moi ?

— J'aimerais que nous comparions les détails de nos enlèvements. Je me suis déjà entretenu avec Susan Platham-Burke, sans toutefois lui révéler ma véritable identité en raison de la présence d'un tiers. Et une source proche de la famille de Claude Belanger m'a fourni des informations concernant le premier enlèvement.

Il se pencha en avant et poursuivit :

— Six semaines se sont écoulées depuis mon enlèvement, ce qui signifie que le prochain se rapproche. Vous me semblez intelligent, et à nous deux, nous pourrions peut-être découvrir quelque chose qui mettra la police sur la piste de ces criminels. La question est la suivante : êtes-vous prêt à m'aider ?

Il regarda ostensiblement la photographie d'un bébé au sourire d'ange, posée sur le bureau.

— Vous avez beaucoup à perdre.

Harper prit le cadre en étain dans lequel était exposée la photographie et le tourna vers lui, le visage rayonnant de fierté.

— Elle s'appelle Emma. Et vous avez raison. Ne serait-ce que pour elle, je me dois de vous aider.

A ces mots, Hollis sentit l'adrénaline fuser dans ses veines.

Après que l'avocat eut appelé sa secrétaire afin de lui demander de ne le déranger sous aucun prétexte, il lui exposa la théorie du Pr Zbarsky, et lui montra le dossier que Paige avait constitué.

— La police est-elle au courant de cette théorie ? s'enquit Harper.

— Je ne leur en ai pas parlé, mais j'imagine que leurs experts ont abouti aux mêmes conclusions.

— Je comprends mieux maintenant le sens de leurs dernières paroles : « Une chance pour vous, vous avez donné aux autres le bon exemple, et vous vivrez assez longtemps pour connaître l'âge de la retraite. »

Harper posa une paire de lunettes sur son nez et passa en revue toutes les coupures de presse ainsi que les notes de Paige. Quand il eut fini, il releva la tête avec un soupir.

— Voilà qui me donne une bonne raison de fuir la presse sous toutes ses formes pour le restant de mes jours, commenta-t-il avec dégoût. Comment se fait-il qu'il n'y ait aucune photographie de vous dans les journaux ?

— J'ai toujours détesté les flashes des photographes. Après l'attentat, mon oncle Luther s'est assuré qu'aucune photographie ne serait communiquée à la presse par mesure de précaution. Mon oncle est un homme très influent.

— En effet. Je pense que vous avez raison sur la manière dont chacun d'entre nous a été choisi. Je suis convaincu d'avoir été repéré à cause d'un portrait réalisé par un magazine économique local en octobre dernier. A ce moment-là, les ravisseurs devaient être en train de chercher une nouvelle cible après l'enlèvement de Mlle Platham-Burke en août. Ça leur a laissé quelques mois pour se familiariser avec mes habitudes.

Harper secoua la tête avec véhémence.

— Bon sang, je n'avais pas la moindre idée de ce qui allait se passer quand j'ai constaté, en rentrant la voiture, que l'ampoule du garage était grillée. Je me suis dit que je ferais mieux de la changer avant le retour de Mary. Je ne voulais pas qu'elle trébuche dans les escaliers, dans son état. A l'instant même où je suis sorti de la voiture, ils se sont jetés sur moi. Je leur ai envoyé quelques coups bien sentis, mais ils ont fini par me terrasser. Ils étaient trois. C'est le coup sur la tête qui m'a finalement mis hors jeu.

— Comment pensez-vous qu'ils se soient renseignés sur vos habitudes ? Avez-vous reçu des appels suspects ? Une personne étrangère s'est-elle immiscée dans votre vie, ou celle de votre femme, avant votre enlèvement ?

— A mon avis, ils surveillaient la maison. Tous les mardis à 17 heures, Mary se rend à un cours de gym destiné aux femmes enceintes et rentre vers 18 h 30. Quant à moi, je suis de retour à la maison vers 18 heures.

Donc, il n'était pas question d'une rencontre avec une magnifique blonde aux yeux gris et au sourire énergique, songea Hollis, profondément soulagé.

— Que pouvez-vous me dire sur vos agresseurs ? Avez-vous remarqué des signes particuliers ? Taille, corpulence, couleur de cheveux ?

— Eh bien, avant qu'ils me mettent cette cagoule, j'ai cru apercevoir le reflet de cheveux gris dans l'obscurité. Et l'un d'entre eux devait être gros, car mon poing est entré en contact avec un ventre flasque. Les deux autres m'ont paru plus minces et largement plus grands que moi.

Il eut un sourire penaud.

— Ça ne nous mène pas bien loin, n'est-ce pas ?

— Au contraire, corrigea Hollis. Vous venez de confirmer les observations de Susan Platham-Burke. Un homme en surpoids, un autre aux cheveux grisonnants... Voyez-vous autre chose ? Comment s'exprimaient-ils ? Quel était leur niveau d'instruction ?

— Ce n'étaient pas des voyous de seconde zone, mais ils faisaient eux-mêmes le travail physique. Ils m'ont donné l'impression de posséder un certain bagage universitaire. Ils n'ont pas profité de leur avantage pour me brutaliser ou me menacer, ce qui laisse supposer qu'ils n'étaient pas issus de l'armée ou de la police. Ces hommes étaient sans pitié, mais on ne peut plus courtois. Je ne doutais pas qu'ils mettraient leurs menaces à exécution si je cherchais à les doubler. Vous pouvez remercier le ciel d'avoir survécu à leurs représailles.

— Je le ferai quand ils seront derrière les barreaux. Où vous ont-ils emmené ?

— En dehors de la ville. Dans un endroit tranquille, sans bruits de circulation. Je les entendais jouer au poker dans une autre pièce, mais ils parlaient tout bas pour que je ne puisse pas comprendre leurs conversations. De temps à autre, l'un d'entre eux partait acheter à manger avec le fourgon. J'avais un régime liquide, je m'alimentais avec une paille. Ils m'avaient attaché à une chaise.

— Moi aussi, excepté que l'un d'entre eux trouvait amusant de me donner la becquée.

— J'avais l'autorisation d'aller aux toilettes, mais sous surveillance et le pistolet pointé sur ma nuque. Je n'ai jamais parlé de ça à Mary.

— Il s'agissait d'une maison, pas d'un immeuble ?

— Oui. Probablement une maison louée pour l'occasion. Elle m'a paru assez petite, mais il y avait un garage et une allée en gravier. La police a déployé de gros efforts afin de tenter de localiser l'endroit. Malheureusement, j'étais à moitié inconscient pendant le trajet, et je n'ai pas pu estimer le temps qu'il nous a fallu pour arriver à destination. Tout ce que je sais, c'est que nous avons roulé au pas pendant un moment. Ce qui ne nous révèle pas grand-chose, car les embouteillages sont monnaie courante à Calgary.

— D'après le bruit de leurs pas, pouvez-vous me dire s'ils portaient des chaussures plates ou à talons ?

— Des chaussures plates.

— Pas des bottes de cow-boy ?

Harper haussa un sourcil.

— Non. Pourquoi cette question ?

— Comme vous, Susan Platham-Burke a affirmé que ses ravisseurs étaient au nombre de trois. Or, j'ai eu affaire à quatre hommes. Et l'un d'entre eux portait des bottes de cow-boy qui m'ont laissé de douloureux souvenirs à plus d'un endroit.

— Ils se seraient adjoint un quatrième complice ?

— En fait, il est tout à fait possible qu'il les ait assistés depuis le début tout en restant en retrait, et que le mal qu'ils avaient eu à vous maîtriser les ait incités à augmenter leur nombre, suggéra Hollis. A-t-on retrouvé, à l'endroit où ils vous ont relâché, des empreintes qui puissent indiquer leur nombre ?

— Non, mais je crois qu'ils n'étaient que deux à ce moment-là.

Harper lui raconta ensuite les détails de la transaction. La rançon s'élevait à un million de dollars, et c'était son frère qui avait été chargé de la remettre aux ravisseurs en suivant leurs ordres grâce à son téléphone portable. Après avoir dû changer maintes fois de direction, il s'était finalement retrouvé à l'un des arrêts de l'interurbain, en pleine heure de pointe.

— Ils lui ont donné l'ordre de ne pas se retourner quand quelqu'un lui taperait à deux reprises sur l'épaule. A ce signal, il devait se contenter de lâcher le sac contenant l'argent puis s'éloigner sans se retourner. On l'avait averti que, s'il désobéissait ne serait-ce qu'à une seule de ces consignes, il aurait ma mort sur sa conscience. Trois heures plus tard, ils ont appelé le *Calgary Herald* pour annoncer ma libération.

Entre-temps, ils avaient sans doute vérifié que personne n'avait cherché à les berner. Une précaution qu'ils avaient prise aussi avec lui, songea Hollis. Son oncle Luther lui avait appris qu'avant de remettre l'argent de la rançon, il avait demandé que l'on dissimule un radio-émetteur miniaturisé dans la couture du sac. Les ravisseurs l'avaient découvert et, en guise de représailles, avaient organisé l'attentat à son encontre.

— La rançon de Claude Belanger a été déposée dans un entrepôt miteux près du fleuve Saint-Laurent. Pour Susan Platham-Burke, un membre de la famille a dû se rendre dans une forêt déserte où une voix lui a intimé l'ordre de laisser l'argent et de partir. Il n'a vu personne. Ça s'est passé de la même façon pour moi, poursuivit-il avant de nuancer son propos : À quelques détails près, néanmoins. Ils ont exigé davantage d'argent de ma famille. La cagoule que je portais avait été confectionnée dans un autre tissu. Et quand ils ont appelé ma secrétaire, ils n'ont pas précisé l'endroit où j'avais été relâché. Bref, on dirait qu'ils prennent un malin plaisir à varier leurs méthodes.

— Hmm, fit Harper, l'air perplexe. A moins qu'il ne s'agisse de l'œuvre d'un imitateur. Avez-vous des ennemis ?

Hollis laissa échapper un rire amer en songeant à ses cousins qui lui enviaient sa place et à sa tante Evelyn dont les rêves la propulsaient à la tête du groupe.

— Des membres de ma famille, pour la plupart.

Harper ne cilla pas.

— Je suis encore stupéfait que mon frère ne se soit pas retourné… Je suppose qu'il a gagné en maturité maintenant qu'il a passé la trentaine. Pour information, ma cagoule était en coton noir avec une ouverture grossièrement découpée. Avez-vous discuté avec Ellen Cummings à Halifax ?

.— Pas encore.

Ellen Cummings, la quatrième victime, habitait la Nouvelle-Ecosse sur la côte Est, c'est-à-dire à l'autre bout du Canada. A priori, Paige ne l'avait pas rencontrée lors de son premier voyage.

— Son enlèvement invalide la théorie selon laquelle les ravisseurs opéraient d'est en ouest, remarqua Hollis.

— Et puisqu'il s'est trouvé pris en sandwich entre les nôtres, elle devrait pouvoir nous dire s'ils ont augmenté la demande de rançon, changé le tissu de la cagoule, employé le quatrième complice. Si vous voulez, je peux essayer de l'appeler maintenant.

Hollis acquiesça d'un signe de tête. En parlant d'un possible imitateur, Harper avait inséré le doute quant à l'innocence des siens, et il espéra que le témoignage d'Ellen Cummings suffirait à les balayer. Certes, il se méfiait de sa famille, la détestait parfois, mais il se refusait à croire qu'ils tiennent les liens du sang en si piètre estime. Lors de son enlèvement, son oncle et ses cousins avaient fait corps derrière lui et avaient payé la rançon. Un geste qui avait plus d'importance à ses yeux que toutes les brimades qu'il avait subies par le passé.

L'idée que l'un d'entre eux soit impliqué dans l'attentat lui glaçait le sang. Car cela signifiait qu'il savait qu'il avait survécu. Et que c'était lui qui s'acharnait sur Paige.

— Bon sang, où étais-tu passé ? lança Paige en ouvrant la porte à la volée.

Posément, Matt rangea la carte magnétique dans sa poche et pénétra dans la chambre. Alors qu'elle l'examinait de la tête aux pieds, soulagée de le savoir indemne, elle sentit un léger mouvement dans son ventre, comme si le bébé était lui aussi heureux de sa présence.

Elle suivit Matt des yeux, impatiente qu'il lui raconte son entrevue avec Harper. Elle n'avait pas l'habitude de déléguer, même à quelqu'un en qui elle avait autant confiance. Et dire qu'il avait l'audace de lui sourire après lui avoir fait endurer ce suspense insoutenable pendant quatre heures !

— Je t'ai manqué, on dirait, remarqua-t-il, l'air amusé. Je suis flatté.

Etait-elle aussi transparente ? Maugréant intérieurement, elle se déroba de façon à ne pas avoir à répondre aux questions implicites qu'elle lisait dans son regard.

— Je meurs de faim. Dieu merci, tu as apporté à manger !

Elle lui prit des mains l'un de ses deux sacs. Il sentait bon l'huile d'olive, le vinaigre et les poivrons. Plongeant le nez à l'intérieur, elle aperçut de gros sandwichs achetés dans une épicerie fine et chipa un cornichon qui dépassait.

— Mmm, délicieux, fit-elle en le croquant. Mais ça manque de Nutella.

— Attends une seconde.

Et il sortit un pot de Nutella de la poche de sa veste.

En voyant le pot dans sa grande main hâlée, elle sentit les larmes lui monter aux yeux.

— Merci, murmura-t-elle d'une voix étranglée.

Son émotion était d'autant plus grande que le flash qu'elle avait entrevu au motel annonçait la fin de son amnésie pour bientôt. Ce qui signifiait que leur séparation était proche. Quels que soient les termes dans lesquels ils se sépareraient, elle savait qu'elle en souffrirait terriblement. Certes, ils ne feraient que reprendre le cours de leurs existences, mais pour elle qui s'était attachée à Matt plus que de raison, cela sonnait comme une rupture.

Elle prit le pot de Nutella et dévissa le couvercle.

— Allez, dépêche-toi de tout me raconter. As-tu enregistré l'entretien ?

— Harper est avocat, il a refusé.

— Ça paraît logique.

Matt déposa sa sacoche sur son lit, puis alla s'asseoir à la table disposée dans un coin de la chambre. Il sortit des sacs de courses deux énormes sandwichs, ainsi qu'un soda pour lui et une brique de lait pour Paige.

— Vu la durée de ton absence, j'imagine que tu as quand même beaucoup à me dire.

— C'est vrai. La première, c'est qu'il ne t'avait pas accordé d'interview. Depuis l'enlèvement, il tient la presse à distance et a mis en place des mesures de sécurité encore plus drastiques que celles de Susan Platham-Burke. Concernant la durée de l'entretien, les heures ont passé sans que je m'en aperçoive. Il faut dire que Harper a organisé une vidéoconférence avec Ellen Cummings à Halifax.

Stupéfaite, Paige laissa tomber le cornichon dans le pot de chocolat.

— Il a fait *quoi* ?

Indépendante par nature, elle balança entre la contrariété et l'excitation de voir que Matt avait réussi là où elle avait échoué.

— Harper a appelé Ellen Cummings, répéta-t-il avec un sourire amusé. Ils ont comparé les détails de leurs enlèvements avec ceux que nous connaissons de Susan Platham-Burke et Claude Belanger. Ma sacoche est pleine de documents que tu auras, je n'en doute pas, grand plaisir à compulser. J'ai rapporté les copies de leurs déclarations à la police, les coupures de presse sur Harper dont l'article qui, selon lui, l'a désigné comme une victime potentielle, ainsi que tout un tas de papiers qu'Ellen Cummings nous a faxés depuis son bureau.

Cette fois, elle n'hésita plus et, laissant libre cours à son enthousiasme, se leva à demi de sa chaise dans l'intention de l'embrasser,

— Si je m'écoutais, je…

S'interrompant brusquement, elle se rassit en hâte, terriblement gênée par son geste spontané.

Matt se pencha vers elle et prit sa main dans la sienne.

— Que ferais-tu ? murmura-t-il, son souffle lui effleurant la joue.

Elle s'empourpra. Il lui suffirait de tourner légèrement la tête pour plonger dans son regard bleu ciel rempli de désir.

« Je t'embrasserais. Je te maudirais pour m'avoir fait ressentir ce besoin que j'ai de toi. Je t'accablerais de reproches pour m'avoir fait souhaiter que cet homme dont j'ai le souvenir, et qui est le père de mon enfant, n'existe pas. »

— Je passerais le reste de la journée à lire ces documents, répondit-elle à la place.

Elle s'obligea à se rappeler toutes les raisons qui l'empêchaient de l'embrasser. En tout cas pour l'instant, voire à jamais. Qu'importaient la tendresse qui brillait dans son regard, le bien-être qu'elle ressentait en sa présence, son parfum divinement viril. Tant qu'elle ne connaîtrait pas l'identité du père de son enfant, elle ne s'autoriserait pas à aimer Matt.

Pendant ses quatre heures de solitude, elle s'était rappelé un détail sur sa nuit avec l'inconnu : le motif de cordage sur l'édredon. D'accord, cela ne l'aidait pas beaucoup, mais ce n'en était pas moins un progrès. A vrai dire, elle souffrait cruellement de ne pas se souvenir avec qui elle avait passé les deux semaines entre la date de son arrivée à Vancouver et le jour de l'explosion. Elle n'avait trouvé pour cette période qu'un reçu, et qui concernait un achat d'essence. Cela ne lui donnait pas beaucoup d'indications sur ses faits et gestes…

Avec grâce, elle retira sa main de celle de Matt.

Devant cette dérobade discrète, Hollis réprima un sourire. Il ne pouvait certes pas lui reprocher son attitude. D'ailleurs, il l'admirait, tant pour sa maîtrise d'elle-même que pour les nobles idéaux qui lui dictaient sa conduite. Au moins le tremblement révélateur de ses mains lorsqu'elle porta son sandwich à sa bouche le rassura-t-il dans son ego. De toute évidence, elle n'était pas totalement insensible à son charme, même si elle n'avait pas la moindre idée de son identité.

Laissant le badinage de côté, il s'appliqua à satisfaire la curiosité de Paige tout en passant sous silence ses propres révélations.

La vidéoconférence avec Ellen Cummings ne s'était pas avérée aussi instructive qu'il l'avait espéré. La jeune femme avait eu tellement peur qu'elle n'avait pu lui dire avec certitude si les ravisseurs étaient trois ou quatre. Elle n'avait repéré que deux voix distinctes. En revanche, elle pensait avoir une explication sur la différence de tissu de la cagoule : la sienne s'étant déchirée lorsqu'ils la lui avaient mise sur la tête, ils en avaient probablement changé lors du cinquième enlèvement. La rançon, quant à elle, s'élevait à un million de dollars, ce qui amena Hollis à se demander si les ravisseurs avaient augmenté son montant en s'adjoignant les services d'un quatrième larron.

Depuis l'entretien, une question lui trottait dans la tête. Il s'était toujours montré discret vis-à-vis de la presse, d'autant plus après le suicide de Christine. Si l'on supposait que son enlèvement n'était pas l'œuvre d'un imitateur, comment les ravisseurs l'avaient-ils sélectionné ? Il se rappela que la Pacific Gateway Shipping avait bénéficié de quelques articles dans les journaux économiques. A moins qu'il n'ait été mentionné au cours d'un reportage consacré à l'un des membres de sa famille. Il demanderait à Noreen de vérifier ce point à son arrivée à Vancouver.

Devant lui, Paige rayonnait littéralement. Le sandwich qu'elle venait de manger en entier ainsi que les informations dont il l'avait abreuvée semblaient l'avoir mise d'excellente humeur.

Le cœur serré, il se promit de tout faire pour les protéger, son bébé et elle. Vancouver était le dernier endroit où il souhaitait l'emmener. C'était là que tout avait commencé. Et il craignait que ce soit là que tout se termine.

8

Etrangement, Paige sentait sa nervosité s'accroître à mesure qu'ils approchaient de Vancouver. Elle ne cessait de croiser et décroiser les mains dans un mouvement à peine conscient, persuadée que les réponses à ses questions se trouvaient au pied des majestueuses montagnes North Shore qu'elle apercevait au loin.

Par mesure de précaution, Matt avait changé de voiture de location à Calgary. Elle avait été étonnée qu'il ne possède pas son propre véhicule, ce à quoi il avait répondu qu'en raison de ses nombreux déplacements, cela lui revenait moins cher en entretien.

En dépit de la climatisation, de la sueur perlait à son front, et elle avait la bouche sèche. Depuis le début du voyage, elle guettait une manifestation de ce type, un signal venu du plus profond d'elle-même lui indiquant qu'elle était en danger. En revanche, elle ne s'était pas préparée à la panique qui lui comprimait maintenant la poitrine au point de gêner sa respiration. Son inconscient semblait la supplier de rentrer chez elle.

— S'il te plaît, Matt, arrête-toi.

Il freina et se rangea sur le bas-côté. Avant même que la voiture se soit immobilisée, Paige ouvrit la portière et rejoignit le fossé en chancelant. Une odeur fétide régnait dans l'air, sans doute due au fumier des laiteries de la vallée du Fraser.

— Tiens.

Quelques mouchoirs en papier se matérialisèrent au-dessus de son épaule.

— Merci, murmura-t-elle, touchée par son attention.

— Est-ce que ça va?

Elle secoua la tête.

— Je ne peux pas me rendre là-bas, Matt. Quelle que soit

la chose qui m'est arrivée, quelle que soit l'identité du père du bébé, tout s'est passé là-bas. Soit au cours de ces deux semaines dont je n'ai pas le souvenir, soit quand j'ai quitté l'hôpital après l'explosion.

Elle se mit à trembler, et des larmes lui montèrent aux yeux.

— Il y a une force en moi qui proteste violemment, qui considère que ce serait de la folie que je mette les pieds dans cette ville.

Il la prit dans ses bras. Elle se blottit contre lui, tentant de puiser des forces dans sa chaleur.

— Matt, j'ai tellement peur…

— Je sais, mon ange, mais nous sommes si proches du but. Ma mère m'a dit un jour qu'être courageux ne signifiait pas n'avoir peur de rien, mais faire son devoir en dépit de sa peur.

Elle releva la tête et riva ses yeux aux siens.

— Tu viens de m'appeler « mon ange ».

— En effet.

Il y eut un silence.

— Que se passera-t-il si je retrouve le père du bébé et que je comprends que je l'aime ? lâcha-t-elle soudain. En deux semaines, on a le temps de tomber amoureux.

Elle se mordilla la lèvre inférieure.

— Peut-être n'éprouvait-il pas les mêmes sentiments à mon égard, ce qui expliquerait qu'il ne m'ait pas donné de ses nouvelles. Ou peut-être a-t-il attendu mon appel en se demandant pourquoi j'avais disparu de la surface de la terre.

Indifférent aux véhicules qui les dépassaient à toute vitesse, Hollis mourait d'envie de révéler à Paige la vérité. Malheureusement, tout ce dont il était sûr, c'est qu'il ne lui avait fallu qu'une semaine pour tomber amoureux d'elle. Il ignorait si, à ce moment-là, elle avait quelqu'un d'autre dans sa vie. Elle seule possédait cette information enfouie dans son inconscient.

L'idée qu'elle puisse être amoureuse d'un autre homme le pétrifia. Il se rappela un soir, il y a bien longtemps, quelques années après que son père avait quitté la maison familiale. A son retour de l'école, il avait trouvé sa mère furieuse et les yeux rougis par les larmes. Elle lui avait expliqué qu'elle aimait trop son père pour le supplier de revenir. Que le savoir heureux rendait son malheur supportable.

Ce n'était que maintenant qu'il comprenait ce qu'elle avait voulu dire.

— Si tu retrouves le père de ton enfant et que tu découvres qu'il peut te rendre heureuse, commença-t-il lentement, eh bien, je dirai que tu auras été récompensée pour ton courage.

— Et si je m'aperçois que j'ai été violée ?

— Dans ce cas, nous serons tous deux reconnaissants que tu sois en vie et que tu aies le courage d'affronter la situation.

Le vent faisait voler les cheveux de Paige autour de son visage. Avec un sourire, Hollis caressa du revers de la main la ligne délicate de sa joue.

— Et j'imagine que tu ne verras plus d'objection à ce que je t'appelle « mon ange ».

Il vit un sourire tremblant naître sur ses lèvres.

— Ta seule présence suffit à me donner tout le courage nécessaire. Espérons seulement que la peur de l'inconnu soit plus terrifiante que la réalité.

Sur ces mots, elle défia les montagnes du regard, puis se retourna et l'entraîna vers la voiture.

Bien qu'il ne lui ait pas souvent laissé l'occasion de regagner sa chambre, Hollis savait très bien où Paige avait séjourné au cours de ses deux semaines à Vancouver, et prit la liberté de leur réserver une chambre dans le même établissement. Le Westin Bayshore Hotel surplombait les eaux miroitantes de la baie Burrard, les imposants sapins et les cèdres du parc Stanley. Il espéra que ce paysage qu'ils avaient arpenté pendant des heures, main dans la main, éveillerait en elle quelques souvenirs.

Après le dîner, elle lui annonça qu'elle voulait voir les bureaux de la Pacific Gateway Shipping dans West Hastings Street ainsi que l'hôpital où elle avait été admise après l'explosion.

Hollis la conduisit d'abord devant l'hôpital. Paige observa le bâtiment depuis la voiture, puis voulut qu'il se gare sur le parking. Les murs en béton renvoyèrent l'écho de leurs pas alors qu'il parcourait le bitume avec elle, tout en priant pour qu'elle n'ait pas été agressée, ni dans ce parking ni ailleurs.

— Tu devrais appeler ce policier de Vancouver dont tu m'as parlé. Il pourrait nous dire qui a ramené ta voiture ici, suggéra Hollis.

Le sergent Thurlo l'informerait que c'était Noreen qui s'en était chargée et avait dans le même temps réglé sa note d'hôtel. Peut-être cette information l'aiderait-elle à ébranler la forteresse qu'elle avait érigée autour de ses souvenirs.

— Non, merci. Il me prend déjà pour une folle.

Il entrelaça ses doigts aux siens et fut heureux de voir qu'elle ne le repoussait pas.

— Est-ce que cet endroit t'inspire quelque chose ?

— Non, mon esprit reste désespérément stérile. Essayons les bureaux de la Pacific Gateway Shipping.

Hollis fit semblant de chercher la route qui menait au gratte-ciel. Une fois arrivé, il se gara le long du trottoir opposé et balaya le parvis du regard.

Difficile d'imaginer que, quelques semaines plus tôt, le parking ressemblait à un champ de bataille jonché d'éclats de verre et de débris de voiture. Les vitres brisées avaient été remplacées, mais l'échafaudage dressé devant la tour laissait supposer que la réparation de la frise marine qui ornait le fronton du bâtiment n'était pas encore terminée.

Hollis se rappela cette matinée estivale. L'amour qui l'avait transporté lorsqu'il avait vu Paige de l'autre côté du parking, sa joie poussée à son paroxysme tandis qu'il courait vers elle, puis l'horreur d'une explosion assourdissante réduisant tout cela à néant.

Il dut faire un effort pour retrouver sa voix et ne pas se trahir.

— Te rappelles-tu quelque chose ?

Elle secoua la tête en silence, les mâchoires crispées.

— Nous pourrions descendre de voiture et nous promener dans les environs, proposa-t-il.

A presque 21 h 30, il ne risquait pas de rencontrer quelqu'un susceptible de le reconnaître malgré sa transformation.

— Non. Je préférerais rentrer à l'hôtel, si tu veux bien.

Elle ferma les yeux et reposa sa tête sur le dossier de son siège.

Hollis la dévisagea, persuadé qu'elle mentait. Pourquoi ne voulait-elle pas lui dire la vérité ? Avait-elle déjà des soupçons ?

Il lui fallut faire appel à toute sa maîtrise afin de ne rien laisser paraître de sa colère tandis qu'il appuyait sur l'accélérateur et reprenait le chemin de l'hôtel.

Un maelström d'émotions confuses bouillonnait en elle avec,

en premier plan, le choc et l'horreur. Quand la voiture s'éloigna du gratte-ciel, les ombres qui s'étirèrent entre les tours lui firent l'effet de doigts sinistres révélant une réalité macabre.

Elle avait été témoin de la mort de Hollis Fenton.

Ce constat s'imposa à elle, accompagné de son cortège d'hypothèses. Il était possible, bien sûr, que sa blessure à la tête soit l'unique cause de son amnésie, mais elle craignait que ce ne soit pas vrai. Son intuition lui soufflait qu'elle avait inconsciemment occulté les détails de la mort de Fenton parce qu'elle refusait de se rappeler une réalité traumatisante.

Finalement, elle, qui s'était toujours considérée comme une femme forte et indépendante, était lâche. Son témoignage aurait pu aider la police à appréhender les individus qui avaient assassiné Claude et Hollis Fenton. Sauf qu'elle était incapable d'affronter ces horribles souvenirs.

Le lendemain matin, elle prit son courage à deux mains et appela les bureaux de la Pacific Gateway Shipping. Elle le devait au mari de sa meilleure amie et à Fenton qui, lui aussi, avait perdu la vie.

Debout sur le balcon, Matt lui adressa un sourire d'encouragement. Raffermie dans sa résolution, elle demanda à parler à la secrétaire de Hollis Fenton. La réceptionniste l'informa qu'elle la mettait en relation avec Noreen Muir.

— Pacific Gateway Shipping, bureau d'Evelyn Hollis-Styles. Que puis-je pour vous ?

La voix était assez tranchante, et c'est pleine d'appréhension que Paige se présenta.

— Comme c'est gentil à vous d'appeler, mademoiselle Roberts ! s'exclama la secrétaire avec une chaleur inattendue. Comment allez-vous ?

A sa grande surprise, elle s'adressait à elle comme si elle la connaissait.

— Eh bien, c'est une longue histoire… Je suis à Vancouver pour des raisons personnelles, et j'espérais pouvoir parler avec vous en privé de la mort de M. Fenton.

— Je vois. Je suppose que venir au bureau vous rappellerait de trop mauvais souvenirs. Pourquoi ne déjeunerions-nous pas ensemble ? Où séjournez-vous ?

Paige lui indiqua le nom de l'hôtel. Noreen marmonna quelque chose qu'elle ne comprit pas, puis lui proposa de la retrouver dans un restaurant du centre-ville.

— Je réserve une table pour 12 h 30. Cela vous convient-il ?

— Oui. Un ami se joindra à nous.

— Mais bien sûr.

Après avoir pris congé, Paige raccrocha lentement le téléphone. L'accueil chaleureux que lui avait réservé Noreen Muir la surprenait encore.

De toute évidence, ce déjeuner en sa compagnie allait s'avérer très instructif.

Le restaurant, installé dans une ancienne banque du début du xxᵉ siècle, était spacieux, haut de plafond et tout en marbre. Impressionnée, Paige ne put s'empêcher de baisser la voix pour parler.

Une femme très digne, vêtue d'un tailleur bleu marine, s'avança vers eux, la main tendue. Les cheveux blancs au brushing impeccable, Noreen Muir avait des traits austères qu'adoucissait son sourire chaleureux.

— Mademoiselle Roberts, vous semblez aller beaucoup mieux que lors de notre dernière rencontre. Vous m'avez fait une telle frayeur en quittant l'hôpital sans un mot d'explication !

Paige se raccrocha à la main de la secrétaire comme à une bouée de sauvetage. En quelques mots, cette dernière lui avait déjà appris beaucoup de choses. Paige dut s'exhorter au calme pour ne pas l'accabler de questions avant qu'ils aient échangé les salutations d'usage.

— Je vous présente mon ami, Matt Darby, qui m'aide dans mes recherches.

Noreen le jaugea brièvement et lui adressa un signe de tête.

— Enchantée, monsieur... Darby, déclara-t-elle avant de reporter son attention sur Paige. Ma chère, je suis heureuse qu'il vous accompagne. Mais vous tremblez. Je vais demander que l'on nous mène directement à notre table.

Paige échangea un regard interrogateur avec Matt pendant que Noreen donnait ses ordres au personnel du restaurant. On les guida aussitôt jusqu'à une table située dans un coin tranquille. A peine Paige se fut-elle assise sur son siège qu'elle se sentit mieux.

Matt, qui posa subrepticement la main sur sa cuisse sous la nappe en lin, contribua également à l'apaiser. Son contact lui rappela que, quoi que la secrétaire lui apprenne, elle avait quelqu'un sur qui compter en cas de besoin.

Elle repoussa sagement cette main, ne serait-ce que pour se prouver qu'elle pouvait affronter seule la situation. Le visage de Noreen trahit sa compassion lorsqu'elle lui fit part de son amnésie ainsi que de ses tentatives destinées à combler ses lacunes.

— Je pense pouvoir répondre à quelques-unes de vos questions, mademoiselle Roberts. Pour autant que je me souvienne, vous avez rencontré M. Fenton le 25 juin. Je pourrais vérifier sur son agenda afin de vous indiquer l'heure exacte si vous le souhaitez.

— Ce ne sera pas nécessaire.

Le cœur de Paige se mit à battre à tout rompre. Fenton avait été enlevé une semaine après ce rendez-vous.

— Vous semblez lui avoir fait une forte impression, car il devait vous rencontrer de nouveau le matin de l'explosion, c'est-à-dire quelques jours après sa libération. Ce n'était pas un rendez-vous formel. M. Fenton m'avait informée qu'il passerait brièvement au bureau parce qu'il comptait disposer de sa journée pour être avec vous.

Comment devait-elle interpréter cette information ? se demanda-t-elle, perdue.

— Je suppose que je ne vous ai pas laissé un numéro de téléphone où M. Fenton pourrait me joindre.

— Mais si. Vous avez laissé le numéro de votre hôtel, le Westin Bayshore. Vous ne vous le rappelez pas, mais après l'explosion, j'ai veillé à ce que votre note soit réglée et que vos bagages ainsi que votre voiture vous soient restitués à l'hôpital.

— Vous avez réglé ma note ? s'écria Paige, omettant de relever sur le moment que Matt avait choisi le même hôtel.

Noreen parut mal à l'aise et baissa les yeux tandis que le serveur déposait leurs salades devant eux.

— Pas moi personnellement, mais la Pacific Gateway Shipping. Luther Hollis a estimé que c'était le moins que nous puissions faire en de telles circonstances. Vous avez été blessée dans l'explosion qui a tué M. Fenton.

Voilà qui pouvait expliquer pourquoi la secrétaire se montrait aussi obligeante à son égard. Le groupe Hollis espérait-il éviter un procès ?

Paige choisit ses mots avec soin.

— J'apprécie votre sollicitude. D'ailleurs, peut-être pouvez-vous me dire si mon ordinateur portable ainsi que ma sacoche se trouvaient dans ma chambre d'hôtel. Il semble qu'ils aient disparu.

Noreen parut peinée à cette nouvelle.

— Je suis vraiment désolée. J'ai emballé vos affaires moi-même, mais il est possible que je les aie oubliés… Nous vous les rembourserons s'ils ont disparu.

Craignant qu'elle ne soit tenue pour responsable de leur perte, Paige s'empressa de lui assurer que ce ne serait pas nécessaire.

— J'espère les voir réapparaître un jour. Quand j'aurai recouvré la mémoire, peut-être… Noreen, je vous ai appelée pour une autre raison. J'aimerais aider la police à découvrir qui est à l'origine de ces enlèvements, et j'ai cherché en vain une photo de M. Fenton. Je pensais qu'en voyant son visage, je me souviendrais peut-être des circonstances de l'explosion.

— M. Fenton n'était pas du genre à s'exposer sous les feux des projecteurs. Il m'a confié un jour qu'il avait déjà assez de difficultés à composer avec l'arrogance de sa famille pour supporter la curiosité malsaine des médias.

Elle sourit avec tendresse, son regard allant de Paige à Matt.

— Je vais voir ce que je peux faire pour la photo. Il me faut la permission de…

Elle s'arrêta net. Surprise, Paige haussa les sourcils, puis plissa le nez en sentant des effluves d'eau de Cologne lui piquer les narines.

— Pardonnez-moi de vous interrompre, fit une voix forte derrière elle. Il me semblait bien vous avoir reconnue, ma chère Noreen.

Paige se retourna. Un homme d'un certain âge, atteint d'une calvitie naissante et d'un certain embonpoint, s'était approché de leur table et souriait. Vêtu d'un costume sombre qui avait dû coûter une coquette somme, il s'appuyait pesamment sur une canne ornée d'une effrayante tête de loup, sans doute l'œuvre d'un artiste salish de la côte Ouest.

— Ken Whitfield ! s'exclama Noreen en se levant. Comment

allez-vous, cher ami ? Je vous ai aperçu aux funérailles, mais nous n'aurions pas pu discuter tranquillement… Hollis aurait été très touché de vous savoir présent.

— Je regrette de ne pas être allé le voir plus tôt pour régler nos différends. D'abord Christine, maintenant lui… C'est dur, à mon âge, de voir ces jeunes gens quitter cette terre. Je n'ai même pas de petits-enfants à qui me consacrer.

Etait-ce l'assaisonnement de la salade, les effluves d'eau de Cologne ou la soudaine prise de conscience que le nouveau venu n'était autre que le beau-père de Hollis Fenton, toujours est-il que Paige eut du mal à retenir un haut-le-cœur.

Elle jeta un coup d'œil à Matt, penché sur sa salade. Comme elle, il semblait s'efforcer de ne pas prêter l'oreille à la conversation entre Noreen et Whitfield, ce qui était assez difficile sachant que l'homme ne faisait aucun effort pour parler doucement.

Quand ce dernier proposa de contribuer généreusement au fonds créé à la mémoire de Hollis Fenton, Paige n'y tint plus. Elle donna un petit coup de coude à Matt.

— Je vais aux toilettes quelques minutes, chuchota-t-elle. Peux-tu demander au serveur de remporter ma salade ? Elle ne me réussit pas.

— Pas de problème. Mais je viens avec toi pour…

— Matt, ce n'est vraiment pas la peine.

— Chut, tu vas nous faire remarquer. Par ailleurs, leur conversation me coupe l'appétit à moi aussi.

D'un même mouvement, ils se levèrent et s'éclipsèrent discrètement en direction des toilettes.

Dieu merci, elle avait cru à son excuse, songea Hollis avec soulagement. C'était même grâce à elle qu'il avait pu partir avant que son beau-père décide de le regarder plus attentivement. Le moment était mal choisi pour vérifier s'il verrait plus loin que ses yeux bleus, son nez cassé et sa coupe militaire.

Hollis ne lui avait pas adressé la parole depuis les funérailles de Christine. En proie à un chagrin mêlé de colère, ils s'étaient rejeté mutuellement la responsabilité de sa mort. Hollis, parce que son beau-père avait fait sortir Christine de l'hôpital, et Whitfield, parce que son gendre lui avait posé ce qui ressemblait à un ultimatum. Hollis avait fini par rompre tout contact, conscient que leurs disputes ne la leur ramènerait pas. Mais aujourd'hui, Ken semblait faire preuve d'humilité, et il interpréta cela comme un signe de paix. Il se promit d'aller lui rendre visite et d'enterrer la hache de guerre lorsqu'il réintégrerait le monde des vivants.

Paige disparut dans les toilettes, plus morte que vive. Au comble de l'inquiétude, il se mit à arpenter le couloir d'un pas nerveux. Nul doute qu'il attirerait l'attention s'il s'introduisait dans les toilettes des dames, aussi se retint-il non sans mal. Pendant combien de temps les nausées duraient-elles ? Trois mois ? Davantage ?

Il poussa un soupir de soulagement en voyant Noreen le rejoindre.

— Nous l'avons échappé belle, murmura-t-elle. J'ai dit à Ken que Paige et vous étiez la fille et le gendre de mon frère, venus en visite de Scarborough. Je ne pense pas qu'il vous ait reconnu. D'ailleurs, j'ai moi-même eu du mal à croire que mon jeune patron prodige soit caché derrière ces yeux bleus et cette coupe militaire, et il me faudra du temps pour m'habituer à votre nouveau nez.

Elle jeta un coup d'œil à la porte des toilettes.

— Est-ce que tout va bien ?

Elle avait beau être la personne en qui il avait le plus confiance sur cette terre, il hésita à lui parler de la grossesse de Paige. Noreen avait été pour lui une mère de substitution, mais elle avait aussi des idées bien arrêtées et faisait parfois ce qu'elle pensait être le mieux pour lui, en dépit de ses ordres.

— Paige ne se sent pas bien. Est-ce que vous pourriez aller voir comment elle va ?

— Bien sûr. Mais avant, il faut que je vous dise quelque chose.

Elle regarda par-dessus son épaule afin de s'assurer qu'ils étaient seuls.

— Les policiers ont retrouvé la piste du téléphone portable qui a déclenché l'explosion. La piste les a fait remonter jusqu'au portable de votre cousin Sandford.

Sandford, le fils d'Evelyn… Hollis serra les poings. Bon sang, qu'est-ce que cela signifiait ?

— Les policiers l'ont emmené pour l'interroger, mais ils l'ont finalement relâché. Sandford avait déclaré le vol de son portable en mai.

Elle marqua une pause, puis demanda :

— Que voulez-vous que je fasse à propos de la photographie que Paige voudrait avoir ?

— Donnez-la-lui.

— Mais…

— C'est un risque, mais il faut bien qu'elle découvre la vérité un jour ou l'autre. Peut-être la photo provoquera-t-elle chez elle un électrochoc. Maintenant, s'il vous plaît, allez voir comment elle va, la pressa-t-il avec une impatience mêlée d'anxiété.

Noreen se dirigea vers la porte et se retourna, la main posée sur la poignée.

— Hollis ?

— Oui ? gronda-t-il.

— C'est bon de vous voir de nouveau amoureux. Dès l'instant où je l'ai vue, j'ai su que c'était une fille pour vous.

— Je le pensais aussi. J'espère juste qu'elle ne me chassera pas de sa vie quand elle aura découvert que je ne suis qu'un menteur. Maintenant, entrez là-dedans avant que je vous vire !

— Je crains que vous ne puissiez me virer. Vous êtes mort, lui rappela-t-elle avec un petit sourire.

Il ouvrit la bouche pour protester, puis la referma. Comme d'habitude, Noreen avait eu le dernier mot. De fait, elle avait raison. Il était mort et ne reprendrait vie que lorsqu'il aurait la certitude que Paige l'aimait.

— Prenez ce mouchoir pour enlever cette tache de votre robe. Cela devrait mieux marcher qu'avec cette serviette en papier.

Paige prit le minuscule mouchoir en dentelle que lui tendait Noreen.

— Merci. Je ne sais pas ce qui m'arrive. La grippe, peut-être…

— Vous êtes blanche comme un linge, remarqua la secrétaire. Si vous aviez la grippe, vous seriez rouge et fiévreuse. Je dirais plutôt que vous êtes enceinte.

Paige sentit ses lèvres trembler. Baissant les yeux, elle fit couler une goutte de savon liquide rose sur le mouchoir.

— Est-ce si évident ?

— J'ai côtoyé suffisamment de femmes enceintes pour reconnaître les symptômes. Ce charmant M. Darby est-il le père ?

— Matt ? Non, nous ne sommes pas… Je veux dire, nous sommes amis mais pas de cette manière.

Sentant ses joues s'empourprer, elle baissa la tête et s'appliqua à frotter la tache avec ardeur.

— Dommage, commenta Noreen. Il est plutôt séduisant dans son genre. Et il semble très amoureux.

— Il a été merveilleux avec moi. Mais la vérité, Noreen, c'est que j'ignore qui est le père de mon enfant. J'ai cru à un moment que j'avais été violée après ma sortie de l'hôpital. Seulement, je n'en suis plus si sûre. Je pense que je l'ai rencontré ici, à Vancouver.

Elle cessa de frotter sa robe pour regarder Noreen.

— Je suppose que je ne partageais pas ma chambre d'hôtel avec quelqu'un ?

— N… non.

Son hésitation éveilla un doute chez elle.

— Je ne voulais pas vous poser cette question devant Matt, mais est-ce que j'entretenais une relation avec M. Fenton ?

— Comment le saurais-je ? Vous avez déjeuné ensemble le jour de votre premier rendez-vous. Si cette rencontre a évolué vers quelque chose de plus intime, M. Fenton et vous avez gardé cette liaison confidentielle. Quoi qu'il en soit, je puis vous assurer que M. Fenton n'était pas du genre à agir de manière irresponsable.

— Moi non plus, répliqua Paige en se demandant si la secrétaire n'éprouvait pas la crainte qu'elle n'intente un procès en paternité auprès de la famille Hollis.

— Bien sûr que non. N'importe qui peut voir que vous êtes une jeune femme sensée.

— Mais vous me donnerez une photo de lui ?

— Oui. Je vous l'enverrai à votre hôtel. Ne soyez pas trop pressée. Il n'aimait pas qu'on le prenne en photo, et il me faudra sans doute un peu de temps pour en trouver une. En tout cas, je suis prête à faire tout ce qui est en mon pouvoir pour aider à envoyer ses assassins derrière les barreaux.

— Tant mieux, car M. Darby et moi-même avons quelques services à vous demander, et vous êtes la seule à pouvoir nous aider. Le temps presse, expliqua Paige en se rembrunissant. J'ai eu trois grosses frayeurs au cours de ces derniers jours et, sans l'intervention de Matt, nous n'aurions pas cette conversation.

Quelqu'un essaie de me faire taire, et je veux découvrir son identité avant qu'il y parvienne.

Noreen parut alarmée.

— Quel genre de frayeurs ?

Paige lui raconta brièvement les incidents. A la fin de son récit, la secrétaire semblait très inquiète et lui fit promettre de rester prudente.

— Je vous le promets. De toute façon, Matt pense que nous l'avons semé en cours de route après avoir changé de voiture à Calgary.

Paige tamponna une dernière fois la tache sur sa robe, puis décida qu'elle était assez présentable pour revenir à table. Matt, grâce lui en soit rendue, lui avait commandé une salade de fruits et un petit pain complet.

Fidèle à sa promesse, Noreen collabora volontiers à leur enquête et leur rapporta les détails de la déclaration que Hollis Fenton avait faite à la police. Paige fut étonnée d'entendre que quatre hommes et non trois l'avaient enlevé dans le parc, qu'il avait eu droit à une cagoule en velours noir et non en coton, et que les ravisseurs avaient choisi de le transporter dans le coffre d'une voiture plutôt que dans leur fourgon. Elle se demanda quelles conclusions le Pr Zbarsky tirerait de l'addition d'un quatrième homme, ainsi que des modifications du mode opératoire. Ces changements étaient-ils importants, sachant que le résultat était le même ?

Un autre détail la tracassait. Comment diable les ravisseurs avaient-ils repéré Hollis Fenton s'il avait coutume de fuir la presse ?

Une fois de plus, Matt se révéla sur la même longueur d'ondes qu'elle. Il se tourna vers Noreen.

— Si la théorie du Pr Zbarsky se confirme, les ravisseurs ont dû sélectionner Fenton par le biais d'un article récent traitant de son entreprise ou de la famille Hollis. Cela vous évoque-t-il quelque chose ?

— Il y a eu un ou deux articles dans *The Globe and Mail*.

The Globe and Mail était le journal économique le plus important du pays, et la plupart des grandes entreprises y apparaissaient sous une forme ou une autre.

Matt se renfrogna, visiblement vexé de ne pas y avoir pensé tout seul.

— Bien sûr. J'imagine que les ravisseurs le lisent de la première à la dernière page.

Noreen s'éclaircit la voix, tel un général s'apprêtant à lancer une offensive majeure sur les lignes ennemies.

— Je vais appeler *The Globe and Mail* et demander que l'on fasse une recherche dans les archives pour m'assurer que je n'ai rien omis concernant M. Fenton. Si vous voulez, je peux aussi leur demander ce qu'ils ont sur les autres victimes. Il m'est déjà arrivé d'employer ce moyen pour en savoir un peu plus sur des entreprises susceptibles de travailler avec la Pacific Gateway Shipping. Le résultat nous est généralement faxé dans les deux jours.

— Ça me paraît une bonne idée, d'autant plus que ce journal assure une couverture efficace de tout le pays, acquiesça Paige. Histoire d'être sûrs d'avoir pensé à tout, économie régionale et chroniques mondaines comprises, je propose que Matt et moi nous rendions aux archives de *The Vancouver Sun* et lancions une recherche similaire à la vôtre. Ce journal appartient au groupe de presse le plus important du Canada, et l'on peut accéder à travers leurs archives à tous les articles de toutes leurs publications.

Elle croisa les doigts avec une farouche détermination.

— Ces hommes sont intelligents, organisés et méticuleux. Si, par chance, nous découvrons quelque chose dans ces articles, nous décrypterons leur façon de penser.

Allongée dans son lit, les yeux fermés, Paige faisait semblant de dormir. Matt se leva sans bruit et se glissa dans la salle de bains. A peine eut-il refermé la porte derrière lui qu'elle se redressa. Elle avait une bonne vingtaine de minutes devant elle, ce qui lui suffirait amplement pour descendre discrètement dans le hall.

En se levant pendant la nuit pour aller aux toilettes, elle avait trouvé devant la porte une note l'informant qu'un courrier l'attendait à la réception. Sans doute la photo de Hollis Fenton que Noreen lui avait promise. Or, Paige voulait regarder son visage en privé. Si elle avait eu une liaison avec lui, elle ne voulait pas le découvrir en présence de Matt.

En hâte, elle enfila sa robe en jean et ses sandales, et passa rapidement les doigts dans ses cheveux. Dans la salle de bains, l'eau de la douche continuait à couler. Elle tenta de repousser de son esprit la vision de Matt, nu sous le jet d'eau, et tira silencieusement le verrou. Un frisson la secoua lorsqu'elle ouvrit la porte. Sa mission clandestine la rendait plus nerveuse qu'elle ne l'aurait imaginé, peut-être parce qu'elle avait une autre requête d'ordre privé à faire à la réception, loin du regard curieux de Matt.

Son cœur bondit dans sa poitrine quand le réceptionniste lui tendit une enveloppe cartonnée. Que se passerait-il si elle ne reconnaissait pas Fenton ? Ou si elle le reconnaissait ? Elle mit l'enveloppe de côté, puis demanda une copie de la note relative à son précédent séjour. L'employé la lui fournit obligeamment. En voyant le relevé détaillé de ses appels téléphoniques, elle songea qu'ils lui seraient sûrement d'une grande utilité.

Après avoir remercié le réceptionniste, elle quitta l'hôtel et balaya le parvis du regard, à la recherche d'un endroit tranquille. La matinée était fraîche, et des nuages bas s'amoncelaient sur la baie, masquant les montagnes North Shore. Tout en se dirigeant vers des bancs installés près de la marina, Paige sentit l'angoisse lui serrer la gorge. Certes, connaître la vérité valait mieux que de vivre dans cette incertitude diffuse qui avait défini sa vie ces dernières semaines, mais franchir le pas vers la lumière était néanmoins difficile.

Les mains tremblantes, elle sortit la photographie de l'enveloppe. Il s'agissait d'un portrait professionnel. Au premier regard, le regret et un douloureux sentiment de perte lui déchirèrent le cœur. Aussi photogénique que les autres victimes, Hollis Fenton avait une expression neutre et des yeux noisette empreints de détermination sous sa tignasse de cheveux blonds.

Elle sentit son pouls s'affoler. Les mèches blondes de cet homme lui rappelaient indéniablement quelque chose.

Soudain, elle revit l'inconnu endormi dans son lit avec, rabattu sur sa taille, l'édredon portant un motif de cordages. Ses traits étaient dans l'ombre, mais elle distinguait à présent ses cheveux brillant à la lumière de la lune. Elle percevait même le contact de leur texture soyeuse sous ses doigts.

Puis la réminiscence s'évanouit, la laissant désemparée.

Elle ne put retenir ses larmes en suivant du doigt la ligne de son nez droit et noble et de ses sourcils dorés. D'instinct, elle sut qu'elle l'avait déjà fait dans la réalité. Elle n'avait pas besoin d'étudier le relevé de ses appels téléphoniques pour savoir qu'elle tenait entre ses mains la photographie de l'homme qu'elle aimait. Elle n'avait pas été violée, son enfant était le fruit de sa liaison avec Hollis Fenton.

Et elle avait été suffisamment attachée à lui pour que son esprit compose avec le traumatisme de sa mort en occultant les détails du voyage qui les avait jetés dans les bras l'un de l'autre.

Essuyant ses larmes du dos de la main, elle se moqua d'elle-même. De toute évidence, elle avait une préférence pour les hommes à la mâchoire carrée. Bien qu'il ne possède pas les traits aristocratiques de Hollis, Matt avait la même mâchoire et cette même présence pleine d'autorité qui irradiait de la photographie de Hollis. Bouleversée, elle plongea son regard dans les yeux noisette, pailletés d'or, et leur fit la promesse qu'elle recouvrerait la mémoire. Pour elle-même. Et pour leur enfant.

Puis elle rangea la photographie et la note d'hôtel dans l'enveloppe, et reprit le chemin de l'hôtel, le long de la marina. Absorbée dans ses pensées, elle n'entendit la voiture qui fonçait sur elle qu'au dernier moment.

9

Où diable était Paige ?

D'un geste brusque, Hollis ouvrit la porte de la chambre et balaya le couloir du regard. Avait-elle cédé à une brusque fringale ?

Il passa les doigts sur ses cheveux humides. Elle lui avait pourtant promis de ne pas échapper à sa surveillance. A moins qu'elle n'ait tenté de l'appeler pendant qu'il était sous la douche…

Refermant la porte, il finit de s'habiller. Ce n'est que lorsqu'il prit sa montre sur la table de chevet qui séparait leurs deux lits qu'il vit un morceau de papier dépasser de sous l'oreiller de Paige.

Il se figea en se rappelant la photographie que Noreen devait lui transmettre. Paige était sans doute descendue à la réception pour la prendre, et le fait qu'elle ait caché la note sous son oreiller montrait clairement qu'elle ne voulait pas qu'il le sache. Ce qui signifiait qu'elle avait des soupçons.

Le temps des explications était-il enfin arrivé ?

Mue par la volonté de survivre et de sauver l'enfant de Hollis, Paige sauta dans l'eau glacée de la marina. Sa robe en jean la gêna dans ses mouvements, et elle dut lutter pour remonter à la surface.

Un rebord rocheux assez haut la séparait du quai. Claquant des dents, elle se mit à nager vers le ponton le plus proche, moins difficile à escalader. Personne ne semblait s'être aperçu de sa mésaventure. A cette heure matinale, il n'y avait quasiment pas de circulation, et les passants étaient rares. Par chance, le conducteur de la voiture avait poursuivi sa route.

Elle ne doutait pas que l'on ait encore essayé de la tuer. Mais pour quelle raison ? La traquait-on parce qu'elle avait été témoin de quelque chose le jour de l'attentat, ou parce qu'elle portait l'enfant de Hollis ?

Hollis.

L'enveloppe dérivait dans l'eau avec son sac à main. Paige les récupéra, puis reprit la direction du ponton. Plus tôt elle ferait part au Pr Zbarsky des incohérences qu'elle avait relevées sur l'enlèvement de Hollis, mieux elle se sentirait.

Pour l'instant, tout ce qu'elle désirait, c'était retrouver Matt et se réchauffer à sa chaleur.

Stupéfait, Hollis prit appui contre la porte. Paige était trempée de la tête aux pieds, et ses cheveux, sa robe dégoulinaient sur la moquette à ses pieds. Elle serrait dans la main une enveloppe cartonnée elle aussi trempée. Fureur, indignation, désillusion, il s'attendait à tout sauf à ce qu'elle se jette dans l'eau de la marina pour le punir de sa trahison.

Etait-ce sa façon de lui rendre la pareille ?

Il serra les mâchoires en se rappelant le suicide de sa femme, laquelle avait sauté du haut d'un pont. Jamais il ne se serait attendu à une telle cruauté de la part de Paige.

— Ne dis rien, le prévint-elle en passant devant lui.

Voilà qui n'augurait rien de bon. De toute façon, il préférait ne pas desserrer les dents. Il referma la porte en silence, puis la suivit des yeux, rongé par l'angoisse.

Elle laissa tomber son sac à main et l'enveloppe sur la coiffeuse. Les doigts tremblants, elle tenta ensuite de déboutonner sa robe.

Il s'aperçut soudain qu'elle claquait des dents. Etait-ce dû à la colère ou au froid ?

Incapable de supporter une minute de plus ce silence oppressant, il prit la parole.

— Tu es gelée, tes lèvres sont bleues, remarqua-t-il d'un ton sec. Je vais faire couler l'eau dans la douche.

— Non, attends !

Elle leva les yeux vers lui. Au lieu du ressentiment auquel il s'attendait, il lut dans son regard une profonde détresse.

— Je… Je n'aurais jamais dû sortir sans toi, Matt. Une voiture a tenté de me renverser…

Il ne lui en fallut pas davantage. En deux pas, il la rejoignit et la prit dans ses bras, son contact chassant l'angoisse qu'il avait ressentie à la découverte de sa disparition. Sa robe mouillée détrempa son T-shirt et son pantalon, mais il s'en moquait.

— Dieu merci, tu vas bien... As-tu noté le numéro d'immatriculation ?

— Non. Mais la voiture était une Volvo noire, et il y avait un homme à l'intérieur. J'ai sauté dans la marina pour lui échapper.

La sentant trembler contre lui, il resserra son étreinte pour la réchauffer. En dépit de la situation, l'idée qu'elle était nue sous sa robe l'effleura.

Contrairement à ce qu'il avait cru, elle ne semblait pas avoir fait le lien entre lui et Hollis. Avait-elle eu le temps de regarder la photographie ?

Songeant à un autre moyen de stimuler sa mémoire, il déposa un premier baiser sur son front glacé. Sa peau légèrement salée avait un goût délicieux au parfum d'interdit.

— J'admire tes réflexes, murmura-t-il d'une voix rauque.

Il déposa une série de baisers brûlants sur sa tempe puis le long de sa joue, s'attendant en partie à ce qu'elle se dérobe. Mais ce ne fut pas le cas, bien au contraire. Paige se cambra contre lui, son corps épousant parfaitement le sien. Hollis sentit chaque cellule de son corps réagir. En dépit de leurs vêtements humides, un désir impérieux les irradiait, telles des pierres chauffées par les rayons du soleil. Ses doigts brûlaient d'envie de caresser la peau soyeuse de cette femme mystérieuse et envoûtante qui hantait son esprit et lui causait une telle frustration. Bien que son mariage avec Christine lui ait appris que l'amour n'était qu'une succession de décisions difficiles, il était prêt à prendre le risque de recommencer. Le cœur de Paige s'éveillerait-il au contact de sa peau, dans le flot de passion dévastatrice qui les emportait lorsqu'ils faisaient l'amour ?

Il s'écarta soudain, brûlant de désir contenu.

— Il faut que tu prennes une douche avant d'attraper une pneumonie.

Elle riva ses yeux aux siens.

— Ce que tu peux être agaçant... D'accord, je n'aurais pas dû sortir sans toi. Mais je suis assez grande pour reconnaître mes erreurs et en tirer les leçons. Je n'irai pas sous la douche à moins que tu ne m'y accompagnes.

Elle se hissa sur la pointe des pieds et posa ses lèvres douces et pleines sur sa joue, avant de chercher sa bouche. A son invitation, il s'abandonna au désir qui le consumait. Il approfondit leur baiser et se libéra enfin des envies et des doutes qui couvaient en lui depuis qu'il avait repris connaissance à l'hôpital.

Les bras noués autour du cou de Matt, Paige s'abandonnait à son étreinte. Les sensations qui l'envahissaient lui semblaient toujours plus fortes, plus intenses. Avec une passion sans pareille, Matt provoquait en elle plus d'émotion qu'aucun baiser ne lui avait jamais fait ressentir. Elle n'avait pas oublié sa découverte au sujet de Hollis, mais d'une certaine façon, elle avait l'impression qu'il lui avait envoyé à travers Matt un ange gardien pour prendre soin d'elle et de leur bébé.

Matt fit glisser sa main sur son sein et le caressa à travers le tissu mouillé de sa robe. Elle gémit en sentant son mamelon se durcir.

— Nous n'en sommes encore qu'aux prémices, mon ange, murmura-t-il, son souffle chaud lui effleurant l'oreille. Il faut que tu enlèves ces vêtements mouillés.

— Hmm, toi aussi…

Tandis qu'il s'attaquait aux boutons de sa robe, elle tira sur son T-shirt pour le retirer de son pantalon. Son sexe en érection tendait la fermeture Eclair. Passant la langue sur ses lèvres, elle le toucha et le sentit frémir à travers le tissu, une réaction aussi violente et primitive que le désir qui déferlait en elle.

— Doucement, mon ange, tu me mets à la torture, chuchota Matt d'une voix sourde.

— C'est bien là l'idée.

Baissant sa robe sur ses hanches, elle la fit tomber à ses pieds, ôta rapidement ses sandales, puis se tint debout devant lui, nue et frissonnante devant le désir brûlant qu'elle lisait dans son regard.

— Tu es magnifique…

Du revers de la main, il dessina la courbe de son ventre dans un geste empreint de tant de douceur et de déférence envers le bébé qu'elle se sentit fondre. Comment elle avait pu résister aussi longtemps, elle n'en avait pas la moindre idée.

— Je savais que tu ne portais rien sous cette robe, remarqua-t-il en laissant ses doigts descendre sur ses hanches.

— Je ne peux rien te cacher…

— Absolument.

— Mais toi, tu me caches encore un secret d'importance, répliqua-t-elle avec un sourire.

Elle baissa la fermeture Eclair et fit glisser son pantalon puis son slip sur ses hanches, ses mains savourant sa peau ferme et musclée. Cet homme possédait des jambes à se damner, ainsi que quelques autres parties de son corps tout aussi sculpturales…

Elle eut un hoquet de surprise quand il la souleva soudain dans ses bras pour l'emmener dans la salle de bains. Nul doute que des féministes acharnées auraient trouvé ce geste terriblement machiste. Et alors ? se dit Paige, les incitant à tenter l'expérience.

Matt la déposa dans la douche, puis referma la porte de la cabine derrière eux.

— Ceci te réchauffera de l'extérieur, déclara-t-il en ouvrant le robinet d'eau chaude. Je me charge du reste.

Elle frémit d'anticipation. D'une main douce, il la fit se retourner, et elle lui présenta son dos en se demandant ce à quoi il pensait. D'un geste sensuel, il exerça sur ses omoplates des caresses circulaires avant de s'aventurer le long de sa colonne vertébrale et de lui masser les fesses. Des sensations plus agréables les unes que les autres se mirent à fusionner dans son ventre. Les mains de Matt remontèrent, lui caressèrent doucement les épaules, puis suivirent la ligne de ses côtes. Insensiblement, elles se rapprochèrent de la base de ses seins et dessinèrent de petits cercles sur sa peau.

Paige sentait son sexe dressé contre ses fesses. Son corps tout entier frémissait d'impatience, et ses seins se tendaient vers ses caresses. Quand, enfin, il saisit entre ses doigts son téton durci, elle laissa échapper un gémissement.

— J'ai donc toute ton attention, murmura-t-il en lui mordillant l'épaule.

— Tout comme j'ai la tienne.

— Voilà ce que j'aime en toi. Tu sais te montrer à la hauteur.

Sa main redescendit sur son ventre et effleura l'intérieur de ses cuisses.

— Ouvre-toi à moi, mon ange. Laisse-moi te toucher.

Elle écarta les jambes. Une onde de feu la traversa quand il caressa sa toison claire et introduisit un doigt dans son intimité. Rien ne lui avait jamais paru aussi érotique que cette caresse ou les paroles qu'il murmurait à son oreille tandis qu'il l'emmenait toujours plus loin.

Elle se plaqua contre lui, frémissante.

— Embrasse-moi…

— Dans un instant, mon ange. Je veux que tu me dises comment te donner du plaisir. Dis-moi ce que tu aimes.

Avec dextérité, il suivit ses ordres jusqu'à ce qu'il atteigne le point ultrasensible, l'essence même de son plaisir. Il annihila toute pensée en elle, fit voler son univers en éclats, la laissant pantelante entre ses bras.

Les jambes molles, elle se retourna pour chercher ses lèvres dans la brume humide de la douche. Il émanait de lui une odeur de mâle et de savon, et le goût de ses lèvres lui parut familier, comme s'il avait toujours fait partie d'elle. Elle laissa courir ses doigts sur ses épaules musclées, puis sur la cicatrice sur sa poitrine. Il ne portait plus de pansement. Sa peau était aussi dure et lisse que du chêne poli, et tellement brûlante.

Elle ne pensait plus qu'au moment où ils fusionneraient enfin. Avait-elle désiré Hollis avec cette intensité ? se demanda-t-elle, ne se rappelant pas avoir jamais connu une telle impatience. Des lèvres, elle effleura le nez cabossé de Matt. Peut-être n'avait-il pas la beauté raffinée de Hollis, mais compensait ce manque par une bonne dose de sex-appeal à l'état brut.

Sans la lâcher, il la souleva de terre. Elle passa les jambes autour de lui et posa les talons à l'arrière de ses cuisses. L'eau qui virevoltait sur ses larges épaules lui arrosait le visage. Avec un soupir de satisfaction, elle baissa les hanches et le prit en elle.

Matt agrippa ses fesses pour la pénétrer plus profondément. Contractant les muscles, elle se mit à aller et venir sur lui. Il haletait. Dans ses yeux, brillait un désir d'une intensité folle.

— Oh…

Les ongles enfoncés dans ses épaules, elle se laissa emporter par la vague de plaisir qui l'envahissait. Puis elle contracta ses

muscles et fit pivoter ses hanches, provoquant une friction tellement divine que Matt en eut le souffle coupé.

— Attends, chuchota-t-elle. Le meilleur reste à venir.

L'eau étouffa son cri rauque quand elle lui en fit la démonstration.

Epuisé autant physiquement qu'émotionnellement, Hollis
remonta le drap sur les épaules de Paige. Son ventre émit un petit
bruit. Il était presque midi, et ils avaient sauté le petit déjeuner.
Mais en dépit de son appétit, il voulait que rien ne vienne déranger
ce moment d'intimité.

Elle se blottit contre lui avec un ronronnement de chatte. Il
tressaillit. Une pointe de culpabilité ternissait son bonheur d'avoir
cédé à l'attirance qu'il éprouvait à son égard. Dieu savait combien
il l'aimait et à quel point ce contact physique lui avait manqué.
Mais il avait peur qu'en recouvrant la mémoire, Paige n'entende
pas ses arguments. Seul le recul lui dirait s'il avait commis une
erreur tactique en lui faisant l'amour.

— J'aurais dû savoir qu'une fois ne te suffirait pas, murmura-t-
il en jouant avec une mèche de ses cheveux.

Elle releva la tête.

— T'en plaindrais-tu ?

— Pas le moins du monde.

Il l'embrassa sur le bout du nez avec un petit rire.

— Je suis juste intimidé.

Il l'était, réellement. La plénitude nouvelle de ses seins l'avait
intrigué tout autant que l'idée que son ventre allait s'épanouir
pour accueillir la vie qui grandissait en elle.

— Hum... Voilà qui est mieux.

Elle se pelotonna contre lui, le contact sensuel de sa peau sur
son torse le faisant déjà fantasmer sur une troisième édition. Ses
doigts effleurèrent la petite cicatrice qui lui barrait la poitrine.

— Je connais l'identité du père de mon enfant, avoua-t-elle
soudain.

Il se raidit, le cœur battant. Pourquoi ne bondissait-elle pas
hors du lit pour l'invectiver et lui jeter tous les objets à sa portée ?

Il lui caressa les cheveux d'une main tremblante.

— V... vraiment ?

— Oui. J'avais des soupçons, mais je ne voulais pas t'en parler avant d'en être sûre.

S'efforçant de ne rien montrer de ses émotions, il prit appui sur son coude et la dévisagea.

— Veux-tu dire que tu as retrouvé la mémoire ?

Elle secoua la tête.

— Pas exactement. Les deux flashes que j'ai eus m'ont laissé entrevoir un homme. Il s'agissait de Hollis Fenton. Je n'ai su qui il était qu'en voyant la photo que sa secrétaire m'avait laissée à la réception.

— Et tu l'as reconnu d'après la photo ?

— Oui. Ça me gêne d'avoir à te le dire, mais je sais que j'ai couché avec lui et qu'il comptait pour moi. Ce ne sont pas tant des souvenirs qu'une intime conviction. J'ai commencé à le soupçonner quand nous avons rencontré Noreen. Elle semblait me connaître autrement que d'un point de vue strictement professionnel. Le réceptionniste m'a fourni la note de mon précédent séjour, et le relevé de mes appels téléphoniques devrait confirmer que j'entretenais une liaison avec Hollis Fenton.

Il sentait le sang cogner à ses tempes. Elle venait de l'informer qu'il allait être père mais aussi qu'elle tenait tant à lui qu'elle s'était jetée dans les bras d'un autre homme aussitôt qu'elle avait appris la nouvelle de sa mort. Et même s'il était cet autre homme, il ne put s'empêcher d'être vexé.

— Tu n'as pas le moindre doute ?

— Non, je…

Elle s'empourpra.

— Dans ce souvenir fragmentaire, nous étions… Je veux dire, c'était la nuit, il était au lit, et…

— Etait-ce à ce point mémorable ?

— Mais non, répliqua-t-elle, visiblement agacée par sa susceptibilité. Tout ce que j'allais dire, c'est que, malgré la pénombre, j'ai distingué un motif de cordages sur l'édredon. Je me demande si Noreen pourrait s'arranger pour que je voie sa chambre, s'ils n'ont pas déjà disposé de ses affaires…

La sonnerie stridente du téléphone l'interrompit. Enervé autant par les révélations de Paige que par cette interruption, Hollis se leva et traversa la chambre à grandes enjambées. Il se sentait d'humeur à étrangler quelqu'un. Bon sang, elle se rappelait les motifs de son édredon, mais pas lui !

— Oui ! aboya-t-il en décrochant le téléphone.

— C'est Noreen. Je crains d'avoir une mauvaise nouvelle. On a cambriolé ma maison ce matin pendant que j'étais chez le coiffeur. J'ai pensé que vous aimeriez savoir que les seuls objets qui manquent sont l'ordinateur portable de Paige et sa sacoche.

Il faillit lâcher le téléphone. Ce vol, après les tentatives de meurtre dont Paige avait été victime, confirmait la raison de cet acharnement : les ravisseurs craignaient qu'elle sache quelque chose.

Dieu merci, il avait gardé une copie de son dossier. Avait-il omis de relever un détail important ?

— Pourquoi Noreen a-t-elle insisté pour nous rencontrer ici ?

Debout dans le hall de la Pacific Gateway Shipping, Paige contemplait la plaque en laiton qui commémorait l'action de Hollis Fenton à la tête de l'entreprise.

— Je l'ignore, grommela Matt en suivant son regard. Je me contente de suivre ses instructions. Et je pense que tu devrais en faire autant si tu veux avoir droit à une visite guidée de la chambre de Fenton.

Surprise, elle lui jeta un coup d'œil. Etait-ce une note de jalousie qu'elle venait de percevoir dans sa voix ? Quelque chose avait changé entre eux depuis qu'elle lui avait révélé qui était le père de son enfant. Peut-être était-il vexé parce qu'elle lui avait dissimulé des informations. A moins que les choses n'aient changé simplement parce qu'ils avaient fait l'amour.

Elle songea brusquement à la manière dont elle s'était sortie d'affaire le matin même, à la marina. Sa réaction prouvait qu'au-delà du manque d'assurance dû à son amnésie, elle était encore la femme indépendante qu'elle avait toujours été. Etait-ce ce qui inquiétait Matt ?

Après qu'ils eurent montré leurs papiers d'identité à la réception, un agent de sécurité pénétra avec eux dans l'ascenseur, puis les escorta jusqu'à l'accueil. Façonné de bois clair, le bureau de la réception s'incurvait telle la proue d'un bateau, et servait de cadre à l'imposante sculpture en relief d'une flotte de navires traversant une mer agitée. C'était une magnifique œuvre d'art, tout comme les marines peintes à l'huile ou à l'aquarelle disposées avec goût sur les murs bleu ciel au-dessus de sièges aux lignes épurées.

En suivant l'agent de sécurité dans le couloir qui menait aux bureaux, Paige regardait autour d'elle dans l'espoir de raviver sa mémoire. Les portes se succédèrent, façonnées dans le même bois clair que le bureau de la réception et ornées de sculptures marines.

A l'extrémité se trouvait une porte à double battant agrémentée d'un épaulard. En le voyant, Paige sentit son cœur manquer un battement. A chacun des pas qui la rapprochaient de cette porte, de nouvelles gouttes de sueur perlaient sur son front. Bien que la plaque en laiton indique le nom d'Evelyn Hollis-Styles, le signe distinctif ne pouvait signifier qu'une seule chose : ce bureau était celui du P.-D.G.

Celui de Hollis Fenton.

« Courage », se dit-elle.

Elle franchit le seuil en faisant glisser ses doigts sur le flanc de l'épaulard. Presque aussitôt, son regard fut attiré par la baie vitrée et le spectacle incroyable qu'offraient les montagnes North Shore qui s'élevaient, abruptes, de l'autre côté de la baie.

Sans savoir pourquoi, elle eut la sensation que quelque chose clochait dans ces murs tapissés de couleur crème, le mobilier luxueux recouvert de tissu mordoré, et le parfum pénétrant de l'énorme bouquet de roses posé sur le bureau « Queen Anne ».

— Mme Muir vous rejoindra dans un instant, déclara l'agent de sécurité avant de sortir de la pièce.

Quand il eut refermé la porte derrière lui, Paige prit une profonde inspiration. Elle était déterminée à ne rien cacher à Matt de ses quelques souvenirs.

— Je crois que c'était son bureau.

Le visage fermé, il baissa les yeux sur l'agenda ouvert sur le bureau.

— Qu'est-ce qui te fait dire ça ?

— Mon corps. J'ai les mains moites, mon cœur bat à tout rompre, et mes genoux se sont dérobés quand nous nous sommes approchés de cette porte.

Il passa la main sur ses cheveux d'un air maussade.

— Il y a pire, reprit-elle. J'ai le sentiment que quelque chose cloche.

Les yeux baissés, il continuait à fixer le bureau. Pourquoi donc refusait-il de la regarder ? Qu'est-ce que ce fichu bureau pouvait bien avoir d'aussi fascinant ?

Croyant que sa franchise était la cause de son malaise, elle s'avança d'un pas afin de combler le fossé qui se creusait entre eux.

— Je suis désolée, Matt. Je ne voulais pas te blesser en te parlant de ma relation avec Hollis. J'essayais juste de me montrer honnête envers toi…

Il poussa un profond soupir, puis se tourna vers elle et posa un doigt sur ses lèvres.

— Ne t'excuse pas, c'est moi qui suis désolé. Je veux que tu continues à te confier à moi, Paige.

L'espace d'une seconde, elle espéra qu'il oublierait toute bienséance et l'embrasserait à perdre haleine. Mais il se contenta de lui caresser le menton du doigt.

— Essaie de te concentrer sur ce qui cloche…

A cet instant, la porte s'ouvrit derrière eux, et il laissa retomber sa main.

L'irritation de Hollis se mua en inquiétude quand, en plus de Noreen, il vit apparaître son oncle Luther et sa tante Evelyn. Seigneur, la vérité allait-elle exploser maintenant, dans son bureau ?

Au moins éprouverait-il un certain plaisir à voir s'agiter le double menton d'Evelyn lorsqu'elle le verrait. Mais elle retrouva rapidement son sang-froid et, pinçant les lèvres en une moue désapprobatrice qui lui était familière, dédaigna de croiser son regard.

Il se doutait qu'elle était contrariée de le voir ici. Elle n'avait pas perdu de temps pour faire redécorer son bureau selon ses goûts, bien qu'elle sache pertinemment qu'il n'était pas mort. Il ne parviendrait sans doute jamais à se débarrasser de l'odeur des fleurs et du parfum d'intérieur.

Noreen s'occupa des présentations.

— Paige Roberts, Matt Darby, je vous présente Luther Hollis et sa sœur Evelyn Hollis-Styles, l'oncle et la tante de M. Fenton.

Luther engagea aussitôt la conversation, sa détermination légendaire transparaissant dans son ton brusque.

— Je regrette que nous fassions connaissance en de telles circonstances.

Il semblait nettement plus frêle qu'à son départ pour Montréal, remarqua Hollis avec inquiétude. L'argent avait gagné du terrain dans ses cheveux blonds. Et le blazer bleu marine qu'il portait ne parvenait pas à dissimuler l'affaissement de ses épaules autrefois parfaitement droites.

Contrairement à son frère, Evelyn ne s'encombra pas de civilités. Elle toisa Paige d'un air hautain, ses yeux noisette emplis de méfiance.

— Mademoiselle Roberts, Noreen Muir, ici présente, a porté à notre connaissance le fait que vous auriez entretenu une relation de nature intime avec Hollis.

Hollis grinça des dents et regimba intérieurement. Il aurait dû se douter que Noreen mettrait son grain de sel. Au moins eut-elle la décence de rougir sous son regard furieux.

— Pardonnez-moi, mademoiselle Roberts. Etant donné les circonstances, il m'a semblé impératif que M. Hollis et Mme Hollis-Styles soient informés de la, hum, situation.

Paige releva légèrement le menton, une lueur circonspecte dans le regard.

— Ne vous excusez pas, Noreen. Vous avez fait ce que vous pensiez être le mieux.

Luther se tourna vers sa sœur, visiblement mécontent.

— Pour l'amour de Dieu, Ev, nous nous étions mis d'accord pour que ce soit moi qui me charge de ça.

— Je ne vais pas permettre à cette dévergondée de faire irruption dans nos vies et de souiller le nom de Hollis et sa réputation. En particulier maintenant qu'il n'est plus là pour se défendre !

Hollis faillit s'étrangler de rire en voyant sa tante s'ériger en gardienne de sa réputation.

Elle se tourna vers Paige et la toisa de plus belle.

— De combien de mois êtes-vous enceinte ?

Le premier instant de surprise passé, Paige ne daigna pas répondre.

Bon sang, ils étaient aussi au courant pour l'enfant ? Hollis songea sérieusement à licencier Noreen.

— Je sais à quel jeu vous jouez, reprit Evelyn d'un ton cassant. Si vous pensez…

— Ev, ça suffit ! rugit Luther. Je pense que nous devrions

laisser Mlle Roberts s'exprimer. Devons-nous en conclure que vous avez retrouvé la mémoire ?

Paige secoua la tête.

— Malheureusement non. Je ne sais pas ce que vous a révélé Noreen, mais j'ai perdu le souvenir d'une importante période de ma vie, et je m'emploie à la reconstituer. Je m'appuie sur les traces écrites de mon voyage et sur les quelques souvenirs fugaces qui ont refait surface. Malgré tout, je ne doute pas que j'ai eu une liaison avec Hollis Fenton. En particulier après avoir vu sa photographie ce matin.

Luther décocha à Paige un regard inquisiteur, puis la scruta froidement de la tête aux pieds.

— Noreen nous a dit que vous étiez enceinte. Est-ce vrai ?

— Oui.

— Insinuez-vous que Hollis soit le père ?

Elle posa ses mains sur son ventre dans un geste protecteur.

— Je sais qu'il l'est.

— Pour l'amour de Dieu, Luther, siffla Evelyn, demande-lui combien d'hommes elle a fréquenté au cours des derniers mois.

Hollis fut tenté de lui faire remarquer qu'elle était mal placée pour reprocher à Paige le choix de ses compagnons. Pas alors qu'il venait de lire sur son agenda qu'elle avait aussi peu de discernement dans le choix de ses fréquentations que n'en avait eu sa mère. Un rendez-vous reporté au crayon à la date du lundi faisait état d'un dîner avec Ken Whitfield.

— Vos insinuations sont insultantes, madame, intervint Hollis en la fusillant du regard. Peut-être devrions-nous prendre congé.

Paige posa une main apaisante sur son bras.

— Non, Matt, c'est bon. Ils ont le droit de savoir, pour ce qui est du bébé. Et je n'ai rien à cacher.

— Quelles sont exactement vos intentions concernant cet enfant ? demanda Luther avec sa brusquerie habituelle. Comptez-vous avorter ?

Elle lui décocha un regard noir.

— C'est hors de question. Hollis m'a fait don de ce bébé, et je ferai de mon mieux pour l'élever.

Il échangea un regard de connivence avec sa sœur. Hollis frémit : son oncle s'apprêtait à ne faire qu'une bouchée de Paige.

— La mort de Hollis a été un choc pour nous tous, commença le vieil homme avec solennité. Il détestait le scandale, pour l'avoir subi après le malencontreux décès de son épouse. Je pense également que les circonstances du départ de son père l'avaient profondément affecté, au point qu'il gardait sa vie secrète, même auprès de ses proches. J'imagine donc aisément ce qu'il ressentirait à l'annonce dans les médias de la naissance d'un enfant illégitime. En revanche, je suis persuadé qu'il ne se désintéresserait pas de ce bébé.

Il plongea son regard acéré dans celui de Paige.

— Voici donc ce que nous vous proposons : nous sommes prêts à vous offrir un dédommagement immédiat en échange de votre silence à propos de cet enfant. Bien que nous comprenions votre désir de recouvrer la mémoire, nous ne pouvons vous laisser provoquer un scandale.

Il sortit un chèque de la poche intérieure de son blazer et le lui tendit.

— Voici un chèque d'un montant de cent mille dollars. Une fois que l'enfant sera né et que nous aurons procédé à un test de paternité, nous débuterons les négociations pour fixer le montant de la pension alimentaire.

Elle considéra le chèque avec un mépris qui emplit Hollis de fierté.

— Je vous remercie, monsieur Hollis, mais en mon âme et conscience, je ne peux accepter ni votre offre ni les termes de votre arrangement. Mon enfant aura le droit de savoir qui est son père et de connaître les circonstances dans lesquelles il a été conçu. Mes parents, mes amis et la famille de Hollis également. Je suis vraiment désolée que vous considériez cette grossesse comme un incident potentiellement fâcheux, mais en mon for intérieur, je sais que j'ai éprouvé un attachement sincère à l'égard de votre neveu. Et je ne vous permettrai pas de porter atteinte à notre relation ou à notre enfant en me laissant corrompre. J'avais espéré que vous trouveriez du réconfort dans l'idée que votre neveu continuerait à vivre en partie grâce à lui.

Elle releva un peu plus le menton et ajouta :

— Et, afin qu'il ne subsiste aucun malentendu entre nous, sachez que, bien que votre offre soit très généreuse, je n'en veux ni n'en ai besoin. Je suis parfaitement capable de subvenir aux besoins matériels et affectifs de cet enfant. Toutefois, je ne vois aucun inconvénient à ce que vous le voyiez aussi souvent que vous le désirez si vous changez d'avis et souhaitez qu'il fasse partie de votre famille.

Son discours émut Hollis au plus profond de lui-même. Devant lui, son oncle et sa tante regardaient Paige avec effarement. Il ne se souvenait pas les avoir jamais vus aussi médusés.

Après un petit flottement, Luther réitéra sa proposition comme s'il ne savait que faire de ce chèque qu'il tenait encore à la main.

— Vous ne voulez pas de cet argent ?

— Non. En revanche, je voudrais vous demander quelque chose.

Evelyn arqua un sourcil parfaitement épilé.

— Ah, nous y voilà, Luther. La contre-proposition.

Paige poussa un petit soupir. Hollis aurait tout donné pour connaître le fond de ses pensées.

— J'aimerais simplement que vous m'assuriez de votre collaboration afin que l'enquête aboutisse. Je suppose que Noreen vous a dit que Claude Belanger, l'époux de ma meilleure amie, a été leur première victime.

— En effet, reconnut Luther.

Elle leur expliqua l'objectif de ses recherches.

— Il se peut que nous trouvions dans ces articles des points communs permettant de comprendre la logique des ravisseurs et de découvrir en fonction de quels critères ils sélectionnent leurs victimes.

Evelyn afficha une moue dédaigneuse.

— Il me semble que c'est vous le dénominateur commun à tous ces enlèvements. Vous apparaissez pour interviewer Hollis, et, presque aussitôt, il est victime d'un enlèvement. Quant à l'attentat dirigé contre lui, seules quatre personnes savaient que nous avions pris contact avec la police : Luther, moi, Noreen et vous. N'est-ce pas une étrange coïncidence ?

Paige eut un mouvement de recul comme si elle avait reçu une gifle.

— Moi ?

Hollis l'observa, le cœur battant. On pouvait compter sur sa tante Evelyn pour appuyer là où cela faisait mal.

— Vous avez demandé à Hollis de le rencontrer ici, le matin de l'explosion, insista-t-elle. Il vous a invitée à venir à la maison, mais vous avez refusé. Tout ce que nous voyons, c'est que vous êtes impliquée depuis le début. Vous avez probablement été à l'origine du vol du téléphone portable de Sandford. Avez-vous la moindre idée de ce que nous avons ressenti quand la police l'a emmené pour l'interroger ?

— Je ne m'abaisserai pas à répondre à vos accusations.

— Et vous n'avez pas à le faire, intervint Luther d'une voix ferme. Si Hollis vous faisait confiance, eh bien, nous aussi. Il faut comprendre ma sœur, mademoiselle Roberts. La mort de Hollis l'a bouleversée. Elle le considérait comme sa source de tracas attitrée, et elle est scandalisée que quelqu'un l'ait privée de cette distraction. Même si elle tente de s'en cacher, à sa manière elle aimait beaucoup le fils unique de notre sœur.

Evelyn cligna des paupières. Etaient-ce des larmes qui brouillaient son regard ? se demanda soudain Hollis, ébahi.

— Sa mère et moi étions jumelles, bien que très différentes, commença-t-elle, d'un ton radouci. Quand nous étions jeunes, nous nous disputions à propos de tout et de rien. Mais dès que Luther essayait d'affirmer sa supériorité sur nous, nous faisions cause commune contre lui. Nous considérions de notre devoir de tempérer son ego. Oh, notre famille a traversé quelques moments difficiles, mais rien de comparable à ceci. Hollis a suivi les traces de sa mère. Il était travailleur, brillant, courageux. Et il finissait toujours par se retrouver sous le feu des projecteurs alors même qu'il cherchait à l'éviter.

Elle afficha un sourire tremblant, et son regard s'attarda sur Hollis.

— Ce n'est que lorsqu'ils ne sont plus là que l'on comprend à quel point certains êtres vous sont chers, conclut-elle doucement.

Hollis n'en croyait pas ses yeux ni ses oreilles. L'attitude et les paroles de sa tante semblaient beaucoup trop sincères pour être feintes. Ce qui ne l'avait pas empêchée de s'attribuer son titre et de redécorer son bureau...

— Allons, allons, Ev, marmonna Luther en lui tapotant l'épaule d'un air gêné. Reprends-toi. Nous devons être forts.

Il se tourna vers Paige.

— Mademoiselle Roberts, nous vous apporterons toute l'aide dont vous aurez besoin pour vos recherches, à deux conditions. La première est que vous me teniez informé de vos progrès, et la seconde, que vous me permettiez de vous héberger en lieu sûr pendant votre séjour. Je suis certain que l'hôtel est confortable, mais si quelque chose vous arrivait à vous ou au bébé, je ne me le pardonnerais jamais. Après avoir passé quelques coups de fil, je vous ai trouvé une résidence entièrement meublée et approvisionnée, et dont le système de sécurité est à la pointe de la technologie. Personne ne pourra vous approcher.

— Est-ce votre manière de m'empêcher de ternir la réputation de votre neveu ? En me gardant recluse ? répliqua Paige avec méfiance.

— Au contraire, vous venez de nous prouver que vous aviez un grand sens moral. Je cherche seulement à éviter que l'enfant de Hollis coure d'autres risques. Ces individus ont déjà tué à deux reprises, et je m'en voudrais de les laisser recommencer.

Elle croisa les bras sur sa poitrine.

— Si cela ne vous ennuie pas, j'aimerais en discuter en privé avec Matt.

— Bien entendu. Nous allons vous laisser quelques instants.

Hollis fronça les sourcils, soufflé par cette soudaine manifestation de soutien de la part de sa famille. Luther et Evelyn quittèrent le bureau, suivis de Noreen. C'était vraiment très étrange. Se sentaient-ils coupables d'avoir désobéi aux consignes des ravisseurs ? Il fut presque tenté d'ouvrir la porte pour voir s'ils y avaient collé l'oreille afin de surprendre sa conversation avec Paige. Quoique, les connaissant, il y avait des chances qu'un dispositif d'écoute soit déjà dissimulé quelque part.

Ou peut-être pouvait-il leur accorder le bénéfice du doute et se laisser aller à penser qu'ils l'aimaient. Tout comme il voulait croire que Paige tenait à lui, qu'il soit Matt Darby ou Hollis Fenton.

— Qu'en penses-tu, Matt ?

— Je pense que tu as fait preuve d'un aplomb extraordinaire.

Amusé, il vit ses joues s'empourprer.

— Je parlais de la maison où Luther Hollis propose de m'héberger, précisa-t-elle.

— Il est indéniable qu'il possède des relations et des informations qui pourraient s'avérer très utiles.

— J'accepterais son offre plus facilement si je n'avais pas l'impression qu'il essaie de me contrôler.

Hollis s'esclaffa.

— Pour un homme tel que lui, tout n'est qu'une question de pouvoir et de contrôle. D'ailleurs, pour ce qui est d'exercer le contrôle, tu n'as pas été en reste, remarqua-t-il en lui embrassant le bout du nez. Cela dit, je suis d'accord avec Luther sur le fait que ta sécurité est le plus important. Je préférerais que nos recherches avec Noreen se déroulent dans un environnement discret et sûr plutôt que nous soyons obligés d'errer d'hôtels en restaurants au risque de nous faire repérer. Luther n'aura sûrement pas de mal à nous conduire dans cette résidence sans que personne ne l'apprenne. A moins, bien sûr, que ton mauvais pressentiment ne les concerne directement. Le problème vient-il d'eux ? Crains-tu de ne pouvoir leur faire confiance ?

— Je ne suis même pas sûre qu'ils aient confiance en eux. Quelle famille !

Elle plissa le front dans un effort de concentration, puis poussa un soupir de frustration.

— Je ne sais pas, Matt. Peut-être mon pressentiment était-il simplement lié aux contradictions dont nous avions discuté concernant l'enlèvement de Hollis. A ce propos, Noreen ne nous avait pas parlé du téléphone portable qui a déclenché l'explosion. Ce détail a pourtant de l'importance, et pourrait en révéler davantage sur les criminels. Il est assez effrayant de penser que l'appareil ait été volé au fils d'Evelyn… J'aimerais bien que le Pr Zbarsky nous rappelle afin que nous puissions lui demander son avis. J'espère que son obsession pour la pêche ne l'empêchera pas d'interroger son répondeur.

Visiblement songeuse, elle se posta devant la fenêtre et contempla le temps gris à l'extérieur.

— J'ai l'impression d'être plus proche de Hollis. Après tout, sa famille le connaissait mieux que quiconque. Que j'apprécie ou non ces gens, l'alternative la plus viable est de leur faire confiance et d'accepter leur hospitalité.

Hollis la rejoignit dans sa décision avec un soupir de résignation.

Vingt minutes plus tard, ils discutaient avec Luther sur les dispositions à prendre afin d'assurer leur sécurité. Quand Paige les abandonna pour se rendre aux toilettes, Hollis laissa libre cours à sa mauvaise humeur.

— Je n'apprécie pas d'être manipulé, gronda-t-il.

Son oncle s'empourpra.

— Manipulé ? Bon sang, Hollis, j'étais fou d'inquiétude à ton sujet ! Je te rappelle que tu étais censé te reposer sur l'île du Prince-Edouard, et non parcourir le pays avec une femme que tu connais à peine, et dont les effets personnels ont été volés au domicile de Noreen ce matin. J'aimerais d'ailleurs savoir pourquoi on ne m'a pas informé en premier lieu de l'existence de ces objets.

— Parce que ça concernait ma vie privée.

— J'ai promis à ta mère que je te traiterais toujours comme un fils, et aussi longtemps que je vivrai, tu feras partie de *ma* vie privée, décréta son oncle. Maintenant, je veux savoir ce qui a été volé.

Hollis le considéra un instant. En dépit de ses déclarations, il s'était toujours senti comme un étranger parmi eux.

— Noreen ne t'en a pas parlé ?

— Non. Et à ce propos, je déduirai de son salaire le coût d'un nouveau système de sécurité pour sa maison ainsi que celui de votre hébergement temporaire.

A contrecœur, Hollis lui parla des informations que contenaient le portable de Paige et sa sacoche.

— Certaines de ces informations semblaient préjudiciables pour elle, et j'ai eu peur que les policiers l'arrêtent s'ils les découvraient. Le sergent Thurlo la soupçonnait déjà suffisamment. Maintenant, je sais qu'elle n'est pas impliquée.

— Que crois-tu que ce vol signifie ?

— Qu'elle en sait davantage qu'elle ne le pense. Avec du temps et de la chance, elle peut encore recouvrer la mémoire.

Il y eut un silence. Au bout d'un instant, Hollis haussa les épaules, dépité.

— Je suppose que tout ce que tu as dit sur moi n'était que de la poudre aux yeux.

— Non, mon garçon, c'était la stricte vérité. Nous sommes ta famille, et nous te soutiendrons à cent pour cent.

Luther fronça les sourcils.

— Il y a une chose qui me chiffonne, dans cette affaire. Nous avons fait tout notre possible pour que tu sois considéré comme mort aux yeux du monde. Alors, pourquoi prendre le risque de révéler ton identité à Will Harper ?

Hollis serra les mâchoires.

— Pourquoi avoir pris le risque de laisser la police insérer un émetteur dans le sac de la rançon ?

Son oncle devint livide.

— Parce que l'on a osé mettre en danger la vie d'un membre de ma famille et que je n'allais pas laisser ces salauds s'en tirer à si bon compte ou faire vivre à quelqu'un d'autre l'enfer que nous avons traversé. Mais je regretterai cette décision jusqu'à mon dernier souffle.

Il s'approcha et passa son bras frêle autour de ses épaules.

— Hollis, je t'en prie, laisse-moi informer le sergent Thurlo de la situation. Vous seriez tous deux plus en sécurité sous la protection de la police.

— Non. C'est ma vie et c'est ma décision. De plus, je pense que Paige partirait si nous impliquions les autorités maintenant. Je ne sais pas si son amnésie l'embarrasse ou si elle a peur de manquer de crédibilité, mais je préférerais qu'elle n'affronte les policiers que lorsqu'elle se sentira prête.

Luther soupira.

— Entendu, mon garçon. Je respecterai ta décision.

A la surprise de Hollis, son oncle le serra fortement dans ses bras.

— Fais attention à toi.

Ils retrouvèrent leur patron au point de rencontre. Leur mine sinistre ne laissait aucun doute sur le résultat de leur mission.

— J'imagine que tout ne s'est pas déroulé comme prévu, avança leur patron, que la perspective d'un nouveau délai contrariait beaucoup.

— En partie seulement.

D'un coup de pied énervé, l'un d'eux dégagea une poubelle en métal à proximité.

— Cette garce semble chaque fois renaître de ses cendres. Mais nous avons trouvé ça chez la secrétaire. Je suppose qu'elle les conservait pour elle.

Il sortit d'un grand sac à dos une sacoche et la pochette d'un ordinateur portable, et les tendit à son chef.

S'asseyant sur un banc, ce dernier ouvrit la sacoche et feuilleta les dossiers. Leur contenu lui arracha un juron étouffé. Se carrant dans son fauteuil, il se perdit en conjectures. Une chose était sûre : ils ne seraient réellement tranquilles que lorsqu'ils auraient réduit Paige Roberts au silence.

Reportant son attention sur ses hommes, il leur donna des ordres.

— Aujourd'hui, sa chance va l'abandonner. Vous n'avez plus d'excuses. Reprenez votre surveillance à l'hôtel. Je vous laisse carte blanche, mais il faut absolument que son petit ami et elle disparaissent de la surface de la terre.

11

La fourgonnette d'une société de nettoyage quitta à toute allure l'immeuble de la Pacific Gateway Shipping par l'issue réservée aux véhicules de service. Cachée à l'intérieur, Paige n'appréciait que moyennement d'être ainsi ballottée, mais elle supposa qu'elle n'avait d'autre choix que de souscrire à cette balade.

Elle planta ses ongles dans le bras de Matt tandis que la fourgonnette amorçait un autre virage pour distancer d'éventuels poursuivants. Comme si la nausée qu'elle sentait monter en elle ne suffisait pas, elle ressentit soudain le besoin pressant d'aller aux toilettes.

La fourgonnette pénétra dans le parking couvert du Pan Pacific Hotel. Les portes arrière s'ouvrirent brusquement, et Jax Philips, un consultant spécialisé dans la sécurité des VIP, les pressa de monter dans une limousine blanche aux vitres teintées.

Paige s'enfonça avec satisfaction dans le siège en cuir. Mais son bien-être ne dura pas longtemps.

— Le voyage ne devrait pas être long, déclara Jax Philips, assis à l'avant. Pas plus d'un quart d'heure si la circulation est fluide sur le pont.

Elle réprima un gémissement. Avec sollicitude, Matt passa son bras autour de ses épaules.

— Qu'est-ce qu'il y a? Je pensais qu'après la fourgonnette, tu apprécierais tout ce confort.

— Pas pour l'instant. J'ai mal au cœur, et il faut que j'aille aux toilettes.

— Je croyais que tu y étais allée juste avant notre départ…

— Explique donc ça au bébé!

Sous son regard amusé, il se pencha et s'adressa à son ventre.

— Hé, petit, ton timing laisse un peu à désirer.

Cette affirmation était bien en dessous de la vérité, mais elle ne put s'empêcher de rire.

— Voilà ce qu'il te fallait, une distraction, remarqua Matt avec tendresse. Et dans ce registre, je suis l'homme qu'il te faut.

A ces mots, elle sentit une boule se former dans sa gorge. Se considérait-il comme une simple distraction ?

Il encercla son pouce entre ses doigts et tira doucement dessus.

— Ce qui me donne une idée… As-tu jamais fait l'amour dans une limousine ?

— Comment… ici ?

Elle jeta un coup d'œil anxieux vers la vitre qui les séparait du chauffeur et de Philips. Si ces derniers s'apercevaient de leurs ébats, nul doute qu'ils se sentiraient dans l'obligation d'en faire part à Luther Hollis.

— Ne t'inquiète pas pour eux, la rassura Hollis, son souffle chaud lui caressant la joue. Ils ne verront rien d'autre que moi, occupé à te murmurer à l'oreille.

Elle lui accorda son consentement à contrecœur. Mais le discours suave de Matt eut vite raison de ses réticences, et petit à petit, un tourbillon voluptueux prit possession de ses sens. Le mouvement de va-et-vient de ses doigts sur son pouce illustrait dans le menu ses paroles. Les sensations faisaient vibrer sa peau et naître un désir toujours plus intense.

C'est à peine si elle se rendit compte qu'ils traversaient le Lion's Gate, puis longeaient une route bordée d'arbres imposants. Elle frissonnait, proche de l'extase, quand la langue de Matt lui chatouilla l'oreille.

— Nous y sommes, mon ange.

— Comment ?

Elle cligna des paupières et, un peu penaude, songea que la tactique de diversion de Matt s'était révélée très efficace.

La limousine s'arrêta devant un portail de sécurité de couleur sable assorti au mur d'enceinte en pierre qui délimitait la propriété. Philips tendit une carte d'accès au chauffeur pour ouvrir le portail. Avec ses immenses fenêtres et ses vieux bardeaux en cèdre, la maison était tout à fait dans le style côte Ouest. Quant au parc qui l'entourait, Audrey aurait adoré la façon dont il avait été aménagé. Un ruisseau, un étang miroitant, des allées et des parterres agrémentés de fleurs aux couleurs éclatantes mettaient en valeur les oasis de pelouse parfaitement entretenues.

Paige se retint de sauter de joie quand, une fois dans la maison, Philips leur confia les clés de la résidence et de la voiture qui les attendait dans le garage, ainsi que la carte d'accès à la propriété. Elle lui adressa un sourire de remerciement, puis s'esquiva dans la salle de bains.

Lorsqu'elle en émergea quelques instants plus tard, elle trouva Matt dans le salon, plongé dans la contemplation d'un tableau de Robert Bateman accroché au-dessus de la cheminée. Loin de diminuer l'attrait puissant que Matt exerçait sur elle, ce vaste espace au plafond voûté et aux murs écrus, meublé de canapés en cuir et d'une table basse de verre, ne fit que le renforcer. Paige ne pouvait détacher son regard de lui tant elle était encore sous l'influence des visions qu'il lui avait décrites en détail dans la limousine.

Elle s'éclaircit la gorge.

— Cette prison dorée est-elle équipée du téléphone ? Peut-être pourrais-je surprendre le Pr Zbarsky en train de cuisiner son poisson pour le dîner.

Matt se retourna. Le sourire carnassier qui apparut sur ses lèvres quand leurs regards se croisèrent la fit se sentir à la fois puissante et terriblement vulnérable.

— Il y a un téléphone portable sur la table derrière le canapé. Je vais te le chercher.

Elle sortit la carte de visite de Zbarsky de son sac à main. Après avoir composé son numéro, elle écouta les sonneries défiler, puis laissa un message sur le répondeur en précisant le numéro de téléphone de la résidence.

— Toujours pas de réponse.

Elle reposa le téléphone sur la table basse et s'humecta les lèvres tandis que son regard glissait sur Matt.

— Que veux-tu que nous fassions ?

— Je propose que nous terminions ce que nous avons commencé tout à l'heure. Qu'en dis-tu ?

Avec un sourire, elle se prépara à affronter le déferlement

d'émotions qui allait s'abattre sur elle. A vrai dire, elle voulait que cela ne s'arrête jamais.

Une fois sûr que Paige dormait profondément, Hollis sortit le dossier dissimulé dans la doublure de sa valise. Il n'aurait su dire si Luther avait fouillé ses bagages avant de les lui faire déposer. Une part de lui voulait désespérément croire à la sincérité des paroles aimantes que sa tante et son oncle avaient prononcées plus tôt dans la journée, mais il n'était pas prêt à mettre en danger la sécurité de Paige dans le cas où il aurait tort. Il gardait toujours, caché dans l'une de ses chaussures, le couteau que l'intrus avait abandonné chez Paige.

Il emporta le dossier dans la cuisine et le compulsa soigneusement en espérant qu'un élément significatif lui apparaîtrait. La liste énigmatique qu'il avait trouvée suspecte était à l'évidence composée des notes qu'elle avait prises lors de son entretien avec Susan Platham-Burke. Il y avait aussi des articles de magazines ou de journaux concernant d'autres P.-D.G. qu'elle avait envisagé d'interviewer, et il découvrit son propre nom entouré dans un article concernant son oncle paru dans *Fortune Magazine* sept mois auparavant. Il parcourut ensuite les documents que Noreen avait imprimés à partir d'un disque de notes trouvé dans la sacoche de Paige. Son premier entretien avec elle s'y trouvait retranscrit, amputé de ses impudentes tentatives de séduction. Hollis eut l'impression qu'il avait vieilli de dix ans depuis ce jour-là.

Le tournant plus intime qu'avait pris leur relation était une arme à double tranchant, qui lui procurait à la fois souffrance et sérénité. Dieu savait combien il l'aimait, et il pensait qu'elle aussi l'aimait. Sauf qu'il en avait assez de toute cette mascarade.

Il cligna des paupières, une sensation de brûlure dans les yeux. Il lui tardait de rendre à Hollis Fenton la place qui était la sienne.

Noreen, Matt et Paige étaient rassemblés dans le salon devant une pile impressionnante de feuillets sur lesquels étaient imprimés des articles de journaux. Motivée à l'idée des découvertes qu'ils ne manqueraient pas de faire, Paige tendit un surligneur à Matt et lui rappela la procédure.

— Nous allons compulser tous les articles consacrés aux victimes. Nous lirons les passages pertinents à haute voix de façon à ce que Noreen puisse ajouter l'information, la date et la source aux listes que j'ai déjà établies. Matt, prête bien attention aux dates des articles. Chaque enlèvement a dû nécessiter des semaines de préparation. Il leur a fallu le temps de s'imprégner de l'emploi du temps de la victime, de trouver un endroit où la retenir prisonnière et de décider du lieu de remise de la rançon.

Ils commencèrent par une pile d'articles consacrés à Claude Belanger. Paige proposa qu'ils lisent d'abord les articles publiés dans *The Globe and Mail*, puisque le journal avait une couverture nationale. Ils se tourneraient ensuite vers les articles glanés dans les journaux locaux. Il était possible que les ravisseurs aient utilisé cette même démarche, découvrant le nom de leurs victimes potentielles dans le journal financier national puis approfondissant leurs recherches dans la presse locale.

Mais leur espoir fut bientôt déçu. Ils ne relevèrent que quelques annonces de nomination ayant eu lieu dans l'entreprise, et où Claude était cité en tant que P.-D.G.

Ils laissèrent tomber *The Globe and Mail* et s'intéressèrent aux autres journaux. La société de Claude avait reçu la presse à Ottawa, Moncton et Toronto où elle possédait des filiales. A Montréal, sa famille et leurs activités étaient fréquemment mentionnées dans *The Gazette*. Paige et Matt dictèrent à Noreen les passages intéressants.

Ils s'attaquèrent ensuite aux documents qui concernaient Susan Platham-Burke. Le service de presse qu'elle employait s'était montré très exhaustif, et ils ne trouvèrent aucun nouvel article la concernant, excepté un avis de nomination dans *The Globe and Mail*.

Matt leur lut l'article.

— « Dans le cadre de la campagne pour la Saint-Valentin, Mlle Platham-Burke a nommé un nouveau porte-parole à l'occasion de l'opération Des cœurs pour les associations d'aides à l'enfant. L'opération, destinée à encourager les hommes d'affaires à faire preuve de générosité, leur propose de subventionner les programmes locaux venant en aide aux enfants qui, un jour peut-être, deviendront leurs employés… »

Matt releva la tête et leur résuma la suite.

— L'article se poursuit par une description de sa famille et de son investissement dans les œuvres caritatives. Son titre de directrice des relations publiques est mentionné. Qui plus est, l'article est paru en février, six mois avant son enlèvement.

— Dommage que nous n'ayons pas trouvé un article similaire sur Claude dans *The Globe and Mail*, se désola Paige. Cet article équivaut à agiter un chiffon rouge devant un taureau. Peut-être les résultats de nos recherches démontreront-ils que les ravisseurs procèdent à la sélection de leurs victimes à partir de sources variées.

— Ou alors ils choisissent une ville au hasard, y emménagent et étudient les médias locaux à la recherche de victimes potentielles, suggéra Matt. Souviens-toi, Will Harper était convaincu que son nom avait attiré l'attention des ravisseurs parce qu'il avait fait l'objet d'un article dans un magazine économique local.

L'avocat était le suivant sur leur liste. Ils écartèrent les articles qu'elle avait déjà vus sur internet, et ceux, inintéressants, qui parlaient de l'entreprise d'un point de vue technique ou purement financier. Un avis de nomination paru en octobre dans *The Globe and Mail* retint néanmoins son attention. Harper annonçait, en tant que P.-D.G., le recrutement d'un vice-président associé, chargé des acquisitions. L'article, qui n'était pas consacré à Harper lui-même, précisait que la société d'investissement immobilier, filiale de la HarpCor, possédait un capital de plusieurs centaines de millions de dollars. Paige surligna l'information et la dicta à Noreen.

Quand elle ne fut plus en mesure d'ignorer la faim qui la tenaillait, ils firent une pause pour préparer le dîner. Ils mangèrent une omelette aux champignons, accompagnée d'une salade verte, puis puisèrent de nouvelles forces dans la dégustation d'un gâteau au chocolat trouvé dans le congélateur.

En reprenant le travail, ils se penchèrent sur le cas d'Ellen Cummings. Cette dernière, mère de cinq enfants, dirigeait une société de soins à domicile au sein du groupe familial international. Les journaux de Halifax avaient largement commenté son accident de voiture dû à un chauffard sous l'emprise de l'alcool, ainsi que son rétablissement. De nombreux autres articles traitaient du besoin croissant de services de santé en ces temps de compressions de personnel et de fermetures d'hôpitaux.

— Il n'y a rien d'intéressant dans *The Globe and Mail*, déclara Matt avec une pointe de fatalisme. Quelques bulletins d'information, une lettre au rédacteur en chef datant de l'année dernière et un entrefilet annonçant la nomination d'un nouveau directeur adjoint de Cummings Health Services à Vancouver. Il n'y a rien d'important là-dedans.

Paige plissa soudain les yeux.

— Que viens-tu de dire ?

— Que je n'ai rien trouvé d'important.

Elle sentit l'adrénaline fuser dans ses veines.

— Exactement ! Ces types sont malins. Ils ont dû choisir quelque chose qui ne saute pas aux yeux.

Comme les avis de nomination de *The Globe and Mail* qu'ils avaient crus sans intérêt, à l'exception de celui qu'elle avait conservé parce qu'il faisait mention du capital de la HarpCor.

— Quelle est la date de cette annonce ?

— Le 12 janvier.

— Juste après l'enlèvement de Harper et trois mois avant celui d'Ellen Cummings.

Elle éplucha d'une main fébrile les articles empilés sur la table.

— Où se trouve l'avis de nomination que j'ai lu il y a quelques minutes, avec les renseignements complets sur la société Harper ?

Noreen brandit le document comme par magie.

— Le voici. Il est daté du 6 octobre.

— C'est-à-dire de deux mois avant l'enlèvement de Harper, conclut Paige, de plus en plus excitée par sa découverte. Matt, n'y avait-il pas une annonce du même type mentionnant le nom de Claude Belanger ?

— En effet, il y en a deux. Mais tu m'as dit de les jeter.

— Oh non…

Un instant, elle considéra avec lassitude les feuillets jetés pêle-mêle sur la moquette, puis reprit courage et tomba à genoux.

— Pas de problème, nous allons les retrouver. Noreen, fouillez dans la pile de Hollis Fenton pour voir s'il a été cité dans une annonce de ce type, et mettez de côté le feuillet mentionnant l'implication de Susan Platham-Burke dans la campagne de la Saint-Valentin.

Matt l'aida à chercher les deux feuillets concernant Claude Belanger. Les papiers volaient autour d'eux.

— En voilà un ! annonça-t-elle, le cœur battant à tout rompre.

Sa déception fut d'autant plus grande quand elle aperçut la date.

— Bon sang… Il est daté d'une semaine avant l'enlèvement de Claude. Ça ne suffit pas pour mettre en place une telle opération.

Matt agita une feuille sous son nez avec un sourire satisfait.

— Que dirais-tu de cinq mois ? Cet article est daté de la troisième semaine de janvier. Il est paru quelques semaines avant l'article consacré à Susan Platham-Burke.

Elle saisit la feuille entre ses doigts tremblants.

— Si nous trouvons la même chose pour Hollis Fenton, cela confirmera notre théorie. Noreen ?

Une tension presque palpable envahit la pièce.

— Oh, mon Dieu, murmura la secrétaire, les yeux fixés sur un papier. En voici un, mais il remonte à vingt mois. Deux mois avant l'avis de nomination portant le nom de Claude Belanger.

— Ce qui montre depuis combien de temps ils planifiaient leurs crimes…

Paige échangea un sourire joyeux avec Matt. L'attirant dans ses bras, il l'embrassa sur le front.

— Maintenant que nous savons comment ils sélectionnent leurs victimes, nous pouvons en déduire qui sera leur prochaine cible et informer les policiers. Peut-être pourront-ils prendre les ravisseurs sur le fait. Tu as réussi, mon ange.

— C'était un travail d'équipe, corrigea-t-elle, gênée.

Elle lui caressait la joue quand elle s'aperçut que Noreen les regardait en fronçant les sourcils. Par égard pour elle, elle s'écarta de Matt.

La secrétaire s'éclaircit la voix.

— Pourquoi Hollis a-t-il été la cinquième victime, et non la deuxième ou la troisième ?

Paige se rassit sur le canapé.

— Je vois plusieurs raisons à cela. Premièrement, si Hollis avait été l'une des trois premières victimes, on aurait peut-être découvert plus facilement leur façon de sélectionner leurs cibles. Les ravisseurs l'ont donc gardé en réserve. Deuxièmement, ils ont dû considérer qu'il présentait moins d'intérêt puisqu'il n'avait ni femme ni enfant. Selon le Pr Zbarsky, le choix des victimes vise à provoquer un choc émotionnel maximal. Ils ont tué Claude, qui avait une épouse et une famille, pour montrer qu'ils ne plaisantaient pas, et tout s'est déroulé selon leur plan lors des trois autres enlèvements. Le vol du téléphone portable, qui a précédé l'enlèvement de Hollis, suggère qu'ils savaient que la famille ne se laisserait pas faire, et qu'ils comptaient se servir de l'héritier présomptif du groupe pour l'ériger en exemple. L'attentat spectaculaire dont il a été victime montre une volonté évidente de dissuader pour de bon les familles de leurs futures victimes d'impliquer la police.

Elle attira leur attention sur un article relatif au suicide de Christine Fenton que Noreen lui avait fourni.

— Il est possible que le suicide de son épouse ait contribué à l'impact émotionnel de Hollis, bien que les médias n'en aient pas reparlé au moment de l'enlèvement.

Elle lança un regard à Noreen, incapable de refréner sa curiosité.

— A-t-elle vraiment enlevé un bébé dans une maternité ?

— J'en ai peur. C'était une jeune femme charmante, à l'âme sensible. Pleine d'énergie mais très nerveuse et sujette à des sautes d'humeur. Hollis n'a appris qu'après leur mariage qu'elle était maniaco-dépressive. Tant qu'elle prenait son traitement, elle allait bien, mais le problème avec ce genre de troubles, c'est que le patient a tendance à croire qu'il peut aller bien par lui-même. Une fois qu'il commence à se sentir mieux, il arrête de le prendre.

Noreen poussa un soupir attristé.

— Christine souhaitait désespérément fonder une famille. Hollis avait beau l'aimer, il craignait qu'elle ne soit pas capable d'élever un enfant. Alors, elle a enlevé un bébé pour lui prouver qu'elle était capable de s'en occuper. Je pense qu'elle avait l'intention de le rendre, mais les autorités l'ont quand même arrêtée. Elle a été hospitalisée dans un établissement psychiatrique.

Noreen baissa les yeux comme si elle revivait ces événements.

— Je ne pense pas que Hollis se soit jamais pardonné sa mort, ni qu'il ait pardonné à son beau-père de l'avoir fait sortir de l'hôpital. Mais tout ceci est désormais de l'histoire ancienne.

Dans un élan de compassion, Paige serra sa main dans la sienne.

— L'enfant de Hollis aura besoin d'une marraine, dit-elle doucement. Etes-vous intéressée par le poste ?

Noreen lui adressa un sourire tremblant. L'émotion embuait son regard.

— Bien sûr, je suis intéressée. Merci, Paige. Et merci d'avoir le courage de chercher la vérité. Je dois reconnaître que cette histoire de cagoules différentes m'a vraiment tracassée, de même que la façon dont les ravisseurs ont déniché mon numéro de téléphone. J'avais terriblement peur que les différends au sein de la famille Hollis se règlent dans une effusion de sang.

— Je dois avouer que Matt et moi avions le même genre de soupçons.

Elle échangea un sourire de connivence avec Matt qui, comme Noreen, semblait en proie à une profonde émotion.

— Maintenant, il faut que nous mettions notre théorie à l'épreuve, déclara-t-elle avec enthousiasme. Les ravisseurs ont peut-être déjà choisi leur prochaine victime. Voyons si nous pouvons anticiper leurs actions.

12

Personne ne l'entendit s'introduire dans la maison. Des ronfle-ments lui indiquèrent que ses hommes étaient endormis.

Pénétrant dans le salon, il avisa un de ses hommes assoupi sur le vieux canapé. Des boîtes de pizza vides ainsi que des emballages et des gobelets en carton provenant d'un fast-food recouvraient une table de jardin en plastique bon marché.

Son pied heurta une bouteille sur le tapis usé, et l'odeur de la bière éventée ainsi que des effluves fétides de fromage et de pepperoni agressèrent ses narines. Des porcs, songea-t-il, dégoûté. Jamais ils ne faisaient le ménage, et il ne leur viendrait même pas à l'esprit d'ouvrir une fenêtre.

Il ramassa le Stetson marron posé sur le couvercle d'une boîte de pizza, et recouvrit le spectacle peu avantageux de son propriétaire qui dormait la bouche ouverte, révélant une dentition inégale.

L'homme se réveilla aussitôt.

— Hé, mais qu'est-ce… Oh, c'est vous patron !

— L'avez-vous trouvée ?

— Non, c'est à croire que cette garce et son petit ami se sont envolés dans les airs.

— Je ne suis pas d'humeur à écouter ça. Et pour ce qui est de Noreen Muir ? Avez-vous essayé de la prendre en filature ? Elle sait sûrement où ils se trouvent.

— Elle n'est pas rentrée chez elle et ne s'est pas présentée au bureau depuis des jours.

— Bon sang… Le cambriolage a dû l'effrayer.

— L'hôtel particulier des Hollis regorge de dispositifs de sécurité. Ils s'y trouvent peut-être tous.

— Réveille les autres. J'ai une idée qui pourrait fonctionner.

Hollis sentit un frisson lui parcourir l'échine en contemplant les résultats de ces deux journées de recherches intensives. L'idée que la vie de quelqu'un était en jeu les avait poussés à mettre les bouchées doubles. Noreen leur avait fourni deux ordinateurs, l'annuaire des entreprises canadiennes de Dun & Bradstreet, un atlas du Canada ainsi qu'un CD-ROM contenant les anciens numéros de *The Globe and Mail*. Ils s'étaient aussitôt remis au travail, dépouillant à tour de rôle les annonces de nomination puis vérifiant dans l'annuaire des entreprises et sur internet si les sociétés en question étaient issues d'une tradition familiale. Puisque les cinq enlèvements avaient eu lieu dans de grands centres urbains, ils exclurent les villes isolées où les banques pourraient rencontrer des difficultés à rassembler les fonds pour une demande de rançon en moins de deux jours.

A la fin de leurs recherches, il ne leur restait que trois P.-D.G. correspondant au profil, deux hommes et une femme. Les archives de la presse locale leur avaient fourni des informations concernant leur statut marital, leur famille et leurs centres d'intérêt personnels ainsi que des photos.

Alors que Noreen appelait Luther afin de lui faire part de leurs conclusions, Hollis étreignit la main de Paige. Il devait lui rendre hommage pour avoir su mener cette enquête à son terme, se refusant à abandonner alors qu'elle-même devait se battre contre sa mémoire défaillante.

Bien qu'il espère désormais que les ravisseurs seraient rapidement appréhendés et condamnés, il restait une ombre au tableau. Les tentatives de Paige pour recouvrer la mémoire restaient vaines. Qu'adviendrait-il si elle n'y parvenait pas ?

Noreen raccrocha le téléphone.

— M. Hollis veut que nous nous tenions tranquilles. Il nous envoie la police, qui devrait être ici dans moins d'une heure. Je vais préparer une cafetière de café.

Hollis caressa le dos de la main de Paige avec son pouce. Jamais il ne se lasserait de la toucher ou de la sentir contre lui. Quand il s'était réveillé au milieu de la nuit, il l'avait caressée, et elle était venue se réfugier dans ses bras, douce et réactive à ses caresses.

— Nerveuse ? s'enquit-il.

— Plus que ça. Je suis pétrifiée à l'idée que notre théorie arrive trop tard.

Elle riva son regard gris au sien.

— J'apprécie vraiment l'aide que tu m'as apportée, Matt. Mais j'imagine que tu commences à trouver le temps long. Tu dois avoir envie de retrouver ta vie d'avant.

— Choisir entre ma vie d'avant et ma vie à tes côtés est un vrai dilemme…

Sans relever sa plaisanterie, elle jeta un coup d'œil à Noreen qui rinçait des tasses dans l'évier de la cuisine.

— Une fois que nous aurons parlé à la police, je comprendrais que tu repartes à Montréal. En supposant que le prochain enlèvement n'ait pas encore eu lieu, nous pourrions avoir à attendre encore des jours, des semaines, voire des mois. Je ne peux pas accaparer ton temps de cette manière, d'autant que je devrais être en sécurité ici.

Elle évita son regard, rougissante.

— Par ailleurs, bien que j'apprécie ta protection, il me semble que ma mémoire reviendrait plus facilement si je n'étais pas distraite par notre relation…

Hollis ne put masquer complètement sa stupéfaction. Lui signifiait-elle son congé ? Peut-être avait-elle raison, après tout. Cela dit, il ne lui accorderait pas plus qu'une chambre séparée tant qu'il ne serait pas sûr que tout danger était définitivement écarté.

Il exerça une pression sur sa main.

— Voyons comment se passe l'entrevue avec la police, et nous en reparlerons dans quelques jours. D'accord ?

Elle acquiesça.

Il poussa un soupir. Au moins s'était-il assuré un sursis de quelques jours.

Paige rassembla tout son courage quand Luther Hollis lui présenta le sergent Thurlo, qui dirigeait l'enquête sur l'enlèvement et le meurtre de Hollis Fenton. Le policier, un colosse de près de deux mètres, avait une carrure de rugbyman et un front dégarni dans un visage sinistre. La méfiance que Paige décela dans ses yeux vert clair lui mit les nerfs à fleur de peau. Il était accompagné d'un adjoint du nom de Boyle. Plus petit, moins musclé, ce dernier semblait n'avoir pas dormi depuis des semaines.

— J'ai beaucoup entendu parler de vous au cours de ces derniers jours, déclara le sergent Thurlo.

Elle haussa les sourcils, étonnée. Luther Hollis avait-il informé la police de ses recherches ?

— Vraiment ?

— La police de Montréal était bien ennuyée de votre disparition. Nous n'étions pas sûrs de savoir où vous vous étiez rendue jusqu'à ce que Susan Platham-Burke joigne le service de police de sa ville pour l'informer de votre visite. Ils nous ont relayé l'information, et nous en avons déduit que vous finiriez par vous orienter dans notre direction, vous et votre garde du corps.

Paige n'apprécia pas la manière dont il dévisagea Matt, comme s'il était une sorte de criminel.

— Je crains de ne pas comprendre, murmura-t-elle.

— Vous êtes le seul témoin de l'attentat. Depuis, nous gardons un œil sur vous.

· A l'idée d'avoir été surveillée, elle sentit ses poils se dresser sur sa nuque. Cela ne l'empêcha pas de relever le menton et de riposter en le regardant droit dans les yeux :

— Dans ce cas, où se trouvaient les policiers quand un individu s'est introduit chez moi et a tenté de m'agresser avec un couteau ?

Il parut surpris.

— Que voulez-vous dire ?

Elle lui raconta l'incident tandis que Matt allait chercher le couteau.

Thurlo fronça les sourcils, ce qui le fit paraître encore plus acariâtre.

— Mademoiselle Roberts, pourquoi n'avez-vous pas avisé la police de Montréal de cette agression ?

— Parce que je ne voulais parler à personne de l'explosion ni de mon amnésie. J'avais peur que mon témoignage reçoive l'accueil que vous lui faites actuellement.

— Désolé. Mais, voyez-vous, il est déjà assez difficile de faire notre travail sans que les gens se mêlent de décider de ce qui peut ou non s'avérer important.

Il s'interrompit quand Matt revint dans le salon et lui tendit le couteau soigneusement rangé dans un sac en plastique. En le voyant, il jura entre ses dents.

— Voilà un indice intéressant. Regardez, inspecteur.

— Pourquoi est-ce intéressant ? demanda Paige, intriguée.

— Les ravisseurs de Hollis Fenton lui ont laissé un couteau en tout point semblable pour se libérer de ses liens, répondit-il avec un sourire timide. Nous allons le faire déposer au labo le plus tôt possible. Quelque chose vous est-il revenu à la mémoire concernant l'explosion, mademoiselle Roberts ?

Paige fit un signe de dénégation.

— Non, mais j'ai d'autres informations à vous offrir.

— Parle d'abord des autres agressions, intervint Matt. Ils doivent être mis au courant.

Elle lui décocha un regard furieux. Mais cela eut tout de même un effet positif, puisque Thurlo se montra un peu moins sévère à son égard. Après avoir insisté pour qu'elle lui fournisse une description détaillée des véhicules, il prit des notes dans un carnet déjà bien utilisé. Bien qu'il se soit calmé, une grosse veine battre sur sa tempe.

— C'est incroyable, fit-il d'une voix bourrue, quand elle eut terminé. Ces individus vous ont traquée à travers tout le pays dans le but de vous éliminer, et ont réessayé samedi, c'est-à-dire il y a cinq jours. Ils peuvent se trouver n'importe où, maintenant. Vous auriez dû prendre immédiatement contact avec nous, mademoiselle Roberts.

Elle réprima un mouvement d'humeur devant son ton réprobateur. D'accord, il avait raison sur ce point, mais de l'eau avait coulé sous les ponts.

— Eh bien, vous voici, maintenant. Luther Hollis a arrangé cette rencontre parce que Matt, Noreen et moi pensons savoir où les ravisseurs se rendront dans un avenir proche. D'après ce que nous savons, un ou deux d'entre eux ont été chargés de s'occuper de mon cas, pendant que les autres préparent le prochain enlèvement.

Elle éprouva une certaine satisfaction en voyant le visage du sergent passer de l'agacement à l'intérêt. Elle lui expliqua la théorie du Pr Zbarsky, puis précisa comment les entretiens avec les autres victimes les avaient amenés à compulser les journaux.

Thurlo l'interrompit.

— Nous avons déjà exploré cette piste dans le cadre de notre enquête, et nos profileurs sont parvenus à la plupart de vos conclusions. Ce n'est pas un scoop, qu'ils utilisent les journaux pour repérer leurs victimes.

— Ecoutez-nous au moins jusqu'au bout, intervint Matt d'un ton cassant. Votre service s'est déjà trompé une fois, et ça a coûté la vie à Hollis Fenton. Je pense que Kyle Foster, Evan Smythe et Natasha Blais apprécieraient que vous nous accordiez quelques minutes de votre temps.

— Qui sont ces gens ?

— Les prochaines victimes.

— Et comment en êtes-vous arrivés à cette conclusion ?

Paige lui expliqua tout dans le détail et lui montra les annonces de nomination qui avaient fourni aux ravisseurs un nom, une ville et une entreprise à partir desquels orienter leurs recherches.

— Pouvons-nous emporter ces documents ? demanda Thurlo. Nous veillerons à ce que vous en ayez une copie pour le cas où il vous viendrait d'autres idées.

Venant de sa part, c'était sans doute ce qui se rapprochait le plus d'un compliment.

— Bien sûr.

— J'aimerais également discuter avec le Pr Zbarsky. Avez-vous son numéro ?

— Je peux vous donner les deux de mémoire. Mais il ne répond ni à son cottage de Chelsea, ni à son domicile. J'imagine qu'il a été appelé ailleurs en urgence.

Elle lui récita les deux numéros de téléphone. Après avoir refermé son carnet, Thurlo se leva pour prendre congé.

— Merci de nous avoir communiqué ces informations. Il pourrait s'agir de l'élément nouveau que nous attendions pour débloquer l'enquête.

Il esquissa un sourire qui lui donna presque figure humaine et le fit paraître aussi épuisé que son adjoint.

— Nous restons en contact. Et surtout soyez prudents. Cette histoire a déjà fait assez de victimes.

Le sergent Thurlo les rappela plus tard dans la soirée afin de les informer qu'il avait alerté les services de police de Toronto, d'Edmonton et de Sudbury où habitaient les victimes potentielles.

Toutes les dispositions nécessaires avaient été prises pour les protéger.

Ils apprirent également que Kyle Foster, financier de Bay Street, se rappelait avoir été pris en photo par un clochard, quelques semaines auparavant. Il s'était dit que l'ivrogne ne faisait que s'amuser et que l'appareil photo était sans doute hors d'usage, mais cela lui avait laissé une impression de malaise. Ce détail conforta Paige dans l'idée que Foster était le premier visé par les ravisseurs. Elément non négligeable et qui collait avec l'impact recherché, son entreprise apportait un soutien conséquent aux athlètes canadiens en lice pour les Jeux olympiques.

Le lendemain, quand le sergent Thurlo sonna à l'Interphone de la résidence, elle pria pour que l'enquête ait pris un tournant décisif. Etait-ce dû à l'attente, au fait que Matt ait dormi dans une autre chambre ou au crachin qui persistait depuis son réveil, toujours est-il qu'elle avait les nerfs à vif.

Elle regrettait d'avoir dit à Matt qu'elle avait besoin de rester seule, sans distractions, pour augmenter ses chances de recouvrer la mémoire. La nuit agitée qu'elle avait passée à écouter l'eau couler dans les gouttières tout en pensant à lui, lui avait rapidement démontré son erreur. L'éloigner physiquement ne le chasserait pas de ses pensées, bien au contraire. D'autant que la compréhension qu'il avait manifestée à son égard renforçait encore l'amour qu'elle lui portait. Quelle ironie !

Avait-elle tort de croire qu'il aimerait poursuivre leur relation quand cette histoire serait terminée ?

« Tu n'es pas en état d'envisager une quelconque relation, lui asséna sévèrement sa petite voix intérieure. Tu es trop vulnérable. Tu ne sais pas toi-même ce que tu veux. »

Elle en était là de ses pensées quand Matt apparut accompagné du sergent Thurlo. Elle adressa au nouveau venu un sourire contraint, frappée une fois de plus par son air sinistre. Le commerce quotidien des vols, homicides, viols et autres délits semblait avoir laissé son empreinte sur lui.

— Matt et moi étions sur le point de déjeuner. Voulez-vous joindre à nous ?

— Non, merci.

— Laissez-moi prendre votre veste, proposa Matt.

Paige les précéda dans le salon et s'assit sur le bord du canapé. Peinée, elle vit Matt prendre place sur la causeuse.

— Je viens vous voir au sujet de Joseph Zbarsky, commença Thurlo en s'éclaircissant la voix. Après avoir essayé de le joindre par téléphone, j'ai demandé à mes collègues d'Ottawa-Carleton de passer chez lui et à son cottage. Puis-je vous demander quand vous lui avez parlé pour la dernière fois ?

Paige sentit une main glacée lui enserrer le cœur.

— Lui est-il arrivé quelque chose ?

— Je suis vraiment désolé d'avoir à vous l'apprendre, mais le corps de M. Zbarsky a été découvert à son domicile d'Ottawa il y a quelques heures. Apparemment, cela fait un certain temps qu'il est mort. Et ce n'était pas un accident.

— Oh, mon Dieu…

Oppressée, Paige avait du mal à respirer. Matt se chargea de donner au sergent le jour exact de leur entretien.

— Nous sommes arrivés chez lui dans la soirée. Il nous a confié qu'il se rendrait le lendemain matin à son cottage et a donné à Paige le numéro de téléphone où elle pourrait le joindre.

— Est-ce ce même soir qu'elle a failli être renversée par une voiture ?

Elle se sentit perdre pied en comprenant ce que sous-entendait cette question. Les ravisseurs l'avaient-ils suivie jusque-là ? Avaient-ils tué le Pr Zbarsky parce qu'elle était venue solliciter son aide ? Envahie par la culpabilité, elle serra ses genoux l'un contre l'autre et s'efforça de reprendre son calme.

— Coïncidence ou pas, reprit Thurlo, la Volvo noire de Zbarsky a disparu.

— C'est le même type de voiture qui a tenté de m'écraser la semaine dernière, murmura-t-elle.

— Précisément. Vous disiez qu'une berline bleue avait manqué de vous percuter à Ottawa. Peut-être ont-ils décidé de changer de voiture. Dans tous les cas, nous avons lancé un avis de recherche dans le pays entier.

Elle parvint à retenir ses larmes jusqu'à la fin de l'entretien. Mais quand Matt raccompagna Thurlo à la porte, elle courut dans sa chambre et se jeta sur son lit.

Quelques minutes plus tard, on frappait à sa porte.

— Paige ? Puis-je entrer ?

La porte s'ouvrit de quelques centimètres, et Paige vit le visage empreint de compassion de Matt apparaître dans l'entrebâillement. Elle tendit la main vers lui pour l'inviter à entrer.

Il s'assit sur le bord du lit et lui caressa les cheveux.

— Prends-moi dans tes bras, Matt, s'il te plaît…

Il s'allongea contre elle et la serra étroitement dans ses bras.

— Tant que tu auras besoin de moi, mon ange, je resterai à tes côtés.

Elle enfouit son visage dans son cou et laissa libre cours à ses sanglots.

Plongée dans un bain chaud et parfumé, elle écoutait le chant d'un rouge-gorge qui lui parvenait à travers la fenêtre de la salle de bains. Elle ferma les yeux et s'avoua qu'en dépit de l'angoisse qui allait crescendo depuis dix jours, elle ne demandait pas mieux que de partager cette prison dorée avec Matt.

Plus exactement, cela lui ravissait l'âme — une émotion bizarre pour une femme amnésique, non ? Peut-être ses sentiments à l'égard de Matt l'empêchaient-ils de se rappeler sa liaison avec Hollis. Ou bien ces souvenirs eux-mêmes étaient-ils trop douloureux. Malgré cela, elle était déterminée à creuser le sujet avec le psychiatre qui lui avait été recommandé dès son retour à Montréal.

En attendant, elle comptait bien profiter au maximum de ces moments privilégiés avec Matt. Après le déjeuner, ils avaient fait une longue promenade dans le parc jusqu'à ce qu'une averse d'été les contraigne à se réfugier à l'intérieur. Paige avait annoncé à Matt qu'elle allait prendre un long bain chaud et faire une sieste, mais l'envie de l'inviter à la rejoindre se mit à hanter délicieusement ses pensées. Elle se sécha alors les pieds sur le tapis de bain, enroula une serviette autour d'elle, puis s'engagea dans le couloir.

En s'approchant de la porte du salon, elle entendit des voix et crut qu'elles provenaient de la télévision. Puis elle comprit qu'ils avaient un visiteur.

Elle marqua une pause dans le couloir et prêta l'oreille. Le sergent Thurlo était-il revenu ?

Resserrant sa serviette autour d'elle, elle risqua un coup d'œil dans le salon et reconnut Luther Hollis.

En quel honneur serrait-il Matt dans ses bras ?

13

Luther affichait un large sourire.

— Tout est réglé, mon garçon. Le sergent Thurlo me l'a annoncé en personne. La police de Toronto a arrêté trois hommes qui tentaient d'enlever Kyle Foster sur le parking de son bureau. Ils espèrent réussir à identifier rapidement le quatrième. Tu pourras alors ressusciter.

— Oh, bon sang, quel soulagement, fit Hollis en sentant un grand poids s'envoler de ses épaules. Toute cette histoire a été un véritable cauchemar.

— Pour nous tous.

— Ont-ils arrêté l'homme aux bottes de cow-boy ?

— Je me doutais que tu me poserais cette question. Thurlo a spécifié qu'ils portaient tous des chaussures plates. Mais je suis certain que ce n'est plus qu'une question d'heures avant qu'ils capturent également cet individu.

Hollis se rembrunit. Il ne serait totalement rassuré que lorsque le quatrième homme aurait été arrêté.

— Espérons que ça se fera bientôt, marmonna-t-il. Ce petit jeu a assez duré.

— Thurlo a promis de me rappeler dès qu'ils auraient davantage d'informations.

Hollis lui lança un regard accusateur.

— J'espère qu'il est prêt à présenter ses excuses à Paige. Je savais qu'on pouvait lui faire confiance.

Lui faire confiance ?

Paige chancela, incrédule. Ainsi, Matt et Hollis ne faisaient qu'un. Comment était-ce possible ? Matt ne ressemblait pas le moins du monde à la photographie de Hollis Fenton que Noreen lui avait fournie, sauf peut-être...

Oh, mon Dieu !

Saisie d'une colère froide, elle serra les poings en se rappelant sa réflexion sur leur mâchoire carrée identique.

Matt/Hollis ne connaissait pas le sens du mot confiance. Il lui avait menti, il l'avait trompée. Non seulement il avait couché avec elle, mais il avait eu l'audace de lui faire passer une sorte d'épreuve d'intégrité. S'il avait vraiment eu confiance en elle, il lui aurait depuis longtemps révélé son identité, en tout cas avant qu'elle succombe à son charme.

Qu'il aille au diable !

D'un pas furieux, elle retourna dans sa chambre et referma la porte. Le pire, c'est qu'elle ne savait pas ce que Matt ressentait réellement à son égard. Etait-il possible qu'il ait simplement dit et fait ce qu'il croyait nécessaire pour gagner sa confiance ?

Il n'était pas question qu'elle reste là à attendre ses explications. S'habillant en hâte, elle jeta quelques affaires en vrac dans un sac, bien décidée à rentrer à Montréal. Puisque les ravisseurs avaient été appréhendés, elle n'avait plus besoin de rester ici sous la protection de Matt. Elle irait fêter la nouvelle avec Brenda et resterait chez elle jusqu'à ce que le dernier homme soit capturé.

Après avoir refermé la fermeture Eclair de son sac, elle jeta un dernier coup d'œil à la penderie. Peu importait qu'elle y laisse ses vêtements ; de toute façon, ils ne lui allaient plus. Puis son regard s'attarda sur le lit où Matt et elle avaient passé ensemble de nombreuses heures.

Sa trahison l'avait blessée. Jamais elle ne s'était sentie aussi meurtrie.

Elle vérifia que son portefeuille se trouvait bien dans son sac à main, puis écarta la moustiquaire de la fenêtre. Elle jeta ses affaires sur la pelouse à côté de la plate-bande de géraniums, avant d'enjamber le rebord. Quand elle eut atterri sur le gazon humide et spongieux, elle ramassa ses deux sacs, les passa en bandoulière, et se dirigea vers les arbres. Là, un chemin la mènerait jusqu'à une barrière destinée aux piétons.

Consciente que Matt — elle ne se résignait pas à l'appeler Hollis — ou Luther risquaient de s'apercevoir de son départ, elle accéléra le pas. Il y avait une petite épicerie sur Capilano Road dotée d'une cabine téléphonique. Elle passerait un coup de téléphone et appellerait un taxi pour se rendre à l'aéroport.

Ne plus jamais avoir à adresser la parole à Matt Darby alias Hollis Fenton était la seule chose qui lui importait.

Vingt minutes plus tard, elle quittait l'épicerie et sautait entre les flaques jusqu'à la cabine téléphonique. Grâce au distributeur de billets de la boutique, elle disposait à présent d'un portefeuille bourré de liquide. Elle avait aussi acheté plusieurs en-cas et trouvé le numéro d'une compagnie de taxis.

La porte vitrée de la cabine téléphonique n'étouffait pas le bruit de la circulation. Paige dut se boucher une oreille pour comprendre les questions de l'employé.

— Je veux un taxi maintenant. Je ne peux pas attendre vingt minutes, plaida-t-elle, frustrée. Il faut que j'attrape mon vol.

Elle lui donna le nom de la rue inscrit sur le téléphone avant de raccrocher. Une voiture noire s'était garée non loin, le long du trottoir, et elle sentit son cœur manquer un battement quand elle crut reconnaître la marque de celle de Luther.

Le vieil homme l'avait-il repérée ?

Depuis la cabine, elle ne parvenait pas à distinguer le ou les occupants du véhicule. Soudain, la portière côté passager s'ouvrit, et un homme maigre en sortit. Vêtu d'une veste à carreaux, d'un jean et de bottes de cow-boy, il n'avait rien à voir avec Luther ni avec Matt.

Rassurée, Paige décida de retourner dans l'épicerie le temps que son taxi arrive. Elle se pencha pour attraper la bandoulière de son sac de voyage et la glissa sur son épaule. Lorsqu'elle se redressa, l'homme aux bottes de cow-boy attendait devant la cabine, un sourire impatient aux lèvres.

— J'ai fini, annonça-t-elle en poussant la porte.

— Je le crois, en effet.

Le visage menaçant, il lui bloqua le passage, et elle s'aperçut avec horreur qu'il pointait une arme sur son ventre.

— Ne criez pas, ou votre enfant n'aura même pas l'occasion de naître. Maintenant, montez dans la voiture. Quelqu'un veut vous parler.

Paniquée, elle le précéda jusqu'à la voiture, ouvrit la portière

509 Les souvenirs effacés

qu'il lui indiquait et se laissa tomber sur la banquette arrière, aussitôt suivie de son ravisseur.

Hollis attendit que son oncle soit reparti pour aller réveiller Paige. Il frappa doucement à la porte de sa chambre. Comme elle ne répondait pas, il entrebâilla le battant et jeta un coup d'œil à l'intérieur.

— Paige, réveille-toi, mon ange. J'ai d'excellentes nouvelles.

Il pénétra dans la chambre. Dès le premier regard, il comprit que Paige n'était pas là. Il balaya la chambre des yeux et constata la disparition de son sac à main ainsi que du tube de crème qu'elle utilisait le soir. S'approchant de la penderie, il ouvrit la porte et jura. Son sac de voyage avait lui aussi disparu. Il alla se pencher à la fenêtre ouverte et poussa un gémissement de consternation à la vue des fleurs piétinées.

Pourquoi s'était-elle enfuie ?

Il cessa un instant de respirer. Avait-elle retrouvé la mémoire ? Ou surpris sa conversation avec son oncle ? La troisième possibilité qui lui vint à l'esprit lui fit froid dans le dos. Etait-il possible que le quatrième ravisseur, l'homme aux bottes de cow-boy, l'ait finalement localisée et emmenée de force ?

Il sauta par-dessus le rebord de la fenêtre et examina les traces laissées sur la terre meuble et humide. Il n'y avait qu'une sorte d'empreintes, et elles ne ressemblaient en rien à la forme que laisserait une botte.

Donc, Paige était partie de son propre chef. Avait-elle finalement découvert qui il était ?

Il sentit dans sa poche le trousseau qu'on leur avait remis à leur arrivée, muni des clés de la maison et de la voiture. Refoulant ses inquiétudes, il se précipita vers le garage. Si Paige était à pied, elle ne devait pas être loin.

— Ah, mademoiselle Roberts, nous nous retrouvons enfin. Je savais que Luther nous conduirait à vous tôt ou tard.

Cette voix et la lourde fragrance d'eau de Cologne qui régnait dans l'habitacle lui parurent vaguement familières. Plaquée contre le dossier par l'homme aux bottes de cow-boy, elle ne distinguait pas le visage du conducteur. L'appuie-tête dissimulait sa nuque, mais elle devina à son épaule qu'il portait un costume sombre.

Un objet attira alors son attention. Le pommeau d'une canne coincée entre les sièges avant. Un loup aux babines retroussées lui lançait un regard menaçant.

Le cœur au bord des lèvres, elle faillit vomir sur le siège en cuir de la Mercedes. Sa vue se brouilla, des gouttes de sueur coulèrent le long de son dos. Et tout à coup, un souvenir lui revint, celui d'un homme âgé vêtu d'un imperméable et d'un chapeau, qui, portable collé à l'oreille, lui avait murmuré des excuses le jour de l'explosion. Elle était tellement distraite à l'idée de rejoindre Hollis qu'elle avait à peine remarqué l'homme près du réverbère, et encore moins sa canne, jusqu'à ce qu'elle trébuche dessus.

Elle se rappela Hollis tel qu'elle l'avait vu ce jour-là, beau et séduisant, les cheveux brillant sous le soleil alors qu'il traversait le parking. Puis cette vision vola en éclats dans un fracas apocalyptique.

— C'était vous, souffla-t-elle d'une voix sans timbre.

Elle voulut se lever, mais l'homme assis à côté d'elle l'en empêcha.

— Reste là !

Il la gifla. La joue engourdie sous l'effet de la douleur, elle tenta de se débattre et lui envoya des coups de pied. Il répliqua en enfonçant plus profondément le canon de l'arme dans ses côtes.

— Ne lui fais pas de mal, ordonna Whitfield tout en mettant le moteur en marche. Elle attend un enfant. Je veux juste trouver un arrangement avec elle.

Paige tressaillit.

— Un arrangement ? Comment espérez-vous que je comprenne la raison pour laquelle vous avez tué votre gendre ?

— Ainsi, vous êtes au courant…

— Oui.

Whitfield s'était inséré dans la circulation en direction du nord. La voiture prit un virage serré. En proie au mal des transports, Paige s'efforça de combattre son envie de vomir.

— Les policiers aussi soupçonnent que l'enlèvement de Hollis est l'œuvre d'un imitateur, reprit-elle en s'efforçant de maîtriser les tremblements dans sa voix. Et ils en auront la confirmation dès qu'ils auront interrogé les hommes qu'ils ont arrêtés à Toronto. Ils connaissent les différences qui ont marqué l'enlèvement de Hollis — la cagoule, le nombre des ravisseurs… Vous avez commis trop d'erreurs pour vous en sortir. Et la première, c'est d'avoir relâché Hollis.

— Laissez-moi vous assurer que j'ai particulièrement apprécié la portée symbolique de cette mise en scène. Retenir Hollis prisonnier, puis le relâcher dans l'unique but qu'il voie littéralement sa vie lui exploser à la figure… C'est ce qu'il a fait à Christine. Et il méritait d'être puni.

— Pourquoi ?

— Parce qu'il l'a tuée, trancha-t-il d'un ton sec. Elle l'aimait, elle voulait le rendre heureux et avoir des enfants. Mais il l'en a empêchée. Elle a pris ce bébé à la maternité parce qu'elle était convaincue qu'en lui montrant qu'elle pouvait s'occuper d'un enfant, elle l'amènerait à l'aimer davantage. Et ce salaud l'a dénoncée à la police. Un juge a ordonné qu'elle soit internée dans un hôpital psychiatrique afin de déterminer si elle était apte à être jugée. Ça n'a pas été une mince affaire, mais j'ai réussi à l'aider à s'échapper. Nous allions partir ensemble pour les Caraïbes, loin de Hollis. Manque de chance, le pont qui mène à l'aéroport était embouteillé, et j'ai été obligé de rouler au pas. Avant que j'aie pu réagir, Christine avait ouvert la portière et s'était jetée du haut du pont.

Sa voix se brisa.

— Il lui avait annoncé qu'il allait divorcer parce qu'elle était malade. Elle ne voulait pas vivre sans lui, c'est pour ça qu'elle s'est suicidée. Tout ce que j'ai fait, c'est montrer à Hollis ce que c'était que d'être retenu contre sa volonté et de ne retrouver sa liberté que pour affronter une fin cruelle.

Paige ravala ses larmes. Elle regrettait de ne pouvoir se rappeler ce que Hollis lui avait raconté sur sa femme.

— Je suis désolée que vous ayez perdu votre fille dans des circonstances aussi tragiques, mais pensez-vous qu'elle aurait voulu que vous fassiez du mal à l'homme qu'elle aimait tant ?

— Christine n'est plus. Il faut avoir fait l'expérience du deuil pour comprendre à quel point la mort est définitive. Les souvenirs ne vous réconfortent pas, ils ne font que vous rendre plus amer. Je vivais pour Christine, elle était le centre de mon univers. Et maintenant, je n'ai plus rien.

Paige ferma les yeux, à la fois émue par le chagrin qui perçait dans sa voix et terrifiée par sa folie. A côté d'elle, l'homme aux bottes de cow-boy regardait la route devant lui sans paraître écouter leur conversation. En revanche, il n'avait pas lâché son arme.

— Où m'emmenez-vous ?

— Dans un endroit tranquille où nous pourrons discuter sans être dérangés, répondit Whitfield.

Elle sentit son ventre protester quand la voiture prit un nouveau virage. S'exhortant au calme, elle inspira et expira lentement.

— Pourriez-vous vous arrêter, s'il vous plaît ? Je crois que je vais être malade.

— Pour vous laisser une chance de vous échapper ? Pas question. Imaginez ce que Christine aurait ressenti en apprenant qu'une autre femme portait l'enfant de Hollis.

Il secoua la tête avant d'ajouter entre ses dents :

— Dire qu'Evelyn s'est imaginé que la nouvelle me consolerait en partie de la perte de Hollis…

A ces mots, Paige ressentit de la panique pure. Il allait la tuer. Et il tuerait Hollis dès qu'il aurait appris qu'il avait survécu. Cela ne faisait aucun doute.

Hollis se gara sur le parking de l'épicerie dans un crissement de pneus. Laissant les clés sur le contact, il se précipita vers le magasin et pénétra à l'intérieur. Alerté par le carillon électronique, un employé boutonneux aux cheveux parsemés de mèches décolorées apparut derrière le comptoir.

— Je cherche ma femme, lança Hollis précipitamment. Nous avons eu une dispute, et elle a fait sa valise. Je me suis dit qu'elle était peut-être venue ici pour retirer de l'argent. Est-ce que vous l'avez vue ?

— Elle est blonde et jolie ?

— En effet. Et aussi enceinte.

— Ça explique les barres chocolatées et les briques de lait, remarqua l'employé avec un sourire. Vous venez de la manquer. Elle a appelé un taxi, mais...

Hollis l'interrompit et passa la main dans ses cheveux courts.

— A-t-elle dit où elle avait l'intention d'aller ?

— Eh bien, elle a mentionné le fait qu'elle avait besoin d'en-cas parce qu'elle détestait « la nourriture qu'on sert dans les avions ».

Hollis ouvrit son portefeuille et posa un billet de vingt dollars sur le comptoir.

— Merci, votre aide m'a été très utile. Je vais tâcher de l'intercepter à l'aéroport.

— Mais, monsieur...

Quelqu'un entra dans le magasin. Plein d'espoir, Hollis fit volte-face. Mais au lieu de Paige se trouvait un homme aux joues flasques, les sourcils froncés.

— Où est la dame qui a appelé un taxi ?

— Désolé, monsieur, s'excusa l'employé. J'essayais justement d'expliquer à son mari ici présent qu'elle était partie dans un autre véhicule.

Furieux, Hollis se tourna vers lui.

— Vous auriez pu me dire que quelqu'un l'avait emmenée !

— J'ai essayé, mais vous ne m'en avez pas laissé l'occasion.

Il déposa un autre billet sur le comptoir.

— Vous l'avez, maintenant.

— Elle était dans la cabine téléphonique quand un type l'a rejointe et a engagé la conversation avec elle. Tout ce que je sais, c'est qu'elle est montée dans une voiture noire avec lui.

— Quel type de voiture ?

— Eh bien, je n'ai pas fait très attention, j'avais des clients à servir. Mais j'ai eu l'impression que c'était une voiture plutôt luxueuse. Une Mercedes-Benz ou une BMW.

— Dans quelle direction sont-ils partis ?

— Le nord.

Sa réponse l'étonna. Si Paige l'avait fui, elle serait partie vers le sud en empruntant l'artère principale.

— Etes-vous sûr qu'ils se dirigeaient vers le nord ?

— Sûr et certain.

Hollis réfléchit à toute vitesse. Son oncle conduisait une Jaguar noire. Peut-être avait-il aperçu Paige et proposé de la raccompagner.

D'un autre côté, la voiture qui avait failli la percuter à la marina était une Volvo noire. Etait-il possible que l'homme aux bottes de cow-boy ait suivi Luther jusqu'à leur cachette ? Cette éventualité lui donna des sueurs froides.

Tel un automate, il retourna à la voiture, se raccrochant à l'espoir qu'il retrouverait Paige et Luther à la maison, confortablement installés dans le salon. Il démarra et s'engagea sur la route qui menait à la résidence. Mais à sa grande consternation, il ne trouva pas trace de la voiture de son oncle sur le parking, ni n'entendit le moindre bruit en pénétrant dans la maison.

Malgré ce silence de mort, il s'efforça de se calmer et de réfléchir de nouveau. L'employé avait semblé affirmatif quand il avait déclaré que la voiture noire s'était dirigée vers le nord. Bien que Capilano Road gravisse la montagne en serpentant jusqu'au parc régional, on y trouvait des bretelles d'accès à l'autoroute. Luther avait-il emmené Paige dans la maison qu'il possédait par là-bas ?

La sueur dégoulinant entre ses omoplates, il composa le numéro de portable de son oncle. Luther décrocha immédiatement.

— Oncle Luther ? Paige a disparu. Je t'en prie, dis-moi qu'elle est avec toi.

— Mais non, mon garçon. Qu'entends-tu exactement par « disparu » ?

Il lui expliqua rapidement la situation. Son oncle parut inquiet.

— Penses-tu qu'elle ait été enlevée ?

— C'est possible.

Rongé par l'angoisse, il tentait de se rappeler la topologie du parc régional. Avec ses canyons, ses forêts et ses multiples cachettes, l'endroit était idéal pour se débarrasser d'un corps.

— J'appelle la police, décida-t-il brusquement. Je vais essayer de reprendre la route. Peut-être verrai-je quelque chose.

Il se précipita dehors et, tout en s'installant dans la voiture, appela le sergent Thurlo depuis son téléphone portable. Les sonneries retentirent dans le vide. Son premier réflexe fut de remonter à toute vitesse Capilano Road, mais il s'obligea à ralentir de façon à avoir le temps de repérer Paige.

Enfin, Thurlo décrocha.

— Monsieur Fenton, je présume que vous êtes heureux de la tournure des événements.

— Je serai plus heureux encore quand vous m'apprendrez que vous avez capturé le quatrième homme, répliqua Hollis sèchement. Ecoutez, Paige a disparu. L'employé de l'épicerie l'a vue monter avec un homme dans une voiture noire, une Mercedes ou une BMW. Ils ont pris la direction du nord, sur Capilano Road, et j'ai peur qu'ils se dirigent vers le parc.

Thurlo laissa passer un silence avant de répondre.

— J'aimerais pouvoir vous dire que le quatrième homme est également en garde à vue, mais ce n'est pas le cas. Nous avons identifié les trois premiers, et nous multiplions les recherches pour retrouver leur acolyte. Ce sont des hommes brillants qui occupaient des postes de direction dans leurs entreprises respectives, et qui ont récemment perdu leur emploi lors d'une réduction d'effectifs.

Hollis jura.

— Ont-ils reconnu les faits ?

— Non. Ils ne parlent pas.

Hollis pila net au feu rouge. Pas un seul de ses ravisseurs n'aurait pu être décrit comme brillant.

— Otez-moi un doute. Les ravisseurs avaient-ils une cagoule sur eux ?

— Oui.

— Dans quel tissu avait-elle été confectionnée ?

— En coton, comme les autres.

— La mienne était en velours, répliqua Matt d'un ton sec.

Il se demanda si son oncle entraînait en ce moment même Paige à travers les bois dans un but inavouable. Les mobiles ne manquaient pas. Peut-être Luther voulait-il s'assurer qu'il ne prendrait jamais la tête du groupe Hollis, ou couvrait-il les agissements de l'un de ses fils. Hollis ne pouvait imaginer son cousin Sandford commettant l'erreur d'utiliser son propre télé-phone pour déclencher l'explosion. En revanche, l'un des fils de Luther aurait pu trouver très drôle d'impliquer son cousin dans son assassinat.

— Vous me trouverez peut-être bizarre, sergent, mais j'ai peur que ce soit l'un des membres de ma famille qui a orchestré mon enlèvement et détient maintenant Paige. Mon oncle conduit une voiture de sport noire. Selon lui, il est venu me voir dans l'intention de m'apprendre que les trois ravisseurs avaient été appréhendés. Mais Paige a disparu juste après. Elle lui ferait suffisamment confiance pour monter dans sa voiture.

Thurlo poussa un soupir contrarié.

— Ne prenons aucun risque. Je vais appeler mes collègues de Vancouver Nord et leur demander d'envoyer des hommes dans le parc. A ma connaissance, il y a trois parkings : le premier à l'écloserie, le deuxième au barrage, et le dernier à la station de ski de Grouse Mountain.

— Je vais commencer par l'écloserie.

Avant que Thurlo ait pu protester, Hollis raccrocha. Puis il appela le bureau de Sandford. La secrétaire fut saisie en entendant sa voix. Sandford, lui, le rabroua avec véhémence.

— Es-tu devenu fou ? Maria a reconnu ta voix. J'ai appris que les ravisseurs avaient été arrêtés, mais ne crois-tu pas qu'il serait plus prudent d'attendre quelques jours avant d'annoncer que tu es toujours en vie ? Imagine que la police ait commis une erreur…

— C'est la raison de mon appel, Sand. J'ai cru comprendre qu'on t'avait volé ton téléphone portable lors d'un congrès à la chambre de commerce de Vancouver. Un autre membre de la famille assistait-il à ce congrès ?

— Pourquoi cette question ?

— Contente-toi de répondre ! C'est important.

— J'espère que tu n'insinues pas que j'aie quoi que ce soit à voir avec tout ça, répliqua Sandford, visiblement blessé.

— Je sais que tu n'es pas impliqué dans cette histoire. A mon avis, tu t'es fait piéger.

Hollis se gara à l'entrée de l'écloserie. Une douzaine de voitures étaient stationnées sur le parking, mais aucune d'entre elles n'était noire. Serrant les dents, il s'empressa de faire demi-tour, laissant des traces de pneus sur le bitume.

— Je t'en prie, Sand, réfléchis, le pressa-t-il en contournant le parc. Qui d'autre était présent ?

— Personne, je te le jure. Sauf si tu comptes le père de Christine.

Il sentit son cœur manquer un battement.

— Ken était présent ?

— Oui, c'était même le principal intervenant.

Laissant tomber le téléphone, Hollis serra le volant des deux mains et appuya à fond sur l'accélérateur pour rejoindre au plus vite le parking du barrage Cleveland.

Enfin, toutes les pièces du puzzle se mettaient en place.

— Le couple est parti, Shane, annonça Whitfield. Fais-la vite sortir de la voiture. Je ne tiens pas à ce que des touristes s'amènent et immortalisent ce moment.

— C'est sûr, patron.

Paige aspira une goulée d'air pur quand le dénommé Shane ôta de sa bouche sa main poissée de sueur. Elle réprimait à grand-peine une envie de vomir. Ses jambes étaient engourdies et se dérobèrent sous elle lorsque l'homme la sortit sans ménagement de la voiture. Il lui enserra la taille d'une étreinte implacable, puis agrippa brutalement son bras juste au-dessus du coude. Sous la douleur, Paige laissa échapper un hurlement.

Elle n'avait pas la moindre idée de l'endroit où ils se trouvaient. Au-delà du parking s'étendait une vaste pelouse entourée de bois touffus, puis un lac d'un bleu pur. Une clôture grillagée empêchait les visiteurs de trop s'approcher de la berge.

— Tu peux crier autant que tu veux, personne ne t'entendra, ricana Shane en lui enfonçant le canon de son arme dans les côtes.

Elle lui donna un coup de pied dans la jambe. Ce qu'elle regretta aussitôt en sentant ses orteils chaussés de sandales heurter le cuir épais et durci de ses bottes. Shane la traîna vers ce qui lui sembla être un pont tandis que Whitfield les suivait plus lentement, en s'aidant de sa canne.

Elle savait qu'ils allaient la tuer. Alors, pourquoi ne le faisaient-ils pas maintenant ? Parce que quelqu'un pourrait remarquer le sang sur le parking, en informer la police et permettre que son corps soit retrouvé ?

En dépit de sa nausée, elle commença à se débattre pour se libérer de l'emprise de Shane. Son cœur battait à tout rompre alors qu'elle jouait des pieds et des mains, s'attendant à tout instant à entendre la détonation qui mettrait fin à son calvaire.

Au lieu de cela, Shane laissa échapper un petit rire. Il resserra son emprise sur elle comme si sa terreur le réjouissait.

— La dénivellation n'est pas assez abrupte ici, déclara Whitfield quand ils eurent atteint le pont. Il vaut mieux aller plus loin pour la jeter par-dessus bord. Donne-moi ton arme, tu vas avoir besoin de tes deux mains.

Avec horreur, elle s'aperçut qu'ils n'étaient pas sur un pont mais au sommet d'un barrage. Le grondement menaçant de l'eau lui emplissait les oreilles. En chutant à la verticale dans les eaux bouillonnantes de la rivière Capilano, elle mourrait sur le coup.

Whitfield voulait qu'elle subisse le même sort que sa fille. De cette façon, quand la presse parlerait de la liaison qu'elle avait entretenue avec Hollis, les gens croiraient qu'elle s'était suicidée suite à la mort de son amant.

« Courage. »

Ce fut cette petite voix dans sa tête qui lui donna la force de réagir. Avec un ultime effort, elle agrippa ses bras autour du cou de son agresseur, l'empêchant de la soulever.

— Non !

Le cri lui parvint par-dessus le rugissement de l'eau. Et, en reconnaissant cette voix familière, elle sentit une onde de soulagement fuser dans ses veines.

Elle n'était pas seule.

Au moment même où elle prenait conscience de la présence de Matt, un haut-le-cœur la secoua, et elle vomit sur Shane. Pourvu que Whitfield ne sache pas se servir de son arme...

14

Hollis se pétrifia en apercevant la Mercedes-Benz noire solitaire sur le parking. Sans descendre de voiture, il inspecta d'un regard fébrile la haie puis les arbres dans l'espoir de découvrir un signe de la présence de Paige.

Mais il n'y avait rien.

Levant les yeux, il survola la pelouse qui menait à la rivière Capilano et vit trois silhouettes s'agiter au sommet du barrage. Avec un coup au cœur, il reconnut les cheveux blonds de Paige.

— Oh, Seigneur…

Le mouvement de ses bras lui indiqua qu'elle était encore en vie. Il écrasa l'accélérateur, obligeant la voiture à bondir sur la pelouse. Des poteaux en métal fichés dans le béton l'empêchèrent de monter sur le barrage lui-même. Arrêtant la voiture, il en sortit précipitamment.

Ce qu'il vit en premier, ce fut l'arme dans les mains de Whitfield. Puis un homme chaussé de bottes de cow-boy, aux prises avec Paige, qui tentait de l'emmener plus loin sur le barrage.

Avec terreur, il vit son beau-père jeter les deux sacs de Paige par-dessus le garde-fou, et comprit qu'ils avaient l'intention de faire de même avec elle.

— Ken, non ! hurla-t-il à pleins poumons.

Whitfield se retourna, les sourcils levés. A sa vue, il écarquilla les yeux comme s'il avait vu un revenant.

— Hollis ?

— Ken, arrête, je t'en supplie. Tu n'as pas pu empêcher Christine de sauter, mais ça, tu peux l'empêcher.

Ses paroles n'eurent pas l'effet escompté. Le regard rempli de haine, Whitfield leva son arme et tira.

Hollis ne sut par quel miracle la balle le manqua, mais l'impact n'eut pas lieu. Au même instant, Paige se mit à vomir sur son agresseur qui la lâcha avec une exclamation de dégoût. Aussitôt, Hollis se rua sur lui et le projeta au sol. Ils roulèrent à terre. Mû par une colère noire, Hollis roua de coups cet homme qui, lors de son enlèvement, n'avait cessé de l'insulter et de le torturer.

Paige bondit vers Whitfield et, lui arrachant sa canne des mains, la brandit comme une batte de base-ball avant de la laisser retomber sur sa main armée. Il hurla de douleur. Le pistolet vola dans les airs et atterrit deux mètres plus loin en ricochant sur le sol. Plus agile que Whitfield, Paige le devança. Elle s'apprêtait à ramasser le pistolet pour le jeter par-dessus le garde-fou quand un bruit de sirènes emplit l'air. Elle tourna la tête et vit des voitures de police se garer sur le parking, gyrophares allumés. Elle posa son pied sur l'arme avec un soupir de soulagement.

Hollis la rejoignit et, attrapant Whitfield par l'épaule, l'obligea à se retourner.

— Tu ne peux pas me tuer, espèce d'ordure, je suis déjà mort, gronda-t-il en lui décochant un coup de poing dans la mâchoire.

Whitfield s'effondra sur le béton.

Hollis voulut prendre Paige dans ses bras, mais un policier lui intima l'ordre de ne pas bouger et de lever les mains. Songeant qu'il était sûrement meilleur tireur que son beau-père, Hollis s'exécuta.

— L'un d'entre vous est-il Matt Darby ? demanda le policier tandis que quatre de ses collègues les encerclaient, arme au poing.

— C'est moi, répondit Hollis. Et voici Paige Roberts.

— Madame, veuillez vous éloigner de ce pistolet.

Elle obéit et s'écarta de deux pas. Une policière se pencha pour le ramasser.

— Est-ce que tu vas bien, Paige ? demanda Hollis en cherchant son regard.

— Je vais bien, Hollis. Je ne pourrais pas aller mieux.

— Cette arme vient d'être utilisée, annonça la policière.

— Ken Whitfield a tiré sur Hollis quand il a tenté d'empêcher l'autre homme de me jeter du haut du barrage, expliqua Paige avec lassitude. Il voulait que je meure de la même manière que sa fille.

Le policier qui menait l'équipe fronça les sourcils. Deux de ses collègues avaient menotté Whitfield et son homme de main, et les entraînaient à l'écart.

— Pourquoi l'appelez-vous Hollis ? Veuillez produire vos papiers identité, je vous prie.

— Je n'en ai pas, répondit Paige. Ken Whitfield a jeté mon sac à main du haut du barrage.

Hollis la fixait, pétrifié. Sans la quitter des yeux, il sortit son portefeuille de sa poche et le donna au policier.

— Tu m'as appelé Hollis. Est-ce que ça signifie…

Elle se tourna vers lui, le visage fermé.

— Ça signifie que je sais que tu es menteur, décréta-t-elle avant de lui tourner délibérément le dos : S'il vous plaît, madame, emmenez-moi aussi loin que possible de cet homme.

— Paige…

— Laisse-moi tranquille.

Il voulut la suivre, mais l'un des policiers posa la main sur son bras pour l'en empêcher. En voyant sa démarche rigide, il songea, le cœur brisé, que c'était peut-être la dernière fois qu'il la voyait.

Par la fenêtre de son bureau, Hollis contemplait les montagnes North Shore, les pensées à des milliers de kilomètres de là. Cinq jours avaient passé depuis l'arrestation de son beau-père, et tout en lui l'exhortait à sauter dans un avion en direction de Montréal. Le père de Paige avait téléphoné à Luther afin de l'assurer qu'elle était rentrée saine et sauve et séjournerait chez eux. Hollis n'avait reçu aucune nouvelle directe d'elle. Il craignait de ne jamais en recevoir.

Comment pourrait-il supporter cela ? Il ne voulait pas être exclu de la vie de son enfant. Ni de la vie de Paige.

Grâce au sergent Thurlo, il savait comment elle avait découvert sa véritable identité. Alors qu'il la croyait dans son lit en train de dormir, elle avait surpris sa conversation avec son oncle et s'était enfuie, choquée par sa trahison. C'est à ce moment-là que Shane l'avait retrouvée. Quand elle avait vu la canne de Whitfield, un souvenir lui était revenu à la mémoire. Elle s'était rappelé s'être heurtée à lui le matin de l'explosion, mais la réminiscence s'arrêtait là.

Hollis soupira. Son beau-père avait avoué sa responsabilité dans son enlèvement et semblait à présent vouloir proclamer au monde entier pourquoi Hollis méritait d'être châtié. Bien que ce dernier ait du mal à ressentir autre chose que de la pitié à son égard, il était soulagé de le savoir derrière les barreaux en compagnie de Shane Morrisson et des trois autres hommes engagés pour faire le sale boulot.

Ken avait été un bon père envers Christine. Qui pourrait reprocher à un homme d'aimer son enfant et de tout faire pour la protéger ? Certes, il avait commis des erreurs, mais il n'était pas le seul. Hollis aussi regrettait amèrement d'avoir posé un ultimatum à sa femme. Cela dit, l'enlèvement du bébé, le traumatisme qu'elle avait causé à cette famille inconnue n'étaient pas excusables. Peut-être que si tous les deux s'étaient montrés plus honnêtes l'un envers l'autre, Christine n'aurait pas mis fin à ses jours. Il était d'autant plus triste qu'il prenait conscience qu'il avait reproduit la même erreur avec Paige. Et il ne savait pas si cette erreur était rattrapable.

Quelqu'un frappa à la porte. Hollis se retourna vivement, espérant la voir apparaître. Mais ce n'était que Noreen. Les traits crispés, elle traversa la pièce et lui tendit une enveloppe cartonnée.

— Cette lettre vient d'arriver pour vous de Montréal. L'expéditeur est un cabinet d'avocats.

Il lut l'en-tête imprimé sur l'enveloppe avec appréhension :

Maidment Roth & Savard,
avocats et notaires.

Pourquoi avait-il le sentiment que son contenu allait sceller son avenir ?

— Merci, Noreen.

Il attendit qu'elle ait refermé la porte derrière elle pour ouvrir l'enveloppe. Elle contenait une lettre de deux pages, écrite par l'avocat de Paige, stipulant ses conditions.

Hollis la lut à deux reprises, le cœur serré. Elle l'informait que Paige allait entreprendre une thérapie avec un psychiatre. Pour sa santé et celle du bébé, elle préférait ne pas discuter de leur relation avant qu'elle ait recouvré la mémoire. D'ici là, s'il voulait qu'elle respecte son droit de voir l'enfant, il ne devait pas essayer de la joindre de quelque façon que ce soit. Elle lui ferait part de la naissance de l'enfant le moment venu, et ils détermineraient un droit de visite par avocats interposés.

Voilà qui s'appelait se faire envoyer sur les roses.

Six mois plus tard, alors qu'il dormait d'un sommeil agité, la sonnerie du téléphone retentit dans le silence de la nuit.

— Hollis Fenton ? s'enquit une voix féminine dotée d'un accent français. Brenda Thompson à l'appareil.

Il se redressa sur son lit.

— Votre nom m'est familier. Vous êtes l'amie de Paige, c'est ça ?

— Il se pourrait que je ne le sois plus très longtemps si elle découvre que je vous ai appelé, remarqua-t-elle avec un petit rire. Paige a commencé le travail.

— Mais elle n'est pas censée accoucher avant deux semaines et demie !

— La première des choses à savoir concernant les bébés est qu'ils arrivent quand ils sont prêts.

— Bon… Je… Très bien, bredouilla-t-il. Je viens par le premier avion.

— J'espérais cette réaction de votre part. Le moment le plus heureux de la vie de Claude a été d'assister à la naissance de son fils.

Elle lui indiqua le nom de l'hôpital ainsi que le numéro de la chambre, et Hollis raccrocha, transporté de joie.

Il allait être père.

Cela atténua un peu sa peine de savoir que Paige ne voulait pas de lui. Il avait eu beau espérer que le temps atténuerait son ressentiment, elle ne semblait toujours pas prête à lui pardonner. Et peut-être ne le serait-elle jamais. Cela ne l'avait pas empêché de passer ses soirées à rédiger des lettres pour leur enfant. Il ne voulait pas que celui-ci doute un seul instant de son amour.

Les gestes fébriles, il s'attaqua à ses bagages en bénissant Brenda. Elle avait raison, il avait le droit d'assister à l'accouchement tout autant que Paige. Il espérait seulement ne pas arriver trop tard.

— Vous y êtes presque, Paige. Le col est complètement dilaté. A la prochaine contraction, vous pourrez vous mettre à pousser.

Elle ne trouva même pas la force de s'en réjouir. Les contractions avaient commencé vingt-quatre heures plus tôt, et elle était épuisée. Le bébé tardait à venir. Elle avait marché, fait des exercices de respiration, et alors que les douleurs augmentaient en intensité, elle s'était aperçue avec consternation que tout ce qu'elle voulait, c'était qu'on la soulage. Elle qui rechignait à prendre des médicaments avait pratiquement supplié qu'on lui fasse une péridurale. Et maintenant, l'effet commençait à s'estomper.

Pourquoi, mais pourquoi donc ce bébé ne voulait-il pas sortir ?

Brenda posa une main rassurante sur son épaule.

— Courage, c'est le moment où les mères gagnent leur Croix de guerre.

— La contraction arrive, annonça l'obstétricien. Poussez, Paige !

Fermant les yeux, elle poussa de toutes ses forces jusqu'à ce qu'elle ait l'impression que sa tête, sans compter d'autres parties de son corps, allait exploser sous la pression.

— Reposez-vous en attendant la prochaine, conseilla le médecin. Je vois déjà la tête.

Je t'en prie, dépêche-toi de naître.

A ce moment-là, les portes s'ouvrirent, et un homme vêtu d'une tenue stérile, masque sur le visage et charlotte sur la tête, pénétra dans la salle de travail d'un pas décidé. Elle crut qu'il s'agissait du chef de service venu voir pour quelle raison l'accouchement prenait autant de temps. Quelqu'un l'avait-il envoyé chercher parce qu'il y avait un problème ?

L'inquiétude montait en elle quand le regard de l'homme rencontra le sien. Elle en oublia de respirer. Des yeux noisette pailletés d'or la mirent au défi de lui demander de partir.

— Hollis…

— Je suis le père, déclara-t-il comme s'il croyait qu'elle avait oublié.

Sans attendre sa réponse, il s'approcha et prit place à côté d'elle, en face de Brenda.

Sentant arriver une nouvelle contraction, Paige ne tenta pas d'entamer une discussion. Elle se concentra sur le bébé et poussa. Instinctivement, sa main avait agrippé celle de Hollis.

Quelques minutes plus tard, le bébé venait au monde.

— C'est un garçon, annonça l'obstétricien.

— Un garçon…

Paige sentit les larmes lui monter aux yeux alors que Hollis l'aidait à se pencher en avant pour voir le minuscule petit être que l'infirmière emmitouflait dans une serviette. Il était magnifique !

Le bébé ouvrit ses yeux plissés et regarda les lumières comme s'il se demandait ce que signifiait toute cette agitation. Paige était tellement fatiguée qu'elle n'eut pas la force de résister à la joie de voir l'infirmière mettre le bébé dans les bras de Hollis. Avec un sourire de fierté, il dit bonjour à son fils et murmura qu'il l'aimait. Puis il le déposa avec précaution dans les bras de Paige.

— Nous avons fait quelque chose de très, très bien, lui murmura-t-il à l'oreille. J'espère que tu t'en souviendras toujours.

Elle ne put attendre plus longtemps de lui dire la vérité.

— Je me souviens de tout, Hollis. La mémoire m'est revenue il y a environ six semaines, mais je ne t'ai pas appelé parce que ma tension était trop élevée. Je ne voulais pas qu'un surplus d'émotion mette la vie du bébé en danger.

Elle avait rivé ses yeux aux siens. Mais plus elle concentrait son regard sur ces yeux noisette si familiers, moins elle était sûre de ses sentiments. L'homme qui se tenait devant elle ressemblait à ce même Hollis Fenton qu'elle avait rencontré à Vancouver, qui avait éveillé son intérêt et ravi son cœur. Mais ces sentiments étaient tellement indissociables de ceux qu'elle avait éprouvés au moment de sa trahison qu'elle ne pouvait les écouter.

Et lui, que ressentait-il réellement pour elle ? Ses relations avec les membres de sa famille étaient caractérisées par la méfiance, une méfiance qu'il avait manifestée à son égard également. Etait-il seulement capable d'aimer ? De faire une confiance absolue à quelqu'un ? Pour autant qu'elle sache, la seule raison de sa présence ici était qu'il ne la croyait pas capable de s'occuper seule de leur enfant.

S'assombrissant, elle resserra son étreinte autour de son fils.

— Et franchement, reprit-elle froidement, je me suis dit que je n'avais aucune raison de t'appeler. Après tout, il n'y avait rien qui ne puisse être réglé par nos avocats.

Devant son ton froid et déterminé, Hollis eut l'impression que l'on venait de tuer une partie de lui-même. La marge de négociation semblait restreinte, mais il était hors de question qu'il renonce à elle aussi facilement, alors qu'ils avaient tellement plus à partager.

— Je sais que je t'ai blessée, mais laisse-moi…

— Excusez-moi, intervint une infirmière. Le bébé doit être pesé et mesuré. Et il faut que la maman se repose. Alors, tout le monde dehors.

Hollis sentit une main légère se poser sur son bras. Se retournant, il se retrouva face à une jeune femme aux yeux noirs, le visage et les cheveux dissimulés sous le masque et la charlotte d'usage.

— Cela s'adresse à nous, monsieur Fenton. Je suis Brenda Thompson, ajouta-t-elle.

A sa grande surprise, elle l'embrassa sur les deux joues.

— Je vous remercie de tous vos efforts pour retrouver les hommes qui ont tué mon mari. Et pour avoir sauvé Paige. C'est une merveilleuse amie. Je ne sais pas ce que j'aurais fait sans elle.

Et lui ne savait pas ce qu'il ferait sans elle, désormais. Se retournant, il voulut croiser son regard, mais elle l'évita délibérément.

Bon sang, était-ce vraiment fini ?

Dans un état second, il quitta la salle de travail et suivit Brenda dans le couloir où ils ôtèrent leur tenue d'hôpital. Le visage encadré de boucles brunes, Brenda avait des traits ordinaires, mais son sourire chaleureux leur apportait une beauté naturelle et sympathique. Elle lui présenta les parents de Paige ainsi que sa sœur. L'accueil qu'ils lui firent fut pour le moins réservé. Bien qu'il sache qu'il ne méritait pas mieux de leur part, il annonça à M. Roberts qu'il aimait Paige et voulait l'épouser. Ce dernier, ironique, lui souhaita bonne chance.

Brenda l'emmena à la nursery où il prit de nombreuses photos de son fils, puis ils se rendirent à la cafétéria. En dépit de sa joie d'être père, Hollis avait le cœur lourd.

— Me reste-t-il une chance d'arranger la situation avec Paige ?

— Honnêtement, je l'ignore, répondit Brenda avec un soupir. Je suis bien placée pour savoir qu'élever seule un enfant est la chose la plus difficile qui soit. Et Paige en est consciente, elle aussi. Mais je crois qu'elle n'est pas sûre de vous ni de vos sentiments à son égard.

Il la remercia de s'être montrée franche avec lui.

— Dans ce cas, je vais lui offrir mon cœur et lui faire confiance pour prendre la bonne décision.

Paige dormit pendant six heures. A 3 heures du matin, lorsqu'elle se réveilla, ses seins étaient durs comme de la pierre à cause de la montée de lait. Elle sortit de son lit et se dirigea d'un pas raide vers la salle de bains, remarquant au passage le gros paquet que quelqu'un avait posé dans le fauteuil. Un ballon de couleur vive portant l'inscription « C'est un garçon ! » y était accroché. Un cadeau de Brenda, probablement.

Elle s'apprêtait à prendre le chemin de la nursery quand une infirmière entra dans la chambre en poussant un berceau devant elle. Son fils la réclamait, comprit-elle en entendant un gémissement plaintif, semblable au miaulement d'un chaton, s'élever du petit lit.

— Ah, vous êtes réveillée, constata l'infirmière avec satisfaction. Ce bout de chou réclame à manger. Recouchez-vous. Je vais vous aider à vous installer tous les deux.

Quelques minutes plus tard, Paige, émerveillée, regardait son fils téter avec appétit.

L'infirmière lui adressa un sourire d'encouragement.

— Vous vous débrouillez très bien. Si vous avez faim, vous trouverez des en-cas et des sandwichs dans le salon réservé aux mères, juste à côté de la nursery, expliqua-t-elle, avant de lui montrer le paquet accompagné du ballon : A propos, cette livraison spéciale est de la part du père de l'enfant. Il m'a demandé de vous dire que c'était un cadeau pour le bébé. Il a ajouté qu'il attendrait que vous l'appeliez.

Donc, Hollis avait respecté son souhait et quitté la ville, songea Paige sans vraiment ressentir de soulagement.

— Merci.

L'infirmière ajouta que tout ce dont elle avait besoin pour changer le bébé se trouvait dans le berceau, et après l'avoir invitée à sonner si elle avait besoin d'aide, elle quitta la chambre.

Restée seule, Paige caressa le duvet doré qui recouvrait la tête de son fils. Sa première décision en tant que mère serait de lui trouver un nom, se dit-elle avec émotion. Certes, elle était effrayée par ces nouvelles responsabilités, mais l'amour qu'elle allait lui porter — qu'elle lui portait déjà et qui était aussi fort que celui qu'elle ressentait pour Hollis — l'aiderait à tout supporter.

Elle se rembrunit en se rappelant la façon dont la mémoire lui était revenue. Le processus s'était révélé progressif, et les émotions qui l'avaient assaillie à chaque réminiscence, d'une intensité insoutenable. Elle ne se rappelait désormais que trop clairement les journées qu'elle avait passées avec Hollis, cette impression de perdre la tête pour cet homme intelligent, drôle et sexy, jusqu'à la nuit incroyable qu'ils avaient passée chez lui. Le lendemain matin, elle s'était retenue de lui parler de ses sentiments, considérant qu'il était trop tôt pour différencier l'amour de l'attirance. Elle était donc partie faire une interview à White Rock non sans lui avoir promis de venir dîner chez lui le soir.

Il était absent à son arrivée. Elle avait cru avoir mal compris le lieu du rendez-vous et avait joint son hôtel pour prendre ses messages. L'un d'eux lui demandait de rappeler Noreen d'urgence. Paige avait cru que son cœur s'arrêtait de battre quand la secrétaire lui avait appris l'enlèvement dont Hollis avait été victime.

Paige voulait oublier ces trois jours d'angoisse pendant lesquels elle n'avait pu ni manger ni dormir et craignait de s'éloigner du téléphone. Elle voulait seulement que Hollis soit sain et sauf.

Par bonheur, elle n'avait que des bribes de souvenirs concernant l'attentat. Voir Hollis sortir de sa voiture l'avait distraite au point qu'elle n'avait pas accordé beaucoup d'attention à Ken Whitfield lorsqu'elle avait trébuché sur sa canne. Elle avait crié le nom de Hollis et l'avait suivi des yeux alors qu'il coupait à travers le parking pour la rejoindre.

Certaines fois, elle se demandait comment leur relation aurait évolué si la bombe n'avait pas explosé ; d'autres fois, elle se trouvait ridicule de ne pas s'être montrée plus méfiante envers Matt. Mais la plupart du temps, elle était simplement blessée que Hollis lui ait menti parce qu'il la soupçonnait d'être impliquée dans son enlèvement.

Elle posa les yeux sur le paquet cadeau. Même sorti de sa vie, Hollis parvenait encore à distraire son attention.

Quand le bébé eut fini de téter, elle sourit de son succès à lui faire faire son rot, changea sa couche mouillée et l'emmena jusqu'au fauteuil. Elle s'assit, puis lui trouva une place confortable dans ses bras.

— Voyons ce que ton papa t'a apporté.

Dans le paquet s'en trouvaient quatre plus petits, emballés et numérotés. Avec curiosité, elle ouvrit le premier et s'extasia en découvrant un coffret peint à la main, assez ancien pour être d'époque. Elle souleva le couvercle décoré de personnages de comptines. Des lettres sur lesquelles étaient écrit « A mon enfant » reposaient à l'intérieur.

D'une main tremblante, elle déplia la première feuille et lut à voix haute.

« Je n'ai jamais vraiment connu mon père. Son nom était Matthew Fenton. Il est parti quand j'avais trois ans. Je ne me rappelle pas grand-chose de lui, excepté qu'il était artiste et que, parfois, il me lisait un livre qui s'intitulait *Le Lapin en peluche*. Il a fabriqué et peint ce coffret pour moi à ma naissance. Je jouais souvent avec quand j'étais enfant, et je me demandais pourquoi il ne vivait pas avec ma mère et moi. J'essayais de me persuader qu'il était trop occupé à illustrer des livres d'images ou peindre de belles toiles pour être avec nous. Mais au fond de moi, j'ai toujours pensé que c'était parce qu'il ne nous aimait pas.

» Je ne suis pas certain de ce que l'avenir nous réserve, à ta mère et à moi. Peut-être ne vivrons-nous pas ensemble comme une famille. Mais je ne veux pas que tu doutes un seul instant du fait que je t'aime et que je veuille être ton père. Ce coffret représente ma promesse d'être plus qu'un étranger dans ta vie. »

Le bébé poussa un petit cri d'approbation, et Paige prit la lettre suivante. Le récit des exploits de Hollis enfant la fit rire jusqu'à ce qu'elle arrive à un long passage concernant sa famille et ses cousins. Il expliquait qu'il n'avait jamais eu l'impression d'être des leurs. En réalité, il n'avait jamais accordé assez de crédit à leur amour. Et ce n'était qu'à la suite de son enlèvement qu'il avait enfin ouvert les yeux : lui qui s'attendait à ce qu'ils l'abandonnent comme l'avait fait son père, les avait tous vus se rallier derrière lui.

Les lettres suivantes concernaient sa mère, sa sœur jumelle Evelyn, ainsi que les années qu'il avait passées à l'université.

Paige pleura en apprenant que sa mère était morte d'un cancer du sein juste avant qu'il obtienne son diplôme de commerce.

Il y avait d'autres lettres après celles-là, expliquant comment il avait gravi les échelons de l'entreprise familiale, faisant le portrait de son oncle Luther, évoquant son mariage avec Christine, la douleur et l'incompréhension qu'il avait ressenties à la découverte de sa maladie.

Tout en lisant, Paige s'efforçait de s'endurcir contre l'émotion qui émanait de ses lettres. Avec ce coffret, il transmettait à son fils l'histoire de sa vie. Et même si les mots trahissaient son esprit vif et sa capacité à rire de lui-même, elle n'entrevoyait que trop clairement derrière l'homme, le petit garçon échaudé qui craignait encore d'être rejeté par les personnes supposées l'aimer.

Il ne restait plus qu'une lettre. Paige eut presque peur de l'ouvrir. En lisant les premiers mots, elle sentit son cœur se serrer.

« La première fois que j'ai vu ta mère, j'ai su qu'elle était quelqu'un de spécial et de rare. Elle m'a fait penser aux boules de Noël de verre, à la fois fragiles et superbes, que ma mère collectionnait. Après la mort de ma femme, j'ai cru que je ne pourrais plus jamais m'attacher de la sorte à quelqu'un. Mais quand ta mère est entrée d'un pas léger dans mon bureau, souriante, les yeux empreints d'intégrité et de détermination, elle a ravi mon âme. A peine a-t-elle commencé à me parler que je suis tombé fou amoureux d'elle.

» J'avais déjà mangé, mais je l'ai quand même invitée à déjeuner, parce que je ne voulais pas qu'elle parte. A la fin du repas, j'en étais à me demander comment j'allais convaincre cette journaliste de Montréal que le destin nous avait réunis. »

Paige se surprit à retenir sa respiration alors qu'elle parcourait le reste de la lettre. Des émotions contradictoires l'envahirent en apprenant que Hollis avait refusé de croire à la théorie du sergent Thurlo selon laquelle elle était impliquée dans les enlèvements et simulait l'amnésie. Afin de la protéger, il avait dissimulé à la police le dossier qu'elle avait constitué sur les enlèvements et son ordinateur, susceptibles de l'incriminer. Il avait également refusé de partir se cacher en la laissant à la merci de la police. C'était, écrivait-il, son visage souriant qui lui avait donné le courage de survivre à l'épreuve de l'enlèvement et qui l'avait décidé à lui demander de l'épouser, ce qu'il comptait faire lors de leur dernier rendez-vous. L'explosion de la bombe avait fait voler en éclats tous ses espoirs.

Il reconnaissait qu'il aurait dû lui révéler son identité lorsqu'il était réapparu dans sa vie, mais il voulait qu'elle se souvienne par elle-même de son identité et de la valeur qu'elle lui accordait. A présent, il lui promettait de rester à l'écart ainsi qu'elle le souhaitait, parce qu'il reconnaissait là cette même femme à la sincérité rafraîchissante dont il était tombé amoureux, et qu'il lui faisait une entière confiance pour agir au mieux des intérêts de leur enfant.

Repliant la lettre, elle essuya les larmes sur ses joues. Ce n'était pas une excuse pour avoir eu l'arrogance de s'imposer dans sa vie et dans son cœur, mais c'était au moins une explication.

Elle baissa les yeux vers le petit être blotti tout contre elle, et le contempla longuement en savourant sa chaleur. Il dormait comme un ange, la laissant décider de son avenir. Avec précaution, elle se leva et le déposa dans son berceau pour ouvrir le reste des paquets.

Après s'être rassise dans le fauteuil, elle sortit le paquet numéro deux de son emballage. Il s'agissait d'un exemplaire usé, maintes fois relu, du *Lapin en peluche*. Une relique de l'enfance de Hollis. Cette fois, elle éclata en sanglots en songeant au petit garçon qu'il avait été, aspirant désespérément à l'amour de son père.

Il se passa un long moment avant qu'elle trouve le courage d'ouvrir le troisième paquet. L'ours en peluche à l'expression mélancolique amena un sourire sur ses lèvres, de même que l'étiquette attachée au ruban de satin rouge qu'il portait autour du cou. Son nom était : PAPA OURS. Hollis avait écrit sur l'étiquette :

« Pour les gros câlins, quand papa est absent. »

Il était très facile d'aimer un homme sensible, mais elle ignorait si elle était capable de lui pardonner. Ses explications ou ses cadeaux ne suffiraient pas à fléchir sa résolution d'offrir à son enfant un foyer heureux basé sur la confiance.

Avec un soupir, elle déchira le papier du dernier cadeau, gros comme un melon mais léger comme une plume. Elle y découvrit, enveloppée dans du papier de soie, une boule de Noël de verre. Au sommet se trouvait une sphère dorée incrustée de flocons de neige qui tombaient telle une cascade argentée, et se faisaient de plus en plus rares à mesure qu'ils s'approchaient de l'autre sphère dorée, plus petite, située à la base. La boule scintilla dans la semi-pénombre, projetant dans la chambre la magie et les promesses de Noël.

Paige remettait en place les lettres et les cadeaux quand un coup léger retentit à la porte. Alors qu'elle se retournait, s'attendant à voir une infirmière, Hollis apparut sur le seuil.

Débarrassé de sa tenue d'hôpital, il lui parut à la fois pareil et différent. Ses cheveux d'un blond doré avaient repoussé et tombaient maintenant sur son front. Ses sourcils étaient plus fournis et plus blonds, mais elle pouvait encore voir la cicatrice au-dessus de son œil droit. Quant à son nez, il avait gardé cet aspect cabossé dû à l'explosion. Malgré tout, il n'avait rien perdu de sa capacité à lui faire perdre tous ses moyens.

Elle finit de ranger l'ours en peluche dans le paquet et resserra la ceinture de son peignoir autour de sa taille.

— C'est le milieu de la nuit, remarqua-t-elle. Qu'est-ce que tu fais ici ?

— L'infirmière ne t'a-t-elle pas dit que j'attendais ?

— En fait, j'ai cru que…

— Que j'étais parti ? Mon fils et moi devons prendre le temps de faire connaissance.

Elle contempla le bébé qui reposait dans son berceau, maintenant éveillé, et plongea les yeux dans son regard sombre. Son cœur fondit de tendresse.

— Combien de temps comptes-tu rester ?

— Ça dépend de toi.

Elle leva les yeux vers lui. Il semblait hésitant, incertain. Et le voir aussi vulnérable qu'elle lui donna le courage de continuer.

— J'ai lu tes lettres.

Il haussa un sourcil.

— Elles étaient adressées au bébé, remarqua-t-il.

— Il est trop jeune pour savoir lire.

— Tant mieux. Il y a une lettre que je n'ai pas encore ajoutée au paquet.

Elle sentit une boule se former dans sa gorge lorsqu'il sortit une enveloppe de sa poche.

— Que dit-elle ?

— Je l'ignore… je ne l'ai pas encore écrite. La page est vierge.

Sa voix devint sourde et rauque.

— J'ai promis à la destinataire de ne la joindre en aucune manière, et je ne veux pas faillir à ma promesse. J'ai peur qu'elle ne me fasse pas assez confiance pour me confier ce qu'elle a de plus précieux.

Qu'elle lui fasse confiance.

Des larmes brûlantes lui montèrent aux yeux.

— Pourquoi ne pas me révéler ce que tu as en tête ? Je te dirai si ça en vaut la peine.

— Eh bien, ça commencerait par quelque chose comme : « Je t'aime, et je suis désolé de ne pas t'avoir révélé mon identité avant que tu fasses l'amour avec Matt. » J'ai laissé mon ego s'interposer. Je n'ai pas cessé d'espérer que tu découvrirais la vérité, que tu me reconnaîtrais. Tu sais, les hommes ont tendance à croire qu'ils ont un savoir-faire original que l'on ne peut reproduire. Ça m'a blessé que tu ne devines pas qui j'étais et que tu parviennes à oublier aussi aisément tes sentiments envers Hollis pour te lier à Matt.

— Matt avait du charme, mais c'était un menteur. Je me plais à penser que j'étais inconsciemment attirée par les facettes de Hollis que j'entrevoyais en Matt.

Il serra les mâchoires.

— Et maintenant, que ressens-tu pour Hollis ?

— Je pense qu'il fait de beaux bébés et qu'il sera un bon père.

Elle baissa les yeux sur le berceau, laissant le silence retomber.

— Et ?

Elle releva la tête. Devant elle, Hollis la regardait avec une intensité qu'elle ne lui avait encore jamais vue, et elle comprit qu'il l'aimait au point d'affronter la peur qu'elle le rejette tout en se raccrochant désespérément à l'espoir qu'elle ne le fasse pas.

Un sourire naquit sur ses lèvres.

— Et j'aimerais que Hollis Fenton m'embrasse avant d'en dire plus.

— Je peux arranger ça.

Une vague de soulagement, d'espoir et de pardon la submergea, balayant ses derniers doutes, alors qu'il s'avançait près du berceau, déposait l'enveloppe au pied de leur fils, et l'attirait contre lui. Là où se trouvait sa place, songea-t-elle avec bonheur. De son pouce, il lui caressa le menton, effleura sa lèvre, éveillant en elle un délicieux sentiment d'anticipation.

Elle se haussa sur la pointe des pieds et accueillit ses lèvres avec avidité. Au bout de quelques secondes, Hollis rompit leur baiser et la considéra.

— Alors, quel est le verdict ?

Elle passa les mains autour de son cou. La perspective de passer sa vie à l'aimer l'emplissait de joie.

— Je suis prête à t'accorder environ vingt secondes pour m'embrasser de nouveau ou me proposer de m'épouser, mais pas nécessairement dans cet ordre. Nous avons beaucoup de temps à rattraper.

— J'ai donc été bien inspiré d'apporter cette enveloppe.

Il reprit l'enveloppe dans le berceau, l'ouvrit et laissa tomber son contenu dans la paume de sa main. Elle écarquilla les yeux en y découvrant une bague sertie d'un solitaire.

Il lui prit la main.

— Paige, déclara-t-il d'une voix enrouée, cet anneau est le symbole de ma promesse de t'aimer et de t'honorer en pensée, en paroles et en actes chaque jour de ma vie.

Il baisa l'anneau et le lui passa au doigt, scellant ainsi son serment. Profondément émue, elle serra sa main dans la sienne.

— Je promets que plus jamais je n'oublierai que j'aime Hollis Fenton.

— Dis-le-moi encore.

— Je t'aime, Hollis.

Dans le berceau, le bébé bâilla.

— Bien, fit Paige joyeusement. Maintenant que notre fils à un nom de famille, nous pouvons lui trouver un prénom. J'avais pensé à quelque chose du style Thompson Darby Fenton. Thompson, en hommage à Brenda qui nous a réunis, et Darby parce que… parce qu'il avait un certain charme, ma foi. Qu'en penses-tu ?

— Je pense que je ne t'ai pas assez embrassée si tu penses encore à Matt Darby.

— Tu pourrais remédier à cela dès maintenant.

Hollis s'exécuta. C'est le moment que choisit Thompson Darby Fenton pour se mettre à hurler, rappelant à ses parents qu'il était le centre de leur univers.

Retrouvez en novembre,
dans votre collection

BLACK ROSE

La mariée sans mémoire, de Beverly Long - N°406

SÉRIE LE DÉFI DES HOLLISTER - TOME 2/4

« Puisque vous avez oublié votre nom, je vais vous appeler Stormy. Et je vais vous conduire à l'hôpital. » Paniquée, la jeune femme se débat pour tenter d'échapper à l'inconnu qui vient de la secourir. Certes, elle ignore comment elle s'est retrouvée sur cette route enneigée, blessée à la tête et vêtue d'une robe de mariée trempée, mais elle sait que si elle va à l'hôpital les hommes qui la recherchent la tueront. Visiblement touché par sa détresse, son ange gardien propose alors de l'accueillir chez lui, et Stormy, se laissant aller au réconfort de ses bras puissants, comprend qu'elle n'a pas d'autre choix que de lui confier sa vie…

Tentation interdite, de Cassie Miles

Troublé, Brady soutient le regard bleu de Sasha et tente de remettre de l'ordre dans ses idées. Pas question pour lui de succomber au charme de la jolie juriste, même si le désir qu'il lit dans ses yeux est sans ambiguïté. Car sa mission est de protéger celle dont la vie est menacée depuis qu'elle a été témoin d'un meurtre. Et il a parfaitement conscience qu'une fois cette affaire résolue Sasha, la citadine, retournera à Denver et les effacera vite de sa mémoire, lui, le policier farouche, et son chalet perdu dans les montagnes…

La marque du passé, de Cindi Myers - N°407

Alors qu'elle cherche des plantes dans un canyon du Colorado, Abby entend des coups de feu et voit un homme s'écrouler non loin d'elle. Paniquée, elle s'enfuit et va trouver les rangers qui surveillent le parc. Mais, tandis qu'elle raconte ce dont elle vient d'être témoin, un inconnu s'approche et lui murmure à l'oreille : « Bonjour, Abby, c'est moi qui vous ai ranimée quand vous étiez entre la vie et la mort en Afghanistan. » Troublée, Abby comprend alors que son passé vient de la rattraper et que cet homme sait sur elle des choses qu'elle ignore…

A l'épreuve de la vérité, de Paula Graves

Décidément, ma fille, tu n'es pas raisonnable. Consciente de l'erreur qu'elle est sans doute en train de commettre, Nicki écoute le récit de l'homme qu'elle vient de recueillir et qui errait sur la route, amaigri, blessé, perdu… Elle sait qui il est. Il s'appelle Dallas Cole, il est soupçonné de complicité avec une milice criminelle, et le FBI le recherche depuis des semaines. Pourtant, Nicki le croit lorsqu'il prétend avoir été piégé. Et, qu'importe le danger, elle va l'aider à traquer ses ennemis et à prouver son innocence…

HARLEQUIN   **BLACK ROSE**

Retrouvez en novembre,
dans votre collection

BLACK ROSE

A la recherche de son enfant, de Carla Cassidy - N°408

Des cheveux noirs de jais, des yeux aussi verts que le lagon auprès duquel il vit... Sous le regard de Daniel Carson, Olivia se trouble et songe à la nuit de passion qu'ils ont partagée cinq ans plus tôt. Réunis par le hasard pour élucider le crime qui, depuis deux ans, hante la petite ville de Lost Lagoon, tous deux savent que leur attirance mutuelle n'est pas morte. Pourtant, Olivia garde ses distances et consacre tout son amour à sa petite Lily. Lily dont elle ne sait comment avouer à Daniel qu'il est son père. Jusqu'au jour où, se sentant traqué, le suspect qu'ils sont sur le point d'arrêter tente un dernier coup d'éclat et kidnappe l'enfant...

La proie du mensonge, de Jennifer Morey

Humiliée, trompée, bafouée... Partagée entre colère et désespoir, Rachel sort du bureau où elle vient d'apprendre la trahison de l'homme dont elle est tombée amoureuse. Ainsi, depuis des mois, Lucas Curran la soupçonne du meurtre de sa sœur et a tissé autour d'elle une véritable toile d'araignée, la faisant embaucher dans la compagnie d'aviation de son beau-père avant de la séduire pour mieux la surveiller. Pourtant, Rachel sait que ce piège est vain, car elle n'est en rien coupable du crime dont Lucas l'accuse. Pire : depuis quatre ans elle reçoit des menaces téléphoniques, des manœuvres d'intimidation dont elle n'a jamais parlé, de peur des représailles...

La loi du danger, de Nora Roberts - N°409

Des flammes, s'élevant à plus de cinq mètres de haut... Pétrifiée, Nathalie Fletcher ne peut détacher le regard du terrible spectacle qui se joue devant elle : l'entrepôt où était stocké l'ensemble de sa nouvelle collection de prêt-à-porter est en train de partir en fumée, dévasté par un incendie. Accident... ou acte délibéré ? Ryan Piasecki, un ancien pompier chargé par la police d'enquêter sur l'affaire, semble en tout cas pencher pour la seconde hypothèse... Bouleversée par cette nouvelle, Nathalie sent pourtant son désarroi céder la place à une irrépressible fureur quand Piasecki lui laisse entendre qu'il soupçonne un membre de son entourage proche – et peut-être même *elle* – d'être coupable du sinistre...

L'île des mystères, de Gayle Wilson

Tout juste embauchée comme secrétaire chez Suzanne Gerrard, Caroline éprouve un étrange malaise en arrivant sur l'île des Saintes, où vit sa richissime patronne. Tout, ici, l'oppresse : les violents orages, la grande maison aux longs couloirs obscurs, l'ambiance délétère qui y règne... Surtout, Caroline est troublée par la présence de Julien, le frère de Suzanne. Julien, qui l'attire irrésistiblement, mais qui, sans qu'elle sache pourquoi, l'effraie. Comme si elle l'avait connu avant la terrible épreuve qui, six ans plus tôt, l'a privée de tout souvenir...

BLACK ROSE

OFFRE DE BIENVENUE

Vous êtes fan de la collection Black Rose ?
Pour prolonger le plaisir, recevez gratuitement

◆ **1 livre Black Rose gratuit** ◆
et 2 cadeaux surprise !

Une fois votre colis de bienvenue reçu, si vous souhaitez continuer à recevoir nos romans Black Rose, cela se fera automatiquement. Vous recevrez alors chaque mois 3 volumes doubles inédits de cette collection au tarif unitaire de 7,45€ (Frais de port France : 1,99€ - Frais de port Belgique : 3,99€).

➡ **ET AUSSI DES AVANTAGES EXCLUSIFS :**

➡ **LES BONNES RAISONS DE S'ABONNER :**

Des cadeaux tout au long de l'année.

◆

Des réductions sur vos romans par le biais de nombreuses promotions.

<u>Aucun engagement de durée ni de minimum d'achat.</u>

◆

◆

Des romans exclusivement réédités notamment des sagas à succès.

Aucune adhésion à un club.

◆

◆

L'abonnement systématique et gratuit à notre magazine d'actu ROMANCE.

Vos romans en avant-première.

◆

◆

Des points fidélité échangeables contre des livres ou des cadeaux.

La livraison à domicile.

➡ **REJOIGNEZ-NOUS VITE EN COMPLÉTANT ET EN NOUS RENVOYANT LE BULLETIN !**

✂

N° d'abonnée (si vous en avez un) ⊔⊔⊔⊔⊔⊔⊔⊔⊔

IZ6F09
IZ6FB1

Mme ☐ Mlle ☐ Nom : .... Prénom : ....

Adresse : ....

CP : ⊔⊔⊔⊔⊔ Ville : ....

Pays : .... Téléphone : ⊔⊔⊔⊔⊔⊔⊔⊔⊔⊔

E-mail : ....

Date de naissance : ⊔⊔ ⊔⊔ ⊔⊔⊔⊔

☐ Oui, je souhaite être tenue informée par e-mail de l'actualité d'Harlequin.

☐ Oui, je souhaite bénéficier par e-mail des offres promotionnelles des partenaires d'Harlequin.

<u>Renvoyez cette page à</u> : **Service Lectrices Harlequin – BP 20008 – 59718 Lille Cedex 9 - France**

Vous n'avez pas le temps de lire tous les romans Harlequin ce mois-ci ?
Découvrez les 4 meilleurs avec notre sélection :

[COUP DE CŒUR]

⬧ **HARLEQUIN**
www.harlequin.fr

OFFRE DÉCOUVERTE !

Vous souhaitez découvrir nos collections ? Recevez **votre 1er colis gratuit*** avec **2 cadeaux surprise !** Une fois votre colis de bienvenue reçu, si vous souhaitez continuer à recevoir nos livres, cela se fera automatiquement. Vous recevrez alors chaque mois vos livres inédits en avant première.

Vous n'avez aucune obligation d'achat et cette offre est sans engagement de durée !

*1 livre offert + 2 cadeaux / 2 livres offerts pour la collection Azur + 2 cadeaux.

☛ COCHEZ la collection choisie et renvoyez cette page au
Service Lectrices Harlequin – BP 20008 – 59718 Lille Cedex 9 – France

Collections	Références	Prix colis France* / Belgique*
❏ **AZUR**	ZZ6F56/ZZ6FB2	6 livres par mois 27,59€ / 29,59€
❏ **BLANCHE**	BZ6F53/BZ6FB2	3 livres par mois 22,90€ / 24,90€
❏ **LES HISTORIQUES**	HZ6F52/HZ6FB2	2 livres par mois 16,29€ / 18,29€
❏ **ISPAHAN***	YZ6F53/YZ6FB2	3 livres tous les deux mois 22,96€ / 24,97€
❏ **HORS-SÉRIE**	CZ6F54/CZ6FB2	4 livres tous les deux mois 32,35€ / 34,35€
❏ **PASSIONS**	RZ6F53/RZ6FB2	3 livres par mois 24,19€ / 26,19€
❏ **NOCTURNE**	TZ6F52/TZ6FB2	2 livres tous les deux mois 16,29€ / 18,29€
❏ **BLACK ROSE**	IZ6F53/IZ6FB2	3 livres par mois 24,34€ / 26,34€
❏ **VICTORIA****	VZ6F53/VZ6FB2	3 livres tous les deux mois 25,95€ / 27,95€

*Frais d'envoi inclus, pour ISPAHAN : 1er colis payant à 22,96€ + 1 cadeau surprise. (24,97€ pour la Belgique).
**Pour Victoria : 1er colis payant à 25,95€ + 1 cadeau surprise. (27,95€ pour la Belgique)

N° d'abonnée Harlequin (si vous en avez un) ⎵⎵⎵⎵⎵⎵⎵⎵

Mme ❏ Mlle ❏   Nom : _____

Prénom : _____ Adresse : _____

_____

Code Postal : ⎵⎵⎵⎵⎵   Ville : _____

Pays : _____ Tél. : ⎵⎵⎵⎵⎵⎵⎵⎵⎵⎵

E-mail : _____

Date de naissance : _____

❏ Oui, je souhaite recevoir par e-mail les offres promotionnelles des éditions Harlequin.
❏ Oui, je souhaite recevoir par e-mail les offres promotionnelles des partenaires des éditions Harlequin.

Date limite : 31 décembre 2016. Vous recevrez votre colis environ 20 jours après réception de ce bon. Offre soumise à acceptation et réservée aux personnes majeures, résidant en France métropolitaine et Belgique, dans la limite des stocks disponibles. Prix susceptibles de modification en cours d'année. Conformément à la loi Informatique et libertés du 6 janvier 1978, vous disposez d'un droit d'accès et de rectification aux données personnelles vous concernant. Par notre intermédiaire, vous pouvez être amenée à recevoir des propositions d'autres entreprises. Si vous ne le souhaitez pas, il vous suffit de nous écrire en nous indiquant vos nom, prénom et adresse à : Service Lectrices Harlequin BP 20008 59718 LILLE Cedex 9.
Service Lectrices disponible du lundi au vendredi de 8h à 17h : 01 45 82 47 47 ou 33 1 45 82 47 47 pour la Belgique.